BASTEI
LÜBBE
STARS

Von Inga Lindström sind bei Bastei Lübbe Taschenbücher lieferbar:

15304 Mittsommerzauber
15694 Sommernachtsklänge
16265 Nordlichtträume

Über das Buch:

In diesem Buch finden Sie drei, in sich abgeschlossene Liebesgeschichten aus Schweden, die für das ZDF verfilmt wurden:

Sehnsucht nach Marielund
Wind über den Schären
Begegnung am Meer

Über die Autorin:

Inga Lindström ist verheiratet mit einem Bildhauer und Mutter einer Tochter. Sie pendelt zwischen Großstadt und Land. Nachdem sie Jura und Anglistik studiert und einige Jahre als Journalistin gearbeitet hatte, wandte sie sich dem Theater zu. Sie arbeitete bald auch als Dramaturgin für verschiedene Fernsehproduktionsgesellschaften. Und fing schließlich an, selbst Drehbücher zu schreiben.

Inga Lindström

Sehnsuchtsland

Liebesgeschichten aus Schweden

BASTEI LÜBBE STARS

BASTEI LÜBBE STARS
Band 77326

Vollständige Taschenbuchausgabe

Bastei Lübbe Stars in der Verlagsgruppe Lübbe

Originalausgabe

Titelbild: © getty-images/Chris Parker
Umschlaggestaltung: Kirstin Osenau
Satz: KCS GmbH, Buchholz/Hamburg
Druck und Verarbeitung: GGP Media GmbH, Pößneck
Printed in Germany, Mai 2009
ISBN 978-3-404-77326-8

Schweden ist …
»… ein Land der schönsten Stellen.«

KURT TUCHOLSKY

«… ein Land, in dem sich Lichtes und Lächelndes, Dunkles und Ernstes einfach wundervoll vermischen.«

SELMA LAGERLÖF

Für meinen Bruder Heiner

Sehnsucht nach Marielund

»Mama, guck mal, was Großvater und ich gefangen haben!«

Lasses fröhliches Rufen schallte über den See. Der Junge stand aufgeregt im Bug des kleinen Motorseglers und schwenkte einen Fisch, der so groß war, dass er ihn kaum halten konnte.

Ingrid kam aus dem Bootshaus und beschattete mit dem Handrücken ihre Augen gegen die gleißende Sonne. Die Sommerhitze flimmerte über dem Wasser wie ein funkelnder Film, ab und zu durchbrochen vom Aufblitzen vorbeihuschender Libellen, die im Zickzack aus dem Schilf geschossen kamen.

Das Dorf am gegenüberliegenden Ufer wirkte von dieser Seite des Sees wie eine gemalte Spielzeuglandschaft – die Häuser sahen aus wie bunte Holzwürfel, die Boote wie weiße Tupfen auf der glitzernden Bläue des Wassers.

Björn saß auf der Ruderbank, die Hand am Steuer. Er lachte seine Tochter zufrieden an und sah dabei seinem Enkel auf eine so frappierend knabenhafte Art ähnlich, dass Ingrid unwillkürlich lächeln musste.

Jungs, dachte sie.

Mit gutmütigem Stolz musterte sie ihren kleinen Sohn, der es endlich geschafft hatte, den Fisch besser in den Griff zu kriegen, und ihn voller Begeisterung in die Luft hielt.

Er strahlte seine Mutter an. »Den habe ich ganz allein rausgezogen!« In seinem Eifer, Ingrid seinen Fang aus der Nähe zu präsentieren, beugte er sich vor, in der einen

Hand den Fisch, die andere weit nach vorn ausgestreckt, als könne er so den Anlegevorgang beschleunigen.

Das Boot hielt geradewegs auf den Steg zu, und Ingrid ging besorgt in die Hocke.

»Pass auf«, sagte sie scharf.

Doch der Kleine kletterte unbekümmert auf den Rand des Bootes, den Anlegesteg schon fast in Reichweite seiner nassen, von Fischschuppen glänzenden Finger.

»Lasse, nicht aussteigen!«, rief Björn im Befehlston. Ihm war nicht entgangen, dass Lasse drauf und dran war, ins Wasser zu fallen. »Lasse ... Warte! Ich helfe dir! Lasse!«

Der Kleine hockte rittlings auf dem Dollbord, den Fisch nach wie vor mit der freien Hand umklammernd, ein unbekümmertes Grinsen im Gesicht. Das Boot schwankte auf den Steg zu, und Björn erfasste mit einem Blick, dass der Stützpfeiler im nächsten Augenblick Lasses Bein mit voller Wucht gegen das Boot drücken würde. Entschlossen ließ er das Ruder fahren und war mit einem Satz bei dem Kleinen. Er packte seinen Enkel bei der Schulter und riss ihn heftig zurück, nur einen Sekundenbruchteil, bevor das Boot mit einem hässlichen Knirschen am Pfeiler entlangschrammte. Von seinem eigenen Schwung vorwärts getragen, geriet Björn ins Straucheln. Einen Fluch auf den Lippen, rutschte er auf dem Fisch aus, den Lasse auf den Boden des Bootes hatte fallen lassen. Er ruderte mit den Armen, um sich wieder zu fangen, und beinahe hätte er es geschafft, doch dann kam wie aus dem Nichts der Großbaum von der Seite auf ihn zugeschossen und erwischte ihn am Rücken. Björn erlebte seinen eigenen Sturz wie in Zeitlupe, mit seitlich weit ausgestreckten Armen, das Boot unter ihm, der Himmel über ihm eine Fläche aus strahlendem Blau.

Er hörte den entsetzten Aufschrei seiner Tochter, zeitgleich mit der schrillen, angsterfüllten Stimme seines Enkels, der mittschiffs auf den Planken hockte, um sich herum die frisch gefangenen Fische.

»Großvater!«

Im selben Moment krachte Björn rücklings mit einem berstenden Geräusch gegen die Kante des Bootsrandes. Er war betäubt, fühlte keinen Schmerz, nur die Gewissheit, dass irgendetwas in seinem Körper entzweigegangen war. Und die klare Kälte des Wassers, das einen Augenblick später über ihm zusammenschlug.

*

Lena war erschöpft, sie spürte kaum noch einen Knochen im Leib. Sie liebte die Transatlantikflüge, schon weil sie lange dauerten und weil sie auf diese Weise die größtmögliche Entfernung zwischen sich und Schweden legen konnte. Doch natürlich hatte das Ganze auch den Nachteil, dass es entsprechend anstrengend war und ihr regelmäßig das Gefühl bescherte, wochenlang schlafen zu wollen. Bis zum nächsten Flug, der sie ans andere Ende der Welt brachte.

Ihre Kollegin warf ihr einen kurzen Blick zu, und Lena riss sich zusammen. Sie nahm das Mikrofon und spulte mit geübter Stimme ihr Sprüchlein ab: »Meine Damen und Herren, in wenigen Minuten landen wir in Arlanda, Stockholm …«

Der bald darauf folgende Moment des Aufsetzens löste wie immer ein schwaches Gefühl der Beklemmung in ihr aus. Es war stets dasselbe: ein Zurückkehren auf den harten Boden der Tatsachen, der nur dann weit genug weg war, wenn sie sich in der Luft befand, ein paar tausend Kilometer über der Erde.

Ihr Unbehagen verstärkte sich, als sie kurz darauf beim Verlassen der Boeing sah, dass Malte am Fuße der Gangway auf sie wartete.

Lena lächelte leicht gezwungen, überrascht, ihn hier zu treffen. »Was machst du hier? Wieso bist du nicht auf dem Flug nach New York?«

Er nahm sie in die Arme und strahlte sie an. »Mein Dienstplan hat sich geändert. Ich fliege die Nachtmaschine. Das heißt, wir haben einen ganzen Tag zusammen.« Lena spürte, dass er in ihrem Gesicht nach Anzeichen derselben Freude forschte, die er offenbar über diese unverhoffte Möglichkeit gemeinsamer Freizeit empfand. Sie gab sich Mühe, ebenso glücklich auszusehen wie er, obwohl alles in ihr danach drängte, einfach nur allein zu sein und zu Hause die Füße hochzulegen.

»Ich habe einen Termin mit der Maklerin gemacht«, erzählte Malte aufgeräumt, während er Lena den kleinen Bordkoffer aus der Hand nahm, sie unterhakte und gemeinsam mit ihr in Richtung Flughafengebäude schlenderte. »Wir können uns die Wohnung in der Birger Jarlsgatan um elf Uhr anschauen.«

Lena wich seinen begeisterten Blicken aus. »Ich dachte, wir hätten das geklärt. Warum möchtest du unbedingt, dass wir zusammenwohnen? Es ist doch perfekt so, wie es ist.« Sie zwang sich zu einem fröhlichen Lächeln, um ihren Worten die Schärfe zu nehmen, doch es war nicht zu übersehen, dass sie ihn verärgert hatte. In seinen Mundwinkeln hatte sich bei ihren Worten ein missmutiger Zug eingenistet, der auch nicht verschwand, als sie liebevoll seinen Arm drückte und in gewollt munterem Ton sagte: »Komm, lass uns frühstücken gehen, ja?«

Er zuckte die Achseln, anscheinend bereit, fürs Erste ihre Ablehnung zu akzeptieren. Lena gestattete sich ein kaum merkliches Aufatmen. Sie spürte sogar einen leichten Anflug von guter Laune, als sie gewahr wurde, wie viele Blicke ihnen auf dem Weg ins Gebäude folgten. In der spiegelnden Glasfront waren sie beide zu sehen, ein gut aussehender junger Pilot und eine hübsche blonde Stewardess, Arm in Arm, wie füreinander geschaffen. Jeder sagte, wie gut sie zusammenpassten, was für ein schönes Paar sie waren. Warum hatte sie selbst nur immer wieder solche Probleme damit, das zu erkennen und danach zu handeln? Lena drückte sich in einer unvermittelten Aufwallung von Zärtlichkeit an ihn, entschlossen, den freien Tag mit ihm zu genießen.

Doch als ihr Handy piepte und sie die Nummer im Display sah, wurde ihr aufkommendes Bedürfnis nach Nähe schlagartig von einer unguten Vorahnung verdrängt.

»Entschuldige«, sagte sie zu Malte. Und dann, halb von ihm abgewandt, ins Telefon: »Ingrid?«

Die Stimme ihrer Schwester klang angespannt. »Papa hatte einen Unfall. Du musst kommen. Dieses Mal gibt es keine Ausflüchte, hörst du!«

»Ein Unfall?«, fragte Lena mit tauben Lippen. Sie umklammerte ihr Handy so fest, dass ihre Finger schmerzten. »Ist es schlimm? Was ist passiert?« Ihre Stimme hörte sich in ihren eigenen Ohren blechern an.

»Das erzähle ich dir, wenn du da bist, Lena. Wann kommst du?«

»Ich weiß nicht … Eigentlich habe ich … ähm, ich habe gleich einen wichtigen Termin, und morgen Früh fliege ich nach Sydney.« Das war natürlich gelogen, doch auf die Schnelle war Lena nichts anderes eingefallen. Lena spürte Maltes Hand auf ihrer Schulter. Sie wandte sich zu ihm um, wich aber seinen fragenden Blicken hartnäckig aus.

»Eigentlich kann ich gar nicht kommen«, beschied sie Ingrid. In Ihrer Stimme lag wesentlich mehr Entschlossenheit, als sie fühlte.

Wenn Papa etwas Schlimmes passiert wäre, hätte Ingrid es mir gesagt, dachte sie trotzig. Doch es gelang ihr kaum, gegen das übermächtige Gefühl von Sorge und Unsicherheit anzukämpfen, das sich ihrer bemächtigt hatte. Ingrid war offenbar nicht bereit, ihr auch nur die kleinste Information zukommen zu lassen. Am anderen Ende der Leitung herrschte viel sagendes Schweigen.

Lena holte Luft und wollte etwas sagen, doch im nächsten Augenblick kam ihre Schwester ihr zuvor.

»Lena, er ist dein Vater, und er wird nicht jünger!« Ingrids Stimme ließ eine Spur von Verzweiflung erkennen. »Meine Güte, einmal musst du über deinen Schatten springen und nach Hause kommen! Oder willst du warten, bis wir hier alle gestorben sind?«

Lena unterdrückte ein Keuchen. Sie spürte, wie ihr Herz langsamer schlug, fast so, als wollte es sich weigern, ihren Körper länger mit Blut zu versorgen. Malte schaute sie alarmiert an. Seine Lippen formten eine Frage. Lena wandte sich ab, ihr Handy am Ohr.

Ich kann es nicht, dachte sie. Ich kann es nicht.

»Lena?«, fragte Ingrid. »Bist du noch da? Hast du gehört, was ich gesagt ...«

»Schon gut«, fiel Lena ihr hastig ins Wort. Sie schluckte hart. »Ich komme. Heute Abend bin ich da.«

Lena hörte, dass ihre Schwester dazu ansetzte, noch etwas zu sagen, doch bevor Ingrid den Satz zu Ende bringen konnte, hatte Lena die Verbindung getrennt. Sie steckte ihr Handy zurück in ihre Handtasche und atmete tief ein, bevor sie sich Malte zuwandte.

»Aus unserem gemeinsamen Tag wird leider nichts.

Ich muss nach Hause fahren. Mein Vater hatte einen Unfall.«

Malte wirkte ehrlich betroffen. »Das tut mir Leid! Soll ich mitkommen? Ich wollte deine Familie doch schon lange mal kennen lernen.« Die Morgensonne glänzte auf den Emblemen seiner schmucken Uniform. Seine Körperhaltung und sein Gesichtsausdruck signalisierten bis in den kleinsten Winkel aufrechte Zuverlässigkeit und die Bereitschaft, ihr beizustehen.

Erschöpft dachte sie, wie wenig sie das alles doch verdient hatte.

»Lieber nicht«, sagte sie. »Es wäre keine gute Idee.« Sie senkte den Kopf, um ihm nicht länger in die Augen schauen zu müssen. »Das muss ich allein erledigen.«

*

Die Luft war weich wie Samt und schien förmlich zu leuchten. Die Straße wand sich durch ein lichtes Birkenwäldchen, zwischen dessen hellen Stämmen die Sonnenstrahlen zu einem silbernen Gespinst verwoben schienen, wie in einem Märchen, das von Trollen und Elfen erzählte.

Jenseits der Baumgrenze erstreckte sich Weidefläche in endlosem Grün, hier und da gesprenkelt vom wolligen Weiß einer Schafherde oder einer Schar behäbig grasender Kühe. Weizenfelder glänzten in der Ferne wie mattiertes Gold, in dessen Fläche sich vereinzelt die dunkel umgrenzten Gevierte einsamer Gehöfte auftaten. Der Sommer erfüllte die nordische Landschaft mit seinem eigentümlich klaren Licht, das alle Konturen zum Schimmern brachte.

Im üppigen Grün der Wiesen leuchteten Sommerblumen in explosiver Farbenpracht. Lena erinnerte sich unwillkürlich an die vielen Sträuße, die sie und Ingrid als Kinder gepflückt hatten, duftendes weißes Mädesüß, blaue Glockenblumen, rote Weidenröschen, gelbes Wassergreiskraut, violettes Wiesenschaumkraut. Sie hatten sie zu Kränzen gewunden und Blumenprinzessin gespielt.

Lenas Hände lagen am Steuer ihres Cabrios, aber alle ihre Sinne waren auf ihre Umgebung konzentriert. Der Fahrtwind fing sich in ihren Haaren und trug ihr den Geruch von Harz, Gras und einer Spur Holzrauch zu. Irgendwo hatten Bauern oder Waldarbeiter ein Feuer entfacht.

Zu ihrer Rechten lag der See, glatt und ruhig. Wenige Segelboote kreuzten mit geblähten Segeln übers Wasser, strahlend weiße Punkte, die einzige Bewegung weit und breit. Das Ufer war streckenweise von Holzhäusern gesäumt, in deren Fenstern sich blinkend die Sonne spiegelte.

Alles war wie in einer Geschichte aus längst vergangenen Zeiten, unverändert und auf schmerzhafte Weise vertraut. Lena starrte angestrengt über das Wasser und versuchte vergeblich, die plötzliche Enge in ihrer Kehle zu ignorieren. Sie bekam keine Luft mehr und knöpfte den Kragen ihrer Bluse auf, doch es wurde nicht besser. Ein Sonnenstrahl verirrte sich durch die dünnen Zweige der Bäume rechts und links der Straße und kitzelte ihr Gesicht. Geblendet schloss Lena die Augen, nur für den Bruchteil einer Sekunde. Als sie wieder richtig sehen konnte, stand er plötzlich vor ihr. Wie aus dem Boden gewachsen ragte er mitten auf der Straße vor ihr auf, mit seinem riesenhaften, ausladenden Geweih, seinen knochigen Schultern und seinem höckerigen Rücken, dunkel und schweigsam, ein Fabelwesen von urtümlicher, geheimnisvoller Kraft.

Lena bremste abrupt und riss das Lenkrad herum, um dem Elch auszuweichen. Der Wagen geriet ins Rutschen und kam nur wenige Zentimeter vor einem Wegweiser in Form eines großen Steinquaders zum Stehen. Zusammen mit einem identisch aussehenden Quader auf der gegenüberliegenden Seite des Weges markierte er eine Abzweigung, von der Lena wusste, dass sie zu einem Anwesen führte, dessen Name auf den beiden steinernen Wegweisern eingraviert war.

Marielund …

Lena rang nach Luft, dann biss sie die Zähne so fest zusammen, dass es wehtat. Sie presste ihre Hände gegen die Augen, doch nichts konnte die Bilder verdrängen, die plötzlich von allen Seiten auf sie einstürmten.

Das dröhnende Motorrad. Der Junge, mit dem sie zusammen war. Ihr Lachen in der Dunkelheit. Die vorbeifliegenden Bäume. Plötzlich, das riesige Tier, mitten auf der Straße. Schwerelosigkeit, Sturz. Die Härte des Aufpralls. Und dann die Schreie. Schreie, die nicht aufhören wollten …

Lena kam wieder zu sich und merkte, dass sie aus dem Wagen gestiegen war. Sie stand vor dem Wegweiser, beide Arme um ihren Körper geschlungen, unfähig, ihr Zittern zu unterdrücken. Der Elch war verschwunden, so lautlos und rasch, wie er aufgetaucht war.

Lena weinte leise, gefangen von den Schrecken der Vergangenheit.

Der verwitterte Wegweiser ragte vor ihr auf wie ein Mahnmal aus einem früheren Leben. Dahinter erstreckte sich das sanfte, geheimnisvolle Zwielicht des Waldes.

*

Magnus Jacobsson schlenderte über den Kai der Stockholmer Altstadt, der so genannten Gamla Stan, als sein Handy klingelte. Gegenüber lag im Sonnenschein das Nationalmuseum und Skeppsbron. Stockholm zeigte sich mal wieder von seiner schönsten Seite.

Sein Partner Claes Sandberg war am Apparat. Schon seit Tagen wollte er Magnus ein Projekt schmackhaft machen, das er irgendwo auf dem Land aufgetan hatte. Nach allem, was Claes bis jetzt angedeutet hatte, war es *die* Gelegenheit der letzten Jahre, ein Seegrundstück von seltener Schönheit, das förmlich prädestiniert war für die Errichtung eines Hotels – vielleicht sogar einer Ferienanlage. Und obendrein war das Ganze auch noch spottbillig zu haben, weil die Bank, die ihre Finger auf dem Grundstück hatte, bereits die Zwangsversteigerung betrieb.

Claes schilderte mit dem für ihn üblichen Eifer, was er in der Zwischenzeit darüber in Erfahrung bringen konnte.

Magnus seufzte unhörbar. Claes war ein Mensch, der seine Ideen am liebsten noch am Tag der Entstehung in die Tat umgesetzt hätte, wenn es ihm möglich gewesen wäre. Sein Enthusiasmus war oft mitreißend, aber hin und wieder auch lästig.

»Ich bin zwar in fünf Minuten im Büro«, sagte Magnus mit gutmütigem Spott, »aber sprich einfach weiter.«

Claes ließ sich nicht zweimal bitten. »Es hat einen hübschen Namen, habe ich das schon erzählt? Marielund.«

Magnus stutzte, als er den Namen hörte. Sein Blick schweifte unwillkürlich in die Ferne, und er sagte sich, dass es sich vermutlich nur um eine zufällige Namensgleichheit handelte. Doch als Magnus kurz darauf ins Büro kam und die vergrößerten Farbfotos sah, die Claes an die Pinnwand geheftet hatte, wusste er, dass er hier dasselbe Marielund vor sich hatte, das eben in seiner Erinnerung aufgetaucht war.

Er blieb vor den Aufnahmen stehen und betrachtete sie eingehend.

Claes lockerte seine Krawatte und raschelte geschäftig mit den Grundstücksplänen, die er auf seinem Arbeitstisch ausgebreitet hatte.

»Sieht aus, als wäre das eine tolle Sache. Das Haus selbst soll ein vergammelter Kasten sein. Steht seit Jahren leer. Aber dieser Ort! Die Lage! Mensch, Magnus, so eine Gelegenheit kommt so schnell nicht wieder!«

Magnus hörte kaum hin. Versunken starrte er auf die Fotos. Es war wirklich Marielund. Alles war genauso wie in seiner Erinnerung.

Claes war in seinem Element. Er sprudelte förmlich über vor Ideen. »Wenn man die alte Bude abreißt ... Ich würde sagen, fünfundvierzig Wohneinheiten werden das locker. Mit allen Schikanen. Seeblick, Sauna, Wellnessbereich ... Hm, vielleicht ein kleiner Hafen ...« Er strahlte Magnus an. »Das kann ein Knaller werden! Wir müssen nur schnell sein. Es gibt nämlich schon ein paar andere Interessenten, sagt mein Freund von der Bank.« Aufmunternd fügte er hinzu: »Fahr hin, sieh dir die Sache an, mach ein paar Pläne. Und Ende nächster Woche wissen wir, ob sich die Sache rechnet.«

Magnus nickte geistesabwesend, ohne den Blick von den Fotos zu wenden. »Soll es wirklich versteigert werden?«, murmelte er.

Claes zuckte ungeduldig die Achseln. »Ende nächsten Monats, soweit ich weiß. Die Bank will das Ding so schnell wie möglich loswerden.« Spielerisch schlug er Magnus auf die Schulter. »Junge, das ist mal wieder genau das richtige Projekt für uns! Das wird uns sanieren, hörst du?« Er hielt inne und lächelte erwartungsvoll. »Also, wann fährst du?«

Magnus zuckte zusammen, dann erwiderte er den Blick seines Partners.

»Sofort«, sagte er, ohne zu zögern. Während er sich vage wunderte, woher diese plötzliche Entschlossenheit kam, packte er die Pläne zusammen und nahm seine Jacke. »Ich muss nur vorher mit Britta reden.«

*

Er hatte nicht erwartet, dass Britta sich vor Begeisterung überschlagen würde, doch mit dieser offenen Ablehnung hatte er nicht gerechnet. Sie stellte ihr Wasserglas mit einem Knall auf dem Tisch ab und starrte ihn an. »Marielund?« Ihre Stimme klang gedehnt und ließ keinen Zweifel an ihrer Skepsis. »Noch nie davon gehört. Gibt es da einen Flugplatz?«

Magnus fuhr sich durchs Haar und suchte nach Worten, mit denen er sie von der Bedeutung seines Vorhabens überzeugen konnte. Doch ihm wollte nichts Rechtes einfallen, also versuchte er es mit der Wahrheit.

»Hör zu, Britta, ich muss da einfach hin. Ich kenne das Objekt.« Seine Stimme bekam einen sehnsüchtigen Unterton. »Ich war als Kind mal dort. Es ist … Es ist ein Traum.« Bittend schaute er seine Frau an. »Wieso willst du nicht mitfahren? Du und Emma! Ihr könntet ein bisschen schwimmen, gut essen, relaxen. Und am Abend kommen wir beide vielleicht endlich mal wieder zum Reden.« Als er ihren unversöhnlichen Gesichtsausdruck bemerkte, fühlte er, wie Streitlust in ihm aufkeimte.

Er riss sich zusammen und zwang sich, sein freundliches Lächeln beizubehalten und ihr nicht ins Wort zu fallen, während sie ihm mitteilte, was sie von seiner Idee hielt.

»Ich habe keine Zeit zum Relaxen«, erklärte sie gelassen. »Hast du vergessen, dass wir nach Göteborg wollten? In zwei Stunden geht der Flieger, Magnus!«

Natürlich hatte er es nicht vergessen. Gestern noch war ihm die Aussicht auf einen Abstecher nach Göteborg als willkommene Abwechslung erschienen, eine Gelegenheit, wieder einmal einen Tag mit seiner Frau zu verbringen. In den letzten Monaten hatte es nicht mehr viele solcher gemeinsam verlebter Tage gegeben.

»Hast du mir eigentlich zugehört?«, fragte er eindringlich. »Ich will mit dir und Emma zu diesem Haus! Glaub mir, es ist was ganz Besonderes!«

»Aber ich muss zu meinem Vorstellungstermin nach Göteborg.« Britta fixierte einen Punkt über seiner Schulter. »So eine Chance kriege ich so schnell nicht wieder.« Sie schwieg ein paar Sekunden, dann lächelte sie mit leichter Bitterkeit. »Es ist wohl wie bei den Königskindern. Wir kommen nicht zusammen, selbst dann nicht, wenn wir es wollen.«

Magnus konnte fast körperlich spüren, dass sie sich von ihm entfernte. Es war ein Gefühl, über das er nicht näher nachdenken wollte. Doch es war da und tat auf unbestimmte Art weh.

»Was willst du damit sagen?«, wollte er beinahe aggressiv wissen. »Wir versuchen es doch, oder nicht? Immer wieder!«

Als sie mit den Schultern zuckte, fuhr er beharrlich fort: »Es kann doch nicht sein, dass wir nur wegen unserer Jobs …«

Britta schnitt ihm das Wort ab. »Vielleicht ist es ja nicht nur wegen unserer Jobs.« Sie stand auf und nahm dabei ihre Handtasche und ihre Jacke an sich. »Okay, tu, was du tun musst. Ich gehe davon aus, dass Emma mit dir fährt. Ich kann mich in Göteborg wirklich nicht um sie kümmern.«

»Kein Problem«, sagte Magnus tonlos. Er stand ebenfalls auf und ließ es zu, dass sie ihn flüchtig umarmte und dabei mindestens eine Handbreit Körperabstand einhielt. Ihr Parfum stieg ihm in die Nase, eine blumige Mischung, die er nicht kannte. Wann hatte sie angefangen, ein neues Parfum zu benutzen? Er dachte kurz nach, aber er konnte sich nicht erinnern. Früher waren ihm derlei Kleinigkeiten nicht entgangen.

»Melde dich mal«, sagte er, obwohl sie mit ihren Gedanken ganz offensichtlich schon längst woanders war. »Vielleicht kannst du ja doch noch nach Marielund kommen …«

»Ich muss wirklich los«, sagte Britta schnell, aber nicht unfreundlich. »Wiedersehen, Magnus.« Sie lächelte ihm kurz zu, fast so, als wollte sie sich für etwas entschuldigen. »Und viel Spaß auf dem Land!«

Ihre hohen Absätze klapperten auf dem steinernen Boden der Stockholmer Altstadt, als sie mit raschen Schritten davoneilte. Magnus blieb am Tisch stehen und schaute ihr nach. Er wartete noch einige Augenblicke, in der lächerlichen Hoffnung, sie vielleicht noch einmal auftauchen und winken zu sehen. Natürlich geschah nichts dergleichen. Sie verschwand irgendwo zwischen den hohen alten Häusern, ohne sich noch einmal umzudrehen.

*

Emma war von der Idee, Ferien auf dem Bauernhof zu machen, uneingeschränkt begeistert. Sie war in Freudenschreie ausgebrochen, als Magnus ihr erzählt hatte, dass es dort Reitpferde gab, und während der Fahrt hörte sie nicht auf, in dem Prospekt zu blättern, den ihr Vater noch kurz vorher in einem Reisebüro besorgt hatte.

»Und ich kann da wirklich reiten?«, vergewisserte sie sich. »Nicht nur in der Halle?«

Magnus lachte nachsichtig. »Du kannst sogar reiten, wohin du willst. Das hat jedenfalls die Vermieterin gesagt. Sie heißt übrigens Ingrid. Auf dem Gut gibt es zehn Reitpferde, also ist bestimmt auch eins für dich dabei.«

Emma lehnte sich zufrieden lächelnd in den Beifahrersitz zurück. Seit ihrem achten Lebensjahr war sie eine begeisterte Reiterin, und ihr größter Wunsch war seither ein eigenes Pferd. Bis jetzt war es beim regelmäßigen Reitunterricht geblieben, aber Magnus überlegte bereits seit einiger Zeit, ihr im kommenden Frühjahr zum nächsten Geburtstag doch ein Pferd zu schenken. Mit dreizehn war sie wahrscheinlich alt genug, sich selbstständig darum zu kümmern, ohne dass er oder Britta ständig dabei sein mussten.

Er seufzte unhörbar, als er an seine Frau dachte. Inzwischen war sie in Göteborg, doch sie hatte sich noch nicht gemeldet. Als sie ihm vor ein paar Wochen eröffnet hatte, dass sie sich auf die Stelle beim *Dagbladet* beworben hatte, war ihm nicht sofort klar gewesen, was das bedeuten würde. Erst bei ihrem nächsten Satz hatte er begriffen, welche Konsequenzen dieser Stellenwechsel auf ihr gemeinsames Leben haben würde.

»Schau«, hatte sie gesagt, »auch andere Leute führen eine Wochenendehe und kriegen es hin.« Sie hatte sich auf keine Diskussionen eingelassen, und schließlich hatte er es aufgegeben. Es war eine große Chance für sie, beruflich weiterzukommen, und es war ihr gutes Recht, diese Gelegenheit zu nutzen.

Emma riss ihn aus seinen Gedanken. »Kommt Mama dann nach?«

Magnus verspannte sich. »Sie weiß noch nicht, wie lange sie in Göteborg bleiben muss.«

Etwas in seiner Stimme oder seiner Haltung erregte Emmas Argwohn. »Habt ihr euch wieder gestritten?«

»Ach was.« Er bemühte sich um einen forschen Ton. »Sie hat in Göteborg zu tun. Und ich eben in Marielund.«

»Marielund ...« Emma sprach es langsam aus, als wolle sie sich den Klang des Wortes auf der Zunge zergehen lassen. »Das hört sich schön an ... Ein bisschen wie im Märchen ...«

Magnus schwieg, dann nickte er zögernd. »Ja«, sagte er leise. »Es klingt wirklich so.«

*

Als Lena um die letzte Straßenbiegung kam und auf den Hof fuhr, verschlug es ihr den Atem. Erschrocken umklammerte sie das Lenkrad und bremste scharf. Sie hatte nicht erwartet, dass es sie so überwältigen würde. Sie hatte zwar vorher eine gewisse angespannte Erwartung gespürt, das ja. Aber nichts hatte sie darauf vorbereitet, dass es sie bis ins Innere treffen würde, ihr Elternhaus wiederzusehen.

Zehn Jahre, dachte sie leicht benommen. Es waren fast zehn Jahre, und doch hatte sie in der ganzen Zeit nicht ein einziges Mal daran gedacht, wie es wäre, wieder hier zu sein. Sie hatte Lagerberg verlassen und sich das Herz herausgerissen bei dem Versuch, es zu vergessen. Und jetzt stand sie wieder hier, sah das Haus, die Ställe, die Bäume, und mit einem Mal war es so, als füge sich etwas in ihr zusammen, was die ganze Zeit über kaputt gewesen war.

Lena stieg aus dem Wagen und blieb wie erschlagen stehen, machtlos gegen ihre Gefühle.

Hör auf!, befahl sie sich.

Sie sagte sich, dass es nichts Besonderes sei, nur ein ganz normaler schwedischer Gutshof. Es war recht nett, aber nichts Weltbewegendes. Jahrhundertealte Nadelbäume säumten die Auffahrt, die zum Anwesen führte. Dicht neben dem Hauptgebäude stand eine riesenhafte Eiche, deren ausladende Zweige das große Holzhaus beschatteten. Die üppigen Blumenrabatten vor dem Gebäude setzten farbige Akzente, und die benachbarten Ställe bildeten zusammen mit den eingezäunten Weiden sowie dem kleinen Teich mit seinen schnatternden Gänsen ein einladendes bäuerliches Idyll.

Es war nur ein Gut auf dem Land mit ein paar Ferienwohnungen als zusätzlicher Einnahmequelle, weiter nichts. Doch je länger Lena hier stand und schaute, umso mehr verstörte es sie.

Sie holte tief Luft und ging auf das Haus zu.

»Hallo?«, rief sie zögernd. »Ist jemand da? Ingrid?«

Sie zuckte zusammen, als sie die Schritte und ihren leise ausgesprochenen Namen hinter sich hörte. Atemlos fuhr sie herum.

»Papa«, stieß sie hervor.

Björn war aus dem Stall gekommen und blieb ein paar Meter entfernt von ihr stehen. Sein linker Arm und seine Schulter waren bandagiert.

Er starrte Lena unverwandt an. In seinem Gesicht arbeitete es.

»Ingrid sagte, dass du einen Unfall hattest«, meinte Lena eilig, bevor er etwas sagen konnte. »Ich bin so schnell wie möglich gekommen, und …«

»Und jetzt ist es nur eine gebrochene Schulter«, unterbrach Björn sie. Der Anflug eines Lächelns trat auf sein Gesicht.

Lena ging auf ihn zu, zuerst langsam, dann schneller.

»Gott sei Dank ist es nur eine gebrochene Schulter«, korrigierte sie ihn. Ihre Stimme klang unsicher. »Ich hatte schon befürchtet ...« Sie brach ab und schaute ihn an, nahm jedes Detail seiner Erscheinung in sich auf. Ihr Vater hatte sich nicht sehr verändert in den letzten Jahren. Er war immer noch riesenhaft groß und kräftig, und sein Gesicht war sonnenverbrannt und gefurcht von der vielen Arbeit im Freien. Abgesehen von der Verletzung durch den Unfall wirkte er so vital wie eh und je.

»Wie geht es dir?«, fragte sie behutsam. »Hast du Schmerzen?«

Björn schluckte und zwinkerte kurz, so, als könne er plötzlich nicht mehr richtig sehen. »Glaubst du mir, wenn ich dir sage: Jetzt nicht mehr?« Mit der Rechten ergriff er ihre Hand. »Dass du gekommen bist ... nach so vielen Jahren ...« Er hielt inne und schüttelte kurz den Kopf, als er wie gegen einen inneren Widerstand mit belegter Stimme hinzufügte: »Ich weiß, wie schwer dir das fallen muss ...«

Lena nickte geistesabwesend und sah sich unschlüssig um. Dann wandte sie sich wieder ihrem Vater zu. Seine Augen baten sie stumm um etwas, verzweifelt und dringlich, und sie hatte nicht die Kraft, es ihm zu versagen. Wem wollte sie länger etwas vormachen?

»Ach, Papa.«

Heftig schlang sie beide Arme um ihren Vater und presste sich an ihn, unfähig, das Schluchzen zurückzuhalten, das ihr mit einem Mal in die Kehle stieg.

Björn legte unbeholfen den gesunden Arm um seine Tochter. Er spürte ihren Herzschlag an seiner Brust und die Nässe ihrer Tränen. Hilflos überlegte er, dass er irgendetwas sagen sollte, was sie trösten könnte, doch ihm fiel nichts ein. Er war ja nicht einmal in der Lage, zusammenhängend zu denken! Nur daran, dass sie wieder da war. Dass sie hier war, bei ihm. Zu Hause.

Hinter ihnen beiden ertönte lautes Kindergeheul. Lasse kam aus dem Haus gestürzt, ein Wirbelwind mit flachsblondem Haar und rot verschmiertem Gesicht.

Er sah Lena und blieb stehen. »*Hej.* Bist du meine Tante?« Allem Anschein nach entschied er, dass sie es war, denn bevor sie antworten konnte, kam er auf sie zugerannt.

Hinter ihm tauchte Ingrid auf, ein nasses Tuch in der Hand. »Lasse, warte! Erst Mund abputzen!«

Lasse ignorierte den mütterlichen Befehl. »Tante Lena!«, rief er begeistert und ohne jede Scheu.

Lena, die sich ihm verblüfft zugewandt hatte, streckte impulsiv die Arme aus, um ihn aufzufangen. Im nächsten Augenblick war er auch schon bei ihr und drückte sich gegen sie. Lena hob ihn übermütig hoch und schwenkte ihn herum. »Du bist Lasse?«, rief sie scherzhaft. »Mann, bist du groß! Ich dachte, du bist noch ein Baby!«

Ingrid kam näher. »Lasse, du bist ein Ferkel«, rügte sie. »Jetzt sieh dir mal Lenas Jacke an. Kannst du deiner Tante nicht anständig guten Tag sagen?«

Lena stellte den Kleinen ab und schaute zu, wie ihre Schwester ihm den Mund abwischte.

Ingrid deutete mit dem Lappen auf die roten Flecke, die Lasse mit seinem verschmierten Gesicht auf Lenas Jacke hinterlassen hatte. »Tut mir Leid, Schwesterlein. In der Beerenzeit sollte man solche kleinen Ferkel nicht an sich ranlassen.« Sie grinste ihre Schwester offen an.

Lena lachte befreit und streckte ihr die Arme entgegen. Für einen Moment hielten sie einander umschlungen und kosteten die Wiedersehensfreude aus.

Lena dachte an die quälend lange Zeit, in der sie weder ihren Vater noch ihre Schwester gesehen hatte. Beide waren sie hin und wieder nach Stockholm gekommen, um den Kontakt nicht völlig abreißen zu lassen, doch mit den Jahren waren ihre Treffen seltener geworden. Die Entfernung war zu groß, die weite Reise zu aufwändig für diese kurzen Begegnungen. Meist hatten sie einander nur für ein paar kurze, befangene Stunden in Lenas beengtem Apartment beim Kaffee gegenübergesessen, in jeder Minute ängstlich darauf bedacht, nur kein Wort über die Vergangenheit zu verlieren.

Lena schaute sich um. »Ich muss mich umziehen. Wo werde ich schlafen?«

»In deinem Zimmer natürlich«, sagte Björn, allem Anschein nach erstaunt über ihre Frage.

Irritiert schaute Lena zuerst ihren Vater und dann ihre Schwester an. Beide taten so, als wäre sie nur mal eben für ein paar Tage von zu Hause weg gewesen.

Sie verkrampfte sich unmerklich, als Ingrid den Arm um ihre Schultern legte und sie zum Cabrio begleitete, um zusammen mit ihr das Gepäck zu holen.

Nicht, dass ihr die körperliche Nähe unangenehm gewesen wäre, im Gegenteil. Es hatte ihr gut getan, ihren Vater und ihre Schwester zu umarmen. So gut, dass sie sich bereits jetzt verfluchte, weil sie überhaupt hergekommen war. Sie sollte schleunigst wieder in ihren Wagen steigen und wie der Teufel nach Stockholm zurückfahren.

Lena räusperte sich und stellte die nächstbeste Frage, die ihr in den Sinn kam, um die Situation zu entspannen.

»Wo ist eigentlich dein Mann?«

»Sören ist in Åkersund auf der Bauernmesse. Es wird ihm Leid tun, dass er dich nicht sehen kann.«

Lena fasste diese Äußerung so auf, wie sie vermutlich gemeint war: als reine Höflichkeitsfloskel. Sie kannte ihren Schwager kaum. Während der Hochzeit ihrer Schwester hatte sie sich auf einem Flug nach New York befunden, und als Lasse getauft worden war, hatte sie mit einer Darmgrippe in einem Hotel in Djakarta festgesessen. Später hatte Sören seine Frau zwei- oder dreimal nach Stockholm begleitet, aber bei diesen kurzen Stippvisiten hatten sie einander nicht gut genug kennen gelernt, um verwandtschaftliche Gefühle füreinander zu entwickeln.

Sie nahm den Koffer an sich, während Ingrid die Reisetasche vom Rücksitz hob. Während sie gemeinsam zum Haus gingen, meinte Ingrid inbrünstig: »Ich bin froh, dass du kommen konntest.«

Lena warf einen Blick über die Schulter hinüber zu ihrem Vater. Er war auf seinem Weg zum Stall stehen geblieben und schaute ihnen nach. Sein Gesicht war aufgewühlt und zeigte eine Mischung aus Schmerz und Freude.

Lena spürte einen wachsenden Kloß in der Kehle. Mit gespielter Munterkeit wandte sie sich wieder ihrer Schwester zu. »Eine andere Möglichkeit hatte ich ja wohl nicht nach deinem Anruf. Schämst du dich wenigstens ein bisschen?«

Ingrid grinste nur. Unterdessen pirschte sich Lasse von hinten an seinen Großvater heran und stupste ihn an. Wie erhofft, fuhr Björn überrascht zusammen und brachte Lasse damit zum Kichern.

»Tut dein Arm noch weh, Großvater?«

Björn zauste dem Kleinen die Haare. »Halb so wild.« Er sah seine beiden Töchter ins Haus gehen und dachte in schwacher Selbstironie, wie dämlich es doch von ihm war, dass er sich nicht schon viel früher etwas gebrochen hatte.

*

Lena war sicher, dass jede Gefühlsregung überdeutlich von ihrem Gesicht abzulesen war, denn anderenfalls hätte Ingrid nicht so angestrengt zur Seite geblickt, während sie beide das Wohnzimmer betraten.

»Lieber Himmel«, sagte sie, ohne sich weiter die Mühe zu machen, ihre Erschütterung zu verbergen. »Es hat sich nichts verändert.«

Ingrid trat zu ihr und schlang die Arme um sie. »Doch«, flüsterte sie dicht neben Lenas Ohr. »Wir sind erwachsen geworden.«

Lena machte sich sanft los und ging zum Klavier. Während sie ein paar Töne anschlug, schaute sie sich um. Es war wie früher. Die Wände waren irgendwann frisch gestrichen worden, aber in demselben Pastellgelb wie damals. Es war die Farbe, die ihre Mutter so sehr gemocht hatte. Leuchtend blaue Vorhänge vor den Fenstern, gemusterte Teppiche auf den Holzplanken des Fußbodens, die hellen Holzmöbel. Als Zeichen des Willkommens hatte ihre Schwester mehrere bunte Blumensträuße aufgestellt.

Lena ließ ihre Finger klimpernd über die Tastatur des Klaviers gleiten. »Es ist gestimmt«, stellte sie erstaunt fest.

»Papa hat immer darauf geachtet«, sagte Ingrid ruhig. »Aber gespielt hat er nicht mehr, seit du weggegangen bist.« Sie trat neben das Klavier. »Wie geht es dir in der großen, weiten Welt, Lena? Macht es immer noch Spaß, jeden Tag woanders zu sein?«

Lena meinte, einen leisen Klang von Bitterkeit in der Stimme ihrer Schwester zu hören. Sie hörte auf zu spielen und schaute auf den Boden. »Du weißt es doch, ich wollte immer nur fliegen … Es ist mein Traumberuf.«

»Und was ist mit deinem Freund?«, forschte Ingrid. »Es gibt ihn doch noch, diesen Piloten? Malte – oder? Als wir das letzte Mal telefonierten, hattet ihr euch gerade kennen gelernt.«

»Ja, es gibt ihn noch.«

»Und, werdet ihr heiraten? Wollt ihr Kinder? Oder ...«

»Ich bin Stewardess«, fiel Lena ihr ins Wort. »Und er ist Pilot.« Da ihr das selbst als Erklärung nicht ganz ausreichend erschien, fügte sie hinzu: »Wir haben nicht einmal eine gemeinsame Wohnung!«

Ingrid setzte zu einer mitfühlenden Bemerkung an, doch Lena hob abwehrend die Hand. »Das ist schon in Ordnung so. Ich kann mir ein anderes Leben überhaupt nicht vorstellen.«

Ihre Schwester runzelte zweifelnd die Stirn. »Aber richtig glücklich bist du nicht.« Es war keine Frage, sondern eine Feststellung. Lena erwiderte nichts. Glück – das war etwas, das sie vor langer Zeit für immer verspielt hatte.

*

Magnus hielt an jeder Straßenkehre und bei jeder Abzweigung nach Schildern mit bekannten Namen Ausschau. Er wusste, dass es jetzt nicht mehr weit sein konnte.

Die stundenlange Autofahrt hatte ihn angestrengt, aber je näher sie ihrem Ziel kamen, desto wacher und aufmerksamer schien er zu werden.

Bei Emma hatte die lange Fahrt den gegenteiligen Effekt. Die Natur hatte nach ein paar hundert Kilometern ihr Recht gefordert – seine Tochter war vor gut einer Stunde eingeschlafen.

Britta hatte sich nach ihrer Ankunft mit einiger Verzögerung doch noch gemeldet, zwar nur per SMS, aber immerhin. Sie war gut gelandet und voller Zuversicht, was das Vorstellungsgespräch betraf. Magnus gönnte ihr den Erfolg, aber er hatte kein besonders gutes Gefühl bei der ganzen Sache. Im Grunde hatte er schon seit Monaten den Eindruck, dass es zwischen ihnen beiden nicht mehr so richtig klappte, aber es war bisher immer so einfach gewesen, das wegzuschieben. Es war kein Problem, eine in Auflösung begriffene Ehe zu verdrängen, wenn man selbst bis über die Ohren in Arbeit steckte.

Wegen Emma hatte er hin und wieder ein schlechtes Gewissen. Wenn schon Britta so wenig Zeit für die Familie hatte, so hätte wenigstens er selbst sich mehr engagieren können, statt die Hälfte seiner Abende im Büro zu verbringen.

Doch Emma war ein völlig problemloses Kind. Sie hatte viele Freundinnen, mit denen sie ihre Freizeit verbrachte. Sie las viel, ging häufig reiten und schwamm leidenschaftlich gern. In der Schule kam sie hervorragend mit. Sie war intelligent, anpassungsfähig und hatte einen für ihr Alter erstaunlich ausgeprägten Sinn für Humor. Vielleicht würde der Umgang mit ihr in ein, zwei Jahren schwieriger werden – in der Pubertät war das Leben mit jungen Mädchen nicht so ganz ohne, wenn man den Leuten glauben konnte, die Kinder in dem Alter hatten –, aber im Augenblick war Emma der reinste Sonnenschein. Magnus liebte sie mit allen Fasern seines Wesens. Er war schlicht nicht in der Lage, sich ein Leben ohne seine Tochter vorzustellen. Schon allein deswegen war es sträflich von ihm, dass er seine Ehe so vernachlässigt hatte.

Doch dann sagte er sich mit schwachem Trotz, dass zu einer kaputten Beziehung immer zwei Leute gehörten. Wenn Britta und er sich voneinander entfernt hatten, war das ebenso ihre Schuld wie seine.

Allerdings half ihm das kaum dabei, sich mit der Vorstellung anzufreunden, dass Britta womöglich eines Tages mit

Emma nach Göteborg oder sonst wohin verschwinden könnte und er sich in der Rolle des Wochenendvaters versuchen musste. Er weigerte sich ganz einfach, überhaupt nur darüber nachzudenken.

Emma sah reizend aus im Schlaf. Ihr brünettes Haar hing gelöst um ihr kindlich zartes Gesicht, und ihre Augen bewegten sich unter ihren geschlossenen Lidern unruhig hin und her. Anscheinend hatte sie einen angenehmen Traum, denn plötzlich zuckte ein süßes, unbewusstes Lächeln in ihren Mundwinkeln auf.

Magnus betrachtete sie aus den Augenwinkeln und hätte dabei um ein Haar die beiden steinernen Wegweiser übersehen. Da war es. Marielund.

Magnus bog kurz entschlossen ab und folgte der schmalen Straße, eigentlich kaum mehr als ein Weg, auf dem es fast so viele Schlaglöcher gab wie herumliegende Steine. Die Strecke war kaum zu befahren, es sei denn mit einem stabilen Geländewagen.

Nach einer Weile hielt er an und stieg aus. Das Haus musste ganz in der Nähe sein, wenn er seinen Erinnerungen trauen konnte. Magnus ließ es einfach darauf ankommen. Er holte seine Digitalkamera vom Rücksitz und ging zu Fuß weiter.

*

Lena ritt in leichtem Trab durch den Wald. Ihr Haar wippte bei jeder Bewegung auf und ab, und hin und wieder strich sie es ungeduldig aus der Stirn, weil ihr heiß war. Sie trug nur ein leichtes, ärmelloses Sommerkleid und Turnschuhe, doch sie schwitzte von der ungewohnten Anstrengung. Lena überlegte, wann sie das letzte Mal reiten gewesen war. Es war bestimmt zwei Jahre her, wenn nicht länger.

In ihrer Anfangszeit in Stockholm war sie einige Male in einem Reitstall gewesen, weil sie es vermisst hatte, auf einem Pferderücken zu sitzen. Oder vielleicht hatte ihr auch einfach nur das herrliche Gefühl der Freiheit gefehlt, das sie jedes Mal überkam, wenn sie durch den Wald ritt.

Was auch immer es war, sie hatte es nicht wiedergefunden. Nicht bei den gelegentlichen Reitstunden in der kahlen Stockholmer Halle und auch nicht bei anderen Gelegenheiten. Irgendwann hatte sie es aufgegeben, danach zu suchen, und sie war auch nicht mehr zum Reiten gegangen.

Zu ihrer Rechten wurde der Wald lichter und gab den Blick auf den See frei. Sie ließ das Pferd in Schritt fallen und zügelte es dann, um die herrliche Weite der Landschaft besser betrachten zu können. Tief atmete sie die saubere, klare Luft ein und ließ sich erneut vom Zauber ihrer Umgebung gefangen nehmen. Diesmal wehrte sie sich nicht gegen die wohltuenden Gefühle, die dabei in ihr aufkamen. Sie genoss einfach nur die Wärme der Sonne auf ihrer Haut und den Wind in ihren Haaren.

Nach einer Weile gab sie die Zügel frei und schnalzte mit der Zunge, um das Pferd anzutreiben. Langsam ritt sie weiter bis zum Ufer des Sees, wo sie absaß und aufs Wasser hinausschaute. Das dichte Schilf wogte raschelnd im Wind, und die Sonne warf funkelnde Reflexe auf die Wasseroberfläche, Abermillionen leuchtende, tanzende Goldflecke. Lena erinnerte sich, dass sie sich als Kind tatsächlich eingebildet hatte, diese hüpfenden, blendenden Lichtpunkte seien eine Mischung aus Wasser und purem Gold. Möglich, dass auch Ingrid ihr das eingeredet hatte. Als sie beide klein gewesen waren, hatte sie sich gern den einen oder anderen Scherz mit Lena erlaubt. Die meiste Zeit hatte sie ihre jüngere Schwester beschützt und bemuttert, vor allem nach dem Tod ihrer Mutter. Aber Gott sei Dank hatten sie beide auch danach noch mehr als genug Zeit gehabt, einfach nur Kinder zu sein, wild, verspielt und ungezogen. Und vor allem in jeder freien Minute draußen an der Luft. Im Wald, beim See oder drüben auf der Koppel bei den Pferden. Im Sommer waren ihre Gesichter und Hände rot vom Beerensaft gewesen, im Winter vom Schnee und der eisigen Kälte.

Lena hob lauschend den Kopf und wandte sich um. Einen Moment lang war es ihr so vorgekommen, als hätte sie drüben im Wald ein Geräusch gehört. Doch sie sah niemanden.

Aus einem Impuls heraus wandte sie sich wieder dem Ufer zu und streifte eilig ihr Kleid ab, unter dem sie einen Bikini trug. Rasch legte sie die wenigen Meter zurück, die sie noch von der Böschung trennten. Sie beugte sich hinab und schöpfte mit beiden Händen Wasser, um ihr erhitztes Gesicht zu benetzen. Es war ein wunderbar erfrischendes Gefühl. Abermals ließ sie Wasser über ihr Gesicht und ihre Arme rinnen, als könne sie so nicht nur ihren Schweiß, sondern auch alle überflüssigen Gedanken wegwaschen.

*

Die Frau, von der Lena beobachtet worden war, war auf ihrem Rad nach Hause unterwegs gewesen, als sie Lena am Ufer gesehen hatte. Sie hatte so abrupt gebremst, dass beinahe die Tüte mit den Lebensmitteln aus dem Fahrradkorb gefallen wäre. Niemand hatte ihr sagen müssen, wer das dort drüben war. Kein Tag war in den letzten zehn Jahren vergangen, an dem sie nicht dieses helle Haar und das sanfte, madonnenhaft schöne Gesicht ihres Patenkindes vor sich gesehen hatte.

Übelkeit stieg in ihr auf, heftig und unerwartet. Der plötzliche Geschmack von Galle auf ihrer Zunge mischte sich mit Blut, weil sie sich unbemerkt auf die Zunge gebissen hatte.

Lena ist zurück, dachte sie. Sonst nichts. Nur immer wieder diese drei Worte. Ihr Körper war starr, ebenso wie ihre Augen. Sie bewegte sich keinen Millimeter, als Lena sich am Ufer kurz in ihre Richtung wandte und ihre Blicke suchend den Waldrand entlangglitten. Schließlich wandte sie sich wieder dem Wasser zu und zog eilig ihr Kleid aus. Diesen Augenblick nutzte die Frau im Wald, um ebenso rasch wie lautlos wieder aufs Rad zu steigen und so schnell sie konnte davonzufahren.

*

Magnus hatte mit seiner Einschätzung richtig gelegen. Er brauchte nicht mehr weit zu gehen, höchstens hundert Meter bis zum Waldrand. Und da war es. Marielund.

Fasziniert blieb er stehen, um den Anblick auf sich wirken zu lassen. Der rote Anstrich des Herrenhauses war im Laufe der Jahre zu einem warmen Rosa verblasst. Die an den Wänden emporwachsenden Kletterrosen und die Hecken ringsherum ließen das Haus wie ein verwunschenes Dornröschenschloss aussehen, so als befände sich Marielund in einem langen, Jahrhunderte dauernden Schlaf, ungestört inmitten der Wildnis des Waldes.

Magnus setze sich langsam in Bewegung und ging auf das Haus zu. Durch eines der Fenster schaute er ins Innere. Er klopfte an die Eingangstür und versuchte dann, die Klinke herunterzudrücken. Doch er hatte sie kaum berührt, als er eine scharfe Stimme hinter sich hörte.

»Was machen Sie da?«

Er fuhr wie ein ertappter Sünder herum und sah sich einer dunkelhaarigen Frau in mittleren Jahren gegenüber. Sie mochte ebenso gut vierzig wie siebzig sein, denn ihr gebräuntes Gesicht war auf zeitlose Art faltenlos glatt und schön. Ihr wahres Alter lag vermutlich irgendwo genau in der Mitte, doch Magnus war nicht gerade ein Experte im Abschätzen solcher Dinge.

Dann hielt er sich nicht länger mit dieser überflüssigen Frage auf, denn es war nicht zu übersehen, wie zornig sie war.

»Das ist Privatbesitz!«, fuhr sie ihn an.

Jetzt erst erkannte Magnus sie. »Frau Frödin«, sagte er überrascht. »Ich habe gar nicht erwartet, Sie hier noch anzutreffen!«

Als er ihren fragenden Blick bemerkte, beeilte er sich, hinzuzufügen:

»Ich bin Magnus Jacobsson. Vor vielen Jahren habe ich einmal einen Sommer hier verbracht. Es ist ungefähr dreißig Jahre her. Meine Eltern hatten das obere Stockwerk gemietet, ich konnte von meinem Bett direkt auf den See schauen.« Er hielt inne, und dann hörte er sich selbst zu seinem eigenen Erstaunen voller Nachdruck sagen: »Es war der schönste Sommer meiner Kindheit.«

Sofort erkannte er, dass es die schlichte Wahrheit war. Nichts war je diesem einen besonderen Sommer auf Marielund gleichgekommen. Nie wieder.

Elinor Frödins Gesicht verlor den Ausdruck von Aggression. »Vor dreißig Jahren …«, sagte sie leise. »Ja, damals war es noch schön auf Marielund.«

Doch in der nächsten Sekunde verschloss sich ihr Gesicht wieder. Brüsk wandte sie sich ab, um auf das Pförtnerhäuschen zuzugehen. Sie öffnete die Tür und verschwand im Inneren des kleinen Hauses, ohne sich noch einmal zu Magnus umzudrehen. Magnus nahm es befremdet zur Kenntnis. Was, zum Teufel, war hier passiert? Er hatte Elinor Frödin als etwas stille, aber jederzeit freundliche Person in Erinnerung. Jetzt war sie allem Anschein nach eine verbitterte, völlig zurückgezogen lebende Frau, die niemanden mehr an sich heranließ.

Abermals ließ er seine Blicke schweifen. Über das von Hecken und Wiesen umgebene Haus, den herrlichen Rosengarten, das sanfte Grün des angrenzenden Waldes, die weiten Grasflächen, die sich hinterm Haus bis zum See erstreckten.

Magnus streifte durch den Garten und ging hinunter zum Ufer, wo er zu seiner Verblüffung ein Pferd grasen sah. Als er über das Wasser schaute, sah er die Frau. Sie stand auf einem Felsen, der über einer kleinen Insel unweit des Ufers aufragte. Völlig reglos verharrte sie dort, wie eine antike Statue, die vollkommen geformten Gliedmaßen vom Licht der tief stehenden Sonne übergossen.

Einen Augenblick lang hatte Magnus tatsächlich die absurde Vorstellung, sie sei ein Fabelwesen, eine Wassergöttin, aus den Tiefen des Sees aufgestiegen, um sich den Freuden der Sterblichen hinzugeben.

Doch dann stellte er fest, dass sie einen ganz profanen blauen Bikini trug. Als Nächstes hob sie in einer grazilen Bewegung beide Arme und verschwand mit einem perfekten Kopfsprung unter der Wasseroberfläche.

Magnus wartete gebannt, bis sie Sekunden später prustend auftauchte und zum Ufer geschwommen kam, genau in seine Richtung.

Noch bevor sie aus dem Wasser stieg, merkte sie, dass sie beobachtet wurde. Ihr Gesicht nahm einen Ausdruck von Befangenheit an, während sie durch das Schilf rasch ans Ufer watete.

»*Hej*«, sagte sie. Ihre Stimme klang jung und mädchenhaft.

»*Hej*«, antwortete er hastig. Seine Blicke folgten ihr, während sie zu der Stelle ging, wo sie ihr Kleid abgelegt hatte. Sie schlüpfte rasch hinein und schaute ihn dabei über die Schulter hinweg an, verunsichert, aber mit leichtem Lächeln.

Er erwiderte ihren Blick, fast erschrocken von der Faszination, die diese Fremde auf ihn ausübte. Ohne nachzudenken, tat er einen Schritt auf sie zu, dann noch einen und einen weiteren, bis er nur noch ein paar Meter von ihr entfernt war.

Das nasse Haar kringelte sich um ihr schmales Gesicht und ließ sie jünger wirken, als sie vermutlich war. Magnus schätzte sie auf Mitte bis Ende zwanzig.

Ihm wurde klar, dass er sich aufdringlich benahm, wenn er sie weiter auf diese unverfrorene Art angaffte.

Er holte Luft. »Tut mir Leid, dass ich Sie angestarrt habe. Aber es war … » Er stockte, immer noch gebannt von ihrem Anblick. »Dieses Licht … Das Wasser … Und … Und Sie … «

Sie erwiderte seine Blicke, stumm und fragend, als hätten seine Worte etwas in ihr berührt, von dem sie vorher nicht gewusst hatte, das es dort war.

Magnus glaube, die Magie des Augenblicks förmlich mit Händen greifen zu können.

Sie war es, die den Zauber beendete. »Auf Wiedersehen«, sagte sie leise. Einen Moment später hatte sie sich aufs Pferd geschwungen und war mit einem letzten Blick über die Schulter davongeritten.

Magnus sah ihr nach, bis sie im Wald verschwunden war. Erst nach weiteren, endlos scheinenden Sekunden dachte er daran, dass Emma immer noch allein im Wagen saß.

Hoffentlich. Über seine kindische Spannerei und seine missglückten Flirtversuche hatte er völlig seine Tochter vergessen. Mit einem gemurmelten Fluch machte er sich auf den Rückweg.

*

Er hatte Glück, Emma war nicht aufgewacht. Bis zum Gut der Lagerbergs war es nicht mehr weit, innerhalb weniger Minuten waren sie da. Als er wenig später den Wagen an der Pferdekoppel vorbei in die Einfahrt lenkte, schlief Emma immer noch.

»Aufwachen, Schätzchen«, rief er leise. Er streckte die Hand aus und kitzelte vorsichtig ihr Ohr. »Wir sind da!«

Blinzelnd öffnete sie die Augen und setzte sich auf. »Kann ich gleich reiten?«

Magnus lachte. »Weißt du, wie spät es ist?«

Eine Frau kam aus dem Haus, und an der Art, wie sie ihn und Emma anlächelte, erkannte er, dass er die Vermieterin der Ferienwohnung vor sich hatte, Ingrid Holm. Sie trug einen Wäschekorb auf der Hüfte und kam rasch auf ihn zu, eine hübsche Frau um die dreißig, mit hellbraunem, kinnlangem Haar und einem ansteckenden Lächeln.

»Herr Jacobsson? Herzlich willkommen!«

Er ergriff die zur Begrüßung ausgestreckte Hand. »Entschuldigung, dass es so spät geworden ist. Ich hatte ganz vergessen, wie weit es doch von Stockholm entfernt ist.«

Damit hatte er sofort ihre Neugier geweckt. »Ach, Sie waren schon mal hier?«

Magnus nickte. »Ist lange her. Ich war acht. Wir machten damals Ferien auf Marielund.«

Sie betrachtete ihn interessiert. »Na, dann kennen Sie

sich ja in der Gegend aus.« Sie deutete auf ein hübsches kleines Nebengebäude mit frisch gestrichenen Fensterrahmen und Blumenkübeln vor dem Eingang. »Kommen Sie, ich zeige Ihnen das Gästehaus.« Sie gab Emma die Hand. »*Hej*, ich bin Ingrid.«

»Ich bin Emma.«

»Fein. Dein Zimmer wird dir gefallen.« Ingrid half Magnus und Emma beim Ausladen des Gepäcks und ging anschließend mit dem Mädchen voraus ins Gästehaus.

Magnus nahm den großen Koffer und eine Tragetasche. Er wollte den beiden gerade folgen, als er im nächsten Moment glaubte, Opfer einer Sinnestäuschung zu werden.

Die Frau, die er vorhin am See getroffen hatte, kam unvermittelt auf den Hof geritten. Sie wirkte jetzt nicht länger wie eine übernatürliche Erscheinung, sondern eher leicht erschöpft.

Sie zügelte das Pferd und saß ab. Ein wenig befangen blieb sie stehen und bedachte Magnus mit überraschten Blicken.

»So ein Zufall«, sagte Magnus. Er merkte selbst, wie lahm es klang, doch er hatte das Gefühl, unbedingt etwas sagen zu müssen, bevor sie auf den Gedanken kam, wieder auf das Pferd zu steigen und davonzureiten. Dann erst wurde ihm klar, was es mit ihrem plötzlichen Erscheinen hier auf sich haben musste.

»Wohnen Sie hier?«, fragte er.

Sie nickte und schüttelte gleich darauf den Kopf. »Eigentlich nicht hier, sondern in Stockholm. Ich ...« Sie unterbrach sich, als aus dem Gästehaus Emmas Stimme zu hören war.

»Papa, komm schnell! Das musst du dir ansehen!«

Magnus zögerte. Er wollte nicht ins Haus gehen, sondern hier stehen bleiben und reden. Er hatte zwar nicht den Hauch einer Ahnung, worüber, doch das spielte keine Rolle. Sie sah so zauberhaft aus in ihrem hell geblümten Kleid. Das blonde Haar wellte sich feucht um ihr süßes junges Gesicht, und ihre hellen Augen schienen von innen heraus zu leuchten. Sie hielt den Grauschimmel fest beim Zügel, während sie ihn anschaute. »Mir scheint, Ihr Typ wird verlangt. Sie sollten Ihre Familie nicht warten lassen.«

Mit einem letzten Blick über die Schulter führte sie ihr Pferd in Richtung Stallungen.

Magnus kam sich wie ein alberner Junge vor, weil er ihr nachstarrte, bis sie hinter der Stalltür verschwunden war. Erst dann ging er hinüber zum Gästehaus. Es war auf nette, typisch ländliche Art eingerichtet, mit hell gebeizten Holzmöbeln, bunten Knüpfteppichen und Leinenvorhängen. Das Zimmer, in dem Emma untergebracht war, stellte sich als echter Jungmädchentraum heraus, mit einem veritablen Himmelbett, rosa geblümter Bettwäsche und dazu passenden Rüschengardinen.

Amüsiert sah Magnus zu, wie seine Tochter sich rücklings auf das Bett fallen ließ. »Ich fühle mich wie eine Prinzessin«, kicherte sie.

Ingrid hörte, was Emma sagte. Sie kam hinter Magnus ins Zimmer, einen Stapel frischer weißer Handtücher im Arm.

»Na, dann träum mal was Schönes«, sagte sie gut gelaunt. An Magnus gewandt, fügte sie hinzu: »Brauchen Sie noch was?«

»Danke, es ist perfekt. Oder, Emma?«

»Wenn ich morgen reiten darf – superperfekt«, murmelte Emma, die mit geschlossenen Augen auf dem Bett lag.

Magnus folgte seiner Gastgeberin nach draußen.

»Ach, Ingrid, Moment noch.« Er räusperte sich und

kam sich plötzlich entsetzlich dämlich vor. Doch jetzt hatte er damit angefangen und würde es auch zu Ende führen. »Haben Sie ... Haben Sie zurzeit noch andere Gäste? Ich meine ... Ich wollte nur wissen ...« Er brach ab, in der sicheren Gewissheit, sich bis auf die Knochen blamiert zu haben.

Falls Ingrid belustigt war, ließ sie es sich nicht anmerken. »Keine zahlenden Gäste außer Ihnen«, sagte sie sachlich. »Aber meine Schwester ist da. Lena.«

Magnus nickte lässig und tat so, als interessiere ihn das nicht sonderlich. Aber in Wahrheit konnte er es kaum erwarten, besagte Schwester wiederzusehen.

*

Lena sattelte gerade vor den Boxen das Pferd ab, als ihr Vater in den Stall kam. Mit der gesunden Hand trug er einen Eimer voller Äpfel, den er zwischen den Heuballen abstellte.

Sie lächelte ihn ein wenig reumütig an. »Ihr seid schon mit dem Essen fertig, stimmt's? Tut mir Leid, ich habe einfach am See die Zeit vergessen.«

»Du hast schon immer gerne geträumt.« Björn hielt inne, als müsse er zuerst überlegen, wie er seine nächsten Worte formulieren sollte. »Ich frage mich manchmal, wie du das in deinem Beruf machst«, meinte er schließlich. »Stewardessen müssen doch pünktlich sein.«

»Du wirst lachen, aber ich habe in zehn Jahren nicht einmal meinen Flieger verpasst.«

Björn nahm einen Apfel aus dem Eimer und hielt ihn dem Pferd hin, ohne Lena aus den Augen zu lassen. »Als du damals weggegangen bist ...« Er hielt inne, und in seinen Augen standen mehr Fragen, als Lena ertragen konnte. Sie schaute geflissentlich weg und gab vor, sich intensiv um das Pferd zu kümmern.

»Ich hätte nicht gedacht, dass es so lange dauern wird, bis du wieder zurückkommst«, fuhr Björn mit schwerer Stimme fort. »Zehn Jahre …«

»Es hat sich einfach nicht ergeben«, sagte Lena mit aufgesetzter Leichtigkeit, während sie die Sattelgurte löste. »Mein Leben spielt sich woanders ab.«

Björn war abwartend stehen geblieben, so, als sei ihm das, was sie zur Erklärung vorgebracht hatte, bei weitem nicht genug.

»Ich habe einen Beruf, Papa«, sagte Lena. Sie merkte selbst, dass ihre Worte eher wie eine Schutzbehauptung als eine Rechtfertigung klangen. Mit leiser Gereiztheit setzte sie hinzu: »Ich kann nicht einfach wochenlang Urlaub machen.«

»Jedenfalls nicht hier, oder?« Björn suchte ihren Blick. »Du glaubst wirklich, man kann seine Wurzeln kappen? Einfach so?«

Lena verschränkte beide Arme vor der Brust, sie umklammerte ihren Oberkörper, als wäre ihr kalt. »Wenn es nötig ist fürs Überleben – ja«, entgegnete sie mit abgewandtem Gesicht. Mit einem Mal spürte sie, dass sie Kopfschmerzen bekam. Ihr Tag war zu lang gewesen, zu viel war heute auf sie eingestürmt. Sie war verrückt, wenn sie glaubte, wie im Zeitraffer leben zu können. Zuerst der Nachtflug, dann die weite Fahrt, Schwimmen, Reiten … Kein Wunder, dass sie allmählich Ausfallerscheinungen zeigte.

»Du machst dir was vor, Lena. Lösen kannst du dich von den Gespenstern deiner Vergangenheit erst, wenn du nicht mehr vor ihnen davonläufst, sondern dich ihnen stellst.«

Lena starrte ihren Vater an. Mit der Anklage und dem

Kummer in seinen Augen konnte sie vielleicht fertig werden. Aber nicht mit den Erinnerungen, die sie von innen heraus auffraßen.

»Du hast gut reden, Papa«, sagte sie mit lauter, harter Stimme. »Du musst ja auch nicht mit meiner Schuld leben.«

Ohne ein weiteres Wort ließ sie ihn vor der Box stehen und rannte quer über den Hof davon.

Im Vorbeilaufen sah sie den Mann, der ihr vorhin am See und dann eben wieder im Hof begegnet war. Anscheinend ein Urlauber, der heute mit seiner Familie hier angekommen war. Sein Starren und Stammeln hätten sie nervös machen sollen, aber auf unerklärliche Art hatte es ihr gefallen. Mehr noch, sie hatte in sich eine sonderbare Unruhe unter seinen Blicken gespürt, ein Gefühl, als sei sie plötzlich lebendiger als vorher.

Doch darüber wollte sie jetzt nicht nachdenken. Blindlings rannte sie weiter, bis sie den See erreicht hatte. Auf dem äußeren Ende des Stegs ließ sie sich nieder und starrte hinaus aufs Wasser. Das eigentümliche Zwielicht der nordischen Sommernacht begann schleichend herabzusinken und tauchte alle Konturen in ein feines, silbriges Grau.

Ganz in der Nähe schlug eine Nachtigall. Ihr Gesang tönte klagend aus dem Wald und erinnerte Lena an eine andere Nacht zu einer anderen Zeit, als das Lied der Nachtigall für sie noch romantisch und schön gewesen war.

Sie schwankte vor und zurück, beide Knie mit den Händen umklammernd, das Gesicht nass vor Tränen.

Auch auf dem winzigen Friedhof in der Nähe war die Nachtigall zu hören. Dämmerung lag über den Gräbern, und Elinor Frödin sagte sich wie immer, dass dies die beste Zeit war, um der Toten zu gedenken. Die Blumen waren dunkel und der Himmel fahl, es gab keinen Glanz, der ein falsches Licht auf ihre Trauer hätte werfen können. Sie blieb stehen, als sie den Ort erreicht hatte, an den sie bis an ihr Lebensende Tag für Tag würde zurückkehren müssen, ohne die Aussicht, je zur Ruhe zu kommen. Schwere Rosenstöcke standen rund um das Grab, auf dem ein glatter grauer Marmorstein bezeugte, dass die Vergangenheit nie endete.

*

Ingrid hatte eigene Vorstellungen davon, wie Lena ihren Urlaub am sinnvollsten verbringen konnte. In ihren Augen sprach nichts dagegen, das Angenehme mit dem Nützlichen zu verbinden, was in diesem Fall einen Abstecher in den Obstgarten beinhaltete. Lena hatte sich gefügt – nicht weil sie es musste, sondern weil sie es wollte. Die Apfelplantage von Gut Lagerberg war nicht sonderlich groß, aber die Bäume trugen in diesem Jahr ungewöhnlich gut, vor allem diejenigen mit der früh reifenden Sorte, die bereits im Sommer geerntet wurde.

Nachdem sie fast zwei Stunden Äpfel gepflückt hatten, spürte Lena ihren Rücken und ihre Arme kaum noch, aber um nichts in der Welt hätte sie das zugegeben. Sie genoss es viel zu sehr, einfach nur hier zu sein, zusammen mit ihrer Schwester. Erinnerungen hatten sich ihrer bemächtigt, so bitter-süß und traumgleich, dass sie ungeachtet ihrer Rückenschmerzen in einen tranceartigen Zustand hinüberglitt, in eine Welt, wo es nichts gab außer dem Duft der reifen Sommeräpfel und der Sonne auf ihrer Haut.

Lena stieg von der Leiter und stellte den vollen Korb ab. »Meine Güte, ihr ertrinkt ja hier in Äpfeln. War das früher eigentlich auch so?«

Ingrid lugte von der Leiter im Nachbarbaum zu ihr herab. »Erinnerst du dich nicht, wie wir mit Stefan um die

Wette gepflückt haben? Wir hatten ja hier schon eine Menge Äpfel, aber drüben auf Marielund … Ich hatte immer das Gefühl, die haben zehnmal mehr als wir.«

Lena wandte sich rasch ab und bückte sich, allem Anschein nach voll konzentriert auf das Unterfangen, eine Schütte mit Äpfeln in den großen Korb am Boden auszuleeren.

Ingrid beobachtete ihre Schwester. »Du weißt, wie sehr Papa sich freut, dass du hier bist, oder?«

Lena hielt verbissen den Kopf gesenkt.

»Er hat dich so vermisst die ganze Zeit. Dass seine Lieblingstochter ihn aus ihrem Leben ausschließt … Er kann das einfach nicht verstehen.«

Lena gab es auf, länger die Geschäftige zu spielen. Zögernd richtete sie sich auf. »Ich habe ihn auch immer vermisst. Euch alle. Aber es ging einfach nicht. Ich konnte nicht hierher kommen.«

»Aber jetzt bist du da.«

Lena wurde einer Antwort enthoben, denn soeben kam ihr Neffe aufs Feld gerannt. Er trug eine Apfeltorte vor sich her, die fast so groß war wie er selbst und bedenklich in seinen Händen hin und her rutschte.

»Wir wollen Kuchen essen!«, schrie er vergnügt.

Amüsiert überlegte Lena, dass daraus vermutlich nichts werden würde. Lasse legte ein derartiges Tempo vor, dass der Kuchen wahrscheinlich in ein paar Sekunden nur noch Matsch war. Was wirklich schade wäre, denn sie und Ingrid hatten den halben Morgen in der Küche gestanden und ihre Zeit damit verbracht, den Lieblingskuchen der Familie Lagerberg zu backen.*

* Lagerbergs Äppletårta (Lagerbergs Apfelkuchen) – Rezept siehe Anhang

»Lasse!«, rief Ingrid erbost. »Stell sofort den Kuchen hin!«

Lena war näher dran und nahm die Verfolgung des kleinen Tunichtguts auf. »Hier geblieben, Lasse! Bleib stehen!«

Für Lasse war das Ganze nichts weiter als ein lustiges neues Spiel. Er kicherte frech und nahm seine kleinen Beine in die Hand. Für seine vier Jahre konnte er ziemlich schnell laufen, stellte Lena fest, während sie ihm nachsetzte.

Der Frechdachs rannte wirklich wie der Teufel. Lena jagte ihm lachend hinterher und fühlte sich dabei so gut wie schon lange nicht mehr.

*

Emma ritt über die Koppel, ließ den Braunen zuerst traben und dann in leichten Galopp fallen. Magnus stand neben Björn am Gatter und war davon überzeugt, dass das breite Grinsen auf seinem Gesicht ihn reichlich albern aussehen ließ. Aber er konnte nun mal nichts daran ändern, dass er fast platzte vor Stolz, wenn er seiner Tochter beim Reiten zusah.

Sie war wirklich gut. Magnus nahm sich vor, mit dem eigenen Reitpferd Ernst zu machen. Zu ihrem nächsten Geburtstag würde sie eins bekommen, auch wenn es vermutlich eine unverschämte Stange Geld kosten würde – von der Unterbringung und Pflege ganz zu schweigen.

Björn beobachtete Emma anerkennend. »Das machst du prima, Mädchen!«, rief er.

Magnus wandte sich ihm zu. »Kann man sie wohl allein ausreiten lassen?«

»Sicher. Ich habe sie heute Morgen schon in der Halle beobachtet. Sie ist eine sehr gute Reiterin.«

Emma zügelte das Pferd ein wenig und trabte an ihnen vorbei. »Was ist, kann ich los?«

Magnus nickte. »Pass auf dich auf!«

Björn öffnete das Gattertor und trat zur Seite, damit sie vorbeireiten konnte.

Im nächsten Augenblick zuckte er verdutzt zusammen, denn Lasse kam angerannt, den Kuchen mit beiden Händen vor sich hertragend wie eine Trophäe. Lena war ihm dicht auf den Fersen, gefolgt von ihrer Schwester, die dabei war, Tempo gutzumachen und aufzuholen.

Björn wusste nicht, ob er lachen oder schimpfen sollte, als der blonde Zwerg auf ihn zugeschossen kam. Sein Wohlwollen hielt sich stark in Grenzen, denn soeben war sein Lieblingsnachtisch im Begriff, als Abfall auf dem Boden zu enden.

»Großvater, Kuchen!«, rief Lasse freudestrahlend.

Magnus' verblüffte Blicke wechselten von dem Knirps zu seiner Verfolgerin, die den Jungen im nächsten Moment zu fassen kriegte.

»Habe ich dich, du kleiner Troll!«, rief sie triumphierend.

Durch den plötzlichen Ruck gebremst, ließ Lasse seine Beute fahren. Ohne nachzudenken, tat Magnus einen Satz nach vorn und schnappte sich den Kuchen, den Bruchteil einer Sekunde, bevor das gute Stück auf dem Boden landen konnte.

Die anderen starrten ihn an, anscheinend sprachlos nach seiner artistischen Einlage, fast so, als erwarteten sie, dass er sich jetzt vor ihnen verneigte. Er räusperte sich und wollte gerade irgendeine launige Bemerkung von sich geben, als Lena ihm zuvorkam.

»Das ist ja gerade noch mal gut gegangen.« Sie zauste ihrem Neffen das Haar. »So geht das aber nicht, Lasse. Wir wollen alle was von dem Kuchen haben.« Sie kitzelte ihn spielerisch und hob ihn dann hoch, woraufhin er sich wand und vor Vergnügen aufkreischte. Er strampelte so heftig herum, dass sie ihn hinunterlassen musste, bevor er sie noch versehentlich in die Rippen trat.

Lena stellte ihn ab und sah sich unvermittelt dem Retter der Torte gegenüber. Er übergab Ingrid seinen an einer Seite leicht zermatschten Fang. »Hier, bitte. Beinahe unversehrt zurück.«

Dabei hatte er nur Augen für Lena. Spontan erwiderte sie sein Lächeln und fragte sich dabei, wieso sie auf einmal den Eindruck hatte, schneller atmen zu müssen. Gestern am See war es genauso gewesen. Er hatte etwas an sich, das sie nervös und verlegen machte und den Wunsch in ihr hervorrief, ihn wie ein albernes junges Mädchen verstohlen unter gesenkten Lidern anzuschauen.

In der Tat war er einen zweiten Blick wert, so viel war sicher. Er mochte Mitte bis Ende dreißig sein und war tadellos in Form. Als er sich vorhin die Torte geschnappt hatte, hatte sie sehen können, wie sich die Muskeln seines Oberkörpers unter seinem Hemd spannten. Sein lachendes, offenes Gesicht strahlte Gesundheit, Gutmütigkeit und Lebensfreude aus, und die Haarsträhne, die ihm immer wieder in die Stirn fiel, ließ ihn jungenhaft und zugleich verwegen aussehen, eine für Frauen fatale Mischung, die durch das bezwingende Blau seiner Augen noch betont wurde.

Lena wollte etwas möglichst Geistreiches von sich geben, aber ihr Verstand war wie leer gefegt.

Ingrids Blicke wanderten zwischen ihrer Schwester und dem Gast hin und her. Sie hob die Torte leicht an und betrachtete Magnus angelegentlich. »Duftet lecker, stimmt's?« Als er geistesabwesend nickte, meinte sie:

»Wenn Sie wollen, stelle ich Emma und Ihnen ein Stück aufs Zimmer.«

»Danke«, sagte Magnus zerstreut. »Das ist nett von Ihnen.« Ohne den Blick von Lena zu wenden, setzte er hinzu: »Na, dann will ich mal los.« Er lächelte kurz. »Nachschauen, was sich alles verändert hat im Laufe der Jahre.«

»Ach«, meinte Ingrid leichthin, »hier ist noch alles beim Alten.«

»Das würde mich freuen«, sagte Magnus ohne den Hauch einer Ahnung, ob die Antwort passte. Er hatte ganz und gar nicht den Eindruck, der Konversation folgen zu können. Wie denn auch, wenn er die ganze Zeit nur wie ein Idiot dastehen und die Schwester seiner Gastgeberin anstarren konnte.

Er riss sich zusammen, nickte den beiden zu und ging entschlossen davon. Björn schnappte sich Lasse und schlenderte mit ihm in Richtung Haus.

»Netter Typ«, sagte Ingrid mit Blick auf Lena, nachdem Björn und Magnus außer Hörweite waren. »Ich glaube, du gefällst ihm.«

»Findest du?« Lena versuchte, mit den Augen die Breite seiner Schultern abzuschätzen. »Wahrscheinlich ist er verheiratet. Viel zu kompliziert.«

Trotzdem schaute sie ihm nach, bis er hinter der nächsten Wegbiegung verschwunden war.

*

Magnus hatte nicht vor, einfach nur so durch den Wald zu spazieren. Zielstrebig hielt er auf Marielund zu. Die hellen Augen und das verwirrende Lächeln der blonden Wasserfee hatten ihn zwar den Zweck seiner Reise vorübergehend vergessen lassen, aber immerhin war ihm rechtzeitig wieder eingefallen, dass er nicht nur zur Erholung hier war.

Er blieb an einer Stelle stehen, von der aus er einen guten Blick auf das Herrenhaus hatte. Mit der Digitalkamera machte er einige weitere Aufnahmen und fragte sich dabei, welches Ereignis dazu geführt hatte, dass das Anwesen im Laufe der Jahre so heruntergekommen war. Es wirkte nicht direkt verwahrlost, doch von dem gepflegten, beinahe eleganten Flair, das Marielund damals zu seiner Kinderzeit ausgestrahlt hatte, war es mittlerweile Welten entfernt.

In seiner Hosentasche vibrierte das Handy, und einen Augenblick lang gab er sich der Vorstellung hin, Britta würde anrufen und ihre Ankunft ankündigen. Doch er verwarf den Gedanken sofort wieder. Sie hatte gesagt, sie würde sich erst heute Abend wieder melden. Oder spätestens dann, wenn sie das Ergebnis ihrer Bewerbung erfuhr – was vermutlich erst übermorgen der Fall war.

Auf dem Display stand Claes' Nummer. Magnus erwog, einfach nicht dranzugehen. Aus unerfindlichen Gründen war er nicht in Stimmung, übers Geschäft zu reden. Doch das war natürlich idiotisch. Claes würde es einfach so lange weiter versuchen, bis er ihn doch noch erwischte. Folglich konnte Magnus es genauso gut gleich hinter sich bringen.

»Wie sieht's aus?«, fragte Claes. »Hast du das Grundstück gesehen? Schon Ideen? Ich habe übrigens inzwischen ein paar Angebote von Abrissfirmen eingeholt. Das Haus ist doch aus Holz, oder?«

»Nicht so eilig«, sagte Magnus, seine Blicke auf den Gegenstand ihrer Unterhaltung gerichtet. »Das ist alles nicht ganz so einfach. Ich brauche auf jeden Fall noch mehr Zeit.«

»Du hast genau drei Tage«, erklärte Claes rigoros. »Bis

dahin müssen wir wissen, ob es sich rechnet, dass wir in die Sache einsteigen. Also, fang an, Junge. Denk dran, wir brauchen so ein Projekt wie dieses. Dringend.«

»Ich melde mich.« Magnus merkte, wie unwirsch seine Stimme klang. Er beendete das Gespräch mit ein paar freundschaftlichen Floskeln, während er sich langsam dem Haus näherte.

Er stieg die große Freitreppe hinauf, die auf die Veranda führte. Die Haustür war offen. Als er die große, kahl wirkende Halle betrat, fluteten hinter ihm Sonnenstrahlen durch den Türspalt ins Haus und erzeugten staubig flimmernde Lichtbahnen über den abgehängten Möbelstücken. Abgesehen davon, dass das Haus unbewohnt war, schien hier drin die Zeit stehen geblieben zu sein. Das schöne alte Holzparkett war von einer dicken Staubschicht bedeckt, und auch die hohen Kassettentüren hätten einen frischen Anstrich vertragen können. Doch für Magnus sah alles beinahe so aus wie damals. Die Marmorbüsten neben der Hallentür, die er schon damals so komisch gefunden hatte. Das gedrechselte Holzgeländer der Treppe, die nach oben führte. Die Bilder, die an den Wänden hingen – alles war wie in seiner Kindheit.

Eines der verhängten Möbelstücke in der Halle hatte unter dem Laken merkwürdige Umrisse. Magnus hob einen Zipfel des Leinentuchs an und schaute darunter. Zu seinem Befremden entdeckte er ein völlig demoliertes, offensichtlich bei einem Unfall zerschmettertes Motorrad.

Er zuckte zusammen, als hinter ihm plötzlich Elinors kalte Stimme ertönte.

»Was tun Sie hier?«

Magnus fuhr herum. Diese Frau hatte ein Talent, sich unbemerkt anzuschleichen! Doch sein Schuldbewusstsein überwog seinen Ärger. Immerhin hatte sie ihn nun schon zum zweiten Mal dabei erwischt, dass er unbefugterweise hier herumschnüffelte.

»Entschuldigen Sie, dass ich einfach so hier reingegangen bin«, sagte er hastig. »Es ist nur so ... Ich konnte nicht anders. Wissen Sie, wenn ich dieses Haus sehe ...« Er hielt inne und holte Luft. »Es ist, als wäre ich wieder acht.« Er spürte Beklommenheit bei diesen Worten, weil mit einem Mal Erinnerungen über ihn hereinbrachen, die wehtaten.

Linkisch deutete er auf die Treppe. »Einmal bin ich da runtergerannt, weil mein Vater mit mir angeln gehen wollte. An der zweiten Stufe war ein Brett locker. Ich bin gestolpert und die ganze Treppe runtergekugelt.« Er lächelte flüchtig. »Ist aber nichts weiter passiert.«

»Diese Stufe!« Elinor schaute in die Ferne. »Wie oft haben wir das Brett festgenagelt, doch es hat sich immer wieder gelöst.« Sie schaute ihn unvermittelt an. »Ich erinnere mich an Ihre Mutter. Kommen Sie mit raus, wir gehen ein Stück.«

Der Garten hinterm Haus war eine einzige verwunschene Märchenlandschaft mit üppigen Rosenstöcken, dicken alten Bäumen und blühenden Sträuchern, alles vor der malerischen Kulisse des nahen Seeufers.

Elinor ging neben ihm, den Blick zum See gewandt. »Ihre Mutter war eine fröhliche Frau. Aber sie hat immer gefröstelt.«

»Sie saß gern unter den Bäumen dort«, sagte Magnus leise, mehr zu sich selbst. »In einem Liegestuhl. Sie war schon ziemlich schwach damals. Aber sie hat die Luft und die Wärme genossen. Und natürlich den herrlichen Blick.«

Jener Sommer auf Marielund war zugleich der letzte im Leben seiner Mutter gewesen. Sie hatten ihn intensiv erlebt, so intensiv wie noch nie eine Zeit davor. Er selbst hatte nicht gewusst, dass seine Mutter sterben musste. Sein Vater schon. Oft hatte er einfach nur dagestanden und sie angeschaut, ohne dass sie es bemerkte, einen Ausdruck verzweifelter Sehnsucht in den Augen. Magnus erinnerte sich, wie sehr es ihn verstört hatte, seinen Vater so zu sehen.

An den Abenden hatten sie gemeinsam Karten gespielt oder am Seeufer die Fische gegrillt, die sie tagsüber gefangen hatten. Er hatte dicht bei seiner Mutter gesessen, die ihn an sich gezogen hatte, als sei er noch ein kleines Kind. »Wärm mich«, hatte sie gesagt. »Mir ist so kalt.«

Im Dezember darauf war sie gestorben.

Magnus merkte, dass er es laut ausgesprochen hatte.

»Das tut mir Leid«, sagte Elinor Frödin.

Sie wirkte nun ein wenig zugänglicher als vorher, und Magnus fand es an der Zeit, ihr ein paar wichtige Fragen zu stellen.

»Sagen Sie, Frau Frödin – was ist passiert, dass Marielund versteigert werden soll? Man sagte meinem Partner, Sie seien nicht mehr die Eigentümerin. Sondern die Nordisc-Bank.«

Elinors Miene erstarrte. »Ich weiß nicht, was Sie meinen. Und ich will es auch gar nicht wissen.«

Sie wandte sich ab und ging zurück zum Haus. Magnus schaute ihr stirnrunzelnd nach. Die ganze Sache wurde immer rätselhafter.

*

Ingrid schälte Äpfel, als Björn in die Küche kam. Ohne ein Wort ging er zur Anrichte, wo er sich, behindert durch den unbrauchbaren Arm, mit unbeholfenen Bewegungen Kaffee einschenkte. Er setzte sich an den Tisch, immer noch schweigend. Er sprach auch nicht, als seine Tochter aufstand, ihm ein Stück Apfelkuchen abschnitt und es vor ihn hinstellte.

Sein Gesichtsausdruck war verschlossen und grüblerisch. Irgendetwas steckte ihm ganz gewaltig quer, und Ingrid musste nicht lange überlegen, was es war.

»Es ist schön, dass sie hier ist, oder?«, begann sie in lockerem Konversationston.

Er fuhr auf. »Sie hat sich nur drei Tage Urlaub genommen!«

Ingrid setzte sich zu ihm an den Tisch. »Das kann ein Anfang sein«, meinte sie begütigend. »Hast du mit ihr geredet?«

Er starrte bloß schweigend auf das unberührte Kuchenstück. Normalerweise ließ er für diese Sorte Apfelkuchen alles stehen und liegen.

»Du musst ihr sagen, dass du sie vermisst«, drängte Ingrid. »Es ist nicht leicht für sie!«

Björn ballte die unverletzte Hand zur Faust. »Sie fühlt sich immer noch schuldig«, sagte er tonlos. »Nach zehn Jahren! Mein Gott, wieso verschwendet sie bloß auf diese Weise ihr Leben!« Seine Wut verrauchte ebenso schnell, wie sie gekommen war. Er senkte den Kopf und berührte fahrig den Tellerrand, dann nahm er doch die Gabel und teilte ein Stück von dem Kuchen ab. »Ich würde ihr ja gern helfen. Wenn ich nur wüsste, wie.«

Ingrid hätte am liebsten geweint, doch sie wusste, dass ihn das nur noch mehr verstören würde. Sie hatte keine Ahnung, was sie noch an tröstenden Worten sagen sollte. Alles, was gepasst hätte, war schon vor Jahren ausgesprochen worden. Sie drehten sich nur noch im Kreis. »Vermutlich wird sie am Ende ihren Weg allein finden.«

Die Resignation, die in ihren Worten zum Ausdruck

kam, besiegelte die Aussichtslosigkeit der Situation erneut. Es war nun mal so, wie es war, und sie konnten offenbar nicht das Geringste dagegen tun.

*

Sonnenlicht fiel in blassgoldenen Sprengseln durch das Blätterdach der Bäume und malte unregelmäßige Lichtmuster auf den bekiesten Weg. In ihren Vorstellungen war Lena schon oft hierher gekommen, an diesen besonderen Ort direkt am See. Viel häufiger, als sie zählen konnte. Jeden Schritt hatte sie in Gedanken schon getan, hatte sich selbst dabei beobachtet, wie sie Meter um Meter zurücklegte, bis sie schließlich bei Stefans Grab angekommen war.

Doch in der Realität war sie all die Jahre hunderte Kilometer weit weg gewesen, und selbst jetzt, nachdem sie es endlich hingekriegt hatte, überhaupt wieder nach Hause zu kommen, schaffte sie es nicht, das letzte Stück des Weges zurückzulegen.

Lena glaubte, ersticken zu müssen, als sie an der Mauer aus Bruchsteinen entlangstreifte, die den Friedhof zum Weg hin abgrenzte. Sie erreichte das Tor und streckte die Hand aus, berührte das eiserne Gitter.

Und zuckte zurück, als hätte sie glühendes Metall angefasst. Sie konnte es nicht. Gott helfe ihr, sie brachte es nicht fertig, diese paar erbärmlichen letzten Schritte bis zu seinem Grab zurückzulegen!

Erschüttert und von Selbsthass erfüllt, wandte sie sich ab und rannte stolpernd davon, bloß weg von hier.

Sie erreichte das freie Feld und traf dort unversehens auf Magnus, der sich urplötzlich wie aus dem Nichts zu materialisieren schien.

»*Hej*«, sagte Lena mit flattriger Stimme.

Er lächelte sie auf seine beunruhigende Weise an. Lena hatte mit einem Mal das Bedürfnis, irgendetwas mit ihren Händen zu tun. Zum Beispiel, ihr Haar aus dem Gesicht zu streichen oder zu prüfen, ob ihre Bluse richtig saß.

Er machte eine ausholende Geste um sich herum, deutete auf die Bäume, die weiten Wiesen, den See. »Es ist unglaublich, wie schön es hier ist.«

Lena schaute sich um und holte Luft, als sehe sie selbst diese Umgebung zum ersten Mal. »Ja«, sagte sie ruhig. Mehr nicht.

Es war schön, und sie war die letzte Person, die das bestreiten wollte. Es war so schön, dass es sie innerlich zerriss, wenn sie daran dachte, wie bald sie wieder weg musste.

Magnus betrachtete sie intensiv. »Es gibt nicht viele Orte mit so einem besonderen Zauber. So wie ihn Marielund hat.«

Lena hätte sich am liebsten die Ohren zugehalten. Sie wollte nicht über Marielund reden.

»Ingrid hat mir erzählt, dass Sie Architekt sind«, meinte sie eilig. »Was bauen Sie denn so? Könnte ich etwas von Ihnen kennen?«

»Ich entwerfe Wohnhäuser und Schulen«, antwortete Magnus bereitwillig. »Beispielsweise die in der Hinrichsgatan in Stockholm.« Er schien mehr als erfreut über ihr Interesse zu sein, und während sie langsam nebeneinander den Waldweg entlanggingen, merkte Lena zu ihrem eigenen Erstaunen, dass sie wirklich mehr über ihn erfahren wollte.

»Ja, ich glaube, die kenne ich sogar. Macht Ihnen Ihr Beruf Spaß?«

Er nickte. »Ich wollte Häuser bauen, seit ich denken

kann. Vor allem Häuser, in denen Menschen leben können. Familien.« Er lächelte. »Am besten auf dem Land.«

»Mögen Sie die Stadt nicht? Sie leben doch in Stockholm, oder?«

»Doch, ich wohne gern in der Stadt. Die meiste Zeit jedenfalls. Nur manchmal ...« Er hielt inne. »Manchmal ist da so eine Sehnsucht. Nach Natur, nach Platz.« Er deutete hinaus auf den See. »Dieser weite Blick, den man hier hat, den vermisse ich in der Stadt schon sehr. Geht es Ihnen nicht auch so? Sind Sie nicht sofort entspannter, wenn Sie hierher nach Hause kommen?«

Lena starrte schweigend hinaus aufs Wasser. »Ich bin nicht oft hier«, sagte sie schließlich mühsam. »Aber ich kann verstehen, dass es Ihnen gefällt. Ingrid hat mir erzählt, dass Sie als Kind schon einmal hier waren. Sie haben wohl sehr glückliche Erinnerungen an diese Zeit?«

Magnus zuckte die Achseln und nickte dann, während er ihren Blick festhielt. »Schade, dass Sie damals noch nicht auf der Welt waren. Wir hätten wahrscheinlich viel Spaß gehabt.«

Lena lachte. »Ich war ziemlich wild als Mädchen, fast so schlimm wie Lasse. Am liebsten bin ich mit meinem Vater um die Wette geritten. Oder mit seinem Motorboot über den See gedüst.«

Er lachte ebenfalls, und Lena spürte, wie er sie von der Seite betrachtete. »Auf jeden Fall ist es nett, Sie jetzt kennen zu lernen«, sagte er.

Sie wandte sich ihm zu und schaute ihn an. In seinen Augen stand ein unmissverständliches Funkeln. Bestürzt wurde sie gewahr, dass zwischen ihnen etwas aufflammte, das über normale Sympathie bedrohlich weit hinausging. Es war wie ein elektrisches Knistern, und sie glaubte förmlich, es auf ihrer Haut spüren zu können.

»Ich muss leider jetzt gehen«, sagte sie hastig. »Ich … ich habe Ingrid versprochen, ihr beim Einkochen zu helfen.«

Sie sah seine Enttäuschung und lächelte unwillkürlich, als könne sie damit ihren Aufbruch weniger überstürzt wirken lassen.

»Wiedersehen«, sagte sie.

Dann wandte sie sich ab und ging mit eiligen Schritten davon.

*

Magnus schaute ihr nach, nicht ganz sicher, was er von ihrem Benehmen halten sollte. Einen Augenblick lang hatte sie echtes Interesse an ihm bekundet, und er hatte sich bereits auf eine richtige Unterhaltung mit ihr gefreut. Dann, nur eine Sekunde später, hatte sie wieder die Spröde, Unnahbare herausgekehrt und war verschwunden, bevor er auch nur den nächsten Satz hatte herausbringen können.

Was, zum Teufel, machte er falsch?

Oder andersherum gefragt – was hatte er bisher richtig gemacht? Ganze drei Mal hatte er sie mehr oder weniger zufällig getroffen, sie angestarrt wie ein aufdringlicher Wegelagerer und sie mit dämlichen Sprüchen gelangweilt. Kein Wunder, dass sie jedes Mal so schnell das Weite suchte.

Von schwachem Ärger auf sich selbst erfüllt, machte er sich auf den Weg zum See. Drüben vom Steg her war Kinderlachen zu hören. Emma und Lasse saßen einträchtig nebeneinander auf den Planken und übten sich im Fischen. Magnus schaute belustigt zu, wie Emma die Angel hielt. Ihrem gelangweilten Gesichtsausdruck nach zu urteilen, gefiel ihr das Reiten deutlich besser.

Björn hockte weiter vorn auf dem Steg und machte sich an einem kleinen Ruderboot zu schaffen, das vor ihm auf den Planken lag. Er schliff einige raue Stellen im Holz glatt, das Gesicht in grimmiger Entschlossenheit verzogen. Er war ein Hüne von einem Mann, was seine einhändigen Bemühungen erst recht hilflos wirken ließ, doch er schien wild entschlossen zu sein, sich durch seine gebrochene Schulter nicht im Geringsten einschränken zu lassen.

Emma und Lasse ließen die Beine über dem Wasser baumeln und starrten auf den Schwimmer am Ende der Angelschnur, der in einiger Entfernung auf der Wasseroberfläche trieb.

Magnus genoss für ein paar Sekunden einfach nur den Anblick, wie die zwei ihre Köpfe zusammensteckten. Er dachte daran, dass er jetzt auch einen Sohn in Lasses Alter haben könnte. Anfangs war es für ihn und Britta klar gewesen, dass sie zwei Kinder wollten, einen Jungen und ein Mädchen. Doch vor Emma hatte Britta bereits zwei Fehlgeburten gehabt, und nach der Geburt ihrer Tochter hatte sie sich geweigert, das Schicksal ein weiteres Mal herauszufordern. Zuerst hatten sie ein paar Mal darüber gesprochen, es vielleicht später noch einmal versuchen zu wollen. Aber dann war nie wieder die Rede von einem weiteren Kind gewesen, obwohl Magnus nichts dagegen gehabt hätte, noch einmal Vater zu werden.

Doch dieser Zug war wohl endgültig abgefahren. Britta war jetzt fünfunddreißig und voll auf dem Karrieretrip. Sie verfolgte ihren Weg nach oben mit einer Zielstrebigkeit, die Magnus hin und wieder erschreckend fand. Nicht, weil er es ihr nicht gegönnt hätte oder gar weil er neidisch auf sie gewesen wäre, im Gegenteil. Zum einen war er stolz auf seine erfolgreiche Frau, und zum anderen war er selbst schließlich ebenfalls ein Mensch, dem seine Arbeit Spaß machte. Doch bei allem geschäftlichen Engagement hatte er immer das Gefühl gehabt, dass ihm seine Familie über alles ging, während bei Britta die Entwicklung gerade in diesem Punkt anders zu verlaufen schien als bei ihm. Der Erfolg entfernte sie von ihrem Mann und ihrer Tochter, und diese Tatsache war es, die Magnus zunehmend beunruhigte.

Er verdrängte die unerfreulichen Gedanken und schlenderte auf den Steg hinaus, wo Björn sich mit wachsender Ungeduld an dem Holz des Bootes zu schaffen machte.

»Kann ich helfen?«, fragte Magnus.

»Sie haben Ferien. Sie müssen nichts tun.«

Magnus unterdrückte ein Grinsen, denn trotz der in brummigem Ton vorgebrachten Ablehnung war der hoffnungsvolle Ausdruck in Björns Augen nicht zu übersehen. Geschmeidig ging Magnus neben dem Boot in die Hocke und nahm ein Stück Schmirgelpapier. »Ich werde immer mehr zum Büroarbeiter«, sagte er leichthin. »Dabei gibt es für mich nichts Schöneres, als mit den Händen zu arbeiten.« Er bemerkte Björns fragenden Blick und setzte erläuternd hinzu: »Vor dem Studium habe ich eine Schreinerlehre gemacht.«

Geschickt fuhr er mit der Schleifpappe über die angesplitterte Stelle an dem Boot, das offenbar bei einer Karambolage Schaden genommen hatte.

»Sie haben nichts verlernt«, stellte Björn anerkennend fest.

Magnus nickte und glättete mit gleichmäßigen Bewegungen das Holz. Ohne seine Arbeit zu unterbrechen, meinte er in beiläufigem Tonfall: »Ich habe Elinor Frödin getroffen. Sagen Sie, was ist da los mit Marielund?«

Er schaute auf, weil Björn nicht sofort antwortete. Die

Miene des Älteren drückte Zurückhaltung und eine Spur Abneigung aus. »Das ist eine komplizierte Geschichte«, sagte er knapp. »Wir haben schon lange keinen Kontakt mehr zu Elinor.«

Magnus war nicht bereit, so schnell aufzugeben. »Lebt sie dort ganz allein?«

»Hin und wieder kommt jemand aus der Stadt und hilft ihr beim Mähen oder beim Holzmachen. Aber eigentlich lebt sie wie eine Einsiedlerin.«

Auf Magnus' fragenden Blick hin wandte Björn den Kopf zur Seite und schaute über den See. »Es ist eine Schande«, sagte er mit unbewegter Stimme. »Was haben wir zusammen für schöne Zeiten auf Marielund verbracht. Diese Sommerfeste.« Er schwieg einen Moment. »Der ganze Park war voller bunter Lampions. Es gab Musik. Es wurde gefeiert, getanzt und gelacht. Es ist so ein Jammer.« Er schüttelte den Kopf, und Magnus glaubte für einen Augenblick, Verzweiflung in den Zügen seines Gastgebers zu erkennen.

Er beschloss, es auf die direkte Art anzugehen. »Was ist passiert?«

»Es hat ein Unglück gegeben«, sagte Björn. »Danach war nichts mehr so, wie es war.« Nach dieser wortkargen Auskunft war er offenbar nicht bereit, mit weiteren Informationen herauszurücken.

Für den Augenblick musste Magnus das wohl oder übel akzeptieren, doch er nahm sich vor, bei nächster Gelegenheit weiter zu forschen. Der Teufel sollte ihn holen, wenn er nicht bald irgendjemanden hier in der Gegend auftrieb, der ihm das erzählen konnte, was er wissen wollte.

*

Elinor hörte das leise Quietschen der Fahrradkette, während sie auf dem staubigen Asphalt in Richtung Stadt strampelte. Vage überlegte sie, wann sie das Quietschen zum ersten Mal gehört hatte, doch es fiel ihr nicht ein. Mehr als einmal hatte sie sich vorgenommen, die Kette zu schmieren. Oder Stinas Mann zu bitten, sich das Rad anzusehen. Jens kannte sich mit solchen Sachen aus, und er hätte es sicher sofort erledigt. Wie Stina machte er nicht viele Worte, aber was er anpackte, funktionierte immer.

Doch Elinor wusste schon jetzt, dass sie ihn wieder nicht fragen würde. Wozu auch. Ihr Rad war alt und ging aus den Fugen, daran würde ein bisschen Öl auch nichts mehr ändern.

Mit einer unbestimmten Ironie dachte Elinor, dass ihr Rad im Grunde nichts anderes war als ein Sinnbild ihres ganzen Lebens. Gut genug, um damit noch ein paar Wege zurückzulegen, dies und das zu erledigen. Aber ansonsten klapprig und zum Untergang verdammt. Ihr Dasein schien sich aufzulösen, Stück für Stück, jedes Jahr, jeden Monat und jeden Tag ein bisschen mehr, bis nichts mehr davon übrig war.

Der Wind blies ihr ein paar Strähnen ihres Haars ins Gesicht. Elinor registrierte, wie spröde es war. Alt und verbraucht, so wie sie selbst.

Die Leute, an denen sie vorbeikam, grüßten sie mit derselben Freundlichkeit wie immer. Elinor grüßte natürlich jedes Mal zurück, fragte sich aber ein ums andere Mal, was es den Betreffenden überhaupt brachte, nett zu ihr zu sein. Niemand wurde mehr nach Marielund eingeladen, und sie blieb niemals auf der Straße stehen, um ein Schwätzchen zu halten. Wenn sie überhaupt in die Stadt kam, dann nur, weil es sich nicht vermeiden ließ. Sie musste essen und brauchte Lebensmittel, folglich musste sie einkaufen. Und weil das nicht ohne Geld ging, war sie gezwungen, etwas zu verdienen.

Sie erinnerte sich nicht genau an den Zeitpunkt, als sie kein Geld mehr von der Bank hatte abheben können. Irgendwann vor ein paar Jahren war es einfach aufgebraucht gewesen. Natürlich waren ihr die Zusammenhänge klar, doch jedes Mal, wenn sie versuchte, genauer darüber nachzudenken, verspürte sie nur diese eigenartige Interesselosigkeit und die Gewissheit, dass es völlig sinnlos war, sich den Kopf über die Zukunft zu zerbrechen.

Die Arbeiter auf dem Gut hatte sie schon vor vielen Jahren entlassen, und Ferienwohnungen hatte sie ebenso lange nicht mehr vermietet. Deswegen war kein Geld mehr hereingekommen. Doch das war ihr gleichgültig, und mehr gab es dazu aus ihrer Sicht nicht zu sagen.

Immerhin hatte sie noch ihre Rosen. Vermutlich sollte sie deswegen glücklich sein, denn wenn sie nicht regelmäßig ihre Rosen an Stina hätte verkaufen können, wäre sie wahrscheinlich schon verhungert. Doch auch das berührte sie nur am Rande. Die Rosen wuchsen von allein, sie musste nichts weiter tun, als sie hin und wieder zu düngen und zu gießen und sie dann abzuschneiden und zu Stina zu bringen.

Die Luft war klar und mild an diesem Sommertag. Der Wind raschelte in den Birken, welche die jetzt geschlossene Grundschule säumten, und er wehte den betäubenden Duft der Rosen in Elinors Gesicht.

Die Holzhäuser leuchteten in zarten Pastellfarben, gelb, grün, blau und natürlich auch in jenem warmen, kräftigen Rotton des Faluröd, das traditionell aus den Kupfergruben von Falun gewonnen wurde.

Auf einer der Fensterbänke rekelte sich eine fette Katze, die blinzend den Kopf hob, als Elinor vorbeiradelte. Unweit der kleinen Dorfkirche spielte eine kleine Schar von Jungs Fußball, und vor der Bäckerei hatten sich ein paar Frauen auf ein Schwätzchen zueinander gesellt. Davon abgesehen war es ruhig im Ort, es herrschte eine verträumte, beinahe verschlafene Atmosphäre, wie immer um diese Tageszeit. Elinor legte keinen Wert auf Betriebsamkeit.

Stina trat aus dem Laden, als Elinor vom Rad stieg.

»*Hej*, Elinor«, sagte sie gut gelaunt. »Deine Rosen sind wieder herrlich! Meine Kunden warten schon darauf!« Sie nahm das dicke Bündel aus dem Fahrradkorb und schnupperte an den vollen Blüten. »Wie viele sind es heute?«, wollte sie wissen. »Was bekommst du?«

»Zweihundertfünfzig Stück«, sagte Elinor mit abgewandtem Gesicht. »Bezahlen kannst du auch beim nächsten Mal.«

Das sagte sie immer, wenn sie die Rosen brachte. Es war, als müsse sie einem inneren Drang folgen, sich unabhängig zu zeigen. Sie brauchte nichts, und der Gedanke, jemand könne auf die Idee kommen, es sei anders, war ihr unangenehm.

Stina lächelte. »Ach was. Ich hole das Geld schnell. Du hast doch noch einen Moment Zeit?« Auch sie folgte einem eingespielten Ritual. Sie würde nicht zulassen, dass Elinor ohne Geld davonfuhr. Insgeheim war Elinor erleichtert. Sie überlegte einen Moment lang, vielleicht doch nachzufragen, ob Stinas Mann sich das Fahrrad einmal ansehen könne.

Doch dann sagte sie unvermittelt: »Für nächstes Jahr wirst du dir einen anderen Rosenlieferanten suchen müssen, Stina.«

So, jetzt war es draußen. Elinor war vor sich selbst erschrocken. Warum hatte sie das gesagt? Wieso ging sie mit einer Geschichte hausieren, an die zu denken sie sich selbst bisher doch die ganze Zeit verboten hatte?

Stina, bereits im Begriff, mit dem Eimer in ihren Armen in den Laden zu gehen, blieb stehen und drehte sich zu Elinor um. Ihr reizendes Gesicht unter dem blauen Kopftuch zeigte eine Mischung aus Bestürzung und Unglauben. Bevor sie die unvermeidliche Frage stellen konnte, kam Elinor ihr zuvor.

»Die Zeiten ändern sich«, sagte sie beinahe barsch. »Wer weiß, ob nächstes Jahr überhaupt noch Rosen auf Marielund blühen.«

Sie wich Stinas fragenden Blicken beharrlich aus und stieg rasch auf ihr Rad. Höchste Zeit, nach Hause zu fahren, sie hatte sich schon viel zu lange hier aufgehalten. Mit einem flüchtigen Gruß verabschiedete sie sich von Stina und radelte davon.

Sie hatte bereits den Ortsrand passiert, als ihr klar wurde, dass sie diesmal ohne Geld nach Marielund zurückkehrte.

*

Der Duft von frischem Heu stieg Magnus in die Nase, als er in Richtung Stallungen kam. Emma stand auf dem Hof und striegelte das Pferd. Als Magnus sich ihr näherte, hörte er ihre leise, beruhigende Stimme.

»Ist das schön? Mhm, ja, das tut dir gut … Du bist so schön, Svala.«

Magnus war glücklich, dass sie sich wohl fühlte. Nichts von dem, worüber er sich in den vergangenen Tagen so sehr gesorgt hatte, schien sie hier zu belasten. Weder, dass ihre Mutter im Begriff war, in einer anderen Stadt eine neue Stelle anzunehmen, noch der Umstand, dass er mit ihr allein hierher gekommen war.

Er trat neben seine Tochter und berührte mit spontaner Zärtlichkeit ihre Wange. »Na, wie lange bist du geritten?«

»Eine Stunde vielleicht. Nachher helfe ich noch beim Ausmisten. Und morgen fahre ich mit Björn zum Schmied.«

»Da hast du ja allerhand vor.« Magnus griff sich eine Bürste von einem Holzschemel und half ihr, das Pferd zu striegeln. Es war eine ungewohnte Tätigkeit für ihn, doch zu seiner Überraschung empfand er es als durchaus angenehm, dabei zuzuschauen, wie das glatte braune Fell unter den Bürstenstrichen zu schimmern begann.

Doch bei den nächsten Worten seiner Tochter merkte er, wie trügerisch sein selbst erzeugtes friedliches Stimmungsbild in Wirklichkeit war.

»Hat Mama eigentlich mal angerufen?« Ein Hauch von Aggression klang aus Emmas Stimme. »Du musst ihr unbedingt sagen, dass sie kommen soll. Schließlich ist es ein Familienurlaub, oder nicht?«

Als hätte sich eine unbekannte Macht mit ihr verbündet, klingelte in diesem Augenblick Magnus' Handy. Auf dem Display sah er Brittas Nummer und war plötzlich von merkwürdig zwiespältigen Gefühlen erfüllt. Aber er verbot es sich sofort, diese komischen Empfindungen auch nur im Ansatz gedanklich zu erforschen.

»*Hej*«, meldete er sich. »Gerade haben wir von dir geredet.« Seine Stimme klang um einiges aufgeräumter, als er sich fühlte.

»Mama, es ist toll hier!«, rief Emma laut dazwischen. »Wann kommst du endlich?«

»Du hast sie gehört«, sagte Magnus ins Telefon.

»Gib ihr einen Kuss von mir«, kam es zurück. »Ich muss leider noch ein paar Tage hier bleiben. Ein paar wichtige Gespräche stehen noch aus.«

Magnus spürte sofort Erleichterung in sich aufsteigen. Er hasste sich dafür, aber das vermochte auch nichts daran zu ändern, wie wenig Wert er auf die Anwesenheit seiner Frau legte. Er unterdrückte die Bestürzung über seine merkwürdig ambivalenten Gefühle und sagte rasch: »Na ja, wenn es wichtig ist … Ich wünsche dir jedenfalls viel Glück.« Er warf einen Blick zu Emma hinüber, die stumm und reglos dastand und ihn mit aufgerissenen Augen anstarrte. Dieser Anblick versetzte ihm einen Stich, schnell, schmerzhaft und mit tödlicher Präzision. Sie war im Begriff, etwas zu verlieren, und sie begriff es trotz ihrer Jugend mit unfehlbarem Instinkt. Magnus glaubte, es nicht ertragen zu können, und schaute schnell zur Seite.

»Deine Tochter schickt dir einen Kuss«, sagte er tonlos.

Dann trennte er die Verbindung und steckte das Handy wieder ein. Er hätte Emma gern in die Arme genommen, um sie zu trösten. Doch eine innere Stimme sagte ihm, dass er es damit zum jetzigen Zeitpunkt vielleicht nur noch schlimmer machen würde.

*

Der betäubend aromatische Duft von köchelndem Obst erfüllte die große Wohnküche der Lagerbergs. Björn fühlte sich an alte Zeiten erinnert, als er Lena am Herd stehen und in dem großen Topf rühren sah. Sie sah ihrer Mutter so ähnlich, dass er sich manchmal fragte, warum ihm das nicht schon viel früher aufgefallen war.

Vielleicht lag es daran, dass er sie so lange nicht gesehen hatte. Gesehen im Sinne von richtig wahrgenommen. Die kurzen Besuche in Stockholm zählten nicht mit. Dort hatte sie sich regelmäßig wie eine Fremde benommen, distanziert, höflich, kaum daran interessiert, ihn richtig anzuschauen. Sie war nicht dieselbe gewesen wie hier zu Hause auf Lagerberg. Nicht so wie in diesem Moment, als sie am Herd stand und Obst kochte. Sie war kaum achtzehn gewesen, als sie weggegangen war, fast noch ein Kind. Seit damals hatte sie sich verändert, und das wurde ihm erst jetzt wirklich klar.

Zehn Jahre waren eine Ewigkeit, und er hatte sie so sehr vermisst, dass er manchmal geglaubt hatte, verrückt zu werden.

Björn verharrte einen Augenblick in der offenen Küchentür. Lena sah hübsch aus in ihrem weißen Rock und der ärmellosen Bluse. Das Haar hatte sie locker hinter die Ohren gestrichen, was ihr ein rührend mädchenhaftes Aussehen verlieh.

Nein, dachte er plötzlich. Sie hat sich gar nicht richtig verändert. Kein bisschen. Sie ist immer noch mein kleines Mädchen!

Björn hatte plötzlich Angst vor dem Moment, in dem sie beschließen würde, wieder wegzugehen. Der Zeitpunkt würde kommen, so viel war gewiss. Und es würde nicht mehr lange dauern.

Er trat neben sie an den Herd und schnupperte. Frisch gepflückte Erdbeeren und Gelierzucker, jeden Sommer immer wieder eine unvergleichliche Geruchskombination, wie er fand.

»Diesen Duft habe ich schon als Kind geliebt«, bekannte er lächelnd. »Heiße Früchte und Zucker … Mhmm …«

Lena lachte gutmütig und schöpfte mit der Kelle ein wenig von dem Obst auf ein Tellerchen.

»Hier, bitte sehr. Aber Vorsicht, es ist ziemlich heiß! Magst du ein Stück Brot dazu?«

Björn schüttelte den Kopf. Mit einem kleinen Löffel

kostete er vorsichtig von der heißen Masse. Wie immer konnte er nicht entscheiden, ob es ihm heiß oder kalt besser schmeckte. In heißem Zustand war es fruchtiger und ursprünglicher. Doch natürlich würde es ihm später als Erdbeermarmelade erst recht auf der Zunge zergehen.*

»Du kannst es so gut wie deine Mutter«, erklärte er entschieden.

Lena unterdrückte ein Grinsen. »Zu viel der Ehre. Ingrid ist dafür zuständig. Ich bin hier nur zum Umrühren abgestellt.« Sie wandte sich wieder dem Topf zu.

Björn betrachtete sie nachdenklich. »Weißt du, es ist seltsam. Da warst du zehn Jahre nicht hier, und wenn ich dich so sehe, ist es wie immer.« Er schwieg kurz, um ihr Gelegenheit zu geben, etwas zu erwidern. Als keine Antwort kam, suchte er ihren Blick: »Geht es dir nicht auch so?«

Sie schaute zur Seite, um ihn nicht ansehen müssen.

»Ich hätte dich einfach holen müssen«, sagte ihr Vater unbeirrt. Seine Miene war immer noch gefasst, aber Lena merkte, wie die Emotionen in ihm brodelten. »Ich hätte dich zwingen müssen, mit nach Hause zu kommen. Es wäre meine Pflicht gewesen!«

»Ich wäre nicht mitgekommen«, sagte Lena in unbeteiligtem Tonfall. Mit linkischen Bewegungen stellte sie einen Stapel Teller auf die Anrichte und nahm anschließend ein Tischtuch aus einer Schublade des Küchenschranks, das sie fahrig auf dem großen Esstisch ausbreitete. Zu ihrem Grimm stellte sie fest, dass sie sich nicht sonderlich geschickt dabei anstellte. Ungeduldig versuchte sie, die Falten in dem Tischtuch zu glätten. Es gelang ihr nicht.

* Jordgubbsmarmelad (schwedische Erdbeermarmelade) – Rezept siehe Anhang

Björn ließ nicht locker. »Du lebst dort draußen in deiner Welt und glaubst, wenn du nicht dran denkst, ist es auch nicht passiert. Aber du täuschst dich! Man kann etwas nicht dadurch ungeschehen machen, bloß weil man nicht dran denkt!« In seinem Gesicht spiegelten sich Ärger und Hilflosigkeit.

Lena hob den Kopf und schaute ihm in die Augen. »Wenn man eine Erinnerung nicht mehr aushalten kann, schiebt man sie einfach weg, auf eine andere Ebene des Bewusstseins. Ich kann ganz gut damit leben.«

Sie log, und sie wussten es beide.

»Kannst du das?«, fragte Björn mit wachsender Wut. »Diesen Eindruck habe ich nicht. Du läufst dem Leben davon, Lena. Und das ist ganz und gar nicht gut.«

»Ach komm, Papa! Du weißt doch gar nichts von meinem Leben!«

»Und das findest du gut so?« Er blickte sie eindringlich an. »Ich bin dein Vater, Lena. Und du schließt mich seit Jahren aus deinem Leben aus!« Er schüttelte den Kopf und setzte bitter hinzu: »Mal ganz davon abgesehen, dass du von uns allen nichts mehr wissen willst.«

»Aber das stimmt doch gar nicht! Wir telefonieren doch immer mal wieder!«

Björns Blicke waren eine einzige Anklage. Lena wandte sich hastig ab und eilte durch den Durchgang vom Essraum ins Wohnzimmer, um Gläser zu holen.

Ihr Vater war mitten im Raum stehen geblieben, ein Riese von einem Mann, die Schultern so breit wie eine Tür, das Gesicht kantig und gefurcht wie ein zerklüfteter Stein. Er hatte sich ihr in den Weg gestellt, im übertragenen wie auch im wirklichen Sinne. Björn schien entschlossen, das Thema ein für alle Mal mit ihr auszudiskutieren.

Lena war gezwungen, um ihn herumzugehen, damit sie den Tisch fertig decken konnte.

»Ich sage dir jetzt was, Lena. Ich finde nicht, dass das genug ist. Für mich ist der Gedanke schrecklich, dass du weit weg von uns ein Leben führst, das dich nicht glücklich macht!«

»Das ist einfach nicht wahr!«, widersprach Lena mit erhobener Stimme. »Nicht jede Frau muss ein Häuschen, einen Mann und ein Dutzend Kinder haben!« Mit wütenden Bewegungen verteilte sie die Gläser auf dem Tisch.

»Willst du mir weismachen, dass du gern allein lebst?« Björn trat zu ihr. »Ich erinnere mich sehr gut an deine Träume als Teenager!«

»Ich wollte immer die Welt sehen.« Lena wandte sich ab, um die Teller von der Anrichte zu nehmen.

»Richtig«, gab Björn zu. »Aber du wolltest immer auch einen Mann und Kinder.« Er zeigte mit dem Finger auf sie. »Du hast immer gesagt: Papa, ich schaffe das schon. Ich werde alles unter einen Hut kriegen.« Er hielt inne, bevor er kopfschüttelnd hinzufügte: »Und jetzt?«

Lena wandte sich ab und stellte die Teller auf den Tisch.

Björn folgte ihr beharrlich. »Sehnst du dich denn gar nicht danach, von den Reisen nach Hause zu kommen und erwartet zu werden?«

Lenas Hand zitterte, als sie den Wasserkrug von der Anrichte nahm und die Gläser voll schenkte. »Ist dir vielleicht schon mal in den Sinn gekommen, dass ich so ein Glück einfach nicht verdient haben könnte?«, fragte sie mit tränenerstickter Stimme.

Björn verlor die Beherrschung. »Wie kannst du nur so einen Unsinn reden? Lena, hör endlich auf damit, dich in deinen Schuldgefühlen zu vergraben! Das muss ein Ende nehmen!«

Er hätte noch mehr zu sagen gehabt, aber sie waren nicht mehr allein. Magnus war in der offenen Tür aufgetaucht.

Um der Höflichkeit Genüge zu tun, klopfte er gegen den Rahmen, obwohl sein Erscheinen weder Björn noch Lena entgangen war.

Lena hätte sich gern in Luft aufgelöst. Das Letzte, wonach ihr jetzt der Sinn stand, war die Aussicht, ihm verheult und verzweifelt gegenübertreten zu müssen. Sie schniefte kurz und rieb sich über die Augen, in der Hoffnung, dass das gewaltige Kreuz ihres Vaters ihre Bemühungen hinreichend verbarg.

»Entschuldigen Sie die Störung«, sagte Magnus. »Ich wollte nur fragen, wo ich hier in der Gegend Filme kaufen kann.«

»In Hendriks Drogerie«, antwortete Björn brummig. Dieser Jacobsson war ihm sympathisch, was jedoch nichts daran änderte, dass er sich für sein Auftauchen einen ziemlich ungünstigen Zeitpunkt ausgesucht hatte. Er hatte seiner Tochter noch einiges zu sagen. Aber wie er Lena kannte, würde sie ab sofort darauf achten, bis zu ihrer Abreise nicht mehr mit ihm allein zu sein, um weiteren Auseinandersetzungen aus dem Weg zu gehen.

»Danke«, sagte Magnus.

Björn fühlte sich verpflichtet, ihm wenigstens den Weg zu beschreiben. »Wenn Sie in die Stadt kommen, fahren Sie gleich die erste Straße links …«

»Ich bringe ihn hin«, fiel Lena ihm entschlossen ins Wort. Björn drehte sich erstaunt zu ihr um. Sie wirkte einigermaßen gefasst, doch ihre Augen waren noch nass, als sie Magnus unsicher anlächelte.

»Ich muss sowieso noch Zucker für die Marmelade und das Gelee besorgen. Wir haben nicht damit gerechnet, dass wir dieses Jahr so viele Beeren und Äpfel ernten würden.«*

Sie hatte es plötzlich sehr eilig, aus dem Haus zu kommen. »Passt du so lange auf die Früchte auf?«, fragte sie ihren Vater mit abgewandtem Gesicht, während sie zur Tür ging. Ohne Björns Antwort abzuwarten, wandte sie sich Magnus zu. »Und, wollen wir?«

Im nächsten Moment waren die beiden auch schon draußen. Björn wusste nicht recht, was er davon halten sollte. Nicht nur, weil im oberen Fach des Küchenschranks ungefähr ein halbes Dutzend Kilopackungen mit Einmachzucker standen, sondern weil dieser Magnus Jacobsson vielleicht eine unbekannte Größe in einem Spiel darstellte, das bereits begonnen hatte, ohne dass es ihm, Björn, bisher aufgefallen war.

*

Magnus war entzückt von der Fußgängerzone des Örtchens. Hübsche schmiedeeiserne Ladenschilder, jedes ein individuell gestaltetes Kunstwerk, hingen über den Türen der Geschäfte und lenkten den Blick auf die in unterschiedlichen Pastellfarben gestrichenen Holzfassaden.

Lena war überrascht und ein wenig peinlich berührt, weil sie auf Anhieb so vielen Leuten begegnete, die sie von früher kannte. Das Erstaunen hielt sich bei den Menschen, die sie grüßten, allerdings in Grenzen, weshalb sie wohl davon ausgehen durfte, dass Ingrid bereits vor ihrem Eintreffen für die Verbreitung dieser Information gesorgt hatte.

Lena war von einer seltsamen Befangenheit erfüllt, die nicht nur davon herrührte, dass alle Welt sie hier mit sol-

* Äpplegelé med Sherry (Apfelgelee mit Sherry) – Rezept siehe Anhang

cher Selbstverständlichkeit willkommen zu heißen schien. Seit sie vorhin zusammen mit Magnus in ihren Wagen gestiegen war, spürte sie wieder diese rastlose Unruhe, die sie offenbar immer in seiner Gegenwart überkam.

Er hatte ein paar flapsige Bemerkungen über die ungewohnte Stille auf dem Land gemacht und sich anschließend mit der typischen technischen Neugier eines Mannes der Konsole ihres Cabrios zugewandt, die förmlich vor elektronischem Schnickschnack überquoll. Zu ihrer eigenen Beschämung kannte Lena sich immer noch nicht hundertprozentig mit all den Knöpfen, Hebeln und Reglern aus. Sie hatte das knallgelbe Mercedes-Cabrio nur gekauft, weil ihr die Farbe so gut gefiel und weil sie zu Sonderkonditionen an den Wagen gekommen war. Maltes Bruder war leitender Angestellter in einer Stockholmer Daimler-Chrysler-Niederlassung und hatte Lena das Cabrio als Jahreswagen quasi zum Schleuderpreis verschafft.

Ein Großteil ihrer Ersparnisse war dafür draufgegangen, und der Rest wurde über Leasing finanziert. Davon abgesehen hatte sie sowieso einen neuen Wagen benötigt, und es gab sonst kaum etwas, wofür sie großartig Geld ausgeben konnte. Ihr kleines Apartment hatte sie über die Fluggesellschaft zu vergünstigten Bedingungen angemietet, Ausgaben für Urlaub oder sonstige kostspielige Aktivitäten fielen flach. Der Wagen war der einzige Hauch von Luxus, den Lena sich in ihrem bisherigen Leben überhaupt gestattet hatte.

Magnus hatte nicht gefragt, warum sie sich dieses eher extravagante Gefährt zugelegt hatte, das nicht unbedingt zu einer kleinen Stewardess passte. Er schien sich eher für ihre Gedanken und Wünsche zu interessieren, wollte wissen, was ihr an der Fliegerei Spaß machte und ob sie manchmal daran dachte, sesshaft zu werden.

Lena hatte sich mit fröhlichen Floskeln aus der Affäre gezogen, ohne dass ihr dabei entgangen wäre, wie sehr sie ihm gefiel. Es war ihr nicht unangenehm, seine Blicke zu spüren, im Gegenteil. Sie genoss seine Bewunderung. Es war, als wäre die Sonne auf ihrer Haut mit einem Mal doppelt so warm und der Himmel blauer als sonst.

Lena betrachtete Magnus von der Seite. Er hatte die Ärmel seines Hemdes bis zu den Ellbogen hochgekrempelt. Seine kräftigen, gebräunten Unterarme kontrastierten auffällig zu dem hellblauen Karomuster, das denselben Farbton aufwies wie seine Augen. Die Sonne zauberte blonde Lichter in sein braunes Haar und ließ den dunkleren Bartschatten auf seinen Wangen sichtbar werden. Lena schluckte, weil sie mit einem Mal gewahr wurde, wie sehr er sie anzog, und zwar auf eine ihr völlig neue, unverfälscht erotische Art. Sie spürte einen Anflug von Hitze in ihren Wangen und drehte sich rasch zur Seite, damit er ihr plötzliches Erröten nicht bemerkte.

»Hendriks Drogerie ist drüben beim Bootshafen.« Sie fragte sich bange, ob ihre Stimme vielleicht eine Spur piepsig geklungen hatte, und etwas burschikoser setzte sie hinzu: »Soll ich mitkommen? Wenn nicht, warte ich auf dem Marktplatz auf Sie.«

Er lächelte sie an. »Wo kriegen Sie denn Ihren Zucker?«

»Zucker?« Lena musterte ihn verständnislos, dann biss sie sich auf die Lippen. Den blöden Zucker hatte sie völlig vergessen. Kein Wunder, hatte sie doch nie wirklich vorgehabt, welchen zu kaufen.

»Den hole ich schnell im Supermarkt«, sagte sie eilig, in der sicheren Gewissheit, dabei so rot anzulaufen, dass es noch aus zehn Metern Entfernung zu erkennen war.

Im nächsten Augenblick sah sie ein weiteres bekanntes Gesicht und nutzte rasch die Gelegenheit, den Moment der Peinlichkeit zu überbrücken. »Stina!«, rief sie erfreut, als sie die Frau mit der hellen Schürze und dem hübschen blauen Kopftuch vor dem kleinen Blumenladen an der Ecke stehen sah. Spontan eilte sie auf die älteste Freundin ihrer Schwester zu und umarmte sie herzlich. Stina erwiderte die Begrüßung mit offensichtlicher Freude. Sie hielt einen großen, duftenden Rosenstrauß in den Händen und strahlte, während Lena ihr Magnus vorstellte.

»Das ist Magnus Jacobsson, einer von Ingrids Gästen.« Sie betrachtete Stina eingehend. »Du siehst gut aus! Wie geht es dir?«

»Bestens.« Stina hob lachend den üppigen Strauß. »Willst du ein paar Rosen kaufen?«

»Die sind ja wirklich traumhaft«, meldete Magnus sich zu Wort.

»Allerdings«, bestätigte Stina. »Elinor Frödin hat die schönsten Rosen in der ganzen Gegend. Eine besondere Züchtung. Die Sorte heißt genau wie ihr Gut – Marielund.«

Lena fühlte sich, als hätte sie soeben einen Fausthieb in den Magen bekommen. Mit ihrer aufgeräumten Stimmung war es schlagartig vorbei. Stina schien es zum Glück nicht zu bemerken.

»Hat mich damals ganz schön viel Mühe gekostet, deine Tante zu überreden, mir die Rosen zu verkaufen.« Sie zwinkerte Lena zu, als teilten sie ein spezielles Geheimnis. »Sie ist eben ein wenig eigen. Na ja, kein Wunder nach der Sache damals ...«

»Wir müssen los«, fiel Lena ihr ins Wort. Sie drehte sich einfach um und marschierte los. »Mach's gut, Stina«, rief sie über die Schulter zurück. »Wir sehen uns.«

Lena wagte nicht abzuschätzen, wer wohl verblüffter über diesen abrupten Aufbruch war, Magnus oder Stina.

Es war ihr völlig egal. Sie wollte nur weg. Weg von den Rosen, weg von dem Namen Marielund, weg von der Vergangenheit.

Magnus war bei Stina stehen geblieben. »Geben Sie bitte mir die Rosen«, bat er, während er seine Brieftasche hervorzog. »Alle. Sie sind einfach zu schön.«

Er bezahlte den Strauß und eilte Lena nach, bis er sie beim Bootshafen eingeholt hatte. Wortlos streckte er ihr die Blumen hin.

»Das ist sehr nett«, sagte Lena leise. Sie hatte Mühe, richtig zu atmen. »Aber ich … Ich will sie nicht. Nicht diese Rosen.«

Sie verschränkte die Arme vor der Brust und schaute hinaus auf die Segelboote und kleinen Motoryachten, die in langen Reihen am Steg vertäut waren und in der Dünung sanft auf und ab schwankten. Schneeweiße Aufbauten blitzten in der Sonne, und die vielen hoch aufragenden Masten bildeten ein wirres Schattenmuster auf dem Wasser.

Lena riskierte einen raschen Seitenblick auf die Rosen und dann auf Magnus, dessen ratloser Gesichtsausdruck nicht zu übersehen war.

Sie riss sich zusammen. Zum ersten Mal seit Urzeiten war sie in Begleitung eines Mannes, der nicht nur äußerst aufregend und ungewöhnlich attraktiv war, sondern zu allem Überfluss auch noch unzweifelhaft an ihr interessiert. Und sie führte sich auf wie ein bockiges Kind.

»Entschuldigung«, sagte sie lahm. »Ich stelle mich wirklich an, oder? Wie wär's, wollen wir Eis essen? Früher gab's hier das beste Eis außerhalb von Stockholm.« Sie zwang sich ein Lächeln ab und deutete auf den kleinen Eisstand in der Nähe.

Und dann überwand sie ihre Vorbehalte und nahm

doch noch die Rosen. Über die betörend duftenden Blüten hinweg lächelte sie ihn versöhnlich an.

»Eis essen ist eine gute Idee«, sagte Magnus. »Aber nur, wenn ich Sie einladen darf.«

Die verschiedenen Eissorten in der Kühltruhe des Eisstandes sahen wirklich verlockend aus, fand Magnus. Er bestellte je eine Kugel Schokolade, Himbeer und Blaubeer und reichte Lena den Becher.

Verblüfft schaute sie ihn an, in der einen Hand die Rosen, in der anderen das Eis. »Das sind meine Lieblingssorten! Woher konnten Sie das wissen?«

»Bei manchen Menschen kann man Gedanken lesen«, meinte Magnus verschmitzt. »Kennen Sie das nicht?« Er machte eine bedeutungsvolle kleine Pause. »Man muss ihnen nur tief genug in die Augen schauen.« Er machte einen Schritt auf sie, bis er dicht vor ihr stand. »Versuchen Sie es mal.«

»Okay«, sagte Lena grinsend. Impulsiv beugte sie sich vor, das Kinn dicht über den tiefroten Rosen. Gleichzeitig reckte Magnus den Kopf vor, bis ihre Nasen fast zusammenstießen. Das kleine Kichern, das eben noch in Lena aufsteigen wollte, verwandelte sich in ein winziges, erschrockenes Keuchen, weil sie ihm mit einem Mal so nah war.

Sie spürte seine Gegenwart mit all ihren Sinnen, die ihr plötzlich seltsam geschärft erschienen. Trotz des betäubenden Dufts der Rosen nahm sie den herberen Geruch seines Aftershaves wahr, eine Mischung aus Sandelholz und einem Hauch von Zitrone. Ganz dicht darunter lag ein weiterer Duft, schwach, aber unverkennbar. Es war der Geruch von männlicher Erregung, tief, dunkel und lockend.

Seine Augen brannten sich in die ihren, als suchten sie

den Weg zu ihrer Seele. Rund um die strahlend blaue Iris glomm ein schmaler, bernsteinfarbener Ring, der seinem Blick diese atemberaubende Tiefe verlieh.

Lena schöpfte kurz, aber zitternd Atem und trat hastig einen Schritt zurück. Mit einem heiseren kleinen Auflachen wandte sie sich dem Eisverkäufer zu. »Dasselbe noch einmal, bitte. Schokolade, Himbeer, Blaubeer.«

Anschließend wandte sie sich zu Magnus um und reichte ihm den gefüllten Becher. Magnus nahm ihn und lächelte sie an. In seinen Augen stand ein wissendes kleines Glitzern.

»He, es stimmt«, sagte er. »Das sind auch meine Lieblingssorten.«

»Sehen Sie, ich kann auch Gedanken lesen.«

Sein Lächeln wurde breiter. »Tja, es scheint so, als hätten wir beide ganz schön viel gemeinsam.«

Hinter ihnen erstürmten ein paar Kinder den Stand und gaben lärmend ihre Bestellungen auf, während Lena und Magnus einträchtig im Schatten der Bäume die Uferstraße entlangschlenderten und ihr Eis löffelten. Lena wälzte die Frage, die sie ihm schon die ganze Zeit hatte stellen wollen, abermals durch den Kopf, bevor sie endlich durchatmete und es hinter sich brachte. Doch im selben Moment wollte auch er etwas sagen. Sie fingen beide gleichzeitig an zu sprechen und lachten, weil keiner den anderen verstanden hatte.

»Zuerst Sie«, sagte Magnus auffordernd.

Lena musste sich erneut dazu zwingen, es auszusprechen. »Warum ist eigentlich Ihre Frau nicht mit Ihnen hierher gekommen?«

Magnus versuchte, seine Verlegenheit zu unterdrücken, aber es gelang ihm nicht ganz. Ein Blick in Lenas Gesicht, und ihm war klar, dass sie es ihm anmerkte.

»Britta ist Journalistin. Sie ist ziemlich erfolgreich. Und obendrein auch sehr ehrgeizig.« Er stocherte abwesend in seinem Eisbecher herum. »Die letzten Jahre war sie dauernd unterwegs. Das ist ziemlich schwierig für eine Beziehung.«

Lena unterbrach ihn nicht. Das, was er ihr da erzählte, kam ihr seltsam bekannt vor. Beziehungen, in denen einer oder beide immerzu auf Reisen waren, hatten im Grunde keine Basis. Das wusste niemand besser als sie selbst. Unvermittelt kam ihr in den Sinn, dass sie noch kein einziges Mal mit Malte gesprochen hatte, seit sie hier war. Wo er jetzt wohl war? Höchstwahrscheinlich irgendwo auf der anderen Seite des Erdballs.

»Britta hat sich jetzt um einen festen Job in Göteborg beworben«, fuhr Magnus fort. »Beim *Dagbladed*, als Chefin des Kulturressorts.«

»Das *Dagbladet* ist eine gute Zeitung.« Lena sagte das Erstbeste, was ihr in den Sinn kam. Sie merkte selbst, wie nichts sagend es sich anhörte. Aber immer noch besser als *Göteborg ist aber weit weg von Stockholm* – oder etwas in dieser Art.

»Es wäre eine tolle Chance für Britta«, sagte Magnus. Er gab sich Mühe, es heiter klingen zu lassen, aber in seinen Augen stand ein Ausdruck von Verlorenheit.

»Für Ihre Frau ist es vielleicht eine tolle Chance«, pflichtete Lena ihm behutsam bei. »Aber für Ihre Ehe?«

Magnus zögerte. »Ich weiß es nicht«, sagte er schließlich ehrlich, während er bei einem verwitterten, von Sitzbänken umrahmten Holztisch stehen blieb und auf den See hinausschaute. »Wir haben schon länger Schwierigkeiten, Britta und ich.« Er hob die Schultern. »Wir haben eine Menge versucht, um unsere Ehe zu retten. Haben immer wieder Anläufe genommen, aber ...« Er verstummte resigniert. Erst nach einer Weile setzte er mit angestrengtem Lächeln hinzu: »Die Dinge ändern sich.«

Sie sahen sich an, schweigend, versunken, jeder in seine eigenen bedrückenden Gedanken vertieft.

*

Ingrid roch an den Rosen und stellte die Vase, in der sie den Strauß arrangiert hatte, auf dem Beistelltischchen draußen auf der Terrasse ab, bevor sie sich anschickte, den Tisch zu decken. Der Salat war bereits angerichtet, Teller und Gläser hatte sie ebenfalls schon herausgebracht. Es wäre eine Sünde gewesen, bei diesem herrlichen Sommerwetter drinnen zu essen.

Lena stand mit dem Rücken zu ihr vor dem niedrigen Holzzaun, der die Terrasse zu der leicht abfallenden Wiese hin abgrenzte. Versonnen schaute sie hinüber zu der schmalen kleinen Bucht, die sich in der Senke unterhalb des Hauses erstreckte. Der Himmel über ihr war von einem fast durchsichtigen Blau, übersät von bizarren Tupfen weißer Watte. Irgendein Fluggast hatte mal zu ihr gesagt, dass nirgendwo auf der Welt die Wolken so watteartig aussehen wie in Schweden. Zum ersten Mal überlegte Lena, ob da vielleicht was dran sein könnte.

Im Normalfall machte sie sich selten Gedanken über das Aussehen von Wolken, schließlich hatte sie davon fast täglich kilometertiefe Schichten unter sich. Doch heute schien sie sich über die äußere Erscheinung aller möglichen Dinge den Kopf zu zerbrechen. Warum sonst nahm sie die Farbe des Wassers, der Bäume und der Rosen da drüben in der Vase auf einmal ganz anders wahr als vorher?

»Geht's dir gut?«, wollte Ingrid wissen, während sie die

Salatschüssel und den Brotkorb in die Mitte des Tisches stellte.

Lena wandte sich zu ihr um und kam an den Tisch. »Ja, ich bin nur ein bisschen müde. Zu viel Sauerstoff vermutlich.« Sie half Ingrid, die Teller und Gläser zu verteilen und warf einen begehrlichen Blick auf die Schüssel mit dem Salat*.

Ingrid hatte offensichtlich alle Geschütze aufgefahren. Sie wusste noch ganz genau, was Lena am liebsten aß.

»Du warst mit Magnus in der Stadt?«, fragte Ingrid angelegentlich, während sie sich an den Tisch setzte.

Lena zuckte die Achseln. »Wir waren Batterien und Filme kaufen«, meinte sie leichthin.

»Und Zucker«, sagte Ingrid grinsend. Neugierig fügte sie hinzu: »Was wäre, wenn es diesen Malte nicht geben würde ... Könnte Magnus dir gefallen?« Sie schlug entspannt die Beine übereinander und betrachtete ihre Schwester. »Ich meine, er sieht gut aus, ist nett, hat einen ordentlichen Beruf ... «

»Den habe ich auch«, unterbrach Lena sie unwillig. Sie nahm ein Stück Brot aus dem Korb und zupfte daran herum, während sie sich ebenfalls an den Tisch setzte. »Und dieser Beruf verträgt sich nicht mit dem Modell einer festen Beziehung. Also vergiss es, ja?«

Ingrid dachte gar nicht daran. »Du könntest dich zum Bodenpersonal versetzen lassen«, meinte sie ungerührt.

»Tut mir Leid, aber ich würde es nicht aushalten, an einem Ort festgenagelt zu sein.« Lena versuchte, ihrer Stimme einen humorvollen Anstrich zu verleihen, merkte aber, dass es ihr nicht gelang.

* Lenas Älsklingssallad (Lenas Lieblingssalat) – Rezept siehe Anhang

»Noch dazu mit einem Mann«, setzte Ingrid mit deutlichem Spott hinzu.

Lena drehte das Weißbrot in den Händen. »Ingrid, ich habe ein paar Mal versucht, mich zu binden. Aber ich habe jedes Mal Angst bekommen.«

»Es muss ja nicht immer alles so bleiben, wie es ist. Manche Dinge ändern sich!«

Das entlockte Lena ein widerwilliges Lächeln. »Ich glaube, das habe ich heute schon einmal gehört.«

»Dann ist ja vielleicht was dran.«

Lena schaute ihre Schwester an. »Ich weiß es nicht«, sagte sie leise. Sie wandte sich ab und schaute wieder in die Ferne, hinaus auf die glitzernde Bläue der Bucht.

*

Björn blickte auf, als Lena den Steg betrat. Leichtfüßig schritt sie auf ihn zu, eine zauberhafte Erscheinung in ihrer weißen Schnürbluse und dem schwingenden Sommerrock. Ihre nackten Füße steckten in Sandalen, die sie abstreifte, bevor sie in das Motorboot sprang.

»*Hej*, Papa«, sagte sie lächelnd. »Was dagegen, wenn ich ein bisschen mit dem Boot rausfahre?«

Björn musterte sie und genoss einfach nur den Anblick, seine Tochter lächeln zu sehen. »Weißt du denn noch, wie es geht?«, zog er sie auf, während er auf den Steg zurückkletterte, den verletzten Arm vorsichtig vor dem Körper balancierend. Mittlerweile kam er ganz gut damit zurecht, einhändig zu arbeiten.

Lena gab sich empört. »Also hör mal! Ich konnte früher Boot fahren als laufen! Erinnerst du dich etwa nicht daran?«

Sie startete den Motor und lachte ihren Vater triumphierend an, als das Boot sich tuckernd in Bewegung setzte und langsam auf den See hinausglitt.

»Wenn du schon unterwegs bist, kannst du bei Johan Stenmark die neuen Netze abholen!«

»Klar«, rief sie. »Ich fahre bei ihm vorbei! Bis später!«

Sie winkte ihm begeistert zu und gab dann Gas, bis das Boot über die Wasseroberfläche davonbrauste. Der Fahrtwind wirbelte ihr Haar durcheinander, wehte es vor ihr Gesicht und ihre Augen. Lena strich es mit einer Hand zurück und atmete tief ein. Sie wusste selbst nicht, was sie dazu bewogen hatte, so plötzlich zu dieser Spritztour aufzubrechen. Ob es ihre Unterhaltung mit Ingrid gewesen war oder das nachfolgende Abendessen, bei dem sie sich alle miteinander wieder höflich angeschwiegen hatten – irgendwann hatte sie in einer Aufwallung von Trotz beschlossen, dass sie einfach raus musste. Sie brauchte Weite, Distanz, Einsamkeit. All das fand sie hier auf dem See.

Die Geschwindigkeit des Bootes versetzte sie in eine Art Rausch, und für einen Moment konnte Lena sich der Illusion hingeben, wirklich frei zu sein.

Doch dieser Wunschgedanke verflog so schnell, wie er gekommen war. Wohin auch immer sie fuhr und egal wie viel Gas sie dabei gab – ihrer Vergangenheit würde sie ohnehin niemals entkommen können.

*

Die Stelle, die Magnus für das Picknick ausgesucht hatte, befand sich in Sichtweite von Marielund direkt am Ufer des Sees. Alte Obstbäume säumten die Wiese, auf der er die Decke ausgebreitet hatte, und wenn der Wind über das Gras fuhr, bewegten sich die Sommerblumen wie ein zarter, unregelmäßig gemusterter bunter Teppich.

Magnus hob müßig die Kamera und machte ein weiteres Foto, diesmal von der Wiese und den Bäumen. Ein Bild wie aus einem liebevoll illustrierten Märchenbuch.

Das Essen, das Ingrid ihnen eingepackt hatte, war weniger märchenhaft als vielmehr durchaus profan, allerdings im besten nur denkbaren Sinne. Magnus war davon überzeugt, noch nie im Leben so gute Hausmannskost genossen zu haben. Alles, was zu einem zünftigen Picknick dazugehörte, war vertreten. Leckeres Brot, Käse, Schinken, Obst, Gürkchen, Hering im Glas. Ingrid hatte sogar daran gedacht, eine Flasche Bier für Magnus einzupacken. Er hatte sie bereits leer getrunken und fühlte sich angenehm entspannt. Die Daumen in die Schlaufen seiner Jeans gehakt, ging er müßig zum Ufer und schaute hinüber zu der dicht mit Bäumen bestandenen Insel, die sich in der Mitte des Sees befand.

Emma saß auf der Decke, die Beine von sich gestreckt, die Hände hinter sich aufgestützt. »Super«, sagte sie verträumt. »So sollte es immer sein.«

»Mhm.«

»He, du hörst mir überhaupt nicht zu«, beschwerte Emma sich.

Magnus ging zur Decke hinüber und beugte sich mit der Kamera über sie. »Bitte lächeln!«

Sie grinste ihn übertrieben an, ein dunkelhaariger Kobold mit weißen Zähnen und blitzblauen Augen. In ihrem rosa Kleid sah sie einfach entzückend aus. Ein paar Jahre noch, und Magnus würde vermutlich nicht mehr damit nachkommen, all die Jungs zu zählen, die mit ihr ins Kino gehen wollten.

»Denkst du schon wieder an Marielund?«, wollte sie wissen. »Was hast du nur immer mit diesem Haus?«

Er setzte sich zu ihr auf die Decke. »Ich habe dir doch

erzählt, dass ich als Junge mal dort Ferien gemacht habe. Das habe ich nicht vergessen können, weil es mir so gut gefallen hat.«

Emma nahm ein Stück Brot aus dem Picknickkorb und biss hinein. Sie schaute über den See hinüber zu dem alten Herrenhaus, das rosarot in der Abendsonne leuchtete. »Hm, es ist ein bisschen wie verzaubert«, sagte sie kauend. »Wer wohnt da?«

»Eine Frau. Elinor Frödin.«

»Allein?«

Magnus nickte.

»Ist das da nicht einsam?«

Magnus zuckte die Achseln. »Vermutlich schon.«

Emma richtete sich auf. »Mund auf und Augen zu.«

»Was?«, fragte Magnus perplex.

»Mach schon«, verlangte sie.

Er gehorchte amüsiert und ließ es sich gutmütig gefallen, dass sie ihm ein Stück von ihrem Brot zwischen die Zähne schob. Er kaute und gab ein genießerisches kleines Stöhnen von sich, weil es so gut schmeckte.

»Lecker, oder?«, fragte Emma strahlend. »Findest du nicht, dass alles hier so gut schmeckt wie es schön ist?«

Magnus blinzelte verblüfft. »Was ist das denn für ein Satz?«

»Ein wahrer«, behauptete Emma im Brustton der Überzeugung. Sie räumte die benutzten Teller in den Picknickkorb und stand auf. »Ich muss jetzt gehen. Björn hat mir versprochen, dass ich dabei sein darf, wenn der Tierarzt die Pferde impft.« Sie schaute ihn fragend an. »Du findest doch allein zurück, oder?«

Magnus wusste nicht recht, ob sie sich einen Spaß mit ihm machte oder es ernst meinte. Sie war in einem Alter, bei dem die Grenze zwischen kindlicher Arglosigkeit und erwachsener Ironie zu verschwimmen begann. Magnus versuchte, mit seiner Antwort beide Seiten zu bedienen.

»Ich komme zwar aus der Stadt, aber mein Orientierungssinn funktioniert noch«, sagte er trocken.

Das brachte sie zum Kichern. Also doch erwachsene Ironie. Magnus half ihr, die Decke zusammenzulegen.

»Wenn du Björn gleich siehst, kannst du ihm sagen, dass ich ihm gerne helfe, den Zaun zu reparieren, wenn er will.«

Emma lächelte ein wenig ungläubig, schon im Gehen begriffen. »Du bist schon komisch, weißt du das? Zu Hause schraubst du nicht mal eine Glühbirne rein, und hier gibst du den Handwerker.«

Magnus erwiderte ihr Lachen und ließ sich nicht anmerken, wie ihre Bemerkung ihn getroffen hatte. Während sie mit dem Korb zurück zum Gut der Lagerbergs marschierte, setzte er sich gedankenverloren in Bewegung und lenkte seine Schritte in Richtung Marielund.

War er wirklich so? Hatte seine Tochter zu Recht dieses Bild von ihm? War er für sie ein Mann, der nichts von praktischen Dingen verstand? Er, der eine mehrjährige Schreinerlehre absolviert hatte?

Bei näherem Nachdenken musste er vor sich selbst einräumen, dass ihre Einschätzung vielleicht zutraf. Er hatte sich zwar gut aufs Schreinern verstanden, aber sonderlich gefallen hatte es ihm nie. Sein Vater hatte die Idee gehabt, dass er Tischer werden sollte. Magnus hatte nicht großartig protestiert, es war ein Beruf, der ihm so passend erschien wie jeder andere. Es war auch nicht so, als hätte er nicht gern mit seinen Händen gearbeitet. Doch er war dabei nie das Gefühl losgeworden, dass ihm etwas Wichtiges fehlte, dass er nicht alle seine Fähigkeiten in diesen Beruf einbringen konnte. Also hatte er angefangen, Architektur zu studieren, und hatte es seither nie bereut. Allerdings hatte er seit damals auch praktisch keinerlei handwerkliche Arbeiten mehr ausgeführt. Es war tatsächlich so, als sei mit dem Beginn seines neuen Berufslebens das alte abgeschlossen gewesen.

Was er Lena heute gesagt hatte, stimmte vollkommen. Dinge änderten sich. Ein Abschnitt des Lebens war vorbei, ein anderer fing an. Das war der Lauf der Dinge, kein Grund, deswegen in Grübeleien zu versinken.

Magnus hatte das Herrenhaus erreicht und machte ein paar Fotos von der reizvoll aufgeteilten Fassade mit der schönen großen Freitreppe und dem von Säulen gestützten Vordach.

Anschließend schlenderte er wieder zurück zum Seeufer, wo er vom Steg aus weitere Fotos schoss. Mittlerweile konnte er riesige Dateien mit Stimmungsbildern von Marielund füllen, er hatte weit mehr Material, als Claes benötigte. Doch er hatte nicht die geringste Ahnung, was er damit anfangen würde.

Im nächsten Moment war diese Frage von größtmöglicher Bedeutungslosigkeit, denn von der Mitte des Sees aus näherte sich ein Boot, in dem niemand anderer saß als die reizende Tochter seines Gastgebers.

Sie hatte ihn ebenfalls bereits gesehen und winkte ihm lebhaft zu. »*Hej*! Wollen Sie mitfahren?«

»Klar, wieso nicht!«

Das Boot kam auf den Steg zugetuckert und wurde langsamer, als sie den Motor drosselte. »Ich hole für meinen Vater noch ein paar Netze ab.«

»Kein Problem, ich habe Zeit.«

Das Boot ging längsseits, und Lena streckte die Hand aus. »Kommen Sie!«

Er nahm ihre Hand, obwohl er leicht auch ohne ihre

Hilfe hätte einsteigen können. Doch er hatte kaum einen Fuß auf den Rand des Bootes gesetzt, als ein schnittiges Schnellboot in Ufernähe vorbeiraste. Bugwellen schäumten auf und rollten in Richtung Steg, wo sie das kleinere Motorboot zum Schwanken brachten. Durch das plötzliche Schlingern fiel der elegante Sprung, mit dem Magnus das Boot hatte betreten wollen, ziemlich unbeholfen aus, genauer gesagt, er plumpste eher hinein, als dass er es bestieg.

Lena geriet ebenfalls aus dem Gleichgewicht und klammerte sich an Magnus, um nicht zu fallen. Sie lachten beide und hielten einander fest, um das Schwanken des Bootes auszugleichen.

Magnus spürte die plötzliche Nähe ihres Körpers mit allen Sinnen. Ihr Geruch, der sinnliche Bogen ihrer Oberlippe, die zarte Kurve ihres Halses über der weißen Bluse – das alles vereinte sich mit einem Mal zu einem machtvollen sinnlichen Sog, gegen den er nichts tun konnte. Er starrte sie an, sah das schwache Funkeln ihrer Augen, in deren blauer Iris er sich selbst sehen konnte.

Das war alles an Aufforderung, was er noch brauchte. Ohne länger zu zögern, senkte er den Kopf und berührte ihre Lippen mit seinen, kostete sacht ihre Süße und versuchte, ihr noch näher zu kommen.

Sie wehrte sich nicht und entzog sich ihm auch nicht, sondern drängte sich ihm sofort entgegen, als hätte sie schon die ganze Zeit darauf gewartet.

Magnus hörte sich selbst stöhnen, tief in der Kehle, bevor er sie fester in seine Arme zog und ihren Mund zu einem heftigen, langen Kuss öffnete. Lena erwiderte seine zügellosen Zärtlichkeiten mit solcher Leidenschaft, dass Magnus für einen Moment glaubte, sich unmöglich länger beherrschen zu können. Sein erregter Körper befahl ihm, mit beiden Händen unter ihre Bluse zu fahren oder ihr den Rock herunterzureißen oder beides, doch zum Glück hatte ein Rest seines Verstandes noch so viel Macht über ihn, dass er in der Lage war, sich ein paar Zentimeter von ihr zu lösen.

Sie starrten einander an. Endlose, zitternde Sekunden vergingen, ohne dass einer von ihnen auch nur ein Wort hätte sagen können.

»Weißt du, wer das gewesen ist?«, murmelte Magnus irgendwann, einfach nur, um die Stille zu unterbrechen.

»Nein, wieso?«, gab Lena ebenso leise zurück.

»Ich will ihm eine Flasche Champagner schicken.«

Ihr Lächeln war eine neue Aufforderung. Magnus umfasste sie, presste sie abermals an sich und küsste sie, diesmal jedoch zärtlicher.

Der Kuss dauerte eine Ewigkeit und war doch viel zu schnell wieder vorbei.

»Solltest du dich nicht besser um deine Frau kümmern, als mir hier den Kopf zu verdrehen?«

Magnus spürte, wie sich bei diesen Worten in seiner Magengegend etwas zusammenzog. Es hatte nicht direkt sarkastisch geklungen, aber auch nicht gerade fröhlich.

»Tue ich das denn?«, fragte er vorsichtig. »Verdrehe ich dir wirklich den Kopf?«

»Mir ist schon ganz schwindelig«, bekannte Lena.

Erleichtert stellte Magnus fest, dass sie nicht böse war. Eher das Gegenteil.

»Gefällt es dir denn? Ich meine, dich schwindlig zu fühlen.«

»Ich glaube schon.« Diesmal klang es ernst. Magnus zog sie erneut an sich, so heftig, dass er merkte, wie ihr die Luft dabei wegblieb. Es war ihm egal. Er wollte sie, und zwar so sehr, wie er noch nie etwas anderes zuvor in seinem Leben gewollt hatte.

Sein Herz raste, und am liebsten hätte er alles gleichzeitig getan, sie geküsst, sie runter in das Boot gezogen und sie gestreichelt, mit ihr geredet, sie einfach nur festgehalten.

Irgendwann kamen sie wieder zur Vernunft. Lena löste sich sanft, aber entschieden aus seiner Umarmung.

»Was ist mit dir?«, fragte er. Dann schluckte er und stellte die entscheidende Frage. »Gibt es jemand anderen in deinem Leben?«

Ihr Lächeln zeigte eine Spur von Reserviertheit. »Stewardessen sind die Matrosen des einundzwanzigsten Jahrhunderts. An jedem Flughafen ein anderer.«

»Wenn das so ist, musst du den Beruf wechseln«, erklärte Magnus schlagfertig.

Lena konnte daran nichts Erheiterndes finden. »Zur Hausfrau und Mutter tauge ich leider nicht.«

Magnus spürte, dass sie im Begriff war, zwischen ihnen beiden eine Mauer zu errichten. »Was ist los?«

»Nichts. Ich bin nur gerade wieder in der Realität angekommen.« Sie ging zum Heck und startete den Motor. Während der Fahrt über den See sprachen sie nicht mehr miteinander. Wie aus einer unausgesprochenen Vereinbarung heraus bewahrten sie Schweigen. Die Stille zwischen ihnen war nicht kalt oder unfreundlich, sondern einfach nur abwartend, so, als wollten sie sich die Option, später weiterzureden, nicht zerstören.

Lenas Versuch, auf Distanz zu gehen, war so oder so zum Scheitern verurteilt. Sie musste es sich in dem Moment eingestehen, als sie gemeinsam mit Magnus am Steg des malerischen Bootshauses von Johan Stenmark den Ballen Fischernetze in das Boot lud. Magnus stand im Boot und streckte ihr beide Hände entgegen, damit sie einsteigen konnte. Und zog sie augenblicklich in seine Arme, als sie beide auf gleicher Höhe waren. Lena drängte sich blindlings gegen ihn und versank in seiner Umarmung, erwiderte seinen Kuss mit fieberhafter Rastlosigkeit.

Ihr war völlig egal, dass Johan sie beide hervorragend sehen konnte. Um nichts in der Welt hätte sie auf diesen sinnlichen Rausch verzichten mögen, den sie zum ersten Mal erlebte. Sie war fast siebenundzwanzig Jahre alt und hatte nicht gewusst, dass es so etwas zwischen Mann und Frau gab, diese verrückte Begierde, die einem den Boden unter den Füßen wegzog und das Blut in den Ohren rauschen ließ. Sie wäre lieber gestorben, als ihn nicht mehr zu küssen. Und diesmal war sie es, die ihn mit sich zog, hinab auf den Boden des Bootes, dorthin, wo niemand sie sehen konnte.

*

Das Licht des schwindenden Tages hatte diese milchige, helle Konsistenz, wie es sie nur hoch im Norden gibt, jenes matte Zwielicht, das alle Konturen mit einem silbernen Schimmer überzieht und die Schatten zwischen den Bäumen aussehen lässt wie graue Schleier.

Magnus hielt Lenas Hand, als sie gemeinsam den Hof betraten, und wie schon die ganze Zeit spürte er, dass sie innerlich so nah bei ihm war, wie er es sich nur wünschen konnte.

Doch als sie sich dem Haus näherten, schien sich ihrer eine wachsende Unruhe zu bemächtigen. Sie ließ seine Hand los und tat so, als müsse sie sich die Haare glatt streichen.

Vorhin im Bootshaus hatten sie sich noch einmal leidenschaftlich geküsst, nachdem sie die Netze abgeladen hatten, und der anschließende kurze Spaziergang zurück zum Haus war von knisternder erotischer Spannung erfüllt gewesen.

Doch hier, in Sichtweite ihres Elternhauses, spürte Magnus wieder diese Mauer, die immer dann hochging, wenn er es am wenigsten erwartete.

»Sehen wir uns später noch?«, fragte er drängend. »Wir können essen gehen. Und dann vielleicht tanzen. Was meinst du? Du tanzt doch gerne, oder?« Er versuchte, wieder nach ihrer Hand zu greifen, doch Lena entzog sich ihm. »Ja, schon«, sagte sie hastig. Es ist nur …« Sie stockte, offensichtlich nicht bereit, auch nur ein Stückchen von ihren Gefühlen preiszugeben. »Ich glaube, mir geht das doch ein bisschen zu schnell.« Sie lachte kurz und verlegen. »Für meine Verhältnisse habe ich mich schon viel zu weit vorgewagt.«

»Kein Problem«, sagte Magnus eilig. »Wir können es auch ein bisschen langsamer angehen lassen.« Es klang wie der blöde Spruch eines aufdringlichen Aufreißers, und er hätte sich ohrfeigen können, weil er es überhaupt gesagt hatte. Ihre Reaktion fiel dementsprechend auch nicht so aus, wie er es sich gewünscht hätte, denn sie nickte bloß knapp und war an der Haustür, bevor er sie zurückhalten konnte.

»Sag mal, es ist doch alles in Ordnung, oder?« Er merkte, dass sich echte Verzweiflung in seine Stimme geschlichen hatte. Mit einem Mal war sie meilenweit von ihm entfernt.

»Ja, sicher«, sagte Lena mit abgewandtem Gesicht, die Hand schon am Türknauf. »Gute Nacht, Magnus.«

»Gute Nacht, Lena.« Er holte Luft und setzte entschieden hinzu: »Es war schön mit dir heute.«

Sie nickte abermals, wie eine mechanische Puppe. Im nächsten Moment war sie im Haus verschwunden.

*

Lena konnte nicht mehr klar denken, als sie in ihr Zimmer kam. Sie wusste nur noch eins: Sie musste weg, und zwar so schnell wie möglich. Hastig zerrte sie ihren Koffer aus dem Schrank und begann, wahllos ihre Sachen hineinzuwerfen.

Es klopfte kurz an der Tür, und Ingrid stand mitten im Raum, bevor Lena auch nur auf die Idee kommen konnte, Einwände zu erheben.

Ingrid erfasste mit einem Blick Lenas Vorhaben. »Was ist passiert?«

»Gar nichts.«

»Ach ja, und deswegen packst du?«

»Ich hatte doch gesagt, dass ich nur drei Tage Urlaub habe«, versetzte Lena patzig.

»Und du kannst ihn nicht verlängern?« Ungläubigkeit und Wut sprachen aus Ingrids Stimme.

Lena reagierte nicht. Wortlos warf sie weitere Sachen in den Koffer.

Ingrid ging um sie herum und stellte sich so hin, dass Lena sie ansehen musste. »Wovor läufst du weg? Vor Marielund? Oder vor Magnus?«

»Ich laufe vor nichts weg«, fuhr Lena auf.

»Du hast dich verliebt, stimmt's? Du hast dich in Magnus verliebt, und jetzt kriegst du Panik.«

Lena starrte sie an. »Und wenn es so wäre?« Ihre Stimme war bitter. »So bin ich nun mal. Nicht geschaffen für die Liebe.«

Sie wandte sich ab und ging in das benachbarte Zimmer,

wo sie den Rest ihrer Kleidungsstücke aus einer Kommode holte.

»Was für ein Blödsinn!«, ereiferte sich Ingrid. Sie hätte am liebsten mit dem Fuß aufgestampft oder Lena an den Haaren gezogen, so wie sie es früher getan hatte, als sie beide noch Kinder gewesen waren. Lena hatte sie schon damals zur Weißglut getrieben mit ihrem dummen Dickkopf! Und wie es aussah, hatte sie sich kein bisschen geändert. Ingrid spürte das Kratzen in ihrer Kehle und wusste, dass sie gleich anfangen würde zu weinen. Zu wissen, dass ihre kleine Schwester allein und unglücklich gewesen war, all die Jahre – es war so niederschmetternd!

»Du magst vielleicht Angst haben, dich zu binden oder dich einem anderen Menschen zu öffnen«, sagte sie beschwörend. »Aber andererseits wünschst du dir doch, geliebt zu werden! Geborgen zu sein! Hast du denn nicht das Bedürfnis, dich endlich einmal sicher zu fühlen?«

Lena wandte sich heftig von ihrer Schwester ab, weil sie nicht wollte, dass Ingrid ihre Tränen sah. »Ich kann das einfach nicht«, sagte sie mit erstickter Stimme.

Ingrid trat von hinten dicht an Lena heran und legte beide Arme um sie. Sie zitterten beide. Lena presste für einen Moment ihr Kinn gegen Ingrids Arm, Haut gegen Haut, eine stumme Geste der Liebe und der Einsamkeit.

»Du kannst es«, flüsterte Ingrid. »Wenn du wirklich willst, schaffst du es.«

*

Magnus saß auf der Terrasse, den Rücken an die Wand des kleinen Holzhauses gelehnt, auf den Knien den Laptop. Er klickte sich durch die Bilddateien, die er von den bisher geschossenen Fotos angelegt hatte.

Als sein Handy klingelte und Claes' Nummer auf dem Display zu sehen war, seufzte er entnervt, ging aber trotzdem dran. Wie erwartet, war sein Partner mehr als ungeduldig.

»Wieso höre ich nichts von dir? Wolltest du mir nicht schon längst die ersten Entwürfe schicken?«

»Hör zu, ich habe mir etwas überlegt. Vielleicht ist es besser, das alte Haus zu erhalten. Es ist wirklich ein Schmuckstück, es wäre eine Schande, das einfach abzureißen und eine Menge Apartments an seine Stelle zu setzen. Man könnte es beispielsweise renovieren.«

»Bist du verrückt geworden?« Claes war hörbar sauer. »Das rechnet sich doch niemals! Wir kommen nur auf unsere Kosten, wenn wir mindestens drei Dutzend Apartmentanlagen einkalkulieren können. Nein, Magnus, entweder Neubau oder wir lassen die Finger von der Sache. Sieh bitte zu, dass du mir so schnell wie möglich einen Entwurf und vor allem eine Kalkulation schickst!«

Magnus stand auf und ging ein paar Schritte vom Gästehaus weg. Inzwischen war es noch ein wenig dunkler geworden, wenn auch nicht viel. Rötliche Streifen zogen sich über den Himmel und tauchten die Nacht in Flammen. Es war ein wundervolles, farbenprächtiges Bild, doch Magnus hatte kaum einen Blick dafür. Er starrte hinüber zur Wiese unweit des Haupthauses, wo er soeben die Person ausgemacht hatte, derentwegen er seit Tagen kaum noch einen klaren Gedanken fassen konnte.

»Ich brauche auf jeden Fall noch ein paar Tage«, sagte Magnus geistesabwesend zu Claes.

»Bis zum Ende der Woche. Mehr Zeit hast du nicht.«

Claes hörte sich ziemlich erbittert an, doch Magnus nahm es kaum zur Kenntnis. »Ich muss Schluss machen, ich habe noch Arbeit.« Er überhörte das empörte Schnaufen seines Partners und trennte kurzerhand die Verbindung. Gebannt schaute er die Frau an, die nur fünfzig Meter von ihm entfernt war und sich doch ebenso gut in einem anderen Universum hätte befinden können.

Lena war stehen geblieben und starrte in die Ferne. Unter dem rötlichen Licht des nächtlichen Himmels war ihre Silhouette wie in Gold getaucht. Irgendwo schlug eine Nachtigall, lockend und traurig zugleich, die melodische Verheißung von Gefühlen, die bis zum Anbruch des Tages längst Vergangenheit waren.

*

Auch Elinor Frödin hörte die Nachtigall, doch für sie war es in diesem Moment ein beliebiges Hintergrundgeräusch, das durch das offene Fenster hereindrang. Der Gesang der Nachtigall fand nur dann den Weg in ihre Wahrnehmung, wenn sie auf dem Friedhof war. Stefan war bei Nacht gestorben, und die Nachtigall hatte seinen Tod beweint. Wenn Elinor auf dem Friedhof war, hörte sie der Nachtigall zu, sonst nicht.

Von Bedeutung war im Augenblick nur das aufgeklappte Journal vor ihr auf dem Schreibtisch. Sie fand nicht immer Zeit, etwas hineinzuschreiben, aber gelegentlich war sie doch in der Stimmung, ihre Gefühle und Gedanken niederzulegen. In den letzten Tagen war es öfter vorgekommen, dass sie das Bedürfnis verspürt hatte, wieder Tagebuch zu führen. Seit Lena Lagerbergs Ankunft gab es bereits drei neue Einträge, ebenso viele wie in den ganzen letzten sechs Monaten zuvor. Es war wie ein Zwang, zu dokumentieren, wie sehr dieses unerwartete Auftauchen sie beunruhigte und wie wichtig es war, dass schnellstmöglich wieder normale Verhältnisse einkehrten.

Elinor hatte Mühe, leserlich zu schreiben, immer wieder gerieten ihre Gedanken in Aufruhr, sodass ihre Hand anfing zu zittern. An einer Stelle verschmierte die Tinte so stark, dass sie selbst Mühe hatte, ihre Schrift zu entziffern. Auf der Suche nach einem Löschstift stand sie auf und zog die Schublade einer kleinen Kommode auf, und als diese klemmte, riss sie ärgerlich daran. Die Schublade krachte aus der Verankerung und fiel ihr vor die Füße. Mit einem gemurmelten Laut des Unmuts bückte Elinor sich, um sie aufzuheben. Der gesuchte Löschstift war nicht in der Schublade. Stattdessen quoll sie über vor alten Fotos, die zum Teil herausgerutscht waren und jetzt vor Elinors Füßen ausgebreitet auf dem Boden lagen.

Zögernd streckte sie die Hand aus und hob eines der Bilder auf. Langsam ging sie damit zum Schreibtisch zurück, wo sie es im Licht der Stehlampe betrachtete. Stefan war auf dem Foto zu sehen, zusammen mit Lena. Beide waren sie herzzerreißend jung und schön, die blonden Schöpfe gegeneinander gelegt, die Gesichter offen und glücklich und leuchtend vor Liebe.

Elinor spürte, wie in ihrem Inneren etwas aufbrechen wollte, doch sie unterdrückte gewaltsam jeden gefühlsseligen Impuls. Stattdessen tat sie das, was seit damals unumgänglich war: das Gute vom Schlechten trennen. Mit einer raschen, entschlossenen Bewegung riss sie das Foto mitten durch, exakt zwischen Lena und ihrem Sohn. Nichts verband die beiden. Nichts außer Tod. Achtlos warf sie den Teil des Bildes, der Lena zeigte, auf den Schreibtisch.

Die Hälfte, auf der ihr Sohn zu sehen war, behielt sie in der Hand und schaute sie lange an. Und dann hörte sie auf einmal doch den Gesang der Nachtigall.

*

Als Magnus am nächsten Tag mit dem Wagen vor dem Herrenhaus von Marielund vorfuhr, war er dem offiziellen Anlass entsprechend gekleidet. Er hatte zwar auf die Krawatte verzichtet – anders als Claes fühlte er sich einfach nicht wohl mit den Dingern –, aber immerhin hatte er sich zu einem Jackett durchgerungen.

Es war höchste Zeit, dass er wegen Marielund endlich zur Sache kam, bevor es jemand anders tat.

Er hatte sich bereits überlegt, mit welchen Worten er Elinor Frödin überzeugen konnte, ihm nicht sofort die Tür vor der Nase zuzuwerfen, doch an diesem Morgen hatte er Glück, weil er sie draußen vorfand und sie ihm daher nicht so ohne weiteres davonlaufen konnte.

Letzteres schon deshalb nicht, weil sie ein ziemlich marodes Fahrrad schob, das allem Anschein nach einen Platten hatte. Magnus stieg aus dem Wagen und ging zu ihr.

»Guten Morgen, Frau Frödin. Ich muss mit Ihnen sprechen.«

»Sie sind ganz schön hartnäckig«, sagte Elinor. Ihr war deutlich anzusehen, wie wenig sie von diesem unverhofften Besuch hielt.

»Ich will einfach nur mit Ihnen reden.«

»Ich wüsste nicht, worüber«, beschied Elinor ihn knapp, während sie Anstalten machte, das Rad an ihm vorbeizuschieben.

»Hören Sie, ich glaube, hier läuft etwas grundlegend schief. Wollen Sie wirklich, dass die Bank Marielund versteigert? An den Meistbietenden, der dann damit macht, was er will?«

»Und was wollen Sie?«, fragte Elinor barsch. Sie starrte ihn an, als hätte er vor, ihr im nächsten Moment etwas anzutun.

»Ich will nach einer Lösung suchen! Mit Ihnen zusammen!« Jetzt war es draußen. Das war es, was Magnus die ganze Zeit umgetrieben hatte, wie er zu seiner Verblüffung jetzt erst selbst richtig begriff. Er wollte ganz einfach, dass hier alles so blieb, wie es war. Kein Abriss, keine Apartments. Das Gut sollte wieder so werden, wie es früher gewesen war, in seiner alten Pracht.

»Sie wollen doch Marielund nicht verlieren, oder?«, versuchte Magnus es erneut. »Es muss also in Ihrem Interesse liegen, das Anwesen zu erhalten!«

Elinor deutete mürrisch auf den Platten an ihrem Rad. »Mein erstes Interesse gilt im Moment meinem Fahrrad. Ich muss in den Ort, die Rosen abliefern, bevor sie die Köpfe hängen lassen.« Mit schwacher Hoffnung blickte sie auf. »Können Sie einen Platten reparieren?«

Magnus zuckte verdutzt die Achseln. »Ja, kann ich. Ich kann Sie aber auch mit dem Auto hinfahren.«

Elinor atmete durch, und Magnus erwartete eine scharfe Abfuhr. Doch zu seiner Überraschung nickte sie. »Aber nur, wenn Sie nicht dauernd über diese Bankgeschichten reden!«

Sie ließ das Rad einfach stehen und ging zu seinem Wagen, wo sie sich umdrehte und ihm einen hochmütigen Blick zuwarf. Magnus, der bereits Anstalten machte, ihr zum Auto zu folgen, begriff, dass sie von ihm erwartete, die Rosen einzuladen. Mit einem schiefen Lächeln klappte er den Fahrradständer aus und nahm den großen Korb vom Lenker, um ihn zum Wagen zu bringen.

Während der Fahrt redeten sie nicht viel. Magnus machte ein paarmal den Versuch, mit ihr über seine Pläne zu sprechen, doch sie drehte jedes Mal stumm den Kopf zur Seite, sodass er es schließlich aufgab. Er überlegte, sie vielleicht irgendwo zum Kaffee einzuladen, sobald sie ihre Rosen abgeliefert hatte. Möglicherweise zeigte sie sich zugänglicher, wenn sie ihm in aller Ruhe von Angesicht zu Angesicht gegenübersaß.

Nachdem er vor dem Blumenladen angehalten hatte, stieg sie eilig aus und verschwand in dem Geschäft, bevor er noch dazu kam, etwas zu sagen. Frustriert stieg er ebenfalls aus und öffnete den Kofferraum, um den Korb mit den Rosen herauszunehmen. Anscheinend gefiel es ihr, ihn den Laufburschen spielen zu lassen.

»*Hej*«, sagte eine bekannte Stimme hinter ihm. Es war Björn. Er betrachtete Magnus ein wenig spöttisch und schaute dann auf den von Rosen überquellenden Korb. »Sind Sie jetzt auch noch Blumenbote?«

»Wieso nicht?« Magnus hob verdrossen die Schultern. »Wenn ich Frau Frödin damit helfen kann.« Fragend deutete er auf den bandagierten Arm. »Wie geht es Ihnen, waren Sie beim Arzt?«

Björn nickte. »Sieht ganz gut aus. Der Bruch verheilt prima. Nächste Woche kann ich wohl auf die Schlinge verzichten.«

Er blickte auf, wobei seine Augen sich unmerklich geweitet hatten. Elinor war aus dem Laden gekommen.

»Stina ist gerade nicht da, aber …« Sie stockte, als sie Björn sah. »*Hej*, Björn«, sagte sie kühl.

»*Hej*, Elinor. Wie geht es dir?«

»Wie soll es mir gehen?«, gab sie ironisch zurück. »Sehr gut natürlich.« An Magnus gewandt, fügte sie hinzu: »Sie können die Rosen einfach in den Laden bringen. Danke.«

Ohne ein weiteres Wort drehte sie sich um und marschierte davon. Magnus starrte ihr verdattert nach. »Moment mal, Frau Frödin!«, rief er. »Ich bringe Sie doch wieder nach Hause!«

Sie hob nur die Hand, eine Geste, die ihm gebot, sie endlich in Ruhe zu lassen. Ohne sich auch nur umzudrehen, ging sie weiter und verschwand eilig um die nächste Ecke.

Ratlos suchte Magnus Björns Blick. »Ich verstehe diese Frau nicht. Was hat sie nur?«

Björns Gesichtsausdruck war nicht zu deuten. »Ich habe es Ihnen doch gesagt, es ist eine schwierige Geschichte. Wir haben schon vor langer Zeit aufgehört, darüber zu reden.«

Magnus ersparte es sich, weitere Fragen zu stellen, denn es war nur zu deutlich, dass Björn keine Lust hatte, das Thema zu vertiefen.

Achselzuckend wandte er sich ab und brachte die Rosen in den Laden.

*

Lena schlenderte an der aus ungefügen Felsbrocken errichteten Mauer vorbei, die das Gästehäuschen zum Weg hin abschirmte. Sie hatte gehofft, Magnus dort anzutreffen, aber sein Wagen war nicht da.

Sie wusste, dass seit gestern in ihrem Leben eine entscheidende Wende eingetreten war. Nicht nur, weil sie die erstaunlichste erotische Erfahrung ihres ganzen bisherigen Lebens gemacht hatte, sondern weil sie zum ersten Mal seit all den Jahren das Gefühl hatte, vielleicht irgendwo angekommen zu sein. Gestern hatten sie und Magnus es nicht zum Äußersten kommen lassen. Sie hatten in dem Boot gelegen und herumgeknutscht wie die Teenager, doch da sie damit rechnen mussten, dass Johan Stenmark noch in der Nähe war, hatten sie es dabei belassen. Später im Bootshaus ihres Vaters hatten sie sich abermals umarmt und sich geküsst, bis Lena geglaubt hatte, ohnmächtig zu werden. Doch auch daraus hatten sich keine intimeren Zärtlichkeiten entwickelt, weil einer der Stallknechte aufgetaucht war, um einen Eimer Salz aus dem Bootshaus zu holen. Danach war es dann mehr oder weniger vorbei gewesen mit ihrer Leidenschaft, weil Lena es plötzlich mit der Angst zu tun bekommen hatte. Angst vor dem, was passieren könnte, wenn sie sich zu sehr auf diesen Mann einließ. Dass dies längst geschehen war, hatte sie sich nicht klar machen wollen.

Immerhin hatte ihre Schwester sie davor bewahrt, ein weiteres Mal wegzulaufen. Vor sich selbst, vor der Vergangenheit – und auch vor Magnus.

Ja, sie hatte sich in ihn verliebt, welchen Sinn hatte es, das abstreiten zu wollen? Wem wollte sie länger etwas vormachen? Ihr Herz schlug ja bereits schneller, wenn sie nur an ihn dachte, und sie war in diesem Augenblick mehr als enttäuscht, weil er nicht da war. Einen bangen Moment lang fragte sie sich, ob er womöglich abgereist war, ohne sich von ihr zu verabschieden.

Doch im nächsten Moment kam sein Wagen um die Kurve hinter der Koppel, und Lena spürte, wie sich ihr Gesicht zu einem breiten Grinsen verzog. Er war wieder da!

Als er neben ihr anhielt, beugte sie sich zu ihm hinunter und stützte die Ellbogen im offenen Fenster auf der Fahrerseite ab. Sie lächelte ihn an, schmerzlich aufgeregt und voller Vorfreude.

»*Hej.*« Es kam ein wenig atemlos heraus. Plötzlich war sie auf unerklärliche Weise schüchtern. »Eigentlich wollte ich schon weg sein.« Sie hielt eine hübsche violettblaue Wildblume zwischen den Fingern und drehte sie hin und her. Magnus versuchte, sich zu erinnern, wie die Sorte genau hieß, entweder Wiesenschaumkraut oder Wiesenguldenblume, er hatte das schon als Kind immer verwechselt. Dann entschied er, dass es keine Rolle spielte. Wichtig war nur, dass der Farbton der Blume genau das lavendelfarbene Blau ihrer Iris widerspiegelte. Er war davon überzeugt, dass sie vorhatte, gleich nach Stockholm zurückzufahren, und sich jetzt von ihm verabschieden wollte. Er wappnete sich und blickte sie gefasst an, ohne verhindern zu können, dass sich sein Inneres bei ihrem Anblick vor Sehnsucht zusammenzog.

»Ich habe meinen Urlaub verlängert.«

Zuerst glaubte er, sie nicht richtig verstanden zu haben. Sie sah ihn an, unsicher, ein bisschen ängstlich, und mit einem Mal fühlte Magnus sich von einer so maßlosen Erleichterung durchströmt, dass er sich schon beinahe lächerlich vorkam. Am liebsten hätte er einen Freudenschrei ausgestoßen.

Stattdessen beschränkte er sich darauf, sie anzustrahlen. »Ich hatte deinem Vater versprochen, das Loch im Zaun an der Südweide zu reparieren«, sagte er, nur um irgendetwas von sich zu geben. Hastig fügte er hinzu: »Möchtest du vielleicht mitkommen?«

Sie nickte stumm, und er war glücklich wie ein Kind, weil sie ihn dabei auf eine Art anlächelte, die kaum noch Fragen offen ließ.

Sie holten sich Fahrräder aus dem Stall und radelten durch das Wäldchen den See entlang, lachend und albern und dabei doch gleichzeitig so gehemmt wie zwei Teenager bei ihrer ersten wichtigen Verabredung. Magnus rupfte im Vorbeifahren ein Büschel Halme aus dem hoch wachsenden Gras neben der Straße und strich Lena damit kitzelnd über den nackten Arm. Sie kicherte ausgelassen und warf ihm mutwillig funkelnde Blicke von der Seite zu. Na warte, schienen ihre Augen zu sagen.

Doch mit ihrer guten Laune war es hinter der nächsten Wegbiegung schlagartig vorbei. Auf einer kleinen Lichtung am Straßenrand war ein Elch aufgetaucht, ein großes, schönes Tier mit einem majestätischen Geweih und einem gewaltigen Körper. Sein Kiefer bewegte sich behäbig beim Widerkäuen, und sein verfilzter Bart schaukelte sacht hin und her.

Magnus hörte hinter sich Blech scheppern. Lena war einfach vom Rad gestiegen und hatte es achtlos auf die Straße fallen lassen. Wie festgenagelt stand sie mitten auf der Fahrbahn, mit weit aufgerissenen Augen und entsetzt geöffneten Lippen. Sämtliche Farbe war aus ihrem Gesicht gewichen, sie war so weiß wie ein Laken.

»Lena?« Magnus schaute sie bestürzt an. »Was ist denn los?«

Doch sie hatte sich bereits abgewandt und rannte wie von Furien gehetzt die Straße entlang und dann seitwärts in die Büsche, um von dort aus den Hang hinabzustolpern, vorbei an einer großen Felsformation, bis sie auf einer von Bäumen gesäumten Wiese direkt am See schluchzend in die Knie brach.

Magnus war ihr gefolgt und hockte sich dicht neben sie. Er legte beide Hände um ihr Gesicht und schaute sie eindringlich an. »Willst du mir nicht sagen, was los ist?«

Anstelle einer Antwort weinte sie nur laut auf. In ihrem Gesicht spiegelte sich solche Qual, dass Magnus glaubte, es keine Sekunde länger aushalten zu können. In seiner Hilflosigkeit tat er das Einzige, von dem er meinte, dass es sie vielleicht von ihrem Kummer ablenken könnte: Er beugte sich vor, um sie zu küssen. Im nächsten Moment schmeckte er ihre Tränen und die Süße ihres Mundes und war verloren.

Lena hingegen war völlig außer sich, sie ergab sich nicht nur seinen Zärtlichkeiten, sondern drängte sich heftig an ihn. Stumm und in blinder Inbrunst verlangte sie mehr.

Wild an seinem Hemd zerrend, riss sie ihn mit sich ins hohe Gras.

Es war, als sei plötzlich ein Damm in ihr geborsten, der viele Jahre lang alle Gefühle, Begierden und Sehnsüchte in ihrem Inneren zurückgehalten hatte. Mit einem Mal war sie frei. Sie wollte alles, und sie wollte es sofort. Zum ersten Mal seit zehn Jahren fühlte sie sich lebendig. Niemand durfte ihr das wieder wegnehmen!

Ihre Bewegungen waren hastig und ungestüm. Immer noch schluchzend, klammerte sie sich an ihn und versuchte ihm noch näher zu kommen, beseelt von der verzweifelten Gier, die sich immer dann zeigt, wenn das Leben über den Tod triumphiert hat. Ihre Vergangenheit hatte endlich aufgehört. Dies war die Zukunft, und Lena war entschlossen, sie mit allen Mitteln festzuhalten.

*

Emma trieb Svala zu einem leichten Galopp, während sie auf Björn zuritt, der am Gatter auf sie wartete. Ihr dunkler Pferdeschwanz wippte unter ihrem Helm, als sie den Braunen zügelte und vor Björn zum Stehen kam.

Er grinste sie beifällig an, während er sich einhändig an den Sattelgurten zu schaffen machte, um deren Spannung zu überprüfen.

»Du reitest wirklich sehr gut«, lobte er sie. »Als wärst du im Sattel geboren.«

»Svala ist aber auch so ein liebes Pferd. Wir kommen super gut miteinander aus.«

Björn fand am Sitz der Gurte nichts auszusetzen. Er klopfte dem Pferd auf die Flanke. »Du kannst los.«

Emma ließ Svala antraben. »Bis dann, Björn!«

»Pass auf dich auf, mein Mädel.«

Er winkte ihr nach, während sie in Richtung See davonritt. Sie war ein bemerkenswertes Kind und erinnerte ihn in vielen Kleinigkeiten an Lena, die in dem Alter auch wie ein kleiner Teufelsbraten zu Pferd gesessen und die Wälder rund um Lagerberg unsicher gemacht hatte. Es hatte viele Tage gegeben, an denen er sich Sorgen gemacht hatte, wenn sie auf einem Ausritt die Zeit vergaß und zu spät zum Essen kam. Einmal hatte er sie sogar zusammen mit den Knechten suchen müssen, weil sie überhaupt nicht nach Hause gekommen war. Das war jedoch bereits zu der Zeit gewesen, als sie schon mit Stefan gegangen war. Die beiden hatten damals andere Dinge im Kopf gehabt, als pünktlich heimzukommen.

Björns Gedanken verdüsterten sich bei der Erinnerung. Angeblich heilte doch die Zeit alle Wunden. Aber offenbar galt diese Lebensregel nicht für alle Menschen. Elinor Frödin war einer davon. Und seine Tochter ebenfalls.

Er beschattete mit der Hand die Augen, während er Emma nachblickte, bis sie hinter den Weiden am See verschwunden war. Sorgenvoll fragte er sich, warum er mit einem Mal diese Beklemmung spürte, wie von einem heraufziehenden Unheil.

*

Magnus und Lena saßen dicht beim Wasser, die Arme umeinander gelegt. Um sie herum zwitscherten Vögel, und ein leichter Wind brachte das hoch wachsende Schilf am Ufer zum Rascheln.

Lena starrte auf den See hinaus, sie wusste nicht, was sie denken sollte. Das, was sie vorhin erlebt hatte, erschien ihr immer noch wie ein Traum. Ein Traum aus verstörenden, hitzigen Bildern voller Hingabe und alles verschlingender Begierde.

Magnus hatte sein Gesicht in ihren Haaren vergraben. »Alles okay?«, murmelte er gegen ihren Hals.

Lena nickte und lehnte sich fester gegen ihn. Sie war süchtig nach seiner Wärme und Nähe.

»Irgendwie ist es komisch«, sagte Magnus.

»Was?«

»Gerade ist meine Beziehung kaputtgegangen, weil Britta dauernd unterwegs ist. Und jetzt verliebe ich mich in eine Stewardess.«

Lena versteifte sich ein wenig. »Was willst du damit sagen?«

Magnus hob den Kopf und lachte leicht verlegen. »Na ja, ich frage mich gerade, wie wohl unsere Zukunft aussehen wird.«

Lena wusste nicht, woher plötzlich diese Kälte kam, die sich in ihr auszubreiten begann. Eben war noch alles so schön gewesen, so perfekt. Und auf einmal hatte sie wieder das Gefühl, in einem Kerker zu stecken.

»Unsere Zukunft?« Sie löste sich von ihm und rückte ein Stück zur Seite. »Magnus, wir kennen uns doch kaum!«

Er glaubte seinen Ohren nicht zu trauen. Soeben hatten sie beide eine der für ihn bemerkenswertesten sexuellen Erfahrungen seines Lebens geteilt, und sie saß hier und behauptete, sie würden sich nicht richtig kennen. Kaum glaubte er, ihr endlich richtig nahe zu sein, verschwand sie wieder hinter dieser blöden Mauer! Er hätte sie am liebsten geschüttelt. Stattdessen riss er sich zusammen und verlegte sich aufs Argumentieren. »Gut, wir kennen uns erst kurze Zeit. Aber was bedeutet das denn konkret? Dass es nicht weitergeht mit uns?« Er schaute ihr eindringlich in die Augen. »Willst du denn nicht, dass es weitergeht mit uns?«

Lena stützte hinter ihrem Rücken die Hände auf und lehnte sich ein wenig zurück. Sie wich seinen Blicken aus. »Doch, natürlich«, behauptete sie. »Ich bin ja öfter in Stockholm. Einmal im Monat auf jeden Fall.«

Das brachte ihn in Rage, und er hatte Mühe, ruhig weiter zu sprechen. »Ich will dich nicht nur einmal im Monat oder hin und wieder sehen.« Er hielt inne, dann beugte er den Kopf vor und legte seine Stirn gegen die ihre. »Kannst du dir wirklich nichts anderes vorstellen?«, fragte er flüsternd.

»Habe ich dir nicht gesagt, dass ich der geborene Single bin?«

»Kein Mensch ist der geborene Single. So was behaupten nur Leute von sich, die egoistisch sind.«

»Wahrscheinlich bin ich das auch.«

»Unsinn. Jeder Mensch sehnt sich doch nach einem Partner.« Bittend setzte er hinzu: »Du musst es einfach nur zulassen.«

Lena schluckte und starrte schweigend hinaus aufs Wasser.

Magnus sprach weiter, so leise, dass seine Stimme fast vom Rauschen der Bäume in ihrem Rücken übertönt wurde. Doch Lena verstand jedes einzelne Wort.

»Ich möchte dich nicht drängen. Aber du musst uns eine Chance geben.«

»Ich kann nichts versprechen«, sagte Lena.

Magnus legte seine Hand auf ihren nackten Oberarm, fest und besitzergreifend. »Dafür verspreche ich dir jetzt etwas. Denk drüber nach, wenn du willst. Und egal, wie du dich entscheidest: Ich werde da sein.«

*

Lena saß mit angezogenen Beinen auf der Fensterbank und schaute durch das weit offene Fenster hinaus. Der Wind spielte draußen in den Bäumen und fächelte sanft über ihr Gesicht, doch sie konnte die herrliche Sommerbrise nicht wirklich genießen. Der Kopf tat ihr weh vom vielen Nachdenken. Heute Morgen war sie noch so entschlossen gewesen, ganz neu anzufangen. Es einfach zu wagen, sich auf einen Menschen ganz und gar einzulassen. Und jetzt wusste sie schon wieder nicht mehr, was sie wirklich wollte.

Ihr Vater klopfte an die offen stehende Tür und kam ins Zimmer.

»Entschuldige, Lena. Hast du Magnus gesehen? Ich könnte seine Hilfe brauchen.«

»Er ist zur Südweide gefahren, den Zaun reparieren. Er müsste aber bald wieder da sein.«

Björn musterte sie sinnend. »Er tut dir gut, oder? Du siehst so entspannt aus.«

Sie zuckte leicht verlegen die Achseln. »Es geht mir ja auch gut.«

»Aber?«

Lena glitt von der Fensterbank und blieb vor ihm stehen. Ratlos blickte sie zu ihm auf. »Eigentlich wollte ich nichts Ernstes.«

Björn lächelte. »Und, ist es schon zu spät?«

»Es ist noch nie gut gegangen.«

Ihre Mutlosigkeit versetzte ihm einen Stich. Behutsam legte er den Arm um ihre Schultern und zog sie näher. »Ach, Engelchen«, murmelte er. »Es ist einmal nicht gut gegangen. Ein einziges Mal, und das ist zehn Jahre her! Danach hast du es doch gar nicht mehr versucht, oder?« Er drückte sie an sich. »Jetzt nimmst du mal deinen ganzen Mut zusammen. Lass dich einfach fallen! Du wirst sehen, es passiert dir schon nichts!«

Lena spürte, wie verzweifelt sie ihm glauben wollte, doch sie hatte keine Ahnung, wie sie das anstellen sollte. »Warum bist du da so sicher?«, fragte sie hilflos.

»Weil du es verdient hast«, sagte er ruhig. Er küsste sie sanft auf die Stirn. »Du hast es verdient, wieder richtig glücklich zu sein.«

*

Lena flog förmlich über die Wiese hinüber zum Gästehaus. Sie war von überschäumender Freude erfüllt. Ihr Vater hatte Recht! Wieso hatte sie selbst nur die ganze Zeit nicht wahrhaben wollen, was doch jedem einleuchten musste? Wem nützte es denn, wenn sie weiter vor jeder Möglichkeit zum Glücklichsein davonrannte? Die Erkenntnis war nicht einfach gewesen, auf dem Weg dorthin hatten sich unzählige Hindernisse aufgetürmt, die sie selbst errichtet hatte. Zwei Schritte vor und einen zurück, so kam es ihr im Nachhinein vor. Doch jetzt sah sie endlich klar! Irgendein gnädiges Schicksal hatte gewollt, dass sie Magnus traf und sich in ihn verliebte, und sie hatte nicht das Recht, dieses Geschenk einfach wegzuwerfen. Sie wollte ihn, diesen großen, fröhlichen Fremden mit den strahlenden Augen und dem unwiderstehlichen Lachen. Seine Ehe war am Ende, nichts stand zwischen ihnen. Er war ihre Chance, sich selbst und das Leben wieder zu finden. Sie wollte ihm nah sein, in seinen Armen liegen und seinen Herzschlag spüren. Und was sie an ihm noch nicht kannte, wollte sie kennen lernen.

Aufgeregt stieß sie die Tür des kleinen Holzhauses auf. »Magnus?«, fragte sie außer Atem. »Wollen wir heute Abend vielleicht tanzen ...«

Die Frage erstarb ihr auf den Lippen. Er war gar nicht hier, obwohl sein Wagen draußen stand.

Zögernd trat sie näher und betrachtete die Papiere und Unterlagen, die ausgebreitet auf dem Tisch lagen. Pläne, Zeichnungen, Kalkulationen, Fotos. Sie las die Worte Abriss und Ferienresidenz und fühlte sich dabei, als hätte sie einen Boxhieb in den Magen bekommen.

*

Magnus saß zusammen mit den Mitgliedern der Familie Lagerberg an dem großen Tisch auf der Terrasse. Er hatte voller Freude nicht nur Björns Angebot angenommen, ihn zu duzen, sondern auch die Einladung zum Essen. Er konnte nicht erwarten, Lena endlich wiederzusehen. Egal wie er es anstellte – er würde es schon noch schaffen, die Distanz zwischen ihnen beiden abzubauen. Sie war es wert, in jeder nur denkbaren Weise.

Ingrid brachte eine Terrine aus dem Haus und stellte sie schwungvoll auf den Tisch. »Unsere Familien-Fischsuppe*«, verkündete sie stolz.

Magnus sog genießerisch den Duft ein. »Riecht wunderbar!«

Zwanglos begannen sie mit dem Essen. Magnus stellte fest, dass die Suppe tatsächlich so gut schmeckte, wie sie duftete.

»Sag mal, hast du das Loch im Zaun gefunden?«, wollte Björn wissen.

Magnus nickte. »Es war ziemlich groß. Ich habe es erst mal provisorisch geflickt. Du solltest darüber nachdenken, ob du dieses Stück Zaun nicht komplett erneuerst.«

* Lagerbergs Fisksoppa (Lagerbergs Fischsuppe) – Rezept siehe Anhang

»Sobald Sören zurück ist, werden wir ...« Björn verstummte mitten im Satz, denn Lena kam wie eine Furie angestürmt und warf einen Stapel Papiere auf den Tisch.

»Deswegen bist du also hier!«, schleuderte sie Magnus wütend entgegen. »Du willst Marielund abreißen und eine Riesen-Wohnanlage da hinbauen! Fünfundvierzig Einheiten!« Empört setzte sie hinzu: »Warum hast du mich angelogen?«

Magnus hatte den Eindruck, von einer Dampflok überrollt zu werden. »Ich kann das erklären! Mein Partner hat erfahren, dass Marielund zwangsversteigert werden soll. Er dachte sich, dass es ein tolles Grundstück wäre, um ...«

»Zwangsversteigert?«, fiel Björn ihm ungläubig ins Wort. »Das kann doch gar nicht sein!«

»Doch«, sagte Magnus. »Elinor Frödin hat anscheinend einen Bankkredit aufgenommen, den sie nicht zurückzahlen konnte.«

Lena stemmte die Hände in die Hüften. »Und da dachtest du, dass das eine tolle Gelegenheit ist, ein dickes Geschäft zu machen!«

»Das ist nicht wahr!«, widersprach Magnus, gereizt wegen ihrer unerwarteten Aggressivität. »Im Gegenteil! Seit ich erkannt habe, dass es sich um Marielund handelt, versuche ich doch alles, um zu verhindern, dass ...«

Sie ließ ihn nicht ausreden. »Tatsache ist doch, dass du hier nicht deine Ferien verbringst, wie du es uns allen vorgemacht hast, sondern dass du hier bist, um Elinor Marielund wegzunehmen!« Ihr Gesicht war eine einzige Anklage. »Und ich habe dir vertraut!«

Mit diesen Worten drehte sie sich um und lief davon. Magnus schob seinen Stuhl zurück und stand auf. »Lena!«

Sie dachte gar nicht daran, stehen zu bleiben, sodass er gezwungen war, ihr nachzulaufen, wenn er mit ihr reden wollte. Und das wollte er auf jeden Fall.

Sie hatte schon fast den Hof überquert, bevor er sie endlich einholte. »Jetzt warte doch!« Verärgert über ihren Starrsinn fasste er sie beim Arm und versuchte, sie festzuhalten. »Lass es mich doch erklären!«

Sie riss sich los. »Du brauchst mir gar nichts zu erklären. Ich bin auf dich reingefallen! Ich dachte, es geht dir um mich! Aber in Wahrheit bist du nur an deinem Profit interessiert!«

»Das ist doch nicht wahr!« Er lief schneller, um mit ihr Schritt zu halten. »Es stimmt zwar, dass mein Partner vorhatte, Marielund zu ersteigern, aber ...«

»Jetzt will ich dir mal was sagen, Magnus!«, fauchte Lena dazwischen. »Egal, was du und dein Partner für Pläne habt – daraus wird nichts! Weil das Haus und die größten Teile des Parks zwar Elinor Frödin gehören, aber das, was das Objekt wirklich interessant macht ...« Sie machte eine wohl berechnete Pause, bevor sie mit schneidender Stimme fortfuhr: »Das gehört nicht ihr.«

Magnus furchte die Stirn. »Ich verstehe nicht.«

»Natürlich verstehst du nicht.« Lenas Augen verschossen triumphierende Blitze. »Das Bootshaus, der Steg und ein zehn Meter breiter Uferstreifen gehören nicht Elinor Frödin, sondern meinem Vater! Und der, darauf kannst du Gift nehmen, wird niemals verkaufen. Niemals!«, wiederholte sie heftig. »Du und dein Partner, ihr könnt also all eure schönen Pläne vergessen!«

Ohne ihn weiter zu beachten, stürmte sie davon.

Diesmal war sie endgültig entschlossen, auf der Stelle abzureisen. Niemand würde sie jetzt mehr aufhalten können. Auch nicht ihr Vater, der in der offenen Tür ihres

Zimmers stand und ihr stumm zuschaute, wie sie ihren Koffer aufs Bett warf und anfing, zu packen.

»Sag nichts«, schnaubte Lena erzürnt. »Ich könnte mich selbst ohrfeigen dafür, dass ich auf diesen Mann reingefallen bin! Wieso war ich bloß so blind!«

»Keiner von uns hat sich Gedanken gemacht, was Magnus hier vorhaben könnte, außer mit Emma Ferien zu machen«, meinte Björn besänftigend.

»Arme Emma. Da kann man ja nur hoffen, dass ihre Mutter netter ist.«

»Du übertreibst.«

Sie hörte gar nicht hin. »Habe ich's nicht gesagt? Es kann nicht gut gehen. Okay, ich akzeptiere das. Und gehe zurück in mein eigentliches Leben. Ich weiß überhaupt nicht, wieso ich auch nur eine einzige Sekunde geglaubt habe, es könnte sich etwas ändern.«

Björn zerbrach sich über ganz andere Fragen den Kopf. »Marielund ist das Einzige, was Elinor geblieben ist. Was geschieht mit ihr, wenn sie das auch noch verliert?«

Das saß. Betroffen ließ Lena den Rock sinken, den sie gerade in den Koffer legen wollte. Sie hob die Schultern. »Selbst wenn ich eine Idee hätte, wie man ihr helfen könnte … Sie würde es gar nicht wollen. Tante Elinor hasst mich!« Sie schüttelte den Kopf, wie um einen bösen Geist zu vertreiben. Dann fuhr sie fort, ihren Koffer zu packen.

*

»Ich glaub's nicht«, sagte Ingrid wütend, während sie Lena aus dem Haus folgte und zusah, wie ihre Schwester den Kofferraum ihres Cabrios öffnete und ihr Gerpäck hineinlegte. »Das Haus brennt, und du haust ab!«

»Ich würde nur Öl ins Feuer schütten«, erwiderte Lena

knapp. Sie hatte sich die Haare hochgesteckt und trug eine schmale, klassisch geschnittene Hose zu ihrer hochgeschlossenen eleganten Bluse, ganz die dezent gekleidete Businessfrau.

Ingrid blieb neben dem Wagen stehen. »Es ist falsch, und das weißt du!«

»He, ich bin hier hintergangen worden! Er hat mir was vorgemacht! Da wirst du doch wohl verstehen, dass ich weg muss!«

»Nein, das verstehe ich nicht! Ich verstehe nicht, wie man bei der ersten Schwierigkeit gleich aufgeben kann!«

Lena ließ sich auf keine Diskussionen ein. Geflissentlich übersah sie Ingrids vorwurfsvolle Blicke und wandte sich ab, um in den Wagen zu steigen. Sie würde das Verdeck schließen müssen, denn der Himmel hatte sich inzwischen zugezogen, passend zu ihrer Stimmung. Es sah nach Regen aus.

Dann sah sie Magnus quer über den Hof herankommen und verkrampfte sich. Du lieber Himmel, nicht das noch! Sie dachte gar nicht daran, sich von ihm zu verabschieden oder überhaupt noch ein Wort mit ihm zu wechseln!

Doch dann sah sie, dass er eher rannte als ging. Er war ganz offensichtlich in heller Aufregung. Und zwar nicht ihretwegen, wie sich bei seinen nächsten Worten herausstellte.

»Habt ihr Emma gesehen?«, stieß er außer Atem hervor. »Sie müsste doch längst von ihrem Ausritt zurück sein!«

»Vielleicht ist sie im Stall«, mutmaßte Ingrid.

»Da ist sie nicht«, sagte er verstört. »Verdammt, ich hätte sie nicht allein ausreiten lassen dürfen!«

»Beruhige dich«, sagte Ingrid. »Svala ist ein gutes Pferd. Bestimmt ist sie bald wieder zurück.«

Sie hatte die Worte kaum ausgesprochen, als Svala mit

hängenden Zügeln und leerem Sattel um die Ecke des Hauses in den Hof getrottet kam. Von Emma war weit und breit nichts zu sehen. Magnus erstarrte in absoluter Reglosigkeit.

»Okay, ich weiß, was wir machen«, rief Ingrid eilig. »Ich sage Papa Bescheid.« Sie lief ins Haus und schrie über die Schulter zurück: »Wir finden sie, Magnus! Hier ist noch kein Mensch verloren gegangen!«

»Ich gehe sie suchen«, erklärte Magnus, schon im Losrennen begriffen.

»Warte!«, rief Lena ihm nach. »Ich komme mit!«

Atemlos lief sie ihm nach, Seite an Seite streiften sie hektisch durch den Wald und riefen immer wieder nach Emma.

»Wo kann sie sein?« Magnus war vollkommen außer sich. Bei der Vorstellung, dass ihr etwas passiert sein könnte, drehte sich ihm der Magen um. »Wenn sie bewusstlos ist … Sie kann doch gar nicht …«

»Ingrid hat bestimmt schon jede Menge Leute zusammengetrommelt, die überall nach ihr suchen«, sagte Lena mit mehr Zuversicht, als sie tatsächlich empfand.

»Ich suche da drüben weiter.« Magnus brachte es nicht fertig, länger als ein paar Sekunden irgendwo stehen zu bleiben. Er bahnte sich einen Weg durch das dichte Gehölz. »Emma!«, brüllte er.

Plötzlich glaubte er, etwas gehört zu haben. Er hielt inne und lauschte. Ja, da war etwas. Eine Stimme. Emmas Stimme!

»Papa!« Es klang schwach.

Magnus stürzte vorwärts, dicht gefolgt von Lena, die es ebenfalls gehört hatte.

Emma lag unter einem Baum, das Gesicht schmerzerfüllt verzogen, die Hand gegen ihren Knöchel gepresst.

»Da bist du ja«, keuchte Magnus. Er sank neben seiner Tochter in die Knie und zog sie heftig in seine Arme. Das letzte Mal hatte er sich vermutlich während ihrer Geburt so über sie aufgeregt. Seine Erleichterung, sie halbwegs wohlauf hier wieder zu finden, war mit seinen Empfindungen zu vergleichen, die er damals gehabt hatte, als sie endlich nach zwanzig Stunden Wehen auf die Welt gekommen war. Er presste seine Nase gegen ihr Haar und schwor sich, sie nie wieder auch nur in die Nähe eines Pferdes zu lassen.

Emma gab einen leisen Jammerlaut von sich. Magnus ließ sie wohl oder übel los und schaute sie sich genauer an, diesmal halbwegs gefasst. »Dein Bein, oder?«

Sie nickte. Ihr Gesicht war bleich. Offensichtlich hatte sie ziemliche Schmerzen.

Lena war neben ihnen in die Hocke gegangen. »He, du machst ja Sachen!«

Emma nickte. »Es war alles ganz normal«, sagte sie in dem kläglichen Versuch, tapfer zu sein. »Ich war mit Svala am anderen Seeufer.« Sie bewegte sich ein wenig und zuckte zusammen. »Autsch!«

»Hast du schon versucht, aufzustehen?«, wollte Lena wissen.

Emma schüttelte den Kopf. »Es geht nicht. Tut irre weh!«

»Ist wahrscheinlich gebrochen.« Magnus wunderte sich selbst, wie sachlich er auf einmal reagieren konnte. Sie war da, und sie war in Ordnung, oder jedenfalls beinahe. Wenn es nur ihr Bein war – das würde heilen.

»Ich laufe rasch zum Hof zurück und hole den Wagen«, entschied er. »Lena, kannst du bei ihr bleiben?«

»Natürlich«, sagte Lena, ohne zu zögern.

»Gut, ich bin gleich wieder da.« Er umarmte Emma erneut. »Ich bin froh, dass wir dich gefunden haben, du Wirbelwind! Habe mir ganz schöne Sorgen um dich gemacht!«

»Jetzt seid ihr ja da.« Emma schmiegte sich an ihn.

»Also, bis gleich.« Er löste sich sanft von ihr, dann stand er auf und eilte davon, während Lena den Arm um Emma legte und sie tröstend an sich zog. »Sag mal, wie ist das eigentlich passiert? Svala ist doch sonst ganz brav!«

Ihre Worte wurden von plötzlichem Donnern begleitet, und dann fing es auch schon an zu regnen. Binnen Sekunden waren sie bis auf die Haut durchnässt. Lena umfasste Emma mit beiden Armen und drückte das Mädchen an sich. »Komm, rutsch ein Stückchen näher unter den Baum!«

Ein Blitz zuckte in nicht allzu weiter Entfernung nieder, und nur den Bruchteil einer Sekunde später zerriss ein Donnerschlag die Luft.

»Lena, ich will hier nicht bleiben!« Emma war sichtlich verängstigt. »Bei Gewitter soll man nicht unter Bäumen sein!«

Lena sah sich beunruhigt um. Natürlich hatte Emma Recht, aber was sollten sie tun?

Entschlossen stand sie auf. »Ich weiß, wo wir uns unterstellen. Ist nicht weit.«

Sie half Emma, sich vom Boden hochzustemmen, und versuchte dabei, so gut es ging, das verletzte Bein zu schonen.

»Wenn ich dich stütze – kannst du dann ein paar Schritte gehen?« Sie versuchten es, aber mit zweifelhaftem Erfolg.

Emma schrie leise auf. »Das tut weh!«

Lena begriff, dass es der Kleinen unmöglich war, sich aus eigener Kraft fortzubewegen. Es hatte keinen Zweck, zumindest nicht auf diese Art. Ohne zu zaudern, hob Lena das Kind hoch. Leicht war sie nicht, aber für die paar Schritte würde es schon gehen.

Doch als sie kurz darauf die Tür des Herrenhauses von Marielund aufstieß, hatte sie das Gefühl, die Lungen müssten ihr bersten vor lauter Anstrengung. »Wir haben's geschafft!«, presste sie keuchend hervor, während sie Emma in die dunkle Halle schleppte. Mit dem Ellbogen knipste sie das Licht an und setzte Emma anschließend vorsichtig in einem der alten Sessel ab.

Die Kleine zitterte so stark, dass ihre Zähne aufeinander schlugen.

»Dir ist kalt!«, stellte Lena überflüssigerweise fest. Sie zog einfach eines der vielen weißen Tücher vom nächstbesten Möbelstück und wollte es Emma gerade umhängen, als sie schockiert innehielt.

Mit weit aufgerissenen Augen starrte sie den Gegenstand an, der unter dem Tuch sichtbar geworden war. Es war gar kein Möbelstück.

Mit steifen Händen legte sie Emma das Laken in den Schoß. »Emma, trockne dich damit ab«, sagte sie mit seltsam emotionsloser Stimme. »Ich bin gleich wieder da.«

Raus hier, dachte sie. Sonst nichts. Nur raus aus diesem Haus, bevor sie an ihrem Entsetzen erstickte. Sie keuchte und schluckte in dem vergeblichen Versuch, das wilde Schluchzen zu unterdrücken, das unaufhaltsam aus der Tiefe ihrer Brust stieg und ihr die Luft raubte. Sie rannte durch den Vordereingang auf die Veranda und stützte sich nach Luft ringend auf dem Geländer ab.

Dann hörte sie die Stimme.

»Was machst du hier?« Elinor stand in der bekiesten Auffahrt, eine Stola um die Schultern geschlungen, das Gesicht in hochmütiger Feindseligkeit erstarrt.

Lena verlor die Beherrschung. »Warum tust du so was?«,

schrie sie. Mit Riesenschritten stürmte sie die Freitreppe hinab und auf Elinor zu. »Warum hast du das Motorrad aufgehoben?« Dicht vor der Älteren blieb sie stehen. »Wieso?«, wiederholte sie mit überkippender Stimme.

»Es wird noch da sein, wenn ich schon längst tot bin«, sagte Elinor kalt. »Vielleicht wollte ich verhindern, dass mit mir auch die Erinnerung stirbt.«

»Aber was denkst du denn?«, rief Lena. »Dass ich es vergessen hätte? Dass ich es vergessen könnte?« Die Stimme drohte ihr zu versagen vor Wut und Schmerz. »Ich wünschte, ich könnte es! Ich wünschte, es gäbe auch nur einen Tag in meinem Leben, an dem ich nicht daran denken müsste!«

»Lena!« Das kam aus dem Haus. Emmas Stimme klang klein und verloren.

»Das ist Emma«, sagte Lena. Ihr Zorn war so schnell verraucht, wie er gekommen war. Mit hängenden Schultern stand sie da. Das Haar klebte ihr am Kopf, und sie merkte, dass ihre Kleidung nur so triefte. Der Regen hatte aufgehört, aber die Luft war noch schwer und kalt von der Nässe. Der Himmel hing dunkel und grau über dem Land, und eine matte Dämmerung ließ die Umrisse des nahen Waldes verschwimmen, fast so, als wäre die Nacht hereingebrochen.

»Sie ist die Tochter eines Feriengastes«, fügte Lena mühsam hinzu. »Sie hatte einen Unfall …«

Elinor versetzte sie in Erstaunen. »Was kann ich tun?«, fragte sie sachlich.

»Sie ist klatschnass und könnte eine Decke brauchen.«

Elinor senkte zustimmend den Kopf, dann wandte sie sich stumm ab und eilte zum Pförtnerhaus.

*

Etwas hatte sich verändert, das spürte Elinor. Vielleicht lag es daran, dass sie sich auf einmal selbst ganz fremd vorkam, wie ein Mensch, den sie lange nicht getroffen hatte. Es war ein komischer Vergleich, doch er schien zu passen. Nicht, dass es ein schlechtes Gefühl gewesen wäre, im Gegenteil.

Es erfüllte sie mit einer gewissen Zufriedenheit, dem Mädchen die Decke umzulegen und ihr die Tasse mit dem heißen Kräutertee zu reichen, den sie in aller Eile drüben in ihrer kleinen Küche im Pförtnerhaus zubereitet hatte.

»Trink das«, sagte sie leise. »Schmeckt vielleicht nicht so toll, ist aber gut zur Beruhigung. Du hast einen Schock erlitten.« Sie legte den Arm um die Kleine und empfand dabei eine seltsam tröstliche Zuneigung. »Gleich wird dir wärmer.«

Lena beobachtete es mit unbewegter Miene. »Ich gehe dann mal raus und schaue, wo Magnus bleibt.« Mit raschen Schritten verließ sie die Halle.

Emma blickte fragend zu Elinor auf. »Wer sind Sie?«

»Ich bin Elinor.«

»Gehört Ihnen Marielund?«, fragte Emma eifrig. »Es ist schön hier! Ein bisschen wie verzaubert.«

»Das hat mein Sohn auch immer gesagt.« Elinor schluckte und schüttelte den Kopf, als müsse sie einen Spuk vertreiben. Sie glitt von der Sessellehne und nahm das Laken, das auf den Boden gefallen war. Behutsam breitete sie es über das zerbeulte Motorrad und strich sanft mit den Fingerspitzen darüber. »Ein bisschen wie verzaubert ...«, flüsterte sie.

»Und wo ist Ihr Sohn jetzt?«, wollte Emma wissen.

Draußen fuhr ein Wagen vor, und Elinor war froh, nicht antworten zu müssen. »Das wird wohl dein Vater sein.«

*

Magnus sprang aus dem Wagen, erleichtert, Lena oben auf der Veranda stehen zu sehen.

»Hier seid ihr! Ich habe euch schon überall gesucht!«

»Emma ist drinnen.« Sie kam die Treppe herunter. »Tante Elinor kümmert sich um sie.«

Ein paar Sekunden lang standen sie einander stumm gegenüber. Magnus wollte etwas sagen, aber er war zu durcheinander. Dann gelangte er zu dem Schluss, dass er sich sowieso zuerst um Emma kümmern musste. Alles andere konnte warten. Immer drei Stufen auf einmal nehmend, lief er die Freitreppe hinauf und dann in die Halle.

»Papa!«

Mit wenigen Schritten war Magnus bei ihr und hob sie auf seine Arme. »Tut mir Leid, Schätzchen, dass es so lange gedauert hat. Du bist sehr tapfer! Gleich sind wir im Krankenhaus, da bekommst du etwas gegen die Schmerzen!«

Er war schon auf dem Weg zur Tür, als Emma an seinem Hemd zupfte. »Moment noch.«

Er blieb stehen, und Emma drehte den Kopf. »Wiedersehen, Elinor. Und – danke!«

Magnus merkte zu seiner Verlegenheit, dass er Elinor völlig übersehen hatte. Hastig besann er sich auf seine gute Erziehung und beeilte sich, den Fehler wettzumachen. »Ich danke Ihnen auch, Frau Frödin.«

Draußen blieb er vor Lena stehen und blickte ihr in die Augen. Es bestand keine Notwendigkeit, ihr die Frage zu stellen, doch er tat es trotzdem. »Kommst du mit?«

Sie nickte stumm und folgte ihm zum Wagen. Elinor blieb allein zurück. Die Arme fröstelnd um ihren Körper geschlungen, stand sie reglos da, inmitten ihrer zugedeckten Möbel, um sie herum die Schatten der Vergangenheit.

*

Lena überlegte sich, was ihr mehr zusetzte – die Sorge um Emma, die Frage, was mit ihr und Magnus werden sollte, oder die Tatsache, dass sie immer noch völlig durchnässt war und sich wahrscheinlich eine Lungenentzündung holen würde, wenn sie noch länger hier auf dem zugigen Krankenhausflur herumstehen musste. Im Hintergrund sprach Magnus mit dem Dienst habenden Arzt, und Lena schnappte ein paar Fetzen der Unterhaltung auf, der zufolge der Knöchel nur angebrochen sei und dass Emma, sobald ihr eine Schiene angelegt worden sei, wieder nach Hause dürfe.

Wenigstens in dem Punkt gab es Grund zur Entwarnung. Stumm wartete sie, bis Magnus zu ihr herüberkam.

Erleichterung malte sich auf seinem Gesicht. »In ein paar Wochen ist wieder alles in Ordnung!«

»Gott sei Dank.«

Er blickte auf seine verschränkten Hände, dann schaute er ihr direkt in die Augen. »Ich weiß, dass du sauer auf mich bist. Aber hör mir bitte zu: Wenn es in meiner Macht stünde, würde ich versuchen, Marielund zu erhalten. Es wäre eine Sünde, da eine Wohnanlage hinzubauen!«

Lena nickte nachdrücklich. In dem Punkt musste er sie nicht überzeugen. Mit einem Mal kam sie sich ziemlich dämlich vor. Es sah ganz danach aus, als hätte sie ihn vorschnell verurteilt, ohne dabei genau über ihre eigenen Motive nachzudenken. Vielleicht hatte sie es getan, um wieder einen Grund zum Davonlaufen zu haben.

Magnus zog sie zu einer Bank am Ende des Ganges, wo sie sich hinsetzten. »Die Bank interessiert das alles nicht. Sie wollen das Anwesen nur loswerden. Und wer am meisten bietet, wird es bekommen.«

Aufmerksam hörte sie ihm zu. Es sah ganz danach aus, als hätte er sich bereits wesentlich mehr Gedanken über die Rettung von Marielund gemacht als sie selbst.

»Eure Familien waren doch einmal befreundet! Könntet ihr denn Elinor Frödin nicht helfen? Man müsste wenigstens die Versteigerung verhindern. Und dann hätte ich eine Menge Ideen, was man damit machen kann!«

»Tante Elinor würde niemals zulassen, dass wir ihr helfen. Eher gibt sie Marielund auf.«

Magnus wollte etwas erwidern, doch Lena legte ihm die Hand auf den Arm und deutete über seine Schulter. Eine Schwester schob Emma in einem Rollstuhl den Gang entlang. Emmas rechter Unterschenkel steckte in Gips, und über dem Schoß hatte sie die Decke ausgebreitet, die Elinor ihr gegeben hatte. Magnus sprang auf und lief ihr entgegen. »Schätzchen! Hast du Schmerzen?«

Emma schüttelte den Kopf. »Ich habe ein Schmerzmittel gekriegt.«

»Na, Gott sei Dank. Das wird sicher bis Stockholm reichen. Und da melden wir uns dann gleich bei Doktor Paulsen.«

»Müssen wir denn schon wieder fahren?«, maulte Emma.

Magnus warf Lena einen forschenden Blick zu, doch sie blickte nur stumm zur Seite.

Magnus wandte sich wieder seiner Tochter zu. »Ich muss auch irgendwann mal wieder ins Büro.«

Emma zog einen Flunsch. Magnus fühlte sich unbehaglich, und an Lenas Gesichtsausdruck sah er, dass es ihr nicht anders erging.

Nichts war klar zwischen ihnen. Bis auf die unumstößliche Gewissheit, dass es noch nicht vorbei war.

*

Magnus parkte seinen Kombi dicht vor Lenas Cabrio und überlegte dabei düster, dass sie auf keinen Fall verschwinden konnte, so lange er den Wagen dort stehen ließ.

Er hob Emma vom Rücksitz und trug sie zu der kleinen Bank, die unter dem großen Baum in der Einfahrt stand. »Ich packe schnell unsere Sachen, dann können wir auch schon fahren.«

Während er das sagte, waren seine Blicke Lena gefolgt, die langsam in Richtung Haus schlenderte.

»Lena!« Er ging zu ihr. »Sehen wir uns wieder?«

»Ich weiß nicht ...« Sie schüttelte den Kopf. »Es tut mir Leid, Magnus, vielleicht ist es besser, wir beenden es, bevor es ...« Sie brach ab. Was hätte sie auch sagen sollen? Bevor es ernst wird? Bevor es mir das Herz zerreißt? Am liebsten hätte sie bitter aufgelacht. Anscheinend hatte der Anblick des kaputten Motorrads vorhin etwas bei ihr bewirkt, was sie in der Form nicht erwartet hatte: Sie hatte begriffen, dass es eben doch keine Zukunft für sie gab, auch wenn sie es sich noch so verzweifelt wünschte.

»Lena, ich kann dich nicht einfach aufgeben!«

»Es ist alles so schwierig«, flüsterte sie.

Magnus starrte sie an, fast verrückt vor Sehnsucht. Wenn Emma nicht weniger als zwanzig Meter von ihm entfernt auf der Bank gesessen hätte – er hätte Lena in seine Arme gerissen und versucht, sie auf seine Weise zu überzeugen. Er spürte, dass zwischen ihnen etwas existierte, das so machtvoll und bezwingend war, wie er es vorher noch nie erlebt hatte.

Er machte einen Schritt auf sie zu, sodass er sie fast berührte. »Lass uns die Schwierigkeiten überwinden. Wir können das, Lena.«

»Wieso bist du dir da so sicher?«

Ein verzweifelter Ausdruck stand in ihren Augen, und

Magnus merkte, dass sie schwankend wurde. Er holte tief Luft.

»Wieso ich sicher bin? Das ist ganz einfach. Weil ich dich liebe.«

Lena starrte ihn mit stockendem Atem an. Es war, als hätte er beide Hände ausgestreckt und ihre Seele berührt. Er hatte das weinende kleine Mädchen in ihrem Inneren gefunden und in die Arme genommen. Plötzlich glaubte sie, Stefan vor sich zu sehen, jung und strahlend, ihr Held und ihr erster Freund. Er winkte ihr aus der Ferne zu und wünschte ihr alles Gute. Sei glücklich!, schien er zu sagen. Wir hatten unsere Zeit, doch dies ist jetzt deine.

Die helle Stimme hinter ihr riss sie aus ihrer Versunkenheit.

»Emma, mein Liebes! Wie geht es dir? Hast du Schmerzen?«

Eine Frau kam aus dem Haus gestürzt. Brünette Locken umrahmten ihr puppenhaft hübsches Gesicht, das sorgfältig geschminkt war. Sie trug hochhackige Pumps und einen eleganten weißen Hosenanzug. Ingrid, die zusammen mit ihr auf den Hof gekommen war, blieb neben Lena stehen.

Britta hatte die Bank erreicht und ging mit besorgter Miene vor Emma in die Hocke. »Ich bin gleich losgefahren, als ich gehört habe, was passiert ist!«

Magnus runzelte die Stirn, dann schob er betreten die Hände in die Hosentaschen. Britta war die letzte Person, die er in diesem Moment hier erwartet hatte, obwohl es selbstverständlich abzusehen gewesen war, dass sie auftauchen würde. Schließlich hatte er sie noch vom Wagen aus angerufen, bevor er Emma auf Marielund abgeholt hatte. Sie musste wirklich wie der Teufel gefahren sein, um so schnell herzukommen.

»Ist alles nicht so schlimm, Mama«, behauptete Emma. »Können wir nicht noch ein bisschen hier bleiben?«

Britta wandte sich stirnrunzelnd zu Magnus um, der mit beklommener Miene von einem Bein aufs andere trat.

»*Hej*, Magnus.«

»*Hej*, Britta.« Er erwiderte ihre kurze Umarmung eher widerstrebend als herzlich.

Für Lena dagegen sah das Ganze so aus wie eine lange ersehnte und längst fällige Familienzusammenführung. Sie hatte die Szene reglos und mit zusammengepressten Lippen verfolgt. Als sie sah, wie Magnus seiner Frau zur Begrüßung über den Rücken strich, erwachte sie aus ihrer Erstarrung und lief um ihren Wagen herum zur Fahrertür.

Ingrid folgte ihr mit großen Schritten und hielt sie am Handgelenk fest. »O nein, das machst du nicht. Du wirst auf keinen Fall fahren, ohne Papa auf Wiedersehen zu sagen! Du kommst jetzt mit und trinkst noch eine Tasse Kaffee, bis er wieder da ist!« Sie zerrte Lena zur Haustür, ohne auf die Gegenwehr ihrer Schwester zu achten. Lena warf einen Blick über die Schulter. Magnus stand dicht bei Britta, und im Hintergrund saß Emma auf der Bank. Ein Bild der Zusammengehörigkeit. Eine glückliche kleine Familie.

Es tat so weh, dass sie glaubte, schreien zu müssen. Rasch wandte sie sich ab und ging mit ihrer Schwester ins Haus.

*

»Ich mache mir schreckliche Vorwürfe«, sagte Britta. »Ich hätte euch nicht allein fahren lassen dürfen!«

»Was meinst du damit?«, fragte er irritiert. »Wenn du mitgefahren wärst, hättest du auch nicht verhindern können, dass Emma vom Pferd fällt!« Er starrte hinüber auf die Haustür, die sich soeben mit einem Knall hinter Ingrid und Lena geschlossen hatte.

»Ich muss unbedingt mit dir reden.« Britta hakte sich bei ihm ein, um ihn ein Stück von der Bank wegzuziehen. »Das hätte ich schon lange tun müssen.«

»Ja«, sagte Magnus mit schleppender Stimme. »Ich muss auch mit dir reden.«

*

»Du hast doch gewusst, dass er verheiratet ist!« Ingrids Stimme klang leicht gereizt. Sie nahm die Kanne von der Warmhalteplatte der Kaffeemaschine und schenkte zwei Tassen voll.

»Ja«, sagte Lena erbittert. »Und du hast ihn mir noch eingeredet!«

»Ich habe dir gar nichts eingeredet«, widersprach Ingrid vehement. Die Kanne noch in der Hand, drehte sie sich erbost zu Lena um. »Ich fasse es nicht! Du legst dir alles so zurecht, dass du mit gutem Gewissen weglaufen kannst!«

»Warum kannst du mich nicht in Ruhe lassen?«, schrie Lena. Tränen stürzten ihr aus den Augen und strömten über ihr Gesicht. »Ich hab's satt, mir immer von dir sagen lassen zu müssen, was ich tun soll! Ich weiß, dass ich weglaufe!« Erregt breitete sie beide Arme aus und schluchzte: »Ich ... ich habe mich auf ihn eingelassen, und was macht er? Er lügt mich an!« Sie stapfte zum Küchentisch und ließ sich auf einen Stuhl fallen.

»Er lügt dich nicht an!« Ingrid knallte wütend die Kaffeetassen auf den Tisch und setzte sich ebenfalls. »Nur weil er dir nicht alles erzählt, lügt er dich doch nicht gleich an!«

Lena schüttelte weinend den Kopf. »Verstehst du das nicht? Gerade noch hat er mir gesagt, dass er mich liebt! Und dann taucht auf einmal seine Frau hier auf, und zwischen den beiden ist alles wunderbar! Er hat mich immer nur angelogen! Marielund … Seine Frau …« Sie brachte es kaum heraus. »Weißt du, das Schlimme ist, dass ich mich in ihn verliebt habe! Und jetzt … ist alles wie immer.«

»Meine Güte, Lena!« Ingrid nahm Lenas Hand und beugte sich vor, um ihren Worten Nachdruck zu verleihen. Sie sprach jetzt deutlich leiser als vorhin. »Er hat dir vielleicht nicht alles erzählt wegen Marielund. Na und? Und diese Britta … Ich hatte vorhin die Möglichkeit, mich länger mit ihr zu unterhalten. Und ich sage dir, zwischen den beiden läuft gar nichts mehr!«

Ingrid streckte die Hand aus und legte sie gegen Lenas Wange. »Kämpf um ihn!«, flüsterte sie.

Lena starrte sie an, völlig konfus von dem Aufruhr, der in ihrem Inneren herrschte. Ihre Lippen zitterten, und ihr Gesicht war nass von Tränen.

Sie zuckte zusammen, als plötzlich Magnus die Küche betrat. »Lena, ich weiß, wie das alles auf dich wirken muss, aber …«

»Du musst mir nichts erklären«, fiel ihm Lena heftig ins Wort. »Du hast ein Kind, und an das musst du jetzt denken. Es wäre mit uns beiden sowieso nicht gut gegangen. Also mach dir keine Gedanken. Es ist gut so, wie es ist.«

Mit abgewandtem Gesicht sprang sie auf und lief aus der Küche. Magnus blieb wie vom Donner gerührt stehen und blickte ihr stumm nach. Ingrid seufzte und wusste nicht, wohin sie schauen sollte. Sie konnte sich kaum an eine Situation erinnern, die so verfahren war wie diese.

*

Magnus traute seinen Ohren nicht. Er hörte die Worte zwar, konnte aber nicht glauben, dass es Britta war, die sie aussprach. Sie stand mit dem Rücken zu ihm auf dem Weg, der vom Hof zum See hinunterführte. Offenbar hatte sie sich außer Hörweite von Emma begeben, weil sie kein Interesse daran hatte, dass ihre Tochter von diesem Telefonat etwas mitbekam.

Dafür kam Magnus in den Genuss, ein paar besonders aufschlussreiche Sätze aus nächster Nähe anzuhören.

»Komm, sei nicht so ungeduldig«, sagte sie in einem ihm gänzlich unbekannten, lockenden Tonfall. »Morgen bin ich doch wieder da!« Sie hielt inne, der Anrufer erwiderte wohl etwas. Magnus musste nicht lange rätseln, worum es sich handelte, denn als Nächstes sagte Britta leise: »Ich doch auch! Bis dann mein, Liebling! Ich freu mich auf dich!« Sie trennte die Verbindung und schob ihr Handy in die Hosentasche.

Magnus trat an ihre Seite, und ihr genügte ein Blick in sein Gesicht, um zu erkennen, dass er genug mitgehört hatte. In Anbetracht der peinlichen Situation verhielt sie sich bemerkenswert gefasst, wie Magnus fand. Nicht die Spur von Schuldbewusstsein zeigte sich in ihrer Miene.

»Kenne ich ihn?« Er brachte es nicht fertig, ruhig stehen zu bleiben. Die Hände in den Hosentaschen vergraben, ging er in Richtung Bootssteg.

»Es tut mir Leid, Magnus.« Britta folgte ihm. »Ich wollte es dir schon längst sagen. Aber irgendwie war nie die richtige Gelegenheit. Ich habe ihn bei den Theatertagen in Göteborg kennen gelernt. Letzten Sommer. Er ist dort Dramaturg beim Theater.«

Magnus hockte sich auf die Holzbank am Rande des Stegs, beide Hände neben den Oberschenkeln zu Fäusten geballt.

»Es ist was Ernstes, oder?«

Britta nickte. Seufzend ließ sie sich neben ihm nieder und schaute stumm geradeaus.

»Irgendwie habe ich es geahnt«, sagte er. »Danach warst du noch mehr unterwegs als sonst.«

Sie schwiegen beide eine Weile.

»Wann hat es aufgehört mit uns?«, fragte Magnus schließlich.

»Es gibt wohl keinen bestimmten Zeitpunkt.« Britta zuckte die Achseln. Ihr Gesicht war ernst. »Irgendwann.«

Es hätte ihn treffen müssen, doch das tat es nicht. Da war keine Bitterkeit. Und wenn doch, war sie so bedeutungslos, dass er sie kaum spürte. Alles schien mit einem Mal von unausweichlicher Endgültigkeit zu sein. Trotzdem fühlte er sich entsetzlich schlecht.

Das, was sein Inneres plötzlich zu Eis erstarren ließ, hatte nichts mit seiner Ehe zu tun, sondern damit, dass er ein Kind hatte, das er mehr liebte als sein Leben.

»Wirst du nach Göteborg ziehen?« Sein Herz klopfte heftig bei der Frage und setzte kurz, aber spürbar aus, als Britta nickte und mit schwachem Lächeln sagte: »Wir haben eine kleine Wohnung am Hafen gefunden.«

Also war für sie schon alles geregelt, und er war der Letzte, der es erfuhr.

»Und Emma?« Magnus gab sich Mühe, möglichst gelassen zu sprechen, doch er konnte nichts dagegen tun, dass seine Stimme emotionsgeladen klang.

»Was denkst du?«, wollte sie neugierig wissen.

Magnus zuckte die Achseln und gab sich sachlich. »Das Wichtigste ist wohl, dass wir uns fair verhalten.«

Sie schaute ihn von der Seite an. »Wo soll sie leben?«

Magnus begriff, dass Britta nicht automatisch unterstellte, Emma werde mit ihr nach Göteborg ziehen. Im Gegenteil, sie schien für alle diesbezüglichen Optionen offen zu sein. Sein Herz setzte erneut einen Takt aus, doch diesmal tat es nicht ganz so weh. Er hatte eine Chance.

»Sie wird uns schon sagen, bei wem sie leben will«, erklärte er mit fester Stimme. »Sie ist ein kluges Mädchen. Ganz die Mutter.« Er lächelte Britta zögernd an.

»Oder ganz der Vater.« Britta erwiderte sein Lächeln. Impulsiv ergriff sie seine Hand und drückte sie fest. Nur um sie im nächsten Moment wieder loszulassen, als wäre ihr soeben eingefallen, dass sie dazu kein Recht mehr hatte.

Sie blieben noch eine Weile nebeneinander auf der Bank sitzen und schauten schweigend hinaus aufs Wasser.

*

Lena hatte rasch geduscht und sich umgezogen. Der Abschied von Ingrid war unkomplizierter über die Bühne gegangen, als sie befürchtet hatte. Wahrscheinlich lag es daran, dass Lasse dabei gewesen war. In der Gegenwart ihres Sohnes hatte Ingrid sich vermutlich zusammengerissen. Lena war froh, ohne eine weitere Standpauke davongekommen zu sein. Vorwürfe und Vorschriften waren das Letzte, was sie jetzt noch brauchen konnte.

Der Abschied von ihrem Vater stand ihr noch bevor, doch auch damit würde sie fertig werden.

Als sie ihn allerdings über den Hof auf sich zukommen sah, war sie dessen auf einmal nicht mehr ganz so sicher. Sein Gesicht war so ernst, und in seinen Augen stand unübersehbar die Furcht, sie zu verlieren.

»Ich muss fahren«, sagte Lena überflüssigerweise. »Mein Urlaub ist zu Ende.«

Björn legte den gesunden Arm um sie und hielt sie fest. »Kommst du wieder?«, flüsterte er in ihr Haar. Er wollte nicht, dass sie sah, wie schlecht es ihm ging. Sie war sein Kind, und sie riss ihm das Herz heraus. Und er konnte nichts dagegen tun.

»Du kannst mich doch auch in Stockholm besuchen.«

»Und Elinor?« Es war ein letzter Versuch, doch auch das nützte nichts.

»Ich kann ihr nicht helfen«, sagte Lena.

»Du würdest auch dir selbst damit helfen.«

Lena schüttelte den Kopf. »Ich muss los, Papa. Ich melde mich. Mach's gut.« Sie gab ihm einen raschen Kuss auf die Wange und eilte dann ohne ein weiteres Wort davon. Björn blieb stehen, ohne ihr nachzuschauen.

*

Lena hatte Mühe, nicht zu weinen, während sie an der Pferdekoppel vorbeifuhr und dann das Wäldchen passierte. Doch sie hatte sich vorgenommen, auf keinen Fall mehr zu heulen. Es tat nur weh und führte zu nichts. Das Leben ging weiter, und wenn sie eins begriffen hatte, so war es die Tatsache, dass die Dinge sich eben nicht änderten, egal, was Magnus dazu gesagt hatte.

Sie hatte kaum die ersten paar hundert Meter mit dem Cabrio zurückgelegt, als ihr Handy klingelte. Es war Malte.

Sie kannte ihn seit fast einem halben Jahr und hatte ihn erst vor ein paar Tagen das letzte Mal gesehen, doch mit einem Mal kam es ihr vor, als sei er ein Fremder.

»Hallo, Malte«, sagte sie höflich. »Ich bin auf dem Weg nach Stockholm. Wie geht es dir?«

»Sehr gut.« Seine Stimme am Telefon klang aufgeräumt. »Ich komme gerade aus London. Sehen wir uns heute Abend?«

»Warum nicht«, erwiderte sie mit derselben mechanischen Höflichkeit, die sie auch vorhin bei der Begrüßung an den Tag gelegt hatte.

»Ich hole dich um halb zehn ab«, erklärte er. »Was wollen wir machen? Essen? Kino? Oder bleiben wir bei dir?«

Lena bremste abrupt und starrte auf die beiden steinernen Wegweiser, die den Weg nach Marielund markierten.

»Lena?«, tönte es aus dem Handy.

»Hör zu, Malte!«, sagte Lena mit plötzlicher Entschiedenheit. »Es wäre ein Fehler. Das mit uns – es ist vorbei. Oder genauer: Es gab im Grunde nie etwas.«

»Was zum Teufel soll das heißen?«

»Wir lieben uns nicht.«

»Was hat Liebe damit zu tun?« Es klang überrascht und ein bisschen beleidigt.

Lenas Blicke hatten sich an der steinernen Inschrift festgesaugt. Marielund ...

»Was Liebe damit zu tun hat?« Sie lachte bitter. »Alles natürlich! Sie hat alles damit zu tun!«

Er war derjenige, der die Verbindung trennte, das machte es ihr leichter. Der Weg lag offen vor ihr, sie musste ihn nur noch gehen. Es war Zeit, Ordnung in ihrem Leben zu schaffen. Doch diesmal würde sie es richtig machen. Und an der richtigen Stelle wollte sie damit anfangen. Kurz entschlossen stieg sie aus dem Wagen und ging zwischen den beiden großen, verwitterten Steinen hindurch, um dem Weg nach Marielund zu folgen.

*

Elinor saß an ihrem Schreibtisch im Pförtnerhäuschen und beendete ihren letzten Tagebucheintrag. Sie hatte etwas über das Mädchen geschrieben. Wie reizend und verständig es gewesen war und wie tapfer. Tapferkeit war eine

Charaktereigenschaft, die Elinor sich manchmal gern für sich selbst gewünscht hätte. Vielleicht würde sie es dann endlich fertig bringen, all die Briefe zu öffnen, die in den letzten Jahren von der Bank und vom Gericht gekommen waren. Sie hatte es nicht getan, weil sie ahnte, dass nichts Gutes darin stehen würde. Mit der Bank wollte sie nichts mehr zu tun haben. Sie war seit langem nicht mehr dort gewesen, nicht mehr seit dem Tag, an dem der Angestellte am Schalter ihr höflich, aber bestimmt mitgeteilt hatte, dass es wegen der rückständigen Tilgungsraten ein Verfahren geben werde und sie wegen ihres überzogenen Limits keine Barmittel mehr abheben könne. Schon davor hatte die Bank ihr geschrieben und ihr diverse Vorschläge unterbreitet, doch sie hatte alle Ausführungen über Prolongationen und Hypothekenfälligkeiten ignoriert. So lange die Rosen blühten, hatte sie Geld für ein paar Lebensmittel und den Strom, und was die Bank betraf, so konnte sie ohnehin nichts ändern. In der Folgezeit kamen weitere Briefe, doch die hatte Elinor gar nicht erst geöffnet.

Jetzt lagen die Briefe vor ihr, säuberlich zu einem Stapel aufgeschichtet. Elinor starrte sie an und dachte an das tapfere kleine Mädchen. Worte tauchten von irgendwoher auf und gingen ihr nicht mehr aus dem Kopf.

Es ist ein bisschen wie verzaubert …

Zögernd streckte Elinor die Hand aus und nahm den obersten Brief vom Stapel. Sie schlitzte das Kuvert auf, nahm den Briefbogen heraus und begann zu lesen.

*

Magnus legte die letzte Tasche in den Kofferraum und ging dann zu der Bank neben der Einfahrt, wo Emma auf ihn wartete.

»Komm, mein Schätzchen, lass uns nach Hause fahren.« Er schickte sich an, sie hochzuheben, doch sie hielt ihn zurück. »Mama ist nach Göteborg zurückgefahren. Sie hat mir alles gesagt.«

Magnus schluckte und wusste nicht, was er sagen sollte. Emma schaute ihn eindringlich an. »Werdet ihr euch wirklich trennen?«

»Ja, das ist wohl das Beste für uns.« Er hob resigniert die Schultern und setzte sich neben sie. Bedrückt betrachtete er über Emmas Kopf hinweg die knorrigen alten Bäume auf der kleinen grasigen Anhöhe vor der Zufahrt.

Er fragte sich, ob Britta ihr den wirklichen Grund genannt hatte oder ob sie den neuen Job vorgeschoben hatte. Sie hatte den Posten bekommen, es wäre ein Leichtes gewesen, vor Emma so zu tun, als wäre die berufliche Veränderung Schuld an den ganzen Umständen.

»Es tut mir Leid, dass du es so plötzlich erfahren musstest«, sagte er unbeholfen. »Ich hätte es dir lieber etwas schonender beigebracht.«

Unbehaglich schaute Magnus seine Tochter an, doch zu seiner Überraschung wirkte sie nicht sonderlich niedergeschlagen.

»Ich komme schon damit klar.« Ihre Gelassenheit hatte nichts Gekünsteltes. »Weißt du, ich mag Göteborg. Ich werde sie dauernd besuchen.«

Es dauerte einen Moment, bis bei Magnus der Groschen fiel, doch dafür mit umso mehr Getose. Er unterdrückte nur mühsam einen Freudenschrei. »Soll das heißen, dass du ...?«

Emma grinste. »Was hast du denn gedacht? Natürlich werde ich bei dir bleiben! Wir sind doch ein Team, oder?«

Magnus legte die Arme um sie und drückte sie fast grob an sich.

»Das sind wir.« Er hatte einen Kloß im Hals und konnte kaum sprechen. »Ich bin froh, dass ich dich habe.« Diese paar dürftigen Worte konnten nicht annähernd ausdrücken, was er tatsächlich empfand. Wenn es so etwas wie Glück überhaupt gab, so war es ihm in diesem Moment zuteil geworden.

»Jetzt wollen wir aber fahren.« Magnus hob seine Tochter mit Schwung von der Bank und trug sie zum Wagen.

»Was ist mit Marielund?«, wollte Emma wissen.

»Seit wann interessiert dich Marielund?«

»Mich vielleicht nicht so sehr. Aber dich.« Emma hob ihr Kinn und warf ihm aus nächster Nähe einen nachdenklichen Blick zu. »Du gibst auf, Papa? Das kenne ich gar nicht an dir.«

Magnus schaute sie verblüfft an, dann irrten seine Blicke ab und richteten sich in die Ferne. Er sah sich selbst als kleinen Jungen, in jenem traumgleichen letzten Sommer, den er zusammen mit seiner Mutter verbracht hatte. Er sah sie unter den Bäumen sitzen und lächeln. Sie war so glücklich gewesen, obwohl sie wusste, dass sie sterben würde. Plötzlich spürte Magnus den Zauber von Marielund wie einen Sog, und er wusste, dass seine Tochter Recht hatte. Er musste es versuchen, ein letztes Mal.

»Gib mir eine halbe Stunde«, sagte er zu Emma.

Sie nickte vergnügt, und er setzte sie vorsichtig wieder auf der Bank ab und stieg in den Wagen. Emma bedachte ihn mit ihrem unvergleichlichen koboldhaften Grinsen, während er den Motor anließ und mit durchdrehenden Reifen rückwärts aus der Einfahrt heraussetzte.

Sie lächelte immer noch, als er mit überhöhter Geschwindigkeit in Richtung Marielund davonbrauste.

Alles wird gut, hatte ihre Mutter gesagt, bevor sie weggefahren war. Emma war davon überzeugt, dass sie Recht hatte. Ihre Mutter war bereits glücklich, und ihr Vater würde es noch werden. Es fehlte nur noch ein kleines bisschen. Emma wusste, dass es hier etwas gab, das ihr Vater dringend brauchte. Er musste es nur finden und festhalten.

*

Lena hatte eigentlich nicht vorgehabt, zum Herrenhaus zu gehen. Eigentlich hatte sie beim Pförtnerhäuschen anklopfen und Elinor um die längst überfällige Aussprache bitten wollen.

Doch dann hatten ihre Füße sie wie von allein zum Haupthaus hinübergetragen, die große Freitreppe zu der überdachten Veranda hinauf und von dort aus weiter in die von trübem Dämmerlicht erfüllte Halle. Auch ihre Hände schienen nicht mehr zu ihr selbst zu gehören, denn ganz ohne ihr Zutun zogen sie das große weiße Tuch von dem zerschmetterten Motorrad. Ein Lachen drang plötzlich an ihre Ohren, es kam aus einer anderen Zeit und überbrückte eine Distanz von zehn Jahren, als ob das, was damals geschehen war, gerade eben passierte, in diesem Augenblick …

Stefan kam aus dem Haus gestürmt, strahlend vor Vorfreude und gut aussehend in seiner neuen Jeansjacke, die Lena mit ihm zusammen in der Woche davor ausgesucht hatte.

»Nur einmal«, bettelte Lena. »Lass mich nur einmal fahren! Ich kann das! Los, Stefan! Sei kein Frosch!«

»Die Maschine ist viel zu schwer für dich.«

»Ich fahre genauso gut wie du!« Sie legte den Kopf schräg. »He, du liebst mich wohl nicht mehr!« Als er immer noch zweifelnd dreinschaute, schmeichelte sie: »Ich bin auch ganz vorsichtig.«

Er war nicht überzeugt, aber er ließ sie fahren. Sie brausten durch den Wald, wo sich die Abenddämmerung binnen weniger Minuten in Dunkelheit verwandelte.

»Wow!« Lenas Jubelschrei übertönte das Brummen des PS-starken Motors. »Das ist toll!«

Er schmiegte von hinten seine Wange gegen ihr Gesicht. »Ich liebe dich, weißt du das?«

»Und jetzt – Licht aus!« Kreischend vor Übermut drehte sie die Scheinwerfer aus. Das war ihre gemeinsame Mutprobe und gleichzeitig der ultimative Spaß. Sie hatten das schon vorher hin und wieder gemacht, aus Jux. Nur, dass Stefan sonst immer am Lenker gesessen hatte und sie hinter ihm. Es war wie eine Fahrt auf der Geisterbahn. Mit rasender Geschwindigkeit rauschten sie durch den dunklen Wald und lachten beide vor wilder Lebenslust.

Ihr Lachen in der Dunkelheit. Die vorbeifliegenden Bäume. Der Elch, mitten auf der Straße. Schwerelosigkeit, Sturz. Die Härte des Aufpralls. Und dann die Schreie. Schreie, die nicht aufhören wollten …

Lena lag auf dem Rücken, sie bekam keine Luft. Rechts von ihr drehte das Rad des umgestürzten Motorrads in der Luft durch, langsam und endlos. Irgendwie schaffte sie es, sich auf den Bauch zu rollen und dann auf blutigen Händen und Knien zu dem leblosen, verkrümmten Körper hinüberzukriechen. Seine Augen waren offen, es war, als wollte er sie noch einmal anschauen. Doch er konnte nichts mehr sehen. Würde nie wieder etwas sehen können. Nie wieder.

Lena brach weinend neben dem Motorrad in die Knie, die Hände vor das Gesicht geschlagen. Jemand trat zu ihr, hockte sich neben sie und streichelte sanft ihren Arm. Es war Magnus.

Sie umklammerte schluchzend ihre angezogenen Knie.

»Wir waren so glücklich! Er … er saß hinter mir auf dem Motorrad … Er hat gelacht … war noch so fröhlich …« Die Tränen strömten ungehindert über ihr Gesicht. »Ich war so verliebt in ihn.« Sie schluckte heftig und sah Magnus an. »Er wäre jetzt Arzt. Er wollte immer Arzt werden, schon als Kind. Und er hätte es bestimmt gut gemacht. Tante Elinor wäre so stolz auf ihn gewesen!«

Magnus konnte sie nur stumm und schockiert anblicken.

»Ich habe ihn umgebracht«, weinte sie. »Ich habe ihn geliebt, und ich habe ihn umgebracht! Ich konnte nichts machen, es ging alles so schnell. So wahnsinnig schnell …«

Erschüttert zog Magnus sie in seine Arme und drückte ihren Kopf an seine Brust. Nichts von dem, was sie ihm eben erzählt hatte, konnte er ungeschehen machen, obwohl er es gern getan hätte – um ihretwillen, und um diese schreckliche Qual der Schuld von ihr zu nehmen. Doch er konnte nichts weiter tun, als sie zu trösten. Er konnte sie in den Armen halten, bis sie sich ihr ganzes Leid von der Seele geweint hatte.

*

Elinor hatte alle Briefe geöffnet und sie nacheinander gelesen. Mit einer achtlosen Geste wischte sie das ganze Papier vom Tisch. In jedem Brief stand mehr oder weniger dasselbe. Sie hatte Marielund verloren. Man hatte es ihr weggenommen. Es würde nicht mehr lange dauern, und ein Gerichtsvollzieher würde alle Möbel abholen und sie auf die Straße setzen. Sie würden ihr alles nehmen. Nicht nur das Dach über dem Kopf, sondern all ihre Erinnerungen. Das Motorrad würden sie natürlich auch holen. Und es vermutlich auf die Müllkippe bringen. Das Fahrrad konnten sie ruhig mitnehmen, der alte Drahtesel war sowieso schon fast hinüber. Ob sich jemand um ihre Rosen kümmern würde, wenn sie selbst nicht mehr da war?

Die Fotos würden sie ihr sicher lassen, damit konnte niemand etwas anfangen außer ihr selbst. Vor ihr auf dem Schreibtisch stand ein Bild, das sie zusammen mit Stefan zeigte. Er umarmte sie und grinste dabei frech in die Kamera. Damals hatte auch sie selbst noch jung und hübsch und glücklich ausgesehen. Nein, verbesserte Elinor sich in Gedanken, sie hatte nicht nur so ausgesehen, sie war es tatsächlich gewesen.

Das rot geblümte Seidenkleid war ein Modell von Dior. Damals war es ihr Lieblingskleid gewesen, denn immer, wenn sie es getragen hatte, war es ihr gut gegangen.

Elinor hob grübelnd den Kopf. Sie war völlig sicher, dass sie das Kleid noch irgendwo hatte. Plötzlich war sie besessen von der Idee, dass sich irgendetwas ändern würde, wenn sie es anzog. Möglicherweise wäre es wie früher, sobald sie es erst trug. Vielleicht brachte es ihr ein kleines Stück von all dem Glück zurück, das sie damals im Überfluss gehabt hatte.

Sie fand es in einer Kommode mit Kleidungsstücken, die sie alle lange nicht getragen hatte. Es passte sogar noch ganz gut, es war nur eine Spur zu weit. Im Laufe der Jahre musste sie etwas dünner geworden sein. Es fühlte sich gut an auf der Haut, glatt und kühl, ein sanfter Hauch aus der Vergangenheit. Elinor horchte in sich hinein. Doch da war kein Glück, nur stumme Traurigkeit.

Steifbeinig wie eine Marionette ging sie nach draußen, hinunter zum See. Sie umrundete das Bootshaus vorn am Steg und ging weiter, bis sie das Ende der Planken erreicht hatte. Die Wasseroberfläche lag glatt und einladend vor ihr. Es war ganz leicht, einfach die Leiter hinabzusteigen. Das Wasser fühlte sich schmeichelnd und kühl an ihren Beinen an, und als sie tiefer glitt, war sie ganz und gar umhüllt von dem angenehmen Gefühl. Es tat gut, so schwerelos dahinzutreiben. An nichts mehr zu denken, nur noch an die verheißungsvolle Dunkelheit, die sie schon fast erreicht hatte. Stefan wartete dort drüben auf sie. Sie musste nichts weiter tun als einfach vorwärts zu gehen, Schritt für Schritt hinauszuwaten in die Weite des Sees und dort hinabzusinken, wo Vergangenheit und Zukunft sich vereinten und sie für immer aufnehmen würden.

*

Als Lena mit Magnus aus der dämmerigen Halle hinaus in die strahlende Sonne trat, wusste sie, dass sie es geschafft hatte. Die Schuld, die sie auf sich geladen hatte, würde sie zeitlebens begleiten, aber mit Magnus' Unterstützung würde sie damit fertig werden. Sie musste das nicht mehr allein durchstehen. Er würde ab sofort an ihrer Seite sein und ihr helfen. Es war ein Anfang.

Auf der Veranda blieben sie beide stehen und schauten einander an. Magnus hob stumm die Hand und strich ihr ein paar verirrte Löckchen aus dem Gesicht, dann streichelte er sanft ihre Wange. Seine Augen waren voller Zuversicht. Lena spürte, wie ihr Herz ihm entgegenflog. Er war ein neuer Anker in ihrem Leben, stark und sicher. Und er würde sie halten, solange sie bei ihm war. Was sie betraf, so war sie nicht bereit, auf absehbare Zeit etwas an diesem Zustand zu ändern.

Dann sah sie drüben im See etwas merkwürdig Rotes,

das auf der Wasseroberfläche dahinzutreiben schien. Als sie begriff, was es war, erstarrte sie. »Tante Elinor«, flüsterte sie entsetzt.

Magnus war ihrer Blickrichtung gefolgt und stieß einen Fluch aus, als er erkannte, was los war. Er war ein guter Sprinter, wie Lena gleich darauf feststellte, als sie versuchte, auf dem Weg zum Ufer mit ihm Schritt zu halten.

»Tante Elinor!« Lenas Stimme zitterte vor Angst und Verzweiflung.

Magnus sprang ohne großes Federlesens ins Wasser. Halb watend, halb kraulend bewegte er sich auf die an der Wasseroberfläche treibende Gestalt zu. Als er sie erreicht hatte, packte er sie bei den Schultern und hievte sie in Richtung Steg.

Mit vereinten Kräften stemmten er und Lena den schlaffen Körper aus dem Wasser auf die Planken des Stegs.

»Lasst mich doch in Ruhe«, murmelte Elinor mit erstickter Stimme. Wasser rann aus ihren Haaren über ihr Gesicht und tropfte von ihrem Kinn auf ihr nasses Kleid. »Es hat doch alles keinen Sinn mehr.«

»Tante Elinor, bitte.« Lena hielt Elinor in ihren Armen und presste sie an sich. Magnus hockte neben ihnen, so triefend nass wie Elinor.

»Ich hole eine Decke.« Er stemmte sich keuchend hoch und entfernte sich in Richtung Haus.

Elinor starrte mit weit aufgerissenen Augen zum Himmel hinauf. »Stefan wäre jetzt genauso alt wie du.«

Lena spürte die Anklage wie einen Hieb. »Ich habe ihn sehr geliebt. Und er war mein bester Freund.«

Elinor richtete sich mühsam auf. »Er war mein einziges Kind. Als er starb, war auch mein Leben zu Ende.«

»Ich weiß.« Lenas Stimme klang gefasst. »Tante Elinor, du wolltest dir damals meine Entschuldigung nicht anhören. Du hast mich nicht mehr sehen wollen. Ich habe das verstanden. Und ich habe auch nie erwartet, dass du mir jemals verzeihen wirst.« Sie stockte, davon überzeugt, dass sie nicht genug Kraft hatte, um all das zu sagen, was seit Jahren so dringend aus ihr herauswollte. Tränen erstickten ihre Stimme, als sie fortfuhr: »Wenigstens einmal muss ich dir sagen, wie Leid es mir tut! Dass ich es nicht wollte. Dass ich genauso um Stefan getrauert habe wie du … Dass ich immer noch um ihn trauere. Bitte Elinor. Es ist mir wichtig, dass du das weißt.« Sie hielt abermals inne und schluchzte kurz auf. »Ich habe seit Stefan niemanden mehr geliebt. Ich habe …«

»Du hast auch dein eigenes Leben zerstört«, flüsterte Elinor. Mit einem Mal war ihr Blick klar. Sie schaute Lena direkt in die Augen, als suche sie dort etwas. Sie schien es gefunden zu haben, denn plötzlich wurden ihre Züge weicher.

»Ich wollte, dass du genauso unglücklich wirst, wie ich es war. Aber jetzt, wo du hier bist, weiß ich nicht mal mehr, warum.« Sie wandte sich ab. »Es macht Stefan nicht wieder lebendig und meinen Schmerz nicht kleiner. Im Gegenteil.« Es kostete sie sichtlich Kraft, aber sie wandte sich Lena erneut zu und schaute sie ernst an. »Es war nicht allein deine Schuld, ich weiß es.«

Jetzt, da sie es ausgesprochen hatte, fühlte Elinor sich mit einem Mal von tiefem Frieden erfüllt. Ja, ihr Sohn war tot. Aber es war ein Unglück gewesen, verursacht durch das leichtsinnige Verhalten zweier Kinder. Was immer Lena dazu beigetragen hatte – sie hatte mehr als genug dafür gebüßt. Das alles hatte viel zu lange gedauert.

»Ich wünschte, wir hätten schon früher geredet«, sagte Elinor leise. »Verzeih mir, Lena.«

»Tante Elinor.« Weinend schlang Lena die Arme um

ihre Patentante. Erst in diesem Moment wusste sie mit letzter Sicherheit, dass sie das Recht hatte, wieder glücklich zu sein.

*

Ingrid servierte Elinor einen Teller mit dampfender Suppe. »Hier, die ist schön heiß. Das wird dir gut tun.«

Elinor zog die Decke, die Magnus ihr vorhin um die Schultern gelegt hatte, etwas fester um sich. Es war warm und windgeschützt auf der Terrasse der Lagerbergs, aber ihr Kleid war immer noch klamm und feucht. »Danke, aber ich habe keinen Hunger.«

Björn, der mit Lasse auf dem Schoß neben ihr am Tisch saß, schob ihr den Löffel hin. »Iss das jetzt.«

Als sie ihm einen erstaunten Seitenblick zuwarf, fügte er brummig hinzu: »Ich habe mich viel zu lange nicht um dich gekümmert.«

Elinor nahm den Löffel und fing langsam an zu essen. »Bis jetzt bin ich ganz gut allein zurechtgekommen.« Es klang kaum noch rebellisch, im Gegenteil. Ihre Stimme hatte einen deutlich versöhnlichen Unterton. Magnus fand, dass dies ein gutes Zeichen war. Er kam gerade mit Lena aus dem Haus, sämtliche Pläne unterm Arm und erfüllt von zuversichtlichem Eifer.

»Wir müssen mit dir reden, Tante Elinor.« Lena lächelte nicht nur, sie strahlte förmlich. Alles an ihr schien zu leuchten. Björn und Ingrid tauschten Blicke und schauten dann beide wieder Lena an, die sich zusammen mit Magnus an den Tisch setzte und ihm half, die Pläne auszubreiten. »Magnus hat sich ein paar Gedanken gemacht, wie Marielund zu retten ist!« Sie nickte Magnus zu, der ihr Stichwort bereitwillig aufgriff. »Es gibt Mittel und Wege, das Schlimmste zu verhindern, Frau Frödin. Sie müssen es aber auch wollen. Ich könnte selbst ein paar Kronen auftreiben, und vielleicht …

»Ich weiß, wie sehr dir Marielund gefällt«, unterbrach sie ihn mit Bestimmtheit. »Aber es gehört mir nicht mehr.«

Björn mischte sich ein. »Es gehört auch keinem anderen. Und es wird auch keiner haben wollen, wenn herauskommt, dass der ganze Uferbereich mir gehört und dass ich ihn auch nicht verkaufe. Ohne Seezugang ist das alles nichts wert.«

»Hören Sie sich einfach an, was ich mir gedacht habe«, bat Magnus. »Es lohnt sich! Marielund ist so ein wundervoller Ort.« Er bedachte Emma mit einem kleinen Lächeln. »Voller Zauber.«

Elinor wirkte überrascht. Scheue Hoffnung lag in ihrer Stimme. »Und du glaubst wirklich, du könntest es retten?«

Magnus drehte sich zu Lena um und suchte ihren Blick. Sie schaute ihn an, voller Hoffnung, Bewunderung und Liebe.

»Ja«, sagte er mit fester Stimme. »Ja, das kann ich.«

*

Lena ging vor dem Grab in die Hocke und zupfte ein paar von den welken Rosenblättern weg, bevor sie sanft mit der Hand über die Marmorinschrift fuhr. Leb wohl, mein lieber Freund, dachte sie. Du warst mir damals das Wertvollste auf der Welt, und ich werde dich niemals vergessen.

Magnus, der im Hintergrund gewartet hatte, ging zu ihr und nahm sie in die Arme. Seine Nähe spendete ihr Trost und Kraft, und Lena spürte dankbar, dass ein Teil davon

von ihr auf ihn zurückströmte. Zusammen würden sie alles erreichen, was sie sich vorgenommen hatte.

Arm im Arm verließen sie den Friedhof und schlenderten zurück zum Herrenhaus.

»Marielund ist ein Ort, nach dem man sich ein Leben lang sehnt.« Magnus blieb mit Lena vor dem Haus stehen und schaute es versonnen an. »Wie ein Traum, von dem man glaubt, ihn nie finden zu können.«

Lena schmiegte sich an ihn. »Und dann steht man auf einmal davor.« Zögernd setzte sie hinzu: »Magnus, hast du das eigentlich ernst gemeint, als du sagtest, dass du dein Geld in Marielund stecken würdest?«

»Ja, sicher.«

»Warum machst du es nicht einfach?«

Er nahm ihre Hände und lachte sie an. »Was genau soll ich machen?«

»Du sollst hier bleiben. Und Marielund umbauen. Und dann die Leitung übernehmen.« Entschlossen schaute sie ihn an. »Magnus, du musst das einfach tun! Keiner kann das so gut wie du!«

»Ich fühle mich geschmeichelt«, sagte er bedächtig. »Aber ich kann das nicht allein.«

»Du bist nicht allein. Papa ist da. Elinor, Ingrid, mein Schwager Sören ...« Sie verstummte bedeutungsvoll.

Magnus spürte ein glückliches Lachen in sich aufsteigen. »Und du?«

»Ich bin auch da.«

Das war alles, was er wissen wollte. Ungestüm zog er sie in die Arme, um sie küssen.

Hinter ihnen lag das Herrenhaus von Marielund wie eine rosa strahlende Verheißung in der Sonne. Magnus hatte für die Dauer eines Lidschlags die absurde Vorstellung, das Haus wolle ihm etwas sagen. Das war natürlich verrückt. Aber für den Fall, dass dergleichen vielleicht doch in Betracht käme, war Magnus davon überzeugt, dass es ihnen Glück wünschte.

*

Zum *Kräftskivan* im August kamen sie alle wieder zusammen. Das traditionelle Fest zur Eröffnung der Krebssaison war genau der Rahmen, den Lena und Magnus sich für die Bekanntgabe ihrer Pläne vorgestellt hatten. Sie waren alle gekommen, Freunde, Nachbarn, Bekannte und Verwandte. Das Wetter war schon seit Tagen herrlich, also hatten sie die Tische auf dem Bootssteg aufgebaut, damit die Gäste, wie es bei einem zünftigen Krebsfest üblich ist, an Ort und Stelle das Wasser mit Keschern nach den begehrten Köstlichkeiten abfischen konnten.

Rund um den Steg waren Leinen gespannt, an denen Girlanden und Mond-Lampions hingen. Die Gäste hatten sich bunte Papierhütchen aufgesetzt und trugen die bei diesem Fest unerlässlichen großen Servietten um den Hals.

Für die musikalische Unterhaltung war Björn zuständig. In einer Aufwallung von künstlerischer Extravaganz hatte er vor dem Fest darauf beharrt, mit dem Anhänger sein Klavier in das Bootshaus zu schaffen. Ingrid hatte zuerst den Kopf geschüttelt, doch das hatte sie nicht davon abgehalten, sein Vorhaben liebevoll zu unterstützen. Ihr Vater hatte viel zu lange kein Klavier gespielt.

Zu den frisch gefangenen und traditionell zubereiteten Flusskrebsen gab es frische Salate, schwedischen Käse, geröstetes Weißbrot, Knäcke, Butter – und natürlich jede Menge Schnaps. Da manche der Gäste sich an die überlieferte Sitte – ein Krebs, ein Schnaps, ein Lied – hielten, war die Stimmung bei Tisch entsprechend ausgelassen. Trinksprüche flogen hin und her, und Björns Klavierspiel klang von Runde zu Runde flotter, untermalt von den fröhlichen Schreien der Kinder, die sich am Rand des Stegs mit ihren Netzen am Krebsfang versuchten.

Lena brachte zwei große Schüsseln Salat an den Tisch und blieb anschließend bei Magnus stehen, um ihn zu küssen, bevor sie weiterging. Elinor trat auf sie zu und fasste sie bei den Schultern. »Sag mal, träume ich das alles?«, fragte die Ältere strahlend.

»Nein, Tante Elinor. Das ist die Wirklichkeit! Und es ist erst der Anfang!« Lächelnd ging Lena zurück zum Tisch. Mit einer Gabel klopfte sie gegen ein Glas, bis die ganze Tischrunde verstummt war und ihr zuhörte.

»Magnus Jacobsson und ich haben euch was zu sagen!«

Magnus war aufgestanden und neben sie getreten. Er nahm Lenas Hand und blickte in die Runde.

»Als Erstes möchten wir uns allen eine gute Krebssaison wünschen. Des Weiteren wollen wir euch mitteilen, dass Lena und ich Marielund nun offiziell von Tante Elinor gepachtet haben.« Er bedachte Elinor mit einem Lächeln, das sie voller Wärme erwiderte. Ingrid, die neben ihr saß, strahlte mit ihr um die Wette.

»Wir werden Marielund renovieren und zu einem wunderschönen Konferenzzentrum umbauen, das wir im nächsten Jahr mit einem großen Fest ...«, er machte eine kurze, aber inhaltsschwere Pause, während der er Lenas Blicke suchte, » ... vielleicht sogar mit einem Hochzeitsfest eröffnen werden.«

Beifällige Rufe und Gratulationen wurden laut, die Gäste klatschten begeistert. Björn ging zu Lena und Magnus. Sein Gesicht war bewegt, er konnte nicht verbergen, wie sehr er auf diesen Augenblick gewartet hatte. »Ich wünsche euch alles Glück der Welt!«

»Glück und Erfolg euch beiden!«, stimmte Elinor ein.

Magnus hob sein Glas. »*Skål!*«, rief er.

»*Skål!*«, schallte es ihm von allen Seiten entgegen.

Sie tranken auf ihre gemeinsame Zukunft.

Anschließend nahm Magnus Lena bei der Hand und ging mit ihr zum Ende des Bootsstegs, wo die bunten Lampions sacht im Wind schwankten. Eine Girlande streifte ihr Haar, als er sie in die Arme nahm, um sie zärtlich zu küssen.

Ein Wind war über dem See aufgekommen. Er schien ein Versprechen nach Marielund mitzubringen, eine Verheißung von Glück und Erfüllung. Sie hatten beides und sie hatten einander. Vor allem aber hatten sie ein Zuhause. Und solange sie an sich und die Zukunft glaubten, würde sich daran so schnell auch nichts ändern.

Wind über den Schären

Im Stockholmer Yachthafen war um diese Tageszeit noch nicht allzu viel los. Erik Bellmann schritt eilig die Reihe der hochmastigen Boote ab und versuchte dabei zu ignorieren, dass die Gurte der Tragetasche ihm in die Schulter schnitten und die Reisetasche in seiner Rechten so schwer war, dass seine Finger bereits taub wurden. Mit der Linken hielt er den Blumenstrauß, den er vorhin noch schnell an einem Stand am Hötorget besorgt hatte. Es konnte nicht schaden, die Reise mit einer netten Geste zu starten, wenn schon alle anderen Vorzeichen so ungünstig waren.

Er hatte die *Miranda* erreicht und freute sich kurz am Anblick der hochseetüchtigen kleinen Yacht, die er im Laufe der vergangenen Tage endgültig seeklar gemacht hatte. Mit Schwung warf er zuerst beide Taschen auf die sauber polierten Holzplanken, bevor er selbst über die Reling an Bord kletterte. Er verstaute die Blumen und rollte dann die eingeschweißte Seekarte aus, die er ebenfalls an diesem Morgen noch erstanden hatte. Er betrachtete sie und fragte sich dabei, was ihm die nächsten Wochen und Monate bringen würden. Es dauerte eine Weile, ans andere Ende der Welt zu segeln. Hatten sie sich aus diesem Grund ein Ziel ausgesucht, das so weit weg war? Solange sie unterwegs waren, blieben sie in Bewegung. Möglicherweise war es ja genau das, worum es bei der ganzen Sache ging. Bloß nicht innehalten und nachdenken.

Er warf die Karte nachlässig zur Seite und zog sein Handy hervor, um Hanna anzurufen.

Die Frau, die ihn beobachtete, stand nicht allzu weit entfernt an einer Gebäudeecke. Ihr war kalt, obwohl sie trotz der frühen Tageszeit schon fast zwanzig Grad hatten. Erik hatte tatsächlich ernst gemacht. Er wollte wirklich weg. Nicht, dass er es ihr nicht gesagt hätte – sie hatte es nur nicht geglaubt. Fast jeden Tag der letzten Woche war sie hier gewesen und hatte ihn beobachtet. Hatte zugeschaut, wie er das Boot klargemacht hatte.

Jetzt stand er an Bord, das blonde Haar windzerzaust, das Gesicht zu einem Lachen verzogen. Er *lachte*, während sie selbst am liebsten tot gewesen wäre!

Als sie sah, dass er sein Handy am Ohr hatte, wusste sie, warum er so froh war. Er telefonierte mit seiner Frau.

*

Hanna beugte sich über ihren PC und bereitete die aktuelle Datei zum Versenden vor, als ihr Handy klingelte. Während sie die Verbindungstaste drückte, schaute sie auf die Uhr und stellte schuldbewusst fest, dass sie völlig die Zeit vergessen hatte.

»Hanna, wo bleibst du?«, fragte Erik ungeduldig. »Ich habe eben die letzten Seekarten abgeholt, alles an Bord ist klar. Wir können starten!«

»Ich bin praktisch schon unterwegs. Ich muss nur schnell den letzten Entwurf abschicken, dann bin ich auch schon hier weg.« Hanna klickte auf *senden*, und die Zeichnungen für eine Hollywoodschaukel verschwanden im virtuellen Äther. Anschließend leuchtete ihr Firmenlogo auf dem Display, groß und bunt, so wie sie es mochte. Ein *H*, ein *B* und ein *D*, alles hübsch ineinander verschlungen. Hanna schaute es einen Moment lang versonnen an, bevor sie den PC ausschaltete. Es war vorläufig das letzte Mal, dass sie es sah. *Hanna Bellmann Design* würde für eine ganze Weile aufhören zu existieren. Sie ging ein letztes Mal durch die Wohnung, die von allen persönlichen Sachen befreit war. Das meiste hatten sie und Erik eingelagert. Einen Teil der Möbel hatten sie hier gelassen, die neuen Mieter hatten angeboten, sie zu übernehmen. Hanna hatte sofort zugestimmt. Sie wollte ihr neues Leben ohne jeden Ballast beginnen.

Ballast … Vor der Tür des letzten Zimmers zögerte sie unmerklich, doch dann drückte sie die Klinke herab und schaute hinein. Betreten wollte sie es nicht. Wozu auch. Hier drin war es seit Monaten unverändert, und so würde es auch bleiben. Die neuen Mieter erwarteten in zwei Monaten ihr erstes Kind, sie waren dankbar für die funkelnagelneue Babyausstattung, die Hanna ihnen zu einem Spottpreis überlassen hatte.

Sonne fiel ins Zimmer und malte helle Flecken auf den großen schwarzen Teddybär, der neben dem Gitterbettchen auf dem Boden saß. Mit einem Mal fand Hanna, dass es viel zu hell hier drin war. Eilig und mit abgewandtem Gesicht ging sie zum Fenster und ließ das Rollo herunter. Dann verließ sie den Raum, bevor die Panik überhand nehmen konnte. In ihrem Hals steckte ein schmerzhafter Kloß, aber ihre Augen blieben trocken. Heftig zog sie die Tür hinter sich ins Schloss, als könne sie so die Gespenster ihrer Vergangenheit wegsperren. Doch als sie kurz darauf mit ihrer Reisetasche auf die Straße trat, merkte sie, dass das nicht so einfach war. Vor dem Haus stand ein Kinderwagen. Eine Frau aus der entfernteren Nachbarschaft hatte vor ein paar Monaten entbunden. Hannas Kind wäre jetzt im selben Alter wie das Baby, das gerade von einer Bekannten der Frau bestaunt wurde.

Hanna kannte die Frau nur vom Sehen und hatte auch nie mit ihr gesprochen. Ihr war damals nur aufgefallen, dass sie zur selben Zeit schwanger waren, und später hatte sie mitbekommen, dass das Baby da war.

Hanna vermied es, näher hinzuschauen. Hastig warf sie ihre Tasche über die Schulter und ging dann eilig an dem Kinderwagen vorbei. Dabei schaute sie an der Fassade des Hauses hoch und vergewisserte sich, dass sie alle Fenster geschlossen hatte.

Einen Moment später verfluchte sie sich stumm, denn sie rempelte in vollem Lauf einen Passanten an, der gerade in seinen Wagen steigen wollte.

Erschrocken wandte sie sich ihm zu. »Tut mir Leid!«

»Macht doch nichts.«

Der Mann lächelte sie an, und Hanna blieb unwillkürlich stehen, um ihn anschauen zu können. Er hatte ein markantes Gesicht, das im Moment zu einem jungenhaften Grinsen verzogen war. Sein dunkles Haar lockte sich in einem ungebärdigen Wirbel über der Stirn. Neben dem rechten Mundwinkel zeigte sich ein mutwilliges kleines Grübchen. Und in der Rechten trug er einen zusammengerollten bunten Winddrachen.

All das nahm Hanna im Bruchteil einer Sekunde in sich auf, während sie sich bereits wieder in Bewegung setzte und ihre Schritte zu dem Taxi lenkte, das sie vorhin bestellt hatte und das jetzt ein paar Meter weiter auf sie wartete.

Während sie einstieg, überlegte sie, ob sie den Mann schon mal gesehen hatte. Er war ihr so eigentümlich vertraut vorgekommen. Normalerweise hatte sie ein gutes Gedächtnis für Namen und Gesichter, und sie entschied, dass er ein Fremder war. Das, was sie vorhin gehabt hatte, war einfach ein klassisches Déjà-vu-Erlebnis. Ein Zeichen von zu viel Stress. Höchste Zeit, dass sie endlich wegkam von

Stockholm. Als das Taxi anfuhr, drehte sie den Kopf und schaute ein letztes Mal die Fassade hoch. Ihre Blicke irrten suchend nach oben, bis sie das Fenster ausgemacht hatte, an dem das Rollo herabgelassen war.

*

Niclas hatte vollkommen vergessen, dass er den Drachen ins Auto legen wollte. Er stand mitten auf dem Gehsteig und starrte dem Taxi nach, bis es um die nächste Ecke verschwunden war, zusammen mit der Frau, die ihn vorhin angerempelt hatte.

Dann endlich warf er den Drachen auf den Rücksitz, immer noch von dieser merkwürdigen Spannung erfüllt. Er konnte sich nicht erinnern, wann er das letzte Mal beim bloßen Anblick einer Frau derart beeindruckt gewesen war.

Sicher, sie war überdurchschnittlich hübsch, aber das waren ein Dutzend andere Frauen, die er kannte, ebenfalls. Sie hatte einen außergewöhnlich zarten Teint gehabt, wie feines Chinaporzellan, und ihre Augen waren von einem so silberhellen Blau, wie er es noch nie gesehen hatte. Aber Pfirsichhaut und hübsche Augen allein waren keine Erklärung dafür, warum ihr Gesicht ihn innerhalb dieses winzigen Sekundenbruchteils so in Bann geschlagen hatte. Vielleicht war es dieser besondere Ausdruck in ihren Augen gewesen. Eine Spur von Sehnsucht hatte darin gestanden, und noch etwas anderes, das Niclas sofort erkannt hatte. Ein Gefühl, das ihm selbst so vertraut war wie kaum ein anderes. Es war Trauer.

*

Erik war dabei, die zusammengerollten Taue zu prüfen, als Hanna den Liegeplatz der *Miranda* erreichte.

»Erik!« Mit einem entschuldigenden Lächeln kletterte sie an Deck und stellte ihre Tasche ab.

»Na endlich.«

»Jetzt kann's losgehen.« Sie kam auf ihn zu und küsste ihn rasch auf den Mund.

»Herzlich willkommen an Bord. Und ...« Er machte eine kurze Pause, während der er einen Gegenstand hinter seinem Rücken hervorzog. »... in unserem neuen Leben.«

Hanna schaute auf die Blumen. Es war ein hübscher Strauß. Vermutlich hätte sie jetzt sagen sollen, wie sehr er ihr gefiel und dass sie sich darüber freute. Doch ihr wollte nichts Rechtes einfallen. Sie blickte ihn an. Er schaute so erwartungsvoll drein, dass es ihr einen Stich gab.

»Wir versuchen es«, sagte sie. »Jetzt lass uns endlich fahren.«

Erik löste bereits das Haltetau vom Steg, und sie legten ab. Anschließend befestigte er das Fall, und gemeinsam hissten sie das Hauptsegel.

Sie arbeiteten schweigend und in geübter Routine, während das Boot langsam aus dem Yachthafen glitt und die Uferpromenade des *Strandvägen* mit ihren prachtvollen, von Zuckerbäckertürmchen gekrönten Fassaden hinter ihnen zurückblieb.

Ein Regenbogen spannte sich über der Bucht und schien die pittoreske Hafeneinfahrt von Stockholm mit ihren Prachtbauten und geschwungenen Brücken in eine Märchenlandschaft zu verwandeln. Hanna sagte sich, dass dies ein Symbol der Hoffnung sei. Es war im buchstäblichen Sinne ein Aufbruch zu neuen Ufern. Sie konnte alles, was sie belastete, endlich hinter sich lassen.

Erik stand am Steuer und hielt die *Miranda* auf Kurs. Sie segelten an Ausflugsdampfern, größeren Ozeanschiffen und Lastkähnen vorbei, hinaus in die offene Schärenlandschaft.

Hanna trat neben ihren Mann und beschattete die Augen mit der Hand, während sie die Silhouette der Stadt betrachtete. »Weißt du was? Ich bin mir nicht sicher, ob ich abgeschlossen habe!«

»Was ist das denn?« Erik wirkte leicht irritiert. »Willst du jetzt schon umdrehen? Oder hast du Zweifel, ob es richtig ist?«

»Natürlich ist es richtig«, versicherte Hanna hastig. »Es ist das Beste, was wir tun können.« Es klang in ihren eigenen Ohren so, als müsse sie nicht nur ihn, sondern auch sich selbst davon überzeugen.

Eriks Hände glitten über das Ruder. »Wir können auch gar nicht zurück, selbst wenn wir es wollten. Die Wohnung ist vermietet, wir haben die tollste Abschiedsparty aller Zeiten gegeben. Die Vergangenheit liegt hinter uns, Hanna. Sieh nach vorn!«

Seine kleine Ansprache hätte vielleicht mehr Eindruck auf sie gemacht, wenn nicht in diesem Moment sein Handy geklingelt hätte. »Tut mir Leid. Ich habe ganz vergessen, es abzuschalten.« Er zog es aus der Hosentasche und warf einen Blick auf das Display, wobei er unauffällig darauf achtete, dass Hanna nicht mitlesen konnte.

Er drückte auf *abweisen* und lachte gekünstelt. »Die müssen sich beim Gericht noch daran gewöhnen, dass sie auf mich verzichten müssen!«

»Das wird ihnen schwer fallen. Magst du Kaffee?«

»Gern.«

Nervös wartete Erik, bis sie in der Kajüte verschwunden war, dann drückte er auf die Wahlwiederholung. »Bitte,

Elsa. Ruf mich nicht mehr an.« Er hatte die Stimme zu einem Flüstern gesenkt und starb tausend Tode, weil er fürchtete, Hanna könnte etwas mitbekommen. »Es ist vorbei!«

*

Niclas stellte den Kombi hinterm Haus ab und nahm seine Tasche und den Drachen vom Rücksitz.

»Pelle?« Er schaute sich suchend nach seinem Sohn um, entdeckte ihn aber nirgends. »Pelle!«, rief er erneut, diesmal lauter. Niclas brannte förmlich darauf, den Drachen auszuprobieren. Er hatte schon immer eins von diesen modernen Dingern kaufen wollen, die mit zwei Haltegriffen bedient wurden und mit denen man wahre Kunststückchen in der Luft vollführen konnte. Der Drachen, den er als Kind besessen hatte, war aus Seidenpapier gewesen, das auf einem Holzgestell befestigt war. Damals war es mehr oder weniger darum gegangen, den Drachen in die Luft zu kriegen und ihn dann oben zu behalten, während es bei den heutigen Nylonfliegern eher darauf ankam, möglichst kühne Pirouetten und Überschläge zu schaffen.

Niclas ging ins Haus. Es roch nach Essen, und als er einen kurzen Blick in die Küche warf, sah er, dass das Frühstücksgeschirr noch nicht abgeräumt war. Der Abwasch von gestern Abend stand auch noch in der Spüle.

Niclas spürte einen Anflug von hilflosem Zorn und fragte sich, wieso zum Teufel er einer Haushälterin eine Menge Geld dafür bezahlte, dass sie es nicht mal ansatzweise schaffte, den Haushalt zu erledigen.

Dann tröstete er sich mit dem Gedanken, dass sich das ab nächstem Monat ohnehin erledigt hätte. In Stockholm würde er sich einfach jemand anderen zum Saubermachen und für die Betreuung von Pelle suchen. Die Wohnung zu finden war der erste Schritt gewesen, alle weiteren würden wie von allein folgen.

Er stellte seine Tasche ab und legte den Drachen zur Seite.

»Pelle? Lina? Keiner da?«

Lina kam die Treppe herunter. Sie hatte eine Reisetasche in der Hand und sah auch sonst ganz danach aus, als sei sie in Aufbruchstimmung. »Da sind Sie ja endlich, Herr Doktor Söderlind.«

»Tut mir Leid, dass ich so spät bin.« Mit wachsender Besorgnis blickte Niclas auf ihre Reisetasche. Es war dasselbe hässliche alte Ding, mit dem sie hier vor drei Monaten eingezogen war. Niclas begriff im selben Augenblick, dass selbst eine schlechte Haushälterin immer noch besser war als gar keine. Lina mochte sich ständig über ihre Wechseljahrsbeschwerden beklagen, sich an seinem Aquavit vergreifen, beim Bügeln Löcher in seine Hemden brennen und den Abwasch vergessen – aber sie war immerhin da, wenn er weg war. Er konnte Pelle ja nicht einfach ohne Aufsicht lassen. Lina war bereits die vierte Haushälterin in zwei Jahren, und wie es aussah, würde er bald nach Nummer fünf Ausschau halten müssen.

Einen Moment lang gab Niclas sich der stillen Hoffnung hin, dass sie vielleicht einfach nur diese Tasche entsorgen wollte, weil sie so schäbig war. Ganz in der Nähe gab es eine Sammelstelle der Heilsarmee.

Doch es war nicht zu übersehen, dass sie ihr blaues Ausgehkleid angezogen hatte, das sie sonst höchstens sonntags trug. Und sie hatte sich die Haare onduliert, das hatte sie zuletzt getan, als sie beim Pfarrfest gewesen war.

Niclas unterdrückte ein Seufzen und stellte die unvermeidliche Frage.

»Wollen Sie verreisen, Lina?«

»Ich muss nach Uppsala. Meine Schwägerin hatte einen Unfall. Meine Familie braucht mich.«

Soweit Niclas informiert war, hatte sie ihr Leben lang weder einen Ehemann noch Geschwister gehabt, sodass sich ernstlich die Frage stellte, wie sie an eine Schwägerin gekommen war. Doch er hatte eine ungefähre Ahnung, was sie tun würde, wenn er sie der Lüge bezichtigte. Wahrscheinlich wäre sie noch schneller draußen als sie es sowieso vorhatte.

Auf dem Weg zur Tür drückte sie ihm einen Zettel in die Hand. »Meine Adresse. Da können Sie das letzte Gehalt hinschicken. Ich muss jetzt weg. Mein Bus fährt in zehn Minuten. Wiedersehen, Herr Doktor.«

Niclas fand, dass er sich selbst und Pelle einen letzten Versuch schuldig sei. »Sie können mich doch nicht einfach so im Stich lassen!«

Lina hatte dazu offenbar ihre eigene Ansicht. Sie marschierte kommentarlos ins Freie.

»Einen Moment noch!« Er folgte ihr, inzwischen mehr als verärgert. »Lina, wo ist Pelle?«

Sie blieb stehen, die Tasche wie einen Schutzschild zwischen sich und ihrem ehemaligen Arbeitgeber. »Sehen Sie, das ist auch so eine Sache.« Griesgrämig starrte sie ihn an. »Immer soll ich hinter ihm her sein. Ich habe keine Ahnung, wo der Junge schon wieder ist. Vielleicht in der Werft bei Jan oder beim Fußball oder beim Angeln.« Ihre ganze Körperhaltung drückte rechtschaffene Empörung aus. »Ich *weiß* es nicht. Und ich bin ehrlich gesagt auch froh, dass ich mir keine Gedanken mehr darüber machen muss!«

Mit diesen Worten stapfte sie davon.

Niclas ließ erschöpft und entnervt die Schultern hängen. Er nahm den Hörer vom Wandtelefon und rief in Jans Bootswerkstatt an. Pelle trieb sich gerne dort herum und schaute dem Alten oft bei der Arbeit zu.

Jan ging zwar ans Telefon, aber er hatte keine Ahnung, wo Pelle sich aufhielt.

»Heute war er noch nicht hier«, sagte er mit seiner heiseren und immer ein wenig gedehnt klingenden Stimme. »Mach dir keine Sorgen, Niclas, er ist ein großer Junge. Dem passiert schon nichts. Wenn er hier auftaucht, schicke ich ihn sofort nach Hause. Bis dann!«

Niclas legte frustriert auf und fragte sich, wie ein Tag, der so verheißungsvoll begonnen hatte, sich binnen kürzester Zeit in eine einzige Katastrophe verwandeln konnte.

*

Jan hängte den Hörer ein und fuhr sich über den Rücken. Die Schmerzen waren seit gestern wieder schlimmer geworden, sie strahlten bis in die Schultern aus und schienen auch auf die Arme überzugreifen. Wenn das so weiterging, würde er irgendetwas einnehmen müssen, und davor scheute er zurück wie der Teufel vorm Weihwasser. Er hasste alle Arten von Tabletten, und noch mehr hasste er es, zum Arzt zu gehen. Nicht, dass er etwas gegen Niclas Söderlind gehabt hätte, im Gegenteil. Der Junge war in seinen Augen der beste Arzt, den die Gegend hier je gesehen hatte, und es war ein einziger Jammer, dass er nicht mehr praktizierte. Aber der Arzt, der Jan Olsson in seine Fänge kriegen würde, müsste erst geboren werden. Konnte gut sein, dass sie ihm sogar eine Spritze verpassen würden, wenn er von seinen Rückenschmerzen erzählte. Vor ungefähr zwanzig Jahren hatte Lotta einmal eine Ischiasattacke gehabt, und Jan erinnerte sich nur allzu gut daran, dass sie damals an mehreren Tagen hintereinander beim Arzt gewesen war – wo sie jedes Mal eine Spritze bekommen hatte. Jan unterdrückte einen Schauer des Widerwillens, und als er über das Wasser das Taxiboot seiner Tochter auf den Steg zutuckern sah, betrachtete er das als willkommene Ablenkung.

Sivs Boot legte an. Sie warf ihm das Tau zu und sprang auf den Steg, knabenhaft hübsch in ihrer Jeanskluft. »*Hej*, Papa! Ich glaube, ich brauche Öl! Kannst du mal schnell nachsehen?«

»*Hej*!« Er bückte sich und befestigte das Tau am Steg. »Gut, dass du mich hast. Sonst würdest du mit deinen Taxibooten schon längst auf dem Trockenen liegen!«

»Du hast Recht. Ohne dich wäre ich aufgeschmissen.« Sie warf ihren langen Zopf zurück und grinste ihn an. »Und wie geht's dir sonst so? Hast du ein Geschenk für Mama?«

»Es geht mir gut.« Ablehnend fügte er hinzu: »Wozu brauche ich ein Geschenk? Ich bin nicht eingeladen.«

Siv wirkte verärgert. »Das gibt's doch nicht! Ich habe auf sie eingeredet wie auf ein lahmes Pferd!«

»Ach«, versetzte Jan trocken.

»Sie hat gesagt, sie überlegt es sich dieses Jahr wirklich!«

»Hat sie ja dann wohl auch. Nur eben nicht zu meinen Gunsten.« Gegen seinen Willen musste Jan ein wenig schmunzeln. Ihm war klar, dass dieses Hin und Her zwischen ihm und Lotta für Dritte eine ganz eigene Komik entfalten musste. Manchmal hatte er ja sogar selbst das Gefühl, darüber lachen zu können. So wie vorhin. Aber eben nur manchmal. Seine Erheiterung verschwand denn auch binnen Sekunden wieder und machte der üblichen Besorgnis Platz. Lotta hatte Geburtstag, und er wollte verdammt noch mal hingehen. Nur, dass ihm bis jetzt kein plausibler Grund eingefallen war, mit dem er sein Auftauchen rechtfertigen konnte.

»Soll ich dir mal was sagen?« Siv stemmte die Hände in die Hüften. »Ich finde das dermaßen kindisch! Wieso könnt ihr euch nicht wie erwachsene Leute verhalten?«

Doch Jan war schon auf ihr Boot gestiegen, um den Ölstand zu überprüfen.

*

Erik, der ganz selbstverständlich seit Anbeginn ihrer gemeinsamen Segelzeit die Rolle des Skippers innehatte, bediente immer noch das Steuer. Hanna hatte es sich auf der Ruderbank bequem gemacht und schaute in Gedanken versunken übers Wasser.

Bis jetzt hatte alles geklappt. Sie hatten in stummer Übereinkunft alle anfallenden Routineaufgaben an Deck erledigt und waren überraschend gut vorangekommen. Nachdem sie den belebten Teil des Sunds hinter sich gelassen hatten, war nicht mehr viel zu tun gewesen, folglich hatte Hanna angefangen, sich zu entspannen. Sie hatte in der Kombüse eine kleine Mahlzeit zubereitet, die sie gemeinsam an Deck verzehrt hatten, und später hatte sie versucht, in einem Buch zu lesen. Aber zu ihrem Verdruss war es unglaublich langatmig, sodass sie es schnell wieder weggelegt und stattdessen begonnen hatte, die Umgebung zu betrachten.

Vor der *Miranda* erstreckte sich kilometerweit die offene Schärenlandschaft. Der Bug des Bootes durchpflügte schäumend das klare Wasser, unter dessen Oberfläche hin und wieder ein silbern flirrender Fischschwarm vorbeizog. Zahllose kleine und größere Inseln waren über den Sund verstreut wie Smaragde auf blauem Samt, und nur hier und da leuchtete es rot in dem Grün der Inselchen oder am Ufer, wenn eine Ansammlung von Häusern auftauchte.

Hanna richtete sich auf, als sie unweit der *Miranda* in Ufernähe ein kleines gelbes Ruderboot ausmachte, auf dem eine Gestalt bedrohlich hin und her schwankte. Es war ein Junge von vielleicht neun oder zehn Jahren, der mit beiden Händen eine Angel umklammerte. Die Rute war von dem Gewicht am Haken durchgebogen, doch der Kleine hielt sie mit verbissener Kraft fest. Das Boot wackelte bei dieser Aktion hin und her und war drauf und dran, umzukippen.

Hanna betrachtete den Jungen, halb belustigt, halb besorgt. »Schau dir den Kleinen an, der hat aber einen dicken Fisch gefangen!«

Erik beachtete sie nicht. Er war damit beschäftigt, den Motor zu starten. Vorhin hatte er ihn auch schon einmal getestet und dabei zwischendurch den Eindruck gehabt, dass er nicht richtig rund lief. Nach ein paar Minuten hatte es sich dann allerdings ganz normal angehört, und Erik hatte sich vorgenommen, es weiter draußen noch einmal zu überprüfen. Das tat er jetzt und hatte diesmal das untrügliche Gefühl, dass der Motor im Begriff war, seinen Geist aufzugeben. Die Maschine gab nur ein schwächliches Rattern von sich und verstummte dann mit einem dünnen Quietschton endgültig.

»Na, unsere Weltumseglung fängt ja gut an«, kommentierte Hanna, ohne ihre Blicke von dem Jungen zu wenden. »Klingt überhaupt nicht gut. Ich dachte, du hast ihn überholen lassen.«

Erik starrte finster den Zündschlüssel an. »Das dachte ich auch.«

»Was ist es denn?«

»Keine Ahnung«, gab Erik zu.

In diesem Augenblick ertönte der Schrei. Hanna fuhr auf und sah gerade noch, wie der Junge in hohem Bogen ins Wasser fiel. Das Boot kippte hinter ihm um und platschte wie eine umgedrehte Nussschale auf die Wasseroberfläche.

»Mist«, sagte Hanna laut.

Sie stand auf und ging zur Reling. »Geh hier mal vor Anker. Ich komme gleich wieder.«

»Hanna!« Erik tat fassungslos einen Schritt in ihre Richtung, doch sie war bereits mit einem beherzten Kopfsprung über Bord gehechtet.

Zügig kraulte sie auf den Jungen zu. »Halt aus! Ich komme!«

Der Kleine hielt weiter mit Leibeskräften seine Angel umklammert. Zwischendurch tauchte er immer wieder kurz ab und schluckte Wasser.

Hanna sah es voller Panik. »Ich bin gleich da!«, rief sie.

Noch ein paar schnelle Züge, dann hatte sie endlich den Jungen erreicht. Sie packte ihn bei den Schultern und zog ihn in Richtung Ufer. Er begann sofort, sich zu wehren. »Lassen Sie mich!« Er strampelte wie ein Derwisch. »Das ist der größte Fisch, den ich je an der Angel hatte!«

Hanna achtete nicht auf seinen Widerstand. Wenn er beschlossen hatte, zusammen mit dem Fisch auf Grund zu gehen, war das seine Angelegenheit. Aber sie würde den Teufel tun und zulassen, dass der Knirps ertrank. Mit aller Kraft zerrte sie das widerstrebende Kind mit sich. »Lass die Angel los!«, befahl sie.

»Nein«, kreischte der Kleine.

Irgendwie schaffte sie es dennoch, ihn ans Ufer zu bugsieren. Während sie triefend und keuchend hinter ihm an

Land stapfte, hörte er nicht auf, wie ein Rohrspatz zu schimpfen. »Sind Sie verrückt? Sie hätten mich beinahe ertränkt!«

»Es sah aus, als könntest du nicht schwimmen!«, fauchte sie ihn an. »Ich dachte, du ertrinkst!«

Der Junge warf ihr einen wutfunkelnden Blick zu. »Ich kann schwimmen, seit ich drei bin!«

Na toll, dachte Hanna. Auch das noch. Sie hatte für nichts und wieder nichts ein Bad genommen.

Ein Mann kam auf sie zugelaufen und blieb schwer atmend vor dem Jungen stehen. »Pelle! Um Gottes willen, was ist denn passiert?«

Der Kleine zeigte anklagend mit dem Finger auf Hanna. »Ohne sie hätte ich den größten Fisch meines Lebens gefangen!«

Hanna schlang sich beide Arme um den patschnassen Körper, damit ihr T-Shirt an Ort und Stelle blieb. Vorhin im Wasser war es bereits drauf und dran gewesen, ihr vom Körper zu rutschen. Der Ausschnitt war ein bisschen zu weit für diese Art von Freizeitbetätigung.

»Als ich das Boot sah, ist wohl der Lebensretter mit mir durchgegangen.« An den Jungen gewandt, setzte sie hinzu: »Tut mir Leid, dass ich dich unterschätzt habe.«

Sie schaute den Mann an. Er war ganz augenscheinlich der Vater des Jungen, nicht nur, weil er den Kleinen mit einer fast an Verzweiflung grenzenden Besorgnis betrachtete, sondern weil er ihm unglaublich ähnlich sah. Pelle – das war offensichtlich der Name des Knirpses – war dem Mann wie aus dem Gesicht geschnitten. Er hatte das gleiche dunkle Haar und exakt den gleichen Mund.

Verdattert stellte Hanna fest, dass sie den Mann kannte. Er war der Fremde, den sie heute früh angerempelt hatte! Du liebe Zeit, gab es solche Zufälle überhaupt?

Er hatte sie ebenfalls wiedererkannt, sein Gesichtsausdruck wechselte von Verblüffung zu offener Faszination.

Das hinderte ihn allerdings nicht daran, seinem Sohn die verdiente Standpauke zu halten. »Du bist wieder alleine angeln gewesen, Pelle!« Als er sah, wie Pelle zitterte, nahm er ein großes dunkelblaues Handtuch vom Steg und schlang es ihm um den Körper.

»Das ist streng verboten! Die Strömung treibt dich aufs Meer raus, und das weißt du!«

Pelle schob trotzig das Kinn vor und sah dabei so sehr aus wie eine Miniaturausgabe seines wütend vor ihm stehenden Vaters, dass Hanna sich ein Lächeln kaum verkneifen konnte. Wenn Pelle zitterte, dann weil er nach seinem unfreiwilligen Ausflug in den Sund fror, aber ganz sicher nicht aus Angst vor Strafe.

»Mama hat nie etwas dagegen gehabt, dass ich angeln gehe!«

»Deine Mutter hatte immer ein Auge auf dich, das war etwas ganz anderes! Jetzt ist es *verboten*!« Niclas machte eine Pause, um die Bedeutung seiner Worte zu unterstreichen. »Und ich muss mich darauf verlassen können, dass du dich daran hältst!«

Pelle wirkte alles andere als kleinlaut. »Alles, was Spaß macht, verbietest du mir!« Mit diesen Worten drehte er sich kurzerhand um und rannte weg, den steinigen Uferstreifen hinauf in Richtung Haus.

Niclas schaute ihm mit gerunzelter Stirn nach. Er hätte seinem Sohn folgen und weiter versuchen sollen, ihm Vernunft einzubläuen. Doch er hatte eine ungefähre Ahnung, was Pelle sich daraus machen würde – nämlich nichts. Er würde sich im Bad einsperren und die Dusche voll aufdrehen, nur damit er nichts hören musste. In seinem Zimmer benutzte er für diesen Zweck meist seine Kopfhörer, und draußen hatte er Platz genug, um einfach wegzulaufen. So wie gerade eben.

Lina hatte vermutlich Recht. Sein Sohn war nicht unbedingt pflegeleicht. Wahrscheinlich hatte der Junge sie nach Strich und Faden überfordert. Pelle hatte sich einfach angewöhnt, das zu tun, was er wollte. Und da Niclas den ganzen Tag über nicht zu Hause war, um andere Saiten aufzuziehen, würde er daran auch nichts ändern können, zumindest nicht von heute auf morgen. Kindererziehung, so viel hatte er in den zwei Jahren seit Silkes Tod immerhin begriffen, war keine Sache, die sich mal eben im Vorbeigehen oder am Feierabend erledigen ließ.

Niclas seufzte resigniert. »Er ist in einem schwierigen Alter.«

Langsam wandte er sich zu Pelles Retterin um, und als er sah, wie sie in ihren nassen Sachen fröstelte, nahm er eilig ein weiteres Badelaken vom Steg. Lina hatte hier in der Ferienzeit jeden Morgen welche bereitgelegt, weil Pelle ständig im Wasser herumplantschte und dabei leicht vergaß, wie kühl der Wind sein konnte, wenn er anschließend zum Haus hinauflief.

Niclas wusste, dass er sich höchstwahrscheinlich unmöglich benahm, weil er einfach nicht aufhören konnte, die Frau vor ihm anzustarren. Er schluckte und sagte das Nächstbeste, was ihm in den Sinn kam.

»Wenn ich gewusst hätte, dass wir Besuch bekommen, hätte ich ...«

»Kuchen gebacken?«, fiel sie ihm lächelnd ins Wort.

»Oder das Haus aufgeräumt.« Niclas hatte es gesagt, bevor ihm etwas Geistreicheres einfallen konnte. Er stöhnte innerlich. Diese Bemerkung war an Dämlichkeit wohl kaum zu überbieten!

Doch dann sah er, dass sie lachte. Offenbar hatte ihr gefallen, was er gesagt hatte. Möglicherweise hielt sie ihn sogar für schlagfertig, der Auftakt ihrer Unterhaltung hätte also schlimmer sein können.

»Wissen Sie, dass ich Sie schon mal gesehen habe?«, meinte er eifrig. »Heute Früh in Stockholm. Wer sind Sie?«

»Hanna Bellmann.« Sie wandte sich ab und schaute hinaus auf den Sund, wo in knapp zweihundert Metern Entfernung ein schnittiger weißer Motorsegler vor Anker lag.

»Ist das Ihr Schiff?«, wollte Niclas wissen.

Hanna nickte und schlang das Handtuch fester um sich. »Ich denke, ich sollte jetzt zurückschwimmen.«

»Möchten Sie nicht vielleicht vorher einen Kaffee ... oder ... oder ...« Niclas verhaspelte sich in dem Bemühen, sie irgendwie dazu zu bringen, noch hier zu bleiben. Ganz plötzlich hatte er das verrückte Gefühl, sie unmöglich einfach so gehen lassen zu können. Oder schwimmen, wenn man es genau nahm.

»Nein, wirklich nicht. Ich muss zurück aufs Boot.«

»Dann bringe ich Sie«, sagte Niclas kurz entschlossen. Er ging voraus, und nachdem er auf den Steg des Bootshäuschens gesprungen war, reichte er ihr die Hand, um ihr hinaufzuhelfen. Ihre Finger waren nass und kühl, und Niclas hatte unwillkürlich das Verlangen, sie zwischen seinen Händen zu reiben und zu wärmen, ein Gefühl, dass sich noch verstärkte, als er ihr anschließend auf dieselbe Weise half, in das kleine Boot zu steigen.

Er hatte Mühe, den Außenbordmotor in Gang zu bringen, was vermutlich daran lag, dass er das Boot seit Wochen nicht benutzt hatte. Er sollte es wieder einmal von Jan warten lassen. Und er musste natürlich auch noch das Ruderboot bergen, das drüben auf halber Strecke zu der Yacht umgedreht auf dem Wasser dümpelte. Und nachher musste er unbedingt daran denken, Pelle noch einmal ins Gebet zu nehmen.

All das schoss ihm in Form wechselnder, sinnloser Gedankenfetzen durch den Kopf, während er die Frau anstarrte, die vor ihm im Bug saß und seine Blicke erwiderte.

Ihr nasses blondes Haar fiel in wirren Locken um ihr schmales Gesicht, und ihre Iris leuchtete wie poliertes Silber. Wieder spürte Niclas dieses seltsame Gefühl von Vertrautheit. Sie wich seinen Blicken nicht aus, sondern schaute ihn unverwandt an.

Niclas war wie hypnotisiert.

Doch ein paar verträumte Sekunden später riss er sich aus seiner Versunkenheit und machte sich klar, dass er nichts von ihr wusste außer ihrem Namen. Er empfand plötzlich den drängenden Wunsch, alles über sie zu erfahren.

»Schön, Sie kennen zu lernen«, hob er ein wenig unbeholfen an. Etwas mutiger fuhr er fort: »Sind Sie auf einem Wochenend-Törn?«

»Wir sind auf dem Weg nach Neuseeland.« Hanna machte eine kurze, aber bezeichnende Pause. »Mein Mann und ich.«

Niclas zuckte wie unter einem leichten Schlag zusammen. Sie war verheiratet. *Natürlich* war sie verheiratet. Eine Frau wie sie wäre wohl kaum allein. Ein wenig verlegen schaute er zur Seite. »Beneidenswert.« Er ließ offen, ob sich das auf die Weltumseglung bezog oder auf ihren Mann. »Und schade«, fügte er mit schwachem Lächeln hinzu. Abermals verloren sich ihre Blicke ineinander.

Viel zu schnell hatten sie die *Miranda* erreicht. Hannas Mann stand an der Reling, ein großer blonder Typ, der mit jeder Pore seines schlanken, durchtrainierten Körpers Erfolg und Selbstsicherheit zu verströmen schien. Er trug ein teures marineblaues Poloshirt zu edlen weißen Leinenhosen und machte den Eindruck, alles unter Kontrolle zu haben.

Er fing das Seil, das Hanna ihm vom Boot aus zuwarf, geschickt auf und befestigte es mit routinierten Bewegungen an Deck der Yacht.

»*Hej!*« Niclas nickte ihm grüßend zu und stand auf, um Hanna beim Aussteigen zu helfen. Er fühlte sich bemüßigt, eine Erklärung abzugeben. »Ich bringe Ihnen Ihre Frau zurück.«

Erik lachte kurz, während er mit dem Seil hantierte. »Hanna, du kannst einen immer wieder überraschen!«

Hanna ergriff die Reling der *Miranda* und zog das Boot an den Rumpf der Yacht, bevor sie sich zu Niclas umdrehte. Er stand dicht vor ihr und hatte Mühe, das Gleichgewicht zu bewahren. »Danke, dass Sie meinen Sohn gerettet haben.« Ihre Blicke versanken erneut ineinander.

Die ungeduldige Stimme ihres Mannes zerstörte den Zauber. »Kommst du, Hanna?«

Sie ließ Niclas los und kletterte an Bord der *Miranda*, wo sie sich zu Niclas umdrehte und ihm zum Abschied die Hand entgegenstreckte.

»Wiedersehen, Herr …«

»Söderlind. Niclas Söderlind.«

Er holte Luft. »Wiedersehen, Hanna. Ich wünsche Ihnen eine schöne Reise.«

Sie lächelte, sanft, ein bisschen unsicher. »Alles Gute, Niclas.«

Er hörte mit einem Mal seinen eigenen Herzschlag. Ihre Hand lag in seiner, wesentlich länger als es bei einem normalen Händedruck üblich war. Er machte keine Anstalten, sie loszulassen, und sie versuchte nicht, sich ihm zu entziehen. Sie schauten einander an, endlose, magische Augenblicke. Doch nicht lange genug.

Ihr Mann löste die Leine und warf sie Niclas kurzerhand vor die Füße. Niclas machte sich notgedrungen auf den Rückweg zum Ufer, doch während der Fahrt schaute er immer wieder zurück zur Yacht. Hanna stand am Bug. Sie beschirmte mit der Hand ihre Augen und verfolgte seinen Weg.

*

Erik schaute dem davonfahrenden Boot düster hinterher. Irgendetwas hatte ihn an dem Burschen gestört, ohne dass er genau hätte sagen können, was es war. Vielleicht lag es daran, dass der Typ Hanna auf eine ziemlich aufdringliche Art angegafft hatte. Ganz zu schweigen davon, dass er beim Abschied mindestens fünfmal so lange ihre Hand gehalten hatte, wie es normalerweise üblich war.

Na gut, sie hatte vielleicht seinen Sohn aus dem Wasser gefischt. Aber es war bestimmt keine Dankbarkeit, die vorhin in den Augen dieses Kerls gefunkelt hatte, darauf hätte Erik die letzte Schraube dieses dämlichen Motors verwettet.

Möglicherweise hing sein Ärger aber auch damit zusammen, dass Hanna nicht den geringsten Versuch unternommen hatte, den Abschied zu beschleunigen. Im Gegenteil. Es war ihm keineswegs entgangen, dass sie diesen Niclas auf ungewöhnlich intensive Art gemustert hatte. So, wie eine Frau einen Mann anschaut, der ihr über alle Maßen gut gefällt.

Erik sagte sich, dass gerade er kein Recht hatte, sich deswegen aufzuregen, aber eine archaische Regung in ihm lehnte sich vehement gegen diese Stimme der Vernunft auf. Sie war immer noch seine Frau, und er machte mit ihr diese verdammte Reise nur, damit sich daran nichts änderte.

Bei diesem Gedanken steigerte sich sein dumpfer Unmut noch. Dass der Motor kaputt war, machte das Ganze auch nicht besser. Einen Fluch unterdrückend, stocherte er mit dem Schraubenzieher zwischen den Zündkabeln herum. Er hatte die Abdeckung des Motors abgenommen und nach dem Fehler gesucht, aber soweit er es beurteilen konnte, handelte es sich um einen komplizierteren Defekt, als er erwartet hatte. Was es auch immer sein mochte, er wurde nicht allein damit fertig.

Hanna kam aus der Kajüte geklettert. Sie hatte sich umgezogen und frottierte ihr nasses Haar. Erik musste zugeben, dass sie zauberhaft aussah. Kein Wunder, wenn sich andere Männer nach ihr umdrehten.

Verdrossen schaute er sie an. »Tu mir bitte einen Gefallen und mach so was nie wieder! Mit solchen Eskapaden gefährdest du die ganze Reise!«

Sie musterte ihn verständnislos. »Ich dachte wirklich, das Kind ertrinkt!«

»Er war mindestens zehn Jahre alt, da können hier alle Kinder schwimmen!«

Hanna starrte ihn an. In ihren Augen standen Wut und Bitterkeit.

»Und *du* weißt so genau, ob ein Kind in Gefahr ist, oder?«

Es war wie ein Schlag ins Gesicht für Erik. Hastig wandte er sich ab, weil er nicht wollte, dass sie ihm den Schmerz und das schlechte Gewissen ansah. Er hätte sich entschuldigen sollen, doch stattdessen begegnete er ihrem Vorwurf mit Aggression.

»Jetzt fang nicht schon wieder damit an!«, sagte er im

Befehlston. »Wir machen diese Reise, um es zu vergessen!« Mit diesen Worten verschwand er eilig unter Deck.

Hanna ließ sich verbittert auf die Bank neben dem Kajütenaufgang fallen. »Entschuldigung«, sagte sie zu niemand Bestimmtem. Mit erhobener Stimme fügte sie hinzu: »Was ist mit dem Motor? Hast du den Fehler gefunden?«

Erik tauchte kurz auf der Leiter auf. »Ich weiß nicht, was es ist. Wir müssen den nächsten Hafen anlaufen. Ich habe mich schon erkundigt, es gibt hier in der Nähe eine Werft.«

Mit unbewegtem Gesicht zog er sich wieder in das Innere des Schiffs zurück.

Hanna blieb stumm an Deck sitzen und schaute hinüber zu dem grün bewaldeten Ufer. Das kleine Boot war nicht mehr zu sehen.

*

Niclas wartete, bis Pelle mit Duschen und Umziehen fertig war, und erwischte ihn anschließend im Gang, bevor er sich in seinem Zimmer verbarrikadieren konnte.

»Ich muss mit dir reden«, eröffnete er das Gespräch.

Pelle verzog das Gesicht. Er ahnte, was jetzt wieder kam, doch er war nicht bereit, sich mit dem Thema auseinander zu setzen. »Ich habe keine Lust, nach Stockholm zu ziehen! Ich will hier bleiben!«

»Ach komm, Pelle! Ich dachte, du hättest es verstanden!« Niclas hatte das unangenehme Gefühl, gegen eine Mauer zu reden. »Ich brauche jeden Tag mehr als drei Stunden nur für die Fahrt zum Büro und wieder zurück! Das ist die reinste Zeitverschwendung!«

Pelle wirkte unbeeindruckt. Er stand vor dem Fenster und schaute hinaus in den Garten. Sein Haar stand störrisch vom Kopf ab, weil er vergessen hatte, es nach dem Duschen durchzukämmen.

Niclas versuchte, mehr Überzeugungskraft in seine Stimme zu legen. »Außerdem sehe ich dich kaum. Morgens schläfst du noch, wenn ich losfahre. Und abends bist du oft schon im Bett.«

»Du musst ja nicht in Stockholm arbeiten«, versetzte Pelle finster. »Mach einfach deine Praxis wieder auf!«

Niclas versteifte sich. »Du weißt, dass das nicht geht.«

»Weiß ich *nicht.*« Pelle schaute halsstarrig aus dem Fenster, bevor er sich unvermittelt zu Niclas umwandte und mit trostloser Stimme hinzusetzte: »Ich weiß nicht, warum du kein Arzt mehr sein willst.«

Niclas fühlte sich mit der Situation hoffnungslos überfordert. Er hätte seinen Sohn gern in die Arme genommen und ihn an sich gepresst, ihn gehalten und ihm etwas von seiner Stärke und Wärme gegeben. Vor zwei Jahren war Pelles ganzes Leben aus den Fugen geraten, und nichts war seitdem wieder wirklich in Ordnung gekommen.

Doch Pelle hasste es, wie ein Baby behandelt zu werden. Mit neun Jahren legte er keinen Wert mehr darauf, spontan in den Arm genommen und geherzt zu werden.

Auf dem Dielentisch lag der Drachen. Niclas nahm ihn und ging zum Fenster. Er trat neben Pelle und klopfte mit der Verpackung gegen die Scheibe. »Sieh mal, was ich dir mitgebracht habe! Wollen wir ihn gleich zusammenbauen?«

Wenn irgend möglich, schaute Pelle noch ergrimmter drein als vorher. »Du willst mich bestechen!« Mit diesen Worten drehte er sich auf dem Absatz um und verschwand nach oben.

*

Hanna stand auf dem Anlegesteg der Werft und schaute sich müßig um. Eigentlich war es weniger ein Schiffsbaubetrieb als eine Reparaturwerkstatt für Boote aller Art, die teils auf dem felsigen Uferstreifen lagen und teils aufgedockt in der Halle standen.

Jan Olsson, der Eigentümer, machte einen ziemlich kompetenten Eindruck, zumindest schien er sofort zu wissen, wonach er suchen musste. Abgesehen davon war er auch äußerlich eine beeindruckende Erscheinung. Er mochte um die sechzig sein, machte aber eine gute Figur mit seinem drahtigen Körper und seinem braun gebrannten Gesicht. Er hatte eine raue, leicht schleppende Stimme und strahlend blaue Augen, in denen es bewundernd aufgeblitzt hatte, als Hanna von Bord gekommen war. Als er sie mit Handschlag begrüßt hatte, war sein Lächeln noch um einiges breiter geworden. In seiner Jugend hatte er vermutlich eine Menge Frauen betört.

Hanna beobachtete von der Anlegestelle aus, wie er sich an den Innereien des Motors zu schaffen machte. Erik stand neben ihm und schaute ihm mit beinahe argwöhnischer Gründlichkeit über die Schulter. Hanna vermutete, dass er sich für den Fall schlau machen wollte, dass dergleichen während der Überfahrt nochmals passierte. Er war ein passionierter und äußerst fähiger Segler, aber von Maschinen verstand er weniger, als er zugeben wollte.

Ein Ausdruck von Betroffenheit trat auf sein Gesicht, als Jan den Schraubenzieher weglegte, sich die öligen Hände mit einem Lappen abwischte und von der *Miranda* zurück auf den Steg kletterte.

»Und?«, fragte er angespannt.

Jan zuckte die Schultern. »Tut mir Leid, das sieht nicht gut aus.«

»Aber Sie können es doch reparieren, oder?«, fragte Hanna beunruhigt.

»Kann ich.« Er ging an ihr vorbei in Richtung Halle. »Aber die Elektronik ist hin. Ich muss beim Hersteller anrufen und die Ersatzteile bestellen.«

Erik folgte ihm. »Und wie lange dauert das?«

»Bei diesem Modell?« Jan blieb vor dem offenen Tor der Bootshalle stehen und drehte sich zu ihm um. »Drei bis vier Tage.«

Erik schüttelte entnervt den Kopf. »Da wollten wir schon im Skagerrak sein!«

Jan hob leicht spöttisch die Brauen, enthielt sich aber einer Bemerkung.

Hanna schaute zu ihm auf. »Können wir nicht einfach weiterfahren und den Motor dann irgendwo unterwegs austauschen? Ein bisschen funktioniert er doch noch.«

Jan unterdrückte ein amüsiertes Grinsen. »Wenn Sie nur hier in den Schären segeln würden …« Er machte eine ausholende Geste. Überall Land, schien sie zu besagen, kein Problem.

Jan streckte sich unmerklich, weil ihm plötzlich wieder der Rücken und die Schulter wehtaten. Bestimmt fügte er hinzu: »Bei dem, was Sie vorhaben, würde ich das für fahrlässig halten.«

Erik war offenbar überzeugt. *Fahrlässigkeit* war ein Begriff, mit dem er als Jurist etwas anfangen konnte.

»Sie wollen ein ganzes Jahr unterwegs sein«, fuhr Jan fort. »Was sind da schon drei oder vier Tage.« Bezeichnend deutete er auf die grüne Küstenlinie. »Und außerdem ist es doch hier auch sehr schön.«

Er zog sich in das kleine Kontor am Eingang zur Halle zurück, um die Bestellliste für die Ersatzteile aufzusetzen.

Hanna warf Erik einen beschwörenden Blick zu. Die

Aussicht, hier tagelang festzuhängen, hatte etwas Bedrohliches für sie.

Erik ignorierte den flehenden Ausdruck in ihren Augen. »Herr Olsson hat Recht. Mir wäre wohler, wenn der Motor einwandfrei funktionieren würde.«

»Erik, ich will endlich hier weg!«

Erik bedachte sie mit einem nachsichtigen Lächeln. »Wir *sind* doch schon unterwegs.« Er legte ihr den Arm um die Schultern und ging mit ihr den Steg entlang. »Komm Schatz, wir machen uns hier ein paar nette Tage, und dann geht's richtig los.«

Vor der offenen Hallentür blieben sie stehen. Jan machte sich an einem Pult Notizen.

»Gibt es hier ein Hotel, das Sie uns empfehlen können?«, fragte Erik.

Hanna schaute überrascht zu ihm auf. »Wir können doch auf dem Schiff schlafen!«

Erik streichelte kurz ihren Arm. »Wir werden noch so oft in der Kajüte schlafen, da will ich jede Nacht, die ich in einem richtigen Bett verbringen kann, unbedingt ausnutzen.«

»Es gibt hier ganz in der Nähe ein hübsches kleines Hotel direkt am Wasser, das Hotel *Solros*«, meldete sich Jan zu Wort. »Wenn Sie wollen, bringe ich Sie hin.«

»Das ist doch nicht nötig«, wehrte Erik höflich ab. »Wenn Sie uns sagen, wo es ist, finden wir es bestimmt.«

Das hätte Jan um nichts in der Welt zugelassen. Immerhin hatte Lotta heute Geburtstag, und hier standen gleich zwei Gründe vor ihm, die ihm endlich den bisher fehlenden Vorwand lieferten, zu der Party zu erscheinen.

»Übers Wasser geht's schneller«, gab er sich großzügig. »Ich wollte sowieso heute noch dort vorbeischauen.«

»Ich hole die Taschen«, sagte Erik.

Jan nickte und ging hinüber zum Ende des Stegs, wo ein paar Motorboote vertäut lagen.

Hanna blieb stehen, die Arme vor der Brust verschränkt. Es war wirklich kein Unglück, dass sie noch ein paar Tage hier warten mussten, bevor sie zu ihrem großen Törn aufbrachen. Im Grunde war es überhaupt kein Problem. Drei, vier Tage nur, und sie konnten weitersegeln. Davor hatte sie ja auch wochenlang auf den Aufbruch warten können, warum nicht noch diese kurze Zeit?

Hanna starrte die Reihe von Ruderblättern an, die hochkant angelehnt von außen an der Wand des Bootsschuppens standen. Sie horchte in sich hinein und versuchte zu ergründen, woher der unangemessene Fluchtimpuls kam. Vielleicht lag es an dieser eigentümlichen Ahnung, von der sie plötzlich erfüllt war. Sie spürte mit einer unausweichlichen Klarheit, dass etwas geschehen würde, wenn sie hier bliebe. Etwas, das ihr ganzes bisheriges Leben über den Haufen werfen würde.

*

Das Hotel lag inmitten einer ausgedehnten, sattgrünen Rasenfläche, die bis zum Ufer reichte. Kleine Wellen schwappten ins Gras, ohne dass ein Sand- oder Felsstreifen das Land vom Wasser trennte. Der Landungssteg mündete in einen bekiesten Weg, der zwischen prächtigen alten Bäumen hindurch schnurgerade zum Haus führte, das mit seinem bernsteingelben Anstrich, den rot leuchtenden Schindeln und der weiß lackierten Veranda aussah wie der Landsitz eines begüterten Adligen aus einem Lagerlöf-Roman. Drei hohe, geschwungene Gaubenfenster im tief gezogenen Dachgeschoss vervollständigten das Bild eines malerischen Postkartenidylls.

Hanna war angenehm überrascht. Für ihren Zwangsaufenthalt hätten sie es auch schlechter treffen können.

Unter den Bäumen waren Tische aufgebaut, zwischen denen zwei Mädchen mit weißen Häubchen und karierten Schürzen geschäftig hin und her liefen und ein Büfett aufbauten. Beaufsichtigt wurden sie dabei von einer hoch gewachsenen, festlich gekleideten blonden Frau.

»Sehr schön«, sagte sie zufrieden zu einem der Mädchen. »Fehlen nur noch das Brot und die Suppe. Aber die kommt erst auf den Tisch, wenn die Gäste da sind.« Dem anderen Mädchen, das sich auf dem Weg ins Haus befand, rief sie nach: »Hat sich meine Tochter eigentlich gemeldet? Sie sollte doch schon längst hier sein!«

Hanna und Erik hielten sich ein wenig im Hintergrund, während Jan unbeirrt auf die Frau zuschritt und ihr die Hand auf die Schulter legte. »Die Unpünktlichkeit hat sie von dir.«

Die Frau fuhr herum. Jan achtete nicht auf ihren leicht erbosten Gesichtsausdruck, sondern küsste sie herzhaft auf den Mund. »Die herzlichsten Glückwünsche zum Geburtstag, meine liebe Lotta Olsson. Mögest du weiterhin so schön bleiben wie bisher!«

Hanna war spontan einer Meinung mit Jan. Diese Frau *war* schön, wenn auch vielleicht nicht unbedingt im landläufigen Sinne, dafür war ihr Gesicht eine Spur zu herb. Doch ihre Züge bestachen durch einen lebhaften Ausdruck, der von Humor, Güte und einer gehörigen Portion Lebenserfahrung zeugte. Hanna wusste sofort, dass diese Lotta Olsson eine ganz besondere Frau sein musste.

Im Moment schien sie allerdings nicht allzu gut aufgelegt zu sein. Sie funkelte den unerwarteten Besucher an. »Was machst *du* denn hier?«

»Was ich immer an diesem Tag mache«, entgegnete Jan

in gespieltem Gleichmut. »Oder denkst du, ich würde einmal deinen Geburtstag vergessen? Außerdem bringe ich dir zwei Hotelgäste.« Er schnappte sich ein Fleischbällchen von einer der Platten, dann deutete er auf Hanna und Erik, die in ein paar Metern Entfernung stehen geblieben waren. »Ihr Boot hat einen Schaden, sie brauchen für ein paar Tage ein Dach über dem Kopf.«

Lotta nahm ihm das Fleischbällchen weg und betrachtete ihn mürrisch. »Wieso sagst du das nicht gleich?«

Sie ging zu Hanna und Erik und begrüßte sie strahlend. »*Hej!* Ich bin Lotta Olsson. Willkommen im Hotel *Solros*. Sie haben Glück. Das schönste Zimmer ist noch frei.«

Hanna fühlte sich trotz der freundlichen Begrüßung ein wenig unbehaglich. »Sie haben Geburtstag, ja? Meinen herzlichen Glückwunsch.« Hilfe suchend blickte sie sich zu Erik um, doch er betrachtete nur interessiert das Büfett. Wahrscheinlich war er genau so hungrig wie sie. Am liebsten hätte sie sich augenblicklich auf diese gebratenen Hackfleischbällchen* gestürzt. Der Anblick und vor allem der Duft ließen ihr das Wasser im Mund zusammenlaufen.

»Wir haben nicht gewusst, dass wir hier in Ihre Feier platzen«, meinte sie entschuldigend, während sie sich bemühte, nicht so gierig zum Büfett zu schielen. »Wir können uns auch gern woanders umschauen.«

»Ach was, Sie bleiben hier«, widersprach Lotta. »Kommen Sie, ich zeige Ihnen Ihr Zimmer. Und wenn Sie Lust haben, machen Sie mir die Freude und essen mit uns. Ich sage immer, je mehr Gäste, desto schöner ist die Feier.«

»Das kann ich doch machen«, mischte Jan sich ein. »Du bleibst hier und wartest auf deine Gäste, und ich zeige Hanna und Erik das Zimmer.«

* Köttbullar (schwedische Hackfleischbällchen) – Rezept siehe Anhang

Er nahm Hanna kurzerhand eine Tasche ab und ging voraus zum Haus. Lotta blickte ihm mit unergründlicher Miene nach. Jan schaute über die Schulter zurück und zwinkerte ihr frech zu. Lotta drehte sich weg und tat so, als hätte sie etwas am Büfett zu richten.

Hanna verfolgte es mit einigem Befremden. Zwischen den beiden schienen Funken zu stieben, von denen wohl ein nicht geringer Teil von unterdrücktem Zorn herrührte. Zumindest, soweit es Lotta betraf. Was Jan anging, hatte Hanna ganz andere Gefühle wahrgenommen. Als er sich vorhin für einen Moment unbeobachtet geglaubt hatte, war ein Ausdruck unverhohlener Sehnsucht in seine Augen getreten. Es sah danach aus, als ob er wesentlich mehr für diese Frau empfand als schlichte Zuneigung.

*

Niclas prallte verblüfft zurück, als Siv zur Haustür hereingefegt kam. Er hatte sich gerade in der Küche eine Kleinigkeit zu essen herrichten wollen und ließ fast das Brotmesser fallen, als er ihrer ansichtig wurde. Siv sah umwerfend sexy aus in ihrem roten, schwingenden Seidenrock und der weißen Spitzenbluse. Ihr dunkles Haar fiel offen über ihren Rücken und umrahmte ihr feenhaft zartes Gesicht. Sie war schmal und für eine Frau ungewöhnlich groß, fast so groß wie Niclas mit seinen Einsachtzig. Wenn sie, so wie jetzt, Schuhe mit hohen Absätzen trug, überragte sie ihn sogar um zwei oder drei Zentimeter.

»*Hej*, Niclas! Seid ihr fertig?« Sie küsste ihn rasch auf die Wange.

»Oh, Mann! Die Geburtstagsparty!« Niclas hätte am liebsten mit dem Kopf gegen die Wand geschlagen. Damit war auch geklärt, warum sie sich so herausgeputzt hatte.

Normalerweise trug sie nie etwas anderes als Jeans und bequeme Hemden. Ihre Mutter wurde heute fünfundfünfzig, und er stand hier wie ein Idiot in seiner Küche und hatte nicht mal ein Geschenk.

»Ich hab's total vergessen!« Er schüttelte reumütig den Kopf. »Entschuldige, es war heute so viel los. Ich habe endlich in Stockholm …«

»Kein Problem«, fiel Siv ihm ins Wort. »Aber jetzt beeil dich bitte.« Sie ging zum Garderobenschrank und suchte darin herum. »Brauchst du eine Jacke?«

»Nein, es geht ohne.«

»Wo ist Pelle?«

Niclas schaute seufzend die Treppe hoch. »Ich glaube nicht, dass er mitkommt.«

Siv zog die Brauen zusammen. »Warum denn nicht?«

Niclas hob die Schultern. »Wir hatten eine … ähm, Auseinandersetzung.«

In diesem Moment hörte man im ersten Stock eine Tür zuklappen, und eine Sekunde später tauchte Pelle oben an der Treppe auf.

Niclas fiel die Kinnlade herab. Sein Sohn schaffte es immer wieder, ihn in Erstaunen zu versetzen, nur, dass es diesmal ausnahmsweise in eine positive Richtung ging. Pelle hatte sich umgezogen, er trug seine besten Jeans und dazu das neue T-Shirt, das Niclas ihm kürzlich aus der Stadt mitgebracht hatte. Die Schuhe hatte Pelle sich vor ein paar Wochen selbst ausgesucht, es war eine dieser verboten teuren Turnschuhmarken, die bei Jungs seines Alters zur Pflichtausstattung gehörten und die schon Heerscharen von Eltern an den Rand des nervlichen und finanziellen Ruins getrieben hatten, Niclas nicht ausgenommen.

Die Haare hatte Pelle sich mit Gel zu einer flotten Igelfrisur hochgestylt, und wenn Niclas seiner Nase trauen konnte, wehte ihm da eben sogar ein Hauch seines eigenen Rasierwassers in die Nase. Sprachlos schaute er zu, wie sein Sohn an ihm vorbei- und zur Haustür marschierte. In seinen Händen hielt er ein kompliziert aussehendes Konglomerat aus unzähligen Legosteinen, das erst auf den zweiten Blick als entzückendes individuelles Kunstwerk zu erkennen war: Es war ein Blumentopf mit vielen leuchtend bunten Blüten. Wenn sich Niclas nicht sehr täuschte, war dieses Gebilde noch vor ein paar Tagen ein ganz profanes Raumschiff gewesen.

Niclas war fasziniert von seinem eigenen Kind, und mit einem Mal fühlte er sich von einem fast albernen Stolz übermannt. Sein Sohn mochte sich zwar regelmäßig daneben benehmen und ihn tagtäglich mit seinen eigensinnigen Extratouren zur Verzweiflung treiben, aber wie man es auch drehte und wendete – er hätte Pelle um nichts in der Welt auch nur um ein Jota anders haben mögen.

In der offenen Haustür blieb Pelle stehen und drehte sich um, ein schiefes Grinsen auf den Lippen. »Können wir endlich fahren? Tante Lotta wartet bestimmt schon auf uns!«

Niclas warf Siv einen Blick zu, und sie tauschten ein kurzes Lächeln, bevor sie dem Jungen nach draußen folgten.

*

Hanna schaute sich erfreut um. Lotta hatte nicht übertrieben, das Zimmer war wirklich zauberhaft. An den Wänden hingen aufwändig gerahmte Bilder. Es waren echte Gemälde, keine Kunstdrucke, wie Hanna auf den ersten Blick erkannte. Der Stil war auf eigenwillige Weise abstrakt, aber Hanna hätte darauf gewettet, dass die Bilder jeder Galerie in Stockholm Ehre gemacht hätten. Sie tippte sofort darauf, dass sie von Lotta stammten.

Die Wand neben der Tür wurde von einem großen, gemauerten Kamin beherrscht, auf dessen Sims ein dunkel lackiertes Schiffsmodell stand, eine antike Rarität. Auf einer kleinen, ebenfalls antiken Kommode stand eine Vase mit gefällig arrangierten Rosen im selben cremeweißen Farbton wie der Wandanstrich dahinter. Mattweiß war auch die Tagesdecke auf dem großen, von einem schmiedeisernen Schnörkelrahmen umgebenen Bett. Man sah sofort, dass Lotta Olsson das Wohlergehen ihrer Gäste am Herzen lag. Das Zimmer war auf eine beinahe liebevolle, sehr private Weise eingerichtet und dekoriert.

Die hohen Sprossenfenster wiesen zum Garten und boten einen prachtvollen Ausblick aufs Wasser. Die ersten Gäste waren eingetroffen, ihr Lachen und einzelne Gesprächsfetzen schallten herauf ins Zimmer.

»Ich hoffe, es gefällt Ihnen.« Jan hatte die Reisetasche vor einem der offenen Fenster abgestellt und wandte sich zu ihnen um.

»Sehr hübsch.« Erik stellte eine weitere Tasche auf einem Stuhl ab. »Was meinst du, Hanna?«

Hanna nickte kurz und wandte sich dann Jan zu. »Ich weiß nur nicht, ob es richtig war, so in die Geburtstagsfeier Ihrer Frau ...«

»Meiner Ex-Frau«, unterbrach Jan sie. Er stand am Fenster, die Hände in den Hosentaschen.

Hanna zuckte die Achseln. »Tja ... Ich hatte den Eindruck, dass sie vielleicht ein bisschen ... irritiert war.«

»Das hatte nichts mit Ihnen zu tun.« Jan schaute leicht betreten drein. Sein Blick hatte sich verdüstert. »Dabei ging's nur um mich.« Er nahm die Hände aus den Taschen und kam näher. »Sie kann mir einfach nicht verzeihen, dass ich ...« Er unterbrach sich und suchte nach Worten, während er verlegen an seinem blauen Pulli zupfte. »Dass ich mal einen Fehler gemacht habe«, beendete er brummig den Satz. Dann lachte er, und mit einem Mal waren seine Augen wieder so strahlend hell wie der Sommerhimmel draußen. »Und jetzt kommen Sie mit, gleich wird sie das Büfett eröffnen, und das ist Legende hier in der Gegend!« Mit einem aufmunternden Grinsen empfahl er sich.

Erik hängte seine Windjacke über eine Stuhllehne und wandte sich Hanna zu. »Kommst du?«

»Gleich.« Hannas Blicke irrten zum offenen Fenster. Gerade eben hatte sie eine Stimme gehört, die ihr bekannt vorgekommen war.

»Geh nur schon vor, ich mache mich noch ein bisschen frisch.«

Sie wartete, bis Erik draußen war, dann eilte sie zum Fenster und schaute hinaus. Es war tatsächlich Pelle, den sie gehört hatte. Er stürmte auf Lotta zu. »Tante Lotta! Alles Gute zum Geburtstag!« In den Händen hielt er ein bunt aussehendes Ding, von dem Hanna auf die Entfernung nicht sagen konnte, was es darstellte.

»He, so was habe ich mir immer gewünscht!« Lotta beugte sich zu dem Kleinen hinab und küsste ihn. »Vielen Dank, Pelle!«

Im selben Moment tauchte *er* auf. Hanna hielt den Atem an. Sie musste ihn nur ansehen und begriff in derselben Sekunde, dass niemand anderer als dieser Mann jenes eigentümliche Gefühl drohender Veränderungen in ihr ausgelöst hatte. Ihr Herz schlug plötzlich zum Zerspringen. Es war, als stünde sie ihm wieder dicht gegenüber, so wie in dem kleinen Boot. Das dunkle Haar, das ihm ständig widerspenstig in die Stirn fiel. Sein offenes

Lachen, die Wärme seiner Hand. Sie konnte sich plötzlich in allen Details an sein Gesicht erinnern, obwohl er in diesem Augenblick mindestens dreißig Meter weit weg war. Seine Augen waren so braun wie geschmolzene Schokolade, und wenn er in die Sonne schaute, tanzten zahllose goldene Pünktchen darin. Seine Zähne waren sehr weiß, was vielleicht daran lag, dass sein Teint etwas dunkler war als bei den meisten Menschen in diesen Breiten. Am Kinn hatte er eine winzige Narbe, und wenn er lachte, zeigte sich neben seinem rechten Mundwinkel ein kleines Grübchen.

Wie hatte sie all das auch nur eine einzige Sekunde vergessen können? Völlig gebannt schaute sie ihn an. Er bewegte sich mit einer natürlichen, geschmeidigen Elastizität, die ihr schon vorher an ihm aufgefallen war.

In den Händen trug er einen türkisblauen Terrakottatopf mit voll erblühten gelben Rosen, den er Lotta artig überreichte, bevor er ihr gratulierte.

»Mhm, die riechen gut!«, sagte Lotta.

Zwischen den Bäumen tauchte eine dunkelhaarige junge Frau auf, groß und grazil in ihrem roten Rock und der weißen Bluse.

»Du hast die Schleife im Boot liegen lassen, Niclas!« Ihr helles Lachen tönte durch den Garten, während sie breites, rot glänzendes Geschenkband um den Blumentopf wand. Sie neigte sich zu Lotta und umarmte sie. »Alles Gute zum Geburtstag, Mama!« Anschließend trat sie zu Niclas und küsste ihn. »Wenn du mich nicht hättest!« Strahlend hakte sie sich bei ihm ein, und gemeinsam schlenderten sie alle zum Büfett.

Hanna starrte ihnen hinterher. Natürlich war er verheiratet. Wieso auch nicht. Die Gründe dafür lagen auf der Hand. Erstens hatte er ein Kind. Und zweitens würde ein so ungewöhnlich attraktiver Mann wie er wohl kaum allein leben.

Hanna wich vom Fenster zurück. »Was hast du denn erwartet«, murmelte sie. Hitze war in ihre Wangen gestiegen, und eilig ging sie hinüber zum Schminktischchen. Sie musterte sich in dem runden, mit Schnitzwerk verzierten Spiegel und schnitt sich selbst eine Grimasse, während sie sich das Haar aus dem Gesicht strich. »Lächeln, Hanna!«, befahl sie sich.

Doch daraus wurde nichts, weil im nächsten Moment Eriks Handy piepte. Hanna suchte ein paar Sekunden, bis sie es in seiner Jacke lokalisiert hatte, die über dem Stuhl hing.

Auf dem Display leuchtete der Name *Elsa.* Befremdet runzelte Hanna die Stirn, dann steckte sie das Handy ein und ging nach unten.

Auf ihrem Weg nach unten sah Hanna, dass die kleine Hotelhalle mit ähnlicher Liebe zum Detail ausgestattet war wie das Zimmer. Auf dem Empfangstresen standen frische Blumen, und im Hintergrund war ein großes hölzernes Relief zu sehen, das vermutlich vor zweihundert Jahren eine alte Bauernkirche geschmückt hatte. Hinter dem Tresen hing ein hoher Spiegel mit Jugendstilornamenten, und über dem Deckenbalken der Küchentür war als witziger Kontrapunkt ein Elchgeweih angebracht.

Lotta hatte ein ungewöhnlich ausgeprägtes Stilempfinden und einen ausgefallenen, exquisiten Geschmack. Für Hanna war es beinahe wie die Begegnung mit einer Seelenverwandten. Farben und Formen und das fantasievolle Komponieren von Materialien unterschiedlicher Art waren bisher immer ein unverzichtbarer Bestandteil ihres Lebens gewesen. Bange fragte sie sich, ob sie es ein ganzes Jahr aushalten konnte ohne ihre Arbeit. Möglicherweise war sie allzu zuversichtlich gewesen in ihrer Bereitschaft, diesen Aspekt ihres Daseins einfach für längere Zeit auszublenden.

Eines der Küchenmädchen trug auf dem Weg nach draußen eine Platte mit Häppchen durch die Halle. Lotta, die am Fuß der Treppe stand, streckte die Hand aus und stibitzte sich eines davon. Genüsslich kauend wandte sie sich zu Hanna um, als diese die Treppe herunterkam.

»Entschuldigung, aber ich nasche für mein Leben gern!« Sie lachte Hanna an. »Ich kann's mir einfach nicht abgewöhnen!«

Hanna lächelte unwillkürlich. »Wenn das Ihr einziger Fehler ist ...«

Lotta lachte noch lauter. »Das glaube ich nicht. Fragen Sie mal meinen Mann!« Sie hielt inne und hob die Brauen. »Übrigens – für ihn sind Sie gerade richtig gekommen.«

Als sie Hannas verständnislosen Blick bemerkte, fuhr sie launig fort: »Das können Sie nicht wissen. Aber ich bin immer wieder überrascht, was er sich jedes Jahr einfallen lässt, um auf meiner Geburtstagsparty zu erscheinen. Diesmal waren *Sie* der Vorwand.«

Hanna schaute sie von der Seite an. »Das scheint Ihnen zu gefallen. Wieso laden Sie ihn denn nicht einfach ein?«

Lotta zwinkerte ihr zu. »Das wäre zu einfach. Er soll sich ruhig ein bisschen Mühe geben.« Lächelnd hielt sie inne. »Ja, Sie haben Recht. Es gefällt mir. Es gefällt mir sogar sehr, wenn er sich Mühe geben muss.« Sie legte Hanna leicht die Hand auf den Rücken. »Jetzt lassen Sie uns mal rausgehen. Meine Gäste vermissen mich bestimmt schon. Kommen Sie.«

Neben der Eingangshalle befand sich ein kleiner Salon, von dem aus offene Flügeltüren ins Freie führten. Die

Party war bereits in vollem Gange. Ungefähr vierzig Gäste jeden Alters hielten sich im Garten auf, verteilt in Grüppchen oder einzeln beim Büfett oder am Getränkestand.

Erik stand beim Büfett und musterte die Köstlichkeiten mit hungrigen Blicken. Besonders die köstlichen, mit Gewürzen eingelegten Heringe* stachen ihm ins Auge. Doch er wusste, was sich gehörte, und wollte nicht ohne seine Frau anfangen zu essen. Ungeduldig wartete er, dass Hanna endlich auf der Bildfläche erschien. Sein Magen gab mittlerweile Geräusche von sich, die bestimmt meterweit zu hören waren.

Drüben beim Getränkestand hatte er bereits vor einer Weile diesen Niclas Söderlind ausgemacht, *Doktor* Söderlind, wie er zwischenzeitlich von Jan Olsson erfahren hatte. Der Typ war Arzt. Früher hatte er wohl hier am Ort praktiziert, arbeitete aber mittlerweile in Stockholm bei irgendeiner Behörde.

Das Auftauchen des Mannes hatte bei ihm zunächst einen Anflug von Missmut ausgelöst, der sich aber wenig später gelegt hatte, als die große Brünette sich zu dem guten Doktor gesellt hatte. Die beiden waren ein nettes Paar und verstanden sich offenbar blendend. Die Frau hatte ihn sogar mit Fleischbällchen und Dillhäppchen gefüttert.

Erik schaute begehrlich zuerst zum Büfett und dann zum Haus, wild entschlossen, Hanna zu holen, wenn sie nicht innerhalb der nächsten dreißig Sekunden erschien.

Doch im nächsten Augenblick tauchte sie endlich auf. Gemeinsam mit der Eigentümerin des Hotels trat sie ins Freie, schaute kurz in die Runde und kam sofort auf ihn zu, als sie ihn erspäht hatte. Einen Moment lang hatte er

* Kryddsill (Gewürzheringe) – Rezept siehe Anhang

den Eindruck, dass ihr Lächeln ein wenig mühsam wirkte, doch dann sagte er sich, dass sie immerhin einen sehr aufreibenden Tag gehabt hatte. Es war nicht so ohne, den ganzen Tag auf einem Schiff zu verbringen, vor allem, wenn der letzte Törn schon über ein Jahr zurücklag. Während der Schwangerschaft und auch danach waren sie nicht segeln gewesen.

Erik merkte, in welche Richtung seine Gedanken drifteten, und presste die Lippen zusammen. Als Hanna näher kam, zwang er sich zu einem Lächeln. »Da bist du ja.«

Sie reichte ihm sein Handy. »Da war ein Anruf, aber bis ich das Telefon gefunden hatte, war keiner mehr dran.« Sie machte eine kurze, wie zufällig wirkende Pause. »Wer ist Elsa?«

Erik spürte, wie sich sein Inneres in stummer Abwehr verkrampfte. »Die neue Gerichtssekrektärin«, log er. »Die kennt sich noch nicht so gut aus.« Rasch schob er das Handy in die Hosentasche. »Soll ich dir was zu trinken holen?«

»Ja, gern. Ich schaue dann schon mal, was es alles zu essen gibt.«

Während Erik sich in Richtung Getränkestand entfernte, schritt Hanna das Büfett ab und überlegte, was sie zuerst auf ihren Teller packen sollte. Nach den vielen Stunden an der frischen Luft hatte sie das Gefühl, einen ganzen Ochsen verschlingen zu können.

Stattdessen entschied sie sich für Janssons Frestelse*. Während sie sich eine großzügige Portion auftat, spürte sie mit allen Sinnen *seine* Anwesenheit. Aus den Augenwinkeln hatte sie gesehen, dass er unter einem der Bäume stand, ein Glas Sekt in der Hand.

* Janssons Frestelse (Janssons Versuchung) – Rezept siehe Anhang

Hanna war sicher, dass er sie noch nicht bemerkt hatte. Anderenfalls wäre er sicher bereits auf sie zugekommen.

Einen Augenblick später zuckte sie nervös zusammen, denn sie spürte seine Gegenwart hinter sich, auch ohne sich nach ihm umzudrehen. Fassungslos fragte sie sich, was um Himmels willen zwischen ihm und ihr im Gange war. Sie war verheiratet, und er war es auch. Es durfte einfach nicht sein, dass sie derartig außer sich geriet, sobald sie seiner nur von weitem ansichtig wurde!

»Nach Neuseeland geht's aber in die andere Richtung.« Seine Stimme war dunkel und klang wie Samt. Er stand dicht hinter ihr. Hanna drehte sich mit weichen Knien um und tat so, als hätte sie ihn erst jetzt bemerkt.

»*Hej!*« Leicht verkrampft lächelte sie ihn an und versuchte dabei zu ignorieren, wie gut er aussah. »Unser Boot hat einen Motorschaden. Wir sind bei Jan Olsson gelandet, und der hat uns hierher gebracht. Alles ganz einfach.«

»Einfach?« Niclas schaute ihr in die Augen. »Ich sehe Sie heute zum dritten Mal. An den unterschiedlichsten Orten. So etwas ist doch ...«

»Zufall«, unterbrach sie ihn. Sie wollte sich lässig geben, aber sie merkte, dass ihre Stimme ein wenig zittrig klang.

»Es gibt keinen Zufall.« Er sagte es sehr ruhig. Eindringlich fügte er hinzu: »Was tun Sie hier, Hanna?«

Erik enthob sie einer Antwort. Er kam zurück und drückte ihr ein Glas in die Hand. »Hier, dein Wein.«

Sie trank rasch und ohne hinzusehen, während Erik sich in gespielter Leutseligkeit zu Niclas wandte. »*Hej*, wir kennen uns doch!«

»Ich muss jetzt wirklich etwas essen«, fuhr Hanna hastig dazwischen. Erik nickte bereitwillig, und sie gingen beide hinüber zu einem der anderen Tische und ließen Niclas stehen. Hanna drehte sich nicht mehr zu ihm um. Er hätte ebenso gut Luft sein können.

Niclas umklammerte sein Glas und schob die freie Hand in die Hosentasche, wo er sie zu einer harten Faust ballte.

*

Pelle saß allein auf dem Steg, den Kopf in beide Hände gestützt und den Blick verdrossen auf das strömende Wasser unter seinen baumelnden Füßen geheftet.

Siv näherte sich ihm von hinten. »Guck mal, Pelle!« Sie setzte sich neben ihn und präsentierte ihm einen Teller. »Ich habe dir deine Lieblingsgerichte zusammengestellt. Hackfleischbällchen, Dillhäppchen, Krebssalat* ...«

Pelle nahm schweigend den Teller entgegen und stellte ihn neben sich auf dem Steg ab, um gleich darauf wieder den Kopf in die Hände zu stützen.

»Was ist denn, Pelle? Schlechte Laune?« Siv stupste ihn aufmunternd an. »He, du hast Ferien!«

»Ich will nicht nach Stockholm ziehen«, erwiderte er mürrisch.

Erstaunt schaute Siv ihn von der Seite an. »Das musst du doch auch nicht.«

»Doch, muss ich. Papa hat heute eine Wohnung gemietet.«

»Ach.« Sie schaute völlig verdattert drein. Dann meinte sie langsam: »Du, Stockholm wird dir gefallen. Es ist großartig da, und du wirst ...«

»Ich will aber da nicht hin! Ich will hier bleiben!«

* Köttbullar, Dillsill, Kräftsallad (Hackfleischbällchen, Dillhäppchen, Krebssalat) – Rezepte siehe Anhang

Niclas war unbemerkt auf den Steg gekommen und ging hinter ihnen in die Hocke. »Es ist das Beste für uns, Pelle, auch wenn du das jetzt noch nicht sehen kannst.«

Siv drehte sich zu ihm um, ein fragendes Lächeln auf den Lippen. »Wieso hast du nichts davon gesagt? Das ist ja eine tolle Neuigkeit!«

»Ich habe die Wohnung heute erst bekommen. Ein Angebot unter der Hand. Sie ist perfekt für uns.«

Pelle stemmte sich hoch und sprang auf. Er entfernte sich ein paar Schritte, dann drehte er sich zu Niclas um. »*Unser* Haus ist perfekt. *Hier* ist es perfekt! Ich will nicht wegziehen!« Mit wütend gesenktem Kopf rannte er über den Steg davon.

Niclas richtete sich seufzend auf und schob die Daumen in die Schlaufen seiner Jeans. Heute lief anscheinend nichts so, wie es sollte. Gemeinsam mit Siv schlenderte er über den Steg zurück in den Garten.

Sie versuchte, ihm Mut zu machen. »Er wird sich schon daran gewöhnen. Es ist ganz sicher die richtige Entscheidung.«

»Ich habe keine andere Wahl.« Niclas hob die Schultern. »Ich habe einen neunjährigen Sohn, den ich nicht allein lassen kann, und ich habe einen anstrengenden Job in Stockholm. Außerdem hat meine Haushälterin mich verlassen.«

Siv schaute ihn betroffen an. »Lina ist weg?«

»Ja.«

»Das tut mir Leid.«

Niclas konnte den Verlust in menschlicher Hinsicht durchaus verschmerzen, doch darum ging es bei der ganzen Geschichte ja überhaupt nicht. Der entscheidende Punkt war, dass er irgendwie sein Leben in den Griff kriegen musste. Nicht nur um seinetwillen, sondern vor allem wegen Pelle. Es kostete so viel Kraft, ohne einen Partner die Verantwortung für ein Kind zu tragen, weit mehr, als er manchmal glaubte, schaffen zu können. Doch ihm blieb nichts anderes übrig, als es zu versuchen. Auch wenn das vielleicht bedeutete, dass sie beide Federn lassen mussten, er und Pelle.

»Es muss einfach sein«, sagte Niclas, mehr zu sich selbst. »Ich muss wieder die Kontrolle über mein Leben bekommen. Und das ist nur möglich, wenn wir in Stockholm wohnen.«

Er wandte sich Siv zu, und seine Stimme wurde eindringlich in dem Bemühen, seine Pläne überzeugend zu begründen. »Das ist doch nicht so schwer zu verstehen, oder? Ich kann einfach nicht dort arbeiten und Pelle hier jemand Fremdem überlassen!« Er nickte, als wolle er sich selbst noch einmal bestätigen, dass er Recht hatte. »Im Übrigen wird es ihm in Stockholm gefallen. Er wird schnell neue Freunde finden und ...«

»Natürlich wird er das«, fiel Siv ihm beruhigend ins Wort. »Du hast absolut Recht.«

Niclas kam sich reichlich albern vor, als er begriff, dass der einzige Mensch, dem er den bevorstehenden Wechsel schmackhaft machen musste, er selbst war. Und Pelle natürlich, doch dessen Einstellung dazu war ihm bereits sattsam bekannt. Aber daran würde er noch arbeiten.

»Wann willst du denn umziehen?«

»Ende des Monats können wir in die Wohnung. Bis dahin habe ich mir freigenommen. Ich muss ja noch jede Menge organisieren. Das Haus und die Praxis verkaufen, ein neues Mädchen für den Haushalt finden, packen ...«

»Wenn du willst, helfe ich dir gerne«, sagte Siv eifrig.

Niclas lächelte sie erfreut an. »Das ist nett von dir. Offen gesagt, jetzt, wo Lina weg ist, werde ich jede Hilfe brauchen können.«

»Du weißt doch, dass du dich auf mich verlassen kannst!« Siv strahlte ihn an und strich ihm sanft über die Wange. Dann legte sie den Arm um ihn und drückte ihn an sich. Niclas erwiderte die Umarmung und küsste sie kurz auf die Wange.

Hanna, die sich mit Erik vor ein paar Minuten zu Lotta und Jan Olsson gesellt hatte, sich jedoch nicht an der Unterhaltung beteiligte, konnte ihre Blicke nicht von dem Paar beim Getränkestand abwenden. Als Siv und Niclas einander umarmten, verfolgte Hanna jede einzelne ihrer Bewegungen. Sie wollte wegschauen, doch sie konnte es nicht. Ihr Herz tat einen schmerzhaften kleinen Hüpfer, als sie sah, wie Niclas' Hand über den Rücken des Mädchens glitt. Sie starrte die beiden mit brennenden Augen an.

*

Die Nacht erfüllte das Zimmer mit drohenden Schatten, die Hanna am Einschlafen hinderten. Sie war todmüde gewesen, als sie endlich zu Bett gegangen war, doch sie kam nicht zur Ruhe. Sie hatten die Läden offen gelassen, weil Hanna sich weigerte, bei absoluter Dunkelheit zu schlafen. Sie bekam unweigerlich Albträume und wachte jedes Mal schweißgebadet daraus auf.

Mondlicht fiel ins Zimmer und zeichnete die schmiedeeisernen Verzierungen am Fußteil des Bettes nach. Hanna folgte den geschwungenen Formen mit ihren Blicken und merkte, wie die Panik in ihr überhand zu nehmen drohte. Sie hatte Angst, aber sie wusste nicht, wovor.

Erik war ebenfalls noch wach, sie hörte es am Rhythmus seines Atems. Er lag stumm neben ihr, wie sie auf dem Rücken, die Hände über der Brust gefaltet. Anscheinend dachte er ebenso intensiv nach wie sie selbst, nur dass sie nicht die geringste Vorstellung davon hatte, was ihm durch den Kopf gehen mochte.

Das war früher ganz anders gewesen. Da hatte sie so genau gewusst, was er dachte, dass es manchmal beinahe schon unheimlich gewesen war. Erik hatte oft gelacht und behauptet, sie wäre die reinste Gedankenleserin. Wann hatte das aufgehört? Wie war es überhaupt dazu gekommen, dass sie diese geheimnisvolle Übereinstimmung, wie es sie zwischen allen Liebenden gibt, verloren hatten?

Schon vor der Schwangerschaft war es nicht mehr dasselbe gewesen. Da war der Erfolg im Beruf, die vielen Überstunden. Sie hatte angefangen, mehr zu verdienen als er, und das, obwohl er so zäh seinen Weg am Gericht verfolgt hatte. Doch für einen Richter im öffentlichen Dienst wuchsen die Bäume nicht in den Himmel, auch wenn er noch so tüchtig war. Sie selbst hatte ebenfalls hart gearbeitet, aber bei ihr hatten sich die Erfolge rasch in klingender Münze ausgezahlt. Ihre preisgekrönten Entwürfe hatten ihr bestens bezahlte Aufträge in der Werbebranche verschafft, wodurch alle finanziellen Probleme, mit denen sie und Erik sich während des Studiums hatten herumplagen müssen, schlagartig der Vergangenheit angehört hatten. Ihr Konto hatte sich wie von selbst gefüllt, und plötzlich war alles möglich gewesen. Eine teure Eigentumswohnung, Designermöbel, die *Miranda*, ein neuer Wagen. Und dann war auf einmal eine Zeit gekommen, als Geld überhaupt keine Rolle mehr spielte, weder im positiven noch im negativen Sinne. Da war es nur noch um Erik und sie gegangen, oder besser darum, was sie einander noch geben konnten.

Hanna starrte in die Dunkelheit und fragte sich, ob sie genug getan hatte, um ihre Beziehung zu erhalten. Das

Baby war ihr damals als hervorragende Lösung erschienen, der schleichenden Entfremdung ein Schnippchen zu schlagen. Wenn sie erst eine Familie wären, würden sie von allein wieder stärker zusammenwachsen, so ihre Überlegung. Doch in der Schwangerschaft hatte Erik sich weiter von ihr entfernt als je zuvor. Die Überstunden und Wochenendseminare häuften sich, und in den beiden letzten Monaten war er an den Abenden kaum noch zu Hause gewesen. Auch nicht an jenem Abend, als …

Hanna biss die Zähne zusammen. Sie wollte nicht daran denken. Es war vorbei, und es tat zu weh.

Mit einem Seufzer wandte sie Erik ihr Gesicht zu. »Lass uns doch einfach morgen weiterfahren!«

Seine Hand kam aus dem Dunkel und legte sich über ihre. »Ich weiß, dass du das alles so schnell wie möglich hinter dir lassen willst. Aber bitte sei doch jetzt nicht so ungeduldig.«

Hanna lauschte seinen Worten nach und versuchte zu erkennen, ob er dasselbe gedacht hatte wie sie. Sie konzentrierte sich auf seine Hand, seinen Atem, seinen vertrauten Geruch, und suchte diese besondere, einmalige Schwingung, die seit Anbeginn ihrer Beziehung immer zwischen ihnen bestanden hatte.

Doch alles, was sie fühlte, war Leere.

*

Auf dem Grasstreifen, der vom Haus zum Ufer des Sunds hin abfiel, lagen Findlinge, eine Ansammlung dicker, in Jahrtausenden rund geschliffener Felsblöcke, wie von der achtlosen Hand eines Riesen dort verstreut. Niclas saß auf einem davon und schaute über das Wasser. Mondlicht spiegelte sich schwach darin und überzog die schwarze Oberfläche mit einem mattsilbernen Schimmer. Die großen Föhren drüben beim Bootshaus wiegten sich im Wind und erzeugten ein flüsterndes Geräusch.

Siv sah Niclas Rücken vor der Kulisse des Wassers, als sie aus dem Haus kam. Es gab ihr einen Stich, ihn dort sitzen zu sehen. Damals nach Silkes Tod hatte er auch fast jeden Abend dort vorn auf den Felsbrocken gehockt und aufs Wasser gestarrt, als könnte er irgendwo da draußen ein Heilmittel für seinen Schmerz finden. Sie hasste es, dass er sich ständig für alles und jedes die Schuld geben musste, und sie konnte es nicht ertragen, dass er immer wieder in diese depressiven Löcher fiel. Das Leben ging weiter, aber er tat sich schwer damit, es zu akzeptieren. Stattdessen quälte er sich viel zu oft mit der Frage, ob er etwas hätte ändern können. Jeder wusste, dass es so oder so passiert wäre. Nur Niclas wollte offenbar nicht sehen, dass es einfach ein unglücklicher Zufall gewesen war. Und, was weit frustrierender war, er wollte anscheinend nicht begreifen, wie viel Spaß es noch im Leben gab. Und dass sie die einzige Person war, die sich wirklich Mühe gab, ihm diesen Gedanken näher zu bringen.

Siv trat auf die Terrasse und blieb einen Moment unschlüssig stehen. Wenn er auf diesen Felsen hockte, wollte er meist allein sein, um ausgiebig über alle möglichen unerfreulichen Dinge nachzudenken, und oft genug hatte sie einen leicht abweisenden Ausdruck in seinen Augen entdeckt, wenn sie ihn dabei störte.

Sie zog kurz in Erwägung, ihn lieber in Ruhe zu lassen, aber dann ging sie entschlossen über die Wiese zu den Felsen und blieb direkt hinter ihm stehen. »Ich habe Pelle ein Glas Saft gebracht. Was ist mit dir? Kaffee?«

»Bitte?« Niclas drehte sich zu ihr um. »Oh, Kaffee. Den mache *ich.*« Er rutschte von dem Felsen und machte Anstalten, ins Haus zu gehen, das Gesicht immer noch in kummervolle Falten gelegt.

Entnervt überlegte Siv, dass es ja auch mal anders hätte sein können. Dass er einfach mal lachte, wenn sie auftauchte.

Sie hielt ihn zurück. »Du hast heute schon so viel gemacht. Dein Tag war anstrengend genug. Ich mache den Kaffee.«

Er fasste sie beim Arm, als sie zum Haus gehen wollte. »Siv, es ist lieb von dir, dass du dich so um Pelle und mich kümmerst.« Offene Dankbarkeit stand bei diesen Worten in seinen Augen. Es tat Siv gut, war aber nicht unbedingt das, was sie wollte.

»Ich mache das wirklich gern.« Sie trat einen Schritt näher an ihn heran, bis sie dicht vor ihm stand und ihm direkt in die Augen sehen konnte. In einer Aufwallung von Zärtlichkeit nahm sie sein Gesicht in beide Hände, beugte sich vor und küsste ihn behutsam auf den Mund. »Ich wünschte, ich könnte mehr für dich tun«, flüsterte sie.

Er lächelte zögernd und ein wenig erstaunt. Siv registrierte, dass ihr Kuss offenbar nicht die leiseste Spur von Leidenschaft in ihm entfacht hatte. Vielleicht lag es daran, dass er generell ein so unerotisch denkender Mann war. Nun, das war ein Punkt, an dem sie noch arbeiten würde. Bei entsprechender Stimmung wäre bestimmt auch Niclas in der Lage, ihre Reize mit anderen Augen wahrzunehmen. Und sich entsprechend zu verhalten.

Achselzuckend ging sie zum Haus, um endlich Kaffee zu kochen.

Als sie oben auf der Terrasse zu ihm zurückblickte, sah sie, dass er wieder aufs Wasser starrte.

*

Erik lauschte Hannas regelmäßigen Atemzügen. Sie war endlich eingeschlafen, während er selbst wahrscheinlich bis zum Morgen wachliegen würde, weil er nicht aufhören konnte, an Elsa zu denken. Es war ein Gefühl, als hätte er sich bei lebendigem Leib ein wichtiges Körperteil amputiert. Der Schmerz ließ einfach nicht nach, und er hatte keine Ahnung, wie er es aushalten sollte, sie ein ganzes Jahr nicht zu sehen. Oder, was noch schlimmer war, überhaupt nicht mehr. So, wie er es ihr bei ihrem letzten Treffen klar gemacht hatte, mit harten, deutlichen Worten, weil sie es anders nicht hätte begreifen können.

Ruhelos fuhr er mit den Händen über die Bettdecke und starrte auf die Muster an den Wänden, die durch irgendwelche kaum sichtbaren, huschenden Lichtreflexe von draußen erzeugt wurden. Vielleicht eine Gartenlaterne, die sich im Wasser des Sunds spiegelte. Oder Mondlicht, das durch die im Wind schaukelnden Zweige eines Baums fiel.

Es hielt ihn nicht länger im Bett. Er warf die Decke zurück und stand auf, eine Hand bereits auf dem Handy, das neben ihm auf dem Nachttisch lag. Es war die ganze Zeit an gewesen, aber er hatte sämtliche Klingeltöne deaktiviert und auch den Vibrationsalarm abgestellt. So konnte er zwar sehen, ob eine Nachricht einging, aber das ständige Piepsen hatte aufgehört.

Auf dem Display war der Eingang von Textmeldungen angezeigt. Sie hatte ihm jede Menge SMS geschickt, eine nach der anderen. *Wie kannst du das tun? Ruf mich an! Geh nicht weg!* In dem Stil ging es weiter, bis der Speicher voll war. Angerufen hatte sie auch, mindestens zehnmal.

Erik nahm seinen Bademantel vom Stuhl und zog ihn über. Er trug nur T-Shirt und Boxershorts und hatte keine Lust zu frieren.

Geräuschlos ging er quer durchs Zimmer und trat

durch die offene Balkontür ins Freie. Während er auf *Wahlwiederholung* drückte, starrte er in den nächtlichen Garten hinab. Bis auf das Rascheln der Bäume und das unablässig rauschende Wasser des Sunds war es still draußen.

Sie meldete sich.

Er sprach so leise, dass er es selbst kaum hörte. »Ich musste einfach noch mal deine Stimme hören.«

»Wo bist du? Von wo aus rufst du an?« Es klang hysterisch, sie weinte. Erik umklammerte das Handy so fest, dass seine Finger schmerzten. »Wir haben einen Motorschaden. Das Boot ist hier in der Werft.«

Sie schnappte hörbar nach Luft, als sie den Namen des Ortes hörte. »Du bist noch gar nicht weg! Dass euch gleich der Motor kaputtgegangen ist – das ist ein Zeichen, Erik! Ein Zeichen, dass du hier bleiben sollst! Bei mir!«

Ihr Schluchzen ging ihm ans Herz, er fühlte sich ihretwegen so schlecht, dass er am liebsten sofort in das nächstbeste Auto gestiegen und zu ihr gefahren wäre. Er wollte sie in die Arme nehmen, sie trösten, sie nie wieder loslassen. Aber am allermeisten wollte er endlich aufhören, sich wie ein Schwein zu fühlen. Er hätte alles dafür gegeben, dass diese furchtbare Zerrissenheit verschwand.

»Ich komme zu dir«, sagte sie plötzlich mit großer Bestimmtheit.

Erik verkrampfte sich. »Das machst du auf gar keinen Fall!«

»Doch.« Es klang flehend. »Bitte! Bitte lass mich zu dir kommen! Ich halte es nicht aus, zu wissen, dass du noch ganz in der Nähe bist und ich dich nicht sehen darf!«

»Wir haben Schluss gemacht, Elsa!«

»*Du* hast Schluss gemacht!«

»Ich muss wenigstens versuchen, meine Fehler wieder gutzumachen!«

»Aber es ist falsch!« Sie schrie es beinahe. »Du liebst sie nicht mehr! Bitte, Erik! Komm zu mir!«

Er spürte zu seinem Entsetzen, dass er drauf und dran war, ihr Recht zu geben. Was tat er hier überhaupt? Er riss sich das Herz heraus für eine Frau, die ihn seit Monaten behandelte wie einen Fremden! Manchmal war ihm in ihrer Nähe so kalt, dass er glaubte, erfrieren zu müssen. Wärme fand er nur bei Elsa. Sie war einfach alles. Glück, Zärtlichkeit, Leidenschaft. Sie war sein Leben.

»Gut, wir sehen uns noch ein letztes Mal.« Er sagte es wider besseres Wissen und wusste, wie falsch es war, noch bevor er den Satz beendet hatte. »Vielleicht hilft es uns beiden.«

Er trennte die Verbindung. Alles Weitere würden sie per SMS ausmachen, so wie sie es immer gehandhabt hatten im Laufe des letzten Jahres.

In der offenen Balkontür blieb er stehen und schaute zum Bett. Hanna schlief immer noch ruhig und fest. Erik starrte sie an. Er wollte sie anschreien, sie schütteln, ihr klar machen, wie wenig er diese Reise wollte. Doch er konnte es nicht. Wie denn auch? Schließlich war es seine Idee gewesen, aus Stockholm zu verschwinden. *Er* hatte gesagt: Komm, Schatz, wir lassen alles hinter uns!

Vielleicht hatte er geglaubt, auf diese Weise vor seiner Schuld weglaufen zu können. Nur dass er dabei vergessen hatte, dass Hannas Augen ihn jeden Tag daran erinnern würden, egal wie weit sie fuhren.

*

Niclas sah den Lichtstreifen unter der Tür und wusste, dass Pelle noch las. Er hätte einfach in sein Zimmer gehen können, schließlich war er hundemüde und konnte seit Stunden nur daran denken, endlich zu schlafen. Siv hatte noch ziemlich lange in der Küche herumgewuselt und ihn damit aufgehalten. Einerseits war er ihr wirklich dankbar für ihre Hilfe, andererseits hatte er kaum noch aus den Augen schauen können vor Erschöpfung. Irgendwann hatte sie bemerkt, dass er pausenlos gähnte, und war praktisch im selben Moment aufgebrochen.

Niclas klopfte kurz, bevor er Pelles Zimmer betrat. Im selben Moment bereute er, dass er nicht doch gleich zu Bett gegangen war, denn Pelle bedachte ihn mit einem Blick, der an Giftigkeit nicht zu überbieten war. Niclas tat so, als betrachte er die Poster an den Wänden, während Pelle die Fußballzeitschrift weglegte, in der er gelesen hatte und sich kurzerhand schlafend stellte.

Niclas ging seufzend zu ihm und setzte sich auf die Bettkante, direkt neben den großen Koalabär, der seit Pelles Kindergartenzeit das Kopfkissen bewachte.

»Pelle.« Er strich seinem Sohn vorsichtig über das Haar und war dabei wie immer von vagem Erstaunen erfüllt, weil es sich so weich anfühlte, obwohl es doch so unglaublich störrisch aussah. »Pelle, es wird bestimmt alles gut.«

Pelle gab keine Antwort. Er hatte sich zusammengerollt, die Arme vor der Brust verschränkt und die Augen zugekniffen. Jeder Zoll seines Körpers signalisierte unversöhnliche Ablehnung.

Niclas gab es für diesmal auf und knipste das Licht aus. Leise verließ er das Zimmer.

Pelle wartete exakt so lange, bis die Tür ins Schloss gezogen worden war. Dann nahm er sein Kopfkissen und schleuderte es mit wütendem Schwung gegen die Tür.

»Ich hasse Stockholm!«, schrie er mit überkippender

Stimme. Anschließend wartete er mehrere atemlose Sekunden lang. Doch es passierte nichts. Sein Vater kam nicht zurück.

*

Jan ging quer über den noch taufeuchten Rasen auf Lotta zu. Sie war dabei, Gartenstühle zu stapeln, und schaute ihm gereizt entgegen.

»Guten Morgen, meine Sonne!« Jan gab sich aufgeräumter, als ihm zumute war. Er half ihr beim Stapeln der Stühle und zwinkerte Lotta vergnügt zu, obwohl ihm jede Bewegung unangenehm war. Sein Rücken plagte ihn schon seit dem Aufstehen.

Was sie wohl täte, wenn er sie fragte, ob sie ihn massieren könnte, so wie früher? Wahrscheinlich würde sie ihm eine scheuern, folglich ließ er es lieber sein.

»Was machst du so früh hier?«, fragte Lotta.

»Ich wollte nur sehen, ob ich was helfen kann.«

Sie deutete wortlos auf die Mädchen, die im Begriff waren, die übrigen Stühle zusammenzutragen und dic Tische für das Frühstück einzudecken.

Verzieh dich, schienen ihre Augen zu sagen.

So schnell gab Jan nicht auf. »Aber die Tische … dafür braucht ihr einen Mann.«

»Danke, aber wir haben alles im Griff. Das machen nachher Sven und Olav.«

»Willst du mir damit sagen, dass ich hier überflüssig bin?«

»Indirekt ja.« Sie wandte sich ab, nicht ohne ihm vorher einen unwilligen Blick zuzuwerfen.

Jan warf die Arme hoch und stapfte kommentarlos davon. Anscheinend gefiel es ihr, ihn wie einen Fußabtreter zu behandeln. Es war sein Problem, dass er sich das immer wieder gefallen ließ. Er musste ja nicht hinter ihr herrennen, oder?

Wütend sagte er sich, dass er lieber damit aufhören sollte, bevor er sich vor aller Welt zum Trottel machte.

Siv kam von der Veranda in den Garten, leichtfüßig und lieblich wie eine etwas zu groß geratene Elfe. Sie trug ihre üblichen Jeans und dazu ein fliederfarbenes Top, das ihren rosigen Teint unterstrich.

Jan war wie immer hingerissen von seiner Tochter. Immerhin hatten Lotta und er da gemeinsam etwas zustande gebracht, das weit und breit seinesgleichen suchen konnte.

»*Hej*, Papa!« Sie küsste ihn auf die Wange. »Du bist ja früh unterwegs! Ich will zwei Amerikaner abholen, hast du Lust, mitzukommen?«

Jan deutete auf seinen Wagen. »Ich muss in die Stadt fahren. Keine Zeit.«

Er machte Anstalten, die Fahrertür zu öffnen, doch Siv hielt ihn zurück. »Warte, Papa. Ich muss mit dir reden.«

Als er sich fragend zu ihr umwandte, schaute sie verlegen zu Boden. »Ich … Ich denke schon länger über etwas nach.« Sie zögerte, dann sagte sie schnell: »Möglicherweise will ich mein Geschäft verkaufen. Könntest du dir vorstellen, dass es eventuell dafür einen Interessenten gibt?«

Jan musterte sie fassungslos. »Das verstehe ich nicht! Die Taxiboote sind doch das, was du immer haben wolltest!« Er schüttelte ungläubig den Kopf. »Ich meine … Du hast so viel Geld und Energie da reingesteckt – wieso willst du plötzlich verkaufen?«

Sie zuckte die Achseln. »Man wird ja wohl noch darüber nachdenken dürfen, oder?« Leichthin setzte sie hinzu:

»Ich bin schließlich noch keine dreißig. Wer weiß, vielleicht will ich ja auch mal was ganz anderes machen!«

Jan runzelte die Stirn, halb beunruhigt, halb amüsiert. Sie war nicht nur keine dreißig, sondern nicht einmal fünfundzwanzig, und wahrscheinlich würde sie in ihrem Leben noch viele Dinge tun, von denen sie jetzt überhaupt noch nichts ahnte. Aber die Wassertaxis waren immer ihre fixe Idee gewesen, sie hatte schon in der Schule davon gesponnen, Lasse Nilssons alte Boote wieder flottzumachen. Und das hatte sie geschafft. Sie hatte es sogar besser hingekriegt, als Jan erwartet hatte. Und die ganze Mühe nur, um jetzt alles wieder hinzuschmeißen? Was war los? Reizte es sie deshalb nicht mehr, weil es zu gut lief? War sie einer von den Menschen, die immer neue Herausforderungen brauchten? Jan fragte sich, wie gut er seine Tochter eigentlich kannte.

Eins war jedoch klar. Sie war ein erwachsener Mensch mit eigenen Wünschen und eigenen Ideen, und was immer sie vorhatte – er würde es respektieren.

Er wollte es ihr gerade sagen, aber sie war bereits in Richtung Steg davongeeilt. Achselzuckend stieg Jan in seinen Wagen, um in die Stadt zu fahren.

Auf dem Weg zu ihrem Boot merkte Siv, dass der blonde Typ in dem angeberisch teuren Segelclub-Pulli auf sie gewartet haben musste. Er stand auf dem Steg und blickte ihr Hilfe suchend entgegen.

»*Hej*«, sagte er. »Gut, dass ich Sie treffe. Ist es vielleicht möglich, hier ein Motorboot zu mieten?«

»Klar, kein Problem.« Sie überlegte, wie er hieß. Es dauerte einen Moment, bis es ihr wieder einfiel. Bellmann, Erik Bellmann. Er und seine Frau waren gestern im *Solros* abgestiegen, und ihre Yacht lag mit einem Motorschaden drüben in der Werft.

»Eines meiner Boote halte ich für solche Gelegenheiten immer frei. Wann brauchen Sie es denn?«

»Am liebsten gleich.« Er schaute sich angelegentlich um. »Es ist so ein herrlicher Morgen.«

Sie musterte ihn mit beiläufigem Interesse. Wenn sie sich nicht sehr täuschte, war dieser Erik Bellmann ziemlich nervös.

»Kommt Ihre Frau mit?«, fragte Siv ein wenig hinterhältig.

Er schüttelte den Kopf. »Hanna will sich ein wenig den Ort ansehen.«

Das klang in Sivs Ohren reichlich fromm, doch wer war sie, dass sie sich in fremde Angelegenheiten mischte. Hauptsache, die Kasse stimmte. Sie würde ihn auf eines ihrer Boote setzen, und der Rest war seine Sache. Behände sprang sie an Deck und wartete darauf, dass er ihr folgte.

*

Hanna hatte den kleinen Ort rasch erkundet. Es war ein überschaubares, ein wenig verschlafen wirkendes Städtchen, wie es viele in den Schären gab, mit netten kleinen Geschäften und Souvenirshops.

Vor einem Schaufenster blieb sie wie angewurzelt stehen und starrte die Auslage an, bis sie merkte, dass sie es keine Sekunde länger ertrug. Dann erst schloss sie die Augen.

Es war immer dasselbe, wenn sie an einem Laden vorbeikam, in dem es Spielsachen und Kleidung für Babys gab. Sie konnte nicht anders, als stehen zu bleiben, hineinzustarren und sich vorzustellen, ob sie dieses oder jenes für ihr kleines Mädchen hätte kaufen mögen.

Der Hals tat ihr weh, weil sie ein ums andere Mal so heftig schlucken musste, dass sie kaum Luft bekam. Aber sie weinte nicht.

»*Hej*«, sagte eine überraschte Stimme hinter ihr. Es war Jan.

Hanna drehte sich um, langsam, damit er den Aufruhr in ihrem Gesicht nicht bemerkte.

»*Hej*«, sagte sie gefasst.

Er hielt ein Päckchen hoch. »Ich habe schon mal paar Teile für Ihr Boot besorgt.«

»Wann können wir fahren? Wissen Sie das schon?«

»Sie haben es aber verdammt eilig, hier wegzukommen.« Er zwinkerte. »Man könnte meinen, Sie hätten was angestellt.« Er war schon im Begriff, weiterzugehen, als ihm noch etwas einfiel. »Kommen Sie doch mal in der Werkstatt vorbei und leisten Sie mir ein bisschen Gesellschaft.« Er blinzelte ihr erneut zu, diesmal eindeutig charmant.

Alter Schwerenöter, dachte Hanna amüsiert.

»Ich komme gern, wenn ich Sie nicht von der Arbeit ablenke.«

»Oh, aber ich *liebe* es, mich ablenken zu lassen!«

Im Weggehen lachte er sie über die Schulter hinweg an und sah dabei keinen Tag älter aus als dreißig. Na ja, vielleicht vierzig. Hanna konnte sich plötzlich sehr gut vorstellen, warum Lotta so sauer auf ihn war.

Sie lächelte in sich hinein, während sie weiterschlenderte. Dem Schaufenster mit den Babyartikeln gönnte sie keinen weiteren Blick. Die kurze Begegnung mit Jan hatte sie nicht nur auf andere Gedanken gebracht, sondern ihr auch emotional gut getan. Er war ein netter alter Bursche, Lotta sollte es sich gut überlegen, ob sie ihn weiter zappeln ließ.

An der nächsten Ecke blieb sie verdutzt stehen, denn auf der gegenüberliegenden Straßenseite sah sie Niclas aus einem Geschäftshaus kommen. Er war in Begleitung einer elegant gekleideten Frau Mitte vierzig.

»Was denken Sie, Frau Hellberg?«, hörte Hanna ihn sagen.

»Das Haus dürfte kein Problem sein«, antwortete die Frau. »Es ist in einem sehr guten Zustand, und der Garten ist perfekt. Die Praxis ...« Sie zögerte und warf einen Blick zurück auf das Geschäftshaus. »Die jungen Ärzte arbeiten lieber in Stockholm.« Sie wandte sich wieder Niclas zu. »Sie sind doch auch nach Stockholm gegangen.«

»Sicher.« Seine Stimme klang abweisend. »Aber nicht, um zu praktizieren.«

Er schaute hoch, und Hanna empfand es wie einen elektrischen Schlag, als sich ihre Blicke trafen. Sein Lächeln war eine Offenbarung für sie, es war, als ginge auf seinem Gesicht die Sonne auf. Hanna spürte eine eigenartige Schwäche in ihren Kniekehlen.

»*Hej*«, sagte sie mit zittriger Stimme, während sie über die Straße auf ihn zuging.

»Dann will ich mich mal verabschieden, Herr Doktor Söderlind.« Falls die Frau – offensichtlich war es eine Maklerin – irritiert war, so ließ sie es sich nicht anmerken. »Sie hören in den nächsten Tagen von mir.«

»Wiedersehen, Frau Hellberg.«

Er hatte nur noch Augen für Hanna. »Sagen Sie, wollten Sie mich besuchen, oder ist es etwa wieder ein Zufall?«

»Nicht ganz. Ich suche einen Arzt, der mir noch ein paar Rezepte ausstellt. Ich fürchte, ich habe einige Medikamente zu wenig in unserer Bordapotheke. Aber wie ich sehe, haben Sie Ihre Praxis aufgegeben.« Sie deutete auf das Schild neben dem Eingang. Es war mit Leukoplast abgeklebt, aber der Name war noch darunter zu erkennen. *Doktor Niclas Söderlind.*

Er hob die Schultern, es sollte vermutlich lässig wirken, aber Hanna spürte seine Anspannung.

»Ich habe jetzt eine Stelle in Stockholm, im Gesundheitsministerium.«

Ohne besondere Absprache hatten sie sich in Bewegung gesetzt und schlenderten gemeinsam die Straße entlang.

»Kann man das denn?«, wollte Hanna wissen. »Ich meine, fehlen Ihnen denn die Patienten nicht? Der persönliche Umgang mit den Menschen?«

Ein Hauch von Verschlossenheit glitt über sein Gesicht. Mit einer abrupten Bewegung schob er die Hände in die Hosentaschen. »Der Job im Ministerium war eine einmalige Chance. So etwas lehnt man nicht ab.«

Eine Gesprächspause entstand, und Hanna hatte den deutlichen Eindruck, dass sie einen wunden Punkt berührt hatte. Er war verletzt worden, etwas Schlimmes war ihm zugestoßen. Sie wusste es plötzlich so deutlich, als hätte er es ihr erzählt.

Es war ein leiser Schock für sie, mit einem Mal diese besondere Wahrnehmung bei einem anderen Mann zu erleben. Er war nicht Erik, war nicht ihr Ehemann. Aber sie konnte fühlen, was er empfand.

Hanna nahm sein Angebot, sie zum Hotel zurückzufahren, bereitwillig an. Im Wagen wurde sie sich mehr und mehr der wachsenden Spannung zwischen ihnen bewusst. Hanna kam sich vor wie im Auge eines Orkans. Hin und wieder bedachte Niclas sie mit Seitenblicken, die blankes Chaos in ihr auslösten. Die Art, wie er sie ansah, hatte mit bloßer Sympathie nicht mehr viel zu tun. In seinen Augen stand genau das, was sie selbst spürte: ständig wachsende Faszination und eindeutiges körperliches Verlangen.

»Und Sie ziehen jetzt also nach Stockholm?«, fragte sie,

in dem kläglichen Bemühen, die aufgeladene Atmosphäre durch Reden zu entspannen. »Werden Sie das alles hier nicht vermissen?«

»Für Pelle wird es schwer werden«, gab er zu. »Zumindest am Anfang. Aber ich bin sicher, er wird sich daran gewöhnen.«

»Und Sie? Wird es *Ihnen* schwer fallen?«

»Ach, die Großstadt hat etwas für sich.« Er schwieg ein paar Augenblicke, dann schüttelte er den Kopf und fuhr leise fort: »Sie haben Recht. Es fällt mir schwer, hier wegzugehen.«

Er schaute sie an, und diesmal lag offene Traurigkeit in seinem Blick. »Ich zeige Ihnen, warum.« Hinter der nächsten Biegung hielt er an. »Kommen Sie, dann werden Sie es verstehen.«

Sie stiegen aus und erklommen die steinerne Anhöhe neben der Straße. Als sie oben angelangt waren, blieben sie stehen.

»*Das* werde ich vermissen«, sagte Niclas einfach.

Vom Scheitelpunkt der felsigen Höhe aus war der Blick atemberaubend. Die weite Schärenlandschaft erstreckte sich vor ihren Augen bis zum Horizont, nichts als Wälder, Wasser und grüne Inseln. Hanna wagte kaum Luft zu holen, so überwältigt war sie von dem Anblick. Es war nicht einfach nur die schöne Aussicht, die sie in Bann schlug, sondern etwas anderes, das tiefer ging als nur die Freude an der Landschaft. Im nächsten Augenblick wurde Hanna gewahr, dass sie längst nicht mehr über die Schären schaute, sondern wer weiß wie lange nur Niclas angestarrt hatte. Sie schluckte und wandte sich ab, um zu einer höher gelegenen Felsformation zu gehen, wo sie sich auf einem kleinen Plateau niederließ.

»Und Ihre Frau?« Hanna bemühte sich um einen lockeren Konversationston. »Was sagt sie zu Ihrer Entscheidung?«

Er setzte sich neben sie. »Meine Frau?«, wiederholte er seltsam tonlos. »Sie ist vor zwei Jahren gestorben.«

Hanna war schockiert. »Das tut mir Leid«, stammelte sie. »Ich ... Ich wusste das nicht ... Ich dachte ...« Sie verstummte. Er würde sich wohl kaum dafür interessieren, was sie dachte.

»Nein, nein«, sagte er eilig. »Sie konnten es ja nicht wissen!« Er stockte und bewegte unruhig die Hände. »Aber eigentlich ist sie der Grund, warum ich von hier weg möchte. Hier erinnert mich zu viel an sie.«

Hanna hatte ihm schweigend zugehört. Er wollte vor seinen Erinnerungen davonlaufen. Genau wie sie.

Langsam wandte sie sich ihm zu und schaute ihn grüblerisch an. Dann stand sie rasch auf und ging ein paar Schritte, bevor sie sich wieder zu ihm umdrehte. »Und Sie glauben ...« Sie hielt inne, weil sie nach passenden Worten suchen musste. »Sie glauben, wenn man alles hinter sich lässt, wird es besser?«

Niclas hob erschöpft die Schultern. Er stand ebenfalls auf und trat neben sie. »Ich weiß es nicht. Vielleicht.« Ein zögerndes Lächeln huschte über sein Gesicht. »Vielleicht lernt man ja in einer neuen Umgebung neue Leute kennen ... Vielleicht Menschen wie Sie ...«

Mit klopfendem Herzen erwiderte sie sein Lächeln. »Aber wir kennen uns kaum.«

Das schien ihm für einen Moment die Laune zu verderben. Doch dann grinste er sie unvermittelt auf eine so unwiderstehliche Art an, dass ihr der Atem in der Kehle stockte.

»Wollen wir noch einen Kaffee trinken?«

Hanna lachte. »Kaffee?« Sie schaute sich um, kilometerweit nur Felsen, Wasser und Bäume. »Hier?«, fügte sie kichernd hinzu.

»Ich weiß, wo es den besten Kaffee weit und breit gibt«, erklärte Niclas im Brustton der Überzeugung.

»Dann gern.«

Er fasste sie beim Arm, und gemeinsam gingen sie über den felsigen Hang hinab zur Straße.

*

Wie ein Café sah das Haus, vor dem sie hielten, wirklich nicht aus. Hanna wusste sofort, dass er dort wohnte. Langsam stieg sie aus, und während sie es hingerissen betrachtete, fühlte sie sich an zahlreiche Märchen aus ihrer Kindheit erinnert.

Alte Bäume, wild wuchernde Grasflächen und dicke Felsbrocken bildeten den Rahmen für ein nicht sonderlich großes Holzhaus, das mit seinem roten Anstrich, den weiß lackierten Fensterrahmen und dem tief gezogenen Dach ein malerischer Blickfang inmitten der urtümlichen Umgebung war. Weiter hinten in Richtung Wasser stand ein weiteres Haus, kleiner als das erste, aber ebenso gepflegt. Wahrscheinlich wurde es, wie auf dem Land üblich, als Sommerhaus genutzt.

Befangen folgte sie Niclas ins Haus, wo er in der Wohnküche Kaffee zubereitete, während sie am Tisch saß und aus dem Fenster schaute. Von hier aus hatte man eine fast ungehinderte Aussicht über den Sund. Die Küche war mit ihren hellen, teilweise verschrammten Holzmöbeln und dem blank geschrubbten Schiffsparkett ein Raum, dem man ansehen konnte, dass sich ständig Menschen darin aufhielten. Es war gemütlich hier, aber auf eine unprätentiöse, praktische Art. Hanna fühlte sich auf Anhieb wohl.

Hin und wieder wanderten ihre Blicke zu den Gegenständen, die der Küche einen persönlichen Anstrich gaben. Es waren Erinnerungsstücke, wie sie in nahezu jedem Haushalt zu finden sind. Eine kleine Sammlung ungefüger, aber farbenfroher Steine auf dem Bord über der Anrichte, ein paar Keramikteller aus Italien, ein liebevoll mit Blumenmotiven bemaltes Holzkästchen, in dem vermutlich Zwiebeln aufbewahrt wurden. Auf der Fensterbank stand neben einer üppig wuchernden Topfpflanze ein selbst gebasteltes Schiff, und an der Kühlschranktür waren Fotos festgepinnt. Hanna hatte vorhin im Vorbeigehen einen Blick darauf geworfen. Die meisten Bilder zeigten Pelle, vom Kleinkindalter bis heute, aber auf manchen war auch Niclas Frau zu sehen. Eine attraktive Blondine, die strahlend ihren Sohn auf dem Arm hielt und in die Kamera lachte. Ein anderes Bild zeigte sie zusammen mit Niclas, der sie umarmte und ihr einen verliebten Kuss auf die Wange gab.

Niclas brachte den Kaffee, der sich in einer ungewöhnlichen Kanne befand, ein orientalisch aussehendes Gefäß mit einem langen Griff. Hanna war fasziniert, vor allem vom Geruch des Kaffees. Niclas schenkte zwei Tassen voll und schob ihr eine hin.

Hanna griff nach der Zuckerdose, doch Niclas gebot ihr mit einer Geste Einhalt. »Zucker ist schon drin.«

Hanna kostete und verzog das Gesicht, befremdet von dem ungewöhnlichen Geschmack. Im nächsten Moment lächelte sie, überrascht von dem köstlichen Aroma.

»Schmeckt es Ihnen?«, wollte Niclas wissen.

»Ein bisschen fremd. Aber sehr gut. Was ist das?«

Niclas grinste. »Pottasche, Fischmehl ... « Als sie lachte, fuhr er fort: »Eine Prise Kardamom. Ein ganz klein wenig Muskat ... Und ein Stäubchen Zimt.«

Sie nahm noch einen Schluck. »Ein Märchen aus Tausendundeiner Nacht ...«

Er wurde tatsächlich ein wenig rot bei ihrem Lob. »Vor vielen Jahren war ich mal für ein paar Monate in Marrakesch, da habe ich einiges über das Kaffeekochen gelernt.«

Hanna warf einen begehrlichen Blick auf die Zimtschnecken*, die in einer Schale auf dem Tisch standen. Sie rochen beinahe ebenso gut wie der Kaffee und waren zweifellos selbst gebacken.

Sie hatte bereits die Hand ausgestreckt, um sich eine zu nehmen, als im nächsten Moment Pelle in die Küche platzte. Er hielt den achtlos zusammengerollten Drachen in der Hand und machte einen ausgesprochen wütenden Eindruck.

»*Hej*, Pelle. Wir haben Besuch!«

Pelle würdigte Hanna kaum eines Blickes.

»Moment mal!« Niclas stand vom Tisch auf. »Das ist ja der Drachen! Was hast du damit vor?«

Pelle schob mürrisch die Unterlippe vor. »Wegwerfen. Das Ding funktioniert überhaupt nicht.«

»Wieso hast du nicht gewartet, bis ich Zeit habe? Du kannst ihn doch nicht gleich wegwerfen!«

Hanna stand ebenfalls auf. »Darf ich mal sehen?« Sie nahm Pelle den Drachen aus der Hand. »Also ich kenne das. Diese Drachendinger sind wirklich immer ganz schön kompliziert.«

Sie schob die Tassen an den Rand des Tisches, damit sie den Bausatz ausbreiten konnte.

Während Niclas die Gebrauchsanleitung aus der Verpackung fischte und sie mit verständnislos gekrauster Stirn

* Kanelbullar (Schwedische Zimtschnecken) – Rezept siehe Anhang

studierte, legte Hanna geschickt die einzelnen Drachenteile zusammen.

»Der Trick ist, mit den kurzen Stäben anzufangen«, erklärte sie. »Suchst du die mal raus?«

Pelle reichte ihr die biegsamen Metallstäbe, und Hanna schob sie flink in die dafür vorgesehenen Laschen. »Dann hat man nämlich schon die Spitze, schau.«

Pelle war sichtlich angetan. »Hm, so könnte das gehen.« Aufmerksam verfolgte er Hannas Handgriffe, während sein Vater hinter ihm immer noch mit der Gebrauchsanleitung haderte.

»He, das ist ja super einfach!« Überrascht sah Pelle zu, wie unter Hannas Händen aus einem Stück bunter Plastikplane und etlichen Stäben ein flugfähiger Drachen entstand.

»Ich glaube, ich weiß jetzt, wie es funktionieren könnte«, meldete sich Niclas.

Pelle deutete auf den Tisch. »Etwa so?« Er grinste seinen Vater frech an, bevor er sich wieder Hanna zuwandte. »Haben Sie auch einen Sohn?«

Hanna presste kurz die Lippen zusammen, während sie den Kopf schüttelte und den Drachen endgültig zusammensteckte.

Anschließend hatte sie nichts dagegen, ihn gemeinsam mit Pelle auf der großen Wiese hinterm Haus auszuprobieren.

Der Drachen tanzte perfekt in der Luft, ein leuchtendes Viereck aus Rot, Lila und Schwarz mit einem wirbelnden, feuerroten Schwanz. Pelle hielt die Griffe und zog abwechselnd an den beiden Nylonschnüren, ließ den Drachen mal zur einen, mal zur anderen Seite einen Salto schlagen. Er hatte beinahe sofort das Prinzip begriffen, brauchte nur noch ein bisschen Starthilfe. Hanna stand hinter ihm, die

Knie gebeugt, damit sie mit ihm auf Schulterhöhe war. Die Arme zu beiden Seiten um ihn herum ausgestreckt, griff sie hin und wieder lenkend ein und demonstrierte ihm die richtige Zugstärke.

Pelle lachte und ließ einen begeisterten Aufschrei hören. »Guck mal, fliegt er nicht toll?«

Hanna runzelte die Stirn, noch nicht ganz zufrieden. »Eigentlich ist er noch ein bisschen zu schwer.«

»Aber er *fliegt*! Papa hätte das nie hingekriegt!«

Hanna warf aus den Augenwinkeln einen Blick zu Niclas hinüber, der es sich auf einem der Findlinge in der Nähe des Ufers bequem gemacht hatte und ihnen aufmerksam zuschaute.

»Ach was«, meinte sie. »Er ist vielleicht ein bisschen aus der Übung, weiter nichts. Immerhin wollte er ihn doch mit dir zusammenbauen.«

»Wollte er nicht«, widersprach Pelle. »Er hat ihn mir bloß mitgebracht, weil ich nicht umziehen will.«

Sie trat einen Schritt zur Seite und stützte sich mit den Händen auf ihren Knien ab, ihre Augen auf einer Höhe mit seinen. »Magst du Stockholm nicht?«

Pelle schüttelte den Kopf. »Papa mag es auch nicht. Aber er will auch nicht mehr hier sein.«

Hanna schaute in das bockige kleine Gesicht, und sie fühlte beinahe körperlich seine Angst und seinen Widerwillen vor dem unbekannten Leben außerhalb seiner kleinen Welt. Sie zeigte ihm, wie der Drachen einen Doppelsalto schlagen konnte, das schien ihn von seinem Kummer abzulenken.

Niclas, der etwa dreißig Meter entfernt auf dem Felsen hockte, hatte die Hände um ein angezogenes Bein geschlungen und konnte seine Blicke nicht von dem Bild wenden, das sich ihm bot.

Hanna und sein Sohn rannten ausgelassen hin und her und versuchten, dem Drachen auf diese Weise mehr Drive zu verpassen. Ihre vergnügten Schreie schallten über die Wiese und brachten ihm zu Bewusstsein, wie lange hier draußen nicht gelacht worden war. Wann hatte er überhaupt das letzte Mal seinen Sohn laut lachen hören?Hanna sah verführerisch aus mit ihren wehenden kurzen Locken und ihrer biegsamen Gestalt. Ihr weit ausgeschnittenes Top ließ den Ansatz ihrer vollen Brüste sehen, wenn sie sich vorbeugte, ein Anblick, der Niclas auf eine Art in Bann zog, wie er es ziemlich lange nicht gespürt hatte.

Als hätte sie gemerkt, wie eingehend er sie beobachtete, kam sie auf ihn zugerannt und kletterte den Felsen hoch, um sich neben ihn zu setzen. Atemlos und erhitzt schaute sie ihn an und lachte mit blitzenden Zähnen. Ihre Wangen waren von der Anstrengung gerötet, und auf ihrer Oberlippe standen kaum sichtbare Schweißperlen. Unter der linken Augenbraue hatte sie einen kleinen Leberfleck, eine sympathische Unvollkommenheit, die ihn auf magische Weise anzog.

Niclas wandte hastig seine Blicke ab, weil er fürchtete, sie sonst allzu aufdringlich anzustarren. Dennoch war er sich mit jeder Faser seines Körpers ihrer Anwesenheit bewusst. Seine Hände zuckten in dem Verlangen, sie zu berühren. Sie auf irgendeine Weise anzufassen, und wenn es nur seine Hand auf ihrer Schulter wäre.

Hanna deutete auf Pelle. »Er macht das gut!«

Niclas lachte. »Kein Wunder, er hatte ja auch kompetente Hilfe!«

Er schaute sie von der Seite an. »Aber es gäbe da noch mehr zu tun. Beispielsweise eine elektrische Eisenbahn, die ihren Geist aufgegeben hat.«

Hanna kicherte. »Wenn ich das nächste Mal da bin, kann ich's mir ja mal angucken.«

Sie hatte es kaum ausgesprochen, als sie auch schon begriff, dass es vielleicht gar kein nächstes Mal geben würde. Verlegenes Schweigen breitete sich zwischen ihnen aus.

»Vor oder nach Neuseeland?«, fragte Niclas leise.

»Das Boot ist sicher morgen fertig«, entgegnete sie ebenso leise.

Ihre Blicke verhakten sich ineinander. Niclas hielt die Luft an, als er den winzigen Puls an ihrer Kehle flattern sah. Er hielt es keine Sekunde länger aus. Ruckartig stemmte er sich hoch und sprang von dem Felsen ins Gras. Hanna folgte ihm etwas langsamer, und unwillkürlich streckte er beide Hände aus, um ihr zu helfen. Sie trat auf einen losen Stein und rutschte aus, und im nächsten Augenblick lag sie in seinen Armen. Er hielt sie an seine Brust gedrückt und spürte zum ersten Mal ihren Körper, roch den Duft ihrer Haut, fühlte ihre hastigen Atemzüge dicht an seinem Hals und die seidige Konsistenz ihres Haars an seiner Wange. Er merkte, wie sie erschauerte, und um ein Haar hätte er seinen Mund auf die zarte Stelle gepresst, wo ihr Hals in die Schulter überging.

Stattdessen schaute er sie nur an, fragend und verstört. Es war, als hätte die Welt in genau diesem Moment aufgehört, sich zu drehen, um sich dann plötzlich und mit ungehinderter Wucht in eine völlig neue Richtung weiterzubewegen.

»Warum willst du nach Neuseeland?«, fragte er mit rauer Stimme.

In ihren Augen stand Verzweiflung, und ihre Lippen bewegten sich, als suche sie nach Worten. Ein Schatten huschte über ihr Gesicht, während sie sich abwandte und rasch sagte: »Ich muss los, Erik wartet.«

Sie löste sich von ihm und eilte hinüber zu Pelle, um ihm beim Zusammenrollen des Drachens zu helfen.

Anschließend gingen sie alle drei gemeinsam zurück zum Haus.

*

Hanna hatte geglaubt, dass das Chaos in ihrem Kopf nicht mehr zu steigern wäre, doch sie hatte sich getäuscht. Als sie Siv auf der Terrasse sitzen sah, fühlte sie sich schlagartig noch desolater als vorher. Um ihre Gemütsverfassung war es ein paar Augenblicke später dann vollends geschehen, als Siv aufstand und einen Küchenprospekt schwenkte. »*Hej*, Niclas! Ich habe uns ein paar Möbelkataloge bestellt! Guck mal, da sind echt tolle Küchen drin! Warte mal!« Sie fing an, vor seiner Nase die Seiten umzublättern. »Da! Die hier müsste dir gefallen!«

»Ah ja«, meinte Niclas geistesabwesend. »Gibt's noch Kaffee?«

»Klar.« Siv wandte sich Hanna zu. »Möchten Sie auch einen?«

»Nein danke, ich wollte gerade gehen.« Beklommen schaute sie Siv nach, die durch die Terrassentür in die Küche ging. Anscheinend fühlte sie sich ganz zu Hause hier. Sie bestellte Möbelprospekte, kochte Kaffee und ging mit einer solchen Selbstverständlichkeit ins Haus, als gehörte sie hierher. Vermutlich hatte sie auch die Plätzchen gebacken und die vielen Topfblumen zum Haushalt beigesteuert. Lotta hatte ihr erzählt, dass Siv den so genannten grünen Daumen besaß und sich hingebungsvoll um alles kümmerte, was im *Solros* in Kübeln und Töpfen grünte und blühte.

Niclas riss sie aus ihren Gedanken. »Wir sehen uns doch noch mal, oder?«

»Ich weiß nicht. Spätestens übermorgen bin ich nicht mehr da.« Hanna zögerte, weil der Abschied ihr plötzlich so schwierig erschien. Alles in ihr weigerte sich, ihn einfach hier stehen zu lassen. Aber drüben im Haus war Siv, es war ja nicht so, als wäre er allein.

Hanna holte Luft. »Danke für den Kaffee.«

Er nahm ihre Hand und hielt sie fest, während er sich vorbeugte und sie auf die Wange küsste. Sie spürte seine Nähe mit derselben Intensität wie vorhin bei den Felsen, und unwillkürlich strebte sie ihm entgegen wie eine Blume der Sonne, nur eine Winzigkeit, um den Druck seiner Lippen auf ihrer Haut länger auskosten zu können.

Niclas ließ ihre Hand los und suchte ihre Blicke, und in der nächsten Sekunde beugte er sich entschlossen vor, um sie auf den Mund zu küssen. Seine Lippen waren nur einen Hauch von den ihren entfernt, als sie zurückzuckte und ihn entsetzt anstarrte.

Um Himmels willen, was tat sie eigentlich hier? War sie verrückt geworden? Sie war drauf und dran, sich in diesen Arzt zu verknallen, und das am Vorabend einer Weltumseglung mit ihrem Mann, der ihr versprochen hatte, alles zu tun, um ihre Ehe zu retten!

»Wiedersehen«, sagte sie mit abgewandtem Gesicht, bevor sie mit schnellen Schritten über den Rasen in Richtung Straße davonging.

Siv kam mit einer Tasse Kaffee aus dem Haus und reichte sie Niclas. Sie sah Hanna zwischen den Bäumen verschwinden und seufzte. »Sie ist wirklich zu beneiden. Alles stehen und liegen lassen und einfach abhauen … Ein Jahr um die Welt segeln, mit einem Mann, den man liebt … Sie muss richtig glücklich sein.«

Niclas hatte ihr den Rücken zugekehrt. Er wollte nicht, dass sie sein Gesicht sah. Etwas von dem heißen Kaffee schwappte über und verbrannte seine Hand. Er achtete nicht darauf, denn es tat lange nicht so weh wie der Augenblick, in dem sie gegangen war.

*

Erik fragte sich, ob sie die Stelle finden würde. Er hatte es ihr beschrieben, aber hier in der Gegend gab es so viele zerklüftete kleine Buchten, von denen eine aussah wie die andere. Er ging vom Steg ein Stück am Ufer entlang, kletterte ein geducktes, blank gescheuertes Felsmassiv hinauf und betrachtete die Gegend. Von hier aus hatte er sowohl das Ufer als auch die Straße im Blick. Die Hände in den Hosentaschen, stand er da und wartete. Er fragte sich, ob es Elsa hier gefallen würde. Wie Hanna hatte sie ein Auge für schöne Dinge, aber nicht auf dieselbe Art. Sie genoss es ganz anders als normale Menschen, wenn ihr etwas gefiel. Sie konnte sich mit solcher Intensität für neue Erfahrungen begeistern, dass sie jeden in ihrer Nähe mitriss. Erik versuchte, die Schären mit Elsas Augen zu sehen. Wenn die Sonne auf nackten Granit fiel, erzeugte sie einen zwischen schiefergrau und mattrosa changierenden Schimmer, während bei wolkenverhangenem Himmel alles Licht von dem steinigen Untergrund verschluckt wurde. Das strömende Wasser leuchtete bei Sonnenlicht so blau wie Lapislazuli, und an Regentagen schien es unter einem farblosen Schleier zu liegen. Zwischen lieblicher Helligkeit und abweisender Tristesse wechselnd, war dies ein Land der unterschiedlichsten Stimmungen. Elsa würde es mögen. Erik hörte das Geräusch eines näher kommenden Wagens, und im nächsten Moment sah er ihr Cabrio zwischen den Föhren unten an der Straße auftauchen. Elsa bremste abrupt, als sie seiner ansichtig wurde.

Sie stieg aus und ließ die Fahrertür offen stehen. Die Absätze ihrer Pumps klapperten auf dem Asphalt, als sie auf ihn zugerannt kam. Mit Tränen in den Augen warf sie sich in seine Arme und klammerte sich an ihm fest. Erik hielt sie umschlungen und vergrub sein Gesicht in ihrem Haar, dann suchte er ihre Lippen und küsste sie verlangend. Sie drängte sich ihm entgegen und erwiderte seinen Kuss mit zügelloser Leidenschaft. Erik stöhnte und hielt sie an sich gepresst, während er sich fragte, was um alles in der Welt er sich eigentlich dabei gedacht hatte, sie herzubestellen und sich dabei auch noch einzureden, es könne ihnen beiden nützen. Alles wurde nur schlimmer dadurch. Er würde sie gehen lassen müssen und sich hinterher wie ein Krüppel fühlen.

»Bleib bei mir«, flüsterte Elsa in seinen Hemdkragen.

Er schob sie ein Stück von sich weg, um sie betrachten zu können. Trotz ihrer vom Weinen geschwollenen Augen war sie makellos schön mit ihrer porzellanhellen Haut, den großen dunklen Mandelaugen und dem pechschwarzen Haar. Sein Schneewittchen. Sie trug ein scharlachrotes, eng anliegendes Kleid und dazu passende Ohrklipse. Ihr Make-up war eine Spur zu dick aufgetragen, aber das tat ihren Reizen keinen Abbruch. Im Gegenteil, sie unterstrich damit nicht nur ihren Typ, sondern auch ihren Charakter. Sie wollte von allem immer zu viel, und sie nahm es sich, wenn sie es bekommen konnte. Sie wurde von einem inneren Feuer verzehrt, wie eine Rakete, die an beiden Enden zugleich brannte. Und wenn er sich an ihr festhielt, nahm sie ihn mit auf ihrem Überschallflug durchs Leben.

Seufzend drückte er ihren Kopf an seine Brust.

»Wieso nehmen wir nicht einfach das Boot und hauen ab?«, fragte sie hitzig. »Es passt einfach nicht zu Hanna, um die Welt zu segeln! Sie wollte immer nur eine Familie!«

Sie trat einen Schritt zurück. »Ihr habt noch nie richtig zusammengepasst! Du kannst doch nicht alles wegwerfen, nur, weil du Schuldgefühle hast!«

Erik verschränkte die Arme und schaute über das Land. Da, wo der felsige Untergrund in Grün überging, wiegte sich Strandhafer im Wind, in Eriks Augen ein passendes Symbol für seine eigene Orientierungslosigkeit.

»Sie braucht mich, Elsa. Sie war so verzweifelt!«

»Ich brauche dich auch!« Wütend ging sie ein paar Schritte von ihm weg und stieg über den steinig abfallenden Abhang in die kleine Senke zu ihrer Rechten hinab, ein wegen ihrer hohen Absätze mühseliges und nicht ganz ungefährliches Unterfangen. Erik folgte ihr besorgt und fragte sich, was er wohl tun würde, wenn sie hier zu Fall käme und sich den Knöchel verstauchte. Vermutlich würde es ihr gut in den Kram passen. Sie hatte unbestreitbar einen Hang zu dramatischen Aktionen. Zu allem Überfluss war genau das eine der Eigenschaften, die er an ihr so liebte. Man wusste nie, was sie im nächsten Moment tun würde. Das Leben mit ihr war wie eine Achterbahnfahrt, die nie endete.

»Andere Frauen haben auch ein Kind verloren«, sagte Elsa. »Sie wird darüber hinwegkommen.«

»Sie ist fast gestorben.« Erik brachte es kaum heraus. »Und ich war daran schuld!«

Sie fuhr zu ihm herum. »Hör endlich auf, dich zu quälen! Es war ein unglücklicher Zufall!« Sie nahm seine Hand und drückte sie gegen ihre Wange, sodass er die Feuchtigkeit von ihren Tränen spüren konnte. »Wenn Hanna wüsste, wo du wirklich gewesen bist ...«

»Sie weiß es aber nicht!« Er schrie es fast. »Und sie wird es auch nie erfahren!« Er ließ ihre Hand los und wandte sich ab. »Ich *kann* sie nicht verlassen.«

»Wieso bist du nur so feige?« Elsa schluchzte unterdrückt auf und drehte sich von ihm weg, die Arme fest um den Oberkörper geschlungen.

Erik schaute sie nur hilflos an. »Ich weiß nicht, ob ich feige bin. Vielleicht. Aber auf jeden Fall werde ich nichts tun, was Hanna noch mehr verletzen könnte.«

Langsam trat er hinter sie und umfing sie mit beiden Armen. Stumm drückte er sie an sich und lauschte voller Selbsthass ihrem trostlosen Weinen.

*

Jan legte den Hammer weg und stieg aus dem Boot, an dem er gerade die lockere Ruderbank befestigt hatte. Die *Miranda* dümpelte auf der anderen Seite des Stegs, und Hanna schaute sie düster an. So lange die fehlenden Ersatzteile nicht eintrafen, würden sie nicht auslaufen können.

Sie hockte vor einer Reihe rostiger Anker auf dem buckligen Felsufer und polierte mit Schleifpapier ein Stück Weichholz, das sie inmitten eines Stapels von Holzabfällen gefunden hatte.

Jan rieb sich mit einem Lappen die Finger ab und verteilte dadurch das Öl und den Dreck erst richtig. Sein Gesicht hatte auch ein paar Flecken abgekriegt, was seinen Charme aber nicht beeinträchtigte. Der Wind zauste sein kurzes Haar, und in seinen Augenwinkeln zeigten sich unzählige Lachfältchen, als er Hanna anstrahlte.

»Schön, dass Sie mir Gesellschaft leisten!«

Hanna griente. »Ich will nur, dass das Boot schneller fertig wird.«

Jan warf den Lappen auf einen Arbeitstisch, auf dem Dosen mit Farbe, Teer und Rostschutzmittel aufgereiht standen.

»Ich weiß übrigens, wer Sie sind, Hanna.«

Sie blinzelte verblüfft zu ihm hoch. »Ach ja?«

Er nahm eine Zeitschrift von einer alten Holzkiste. »Seite zwölf.«

»Ich weiß. Ich habe zu Hause ein Belegexemplar.«

Jan schlug die Zeitschrift auf und klopfte mit der Hand auf die Seite. »Hier. Erster Preis: Sofa *Vaxholm.* Design: Hanna Bellmann.« Er schaute sie bewundernd an. »Sie sind ja ein richtiger Star!«

»Ach was.« Halb geschmeichelt, halb verlegen spielte sie mit dem Holzstück herum. »Ich habe einen Preis bekommen. Das ist ganz schön, aber ...« Sie zögerte und zerknitterte ein Stück von dem Schleifpapier zwischen ihren Fingern. »Richtig wichtig fürs Leben ist das nicht.«

Jan ließ sich nicht beirren. »Gefällt mir aber, das Sofa. Haben Sie gut gemacht.«

Hanna zuckte mit den Achseln, und Jan fuhr fort: »Anscheinend sind Sie wirklich begabt. Können Sie es sich denn da leisten, einfach so ein Jahr lang wegzufahren? Wird sich im nächsten Sommer noch jemand an Sie erinnern?«

»Das will ich doch schwer hoffen.« Hanna ließ sich nicht anmerken, dass er einen wunden Punkt bei ihr berührt hatte. »Und außerdem ... Vielleicht mache ich dann ja auch was ganz anderes. Es gibt jede Menge interessante Dinge. Und manchmal braucht man eine neue Herausforderung.« Es klang trotzig, als wolle sie sich selbst überzeugen. Sie starrte auf das Holzstück in ihren Händen. Es war noch roh und unfertig, hatte aber bereits Gestalt angenommen, die Form einer schlanken Möwe. Zu ihren Füßen lag ein weiteres Stück Holz, länger und schmaler als dieses hier. Es würde einer der Flügel werden.

Jan betrachtete die Holzmöwe und wiegte den Kopf.

»Was anderes ... Hm.« Er warf die Zeitung auf den Tisch, nahm eine Zange von der Werkzeugbank und wandte sich wieder dem Boot zu. »Na dann mal los.«

Hanna bog das Schleifpapier zurecht und widmete sich wieder ihrer Möwe.

*

Im kleinen Salon neben der Hotellobby prasselte ein Feuer im Kamin. Hanna hatte es sich in einem der Sessel bequem gemacht und starrte in die Flammen.

Lotta brachte ein Tablett mit Tee und Sandwiches herein, das sie auf einem Sideboard abstellte.

»Na, wo sind Sie mit Ihren Gedanken?«

Hanna stützte ihr Kinn mit der Hand ab. »Irgendwo zwischen Australien und Neuseeland. Ich fragte mich gerade, ob wir tauchen lernen werden.«

Lotta reichte ihr eine Tasse Tee. »Das hätte ich damals wohl auch besser tun sollen.« Als Hanna fragend aufschaute, fuhr sie fort: »Mir den Wind um die Nase wehen lassen, statt hier Trübsal zu blasen.«

Sie ging vor dem Kamin in die Hocke und legte ein frisches Scheit ins Feuer. Die aufstiebenden Funken warfen zuckende Lichtreflexe auf ihr Gesicht, und Hanna sah, dass sich ein harter Zug um Lottas Mund eingegraben hatte. Sie wollte eine Frage stellen, besann sich aber. Was immer Lotta ihr erzählen wollte – sie würde es von sich aus tun.

Lotta richtete sich auf und blieb mit dem Rücken zum Kamin stehen. »Wissen Sie, es gab eine Zeit, da hat mein Mann mich betrogen, und ich habe sehr lange gebraucht, um mein Selbstbewusstsein wieder zu finden. Das war eine harte Zeit für mich.« Sie schwieg ein paar Sekunden, in unerfreulichen Erinnerungen versunken. Doch dann verlor sich ihr schwermütiger Gesichtsausdruck und wich einem entschlossenen Lächeln, während sie sich Hanna gegenüber in einen Sessel setzte.

»Sie wirken, als hätten Sie alles im Griff«, sagte Hanna vorsichtig. Sie nahm einen Schluck von dem heißen Tee und schaute Lotta abwartend an.

»Das habe ich auch.« Lotta lachte kurz auf, doch dann schüttelte sie den Kopf. »Dennoch – verzeihen kann ich ihm nie.«

»Es sieht aber so aus, als würde er Sie noch lieben.«

»Ja.« Lottas Blicke irrten ab. »Vielleicht liebe ich ihn auch noch. Aber was heißt das schon. Ich kann ihm nicht vergeben.« Es klang endgültig.

Aus der Halle waren Schritte zu hören, und ein paar Sekunden später betrat Erik den Salon. »Guten Abend!«

Lotta stand auf. »Guten Abend. Na, wie war der Ausflug mit dem Boot?«

»Hervorragend!«

In Hannas Ohren klang seine Begeisterung nicht ganz echt. Sie drehte sich nicht zu ihm um, sondern hielt sich an ihrer Teetasse fest wie an einem Rettungsanker.

Lotta verließ den Salon, und Erik trat zu Hanna und ging neben ihrem Sessel in die Hocke. Ihre Augen befanden sich auf gleicher Höhe, und er schaute sie eindringlich an, fast so, als wolle er ihr etwas Wichtiges mitteilen. Seine Hand lag hinter ihr auf der Sessellehne, und seine Finger trommelten in nervösem Stakkato auf dem Bezug herum.

Hanna las Verwirrung und Bedauern in seinen Augen. Für die Dauer eines Lidschlags glaubte sie auch, eine Spur von Widerwillen zu erkennen, doch das war natürlich Einbildung.

Sie beugte sich vor, stellte ihre Tasse auf dem Couchtisch ab und erhob sich. »Ich bin müde, ich gehe schlafen.«

»Ja, ich bin auch ziemlich erschossen. Ich muss noch eine Kleinigkeit essen, dann komme ich nach.«

Hanna eilte nach oben aufs Zimmer und lehnte sich mit dem Rücken gegen die Wand. Ihr Herz klopfte zum Zerspringen. Mit einem Mal fühlte sie bei der Aussicht, ein ganzes Jahr auf engstem Raum mit Erik zu verbringen, helle Panik. Verdammt, was war bloß mit ihr passiert?

Sie wusste es, als sie wie von Fäden gezogen zum Telefon ging und den Hörer nahm. Eine Macht, die stärker war als sie selbst, trieb sie dazu, die Nummer der Auskunft zu wählen.

»Guten Abend. Ich hätte gern die Nummer von Doktor Niclas Söderlind ....«

*

Pelle hatte sich vor dem Zubettgehen einigermaßen umgänglich gezeigt, zumindest hatte er weder herumgeschrien noch irgendwelche Gegenstände an die Wand geworfen. Fragte sich nur, wie er sich morgen verhalten würde, wenn es ans Packen ging. Niclas war entschlossen, es so schnell wie möglich über die Bühne zu bringen. Warum sollte er es länger hinausschieben? Damit tat er sich und vor allem Pelle keinen Gefallen. Je länger der Umzug wie ein Damoklesschwert über ihm schwebte, desto störrischer würde er sich aufführen. Lieber ein Ende mit Schrecken.

Niclas hatte eine Weile in den Möbelprospekten geblättert und fragte sich, ob Hanna wohl etwas davon mögen würde. Sivs Geschmack kannte er zur Genüge, sie stand auf edelstahlblitzende italienische Küchen, die aussahen wie eine Art futuristisches Chemielabor.

Hanna, das war ihm klar, hatte bei all ihrer Natürlichkeit einen absolut stilsicheren Geschmack. Man merkte es an vielen Kleinigkeiten, an der Art, wie sie ihr Haar trug, am Schnitt ihrer Kleidung, einfach an ihrer ganzen ungekünstelten Eleganz. Vor allem aber daran, dass sie in der Lage war, Schönheit hinter Dingen zu erkennen, die anderen Menschen keinen zweiten Blick wert waren, einfache Dinge wie Steine oder Bäume oder ein schlichtes selbst gemaltes Bild seines Sohnes. Sie mochte sogar seine alte, abgewetzte Küche mit den angeschlagenen Kacheln und den vielen Schrammen im Parkett. Zum Teufel, sie hatte auch ihn selbst gemocht, soweit die Bezeichnung *mögen* überhaupt passend dafür war. Es hatte derartig zwischen ihnen geknistert, dass man mit den Funken einen Waldbrand hätte entfachen können. Es war sogar Siv aufgefallen. Beim Abräumen des Kaffeegeschirrs hatte sie beiläufig gefragt, ob er diese Hanna Bellmann eigentlich attraktiv fand oder aus welchem anderen Grund er sie ständig so anglotzte?

Niclas hatte eine nichts sagende Bemerkung von sich gegeben und dabei schnellstmöglich das Weite gesucht.

Er klappte den letzten der Kataloge zu und stand auf, um die Spülmaschine auszuräumen. Dabei fiel sein Blick auf den Stuhl, auf dem sie heute gesessen hatte. Ihre Jacke hing noch dort über der Lehne.

Niclas starrte den dunkelblauen Blazer ungläubig an, als würde er sich im nächsten Moment in Luft auflösen, wenn er nicht Acht gab. Er stand auf, nahm die Jacke vorsichtig an sich und war mit einem Mal davon überzeugt, dass das Schicksal ihm einen letzten Trumpf zugedacht hatte. Vielleicht nicht unbedingt den Joker, aber eine gute Karte auf jeden Fall. Und er war wild entschlossen, sie heute noch auszuspielen.

Er vergaß die Spülmaschine und ging nach oben, um sich frisch zu machen.

Als er auf halber Treppe war, klingelte das Telefon. Er hob ab und meldete sich, doch es kam keine Antwort. Er lauschte dem schwachen Rauschen. »Hallo? Ist da jemand? Hallo!«

Nichts. Am anderen Ende der Leitung herrschte Schweigen. Niclas legte achselzuckend den Hörer auf.

*

Hanna presste den Hörer noch einen Moment gegen ihre Brust, bevor sie auflegte. Seine Stimme hatte alles wieder aufgewühlt. Ihre Hände zitterten, sie fühlte sich flau. Wenn sie nicht schon gewusst hätte, dass sie irgendwann im Laufe des Tages verrückt geworden sein musste – spätestens jetzt hätte sie es begriffen.

Als sie Erik das Zimmer betreten hörte, blieb sie von ihm abgewandt auf dem Bett sitzen. Es fehlte noch, dass er mitbekam, in welcher Verfassung sie sich befand.

»Du bist ja noch wach.« Er zog den Pulli aus und hängte ihn über einen Sessel.

Hanna stand auf. »Ich kann nicht schlafen, ich gehe noch ein paar Schritte.« Sie drückte sich hastig an ihm vorbei und schaute suchend im Zimmer herum. »Hast du meine blaue Jacke gesehen?«

Erik schüttelte den Kopf. »Soll ich dich begleiten?«

»Nein, nicht nötig. Ich will nur einmal kurz runter ans Wasser und dann wieder zurück. Bin gleich wieder da.« Die weiße Strickjacke tat es auch. Hanna streifte sie über und war schon auf dem Weg zur Tür, als Erik plötzlich ihren Namen sagte.

»Hanna?«

Sie fuhr erschrocken herum, absolut sicher, dass er sie nun fragen würde, was um Himmels willen sie eigentlich vorhatte.

Doch ihm gingen anscheinend ganz andere Gedanken im Kopf herum. »Wenn unser Leben so verlaufen wäre, wie wir es eigentlich geplant hatten – wo wären wir dann jetzt?« Er hatte leise gesprochen, mit seltsamer Eindringlichkeit.

Hanna erwiderte unverwandt seinen Blick. »Wir wären eine gut situierte Familie. Vater, Mutter, Kind.« Sie stockte und fuhr mit brüchiger Stimme fort: »In einer schönen Wohnung in Stockholm. Und wenn wir dann zwei Kinder hätten, irgendwann einmal, würde ich zu Hause arbeiten. Beide Kinder wären gute Schüler. Eines würde Klavier spielen, das andere Fußball. Am Wochenende würden wir ins Sommerhaus fahren. Schwimmen, lesen, Drachen steigen lassen …« Sie hielt inne und senkte den Kopf. »Ich weiß nur nicht, ob du damit so glücklich wärst.«

Er hatte ihr den Rücken zugewandt. Hanna vermied es, in seine Richtung zu schauen, während sie mit raschen Schritten hinausging.

Erik hörte die Tür zufallen und schloss für einen Moment die Augen. »Ich weiß es doch auch nicht«, flüsterte er in die Stille des Zimmers.

*

Niclas hatte in aller Eile geduscht und sich umgezogen. Er hatte sich sogar die Zeit genommen, sich zu rasieren. Wenn es auch für jeden normal denkenden Menschen danach aussah, dass er ihr nur eine Jacke zurückbrachte, die sie vergessen hatte – für ihn war es viel mehr. Es war eine letzte Chance, die Dinge zu ändern. Außerdem, so dachte er trocken, war er kein normal denkender Mensch, sondern befand sich in einem absoluten Ausnahmezustand.

Er horchte kurz nach oben, als er den Autoschlüssel vom Tisch nahm. Nichts zu hören. Pelle schlief wie ein Baby.

Niclas legte sich sorgfältig die Jacke über den Arm und öffnete die Tür.

Und da war sie. Sie war zu ihm gekommen. Sie stand auf seiner Türschwelle und hatte bereits die Hand ausgestreckt, um zu klopfen. Beinahe wäre er in sie hineingerannt, so wie schon bei ihrer allerersten Begegnung.

Stumm schaute er sie an, einen Moment nur. Dieser eine Augenblick genügte. Er streckte die Arme aus, und sie kam hinein, als ob sie dort hingehörte. Der erste Kuss war vorsichtig, tastend, doch diese sanfte Erprobung dauerte nicht länger als eine oder zwei Sekunden. Niclas sagte sich, dass er zärtlich zu ihr sein sollte, doch er konnte es nicht. Das Begehren, das sich in ihm angestaut hatte, brach sich Bahn und suchte ein Ventil. Doch Hanna wehrte ihn nicht ab und wich auch nicht zurück, sondern erwiderte seinen Kuss mit derselben Wildheit. Sie hielten inne, aber nur um Luft zu holen.

»Ich glaube, ich habe meine Jacke vergessen«, stammelte sie.

Niclas nickte nur und zog sie wieder an sich. Er bedeckte ihr Gesicht mit fieberhaften Küssen und murmelte ihren Namen, während sie sich an ihn drängte und über seinen Rücken strich. In ihren Augen stand ein dunkles, lockendes Leuchten, und als er ihre Hand nahm, um sie hinüber zum Sommerhäuschen zu ziehen, ging sie bereitwillig mit ihm.

*

Als er sie endlich in den Armen hielt, war es Niclas gleichgültig, ob ihr das Häuschen mit seiner spartanischen Einrichtung und den rohen Holzwänden vielleicht unzulänglich erschien. Das erste Mal liebten sie sich in fiebriger Hast, sie schafften es nicht einmal, sich vollständig auszuziehen. Nachdem ihr rasender Herzschlag sich beruhigt hatte, nahmen sie sich die Zeit, einander zu erforschen, sich zu streicheln, endlos lange und zärtlich zu küssen.

Für Hanna war es eine Offenbarung. Nach der Schwangerschaft hatte Erik ein- oder zweimal versucht, mit ihr zu schlafen, aber sie war jedes Mal zu Eis erstarrt, wenn er sich ihr auf diese Weise genähert hatte. Folglich hatte er es ziemlich schnell aufgegeben, und zu ihrer Erleichterung schien er deswegen auch nicht böse zu sein.

Mit Niclas war es anders. Allein ihn anzuschauen rief Begehren in ihr hervor. Wenn er sie berührte, war es, als hätte jemand eine Lunte an ihrem Körper angesteckt. Ihre Nervenenden brannten, und am Ende stand eine Explosion, die sie fast ohnmächtig zurückließ.

Er hatte eine Kerze angezündet und auch in dem kleinen Kaminofen ein Feuer angefacht. Die Flammen warfen zuckende Lichter auf ihren nackten Körper, als sie sich an ihn schmiegte und wortlos seine Zärtlichkeiten genoss. Niclas streichelte langsam ihre Schultern, ihre Arme, ihren Rücken, ihre Pobacken, während sie ihre Nase in seine Halsgrube drückte und den Geruch seiner Haut einatmete.

»Ich wünschte, wir wären allein auf der Welt«, murmelte sie.

Er lehnte sich zurück in die Kissen und schaute sie an. »Wie geht es jetzt weiter?«

»Ich weiß es nicht, Niclas.« Sie legte sich zu ihm, weil sie seine Wärme brauchte. »Ich bin nur auf der Durchreise.«

»Das glaube ich nicht«, sagte er sehr bestimmt. »Du bist hier. Und es scheint so ...«, er suchte nach dem passenden Wort, »selbstverständlich«, schloss er.

»Ich habe einen Mann.«

»Du liebst ihn nicht.«

Zwischen ihren Brauen stieg eine nachdenkliche Falte auf. »Wir kennen uns seit der Uni. Wir waren damals sehr verliebt.« Ihre Augen schienen verträumt bei der Erinnerung. »Nach seinem Examen haben wir geheiratet ... Aber dann ... Ich weiß nicht, irgendwann haben wir uns nicht mehr aneinander gefreut.« Sie hielt inne, bevor sie bedrückt fortfuhr: »Dann wurde ich schwanger, und alles war anders.«

»Du hast ein Kind?«, fragte er völlig perplex.

Er hörte das langsame Schlagen seines Herzens, während er auf die Antwort wartete. Im Kaminofen barst knackend ein Holzscheit.

»Nein. Ich habe es bei der Geburt verloren.«

Er sah die hilflose Qual in ihren Augen und hätte in diesem Augenblick alles getan, um es ungeschehen machen zu können. Doch das konnte niemand. Er nahm sie in die Arme, und dort, in der nächtlichen Stille des Sommerhauses, konnte sie endlich über den Verlust ihres Kindes weinen.

*

Niclas fand, dass es ein gutes Gefühl war, morgens aufzuwachen und sie in seinen Armen zu halten. Es war nicht besonders spektakulär oder aufregend, es fühlte sich einfach nur richtig an. Er wusste mit unumstößlicher Sicherheit, dass sie zu ihm gehörte. Dieser Erik mochte ihr Mann sein, aber er tat ihr nicht gut. Sie war unglücklich an seiner Seite, so sehr, dass man ihre Traurigkeit und Unzufriedenheit fast mit Händen greifen konnte. Niclas war davon überzeugt, dass sie die Stabilität, die ihr fehlte, hier bei ihm eher wieder finden konnte als anderswo. Sie hatte lange und heftig geweint in der letzten Nacht, doch am Ende war sie getröstet in seiner Umarmung eingeschlafen.

Vor dem offenen Fenster bewegte sich der weiße Vorhang im Wind. Niclas streichelte Hannas Rücken und freute sich über die kleinen Schauer, die sie dabei überliefen. Der Sex zwischen ihnen stimmte, genau wie alles andere. Es hatte weder falsche Scham noch Zurückhaltung zwischen ihnen gegeben, nur schrankenlose beiderseitige Hingabe. Sie hatten eine innere und äußere Übereinstimmung erreicht, wie es den meisten Menschen nur selten im Leben vergönnt ist. Niclas hatte genug erlebt, um das beurteilen zu können. Manche Erfahrungen waren so einmalig, dass sie nicht wiederholbar waren, es sei denn mit derselben Person.

Hanna war ebenfalls aufgewacht. Sie bewegte ihren Kopf an seiner Brust. »Sag mir, dass es kein Traum ist«, flüsterte sie.

»Es ist ein Traum.« Er verstreute kleine Küsse über ihr Gesicht. »Aber auch aus Träumen muss man irgendwann aufwachen.«

»Nein«, murmelte sie. »Ich will nicht.«

Er streichelte sie weiter und unterdrückte ein Stöhnen, als ihre Hand auf Wanderschaft ging.

»Ich muss Pelle wecken«, sagte er widerstrebend.

Hanna blinzelte. »M-m«, machte sie verschlafen.

Er stand auf und stieg in seine Hose, während sie sich auf die Seite rollte und ihn betrachtete. Er hatte einen ansehnlichen Körper, nicht übermäßig mit Muskeln bepackt, aber kräftig und sportlich. Seine Haut war wesentlich dunkler als ihre, er hatte ihr erzählt, dass sein Großvater mütterlicherseits aus Italien stammte.

Hanna streckte sich seufzend. »Ich wünschte, ich könnte hier bleiben.«

»Du kannst es«, sagte er sofort. »Du musst dich nur dafür entscheiden.«

Er betrachtete sie und fand, dass ihre nackte Haut in der Morgensonne wie heller Samt aussah. Ihre Augen waren verhangen und zeigten einen eigentümlichen Ausdruck, eine unwiderstehliche Mischung aus Sehnsucht, Begierde und Melancholie. Niclas war drauf und dran, wieder zu ihr ins Bett zu steigen. Doch er musste Pelle wecken, der mit Mats verabredet war. Außerdem hatte er vorhin das Boot gehört, und ein Blick aus dem Fenster hatte ihm bestätigt, dass es Siv war, die da in die Bucht getuckert kam. Wenn er sich nicht beeilte, hätte sie angelegt und würde hier vor der Tür stehen, bevor er auch nur das Geringste dagegen unternehmen konnte.

Er beugte sich über Hanna und küsste sie eilig, bevor er sich im Laufschritt auf den Weg zum Haupthaus machte. Siv stand tatsächlich bereits in der Küche, sie hatte Brötchen und ein Baguette mitgebracht und war dabei, Kaffee zu kochen. Als Niclas ins Zimmer kam, begrüßte sie ihn mit einem Kuss auf die Wange.

»*Hej*«, sagte sie strahlend, »ich habe Frühstück mitgebracht!«

Mit leichtem Unbehagen fragte Niclas sich, wann sie eigentlich angefangen hatte, derart selbstverständlich sein Leben zu managen. Als Silke noch gelebt hatte, war sie oft hier gewesen, schließlich waren die beiden gute Freundinnen. Und nach ihrem Tod, als er halb verrückt und wie gelähmt vor Trauer und Schuldgefühlen monatelang die meiste Zeit nur lethargisch irgendwo herumgesessen hatte, war sie da gewesen und hatte sich seiner angenommen. Er hatte es sich gern gefallen lassen und auch nichts daran geändert, als es mit ihm wieder aufwärts gegangen war. Vielleicht war das ein Fehler gewesen.

»Ich war gestern die ganze Nacht wach und habe meine Geschäftspapiere gesichtet. Und das Ergebnis war sehr gut.« Sie lächelte ihn an, geschäftig zwischen Tisch und Anrichte hin und her eilend. »Gut für *uns.*«

Er hatte nicht den Hauch einer Ahnung, wovon sie redete.

»Du, ich muss Pelle wecken, er möchte heute schon sehr früh zu Mats. Ich habe ihm versprochen …«

»Für einen Kaffee werden wir doch wohl noch Zeit haben, oder?«, unterbrach sie ihn. »Ich komme danach einfach mit, und dann reden wir im Auto über alles.«

Niclas war schon auf halbem Weg zur Treppe und blieb bei ihrem letzten Satz befremdet stehen. »Worüber?«

Sie zögerte, dann meinte sie, ohne ihn anzusehen: »Ich habe mich entschlossen, mein Geschäft zu verkaufen und mit dir und Pelle nach Stockholm zu ziehen.«

»Du willst deine Taxis verkaufen? Aber das verstehe ich nicht!« Er trat zu ihr an den Tisch, damit er sie ansehen konnte. »Was willst du in Stockholm? Ich meine, du hast doch da weder eine Wohnung noch einen Job!«

»Das wird sich alles finden!« Sie ging zur Anrichte, um das Besteck zu holen. »Das Wichtigste ist doch erst mal, dass wir zusammenbleiben.« Sie warf ihm von der Seite her einen unergründlichen Blick zu. »Oder willst du mich aus deinem Leben streichen?«

»Mein Gott, natürlich nicht.« Niclas hielt inne, völlig überrumpelt. Er wusste nicht, wie er mit der Situation umgehen sollte. Irgendetwas lief hier falsch, ohne dass er genau hätte sagen können, worum es sich handelte. Auf keinen Fall wollte er, dass sie ihn für undankbar hielt oder sich ausgenutzt fühlte.

»Wir sind doch Freunde«, fuhr er lahm fort. »Du tust so viel für Pelle und mich. So was lässt man doch nicht einfach hinter sich!«

»Für mich sind wir mehr als nur Freunde, und das weißt du, Niclas!« Ihre Augen hatten sich geweitet, und Niclas sah zu seiner Bestürzung, dass sie kurz davor stand, in Tränen auszubrechen. »Ich habe dich schon geliebt, als Silke noch lebte!«

Er versuchte mannhaft, sich den Schreck über diese Eröffnung nicht anmerken zu lassen. »Siv, ich bitte dich ...«

Sie ließ ihn nicht ausreden. »Sie war meine Freundin, deswegen habe ich meine Gefühle für dich immer unterdrückt.«

»Ähm ... Das tut mir Leid, Siv. Davon habe ich ja gar nichts gewusst!« Niclas suchte verzweifelt nach Worten, mit denen er ihr so schonend wie möglich beibringen konnte, wie sinnlos diese Unterhaltung war. »Ich hatte keine Ahnung, was du für mich empfindest«, schloss er und kam sich unglaublich töricht dabei vor.

»Wir hätten schon längst hier weggehen sollen. Von all den Erinnerungen an Silke.« Sie drückte kurz seinen Arm und schenkte ihm ein intimes kleines Lächeln. »In Stockholm können wir ganz von vorne anfangen, Niclas. Ich habe so lange darauf gewartet.« Sie wandte sich ab und machte sich daran, den Frühstückstisch fertig zu decken, für Niclas ein willkommener Anlass, sich vor weiteren Diskussionen zu drücken. »Ich muss jetzt wirklich Pelle wecken!«, rief er. Eine Sekunde später war er auf der Treppe und rannte nach oben. Eiliger als nötig riss er die Tür zum Kinderzimmer auf.

»Pelle, aufstehen, du Schlafmütze, Mats wartet!«

Überrascht sah er, dass Pelles Bett leer war. Auch im Bad war er nicht, ebenso wenig in irgendeinem der anderen Räume.

Niclas wusste sofort, dass neuer Ärger ins Haus stand.

*

Hanna fand nach einigem Herumkramen in der alten Kommode zwischen ausrangierten Kinderspielsachen und alten Pullovern eine kleine Kiste mit Papier und Stiften, die entweder Niclas oder seine verstorbene Frau vermutlich für Pelle zum Malen hier deponiert hatten.

Hanna hatte die vage Vorstellung, ihm in einem Brief alles ausführlich zu erklären, ihm zu schildern, warum sie so und nicht anders handeln musste, doch als sie dann auf das leere Blatt starrte, wollte ihr nichts einfallen. Schließlich schrieb sie einen einzigen Satz und legte den Zettel dann auf einen Korb neben der Tür, wo Niclas ihn sofort finden würde.

Draußen war es frisch, aber es war bereits zu spüren, dass es im Laufe des Tages wieder warm werden würde. Außerdem ging ein leichter Wind, sie hatten gutes Segelwetter.

Auf dem Weg zur Straße drehte Hanna sich noch einmal und betrachtete das Wohnhaus, das in der Morgensonne rot leuchtete. Ob er schon mit seinem Sohn beim Frühstück saß? Oder die Kisten für Stockholm packte? Was immer er tat, es war sein Weg, dem er folgte. Sie selbst würde den ihren gehen müssen, auch wenn sie jetzt noch nicht wusste, wohin er sie führte. Die Zukunft, die vor ihr lag, schien von einer Mauer verborgen, und Hanna hatte keine Ahnung, wie es dahinter aussah. Das Glück hatte ihr zugewinkt, aber nur für einen atemlosen, herrlichen Moment lang. Doch so kurz er gewesen war – in diesem einen Augenblick war alles wahr und richtig gewesen.

Eilig setzte sie ihren Weg zur Straße fort. Zu ihrem Erstaunen sah sie dort Pelle stehen, einen Rucksack auf dem Rücken, mit dem Daumen einem vorbeifahrenden Auto winkend.

Der Wagen, ein großer Chrysler, fuhr ohne zu bremsen weiter. Hanna ließ erleichtert den angehaltenen Atem entweichen und beeilte sich, Pelle zu erreichen, bevor womöglich der nächste Fahrer anhielt und ihn mitnahm.

»*Hej*, Pelle!«

Pelle wandte sich mit frustrierter Miene zu ihr um. »Das ist jetzt schon der Vierte, der vorbeifährt!«

»Aha«, sagte sie vorsichtig. »Was hast du denn vor?«

»Ich will abhauen.« Seine Antwort klang so, als wäre dieses Unterfangen das Natürlichste von der Welt.

»Und wo soll's hingehen?«

Er zuckte die Achseln. »Weiß nicht.«

»Willst du das deinem Papa wirklich antun? Er hat doch nur dich!«

Pelles Gesicht verfinsterte sich. »Ich bin ihm egal.«

»Das glaube ich nicht«, widersprach Hanna vehement. Sanfter fügte sie hinzu: »Ich kann mir vorstellen, dass du ziemlich viel Angst vor Stockholm hast. Aber weißt du, es kann auch ganz toll sein. Neue Freunde kennen zu lernen. Die neue Wohnung. Bestimmt bekommst du ein super Zimmer.«

»Ich wünschte, Mama wäre noch da.« Er ließ den Kopf hängen, und die mageren Schultern sanken nach vorn, als hätte er die Last der ganzen Welt zu tragen. »Sie hätte nicht erlaubt, dass Papa die Praxis aufgibt und diese blöde Arbeit in Stockholm annimmt.«

Er ging an ihr vorbei und setzte sich vor einen Baum, der am Straßenrand stand. Es war eine gewaltige Eiche, deren Stamm einen Durchmesser von mindestens zweieinhalb Metern hatte. Die Krone fehlte aus unerfindlichen Gründen, vielleicht, weil der Baum irgendwann vom Blitz getroffen worden war. Er endete in etwa sieben Metern Höhe, überwachsen von frischen, himmelwärts strebenden Trieben. Der Anblick war für Hanna wie ein Sinnbild, dass die Natur auch in ausweglosen Situationen einen Weg in die Zukunft fand. Nur die Menschen schienen dazu oft nicht in der Lage zu sein.

Sie ließ sich neben Pelle auf den Baumwurzeln nieder, den Rücken gegen den Stamm gelehnt.

»Dein Papa will bestimmt nur das Beste für dich.«

Pelle schaute sie nicht an. Wortlos starrte er auf den Asphalt, die Hände über seinen knochigen Knien verschränkt.

Hanna rückte näher an ihn heran. »Auf jeden Fall solltest du nicht weglaufen, sondern mit ihm reden. Du musst ihm sagen, was dich bedrückt. Ich bin sicher, er wird dir zuhören, und ihr werdet auch gemeinsam eine Lösung finden.«

»Das Beste für meinen Papa wäre, wenn er wieder als Arzt arbeiten würde.« Mit einem Anflug von Stolz fügte er hinzu: »Er ist nämlich ein guter Arzt. Das sagen alle.«

Hanna wusste, dass es sich nicht gehörte, ein Kind über Erwachsene auszuhorchen, doch ihr Verlangen, mehr über Niclas' Motive zu erfahren, war mit einem Mal übermächtig.

»Weißt du, warum er die Praxis aufgegeben hat?«

Pelle schaute zur Seite. »Er denkt, ich weiß es nicht. Aber er hatte oft Albträume, und da hat er geschrien …« Er stockte und holte zitternd Luft. »Mein Papa denkt, dass er meine Mama umgebracht hat.«

Hanna fuhr zusammen. Fassungslos blickte sie auf den gesenkten Haarschopf.

»Deshalb will er nie wieder als Arzt arbeiten«, schloss Pelle.

Hanna rang nach Worten, in dem verzweifelten Wunsch, dem Knirps etwas von seiner Bedrücktheit und seiner Angst vor der Zukunft zu nehmen. Sie hatte keine Ahnung, ob sie ihn mit dem, was sie sagte, überhaupt erreichen konnte, doch versuchen musste sie es.

»Dann musst du ihm helfen, dass er darüber hinwegkommt«, sagte sie eindringlich. »Und das kannst du nur, indem du bei ihm bleibst!«

Pelle schaute sie an. Seine Augen waren genauso braun wie die seines Vaters, nur dass bei ihm nicht goldene, sondern grüne Flecken die Iris sprenkelten. Er öffnete den Mund, als wollte er etwas sagen, und Hanna konnte sehen, dass in seinem Unterkiefer ein neuer Backenzahn wuchs. Plötzlich war sie von dem schmerzlichen Bedürfnis erfüllt, ihn in die Arme zu nehmen. Sie streckte bereits die Hände aus, als er sich aufrappelte, sich ein paar Schritte von ihr entfernte und dann nach einem letzten Blick über die Schulter mit staksigen Schritten in Richtung Haus zurückrannte. Hanna verfolgte das Getrappel seiner Turnschuhe auf dem Asphalt und schaute ihm nach, bis er zwischen den Birken verschwunden war.

Eines der Mädchen war damit beschäftigt, draußen die

Tische fürs Frühstück zu decken, als Hanna über den Garten zum Hotel zurückkehrte. Beim Betreten des Zimmers wagte sie kaum zu atmen. Schuldgefühle durchfluteten sie, während sie auf Zehenspitzen durch den Raum schlich. Sie überlegte kurz, einfach im Bad zu verschwinden und so zu tun, als wäre nichts Besonderes vorgefallen. Doch im nächsten Moment schalt sie sich für ihre Feigheit. Wenn sie eines hasste, so war es Heuchelei. Erik war ihr Mann und hatte ein Recht darauf, zu erfahren, was sie getan hatte. Er sollte die Möglichkeit haben, dazu Stellung zu nehmen, in welcher Form auch immer. Danach würden sie beide gemeinsam entscheiden, wie es weiterging.

Genauso hatten sie es zu Beginn ihrer Beziehung ausgemacht. Für den Fall, dass einer von ihnen beiden jemals einen anderen liebte, wollten sie ehrlich sein. Das hatten sie einander versprochen, und danach würde sie jetzt auch handeln.

Sie setzte sich auf die Bettkante und strich sanft über seine Schulter. Im Schlaf war sein Gesicht entspannt, er sah aus wie ein großer Junge.

Sie drückte seinen Arm, und endlich wachte er auf. Blinzelnd öffnete er die Augen und rollte sich auf den Rücken.

»Du bist ja schon auf«, murmelte er.

»Erik, ich muss dir was sagen«, begann sie ohne besondere Einleitung.

»Klar.« Verschlafen setzte er sich auf. »Aber lass mich erst mal richtig wach werden.«

Hanna konnte nicht mehr warten. »Es ist nicht leicht für mich.« Ihre Hände fingen an zu zittern, und sie ballte sie im Schoß zu Fäusten. »Aber … es ist wichtig …«

Hanna fuhr nervös zusammen, als es im nächsten Moment klopfte. Nicht sicher, ob sie erleichtert oder ungehalten über die Störung sein sollte, stand sie auf und ging zur Tür.

Lotta stand vor ihr. »Ein Fax.« Sie reichte es Hanna. »Ist gerade für Ihren Mann gekommen.«

Hanna bedankte sich geistesabwesend. Nur am Rande bekam sie mit, dass Lotta sich wieder zurückzog und die Tür schloss. Stirnrunzelnd überflog sie das Fax.

»Vom Gericht«, sagte sie zu Erik. »Wieso wissen die denn, wo wir sind?«

Erik schwang die Beine aus dem Bett. »Ich habe da gestern noch angerufen.«

Hanna betrachtete alarmiert das Schreiben. »Erik, was ist das hier?«

Er trat neben sie und schaute ihr über die Schulter. »Alles Blödsinn«, erklärte er, nachdem er das Fax gelesen hatte. »Die Sache ist längst erledigt.« Er nahm ihr das Blatt aus der Hand und zerknüllte es, doch Hanna fing es auf, als er es zur Seite werfen wollte.

Hastig glättete sie es, um es sich erneut anzuschauen. »Wenn ich das richtig verstehe, haben sie dir eine Stelle beim Obersten Verwaltungsgericht angeboten.« Fassungslos blickte sie auf. »Du hast abgelehnt!« Sie schüttelte den Kopf, weil sie es nicht glauben konnte. »Und jetzt bittet dich dein alter Freund Harald, es dir nochmals zu überlegen!«

Erik zog seinen Bademantel über und verknotete den Gürtel. »Bei näherem Hinsehen ist das auch nur ein Job wie jeder andere«, meinte er wegwerfend. »Außerdem gibt es in der Justiz jede Menge anderer interessanter Posten.« Er bückte sich, um in seiner Reisetasche zu kramen. Mit einem Paar Socken tauchte er wieder auf und hielt sie amüsiert hoch. »Da sind ja welche! Ich hatte schon Angst, ich ginge mit zu wenig Socken auf Weltreise.«

Hanna ließ sich von seinem Versuch, die Sache zu bagatellisieren, nicht beirren. »Wieso, Erik?«

Verärgert warf Erik die Socken zur Seite. »Meine Güte, es hat mir eben nicht in meine Pläne gepasst!« Er merkte offenbar, dass er sich im Ton vergriffen hatte. »Komm, Schatz, lass uns aufs Boot gehen, wir müssen Jan Beine machen. Wir sind schon viel zu lange hier.«

Er wollte an ihr vorbei ins Bad, doch Hanna trat ihm in den Weg.

»Du hast diese Stelle abgelehnt, weil du mir versprochen hattest, die Weltumsegelung zu machen? War es so? Nur deswegen?«

Erik schwieg. Ihm war anzusehen, wie sehr ihn dies alles nervte. Hanna versuchte, ihre wirren Gedanken unter Kontrolle zu bringen. »Meinetwegen hast du deinen Traumjob geopfert?« Ihre Stimme schwankte vor unterdrückten Emotionen. »Erik!«

»Sagen wir: unseretwegen.« Ungeduldig hob er die Hände. »Himmel, Hanna, es ist nur ein Job!«

Sie ging zum Bett, wo sie mit dem Rücken zu ihm stehen blieb und auf die zerwühlten Laken starrte.

»Du hättest das nicht tun dürfen«, stieß sie hervor.

»Es ging mir um uns, Hanna. Bei Gott, du bist mir wichtiger als jeder Job der Welt!«

Hanna empfand es wie einen Boxhieb in den Magen. Sie drehte sich zu ihm um und starrte ihn an, bevor sie die Blicke wieder senkte. Halb von ihm abgewandt, sagte sie wie zu sich selbst: »Ich weiß nicht, ob ich das wert bin.«

Er trat auf sie zu und machte eine Bewegung, als wolle er sie in die Arme nehmen, doch dann strich er ihr nur über die Schulter.

»Wir hatten uns fast verloren«, sagte er. »Ich … ich will dich wieder finden.«

Hanna zwang sich, zu ihm aufzusehen und zu ergründen, was in ihm vorging. Sie suchte in seinem Gesicht einen Ausdruck, eine Regung, irgendetwas, ohne wirklich zu wissen, wonach sie eigentlich Ausschau hielt. Vielleicht hätte sie es gefunden, wenn er ihr in die Augen geblickt hätte. Doch er hatte den Kopf zur Seite gewandt.

*

Jan sah Hanna über die Planken des Stegs näher kommen und verfluchte seinen Rücken, der ihn ausgerechnet in diesem Moment als Schwächling entlarvte. Der Schmerz war schlimmer als sonst, er hatte angefangen, sich über die Seite in die Brust hinein auszubreiten. Wahrscheinlich hatte er sich beim Arbeiten ernstlich einen Nerv eingeklemmt. Wenn es so weiterging, würde er sich bald überhaupt nicht mehr bewegen können.

Er legte die Bohrmaschine auf die Sparren des neuen Bootes, an dem er gerade arbeitete, und drückte beide Hände ins Kreuz. Während er versuchte, den schlimmsten Schmerz wegzureiben, lächelte er Hanna entgegen. Zu seinem Verdruss war ihr nicht entgangen, dass er sich nicht wohl fühlte. Ein besorgter Ausdruck stand in ihren Augen. »*Hej*, Jan! Haben Sie Probleme mit dem Rücken?«

»Ach was, halb so schlimm«, behauptete er. »Muss mich irgendwie verhoben haben.«

»Vielleicht sollten Sie sich mal massieren lassen.«

»Ich kannte da mal jemanden. Sie war das reinste Glück für meinen Rücken.«

»Was ist aus ihr geworden?

»Wir haben uns getrennt«, sagte er lakonisch.

»Das tut mir Leid.« Hanna trat neben ihn und schaute

ihm über die Schulter. »Gibt es denn wirklich keine Möglichkeit für Sie und Ihre Frau?«

Jan nahm die Bohrmaschine wieder in die Hand, merkte aber, dass er sie kaum halten konnte. Er tat, als müsse er etwas an dem Bohrkopf richten, und legte die Maschine dann kurzerhand zurück zu den übrigen Werkzeugen. Dabei widerstand er dem Drang, seine Hand unter die linke Achsel zu pressen, wo der Schmerz soeben in ein reißendes Ziehen übergegangen war. »Ich habe heute Morgen mit England telefoniert«, sagte er schroff und ohne auf Hannas letzte Frage einzugehen. »Die haben das Ersatzteil gestern dem Kurier übergeben.«

»Also müsste es heute kommen?« Hannas Miene spiegelte hoffnungsvollen Eifer. »Prima, dann können wir ja heute Abend schon auslaufen!«

Dann schien ihr plötzlich ein Gedanke zu kommen, und sie wandte sich brüsk ab, um ans Ende des Stegs zu gehen. Sie umklammerte ihre Handtasche, als ob sie dringend etwas zum Festhalten brauchte.

Jan folgte ihr, erleichtert aufseufzend, weil die Schmerzattacke allmählich nachließ. Dicht hinter ihr blieb er stehen.

»Was ist eigentlich los mit Ihnen?«

»Nichts.« Sie holte Luft, dann sagte sie mit einem Unterton von Aggression: »Ich will nur endlich weg hier!« Sie schob sich an ihm vorbei und entfernte sich ein paar Schritte.

»Kennen Sie das denn nicht?«, fragte sie fast verzweifelt. »Sie haben einen Zehntausendmeterlauf vor sich – und dann kommen Sie nicht aus den Startlöchern!«

Nachdenklich schaute er auf sie hinunter. Sie war nicht sonderlich klein, aber längst nicht so groß wie beispielsweise Lotta oder Siv. Im Vergleich zu den beiden war sie eine halbe Portion, eine zarte blonde Fee. Doch um ihren Mund lag ein trotziger Zug, der von Kraft und Durchsetzungsvermögen zeugte. Nur, dass sie nicht immer genau zu wissen schien, was sie eigentlich wollte.

»Wieso machen Sie das eigentlich?«, fragte er unvermittelt.

»Was?«, kam es wie aus der Pistole geschossen zurück.

»Diesen Segeltörn.« Er schaute auf seine Hände und rieb eine Stelle an seinem Daumen, wo sich ein besonders hartnäckiger Ölfleck zeigte. »Ich kenne eine Menge Leute, die so etwas gemacht haben. Aussteiger, Abenteurer ... Die meisten von ihnen waren vor irgendetwas auf der Flucht.«

»Bei mir ist das anders«, behauptete sie. »Ich laufe nicht weg.« Als wollte sie ihre eigenen Worte Lügen strafen, wandte sie sich hastig von ihm ab und ging hinüber zu dem Werkzeugtisch. Die kleine Holzmöwe lag dort zwischen den Farbtöpfen und Pinseln, und Hanna nahm sie auf, um sie zu betrachten. »Ich will nur irgendwo ankommen«, flüsterte sie.

»Wo?« Er stützte sich mit beiden Händen auf dem Tisch auf. »In Neuseeland?«

»Egal wo.«

»Nur nicht hier und nur nicht jetzt«, meinte er mit leisem Spott.

»Sie müssten das doch kennen«, erwiderte sie mit bitterer Ironie. »Sie versuchen doch auch, anzukommen.«

Das saß. Jan starrte auf den Kübel mit dem Bootslack, der vor ihm auf dem Tisch stand. Jähe Hilflosigkeit hatte sich seiner bemächtigt. Sie hatte völlig Recht. Er versuchte seit Jahren nach Hause zu kommen, obwohl es kein Zuhause mehr für ihn gab.

Hanna war wieder ein Stück den Steg entlanggegangen,

unruhig wie ein Tier im Käfig. »Ich habe keine Ahnung, was zwischen Ihnen und Lotta ist«, begann sie.

»Das geht auch niemanden etwas an«, unterbrach er sie.

»Ich glaube, Lotta wartet auf etwas«, fuhr sie unbeirrt fort. Ein Lächeln stahl sich in ihre Augen. »Aber Sie wissen wahrscheinlich auch nicht, worauf.«

Jan schaute über den Sund und sah Sivs Boot näher kommen. »Wissen *Sie* denn, wo Sie ankommen wollen?«

»Eigentlich dachte ich, dass ich es wüsste.«

»Und jetzt?«

»Das ist doch egal. Es geht nicht nur um mich.« Hanna betastete die raue Oberfläche der unfertigen hölzernen Möwe. Zwischen ihren Fingern fühlte sie sich an wie ein lebendiges Wesen, das unter einer starren Schale darauf wartete, ans Licht zu schlüpfen. Man konnte schon gut erkennen, wie sie aussehen würde.

Ich sollte sie fertig machen, dachte Hanna unvermittelt. Nur noch ein bisschen Schnitzen und Schleifen und ein schönes großes Paar Flügel, und sie wäre frei.

»Ich muss jetzt los, packen.« Entschlossen ging sie davon. Über die Schulter sagte sie: »Ich gehe davon aus, dass Erik und ich heute Abend abreisen können.«

Jan zuckte die Achseln. »Dann werde ich mal alles dafür tun, dass Ihr Schiff wieder ins richtige Fahrwasser kommt«, sagte er leise und zu niemandem im Besonderen, während er beobachtete, wie Hanna mit gesenktem Kopf über die Wiese stapfte.

Sivs Boot hatte angelegt. Sie sprang von Deck und wand das Tau um den Pfeiler des Stegs.

Sie küsste Jan auf die Wange und umarmte ihn kurz. »*Hej!* War das Hanna?« Sie schaute der weiß gekleideten Gestalt nach. »Sie ist nett, oder?«

»Nett, ja«, erwiderte er brummig. »Aber auch ein bisschen feige.« Er hob die Schultern und fühlte wieder den Schmerz, vage und nicht so schlimm diesmal, aber unleugbar immer noch da. »Doch wer ist das nicht.«

»Ich«, sagte Siv. »Feige bin ich sicher nicht. Ich habe vor nichts Angst.« Ihre Stimme klang ungewöhnlich ernst, und in ihrem Gesicht war nichts von ihrer üblichen Fröhlichkeit zu entdecken.

Jan zog die Brauen zusammen. »Was hast du vor?«

»Ich habe mich entschieden. Ich verkaufe die Taxis und gehe nach Stockholm.«

»Wegen Niclas?«

»Vor allem wegen mir.« Sie zögerte, und Jan sah den Ausdruck von Unsicherheit in ihren Augen. Das Bedürfnis, ihr zu helfen und sie zu beschützten, wallte mit Macht in ihm auf, so wie früher, wenn sie hingefallen und sich die Knie aufgeschlagen oder in der Schule Ärger mit den Lehrern gehabt hatte. Doch zugleich verfestigte sich in ihm die niederschmetternde Erkenntnis, dass er nicht mehr in der Lage war, alles Unglück der Welt von ihr fern zu halten.

»Als Silke noch lebte, hatte ich keine Chance. Und danach … da brauchte er Zeit zum Trauern. Aber jetzt geht er weg von hier! Und von dieser Erinnerung an Silke!« Sie hob das Gesicht, um ihn anzuschauen, und er sah, dass Tränen in ihren Augen standen.

»Ich liebe ihn einfach, Papa! Ich muss es versuchen! Wenn ich das jetzt nicht tun würde – ich würde mir ewig Vorwürfe machen!«

Jan zog sie in seine Arme. Ihre Schultern bebten, und ihre Stimme klang verloren. »Man muss es doch wenigstens *versuchen*, oder?«

»Und wenn es nicht gut geht?«

»Es *wird* gut gehen!« Sie löste sich ein wenig von ihm

und schaute ihn bittend an. »Also hilf mir, einen Käufer für die Taxis zu finden, ja?«

Er nickte. Was hätte er auch anderes tun können?

*

Niclas fuhr zusammen, als er ihren Mann auf der gegenüberliegenden Straßenseite aus dem Laden kommen sah. Er hätte sich am liebsten in Luft aufgelöst, aber Erik hatte ihn schon gesehen.

»*Hej*, Niclas!« Er kam auf ihn zu und gab ihm die Hand. »Wir können uns verabschieden – auf Wiedersehen!«

»Sie reisen ab?«

Erik deutete auf die Papiertüte in seiner Hand. »Wir machen gerade die letzten Einkäufe, meine Frau und ich. Es sieht so aus, als könnten wir heute Abend noch auslaufen.«

Niclas versuchte, sich seine Erschütterung nicht anmerken zu lassen. Hör auf damit, befahl er sich. Er hatte es doch die ganze Zeit gewusst. Warum regte er sich also darüber auf?

»Dann kann ich Ihnen nur eine schöne Reise wünschen«, sagte er emotionslos.

»Danke.« Erik schaute ihn an, mit einer, wie Niclas meinte, leichten Überheblichkeit. Vielleicht sogar siegesgewiss, als schien ihm daran zu liegen, noch Salz in Niclas' Wunden zu streuen, vor allem mit seiner nächsten Bemerkung.

»Ich bin sicher, es wird alles gut.« Erik gab ihm erneut die Hand und drückte dabei eine Spur zu fest zu, ein Akt männlicher Überlegenheit. Anschließend schlenderte er in lässiger Haltung davon.

Niclas schaute ihm mit Mordgedanken hinterher, aber nicht länger als zwei oder drei Sekunden. Dann riss er sein

Handy aus der Hosentasche und drückte die Kurzwahl, unter der er letzte Nacht Hannas Nummer eingespeichert hatte. Sie hob sofort ab.

»Ich muss dich sehen. Jetzt sofort.«

»Nein.« Ihre Stimme klang verstört. »Das kann ich nicht.«

»Doch.« Mehr sagte er nicht, nur dieses eine Wort, in dem sicheren Wissen, dass sie kommen würde.

*

Seine Silhouette hob sich vor dem bewegten Wasser des Sunds ab wie vor einer stimmungsvollen Filmkulisse. Er hatte die Hände in die Hosentaschen geschoben und schaute hinaus in die Weite der Schärenlandschaft. Die Luft war diesig, vielleicht würde es heute noch regnen. Der Himmel hatte sich zugezogen, und der Wind hatte aufgefrischt. Wellen platschten an das Ufer zu seinen Füßen, und das Boot, das nur ein paar Schritte von ihm entfernt angepflockt im Wasser lag, schwankte in der Dünung hin und her. Hanna schritt durch den wogenden Strandhafer auf ihn zu und versuchte, ihre Gefühle auszublenden. Doch als sie ihn erreicht hatte und den Ausdruck in seinem Gesicht sah, war es um ihre Beherrschung geschehen. Sie legte stumm die Arme um seine Schultern und drückte sich an ihn. Doch er machte keine Anstalten, ihr näher zu kommen, sondern blickte sie nur stumm und abwartend an.

»Niclas«, flüsterte sie.

»Wolltest du fahren, ohne dich zu verabschieden?« Seine Stimme klang hart.

Sie schluckte. »Ich dachte, es würde mir das Herz zerreißen, wenn ich dich noch einmal sehen würde.«

»Habe ich die letzte Nacht nur geträumt?« Er nestelte den zerknüllten Zettel aus der Hosentasche, ohne sich die Mühe zu machen, ihn anzusehen. Er wusste auch so, was darauf stand. »Hast nicht du das hier geschrieben?« Seine Stimme triefte vor Sarkasmus, als er sie zitierte: »Es war wunderschön, danke.«

»Niclas.« Sie hatte Mühe, zu sprechen. »Ich ... Ich habe mich getäuscht. Ich weiß nicht, was in mich gefahren ist.« Erschöpft legte sie ihren Kopf gegen seine Brust. »Ich bin verheiratet.«

Er fasste sie bei den Schultern und schaute sie an. Sie wich seinen Blicken aus und redete hastig weiter. »Erik und ich, wir haben so viel zusammen durchgestanden! Wir kennen uns schon so lange ... Ich ... Mein Gott, ich muss uns noch eine Chance geben! Erik tut es doch auch!«

»Hanna!« Er schrie es beinahe. »Ist da irgendetwas zwischen uns passiert, oder war das einfach nur eine schöne Nacht für dich, bevor es auf die lange Reise geht?«

Sie war entsetzt. »Nein!« Heftig den Kopf schüttelnd, wiederholte sie: »Nein!« Sie schaute in sein Gesicht und hielt es plötzlich keinen Augenblick länger aus. Mit beiden Händen umfasste sie sein Gesicht und reckte sich auf die Zehenspitzen. Mit dem Mund suchte sie seine Lippen. Er schien einen Moment zu zögern, doch nur den Bruchteil einer Sekunde später riss er sie fast grob in seine Arme und erstickte sie förmlich mit glühenden Küssen. Hanna gab sich seinen wilden Zärtlichkeiten hin und wünschte sich, die Zeit möge für immer stehen bleiben, genau jetzt, in diesem einen magischen Augenblick.

Doch der Moment verging wie alle anderen davor, und die Realität kehrte erschreckend schnell zurück. Es war ein Gefühl wie nach einem misslungenen Drahtseilakt. Sie hatte zu schnell zu hoch hinausgewollt, hatte sich kühn und frei emporgeschwungen – nur um am Ende tiefer als je zuvor zu fallen.

Sie löste sich von ihm und taumelte ein paar Meter weit weg. »Er hat so von dieser Reise geträumt! Ich kann das nicht einfach nach zwei Tagen abbrechen!«

»Manchmal erledigen sich Träume von selbst!« Niclas war ihr gefolgt und schlang von hinten die Arme um sie. »Hanna, du bist hier, bei mir!« Er vergrub sein Gesicht in ihren Haaren. »Ich liebe dich.«

Sie schluchzte auf und riss sich von ihm los.

»Es ist egal, ob wir uns lieben! Ich werde Erik das nicht antun! Ich kann es nicht! Er gibt für mich den Job seines Lebens auf! Wenn ich ihn jetzt im Stich lasse, könnte ich mir das niemals verzeihen!«

Niclas stand hoch aufgerichtet da. Der Wind peitschte ihm dunkle Haarsträhnen in die Stirn. »Warum hast du so wenig Mut?«

Sie starrte ihn an, verständnislos und niedergeschmettert. »Mut?«

»Mut, etwas zu ändern. Mut, neue Wege zu gehen.«

»Ich gehe ja einen neuen Weg!« rief sie außer sich. »Wir lassen unser gesamtes Leben hinter uns!«

»Und eure Probleme nehmt ihr mit.« Als sie ihn nur schweigend anstarrte, fügte er beschwörend hinzu: »Ich meine den Mut, eine Entscheidung zu treffen, die nichts mit der Vergangenheit zu tun hat!«

Sie stand mit hängenden Armen da und fragte sich, wie sie es schaffen sollte, ohne ihn weiterzumachen. Ihr Gesicht fühlte sich taub an von der Anstrengung, keine Miene zu verziehen.

»Es tut mir Leid«, flüsterte sie.

Er hob das Kinn und schaute sie an. Seine Augen waren starr. »Mir auch.«

Sie wartete noch einen Moment, weil sie dachte, dass er ihr vielleicht noch etwas sagen wollte. Als er es nicht tat, horchte sie in sich hinein, doch auch da fand sie keine Worte, die noch etwas hätten ändern können.

Stumm wandte sie sich ab und machte sich auf den Weg, für den sie sich entschieden hatte.

*

»Stockholm!« Der Ärger in Lottas Stimme war nicht zu überhören. »Ich weiß nicht, was das soll! Du gehörst da nicht hin! Und Niclas sowieso nicht.«

Hanna, die gerade im Begriff war, auf die Veranda hinauszutreten, hörte den letzten Satz und blieb abrupt mitten im Salon stehen. Sie wich ein Stück zur Seite, bis sie durch einen Vorhangspalt Lotta und Siv erspähen konnte. Durch die offen stehende Tür war jedes Wort ihrer Unterhaltung im Salon zu hören.

Sie hasste sich selbst dafür, dass sie lauschte, doch allein Niclas' Namen zu hören reichte aus, um sie alle Prinzipien und Anstandsregeln vergessen zu lassen. Siv stand vor einem Tisch, der von Blumentöpfen überquoll. Sie trug Gartenhandschuhe und war damit beschäftigt, welke Triebe abzuschneiden und Pflanzen umzutopfen.

»Wieso kannst du ihn nicht dazu bringen, die Praxis wieder aufzumachen?« Lotta sprach lauter als nötig, ihr war anzumerken, wie sehr sie sich über Sivs Pläne aufregte. »Das würde alles einfacher machen!«

»Er kann das nicht«, beschied Siv sie knapp.

Lotta warf die Arme hoch und begann, erregt auf der Veranda auf und ab zu gehen. »Ich verstehe ja, dass er sich schuldig fühlt! Würde wahrscheinlich jeder, dem seine Frau unter den Händen verblutet ist!«

Hanna zuckte heftig zusammen. Um Himmels willen, was war nur mit Niclas' Frau passiert? Wie war sie gestorben? Ob sie einen Unfall gehabt hatte?

»Es war eine Verkettung unglücklicher Umstände«, fuhr Lotta aufgebracht fort. »Deswegen darf man doch nicht gleich seinen Beruf aufgeben!«

»Vielleicht ist es ja gut für uns alle«, sagte Siv. »Ein neuer Ort, ein neues Leben.«

»Es ist ein Risiko! Und zwar für dich! Woher weißt du eigentlich, ob er dich wirklich liebt?«

»Wieso sollte er es nicht tun?« Siv senkte verbissen den Kopf, während sie mit ruckartigen Bewegungen an einer Geranie herumhantierte. Entnervt knallte sie schließlich den Topf auf den Tisch und tigerte mit verschränkten Armen über die Veranda.

Hanna wich hastig einen Schritt zurück, um nicht gesehen zu werden, doch Siv hatte nur Augen für ihre Mutter. »Wir stehen uns sehr nahe!« Ihre Stimme hatte einen flehenden Beiklang angenommen, so, als müsse sie nicht nur Lotta, sondern auch sich selbst vom Sinn ihres Vorhabens überzeugen. »Wir lachen so viel zusammen! Pelle, er und ich – wir sind manchmal schon fast wie eine richtige kleine Familie!« Sie reckte sich entschlossen. »Er braucht mich einfach. Ich bin das Beste für ihn und Pelle!«

Lotta schüttelte resigniert den Kopf. »Ich hoffe nur, du machst keinen Fehler.«

Siv fuhr auf. Ein störrischer Ausdruck stand in ihren Augen. »Mama, ich finde, du bist nicht diejenige, die mir sagen sollte, was gut oder schlecht ist, wenn es um Beziehungen geht!«

Verärgert ließ sie ihre Mutter stehen und ging in den Garten. Hanna zog sich rasch vom Salon in die Halle zurück und sagte sich, dass sie sich schämen sollte für ihr heimliches Lauschen. Das hatten diese Menschen, die sie so freundlich aufgenommen hatten, nicht verdient. Vor allem Niclas hatte es nicht verdient!

Vielleicht würde die Scham noch kommen, demnächst, wenn sie sich bereits auf hoher See befand. Doch zurzeit war dafür in ihrer Gefühlswelt kein Raum. Im Moment kreisten ihre Gedanken einzig und allein um die Frage, ob es wohl jemals aufhören würde, wehzutun.

*

Der Wind hatte weiter aufgefrischt, er kam vom Sund her in die Bucht gefegt und wehte ein paar von Elsas Haarsträhnen in Eriks Gesicht. Er spürte das Zittern ihres Körpers und wünschte sich, etwas tun zu können, um ihr den Abschied leichter zu machen. Dass er selbst dabei fast den Verstand verlor, spielte keine Rolle. Es war die Strafe, die er schon lange verdient hatte.

»Es gibt nichts mehr zu sagen, oder?« Ihre Stimme verlor sich in den Falten seines Pullis, als er ihren Kopf fester an seine Brust drückte. »Wir haben alles tausendmal besprochen«, sagte er heiser. »Es gibt keine andere Lösung.«

Sie machte sich von ihm los. Ihre dunklen Augen schimmerten feucht vor ungeweinten Tränen, und um ihren Mund zuckte es schmerzvoll. »Das Baby wäre auch gestorben, wenn du bei ihr und nicht bei mir gewesen wärst!« Nachdem sie Worte voller Erbitterung hervorgestoßen hatte, drehte sie sich auf dem Absatz um und marschierte in Richtung Straße.

Erik konnte sie nicht so gehen lassen. »Ich hätte sie ins Krankenhaus gefahren!« Er holte sie ein und ging neben ihr her. »Sie hätten einen Kaiserschnitt machen können!

Mein Kind wäre auf die Intensivstation gekommen, es hätte wenigstens eine Überlebenschance gehabt!«

Die Stimme versagte ihm, und plötzlich war alles wieder da. Die Schreckensbilder jener Nacht, überlebensgroß und entsetzlich in ihrer Deutlichkeit. Der Arzt in seinem grünen Kittel, die müden Augen, bekümmert zur Seite gewandt. Wortfetzen, die keinen Sinn ergeben wollten. Die Stimme, die teils mitfühlend, teils professionell mit ihm sprach, etwas von verfrühtem Blasensprung und vorgefallener Nabelschnur erzählte, lauter Dinge, die er in keinen Zusammenhang bringen konnte.

Er hatte sich nur gemerkt, dass man sie liegend hätte transportieren müssen, mit hoch gelagertem Becken. Keinesfalls hätte sie einfach selbst in die Klinik fahren dürfen. Als sie ankam, war das Kind bereits tot gewesen. Sie hatten es ihr gesagt, und dann hatte sie es entbinden müssen, unter Wehen und aus eigener Kraft, weil die Geburt schon zu weit fortgeschritten war. Als er am nächsten Tag ins Krankenhaus gekommen war, hatten sie ihm sein totes kleines Mädchen gezeigt. Es wäre nächste Woche drei Monate alt geworden.

Erik starrte auf Elsas schmalen Rücken, die schwarze Haarflut, die wie ein Trauerschleier auf ihrer weißen Jacke lag. Er hatte bei ihr im Bett gelegen, als sein Kind gestorben war, und er verfluchte sich selbst und jeden Atemzug, den er seitdem getan hatte. Er hätte auch Elsa verfluchen sollen, weil sie ihn behext hatte mit ihrer Leidenschaft und ihrem kompromisslosen Lebenshunger. Doch das brachte er nicht fertig, weil er sie jenseits aller Vernunft auf eine Weise liebte, die ihm keine andere Wahl ließ, als sie weiterhin zu begehren.

Sie blieb stehen und fuhr zu ihm herum. Ein Windstoß wehte ihren dünnen hellen Rock wie Nebel um ihre Beine.

Ihr geschminkter Mund war wie eine rote Wunde in ihrem Gesicht. »Du hattest dich entschieden. Für mich! Du konntest nicht wissen, was passieren würde!«

»Mein Kind ist tot«, sagte er hart. »Meine Frau wäre fast gestorben. Und ich war bei dir.«

Sie spürte, dass es nichts mehr zu sagen gab. Ohne ein weiteres Wort wandte sie sich ab und ging zu ihrem Wagen. Als sie einstieg, sah sie, dass er bereits hinter den windgepeitschten Bäumen oben am Hang verschwunden war.

Sie nahm das Foto, das sie ans Armaturenbrett geheftet hatte, bevor sie hierher gefahren war. Es war eine Aufnahme, die sie vor einem halben Jahr im Garten hinter ihrem Haus gemacht hatten, mit Selbstauslöser. Sie lachten beide in die Kamera, und als er sie hinterher in die Arme genommen hatte, war sie sicher gewesen, dass er ihr gehörte. Du bist die Frau meines Lebens, hatte er ihr ins Ohr geflüstert, und danach hatten sie sich vor dem Kamin geliebt, mehrere Stunden lang. Eine Woche später hatte er ihr unter Tränen gestanden, dass seine Frau schwanger war. Er hatte es schon vorher gewusst, die ganze Zeit über, doch er hatte es nicht geschafft, darüber zu sprechen. Doch dann war das Ultimatum abgelaufen, das sie ihm für die Trennung von seiner Frau gesetzt hatte, und es war ihm nichts anderes übrig geblieben, als ihr reinen Wein einzuschenken. Sie hätte ihn umgebracht, wenn sie ihn nicht wie verrückt geliebt hätte.

Sie hatten versucht, einfach aufzuhören, sich zu treffen. Es hatte ganze zwei Wochen lang geklappt, dann war es weitergegangen, als wäre nichts geschehen. Lass sie erst das Kind kriegen, hatte er gesagt, dann rede ich mit ihr. Wir finden eine Lösung, die uns allen gerecht wird.

Jetzt war das Kind tot, und die Lösung bestand darin,

dass es trotzdem vorbei war mit ihnen. Oder genauer: nicht trotzdem, sondern gerade deswegen.

Elsa schaute mit brennenden Augen das Foto an, dann riss sie es in Stücke. Doch der Impuls, die Fetzen auf die Straße zu werfen, verflog so plötzlich, wie er gekommen war. Stattdessen sortierte sie die einzelnen Teile und fügte sie wie ein Puzzle wieder zusammen, bis ihr Gesicht sich auf dem Foto erneut an seines schmiegte. Ihre Hände waren ruhig, als sie den Kopf hob und durch die Windschutzscheibe ihres Wagens auf die Straße starrte. Während sie die Tränen wegblinzelte, fühlte sie, wie Trotz in ihr aufkeimte und sich rasch in Entschlossenheit verwandelte. Noch war Erik nicht weg.

*

Hanna beugte sich über die Tasche und legte die letzten Sachen hinein, als ihr Handy piepte. Sie musste nicht auf das Display schauen, um zu wissen, dass *er* es war. In der vergangenen Stunde hatte er es schon zweimal versucht. Für Hanna war es wie eine weitere Niederlage nach einer ohnehin schon verlorenen Schlacht, als sie abermals den Anruf wegdrückte. Sie fühlte sich, als steckte ein Messer in ihrer Brust, und jedes Mal, wenn sie sich auf unbedachte Weise bewegte, wurde es ein wenig in der Wunde herumgedreht, immer wieder, so lange, bis sie glaubte, daran sterben zu müssen. Der Drang, endlich zu weinen, war fast übermächtig, doch diese Schwäche konnte sie sich jetzt nicht erlauben. Und so, wie es aussah, auch nicht das ganze nächste Jahr.

Mit fahrigen Bewegungen legte sie ihre Jacke zusammen und wandte sich zu Erik um, der soeben das Zimmer betrat.

»Hallo, da bist du ja. Es kann losgehen.« Sie gab sich lässig und aufgeräumt, obwohl sie sich am liebsten irgendwo in einem dunklen Raum versteckt hätte.

Erik stellte seine schon fertig gepackte Reisetasche auf einen Stuhl und zog den Reißverschluss zu. »Ja, es wird Zeit.« Er sah sie nicht an bei diesen Worten, auch nicht, als Hanna auf ihn zutrat und ihm die Hand auf die Schulter legte.

Sie wollte nett zu ihm sein, eine unverbindliche, freundliche Bemerkung machen, etwas in der Art wie *Schön, dass wir endlich wegkommen.*

Doch der Satz erstarb ihr auf den Lippen, als sie spürte, wie er sich unter ihrer Berührung verkrampfte. Sie ließ ihn los und versuchte, ihr Befremden zu unterdrücken.

»Hast du den Wetterbericht abgefragt?« Seine Frage kam hastig und eine Spur zu beiläufig.

»Nein, das habe ich vergessen.«

»Dann will ich das jetzt mal machen.« Erik zückte sein Handy und wählte die Nummer des Wetterdienstes. »Nicht, dass wir sofort in stürmische See kommen.«

Beklommen wandte Hanna sich ab, um ihre Tasche zu schließen.

*

Pelle hatte sich auf einen Felsen dicht beim Wasser niedergelassen und tastete über den Drachen, der ausgebreitet auf seinen Knien lag. Er hatte versucht, ihn allein in die Luft zu bringen, aber ständig war etwas dabei schief gegangen. Entweder war er gestolpert oder einfach nicht schnell genug gewesen. Egal, wie er es anstellte – der Drachen war immer wieder auf halber Höhe abgeschmiert und zu Boden gesegelt. Einmal war er so unvorsichtig gewesen, einen der Haltegriffe loszulassen, was dazu geführt hatte, dass die beiden Schnüre sich hoffnungslos verheddert hatten. Er hatte über eine halbe Stunde gebraucht, sie wieder zu entwirren. Ein anderes Mal war der Drache in einem Baum gelandet, was allerdings nicht ganz so gravierend gewesen war. Pelle konnte ebenso gut klettern wie schwimmen.

Aber alles in allem gab es nichts daran zu rütteln: Drachen steigen lassen machte allein nur halb so viel Spaß wie zu zweit. Mit Hanna zusammen hatte es viel besser geklappt. Der Drachen war kerzengerade in die Luft gestiegen und dort geblieben, obwohl er ihn fast die ganze Zeit ohne ihre Hilfe gelenkt hatte. Es schien, als hätte ihre bloße Anwesenheit ausgereicht, dass es funktionierte.

Pelle hatte die Blicke gesehen, die sein Vater ihr zuwarf, und er hatte auch mitbekommen, dass die beiden im Bootshaus zusammen übernachtet hatten. Er war kein Baby mehr, auch wenn sein Vater sich das manchmal einzubilden schien. Ihm war völlig klar, was Männer und Frauen taten, wenn sie zusammen in einem Bett schliefen. Mats und er hatten schon oft genug ihre Witzchen darüber gerissen.

Zuerst hatte es ihn verstört. Die Vorstellung, dass sein Vater eine andere Frau gern hatte als seine Mutter, hatte etwas zutiefst Erschreckendes für ihn gehabt, und es hatte ihn heute Morgen darin bestärkt, sein Zeug zu packen und so schnell wie möglich abzuhauen. Er hatte so oder so verschwinden wollen, weil er gar nicht daran dachte, sich einfach so nach Stockholm schleppen zu lassen. Aber Hanna und sein Vater zusammen im Bootshaus – das war mehr an Veränderung, als er geglaubt hatte, ertragen zu können.

Pelle wusste nicht recht, wann sich seine Sicht der Dinge

verändert hatte. Es war vermutlich heute Früh passiert, als er mit ihr zusammen vor dem dicken alten Baum gesessen und mit ihr geredet hatte.

Sie hatte etwas an sich, das ihn an seine Mutter erinnerte. Nicht, dass sie ihr ähnlich gesehen hätte, sie war ein ganzes Stück kleiner und dünner und redete auch anders. Aber ihre Art zu lachen und einem direkt in die Augen zu sehen schien ihm seltsam vertraut, fast so, als würde er sie schon lange kennen.

Sie hatte ihm gesagt, dass er seinem Vater helfen müsse, doch warum tat sie es nicht selber? Pelle wusste genau, dass sie es viel besser konnte als er. Sein Vater hatte in den paar Stunden mit ihr mehr gelacht als in den letzten zwei Jahren zusammengenommen. Es war beinahe so, als gehörte sie hierher.

Siv hatte ihm erzählt, dass Hanna einen Mann hatte und mit ihm zusammen um die Welt segeln wollte. Doch warum hatte sie dann mit seinem Vater im Bootshaus übernachtet? Männer und Frauen gingen zusammen ins Bett, weil sie sich liebten. So wie es seine Eltern getan hatten. Vielleicht kam sie mit ihrem Mann nicht mehr klar, genau wie Mats Mutter, die letzten Sommer in ein anderes Haus gezogen war, weil sie und ihr Mann ständig gestritten hatten. Jetzt hatte sie einen neuen Freund, und mit Mats Vater war sie noch befreundet.

Warum sollte Hanna das nicht so ähnlich machen? Wenn sie hier blieb, würde sein Vater vielleicht auch nicht mehr wegwollen.

Noch war sie da, Pelle wusste, dass sie nicht weg konnte, weil Jan noch an dem Boot arbeitete.

Gedankenverloren betrachtete Pelle die flammenfarbene Haut des Drachens, während er mit den Fingern über die Nähte strich. Dann holte er entschlossen mit der Faust aus und schlug mit aller Kraft auf die Bespannung, sodass sie knirschend zerriss.

*

Niclas nahm eine Flasche Mineralwasser aus dem Kühlschrank, und als er die Tür zufallen ließ, fiel sein Blick auf die mit Magneten befestigten Fotos. Silke und Pelle, Silke und er selbst, immer lachend und immer glücklich. Diese Zeit erschien ihm mit einem Mal wie ein weit entferntes, völlig anderes Leben. Ein glückliches Leben, das ihn mit wunderbaren Erinnerungen erfüllte. Aber eben auch ein Leben, das vorbei war. Überrascht und ein bisschen wehmütig erkannte er, dass er zum ersten Mal seit ihrem Tod in der Lage war, an sie zu denken und dabei zu spüren, dass sie ein Teil seiner Vergangenheit war. Hanna war im Begriff, aus seinem Leben zu verschwinden, noch bevor sie wirklich darin angekommen war. Dessen ungeachtet hatte sie etwas hingekriegt, das in den letzten beiden Jahren niemandem vor ihr gelungen war. Er konnte endlich die Vergangenheit von der Gegenwart trennen.

Was aus seiner Zukunft werden würde, war allerdings eine andere Sache, über die er im Augenblick nicht nachdenken wollte.

Er hatte sein Handy ausgestellt, weil er es nicht länger ertragen konnte, vergeblich auf eine Nachricht von ihr zu warten. Solange es nicht an war, konnte er sich wenigstens vormachen, dass sie sich vielleicht doch noch einmal bei ihm gemeldet und dabei am eigenen Leib gespürt hatte, wie weh diese kalte Abweisung tat.

Er starrte die Wasserflasche in seiner Hand an und war eine Sekunde lang versucht, sie gegen die Wand zu werfen, ein Akt roher Gewalt, um seinen Frust und seinen Zorn loszuwerden.

»*Hej*, Papa!«

Niclas sah durch das angelehnte Küchenfenster, wie Pelle auf das Haus zugerannt kam. Er hielt mit beiden Händen den Drachen hoch, während der meterlange Schwanz wie ein Band aus Feuer hinter ihm herflatterte und über das Gras schleifte.

Niclas ging zum Fenster und stieß es auf. »Was ist denn?«

»Der Drachen ist kaputt.« Pelle zeigte ihm das Loch. »Ist in einen Baum gekracht. Das Loch kommt von einem Ast.«

»Das kriegen wir schon wieder hin. Ich komme raus.«

Er ging in den Garten und besah sich den Schaden.

»Lass uns doch zu Hanna fahren.« Pelle schaute erwartungsvoll zu ihm hoch. »Die weiß, wie so was geht!«

»Das bekommen wir auch alleine wieder hin.«

»Aber Hanna kann so was!«, begehrte Pelle auf. »Sie …«

»Hast du nicht gehört?«, unterbrach Niclas ihn unwirsch. »Ich kümmere mich darum!«

»Aber …«

»Pelle!« Niclas Stimme war wie ein Peitschenhieb. »Ich will nichts mehr davon hören! Die Sache ist entschieden!«

Pelle zuckte erschrocken zusammen, dann richtete er sich auf und funkelte seinen Vater an. Heftig stieß er ihm den Drachen vor die Brust, sodass Niclas einen halben Schritt zurücktaumelte.

Im nächsten Augenblick rannte Pelle mit rudernden Armen quer über die Wiese davon.

*

Jan widerstand der Versuchung, sich für eine Weile auszuruhen. Es gab genug Arbeit in der Werkstatt, und da er hier der Chef und die einzige Arbeitskraft gleichzeitig war, konnte er es sich nicht erlauben, einfach zwischendurch schlappzumachen.

Immerhin war die *Miranda* klar zum Auslaufen. Er hatte alles andere liegen lassen und das fehlende Teil eingebaut, nachdem es heute Nachmittag endlich per Kurier angekommen war. Hanna hatte es so eilig mit ihrer Weltumsegelung, dass sie ihm vermutlich den Kopf abgerissen hätte, wenn er das Boot nicht gleich repariert hätte.

Als er das elegante Cabrio vorfahren sah, legte er den Lötkolben zur Seite und schob sich die Schutzbrille auf die Stirn.

Erstaunt schaute er der Frau entgegen, die aus dem Wagen stieg und mit energischen Schritten auf ihn zukam. Sie wirkte sehr elegant mit ihrem schwingenden Rock und der weißen Jacke. Doch als sie näher kam, bemerkte er, dass der Rock eine Idee zu durchsichtig war und die Absätze ein wenig zu hoch. Nicht, dass es ihm nicht gefallen hätte; die Frau war bildschön und wusste sich zu bewegen, und er hatte für dergleichen schon immer ein gutes Auge gehabt. Aber Jan spürte instinktiv, dass sie es darauf anlegte, aufzufallen. Sie war eine Frau, vor der Männer sich in Acht nehmen mussten. In ihren Augen stand ein fiebriger Glanz, als sie auf ihn zutrat.

»*Hej.*«

Er nickte. »Kann ich was für Sie tun?«

Ihr dunkelrot geschminkter Mund verzog sich zu einem flüchtigen Lächeln. »Ich suche das Boot der Bellmanns.«

Er deutete auf die *Miranda*. »Da drüben.«

»Ich bin die Sekretärin von Herrn Bellmann. Er hat

mich gebeten, ihm noch ein paar Unterlagen aufs Boot zu bringen. Ist er zufälligerweise da? Oder seine Frau?«

Jan schüttelte den Kopf und betrachtete sie. Etwas an ihrer Art irritierte ihn, ohne dass er genau hätte sagen können, was es war. Vielleicht war es das winzige Zittern in ihrer Stimme oder die Tatsache, dass ihr Lächeln nicht ihre Augen erreichte. Sie schien unter großer Anspannung zu stehen.

»Dann ist es wohl das Beste, wenn ich die Papiere in die Kajüte lege. Sie haben doch nichts dagegen, oder?«

Sie entfernte sich ein paar Schritte, bereits im Begriff, zum Steg hinüberzugehen.

Stirnrunzelnd hob Jan die Schultern. »Wenn Sie seine Sekretärin sind ...«

Sie nickte und stöckelte auf ihren hohen Absätzen über die Planken, bis sie die *Miranda* erreicht hatte.

Jan wandte sich achselzuckend wieder seiner Arbeit zu. Außer Essensvorräten ließ sich dort nicht viel klauen, die Bellmanns hatten alle Wertsachen mitgenommen, darauf hatte er bestanden. Außerdem sah die Frau nicht aus, als hätte sie es nötig, sich an fremdem Eigentum zu vergreifen. Allein das Cabrio, das sie fuhr, war mehr wert als er in den letzten drei Jahren verdient hatte.

Elsa erklomm die Yacht und stieg eilig hinunter in die Kajüte. Ihr wurde übel, als sie sich im Inneren des Schiffes umsah. Die Teakholzvertäfelung, die blauen Kissen auf den Bänken, die mit ein paar Handgriffen zu einem Bett umfunktioniert werden konnten, die Fotos von früheren Segeltörns, die an eine Schranktür gepinnt waren. Hier wollte er also ein ganzes Jahr mit ihr verbringen.

Auf einem Wandbrett neben der Kombüse lag das Logbuch. Elsa schlug es auf und empfand es plötzlich als Fügung des Schicksals, dass noch kein Eintrag darin stand.

Sie holte den Brief aus ihrer Handtasche, um ihn hineinzulegen. Wer auch immer das Buch zuerst aufschlug – er würde den Umschlag finden. Sie hatte ihn nicht zugeklebt, und sie hatte nicht nur *für Erik*, sondern auch ihren Absender darauf geschrieben. Falls seine Frau für die Logbucheinträge zuständig war, würde sie auf den Brief stoßen und hineinschauen. Dann sollte es eben so sein. Elsa hatte es endgültig satt, nur eine Randfigur in seinem Leben zu sein. Sie war nicht irgendwer, sondern die Frau, die er seit einem Jahr liebte, und sie war der Meinung, dass es höchste Zeit war für ein paar Wahrheiten.

Im nächsten Moment hätte sie um ein Haar entsetzt aufgeschrien. Jemand kam die Leiter herunter, und erst eine schreckerfüllte Sekunde später sah sie, dass es Erik war.

Völlig konsterniert blickte er sie an. »Elsa, was um Himmels willen ...«

Wortlos nahm sie den Brief wieder aus dem Logbuch und knallte ihn Erik vor die Brust, bevor sie sich an ihm vorbeidrückte und rasch zurück an Deck stieg.

Erik folgte ihr hastig, doch sie war bereits wieder auf dem Steg und eilte hinüber zu ihrem Wagen.

Vernichtet ließ Erik sich auf die Ruderbank fallen und starrte auf den Brief. Beim Anblick ihres Cabrios hatte sich vorhin in seinen Eingeweiden ein Knoten gebildet, der ihm immer noch die Luft abdrückte. Um ein Haar wäre sie Hanna über den Weg gelaufen! Ob sie es womöglich sogar darauf angelegt hatte?

Dass es nicht dazu gekommen war, hatte er nur einem glücklichen Zufall zu verdanken. Lotta war noch nicht vom Einkaufen zurück, und Hanna hatte darauf bestanden, auf sie zu warten, um sich anständig von ihr zu verabschieden. Es konnte nur ein paar Minuten dauern, bis sie ebenfalls hier eintraf.

Unruhig drehte er das Kuvert in seinen Händen, bevor er den Bogen herauszog und ihn auseinander faltete. Nur drei Worte standen dort: *Ich liebe dich.*

Dem Brief war ein Foto beigelegt, das in mehrere Teile zerrissen und anschließend wieder zusammengeklebt worden war. Erik kannte das Bild. Sie hatten es mit dem Selbstauslöser ihrer Kamera zum Anlass ihres sechsmonatigen Zusammenseins aufgenommen. Damals hatte er wirklich geglaubt, alles unter einen Hut bringen zu können. Zwei Frauen, zwei Leben. Er musste wohl wahnsinnig gewesen sein, eine andere Erklärung fand er nicht dafür.

Trotzdem konnte er nichts gegen den Schmerz tun, der ihn beim Anblick ihres davonbrausenden Cabrios wie aus dem Nichts ansprang und ihm den Atem nahm.

*

Lotta war gut aufgelegt, als sie die Halle betrat. Sie hatte in ihrer Lieblingsboutique ein rotes Kostüm gefunden, das wie angegossen passte. Glücklich über ihre Neuerwerbung, hatte sie es gleich angelassen und wünschte sich, Jan könne sie sehen. Natürlich war ihm längst aufgegangen, was er an ihr verloren hatte, doch es konnte nicht schaden, ihn hin und wieder mit der Nase darauf zu stoßen. Auch wenn die andere vielleicht zehn Jahre jünger und um einiges schlanker gewesen war als sie selbst – Lotta wusste, dass sie gut aussah und dass Jan sie immer noch begehrte, und zwar mehr als je zuvor.

Eines der Mädchen hatte frische Blumen in einer Vase dekoriert und reichte sie Lotta im Vorbeigehen. »Der Strauß ist für Sie abgegeben worden.«

Lotta bedankte sich und ging beschwingt weiter zur Empfangstheke, wo sie die Vase abstellte und das Kärtchen herausfischte, um einen Blick darauf zu werfen. Er konnte es einfach nicht lassen.

Als das Telefon läutete, hob sie lächelnd ab und meldete sich. Aus den Augenwinkeln sah sie Hanna die Treppe herunterkommen und nickte ihr freundlich zu.

»*Hej*, Niclas«, sagte Lotta erfreut.

»Ist Hanna Bellmann da?«, fragte er sofort. Seine Stimme klang gehetzt.

»Hanna Bellmann?« Lotta zögerte, als sie Hannas entgeisterten Gesichtsausdruck sagte. »Moment …«

Hanna winkte hastig gestikulierend ab, und Lotta setzte in bedauerndem Tonfall hinzu: »Nein, Niclas, tut mir Leid, sie ist nicht mehr im Hotel.«

Ein Klicken in der Leitung zeigte an, dass er aufgelegt hatte.

Lotta schaute Hanna fragend an, doch die war offenbar nicht gewillt, Erklärungen abzugeben. Stattdessen deutete sie auf die Blumen. »Schöner Strauß.«

»Mhm. Das konnte er schon immer. Er hat mir immer unglaublich schöne Blumen geschenkt.«

»Ihr Mann«, sagte Hanna mit besonderer Betonung.

Beinahe trotzig nickte Lotta. »Ja, mein Mann.« Gleich darauf schwächte sie ihren Satz ab. »Sozusagen.« Sie lächelte schief. »Macht der Gewohnheit, wissen Sie.«

Sie nahm die Vase und stellte sie auf dem Sideboard hinter der Empfangstheke ab. »Möchten Sie die Rechnung?«

»Ja, bitte.«

»Schade, dass Sie schon abreisen.«

Hanna nickte mit abgewandtem Gesicht. »Es war sehr schön bei Ihnen. Ein Glück, dass wir Ihren Mann getroffen haben.« Unvermittelt setzte sie hinzu: »Sind Sie eigentlich schon lange geschieden?«

Lotta schaute kurz von dem Rechnungsformular auf. »Wir sind nicht geschieden. Nur getrennt.«

»Deswegen.« Hanna nickte nachdenklich. »Sie wirken gar nicht wie ein geschiedenes Paar.«

»Aber faktisch sind wir es. Ist uns nur zu teuer, diese ganze Sache mit den Anwälten und so.«

»Manche machen den letzten Schritt ja nur nicht, weil sie sich doch nicht sicher sind«, sagte Hanna. Langsam fügte sie hinzu: »Und schenken weiter Blumen …«

Lotta hob den Kopf, einen bitteren Ausdruck im Gesicht. »Wann ist man schon sicher im Leben?« Sie hielt inne, dann setzte sie achselzuckend hinzu: »Immerhin waren wir fast dreißig Jahre lang glücklich.«

»Und dann hat er einen Fehler gemacht.«

Lotta antwortete nicht.

»Den Sie ihm nicht verzeihen können«, fügte Hanna hinzu.

Lotta wollte offenbar nichts dazu sagen. Sie riss das fertig ausgefüllte Rechnungsformular ab und legte es auf den Tresen. »Zahlen Sie bar oder mit Karte?«

»Bar.« Hanna zählte die passende Summe ab. »Danke für alles.«

»Ich danke Ihnen«, sagte Lotta. Aufrichtige Sympathie klang aus ihrer Stimme, als sie Hanna zum Abschied die Hand gab. »Ich wünsche Ihnen eine gute Reise, und kommen Sie gesund wieder!«

Hanna erwiderte ihr Lächeln, bevor sie ihre Tasche nahm und zur Tür ging. Dort blieb sie stehen. Einen letzten Versuch war es wert.

»Sie sind doch immer noch wütend auf ihn. Glauben Sie wirklich, dass wären Sie, wenn Sie keine Gefühle mehr für ihn hätten?« Sie schaute Lotta eindringlich an, doch deren Miene blieb unbewegt. Hanna erkannte die Botschaft. Sie sollte endlich aufhören, sich in Dinge einzumischen, die sie nichts angingen. Mit gesenktem Kopf eilte sie nach draußen, wo zu ihrer Verblüffung Pelle auf sie zugerannt kam.

»Hanna!«, rief er.

»*Hej*, Pelle.«

Er hielt ihr den Drachen hin, in dessen Naht ein riesiges Loch klaffte. »Er fliegt nicht mehr«, sagte er niedergeschlagen.

»Das ist nicht so schlimm. Du brauchst nur etwas Kleber und …«

»Kannst du das nicht machen?«, fiel er ihr ins Wort.

»Ich bin auf dem Weg zu unserem Schiff, Pelle. Wir reisen gleich ab.« Sie wagte nicht, ihn anzusehen. Seine Blicke verstörten sie so, dass sie es kaum ertragen konnte. Vielleicht lag es daran, dass er seinem Vater zu ähnlich sah.

»Mach's gut, Pelle.« Hastig schulterte sie ihre Tasche und ging weiter.

»Wieso bleibst du nicht hier?«, rief er ihr anklagend nach.

Sie brachte es nicht fertig, ihn einfach so stehen zu lassen. Schweren Herzens drehte sie sich um und ging wieder zu ihm zurück.

»Du weißt doch, Erik und ich wollen um die ganze Welt reisen. Es wird einfach Zeit, dass wir wegkommen!«

Ein flehender Ausdruck trat in seine Augen, während er ihr den Drachen hinhielt. »Kannst du das nicht noch schnell machen? Bitte, Hanna!«

»Tut mir Leid, aber Erik wartet auf mich. Ich bin sowieso schon zu spät.« Pelle sah aus, als hätte sie ihn geschlagen, und in dem hastigen Bemühen, ihnen beiden den Abschied zu erleichtern, fuhr Hanna fort: »Schau, es ist doch wirklich nicht so schlimm! Das kann der Niclas machen.«

»Papa?« Pelle schaffte es, seine ganzen Emotionen in

dieses eine Wort zu legen. Wut, Furcht, Enttäuschung. Vor allem aber absolute Hoffnungslosigkeit.

Hanna nickte nachdrücklich. »Ja, Papa. Mit dir zusammen. Ihr seid ein gutes Team.« Sie schluckte, doch der dicke Kloß, der ihr im Hals steckte, wollte nicht verschwinden. »Mach's gut, Pelle«, flüsterte sie, bevor sie davoneilte. Sie schaffte es nicht, sich noch einmal zu ihm umzudrehen, weil sie Angst hatte, dass der Ausdruck in seinen Augen sie sonst vielleicht bis ans Ende der Welt verfolgen würde.

*

Unterdrückt fluchend kämpfte Jan mit dem Knoten der Krawatte, und als er es endlich hingekriegt hatte, sie vernünftig zu binden, fand er, dass er wie ein verdammter Lackaffe aussah. Grimmig betrachtete er sein ungewohnt elegantes Konterfei in dem winzigen Spiegel und zerrte dann kurzerhand das blöde Ding über den Kopf. Mit offenem Hemdkragen gefiel er sich entschieden besser. Zufrieden hängte er die Krawatte über den Spiegel. Lotta würde ihn so nehmen müssen, wie er war. Alt, kreuzlahm, mit ein paar Falten zu viel. Und vor allem ohne Schlips. Er würde alles für sie tun. Sogar vor ihr auf die Knie gehen, falls sie Wert darauf legte. Und ihr weiterhin mindestens einmal im Monat Blumen schenken. Aber auf keinen Fall würde er ihretwegen zum Gecken werden.

Als er sich umwandte, stand Hanna in der offenen Tür des Kontors. Sie hatte eine Reisetasche zu ihren Füßen abgestellt und grinste ihn wohlgefällig an. »*Hej*, Jan. Sie sehen ja toll aus! Haben Sie etwas vor?«

Er zupfte den Kragen seines schicken weißen Hemdes zurecht.

»Klarschiff machen mit Lotta«, sagte er würdevoll. »Muss endlich sein.« Er betrachtete sie eingehend und bemerkte die Wehmut in ihrem Blick. »Und Sie? Wollen Sie wirklich losfahren?«

»Ja«, sagte sie mit flacher Stimme. »Es wird höchste Zeit.«

»Ich wünsche Ihnen Glück, Hanna«, sagte er bedächtig. »Mögen Sie das finden, was Sie suchen.«

Sie nickte mit gesenktem Kopf. »Danke, Jan. Auch Ihnen alles Gute.« Dann schaute sie auf und sah ihn an, und ihre Augen waren plötzlich wie Silber im Regen.

In einer Aufwallung von Zuneigung und Mitgefühl zog Jan sie an seine Brust. »Mach's gut, Mädel«, flüsterte er bewegt. »Und wenn es anders kommt – denk dran, es gibt immer einen neuen Weg.«

Im nächsten Augenblick verzog er in komischer Verzweiflung das Gesicht. Lotta hatte den Steg betreten und musterte ihn mit unbestechlicher Aufmerksamkeit. Sie trug ein funkelnagelneues rotes Kostüm und war so unglaublich schön, dass er einen Moment lang wirklich mit der Idee spielte, vor ihr auf die Knie zu gehen.

»Ist das nicht typisch!« Er lachte ein bisschen gequält und ließ Hanna los. »Jahrelang kommst du nicht zu mir. Und dann überwindest du dich endlich – und findest mich in einer kompromittierenden Situation.« Er grinste Lotta breit an, während er zu ihr hinüberging. »Aber ich kann dich beruhigen. Hanna ist vergeben.« Sein Lächeln wurde eine Spur breiter. »Außerdem ist sie etwas zu jung für mich.«

»Du meinst wohl, du bist zu alt«, versetzte Lotta trocken.

Jan schaute sie an, seine Blicke umfingen ihr Gesicht, und ihm war, als wäre soeben die Sonne aufgegangen. Sie auf einmal hier zu haben brachte ihn völlig aus der Fassung. Wie von selbst stahl seine Hand sich über ihren Arm und legte sich in ihren Nacken, doch sie entwand sich ihm, nicht unwillig, eher verlegen. Sie war nicht hier, um ihm wehzutun.

»Jan, ich würde gern mit dir reden.«

Er begriff sofort, was sie ihm sagen wollte, und die Freude schnürte ihm die Kehle zu. »Du bist wirklich zu mir gekommen!«

»Ja«, erwiderte sie bewegt. »Es tut mir Leid. Es tut mir Leid, dass ich so lange dafür gebraucht habe.«

Er verdrehte die Augen, und einen Moment glaubte Lotta, er würde gleich einen seiner üblichen Späße von sich geben. Doch dann fuhr seine Hand hoch und presste sich gegen seinen Brustkorb, tastete über die Rippen, als wolle er dort etwas festhalten.

»Jan?« Beunruhigt trat sie einen Schritt vor.

Er keuchte und versuchte, etwas zu sagen, doch es drangen nur unartikulierte Laute aus seinem Mund. Im nächsten Augenblick knickten die Knie unter ihm ein, und er sackte wie vom Blitz gefällt zusammen.

»Jan!« Lotta schrie mit überkippender Stimme seinen Namen. Es gelang ihr gerade noch, seinen Fall zu bremsen, bevor er mit dem Kopf auf die Planken schlug. Ausgestreckt blieb er auf dem Steg liegen, das Gesicht zum Himmel gewandt, die Augen weit offen und auf seltsame Weise verschleiert. Lotta packte seine Schultern und schüttelte ihn. »Jan!«

Hanna ließ ihre Tasche fallen und war ein paar Sekunden später an ihrer Seite. »Was ist?«, schrie sie bestürzt.

»Ich rufe einen Krankenwagen«, stieß Lotta hervor. Sie rappelte sich hoch und rannte die paar Schritte zum Telefon, das an der Außenwand neben dem Kontor angebracht war.

Hanna beugte sich über Jan. Seine Lider flatterten, und er versuchte, etwas zu sagen. Seine Lippen formten ein Wort. Es war der Name seiner Frau.

Lotta kam zurück, blankes Entsetzen im Blick. »Sie brauchen eine halbe Stunde«, sagte sie hilflos. Stolpernd ging sie neben ihrem Mann in die Knie.

»Ich laufe zu Niclas, das geht schneller!« Hanna sprang auf und rannte los. Die körperliche Anstrengung war ungewohnt, doch sie achtete nicht auf das Seitenstechen und das Brennen in ihren Bronchien. Japsend erreichte sie endlich das rote Häuschen. Sie hielt sich nicht damit auf, zu klopfen, sondern stieß einfach die Tür auf und rannte ins Haus. »Niclas?« Keuchend hielt sie sich am Türpfosten fest. Er war da, er kam sofort aus der Küche, als er ihre Stimme hörte. Gott sei Dank war er zu Hause! Stapel von Geschirr türmten sich auf dem Küchentisch, und überall standen Umzugskisten herum. Anscheinend war er im Begriff, seine Zelte hier abzubrechen.

»Hanna!« Auf seinem Gesicht zeigte sich eine Abfolge rasch wechselnder Gefühle, zuerst Verblüffung, dann sehnsüchtige Freude und schließlich offene Besorgnis, als er erkannte, dass etwas passiert sein musste.

»Komm schnell!«, rief sie außer Atem. »Jan ist zusammengebrochen!«

Niclas prallte zurück. Er war wie betäubt.

»Habt ihr den Krankenwagen gerufen?«, fragte er. Seine Stimme klang in seinen eigenen Ohren seltsam schleppend, und mit einem Mal hatte er das Gefühl, seine Füße nicht mehr richtig bewegen zu können.

»Ja, aber der braucht eine halbe Stunde! *Du* musst Jan helfen!«

Er folgte ihr, blieb aber in der Haustür stehen. »Hanna ...« Er wusste nicht, wie er es ihr sagen sollte.

Mühsam nach Worten ringend, presste er hervor: »Ich weiß nicht, ob ich das kann.«

Hanna drückte seine Hand. Ein wissender Ausdruck stand in ihren Augen. »Du wirst gebraucht«, sagte sie ruhig. »Komm.«

Niclas holte tief Luft. Ihre Worte hatte etwas in ihm berührt, das niemals in Vergessenheit geraten durfte, solange er Augen zum Sehen und Hände zum Arbeiten hatte. Da war jener Schwur, den er vor langer Zeit geleistet hatte. Es war der Eid, den jeder Arzt zu jeder Zeit befolgen musste.

Er strauchelte auf dem Weg zum Dielenschrank, fing sich aber wieder, bevor er sich niederkauerte und die Tasche mitsamt Kardio-Set hervorkramte. Einen Augenblick fühlte es sich ungewohnt an, aber dann lag es in seiner Hand, als stünde es völlig außer Frage, dass es dort hingehörte.

Nur Augenblicke später waren sie beim Wagen. Niclas riss die Fahrertür auf und zögerte. »Du musst wissen, dass ich einmal einen geliebten Menschen nicht retten konnte …«

Sie unterbrach ihn sofort. »Niclas, du bist Arzt. Du *musst* es tun.«

Das wusste er selbst, sie hatte es nur noch einmal ausgesprochen. Er setzte sich kommentarlos hinters Steuer und stieß den Wagenschlüssel ins Zündschloss. Hanna glitt auf den Beifahrersitz und knallte die Tür zu. Niclas gab Gas, und gleich darauf brauste der Wagen aus der Einfahrt in Richtung Straße.

*

Lotta kniete neben Jan auf dem Steg und streichelte ihm unablässig die Stirn. »Es wird gut«, weinte sie. »Es wird alles wieder gut.«

Hin und wieder wischte sie sich die Tränen weg, um überhaupt noch etwas erkennen zu können. Ihr Make-up war zerlaufen, und ihre Strümpfe waren zerfetzt, und vorhin hatte sie sich an einem hervorstehenden Nagel den Rock zerrissen. Doch das alles war von größtmöglicher Bedeutungslosigkeit.

Nur Jan war wichtig. Er musste entsetzliche Schmerzen haben, doch er versuchte, es sich nicht anmerken zu lassen, dieser liebe, verrückte Mensch! Er starb vielleicht und wollte immer noch den starken Mann markieren! Lotta schluchzte auf und wiegte sich auf den Knien vor und zurück, während er rasselnd nach Luft rang und doch bei keinem einzigen Atemzug genug davon in seine Lungen saugen konnte. Sein Gesicht war wachsbleich und sah ganz fremd aus, weil es so verzerrt war. Seine Lippen waren blau angelaufen, und seine Blicke irrten panisch hin und her.

Sie hatte ihm ein Kissen aus Netzen und zusammengerollten Seilen unter den Kopf geschoben, damit er leichter atmen konnte. Doch jedes Mal, wenn er Luft holte, schien er dem Ersticken ein Stück näher zu kommen.

»Ich bin bei dir, Liebling!«

Sein Mund öffnete und schloss sich, und sie beugte sich vor, um ihn verstehen zu können. Ihre Tränen tropften auf sein Gesicht, doch es kümmerte sie nicht.

Seine Worte kamen gequetscht und kaum hörbar heraus, doch Lotta verstand ihn trotzdem.

»Ich war ein Idiot.«

»Ich auch«, sagte sie weinend.

»Es tut mir Leid, dass ich dich so verletzt habe«, flüsterte er mühselig.

»Ich weiß«, stammelte sie. »Jetzt rede nicht so viel. Alles wird gut, ganz bestimmt!«

»Sicher?«

»Ganz sicher!«

»Warum küsst du mich dann nicht?«

Sie lachte unter Tränen und beugte sich über ihn, darauf bedacht, ihn nicht mehr als nötig zu berühren. Sacht küsste sie ihn auf die Lippen, ganz kurz nur. Dann hörte sie endlich das Geräusch des näher kommenden Wagens und hätte am liebsten erleichtert aufgeschrien. Gefolgt von Hanna, kam Niclas über den Steg gerannt und hockte sich neben Jan auf die Planken.

»*Hej*, Jan. Wo sitzt der Schmerz?« Er nahm Jans Handgelenk und fühlte den Puls.

»Ich glaube, es ist der Rücken«, murmelte Jan.

Niclas riss seinen Koffer auf und zog das Stethoskop hervor. Hastig horchte er Jans Brust ab und blickte dann betroffen auf.

»Der Krankenwagen ist unterwegs, ja?«

»Was ist mit ihm?« Lotta stellte die Frage, obwohl sie es bereits ahnte.

»Nicht aufregen«, sagte Niclas knapp. »Aber ich fürchte, es ist ein leichter Herzinfarkt.«

»Es sind Rückenschmerzen«, keuchte Jan protestierend.

»Das ist ja das Fatale. Herzprobleme äußern sich oft über Schmerzen im Rücken oder in den Armen.« Niclas nahm eine Spritze und zog sie auf, als Lotta einen entsetzten Aufschrei hören ließ.

Jan zuckte und schnappte nach Luft, und einen Moment später fiel sein Kopf zur Seite.

»Gott«, presste Niclas zwischen den Zähnen hervor, nachdem er abermals Jans Brust abgehört hatte.

»Was ist?«, schrie Lotta angsterfüllt.

»Herzstillstand.« Niclas war bereits dabei, die Elektroden des Defibrillators auf Jans Brust zu befestigen. »Achtung, Vorsicht!«, brüllte er. »Wegbleiben!« Er drückte den Auslöser mit dem roten Leuchtherz, und Jans Körper bäumte sich unter dem Stromstoß auf. Im nächsten Moment atmete er wieder. Lotta brach weinend neben ihm zusammen, während Niclas und Hanna sorgenvolle Blicke tauschten. Wenig später waren endlich die Sirenen des nahenden Krankenwagens zu hören.

*

Hanna kam es so vor, als hätten sie Stunden gewartet, doch in Wahrheit waren kaum dreißig Minuten vergangen, als Niclas aus der Notaufnahme kam. Er trug einen Arztkittel, ein für Hanna ungewohnter Anblick. Die Berufskleidung ließ ihn souverän wirken, seine ganzen Bewegungen und sein Gesichtsausdruck strahlten Professionalität aus. Hanna sah ihn näher kommen, und dann korrigierte sie sich in Gedanken. Es war nicht der Kittel oder das Stethoskop, das aus seiner Brusttasche schaute, sondern der Mensch. Niclas war Arzt, und er war es mit jeder Faser seines Wesens. Er hatte es einfach nur für eine Weile vergessen.

Siv eilte ihm entgegen. Sie war vor zehn Minuten eingetroffen. Kreidebleich und mit angstvoll geweiteten Augen war sie pausenlos im Gang auf und ab marschiert, während Lotta reglos an der Wand gestanden und ihre Schuhspitzen angestarrt hatte.

Niclas zog erschöpft den Kittel aus. »Fürs Erste ist er über den Berg.«

Lotta stöhnte und sackte sichtlich zusammen. »Gott sei Dank! Können wir zu ihm?«

»Er wird gerade auf die Intensivstation gebracht. Sie lassen euch sicher gleich zu ihm.«

Siv nahm Lottas Hand. »Kommst du mit?«, wandte sie sich an Niclas.

»Es ist besser, wenn es nicht zu viele Leute sind. Er soll sich nicht aufregen. Sagt ihm, ich komme später noch einmal vorbei.«

Siv nickte und folgte eilig ihrer Mutter den Gang entlang.

Niclas drehte sich zu Hanna um, die mit verschränkten Armen auf ihn wartete.

Sie schaute ihn ernst an. »Du hast ihm das Leben gerettet.«

Er nahm ihre Hand. »Danke, dass du mich geholt hast.«

»Du hättest nicht aufhören dürfen, als Arzt zu arbeiten!«

Ihr Gesicht war ein offenes Buch für ihn. Er sah nicht nur ihre Erleichterung, sondern auch ihre Bewunderung und – ja, ihre Liebe. Er hatte es schon davor gewusst, aber es jetzt in ihren Augen zu erkennen, war ihm wichtig. Ihre Hand lag in seiner, und diesmal ließ er sie nicht los.

Sie hatten nur Augen füreinander und merkten nicht, dass Siv am Ende des Ganges stehen geblieben war und einen Blick zurückwarf.

Sie sah Niclas vor Hanna stehen und deren Hand halten. Einen Sekundenbruchteil wollten die Beine unter ihr nachgeben. Der Schmerz war schneidend und traf sie völlig unvorbereitet. Doch schon wenige Augenblicke danach wurde er schwächer und wich der bohrenden Frage, ob sie es wohl auch allein in Stockholm packen würde. Mit zusammengezogenen Brauen ging sie in das Untersuchungszimmer und schloss sacht die Tür hinter sich.

*

Sie nahmen sich die Zeit für einen letzten Spaziergang. Erik war nicht auf der *Miranda*, er hatte auf der Ruderbank einen Zettel hinterlassen, dass er etwas vergessen hätte und bald wieder da wäre. Es stand keine Uhrzeit dabei, und da er schon vor Jans Zusammenbruch die Anlegestelle verlassen haben musste, konnte es gut sein, dass er schon in ein paar Minuten wieder zurückkehrte.

Doch Hanna war es egal. Sie wollte noch einmal mit Niclas zusammen sein, wenigstens für eine kurze Weile. Es war vielleicht ein Fehler, aber sie konnte nicht anders. In seiner Nähe zu sein war wie Balsam für ihre Seele.

Unweit der Werft erstreckte sich lichter Mischwald am Ufer des Sunds. Sie wanderten zwischen den Bäumen hindurch, immer darauf bedacht, nah beim Wasser zu bleiben. Wie aus einer stillen Übereinkunft heraus achteten sie darauf, einander nicht zu berühren.

»Ich konnte meine eigene Frau nicht retten«, sagte Niclas, nachdem sie eine Weile gegangen waren.

Sie schaute ihn liebevoll an, und er begriff, dass sie es schon vorher gewusst hatte. Vermutlich hatten Lotta oder Jan es ihr erzählt. Dennoch war er erleichtert, dass er es gesagt hatte.

»Wie ist sie gestorben?«, fragte Hanna sanft.

»Ein Riss in der Aorta.« Er ersparte ihr den medizinischen Fachausdruck und auch Ausführungen darüber, dass es jeden treffen konnte, ob Jung oder Alt, und dass es in den meisten Fällen tödlich endete. »Sie ist zusammengebrochen, ganz plötzlich, beim Abendessen. Ich habe alles versucht, sie zu retten. Aber sie ist innerlich verblutet.«

Hanna schaute ihn herausfordernd an. »Und diese Stelle im Gesundheitsministerium – glaubst du, dass du das alles dort besser vergessen kannst?«

Er hob die Schultern. »Wenigstens kann ich da keine

Fehler mehr machen, die ein Menschenleben kosten können.«

»Das nennt man Flucht.«

»Ja und? Fliehen wir nicht alle vor irgendetwas?« Eine Spur von Sarkasmus schlich sich in seine Stimme. »Du doch auch. Und dabei weißt du genau, dass der Schatten auf deiner Seele, vor dem du fliehst …« Er stockte, und seine Stimme wurde leiser. »Dass du ihn überallhin mitnehmen wirst.«

Sie wollte das nicht hören und ging eilig weiter, doch er hatte sie rasch eingeholt. »Du hast gesagt, du willst Erik und dir noch eine Chance geben. Wieso gibst du *uns* keine Chance?«

Als sie nicht antwortete, fuhr er fort: »Weißt du, ich habe darüber nachgedacht, was ich tun würde, wenn du zu mir sagen würdest: Niclas, lass uns …« Er hielt kurz inne und überlegte. Er hatte *Neuseeland* sagen wollen, doch das musste es nun wirklich nicht unbedingt sein. » … ans Ende der Welt fahren«, fuhr er fort. Er ging um sie herum und suchte ihren Blick. »Weißt du, was ich tun würde? Ich würde meinen Sohn packen und mit dir kommen.«

Hanna schloss kurz die Augen. Dieser letzte Spaziergang war doch ein Fehler gewesen, sie erkannte es, noch bevor er seine nächsten Worte aussprach.

»Hanna, ich liebe dich. Und so komisch es klingen mag: Ich würde alles für dich tun.«

Sie wich seinen Blicken nicht länger aus. »Dann mach deine Praxis wieder auf«, sagte sie drängend. »Komm wieder hierher zurück, dahin, wo du gebraucht wirst.«

Er schaute sie unverwandt an. »Und du?«

Sie schwieg lange. Schließlich sagte sie leise und hoffnungslos: »Du hast es schon gesagt. Mir fehlt der Mut.«

Damit war alles gesagt. Ihre gemeinsame Zeit war vorbei. Ohne sich noch einmal nach ihm umzudrehen, ging sie durch den Wald davon.

*

Ein Arzt führte sie zur Intensivstation und ermahnte sie, den Patienten nicht aufzuregen und nicht länger als fünf Minuten zu bleiben. Hanna bedankte sich und ging auf Zehenspitzen zu dem Bett, in dem Jan lag. Sein Gesicht war bleich und eingefallen, aber seine Augen leuchteten auf, als er Hanna an sein Bett treten sah.

Sie nahm vorsichtig seine Hand. »Ich möchte mich verabschieden.«

Er grinste ein wenig schief. »Wenn ich hier raus bin, werde ich wieder bei Lotta einziehen. Wahrscheinlich nimmt sie mich nur aus Mitleid auf. Aber das ist mir egal.«

Hanna lachte leise. »Lotta liebt Sie!«

Jan stritt es nicht ab. »Liebe ist das Wichtigste.« Er blickte ihr geradewegs in die Augen. »Nicht nur für Lotta und mich.«

»Wie meinen Sie das?«

Er schluckte und hielt ihre Hand fester. »Fahr nicht.«

Sie schüttelte den Kopf, dann ließ sie sich vorsichtig auf der Bettkante nieder, ängstlich darauf bedacht, nicht an die Kabel und Infusionsleitungen zu kommen.

»Es ist falsch«, flüsterte er.

Tränen stiegen in ihre Augen. »Ich will daran glauben, dass es richtig ist.«

Sein Blick ging zu dem blinkenden Monitor vor dem Bett. Verschiedenfarbige Diagramme verliefen dort in ruhigen, gleichmäßigen Kurven, der Beweis dafür, dass er sich erholte. Doch es hätte auch ganz anders kommen können, und das machte er ihr mit seinen nächsten Worten klar.

»Das Leben dauert nicht ewig, Hanna. Wir sollten es nicht verschwenden.«

Die fünf Minuten waren noch nicht um, aber es war trotzdem an der Zeit, zu gehen. Sie drückte ein letztes Mal seine Hand, dann verließ sie still das Zimmer.

Sie nahm ein Taxi, um zurück zu der kleinen Werft zu fahren. Diesmal war Erik an Bord, Hanna sah ihn schon von weitem.

»Erik«, rief sie ihm zu. »Ich bin da, wir können los!«

Er drehte sich zu ihr um und lächelte sie an, während sie ihm entgegenlief. Er war ihr Ehemann, und sie sagte sich, dass alles seine Richtigkeit hatte.

»Ich habe gehört, was passiert ist.« Er nahm ihr die Reisetasche ab und half ihr an Deck. »Wie geht es Jan?«

»Gut. Er wird wohl wieder ganz gesund werden.« Hanna hatte Mühe, ihn anzusehen, doch immerhin schaffte sie es, ihrer Stimme einen unbekümmerten Klang zu verleihen. »Können wir starten?«

»Wenn du bereit bist.«

Hanna hatte für eine Sekunde den vagen Eindruck, er warte darauf, dass sie ihre Meinung änderte. Doch dann bückte er sich, um das Tau vom Steg zu lösen. »Also gut«, sagte er. »Zweiter Versuch.«

Als er an Bord stieg, wandte sie sich eilig ab, weil sie nicht wollte, dass er bemerkte, wie es in ihr aussah. Sie legte beim Hissen des Hauptsegels mit Hand an, und nur Minuten später glitt die *Miranda* vor dem Wind wie auf Schienen durch den Sund.

Hanna ging unter Deck und zog sich um, dünne Shorts und eine leichte Bluse. Sie sagte sich, dass sie in der Kajüte bleiben sollte, doch sie brachte es nicht fertig. Unruhig stromerte sie über das Deck und blieb schließlich am Mast stehen, die Blicke unverwandt aufs Ufer gerichtet. Übelkeit wallte in ihr auf, als die *Miranda* den nächsten Küstenvorsprung passierte und backbord voraus das kleine rote Haus auftauchte. Er war da, sie konnte ihn sehen! Eine große und eine kleine Gestalt liefen über die Wiese. Es mussten Pelle und Niclas sein, denn die kleinere Gestalt hielt einen großen bunten Drachen in der Hand.

Hanna glaubte, sich keinen Moment länger auf den Beinen halten zu können. Sie klammerte sich am Mast fest und versuchte, die aufschießenden Tränen zurückzuhalten.

Gott, lass es nicht so furchtbar schwer sein, flehte sie, machtlos gegen die Gefühle, die mit unaufhaltsamer Gewalt über sie hereinbrandeten.

»Nein«, flüsterte sie. Diesmal hatte sie es gesagt, es wirklich ausgesprochen. Nicht laut, aber in ihren eigenen Ohren gut hörbar. Sie wollte nicht mit Erik um die Welt fahren. Sie *konnte* es nicht. Es würde sie umbringen, denn der Teil von ihr, der sie wirklich am Leben erhalten würde – der war hier, dort drüben am Ufer. Sie könnte ihn sich herausreißen, aber wenn sie es tat, würde ihre Seele dabei sterben.

Entschlossen wandte sie sich zu ihrem Mann um. »Erik, ich muss mit dir reden.«

*

Niclas ging zum Haus zurück, als Frau Hellberg auftauchte. Im Grunde hatte er schon alles am Telefon mit ihr geklärt, aber die Maklerin schien es sich zum Anliegen gemacht zu haben, ihn in einem persönlichen Gespräch umzustimmen. Für sie ging es um eine schöne Stange Geld, das sie sich nicht so leicht durch die Lappen gehen lassen wollte. Niclas erklärte ihr nochmals geduldig, dass er nicht verkaufen würde, womit der Fall für ihn erledigt war.

»Und Sie sind sich wirklich sicher?«, versuchte sie es ein letztes Mal.

Niclas trat mit ihr zusammen auf die Terrasse und betrachtete den Garten mit den alten Bäumen und der ungezähmt wuchernden Wiese, die bis hinab an den Sund reichte. »Absolut«, sagte er.

»Schade. Doktor Martinson hätte beides genommen, Haus und Praxis. So einen Käufer findet man nicht so schnell.«

Niclas war, was Dr. Martinson betraf, nicht unbedingt überzeugt. Er hatte gehört, dass besagter Doktor in Stockholm ein Verfahren wegen diverser Trunkenheitsfahrten am Hals hatte und auf dem Land warten wollte, bis sich die Wogen geglättet hatten.

Wie auch immer, Niclas brauchte keinen Nachfolger mehr. Er reichte der Maklerin die Hand.

»Tut mir Leid, dass Sie sich umsonst bemüht haben, aber es ist entschieden.«

»Nun denn. Ich wünsche Ihnen viel Glück, Doktor Söderlind.« Sie zögerte, schon im Weggehen begriffen. »Würden Sie mir noch sagen, wieso Sie ihre Pläne geändert haben?«

Niclas blickte auf seinen Sohn, der im Garten mit dem Drachen herumhantierte und vergeblich versuchte, ihn steigen zu lassen. Das kaputte Ding wollte sich einfach nicht in die Lüfte erheben, doch Pelle war ohne jede Frage so glücklich wie schon lange nicht mehr. Dazu waren nur drei Worte nötig gewesen, die Niclas vor einer Stunde geäußert hatte. *Wir bleiben hier.*

Er wusste, dass er richtig entschieden hatte. Obwohl ihn Hannas Weggehen wie eine offene Wunde schmerzte, war in seinem Inneren so etwas wie Frieden eingekehrt. Er gehörte hierher, dies war sein Zuhause.

Er merkte erst, dass er es laut ausgesprochen hatte, als die Maklerin sagte: »Na ja, dann nochmals alles Gute. Und auf Wiedersehen.«

Sie ging zu ihrem Wagen, und Pelle kam angerannt, den Drachen unterm Arm.

Seine Augen strahlten, tanzende grüne Punkte auf braunem Samt. Sein Haar stand in allen Richtungen ab. Er lächelte zu seinem Vater auf und entblößte dabei eine frische Zahnlücke in seinem Oberkiefer, die sich über Nacht aufgetan hatte. »Ich bin froh.«

»Ich auch«, sagte Niclas inbrünstig.

Im nächsten Moment wusste er nicht recht, ob das wirklich uneingeschränkt zutraf, denn Siv kam ums Haus herum.

»*Hej!*« Ihre Augen blitzten. »Stimmt es, was die Maklerin erzählt hat? Du bleibst hier?«

Er nickte stumm und wappnete sich in Erwartung ihrer Vorwürfe. Doch zu seiner Erleichterung lächelte sie ihn nur an, sanft, ein wenig wehmütig. »Ich muss dir auch noch was sagen, Niclas. Ich werde trotzdem nach Stockholm gehen, auch ohne dich. Ich muss einfach etwas anderes machen.«

Niclas lächelte, zuerst zögernd, dann offen und von ehrlicher Freude erfüllt. Sie sah aus, als meinte sie es ernst. Wenn es ihr nur um ihn gegangen wäre, würde sie nicht weggehen wollen. Dass sie es ungeachtet seiner eigenen Pläne dennoch vorhatte, legte den Schluss nahe, dass sie es wirklich für sich tun wollte.

Er umarmte sie voller Zuneigung. Sie war eine wunderbare Freundin, und obwohl alles so schief gelaufen war, würde sie ihm fehlen.

»Ist schon in Ordnung, Niclas.« Ihre Stimme klang fest, und in ihren Augen stand Zuversicht. Sie deutete auf Pelle, der sich immer noch mit dem Drachen abplagte. Liebevoll knuffte sie Niclas in die Seite. »Jetzt hau endlich ab!«

Sie verabschiedete sich mit einem Lächeln, und Niclas machte sich auf, um seinen Sohn von seinen Künsten als Drachenbaumeister zu überzeugen.

Er kauerte sich neben Pelle ins Gras und betrachtete den Riss in der Folie. Allzu schlimm sah es nicht aus. Ein Streifen von dem Flickmaterial, das der Verpackung beigelegen hatte, und das gute Stück würde wieder am Himmel schweben.

»Sieh mal!« Pelle deutete hinaus aufs Wasser. »Da ist ja das Boot von Hanna!«

Niclas folgte seinen Blicken, und da war sie, die *Miranda.* Sie befand sich auf gleicher Höhe mit seinem Grundstück, und in ein paar Augenblicken würde sie vorbeigezogen sein.

Sein Herz hämmerte gegen die Rippen, und er musste sich zwingen, hier bei Pelle zu bleiben und nicht runter zum Steg zu rennen. Mit geblähten Segeln glitt die Yacht vorbei, und obwohl Niclas geglaubt hatte, es aushalten zu können, fühlte er, wie etwas in ihm zerbrach.

*

Hanna stand vor ihrem Mann, die Hände an den Seiten zu Fäusten geballt.

»Erik, wir müssen umdrehen.«

Er machte sich an der Takelage zu schaffen. »Wieso?«, fragte er, ohne sie anzuschauen. »Hast du etwas vergessen?«

Beherzt holte sie Luft. »Ich weiß, dass du alles für diese

Reise aufgegeben hast. Aber ich … Ich kann das nicht. Ich kann nicht mit dir kommen.«

Jetzt war es endgültig draußen, und Hanna fühlte mit grenzenlosem Erstaunen, wie leicht es gewesen war. Die Welt drehte sich noch, und es war kein Blitz niedergefahren, um sie zu erschlagen.

Er hatte sich aufgerichtet und schaute sie verdattert an. »Warum?«

Sie nestelte unbeholfen an ihrer Bluse herum. »Ich dachte, es würde helfen, unsere Ehe zu retten! Ich war auch sicher, dass es mir gelingen würde! Aber ich wollte nur davonlaufen! Vor dem Schmerz und der Trauer um das Kind.« Sie hob den Kopf und blickte ihn an. »Und um unsere Liebe, die wir zusammen mit dem Kind begraben haben.« Sie schöpfte zitternd Atem und trat einen Schritt auf ihn zu, suchte instinktiv seine Nähe, als könne sie ihm so Schutz bieten für das, was sie ihm noch sagen musste. »Erik, ich liebe dich nicht mehr.«

Zu Hannas Überraschung schien er es beinahe gelassen aufzunehmen. Einen Augenblick lang glaubte sie sogar, Erleichterung in seinen Blicken wahrzunehmen. Und eine Sekunde später wusste sie, dass es keine Einbildung war. »Ich muss dir auch noch was sagen«, meinte er unvermittelt.

Sie starrte ihn an und spürte einen Stich. Nicht schlimm, aber spürbar. Sie hatten viele gute Jahre miteinander gehabt und kannten einander. Hanna wusste Bescheid, auch ohne langatmige Erklärungen zu hören. »Elsa«, sagte sie ruhig.

Er nickte nur und machte sich dann wortlos daran, die *Miranda* zu wenden. In ihm tobten widerstreitende Gefühle. Gewaltige Erleichterung hatte sich seiner bemächtigt, und er brannte darauf, Elsa alles zu erzählen. Er hatte keine Ahnung, wie lange er vorhin noch ziellos in der Gegend herumgewandert war, eine Tasche mit ein paar hastig zusammengepackten Sachen über der Schulter und den Brief mit dem zusammengeklebten Foto in der Hand. Er hatte sich nicht entscheiden können, bis zuletzt, und er wusste immer noch nicht, was ihn am Ende dazu getrieben hatte, doch wieder zur *Miranda* zurückzukehren – Feigheit oder Pflichtgefühl.

Nun, inzwischen hatte sich diese Frage überholt. Eigentlich sollte er nur noch froh sein. Doch das, was in den letzten Tagen geschehen war, nagte an ihm. Er hatte um seine Ehe gekämpft und verloren, aber das war nicht der springende Punkt. Was ihm wirklich zu schaffen machte, war die Tatsache, dass Hanna dort drüben am Bug stand und wie hypnotisiert zum Haus dieses Doktors hinüberstarrte. Sie hatte offensichtlich keine Mühe gehabt, sich schnellstens Ersatz zu verschaffen. In einer Aufwallung von Zorn und Frustration umklammerte Erik das Ruder.

Doch dann rief er sich ein Bild aus der jüngeren Vergangenheit in Erinnerung. Wie sie kurz vor der Niederkunft ausgesehen hatte, mit ihrem gerundeten Bauch und dem madonnenhaften Lächeln. Die stille, melancholische Ruhe, die sie ausgestrahlt hatte, als sie beide auf die Geburt ihrer kleinen Tochter gewartet hatten. Vielleicht hätten sie es in einem anderen Leben besser machen können.

Nein, verbesserte er sich in Gedanken. Sie *würden* es besser machen, alle beide. Aber eben jeder für sich. Das war die wirkliche Erkenntnis, die er nach alledem für sich mitgenommen hatte. Dass sie eine Chance hatten, wieder glücklich zu sein, ein jeder auf seine Weise. Sie würden einander loslassen, dann war alles gut.

Hanna umklammerte die Reling und schaute wie gebannt zum Ufer hinüber. Weder Niclas noch Pelle waren zu sehen, anscheinend waren sie ins Haus gegangen. Die *Miranda* gelangte nach der Wende wieder in ruhigeres Fahrwasser und näherte sich bis auf etwa zweihundert Meter der lang gezogenen Bucht, in der das Grundstück lag. Viel näher würden sie nicht herankommen, und Hanna suchte fieberhaft den Uferstreifen und die Umgebung des Hauses mit den Augen ab. Doch nirgends war eine Bewegung zu entdecken.

Dann sah sie über den Kronen der Birken das flammenfarbene Viereck zum Himmel aufschießen. Der Drachen! Niclas hatte ihn repariert! Er flog höher als je zuvor und taumelte in verrückten Kreiseln auf und nieder, schneller, als das Auge ihm folgen konnte.

Zu viel, dachte Hanna angespannt. Sie gaben ihm zu viel Leine!

Im selben Moment geriet der Drachen ins Trudeln, er torkelte Meter um Meter abwärts, fing sich kurz wieder und schmierte dann erneut ab, um schließlich endgültig zur Erde zu stürzen.

Hanna verfolgte entsetzt das Geschehen. Sie bewegte sich völlig unbewusst und merkte erst, dass sie über die Reling gestiegen war, als Erik hinter ihr alarmiert ausrief: »Hanna, was zum Teufel soll das werden?«

»Tut mir Leid«, murmelte sie. »Aber ich glaube, ich werde gebraucht.«

*

Der Drachen war eindeutig kaputt. Niclas und Pelle knieten neben dem Gewirr aus Leinen, herausgebrochenen Stäben und zerknitterter Folie und betrachteten enttäuscht die Überreste des stolzen Fliegers.

»Mist«, fluchte Pelle. »Wenn Hanna doch bloß hier wäre!«

»Hanna ist weg«, sagte Niclas etwas barscher als beabsichtigt. »Wir müssen sehen, wie wir das allein schaffen.«

Für Pelle schien das kein Problem zu sein. Er grinste nur bereitwillig. »Okay, ich hole schon mal das Werkzeug.« Gelenkig sprang er auf und rannte zum Haus. Niclas schickte sich an, die Stäbe zu sortieren und die verhedderten Leinen zu bergen, als ihn plötzlich ein innerer Drang dazu trieb, innezuhalten und aufzuschauen. Seine Blicke glitten wie von einem Magneten gezogen über den Sund und blieben an der *Miranda* hängen, die gerade in Ufernähe vorbeizog. Sie hatten umgedreht! Hanna stand am Bug, sie schaute herüber zu ihm. Und dann …

»Was …«, stammelte Niclas.

Sie setzte zu einem Kopfsprung an, und im nächsten Augenblick glitt ihr schlanker Körper in einem perfekten Bogen durch die Luft und tauchte ins Wasser. Niclas war bereits aufgesprungen und mit Riesensätzen zum Ufer unterwegs. Sie schwamm an Land. Sie kam zu ihm!

Als er unten beim Bootshaus ankam, hatte sie bereits Grund unter den Füßen. Sie watete auf ihn zu, ein glückliches Leuchten im Gesicht. Niclas hielt es nicht länger am Ufer, er streifte seine Schuhe ab und warf die Jacke zur Seite. Hastig stürzte er sich ins Wasser und bewegte sich halb schwimmend, halb watend auf sie zu.

Sie lachte und weinte gleichzeitig, als er sie in seine Arme riss. Er fand ihre Lippen zu einem stürmischen Kuss, und Hanna kam ihm in wildem Hunger entgegen.

Niclas hielt sie in den Armen und fühlte ihr Zittern. Seine Stimme war heiser, als er neben ihrem Ohr murmelte: »Habt ihr etwa wieder einen Motorschaden?«

Er spürte, wie sie den Kopf schüttelte. »Nein. Aber es

sieht so aus, als hättet ihr einen Drachenschaden. Kann es sein, dass ihr mich braucht?«

Anstelle einer Antwort küsste er sie erneut, diesmal zärtlicher. Anschließend hob er den Kopf und schaute über ihre Schulter hinweg auf die grünen Inseln. Zu seiner Rechten segelte die *Miranda* weiter landeinwärts, ein weißes Dreieck auf blauem Grund, das stetig kleiner wurde. Der Himmel hatte über den Schären einen rötlichen Saum, die Sonne stand bereits tief. Hinter dem Horizont wartete die Nacht, doch sie hereinbrechen zu sehen bedeutete diesmal keinen weiteren Schritt in eine unsichere Zukunft, sondern die unverrückbare Gewissheit, dass sie es geschafft hatten. Sie waren beide endlich angekommen.

Begegnung am Meer

Linda hatte Mühe, wenigstens so lange ruhig zu bleiben, bis die Tür hinter ihr zugefallen war. Dann schaffte sie noch ein paar Schritte an der Außenwand des Museums vorbei, bis zu dem Baum, unter dem sie ihr Fahrrad abgestellt hatte. Dort war es dann endgültig um ihre Selbstbeherrschung geschehen, sie machte einen Luftsprung und stieß die Faust gen Himmel.

»Ja!«, schrie sie in Siegerlaune.

Sie schob ihr Rad an dem gigantischen Anker vorbei, der neben anderen Metallungetümen aus der historischen Seefahrt auf dem Museumsvorplatz aufragte. Einige Meter weiter blieb sie kurz stehen, um ihr Handy aus der Tasche zu nehmen. Sie brannte darauf, Nils Bescheid zu sagen.

Seine Stimme klang ein wenig ungeduldig, als er sich meldete, wahrscheinlich störte sie ihn bei einer dringenden Arbeit. Doch das war ihr im Moment egal – schließlich gehörte sie ebenfalls ab sofort zur arbeitenden Bevölkerung Göteborgs und würde demnächst ein nettes Sümmchen zu ihrer und Nils' gemeinsamen Miete beitragen können, zumindest einiges mehr als bisher.

»Ich habe den Job, Nils!«, sagte sie glücklich. »Können wir uns sehen? Ich habe Lust, ein bisschen zu feiern!«

»Sehr schön«, sagte er. »Ich bereite mich gerade auf ein wichtiges Mandantengespräch vor, tut mir Leid.«

»Kannst du deinen Klienten nicht versetzen?«, fragte sie enttäuscht.

»Auf keinen Fall. Es ist einer unserer wichtigsten Kunden, und es geht um wahnsinnig viel Geld.«

Es waren immer wichtige Kunden, und es ging immer um wahnsinnig viel Geld. Seit Nils Partner bei Svensson und Bergman geworden war, hatte er nur noch mit Mandanten zu tun, die nicht nur reich waren und es bleiben wollten, sondern anscheinend auch Nils' ganze Zeit beanspruchten.

»Bitte, Nils!«, bettelte sie.

»Es geht nicht«, sagte er leicht genervt.

»Also, dann bis später.« Linda war entschlossen, sich die wunderbare Laune nicht durch seine Arbeitswut verderben zu lassen. »Dieselbe Zeit, derselbe Platz?«

»Ja«, sagte er, offenbar in Gedanken bereits ganz woanders.

Linda seufzte unhörbar. »Ich freu mich, Liebling.«

Doch er hatte bereits aufgelegt. Linda stieg auf ihr Rad und strampelte los. Sie hatte jede Menge Zeit, mit der Arbeit ging es erst in ein paar Tagen los. In dem schönen, im gotischen Stil nachgebauten Gebäude in der Rosenlundsgatan kaufte sie bei *Fiskekörka* fangfrischen Fisch, und auf dem Wochenmarkt besorgte sie die übrigen Zutaten für ein schönes Abendessen. Nils würde wahrscheinlich wieder zu spät kommen, aber dafür würde er umso mehr Hunger mitbringen. Linda kaufte Salat, frische Ananas, Brot und Kräuter. In einem Laden erstand sie sündhaft teuren Champagner, denn sie war der Meinung, dass zu diesem besonderen Anlass ein wenig Verschwendung durchaus angebracht war.

Sie brachte alles in die Wohnung, dann radelte sie noch ein wenig durch die Stadt, in der Hoffnung, vielleicht irgendwo etwas Schickes zum Anziehen zu finden.

Sie hatte gerade die Brücke über den Wallgraben überquert und bog rechts ab, als ihr um ein Haar eine Frau ins Rad gelaufen wäre. Rückwärts gehend winkte sie jemandem zu und achtete dabei nicht auf den Verkehr.

»Vorsicht!«, schrie Linda. Sie bremste scharf und sprang vom Rad, wobei sie sich beglückwünschte, dass sie die Einkäufe vorhin zu Hause abgeladen hatte. Anderenfalls wäre jetzt der Champagner hin gewesen, denn der Gepäckträger an ihrem alten roten Drahtesel war bereits mehr als klapprig.

Die Frau fuhr herum. Sie war elegant gekleidet und um die dreißig. Ihr hellblondes Haar war streng aus dem asketisch schönen Gesicht zurückgekämmt, und ihre Augen waren so blau wie ein Gletscher, der in der Sonne funkelt.

Linda glaubte für eine Sekunde, einer Sinnestäuschung erlegen zu sein, dann begriff sie, dass es tatsächlich ihre Schwester war, die ihr so mir nichts, dir nichts hier über den Weg lief.

»Gunilla!«, rief sie perplex. »Das gibt's doch nicht! Was machst *du* denn in Göteborg?«

»Meine Güte, Linda! So ein Zufall!«

Sie umarmten sich, leicht gehandicapt durch das Fahrrad, das Linda immer noch zwischen den Beinen klemmen hatte. Linda spürte den sperrigen Widerstand des Metalls an ihren Knien und versuchte sich einzureden, dass das komische steife Gefühl bei der Begrüßung daher rührte. Natürlich konnte es auch daran liegen, dass sie sich so lange nicht gesehen hatten. Oder daran, dass Gunilla von jeher im Umgang mit Menschen eher leicht unterkühlt war.

»Wie geht's dir?«, wollte Gunilla neugierig wissen. Sie betrachtete Linda von oben bis unten. »Auf jeden Fall siehst du gut aus.«

Im Gegensatz zu ihrer perfekt gestylten Schwester mit ihrer hellen Kaschmirjacke, den Gucci-Pumps und dem

Hermès-Einstecktuch fand Linda sich selbst nicht gerade *en vogue*, aber das war im Grunde nichts Neues. Sie war immer das Entchen gewesen, Gunilla der Schwan. Kein Fältchen war im Gesicht ihrer Schwester zu sehen, sie sah keinen Tag älter aus als vor zwei Jahren. Damals hatten sie einander das letzte Mal getroffen, auf eine Tasse Tee in Stockholm.

»Mir geht's wirklich gut«, sagte sie wahrheitsgemäß. »Ich habe gerade einen Traumjob im Schifffahrtsmuseum bekommen.«

»Wundervoll!« Gunilla schien ehrlich erfreut. Sie schulterte ihre Prada-Tasche und ging gemeinsam mit Linda weiter.

»Und außerdem«, sagte Linda vergnügt, »werde ich demnächst heiraten!«

Gunilla riss die Augen auf. »Was? Und das sagst du erst jetzt? Wer ist es? Ist er nett? Sieht er gut aus? Wie lange kennst du ihn schon?«

Linda lachte, als ihre Schwester diese Salve von Fragen auf sie abschoss. »Fast ein Jahr. Nils ist Rechtsanwalt.« Sie grinste. »Gut aussehend, erfolgreich und sagenhaft charmant.«

Das war sogar die reine Wahrheit, aber so, wie sie es vorgebracht hatte, klang es schon ziemlich angeberisch, wie Linda selbstkritisch zugeben musste. Doch irgendein Teufelchen in ihr schien es darauf anzulegen, dass sie ihre Schwester mit genau diesen Informationen beeindrucken musste. Was ebenso überflüssig wie albern war. Die vier Jahre hätten eigentlich reichen müssen, um lässig mit der ganzen Sache umzugehen.

»Wunderbar!«, sagte Gunilla. »Ich gratuliere dir! Wann soll denn die Hochzeit sein?«

»In acht Wochen. Die Einladungen an euch gehen auch

in den nächsten Tagen raus.« Linda holte Luft und druckste ein wenig herum, bevor sie hinzufügte: »Was meinst du, wird Papa wohl auch kommen?«

»Bestimmt! Auch, wenn er es nicht zugeben will – ich bin sicher, dass ihm daran liegt, dich wiederzusehen!«

»Bist du sicher?« Linda wich einem Skater aus, der ihren Weg kreuzte. »Letztes Mal, als ich versucht habe, ihn anzurufen, hat er einfach aufgelegt.« Sie erinnerte sich an den Vorfall, der etwa ein Dreivierteljahr zurücklag. Sie hatte ihm ein frohes neues Jahr wünschen wollen. Die Jahre davor hatte sie es auch zwei-, dreimal probiert, immer mit demselben Ergebnis. Er hatte nicht mit ihr sprechen wollen.

»Du willst immerhin heiraten. Das ist etwas anderes! Er muss sich einfach mit dir freuen!« Gunilla hielt inne und deutete auf eine große, dunkle Limousine, die an der nächsten Ecke parkte. »Da steht mein Wagen, ich muss los. Ich habe noch einen wichtigen Kundentermin.« Linda empfand eine vage Enttäuschung. Obwohl sie Gunilla über die Jahre nicht halb so schmerzlich vermisst hatte wie ihren Vater, hätte sie gern noch etwas Zeit mit ihr verbracht. »Können wir nicht noch einen Kaffee trinken?«

Gunilla schüttelte bedauernd den Kopf. »Ein andermal, ja? Nicht böse sein. Ich muss wirklich los.«

»Du rufst mich aber an, wenn du wieder mal in Göteborg bist, oder?«

»Versprochen«, sagte Gunilla. »Aber ich rate dir, vorher nach Hause zu kommen. Du solltest Papa persönlich zu deiner Hochzeit einladen.«

Sie beugte sich vor und küsste Linda hastig auf die Wange. Ein feiner Hauch ihres Parfüms stieg Linda in die Nase. *Shalimar* von Guerlain. Gunilla trug immer noch denselben Duft. Manche Dinge schienen sich auch in vier Jahren nicht zu ändern.

Die Hände am Lenker ihres Fahrrads, blieb sie am Straßenrand stehen und schaute Gunillas Wagen nach, bis er außer Sicht war.

*

Henrik fand, dass Lennart abgespannt aussah an diesem Morgen, doch er sagte nichts. Lennart war nicht der Mann, der sich von irgendwem sagen ließ, dass er kürzer treten sollte, auch nicht von seinem Schwiegersohn. Er war fast siebzig, aber er dachte überhaupt nicht daran, sich aufs Altenteil zurückzuziehen, denn er war davon überzeugt, dass der Fortbestand der Werft allein mit seiner Leitung stand oder fiel.

Vermutlich lag der Alte damit gar nicht so verkehrt, sinnierte Henrik, während er mit Lennart die Reihe der im Bau befindlichen Boote abschritt. Sie hatten hier dutzende von Schiffen im Trockendock, beinahe jede Woche wurde eine neue Yacht fertig, aber immer noch hatte Lennart fast jeden einzelnen Auftrag selbst an Land gezogen. Er war ein Meister der Akquisition, daran gab es nichts zu rütteln. Mochte Gunilla auch ein Ass in der Abwicklung und Betreuung sein – beim Knüpfen neuer Geschäftskontakte war Lennart nach wie vor unerreicht. Er kannte einfach alle und jeden hierzulande, ging mit dem einen jagen, mit dem anderen golfen und mit dem Dritten teilte er vielleicht sein Hobby, die Geschichte Nordschwedens.

Sein Bedürfnis, jederzeit alles unter Kontrolle zu haben, verleitete ihn allerdings auch dazu, sich ständig in Dinge einzumischen, die auch funktioniert hätten, ohne dass er seinen Senf dazugab. Henrik hatte sich inzwischen damit abgefunden, er hatte die Erfahrung gemacht, dass man mit freundlicher Kompromissbereitschaft bei seinem Schwiegervater am besten fuhr.

»Bist du sicher, dass das Bad nicht zu teuer wird?«, fragte Lennart besorgt, während sie vor einer halb fertigen Zweimastbark stehen blieben, mit der in der nächsten Saison ein Stockholmer Großindustrieller durch die Karibik kreuzen würde.

»Keine Sorge«, sagte Henrik. »Ich habe hervorragende Konditionen mit den Indern ausgehandelt. Der rosa Granit aus Madras ist wirklich etwas Besonderes. Und wie sagst du immer?« Er hob die Brauen und bedachte seinen Schwiegervater mit einem kleinen Grinsen. »Der Kunde ist König.«

Lennart lachte. »Ich hasse es, mir meine eigenen Sprüche anhören zu müssen.« Er hob die Hand, um einen der Zimmerleute zu grüßen. »*Hej*, Olav.«

»*Hej*, Chef. Henrik.« Olav blieb stehen, umgeben vom Duft frischen Teakholzes. Seine schwarze Pudelmütze und sein Overall waren von Sägestaub übersät.

»Was macht das Boot?«, wollte Lennart wissen.

»Wird mein Meisterstück«, sagte Olav knapp und frei von jeder Bescheidenheit. »So gutes Holz hatte ich schon lange nicht mehr.«

Henrik glaubte ihm unbesehen. Olav war in der Thorwaldsson-Werft der Experte für den Holzschiffsbau. In seinen Augen waren nur die nach guter alter Art gebauten Holzschiffe *richtige* Schiffe. Metall- und Kunststoffrümpfe konnte mit den entsprechenden Maschinen jeder herstellen, aber Holzschiffe brauchten eine besondere Hand. Es waren Kunstwerke, und er war der Künstler, unter dessen Händen sie der Vollendung entgegenstrebten. Natürlich erst, nachdem Henrik sie vorher bis ins kleinste Detail am Reißbrett und am Computer entworfen hatte. Zwischen ihm und Olav gab es keine Konkurrenz, sie betrachteten die Frage, wer denn nun von ihnen beiden die Boote schuf, eher als alten Witz, an dem sie sich ergötzten, seit Henrik hier vor gut vier Jahren als Chefdesigner angefangen hatte. Was Henrik betraf, so waren sie in seinen Augen einfach ein hervorragendes Team.

Henrik mochte den alten Burschen. Olav war nur zwei Jahre jünger als Lennart und dachte wie sein Chef nicht im Traum daran, jemals freiwillig in Rente zu gehen.

»Ich komme es mir morgen ansehen«, sagte Lennart im Weitergehen zu Olav. »Bin schon sehr gespannt.«

»Sie werden noch Freude an dem Boot haben, wenn ich schon lange unter der Erde liege«, rief Olav ihm nach. »Sogar Ihre Mädchen werden sich noch daran freuen!«

Falls Olavs launige Schmeichelei in Bezug auf Lennarts Zählebigkeit seinem Chef gefiel, so wurde dieser Eindruck durch den zweiten Satz sofort wieder zunichte gemacht. Henrik sah es an Lennarts verkniffener Miene und seufzte innerlich. Es war immer ein Fehler, Lennart Thorwaldssons Töchter in der Mehrzahl zu erwähnen. Für ihn war Gunilla seine Tochter. Punkt.

»Wie weit bist du mit dem Entwurf für das Boot von Tom Bowlers?«, wollte Lennart wissen, während sie die Treppe vom Trockendock in die Halle hinabstiegen.

Henrik, der auch mit dieser Frage bereits seit einer Stunde gerechnet hatte, verbiss sich ein Lächeln. »Wenn du morgen Nachmittag in mein Büro kommst, wirst du ... «

Er unterdrückte einen erschrockenen Ausruf. Sein Schwiegervater war abrupt mitten auf der Treppe stehen geblieben und umklammerte laut schnaufend den Handlauf des Geländers. Henrik stützte ihn eilig. »Was ist, Lennart? Ist dir nicht gut?«

»Alles bestens, nichts passiert.« Lennart hatte sich wieder gefangen. Er war blass, schien aber wieder problemlos atmen zu können.

»Bist du sicher?« Henrik betrachtete ihn besorgt, dann schüttelte er den Kopf. »Ich rufe Greta an.«

»Nein, keinen Arzt«, versetzte Lennart barsch. »Es geht schon wieder.« Er ging weiter und machte dabei tatsächlich den Eindruck, als sei alles in Ordnung.

»Sag mal, wo ist eigentlich Gunilla?«

»Sie ist gestern nach Stockholm geflogen«, sagte Henrik. »Zu einem Kundentermin.«

»Hauptsache, sie ist morgen zum Essen wieder zurück. Ich habe euch etwas mitzuteilen.«

Lennart hatte das in einem eigenartig bedeutungsvollen Tonfall gesagt, der Henrik irritierte. Doch er stellte keine Fragen. Was immer Lennart ihnen morgen erzählen wollte – sie würden es früh genug erfahren.

*

Linda stellte sich hin und wieder gern vor, dass die *Svenja* ihr Schiff wäre, aber die meiste Zeit war sie froh, dass sie Nils' Schwager gehörte. Jens war Seniorpartner bei Svensson und Bergmann und verdiente Geld wie Heu, folglich konnte er auch die Beiträge für den Yachtclub und die Liegegebühren bezahlen, ebenso wie alle Inspektionen, ganz zu schweigen von solchen Kleinigkeiten wie Diesel, Schmieröl und sämtliche Verschleißteile.

Nils und sie liehen sich die *Svenja* während der Sommermonate alle vier Wochen einmal aus und machten einen Törn die Küste entlang, für mehr fehlte Nils die Zeit. Und die Lust. Er segelte nicht halb so gern wie sie und behauptete oft scherzhaft, sie müsse in einem früheren Leben ein Seemann gewesen sein.

Linda fand durchaus, dass da was dran sein könnte, zumindest die Richtung stimmte. Die Schiffe, auf denen sie groß geworden war, hatten sich zwar sämtlich und in allen Stadien der Vollendung an Land befunden, aber die Jungfernfahrt war jedes Mal das Beste an allem gewesen. Linda hatte es immer als ungeheuer aufregend empfunden, wenn sich bei einem neuen Boot das allererste Mal die Segel entfalteten. Sie hatte es geliebt, dabei zu sein, die Geräusche und Gerüche in sich einzusaugen wie ein kostbares Elixier, das nach Freiheit und Abenteuern schmeckte.

An diesem Abend hatte sie die *Svenja* mit Beschlag belegt, weil nur ein Schiff als passender Rahmen für ihre private kleine Feier in Betracht kam. Schließlich wollten sie auf ihren Job im Schifffahrtsmuseum anstoßen – manche Allegorien wollten eben bedient werden, auch wenn es heute Abend vielleicht eine Idee zu kühl war, um draußen zu essen. Doch daran ließ sich nichts mehr ändern, Linda hatte bereits an Deck den Tisch gedeckt und das Zweipersonen-Büfett hergerichtet. Für alle Fälle hatte sie warme Jacken dabei, und davon abgesehen würden sie ja nicht auslaufen, sondern nur an Deck dinieren.

Linda ließ prüfend ihre Blicke über das hübsche Arrangement auf dem Tisch schweifen und war zufrieden. Eine Platte mit Sushi, Lachs und diversen Pasteten , Baguette, Obst, in einem Sektkühler die bereits geöffnete Champagnerflasche, brennende Kerzen … Und im Hintergrund das malerische Rund des Göteborger Yachthafens. Alles war perfekt. Fehlte nur noch Nils.

Wenn er nicht bald auftauchte, würde sie die Kerzen wieder auspusten müssen, sonst wären sie vor dem Dinner abgebrannt. Der Champagner würde auch bald schal werden, wenn niemand ihn trank.

Sie hatte Nils zweimal auf seinem Handy angerufen,

aber es hatte sich nur die Mailbox gemeldet. Komischerweise konnte er zwar kaum rechtzeitig zu ihren Verabredungen erscheinen, aber ohne weiteres die Mailbox einschalten, wenn er zu spät dran war. Er hatte es einmal damit begründet, dass er es hasse, angetrieben zu werden. Nun ja. Linda hatte sich damit abgefunden, dass er viele Überstunden machen musste. Er wollte Erfolg haben, und als aufstrebender Anwalt blieb ihm nichts anderes übrig, als sich zu schinden, wenn er sich gegenüber Kollegen einen Vorteil verschaffen wollte.

Sie überlegte gerade, ob sie doch lieber die Kerzen löschen sollte, als Nils endlich auftauchte. Er war noch im Anzug, kam also direkt aus dem Büro. Mit großen Schritten näherte er sich über den Steg, ein breites, entschuldigendes Lächeln auf den Lippen und den tollsten Blumenstrauß in der Hand, den sie seit langem gesehen hatte. Mit der Rechten trug er seinen Arbeitskoffer, sicheres Zeichen dafür, dass sich erstens unglaublich wichtige Akten darin befanden und er zweitens heute Abend noch arbeiten würde.

Er erreichte den Liegeplatz der *Svenja* und sprang mit einem sportlichen Satz über die Reling an Bord.

»Du bist einfach verrückt«, behauptete er lachend. »Wieso können wir eigentlich nicht wie normale Menschen in unserer Wohnung essen?«

»Weil es hier viel romantischer ist!«

»Herzlichen Glückwunsch zur neuen Stelle!« Er küsste sie kurz auf den Mund. Linda nahm die Blumen und vergrub ihre Nase darin. »Danke, das ist süß von dir! Komm, stoß mit mir an!«

Sie legte die Blumen zur Seite und schenkte Champagner in die bereitgestellten Gläser. »Auf das Leben!«, sagte sie.

»Auf dich!« Nils prostete ihr zu. »Und auf uns und unsere herrliche Zukunft!«

Linda grinste in sich hinein. Seine Art, manchmal ins Theatralische abzugleiten, hatte etwas für sich, vor allem, wenn es gerade passte, so wie jetzt. Sie nahm ihm das Glas ab und drängte ihn, sich an den Tisch zu setzen.

Als sie ihm von dem Lachs auftat, sah sie, dass er fröstelte. Wahrscheinlich würde er innerhalb der nächsten fünf Minuten darauf bestehen, dass sie aufbrachen. Sie überlegte, ob sie rasch die Jacken aus der Kajüte holen sollte. Sie selbst könnte auch wärmere Bekleidung vertragen; in ihrem langen, bordeauxroten Samtblazer, den sie über ihrer weißen Bluse trug, fand sie sich zwar ausnahmsweise ziemlich schick, aber dafür war auch jeder Windzug, der durch den Hafen pfiff, unangenehm auf der Haut zu spüren. Sie wollte bereits aufstehen, entschied dann aber, zuerst mit ihm über das kommende Wochenende zu reden.

»Weißt du, was ich mir überlegt habe? Ich möchte meinen Vater persönlich zu unserer Hochzeit einladen.«

»Was?« Nils schob sich mit der einen Hand ein Lachshäppchen in den Mund, während er mit der anderen das Schloss an seinem Arbeitskoffer aufschnappen ließ. »Du willst nach Hause fahren? Ich dachte, zwischen dir und deinem Vater herrscht Funkstille.«

Linda zuckte die Achseln. »Es wird Zeit, dass wir wieder miteinander reden. Lass uns einfach morgen hinfahren. Ich stelle dich ihm vor, und gleichzeitig laden wir ihn zu unserer Hochzeit ein.«

»Morgen?« Nils holte eine Akte aus dem Koffer und fing an zu blättern. »Im Prinzip gerne, aber ich habe den ganzen Tag Termine, die …«

»Bitte Nils!« Linda langte über den Tisch und nahm

seine Hand. »Es ist mir wichtig! Wir fahren morgen hin und übermorgen zurück. Tu es für mich, ja?«

Nils lächelte ergeben. »Wenn es dir so wichtig ist.« Er drückte ihre Hand. »Wenn ich es mir recht überlege, wollte ich schon immer den Mann kennen lernen, der eine so niedliche Tochter zustande gebracht hat.«

Das brachte sie zum Lachen, und sie stießen erneut mit Champagner an.

*

Das Anwesen der Thorwaldssons stammte aus den ersten Jahren des zwanzigsten Jahrhunderts und lag direkt am Meer, an einer Stelle, wo zahlreiche Schären der Küste vorgelagert waren, welche die Wucht des Windes abschwächten und zumindest den Sommer über in dieser Bucht für ein milderes Klima sorgten. Das Haus war in der üblichen schwedischen Holzbauweise errichtet worden und zeugte mit diversen, für jene Zeit typischen Extravaganzen davon, dass der damalige Besitzer – Lennarts Vater – an nichts hatte sparen müssen. Es war eine verschachtelte, perlgrau gestrichene Villa mit mehreren Veranden, Erkern und hohen Fenstern, die zur Meerseite hin einen atemberaubenden Ausblick über die Bucht boten und landeinwärts auf einen weitläufigen Park wiesen, der jenseits der sorgfältig geharkten Kieswege und der gepflegten Rasenflächen in Wald überging.

Lennart saß auf der windgeschützten Terrasse seitlich vom Haus, die Jagdhunde zu seinen Füßen. Nachdem er das Gewehr gereinigt hatte, überlegte er kurz, ob noch Zeit für einen Streifzug durch den Wald blieb, doch ein Blick auf seine Armbanduhr sagte ihm, dass es sich nicht mehr lohnte. Er kannte nicht viele Menschen, die jederzeit und hundertprozentig pünktlich waren, aber Greta Kronberg war einer davon. Sie würde in spätestens fünf Minuten hier eintreffen, also beschränkte Lennart sich darauf, in dem Sachbuch zu schmökern, das er kürzlich bestellt hatte, eine ausgezeichnete historische Abhandlung über die frühe Besiedelung Norrlands.

Er hatte sich gerade in die Abbildung eines Grabhügels vertieft, als Greta auf ihn zukam, einen besorgen Ausdruck in den Augen und, zu seinem besonderen Verdruss, ihren Arztkoffer in der Hand.

Im Vorbeigehen tätschelte sie einem der beiden Hunde den Kopf. »Na, ihr Hübschen, passt ihr gut auf euer Herrchen auf?« Lennart wollte aufstehen, doch sie war schon bei ihm und legte ihm die Hand auf die Schulter, sodass er notgedrungen sitzen bleiben musste. Sie gab ihm einen Kuss auf die Schläfe und griff gleichzeitig nach seinem Handgelenk, um den Puls zu fühlen.

»Sag mir die Wahrheit, Lennart. Hast du immer noch Beschwerden?«

»Mir war kurz schwindlig, sonst nichts«, wehrte er ab.

»Natürlich, sonst nichts. Deshalb hast du auch vorzeitig das Büro verlassen. Das hast du meines Wissens in den letzten dreißig Jahren nur einmal getan.«

Lennart beschloss, Henrik bei der nächsten Gelegenheit die Leviten zu lesen. Der Bursche hätte den harmlosen Zwischenfall auch einfach für sich behalten können, dann würde Greta jetzt nicht diesen Aufstand veranstalten. Nicht, dass er es nicht ganz gern hatte, wenn sie sich um ihn kümmerte, vor allem, wenn sie, so wie jetzt, seine Hand dabei nahm und sich über ihn beugte. Aber er hasste den Gedanken, in ihren Augen alt oder krank oder beides zu sein. Er war im Vollbesitz seiner Kräfte, und niemand sollte auf die Idee kommen, sich etwas anderes einzubilden.

»Ich mache mir Sorgen um dich, Lennart.« Sie öffnete ihren Koffer.

»Was ist, willst du mich ins Grab reden?« Er musterte sie, halb verärgert, halb amüsiert. »Ich fühle mich wie dreißig!«

Unbeeindruckt streifte Greta ihm eine Blutdruckmanschette über und kontrollierte die Werte. »Immer noch viel zu hoch.« Sie schaute ihn besorgt an. »Ich meine es wirklich ernst, du musst endlich kürzer treten. Du spielst mit deiner Gesundheit.«

»Sag mir lieber, ob du Zeit hattest, nach dem Rasmussen zu suchen.«

Greta packte das Blutdruckmessgerät zurück in den Koffer. »Tut mir Leid. Der Antiquar sagte, er hätte vor zwanzig Jahren einmal ein Exemplar gehabt, aber seitdem nicht mehr.« Sie schloss den Koffer und wandte sich ihm erneut zu. »Hör mir bitte zu, Lennart. Ich möchte dich für ein paar Tage ins Krankenhaus einweisen. Du musst mal wieder richtig durchgecheckt werden, je eher, desto besser.«

Lennart betrachtete sie, wobei er sich wie immer Mühe gab, seine Bewunderung nicht zu deutlich erkennen zu lassen. Sie hatte letztes Jahr ihren sechzigsten Geburtstag gefeiert, aber in seinen Augen war sie immer noch so schön wie damals vor vierzig Jahren, als Per sie das erste Mal mit hergebracht hatte. Auch wenn sie das leuchtende Kupferrot ihres Haars nach all den Jahren vermutlich nicht mehr ausschließlich der Natur verdankte und sich vor fünf Jahren heimlich hatte liften lassen – sie war und blieb die hinreißendste und attraktivste Person, die er je gesehen hatte.

»Wenn ich dich nicht hätte, Greta.« In einer plötzlichen Aufwallung von Sentimentalität drückte er ihren Arm. »Mach dir doch nicht so viele Gedanken. Unkraut vergeht nicht.« Er lächelte sie an. »Außerdem – was soll mir schon passieren mit einer so kompetenten Ärztin in der Nähe!«

»Ich kann nicht immer in deiner Nähe sein, Lennart. Wenn du dich weiterhin so bockig benimmst, streiche ich dich aus meiner Patientenkartei!«

»Solange du mich nicht als Freund streichst ...« Er schüttelte ungeduldig den Kopf. »Jetzt komm, Greta. Mach nicht so ein besorgtes Gesicht! Wie wär's, wollen wir auf die Pirsch gehen? Ich habe im Magdalenen-Forst einen kapitalen Hirsch stehen!«

Er lächelte sie aufmunternd an, doch sie runzelte die Stirn.

»Greta, ich werde mich ändern, ich verspreche es dir.«

Jetzt lachte sie endlich wieder. »Wie oft hast du mir *das* schon versprochen!«

»Dieses Mal meine ich es ernst«, verkündete er augenzwinkernd. Er wollte nicht vorgreifen, aber heute Abend würde sie sicher Grund haben, mit ihm zufrieden zu sein.

*

Sie gingen quer über den Platz vor dem Apartmenthaus und blieben beim Wagen stehen. Linda war schon seit dem Aufstehen nervös, und Nils bemerkte es. »Alles in Ordnung?«, fragte er, während er den Wagen aufschloss und ihr die Beifahrertür aufhielt. »Du bist so blass!«

»Ich bin nur ein bisschen aufgeregt. Als ich meinen Vater das letzte Mal sah, haben wir uns nur angeschrien.«

Nils legte seinen Aktenkoffer auf die Rückbank und zwinkerte Linda zu. »Das wird diesmal nicht passieren. Ich bin ja dabei.«

Während Linda einstieg, hörte sie sein Handy klingeln und hatte sofort ein ungutes Gefühl.

»Wiberg«, meldete Nils sich. »Herr Wilander, was ist passiert? Tut mir Leid, ich bin gerade auf dem Weg nach ...« Er hielt inne und runzelte betroffen die Stirn. »Du lieber Himmel.« Er lauschte, dann sagte er: »Das sieht wirklich nicht gut aus. Okay, wir sehen uns in zehn Minuten in meinem Büro.«

Er hob die Hand, als Linda zu einer protestierenden Bemerkung ansetzte. »Keine Sorge, Herr Wilander, das kriegen wir hin! Bis gleich!«

»Ach komm, Nils!« Linda funkelte ihn empört an. »Du hast versprochen, mitzufahren!«

»Das war mein wichtigster Klient! Sie haben seinen Sohn mit Drogen erwischt. Tut mir Leid, aber das ist wirklich wichtig. Ich muss mich darum kümmern!« Seine Miene zeigte wenigstens ansatzweise sein schlechtes Gewissen, doch die Entschlossenheit, mit der er den Koffer wieder von der Rückbank des Wagens nahm, machte Linda klar, wo seine Prioritäten lagen.

»Gut«, sagte sie. »Dann warte ich eben.«

»Lieber nicht«, widersprach er sofort. »Ich weiß nicht, wie lange es dauert. Fahr am besten schon mal vor. Ich komme dann so schnell wie möglich nach.«

»Aber ...«

Er war schon auf dem Weg zur Straßenbahnhaltestelle. Bis zu seinem Büro waren es nur drei Stationen.

»Vielleicht ist es ja gar nicht so schlecht, wenn du dich erst mal allein mit deinem Vater aussprichst!«, sagte er, schon im Weggehen begriffen. Er warf ihr einen kurzen Handkuss zu. »Ich rufe dich an! Wiedersehen, Liebling! Und sei mir nicht böse!«

Linda blickte ihm stirnrunzelnd nach. Beklommen überlegte sie, ob sie wirklich allein nach Hause fahren wollte. Doch dann entschied sie, dass es höchste Zeit war.

Vier Jahre waren lang genug, und ihre bevorstehende Hochzeit war ein triftiger Grund, endlich alle Querelen beizulegen. Dies war die beste Gelegenheit, alles einzurenken. Irgendwann mussten sie und ihr Vater wieder zur Normalität übergehen, er konnte ihr unmöglich für den Rest seines Lebens grollen, auch wenn er wahrscheinlich immer noch derselbe alte Brummbär wie früher war.

Außerdem gefiel ihr der Gedanke, mit Nils' funkelnagelneuem Daimler dort vorzufahren. Der Wagen machte ganz schön was her. Er war zwar nur geleast, aber das wusste ja außer ihr, Nils und der Bank niemand. Sie rutschte auf die Fahrerseite und startete den Wagen. Ein paar Mal war sie schon damit gefahren, aber es war immer noch ungewohnt und aufregend, die vielen PS unter der Motorhaube zu kontrollieren.

Trotzdem hatte sie ein mulmiges Gefühl, als sie den Wagen stadtauswärts lenkte. Nicht wegen der bevorstehenden Fahrt, sondern weil sie nicht wusste, was sie zu Hause erwartete.

*

Alles wirkte seltsam vertraut, fast so, als wäre sie erst gestern das letzte Mal hier gewesen. Die lang gestreckte Bucht mit den felsigen Inseln entlang der Küste, die kleinen Dörfer mit den roten Holzhäuschen direkt am Wasser, die Hänge mit den dichten Wäldern, in die sich die ersten Herbstfarben mischten.

Als sie an der verkrüppelten kleinen Birke vorbeikam, wanderten ihre Blicke unwillkürlich nach rechts. Sie befand sich bereits auf Thorwaldsson-Land, und hier hatte sie früher immer …

»Das gibt's doch nicht«, murmelte sie ungläubig, während sie hastig auf die Bremse trat. Sie fuhr an den Straßenrand und hielt an.

»Fjäril!« Es war tatsächlich ihr Pferd. Sie hätte es unter tausenden erkannt, weil es in ganz Westschweden vermutlich keinen einzigen anderen Schecken mit einer derartig auffälligen gefleckten Zeichnung gab. Gunilla hatte ihn meist abfällig *Dalmatiner* genannt, was aber Lindas Liebe zu dem Wallach nicht im Mindesten hatte beeinträchtigen können.

Linda stieg aus und ging hinüber zum Gatter. Sie öffnete es und schlüpfte auf die Weide. Der Schecke kam angetrottet und drückte sein Maul gegen ihre streichelnde Hand. »Fjäril«, flüsterte sie. »Kennst du mich noch?«

»Er scheint Sie zu mögen«, sagte eine Männerstimme hinter ihr.

Linda fuhr herum und erstarrte. Sie merkte, wie das Blut von ihren Gliedmaßen zum Herzen strömte und ihr die Knie weich wurden, etwas, das ihr, soweit sie sich erinnern konnte, vor langer Zeit das letzte Mal passiert war. Damals war sie acht gewesen und beim Klettern vom Baum gefallen. Krampfhaft hielt sie sich an Fjärils Zaumzeug fest und starrte den dunkelhaarigen Mann an.

»Henrik«, stieß sie hervor.

Er musterte sie einen Moment lang sichtlich irritiert, doch dann erkannte er sie. »Linda!«, rief er überrascht. »Du bist das! Ich wusste gar nicht, dass du kommst!«

Sie riss sich zusammen. »*Hej*«, sagte sie gespielt fröhlich. »Es ist ein spontaner Besuch. Ich wollte Papa überraschen.«

Henrik kam näher. Nur am Rande nahm Linda wahr, dass er einen Sattel über dem Arm trug und dass er Reitstiefel anhatte. Ihr Herz klopfte wie rasend, und sie merkte mit jedem folgenden Atemzug, dass vier Jahre eben in mancher Beziehung doch nicht lang genug waren.

Sie hatte fast vergessen, wie groß er war. Er war der einzige Mensch, neben dem sie sich klein und zierlich vorkam, obwohl sie für eine Frau eher groß war mit ihren einsfünfundsiebzig und ihrer Meinung nach immer gut fünf Kilo zu viel wog.

Sein weißer Wollpullover hob die Sonnenbräune seines Gesichts hervor und betonte das klare Bernsteingelb seiner Iris. Das Haar trug er kürzer als früher, und in seinen Augenwinkeln standen ein paar Fältchen mehr als damals, doch davon abgesehen hatte er sich nicht verändert. Er hatte immer noch diese kleine Lücke zwischen den Vorderzähnen, die seine Gesichtszüge leicht verschmitzt wirken ließ, und auch seine Oberlippe hatte noch denselben sinnlichen Schwung wie vor vier Jahren.

»Schön, dich zu sehen!« Henrik legte den Sattel ab und schaute sie eingehend an. Er schien ehrlich erfreut zu sein. Lächelnd deutete er auf den Wallach. »Fjäril hat nie verstanden, wieso du ihn einfach verlassen hast. Und ich, ehrlich gesagt, auch nicht.« Er hielt inne und suchte ihren Blick, während er näher kam und dicht bei ihr stehen blieb. Zu dicht für ihren Seelenfrieden.

Linda holte Luft und lächelte unsicher. »Ich … Also, ehrlich gesagt, habe ich nicht erwartet, dich hier zu sehen. Bist du nicht normalerweise um diese Zeit in der Werft?«

»Ich reite ihn jeden Morgen, bevor ich ins Büro gehe.«

»Du?« Linda runzelte ungläubig die Stirn.

Er zuckte die Achseln. »Einer muss es ja tun. Er war richtig depressiv, als du plötzlich nicht mehr gekommen bist. Gunilla mag ihn nicht, und dein Vater wollte ihn verkaufen. Na ja, da habe ich mich eben um ihn gekümmert.« Er betrachtete sie eingehend. »Du siehst toll aus! Geht es dir gut?«

Linda sonnte sich für einen Moment in seiner Bewunderung. Sie wusste mittlerweile, dass sie auf die meisten Männer aus für sie kaum nachvollziehbaren Gründen ziemlich anziehend wirkte, aber nur bei Henrik hatte sie dieses seltsame Kribbeln gespürt, das sie von Anfang an hatte glauben lassen, dass sie tatsächlich attraktiv *war.* Bei anderen Männern, einschließlich Nils, hatte sie immer ein vages Gefühl der Unzulänglichkeit und haderte mit ihren Fehlern. Entweder fand sie ihre Nase zu lang, ihre Hüften zu breit oder ihren Mund zu groß. Vor ein paar Jahren hatte sie sich die Mühe gemacht, kurzzeitig eine Therapie anzufangen, und die Erkenntnis, die sie bereits nach den ersten Sitzungen gewonnen hatte, bestand darin, dass ihre Minderwertigkeitsgefühle einem unbewältigten Kindheitskonflikt entstammten. *Vielen Dank, Herr Doktor, aber das hätte ich auch von allein rausgekriegt.* Auf der einen Seite die große Schwester, ein schlanker, blonder Traum, beliebt, fröhlich, im Einklang mit sich und der Welt. Auf der anderen Seite: Linda, das Trampeltier. Zu groß, zu schwerfällig, zu still.

So hatte sie sich immer gefühlt. Bis Henrik aufgetaucht war.

»Es geht mir sehr gut«, platzte sie heraus. »Ich werde heiraten.«

Zwischen seinen Brauen entstand eine winzige Falte. »Wirklich? Herzlichen Glückwunsch.«

»Dankc.«

Sie schwiegen sich kurz an, und Linda streichelte wie aus einem Reflex heraus Fjärils Kruppe. Dann trat sie unvermittelt einen Schritt zurück. »Ich muss los.«

Entschlossen drehte sie sich um und ging zurück zum Wagen.

»Wie lange bleibst du?« Henrik hielt Fjäril beim Zaumzeug und schaute ihr nach. »Sehen wir uns noch?«

Linda hob die Schultern. »Ich weiß nicht.« Sie nickte ihm zu und zog den Wagenschlüssel hervor. »Wiedersehen, Henrik!« Ihre Stimme klang lässig, aber in ihrem Inneren herrschte der reinste Aufruhr. Sie war froh, dass Henrik sich dem Pferd zuwandte, um ihm die Zügel anzulegen. So konnte er wenigstens nicht sehen, wie heftig ihre Hände beim Öffnen der Wagentür zitterten.

Während sie den Zündschlüssel drehte, warf sie einen Blick in den Innenspiegel. Sie war blass, und ihre Augen waren schreckhaft geweitet. Beim Anfahren hätte sie um ein Haar den Motor abgewürgt, als sie aus den Augenwinkeln mitbekam, dass Henrik ihr nachwinkte. Sie gab Gas, denn sie hatte es plötzlich sehr eilig, von ihm wegzukommen. Erbittert sah sie seine Gestalt im Rückspiegel kleiner werden, und sie wusste dabei ohne jeden Zweifel, dass sich seit damals nicht das Geringste geändert hatte.

*

Als Linda kurz darauf den Wagen in der Einfahrt abstellte, fragte sie sich ernsthaft, was sie hier verloren hatte. Es war ein Riesenfehler gewesen, herzukommen, das hatte ihr die Begegnung mit Henrik schlagartig klar gemacht. Es war völlig ausgeschlossen, dass sie länger blieb, denn anderenfalls musste sie damit rechnen, dass sie ihm gleich heute noch einmal über den Weg lief. Schließlich gehörte er zur Familie und wohnte hier.

Während sie ausstieg und die Fahrertür des Daimler zuwarf, legte Linda sich ihr weiteres Vorgehen zurecht. Sie würde ihren Vater kurz sprechen, ihm ihre Einladung überbringen und dann wieder fahren.

»Linda!« Frida kam aus dem Haus gestürzt, die Arme

ausgestreckt und das Gesicht in heller Aufregung verzogen. »Was für eine Freude! Du bist nach Hause gekommen!«

Linda lachte und umarmte die Haushälterin herzlich. Sie hätte nicht gedacht, sie hier noch vorzufinden, Frida musste inzwischen reichlich über fünfundsechzig sein, auch wenn sie sich nicht sehr verändert hatte. Sie trug ihr graues Haar immer noch in einem strengen Nackenknoten und die übliche gestärkte weiße Schürze über einem anthrazitfarbenen Kleid. Linda konnte sich kaum erinnern, Frida je anders gesehen zu haben als in ihrem üblichen Dienstmädchenlook, in dem sie schon seit fast fünfundzwanzig Jahren hier bei den Thorwaldssons arbeitete.

»Geht's dir gut?«, fragte Linda.

Frida nickte und wischte sich ein paar Freudentränen aus den Augenwinkeln. »Weißt du was? Ich werde heute Abend dein Lieblingsessen kochen! Krebssuppe, gebeizten Lachs und zum Nachtisch Preiselbeercreme*! Was hältst du davon?«

Linda nickte lächelnd, dann holte sie tief Luft. »Frida, ist mein Vater da?«

»Hinten im Garten. Da kommt er gerade.«

Während Frida eilig im Haus verschwand, drehte Linda sich zögernd um. Ihr Vater kam auf sie zu, zwei große, kräftige Jagdhunde an der Leine. Linda sah sie zum ersten Mal, sie schienen noch relativ jung zu sein. Er hatte immer Hunde für die Jagd gehabt und machte im Freien kaum einen Schritt ohne sie.

»Linda?« Lennart schien bei ihrem Anblick unmerklich zurückzuprallen. Sein Gesicht zeigte einen harten Ausdruck.

* Krebssuppe, gebeizter Lachs und Preiselbeercreme – Rezepte siehe Anhang

»*Hej,* Papa.«

Er sagte nichts, starrte sie einfach nur an.

»Wie geht es dir?« Linda kam es vor, als ob sie gegen eine Mauer redete. Sein Blick war kühl, seine Miene reglos.

»Du siehst gut aus«, versuchte sie es erneut. Das war eine Lüge, er sah ganz und gar nicht gut aus, im Gegenteil. Die Haut unter seinen Augen war geschwollen und von blauen Äderchen durchzogen, und außerdem war er so unnatürlich bleich, dass kein Zweifel daran bestehen konnte, wie angegriffen er in Wirklichkeit war.

»Mir geht es gut«, sagte Lennart förmlich. »Und dir?«

Linda lächelte gezwungen. »Prima. Ich habe Examen gemacht, und ich habe einen tollen Job im Schifffahrtsmuseum.« Sie hob trotzig den Kopf. »Und ich werde heiraten. Deswegen bin ich hier. Ich wollte dich zu meiner Hochzeit einladen.«

Überraschung blitzte in seinen Augen auf, aber Freude war es nicht. Stattdessen schien sein Gesichtsausdruck eher noch frostiger zu werden.

»Du bist vor vier Jahren weggelaufen, ohne eine Erklärung«, sagte er emotionslos. »Deine Beweggründe hatten mich nicht zu interessieren.« Er richtete sich auf und zog die Hundeleinen straffer. »Ich kann mir nicht vorstellen, was ich auf deiner Hochzeit verloren hätte.«

Linda starrte ihn bestürzt an. »Papa!« Impulsiv machte sie einen Schritt auf ihn zu. »Bitte, es tut mir alles so Leid! Ich weiß, dass ich dich verletzt habe, aber ich wollte das nicht! Ich …«

»Du hast die Werft im Stich gelassen«, unterbrach er sie mit schneidender Stimme.

»Ich musste einfach weg! Ich habe hier keine Luft mehr bekommen!« Sie hob beschwörend die Hände. »Es war der reine Selbsterhaltungstrieb!«

Ihr Vater schnitt ihr mit einer harten Handbewegung das Wort ab. »Ich nenne das Egoismus!«

»Ich erwarte ja nicht, dass du mich verstehst!« Sie sprach lauter, als könne sie ihn so besser überzeugen. »Aber kannst du mir nicht verzeihen? Glaubst du denn, es wäre mir leicht gefallen, einfach alles hinter mir zu lassen? Manchmal hatte ich solche Sehnsucht nach dir und der Werft, dass ich es kaum noch ausgehalten habe!«

Lennart musterte sie unbewegt. »Es war deine Entscheidung. Du hast es so gewollt.«

Linda fühlte, wie ihr Tränen in die Augen schossen. Sie hatte damit gerechnet, dass er sich knurrig zeigen würde, das hatte er früher schon gut gekonnt. Aber diese unversöhnliche Ablehnung hatte sie nicht erwartet.

»Bitte, Papa! Ich würde so gern einen neuen Anfang machen! Ich … Ich möchte, dass du an meinem Leben teilnimmst …« Ihre Stimme verlor sich.

»Dein Leben, Linda … interessiert mich nicht mehr.«

Mit diesen Worten ging er davon und ließ sie einfach stehen. Linda starrte ihrem Vater hinterher. Unbeugsam, den Kopf hoch erhoben und die Hunde fest an der Leine führend, ging er über den Kiesweg weiter in Richtung Wald.

Sie drehte sich weg, weil sie den Anblick der davonstapfenden Gestalt nicht länger ertragen konnte. Blicklos schaute sie über die Bucht. Das Wasser glitzerte unter der wolkenlosen Bläue des Himmels wie Stahl, und der Wind, der vom Meer kam, brachte einen spürbaren Hauch von Kälte mit sich. Linda schlang die Arme um ihren Oberkörper, um das plötzliche Frösteln zu vertreiben. Dann ging sie zurück zum Wagen, um wieder nach Göteborg zurückzufahren.

*

Knapp einen Kilometer vom Anwesen der Thorwaldssons entfernt führte eine Abzweigung in den nächst gelegenen Ort. Statt weiter geradeaus zu fahren, bog Linda rechts ab und hielt ein paar hundert Meter weiter vor der alten Kirche an. Von hier aus waren es nur ein paar Schritte zu jener verträumten kleinen Bucht mit dem Sommerhäuschen, wo sie damals Gunillas Hochzeit gefeiert hatten.

Linda blieb stehen, unschlüssig, ob sie weitergehen sollte. Es würde die Situation sicher nicht verbessern, wenn sie eine Reise in die Vergangenheit machte. Die Erinnerungen waren schön, das ja. Aber sie taten auch weh.

Sie wollte bereits wieder zum Wagen zurückgehen, als sie jemanden näher kommen sah, der ihr bekannt vorkam. Das rote Haar, das elegante, rostfarben gemusterte Schultertuch ...

Sie stieß einen erfreuten kleinen Aufschrei aus. »Greta!«

»Linda!« Die Ärztin winkte und beschleunigte ihre Schritte, bis sie Linda erreicht hatte. »Kind, du bist zurück!« Lachend schloss sie die Tochter ihres ältesten Freundes in die Arme und drückte sie liebevoll an sich. »Was für eine Freude!« Sie schob Linda ein Stück weg und betrachtete sie aufgeregt lächelnd. »Hast du deinen Vater schon gesehen?«

Linda senkte den Kopf. »Ich hätte mir den Weg sparen können. Er ist immer noch wütend.«

Greta hob die Brauen. »Ich kenne deinen Vater schon sehr lange.« Sie lächelte. »Wesentlich länger als du. Ich weiß, wie schwer es ihm fällt, seine Gefühle zu zeigen.«

»Er *hat* mir seine Gefühle gezeigt«, versetzte Linda bitter. »Er hasst mich!«

Greta schüttelte leicht den Kopf, und Linda glaubte, in ihren Augen einen Ausdruck leichter Belustigung festzustellen.

»Er ist verletzt, Linda. Das musst du verstehen.« Sie nahm Lindas Hand. »Lauf nicht wieder weg, Kind.«

»Ich wüsste nicht, wieso ich hier bleiben sollte.«

»Wieso?« Greta wandte sich erstaunt zu ihr um. »Weil es an der Zeit ist, dass ihr euch versöhnt!« Ein bittender Tonfall trat in ihre Stimme. »Linda, wirf die Tür, die du gerade aufgemacht hast, doch nicht gleich wieder zu!«

Linda blickte niedergeschlagen in die Richtung, aus der sie vorhin gekommen war. Wenn man genau hinschaute, konnte man das Anwesen ihrer Familie durch die Bäume schimmern sehen.

»Denk wenigstens drüber nach«, sagte Greta.

Linda umarmte sie mit spontaner Herzlichkeit. »Du bist so lieb! Weiß Papa eigentlich, was er an dir hat?«

Greta lachte. »Ach, weißt du, mit alten Freundinnen der Familie ist das so eine Sache. Man hat sie gerne um sich und denkt irgendwann nicht mehr darüber nach, warum eigentlich.« Sie legte Linda den Arm um die Schultern. »Aber reden wir nicht mehr über mich. Es geht um dich und deinen Vater, hm? Gib ihm ein bisschen Zeit, und dann versuchst du es einfach noch einmal. Er ist dein Vater. Auch wenn er es dir nicht sagen kann – er braucht dich!«

Linda schloss kurz die Augen. Sie wollte so gern glauben, was Greta ihr erzählte. Wenn es wirklich stimmte, könnte alles so einfach sein. Zumindest, soweit es nur sie und ihren Vater betraf. Doch es ging nicht nur um sie beide, und das war das eigentliche Problem.

Stumm schaute sie über Gretas Schulter hinweg hinunter in die stille Bucht.

*

Lennart bückte sich über das Loch im Erdhügel und lobte die Hunde, weil sie den Eingang zum Fuchsbau gefunden hatten. Er hatte die beiden seit anderthalb Jahren, und sie versprachen ausgezeichnete Jagdhunde zu werden. Es machte Spaß, mit ihnen durch den Wald zu streifen, den Geruch frischer Erde einzuatmen, dem Spiel des Sonnenlichts auf dem torfigen Boden zuzusehen und dabei einfach die Ruhe des Waldes zu genießen.

Die Begegnung mit seiner Tochter hatte ihn stärker aufgewühlt, als er irgendjemandem gegenüber hätte zugeben mögen. Nicht einmal er selbst hatte zuerst wahrhaben wollen, wie sehr es ihn mitnahm, sie nach all den Jahren wiederzusehen. Die Hilflosigkeit, die Wut darüber, dass sie ihn damals einfach im Stich gelassen hatte mit allem – das fraß immer noch wie Säure an ihm. Doch es war ihm auch ans Herz gegangen, sie so erwachsen und ernst vor sich zu sehen. Sie schien sich verändert zu haben, auch in ihrer Persönlichkeit. Sie hatte reifer und souveräner auf ihn gewirkt als früher.

Doch das änderte nichts daran, dass sie ihr eigenes Leben gewählt hatte, weit weg von ihm und der Werft.

Er verdrängte die unwillkommenen Gedanken, was mit einem Mal wesentlich einfacher war als noch vor ein paar Augenblicken, denn soeben war Greta in seinem Blickfeld aufgetaucht. Sie schritt unter den hohen Bäumen den Weg entlang und ging dann unter dem von grünen Ranken überwucherten Laubengang auf ihn zu.

»Da bist du ja!« Sie kam näher, und im grünen Zwielicht des Waldes sah sie wieder einmal bezaubernd jung und schön aus, wie Lennart fand. Grantig dachte er, dass das Leben doch ungerecht war. Er selbst entdeckte ständig neue Verfallszeichen an sich selbst, und diese Frau schien einen Trick zu kennen, mit dessen Hilfe sie immer jünger und hübscher zu werden schien.

In sich hineingrinsend schüttelte er den Kopf, hauptsächlich über sich selbst, dann tätschelte er die Hunde und ließ sie von der Leine. »Na, macht schon, ihr beiden!«

Sie preschten los und sprangen mit gewaltigen Sätzen rechts und links an Greta vorbei, die vergnügt auflachte angesichts dieses verspielten Überschwangs.

Lennart ging Greta entgegen. »Sie machen sich sehr gut, obwohl sie noch so jung sind.«

Sie küsste ihn auf die Wange und hakte sich bei ihm ein, und gemeinsam machten sie sich auf den Rückweg zum Haus.

»Ich habe gerade auf dem Weg hierher Linda getroffen«, erzählte sie.

»Aha«, sagte er vorsichtig. Mehr nicht. Lennart hielt es für besser, die ganze Geschichte nicht auszuwalzen. Er wollte nicht über seine Tochter reden. Es war nicht einfach für ihn gewesen, sie wiederzusehen, und es tat immer noch weh. Doch er würde irgendwann darüber hinwegkommen, wenn er sich nur oft genug sagte, dass es nötig sei. Dies war immer noch die beste Methode, um unliebsame Gefühle loszuwerden. Darin war er gut.

Davon abgesehen richtete sich sein ganzes Augenmerk momentan auf die nähere Zukunft, genauer gesagt, auf das bevorstehende Abendessen und die Ankündigung, mit der er die Familie – einschließlich Greta – überraschen wollte. Danach würde er ganz von vorne anfangen, sofern das für einen alten, verbrauchten Kerl wie ihn überhaupt denkbar war.

Für Greta schien das Thema noch nicht erledigt zu sein. »Linda wünscht sich nichts sehnlicher, als dass du ihr verzeihst.«

Als Lennart schwieg, fuhr sie fort: »Sie ist erwachsen geworden. Und sie geht ihren Weg. Du solltest lernen, das zu akzeptieren.«

Das konnte Lennart nicht einfach so stehen lassen. »*Sie* war die Begabte«, sagte er aufgebracht. »Sie hat die Werft geliebt! Hatte ein Gespür fürs Geschäft!« Er hielt inne, Enttäuschung im Blick. »Es gab keinen Zweifel, dass sie meine Nachfolge übernehmen sollte. Und was hat sie getan, als ich ihr die Geschäftsleitung übertragen wollte?« Er hieb mit der Faust in seine offene Hand. »Weggelaufen ist sie!«

Greta nahm seinen Arm und drückte ihn begütigend an sich. »Sie hatte ihre Gründe.«

»Was sollte es für Gründe geben, die Familie im Stich zu lassen? Und die Firma! So etwas tut man einfach nicht!«

»Nun sei doch nicht so bitter, Lennart. Sie ist doch deine Tochter. Und ich weiß, wie sehr du sie vermisst!«

Er starrte stur geradeaus. »Ich habe damals nächtelang gegrübelt, was ich verkehrt gemacht haben könnte. Ich hätte alles getan, um sie hier zu behalten!«

»Aber nun ist sie wieder hier«, sagte Greta sanft. »Stoß sie nicht von dir!«

Lennart wandte ihr sein verbittertes Gesicht zu. »Kannst du mir garantieren, dass sie mich nicht noch einmal enttäuscht?«

Greta legte beide Arme um ihn und lehnte ihre Stirn gegen seine Brust. »Wieso machst du es dir so schwer?«

Anstelle einer Antwort starrte er über ihren roten Schopf hinweg in die Tiefen des Waldes.

*

Linda war doch in die kleine Bucht hinuntergegangen. Wider besseres Wissen, aber sie hatte es getan.

Ein kurzer Blick nur, hatte sie gedacht. Was konnte es schaden, mal eben dort vorbeizuschauen? Eine oder zwei Minuten, und dann wäre sie auch schon wieder weg. Niemand bekam es mit, außer ihr selbst. Und anschließend würde sie nach Göteborg fahren und ihre Erinnerungen mitnehmen. Und dann so schnell wie möglich versuchen, alles für immer zu vergessen.

Als sie den Steg entlangging, der zu dem Häuschen am Wasser führte, klingelte ihr Handy. Sie zog es aus der Tasche, wie erwartet war es Nils.

»Wie war's mit deinem Vater?«, wollte er wissen.

»Nicht so gut. Ich erzähle es dir, wenn ich zu Hause bin.«

»Ich wollte gleich losfahren und zu dir kommen.«

»Nicht nötig, ich bin praktisch schon auf dem Weg zurück.«

»Na gut, dann bis später. Fahr schön vorsichtig!«

Sie verabschiedete sich und trennte die Verbindung. Nils' Stimme hatte deutlich erfreut geklungen, sei es wegen der Aussicht, so unverhofft zusätzliche Zeit für Mandantengespräche gewonnen zu haben, sei es, weil Lindas Rückkehr ihn der Notwendigkeit enthob, mit dem Zug fahren oder sich bei irgendwem einen Wagen borgen zu müssen.

Linda schob das Handy zurück in ihre Tasche und ging zögernd weiter. Das Haus lag am Hang, ganz am Ende des Stegs, halb verborgen hinter dicken Baumstämmen und urwüchsig sprießenden Büschen. Rein äußerlich war es unverändert, abgesehen davon, dass der Anstrich im Laufe der Jahre ein wenig verblasst war. Die große Fensterfront zum Wasser hin machte sogar einen überraschend sauberen Eindruck. Ob sich jemand um das Haus kümmerte? Gunilla hatte es nicht sonderlich gemocht, und sie hatte auch nur deshalb ihren Polterabend hierher verlegt, weil sie die Kulisse der Bucht so zauberhaft romantisch fand. Die Terrasse war ausreichend groß und schien direkt über dem Wasser zu schweben, umgeben von hohen alten Bäumen, moosigen Felsen und blühenden Büschen.

Linda blieb stehen. Von irgendwoher schien plötzlich Musik zu kommen. Sie klang wie aus einer anderen, weit entfernten Welt und war doch ganz nah.

Es war ganz einfach, sich ihr zu überlassen. Linda musste nur die Augen schließen, und es war wieder Sommer, so wie in jener Nacht vor vier Jahren.

Die Gäste waren gegangen, auf den Tischen standen noch jede Menge schmutziges Geschirr und benutzte Gläser. Der CD-Player lief, Musik wehte über die Terrasse und hinaus auf den See. In den rußigen Gläsern flackerten die fast heruntergebrannten Windlichter, die Linda löschen würde, sobald sie und Henrik mit Aufräumen fertig waren. Gunilla war mit den anderen gefahren, sie brauchte ihren Schönheitsschlaf, schließlich wollte sie am nächsten Tag in der Kirche gut aussehen. Und sie *hatte* gut ausgesehen, eine wunderschöne, strahlend glückliche Braut.

Doch dies war die Nacht davor, eine traumgleiche, von Musik erfüllte Nacht voller magischer Geheimnisse.

Henrik war gut aufgelegt, vielleicht war er ja glücklich, weil er sich auf den kommenden Tag freute, vielleicht hatte er aber auch nur ein paar Gläser zu viel getrunken.

Er nahm Linda den Tellerstapel aus der Hand, stellte ihn zur Seite und umfasste ihre Taille. Er schwenkte sie herum, zog sie in seine Arme und wiegte sich mit ihr im Takt der Musik. Dies war der Moment, in dem sie sich an ihn gepresst hatte. Und endgültig verloren war.

Sie hatte ihn schon vorher geliebt, natürlich hatte sie das gewusst. Mit zwanzig war ein Mädchen alt genug, um sich über solche Gefühle im Klaren zu sein. Doch nichts hatte sie darauf vorbereitet, dass sie ihn mit so verzweifelter Sehnsucht begehren würde, auf eine archaische, hitzige Weise, die sie jenseits aller Vernunft plötzlich wünschen ließ, er würde sie ins Haus zerren und sie dort einfach nehmen.

Linda erschauerte, in der Erinnerung und in der Realität.

»Ist dir kalt?« Seine Stimme war wie ein warmer Hauch neben ihrem Ohr, und sie schüttelte den Kopf, damals wie heute.

Doch er hatte sie bereits losgelassen und die rote Decke geholt, die über einer der Bänke hing. Er legte sie ihr um die Schultern und zog sie erneut an sich, schlang die Arme um sie, umhüllte sie mit der Decke und seiner Körperwärme.

Linda fuhr zusammen und riss sich gewaltsam aus der Vergangenheit. Das alles war lange her und vorbei. Ein harmloser, netter Tanz mit ihrem beschwipsten Schwager, nichts weiter.

Sie drehte sich zur Hütte um und betrachtete nachdenklich die Tür, bevor sie, ohne großartig darüber nachzudenken, die Hand ausstreckte und mit den Fingern über den schmalen Sims fuhr, der oberhalb der Fensterfront verlief.

Zu ihrer Überraschung war der Schlüssel tatsächlich da oben, so wie früher, als sie selbst noch regelmäßig zum Schwimmen, Faulenzen und Übernachten hierher gekommen war.

Ohne zu zögern, schloss sie die Tür auf und betrat das Häuschen.

Ihr erster Blick fiel auf die rote Decke, die ordentlich zusammengefaltet auf einem Sessel lag. Linda nahm sie, ließ sie auseinander fallen und legte sie sich um die Schultern wie ein Indianer. Der Wollstoff roch frisch, die Decke war vor nicht allzu langer Zeit gewaschen worden.

Linda schmiegte die Wange gegen die weiche Wolle, dann drehte sie sich langsam um die eigene Achse und sah sich mit stetig wachsender Verblüffung um. Das Häuschen wirkte eindeutig bewohnt! Die Fenster waren nicht nur von außen sauber, sondern auch von innen. Und nicht nur das – der Fußboden war geschrubbt, Tisch, Stühle und Bänke waren frei von Staub, und überall lagen hübsche neue Kissen herum, die es hier früher noch nicht gegeben hatte.

Dafür waren die Muscheln noch da. Ihre ganze Sammlung lag auf der Fensterbank, alles, was sie im Laufe ihrer Kindheit aus dem Meer geholt und hier hergeschleppt hatte, um es für immer aufzuheben. Linda nahm die größte von ihnen in die Hand, ein besonders schönes Exemplar, mit braunen Flecken auf weißem Grund. Sie hielt sie ans Ohr, so wie früher in der albernen Hoffnung, ein Rauschen zu hören. Doch natürlich hatte sich seit damals nichts geändert. Die Muschel war immer noch stumm.

Als hinter ihr die Tür aufging, fuhr sie erschrocken herum. Linda schluckte hart, um die plötzliche Trockenheit in ihrer Kehle loszuwerden, als sie Henrik sah.

»*Hej*«, sagte sie mit zittriger Stimme.

»*Hej.*« Lächelnd kam er näher und deutete auf die Decke. »Ist dir kalt?«

Seine Frage klang genau wie damals. Nur dass die Stimmung nicht dieselbe war. Linda fühlte, wie Hitze ihr Gesicht überflutete. Noch nie war ihr etwas so peinlich gewesen. Verlegen streifte sie die Decke von ihren Schultern und legte sie über einen Stuhl.

»Was machst du hier?«, fragte Henrik.

Er war viel zu nah bei ihr. Linda trat einen halben Schritt zurück und versuchte vergeblich, gelassen dreinzuschauen. »Früher war das Häuschen mein Zufluchtsort.

Wenn mir die Familie auf die Nerven ging, habe ich mich hier verkrochen.«

In manchen Jahren fast den ganzen Sommer über, fügte sie in Gedanken hinzu. Unter der Woche hatte sie sich tagsüber meist in der Werft aufgehalten, aber an den Wochenenden war die Hütte ihr erklärtes Refugium gewesen.

Henrik wirkte erstaunt. »Das wusste ich gar nicht! Ich dachte, dass niemand das Haus benutzt.« Er lachte leise. »Da habe ich es besetzt.«

»Vor wem verkriechst du dich hier?«, fragte Linda mit einem leisen Anflug von Aufsässigkeit. »Doch nicht vor Gunilla?«

Er versuchte es offenbar als Scherz zu nehmen, denn er lächelte. Doch Linda hatte den Eindruck, dass er nicht sonderlich amüsiert über die Bemerkung war.

Er sah sie offen an. »Es ist gut, wenn man einen Ort hat, an dem man seine Ruhe haben kann. Meine besten Entwürfe sind hier entstanden.«

Damit hatte er bei ihr einen besonderen Nerv getroffen. Sie strahlte ihn begeistert an. »Du bist ein hervorragender Designer geworden! Deine Yachten haben alle einen so ... so aufregenden Schwung! Sie wirken schon auf den ersten Blick schnittig und voller Dynamik!«

Henrik erwiderte verdutzt ihren Blick. »Du kennst meine Arbeit?«

»Jedes Schiff, das du entworfen hast«, antwortete sie bereitwillig.

»Ich wusste nicht, dass du dich immer noch dafür interessierst.«

»Du weißt so manches nicht«, erwiderte sie leichthin.

Er trat einen Schritt näher und überbrückte die Entfernung zwischen ihnen, um ihr direkt in die Augen zu schauen. Linda hatte plötzlich panische Angst, er könnte sie anfassen. Sobald er das tat, würde etwas passieren, was niemand von ihnen beiden mehr kontrollieren konnte. Irgendetwas geschah in diesem Augenblick zwischen ihnen beiden, und sie bildete es sich ganz gewiss nicht ein. Diesmal war nicht nur sie allein an dem Vorgang beteiligt, sondern er ebenso. Es war wie eine unsichtbare elektrische Verbindung, von der Funken aufstoben.

Sie fühlte das vertraute Schwächegefühl in den Knien, als sie das bernsteingoldene Funkeln seiner Iris sah. Vielleicht wäre alles nur halb so schlimm, wenn er nicht solche Augen hätte, sagte sie sich tapfer. Doch dann schüttelte sie innerlich den Kopf. Es war der ganze Mann, der sie aus der Ruhe brachte. Sein Gesicht, seine Hände, sein Mund …

Linda wandte sich ab und tat so, als würde sie sich in der Hütte umschauen. »Ich habe übrigens Gunilla in Göteborg getroffen. Sie sah absolut toll aus.«

»In Göteborg?« Er wirkte irritiert. Zögernd setzte er hinzu: »Ja, kann sein, sie wollte einen Kunden treffen.«

Linda nickte, dann fragte sie beiläufig. »Geht es euch gut?«

»Ja, natürlich.« Seine Antwort kam eine Spur zu hastig. Diesmal war Linda diejenige, die irritiert war. Rasch wandte sie sich ab, um erneut die Muschel von der Fensterbank zu nehmen. »Weißt du noch?« Sie schaute aus dem Fenster. »Euer Polterabend …«

Als er nichts sagte, fuhr sie versonnen fort: »Alle waren schon weg, nur wir beide wollten noch aufräumen.«

»Ich glaube, wir waren nicht sehr effektiv«, sagte er belustigt.

Sie spürte mit all ihren Sinnen, dass er näher kam, und als er dicht hinter ihr stehen blieb, bekam sie kaum noch Luft.

»Es war irgendwie unwirklich«, murmelte er. »Plötzlich

war es, als wären wir aus der Welt gefallen. Nur wir zwei … Die Musik. Und das Meer …«

Linda hatte die Augen geschlossen, aber sie sah das Bild dennoch so deutlich vor sich, als ob ein Film vor ihr ablief.

»Und dann hast du plötzlich deine Schuhe genommen und bist einfach gegangen.« Sein leises Lachen war wie rauer Samt. »Und ich durfte alles allein aufräumen.«

Linda drehte sich zu ihm um. »Das war gemein von mir«, gab sie zu. Ihr Lächeln fiel ein wenig atemlos aus. Dann wurde sie unvermittelt ernst. »Aber vielleicht war es besser so. Es war … zu gefährlich.«

Viel zu gefährlich, fügte sie in Gedanken hinzu. So wie jetzt. Linda wandte sich ab, um zur Tür zu gehen. Sie hatte noch keine zwei Schritte getan, als sie am Handgelenk gepackt wurde.

Er hielt sie fest und zog sie zu sich heran. Seine Blicke nagelten sie fest, sie konnte sich nicht mehr rühren. Hitze flammte zwischen ihnen auf wie bei einem frisch entfachten Feuer. Linda schaute ihn entsetzt an und bewegte die Lippen, doch sie brachte keinen Laut hervor. Ruckartig riss sie sich los und lief zur Tür. Ihr Herz raste wie Donner, als sie die Hand auf den Knauf legte. Sie hätte ihn einfach nur zu drehen brauchen, dann noch einen Schritt tun müssen und noch einen, und sie wäre draußen gewesen, außer Gefahr. Doch sie schaffte es nicht.

Wie eine Marionette an ihren Fäden drehte sie sich wieder zu ihm und suchte seinen Blick. Seine Augen waren leuchtend goldgelb wie bei einem sprungbereiten Tiger. Linda spürte, wie Erregung in ihr aufstieg, sich von ihrer Mitte her in ihr ausbreitete wie flüssiges Feuer.

Sie tat einen Schritt auf ihn zu, dann einen weiteren, und die restliche Entfernung überbrückte er selbst, indem er die Arme ausstreckte, sie bei den Schultern packte und sie heftig an sich zog. Er presste sie gegen seine Brust, und Linda keuchte in einer Mischung aus Begierde und Angst auf, als ihr Gesicht gegen seinen Hals gepresst wurde. Sie atmete seinen sauberen männlichen Geruch ein und spürte sein Verlangen an ihrem Körper wie ein Brandmal.

Als er in ihre Haare fasste und ihren Kopf zurückbog, kam sie mit einem Ruck in die Wirklichkeit zurück. Bestürzt riss sie sich von ihm los und wich abermals zur Tür zurück. »Ich gehe jetzt«, sagte sie tonlos. »Ich hätte nicht kommen dürfen, es war ein Fehler. Wiedersehen, Henrik.«

Er machte eine Bewegung, als ob er sie hindern wollte, einfach so zu verschwinden. Doch diesmal hielt sie nichts mehr.

Von Panik erfüllt, stieß sie die Tür auf und rannte hinaus. Draußen stolperte sie über eine Wurzel und wäre um ein Haar lang hingeschlagen. Sie fing sich im letzten Moment und zog ihre verrutschte Jacke zurecht, bevor sie über den Steg in Richtung Straße verschwand.

Henrik war reglos stehen geblieben und atmete heftig aus und ein. Er konnte nicht fassen, was da gerade geschehen war. Hatte er den Verstand verloren? Oder hatte ihn ein Anfall von verfrühter Midlife-Crisis heimgesucht?

Nein, dachte er gleich darauf in mitleidloser Selbsterkenntnis. Es war genau dasselbe passiert wie schon vor vier Jahren. Er war im Begriff gewesen, sich vollkommen lächerlich zu machen. Zum Glück war sie damals rechtzeitig abgehauen, und heute genauso. Sonst lägen sie jetzt wahrscheinlich da drüben auf dem Sofa, nichts zwischen sich als die Hitze ihrer Körper.

Sie hatte nichts von ihrer Anziehungskraft verloren, im Gegenteil. Schon als er sie heute Morgen an der Koppel getroffen hatte, war er kaum fähig gewesen, seine Hände bei sich zu behalten.

Er wusste nicht, was ihn mehr verstörte. Diese plötzliche Aufwallung von blinder Begierde einer Frau gegenüber, die ja immerhin seine Schwägerin war, oder die Tatsache, dass es ihn anscheinend immer nur bei ihr in dieser Form erwischte. Wenn man es genau nahm, kannte er sie kaum. Gunilla hatte ihn damals erst drei Wochen vor der Hochzeit das erste Mal ihrer Familie vorgestellt. Er hatte ihrem Vater zwei Anstandsbesuche abgestattet, und schon beim zweiten Mal hatte Lennart ihm den Posten in der Werft angeboten. Er hatte gleich anfangen können, und dabei hatte er auch Linda kennen gelernt und ein paar Mal mit ihr geredet. Wenn er sich heute gegenüber ehrlich war, hatte sie ihn schon damals unglaublich fasziniert, doch in dem ganzen Trubel um die Hochzeitsvorbereitungen und die Umstellungen wegen seines neuen Jobs hatte er das gut verdrängen können. Dann war auch schon der Polterabend gewesen, das erste und einzige Mal, dass sie miteinander allein waren.

In jener Nacht hätte er beinahe etwas Unverzeihliches getan, doch zum Glück war sie rechtzeitig gegangen. Er hatte seine verrückte amouröse Anwandlung auf den Alkohol und die romantische Musik geschoben, doch vorhin hatte er begriffen, dass dasselbe unheilvolle Feuer zwischen ihnen brannte wie damals, und diesmal waren weder Nat King Cole noch Wein im Spiel.

Henrik biss die Zähne zusammen, während er mit Riesenschritten aus der Hütte marschierte und zur Straße zurückging, wo sein Wagen stand. Heute sah er um einiges klarer als damals, und er wusste nach dieser letzten Begegnung mit Linda, dass er sich in Acht nehmen musste, falls sie länger hier blieb.

Henrik schüttelte den Kopf, als könne er auf diese Weise die Bilder vertreiben, die sich immer stärker in seinem

Kopf einzubrennen schienen, je mehr und je länger er an sie dachte. Ihre Augen mit der strahlend grünen Iris, ihr voller Mund, ihr weiches honigfarbenes Haar. Ihre Hände und Füße waren zart und schmal, im Gegensatz zum Rest ihres Körpers. Gunilla hatte ihm irgendwann mal beiläufig erzählt, ihre Schwester sei fett. Doch das war gewesen, bevor er Linda zum ersten Mal getroffen und dabei registriert hatte, dass sie eine geradezu klassische Stundenglasfigur hatte, mit üppigen Brüsten und aufreizend gewölbten Hüften.

Oben an der Straße stieg er in den Wagen und fuhr durch das nahe gelegene Fischerdorf in Richtung Werft. Auf halbem Wege besann er sich und entschied, dass ihm ein Ausritt gut täte. Arbeiten konnte er immer noch genug, zum Beispiel heute Abend, wenn Gunilla wieder da war. In letzter Zeit hatte er sich zunehmend Arbeit mit nach Hause genommen, in seinen Augen nicht die schlechteste Methode, das stetig wachsende Schweigen zwischen ihnen zu überbrücken. Mit Reden hatte er es weiß Gott oft genug versucht.

Er sattelte Fjäril und ließ den Wallach galoppieren, bis sie beide nass geschwitzt waren, er selbst und das Pferd. Trotzdem hatte er noch nicht genug. Er schnalzte mit der Zunge und klopfte Fjäril mit der Gerte gegen die Flanke, um eine weitere Runde zu reiten. Doch dann tauchte Gunillas Wagen an der Straßenbiegung neben der Koppel auf. Hastig zügelte Henrik das Pferd und sprang aus dem Sattel. Er war direkt am Gatter, also konnte sie nicht einfach weiterfahren und dabei so tun, als hätte sie ihn nicht gesehen. Henrik hatte allerdings den vagen Eindruck, als hätte sie genau das gern getan, denn sie wirkte eher entnervt als erfreut, als sie ausstieg und ihm entgegenging.

»*Hej*, Henrik!«

»*Hej*!« Henrik schlang die Zügel um einen Zaunpfosten und wich aus, als sie ihn auf die Wange küssen wollte. »Wo bist du gewesen? Jetzt sag bloß nicht, in Stockholm!«

Sie gab sich erstaunt. »Wieso Stockholm? Wie kommst du darauf? Ich habe dir doch gesagt, dass ich nach Göteborg muss!«

»Hör auf mit dem Theater, Gunilla!«, fuhr er auf. »Ich weiß, was du gesagt hast! Findest du diese Lügen deiner nicht unwürdig?«

Sie starrte ihn an. »Was soll das, Henrik?«

»Für wie naiv hältst du mich eigentlich?«, unterbrach er sie wütend. »Glaubst du, ich weiß nicht, dass du mich betrügst?«

Sie schlang die Arme um sich. »Also gut. Wir müssen reden.« Nervös schaute sie den Weg entlang. »Aber nicht hier und nicht jetzt. Nach dem Essen. Wir sind sowieso schon spät dran.«

Henrik wandte sich ab und ging zurück auf die Koppel.

*

Als Henrik und Gunilla den Speisesaal betraten, legte Frida gerade das gute Tafelsilber auf. Henrik nahm mit hochgezogenen Brauen zur Kenntnis, dass es offenbar etwas zum Feiern gab, denn die handgenähten Damastservietten, das alte chinesische Porzellan und die zweihundert Jahre alten Kristallgläser wurden sonst nur zu besonderen Anlässen aus den Vitrinen geholt. In den Kandelabern brannten frische weiße Kerzen, und die Jugendstillampe neben der großen Tafel war auf Hochglanz poliert.

Greta und Lennart betraten den Raum, und Gunilla wandte sich zu ihrem Vater um. »Entschuldige, dass wir so spät sind, Papa.« Sie beugte sich zu Lennart und küsste ihn auf die Wange. »Dieser Kunde – er war einfach nicht zu bremsen, ständig ist ihm etwas Neues eingefallen!«

»Schon gut.« Lennart, elegant im dunkelblauen Anzug und mit dezent gemusterter Krawatte, deutete auf den Tisch. »Setzen wir uns.« An Frida gewandt, fügte er hinzu: »Du kannst uns in zehn Minuten die Suppe bringen.«

Gunilla schaute unzufrieden drein. »In zehn Minuten? Oh, nein! Ich bin am Verhungern! Frida, du kannst die Suppe sofort servieren!«

»In zehn Minuten«, befahl Lennart kategorisch. Sein Tonfall machte klar, dass er keinen Widerspruch duldete. Etwas umgänglicher setzte er hinzu: »Ich habe euch etwas mitzuteilen.«

Während Frida reihum Apéritifs servierte, steuerte Gunilla wie selbstverständlich ihren Platz an und ließ sich auf den Stuhl fallen, bevor Henrik ihn ihr zurechtrücken konnte. Achselzuckend setzte er sich ebenfalls und kam sich wie immer ein wenig deplatziert vor. Obwohl er seit vier Jahren hier wohnte und fast jeden Tag in diesem Raum zu Abend aß, war es ihm bisher nicht wirklich gelungen, sich an das großbürgerliche, ein wenig düstere Ambiente des Hauses und vor allem des Speisezimmers zu gewöhnen. Die großformatigen dunklen Gemälde, die schweren Holzdecken und die wuchtigen, mit Schnitzereien überladenen Vitrinen und Kredenzen ließen immer wieder das Gefühl in ihm aufkommen, sich in einem Museum zu befinden.

All das war natürlich Lennarts ganz persönlicher Geschmack, schließlich war er der Eigentümer des Hauses und der Familienvorstand. Davon abgesehen hatten Gunilla und Henrik sich die Wohnung, die sie im ersten Stock bewohnten, ganz nach ihren eigenen Vorstellungen eingerichtet. Aber dessen ungeachtet glaubte Henrik manchmal, dass es in diesem Haus wesentlich gemütlicher wäre, wenn die Menschen hier ein wenig mehr Spaß miteinander hätten.

»Keine Angst, es wird keine lange Ansprache«, sagte Lennart. »Ich mache es ganz kurz. Auf Anraten meiner Ärztin ...«, er hielt inne und zwinkerte Greta zu, die links neben ihm saß, » ... habe ich beschlossen, mich ab sofort aus dem Geschäft zurückzuziehen.«

Henrik war völlig überrumpelt. Der Alte wollte aufhören? Das war doch nicht möglich!

Von der Seite sah er, dass Gunilla vor Schreck der Mund offen stand. Für sie kam diese Eröffnung ihres Vaters genauso unerwartet wie für ihn. Nur Greta schien nicht ganz so ahnungslos gewesen zu sein. Ihre Miene spiegelte Erleichterung und eine leise Genugtuung wider. Sie schien mit dem, was Lennart gerade verkündet hatte, äußerst zufrieden zu sein.

Lennart wandte sich Gunilla zu. »Du wirst meine Nachfolge übernehmen!« Sein Gesicht trug einen feierlichen Ausdruck zur Schau, als wolle er seiner Tochter ein wunderbares Geschenk überreichen – was aus seiner Sicht vermutlich sogar zutraf. »Morgen um zehn haben wir einen Termin mit den Notaren, da machen wir es fest.« Er hob sein Glas. »Der neue Boss der Thorwaldsson-Werft heißt Gunilla Rosendahl!«

»Das meinst du nicht ernst, Papa!«, entfuhr es Gunilla.

Lennart hob befremdet die Brauen. »Mit so etwas macht man keine Scherze, Gunilla!« Er räusperte sich. »Du bist seit vier Jahren meine Assistentin. Du kennst das Geschäft in allen Einzelheiten. Die Kunden und die Zulieferer kennen dich, und ich bin überzeugt davon, dass du es sehr gut machen wirst!« Abermals hob er sein Glas. »Und jetzt lasst uns anstoßen! Auf die neue Chefin!«

»Moment mal, Papa!«, wandte Gunilla ein. Sie war blass, und Henrik sah, dass ihre Hände zitterten. »So geht das nicht! *Du* bist der Boss!«

»Ab sofort nicht mehr.« Lennart lächelte mild, ihm schien überhaupt nicht aufzufallen, dass hier etwas nicht stimmte. »Hab keine Angst, Mädchen, es ist alles gar nicht so schwer. Außerdem hast du hervorragende Mitarbeiter!« Er prostete Henrik zu, der reglos sein Glas umfasst hielt und wartete, dass diese Farce ein Ende nahm. Sein Schwiegervater tat ihm Leid.

»Und wenn es wirklich mal schwierig werden sollte, kannst du immer noch deinen alten Vater fragen. Ich weiß zwar nicht, ob ich jedes Mal erreichbar sein werde, aber ...«

»Das kannst du nicht von mir verlangen«, sagte Gunilla sehr akzentuiert.

»Mach dir keine Gedanken, Kind.« Lennart lächelte beruhigend. »Du schaffst das schon. Es gibt doch niemand anderen, der meine Nachfolge antreten könnte. Und es ist *wirklich* nicht so schwer ...«

Gunilla stellte mit einem weithin hörbaren Knall ihr Glas ab, so hart, dass etwas von dem Inhalt herausspritzte. »Du verstehst mich nicht, Vater! Ich kann und *will* deine Nachfolge nicht antreten!« Sie hielt inne und starrte auf die winzigen Sherryflecken, die das Tischtuch neben ihrem Gedeck sprenkelten. »Es tut mir Leid, dass ihr das jetzt so erfahren müsst.« Sie sprach monoton, völlig ohne erkennbare Emotionen. »Ich gehe weg, nach London. Mit John Borman. Ich werde da mit ihm leben.«

Lennart sank wie betäubt auf seinen Stuhl. Seine Hände umklammerten die Tischkante. »John Borman? Was redest du da für einen Unsinn, Gunilla?« Sein fassungsloser Blick irrte von seiner Tochter zu Henrik und weiter zu

Greta, um schließlich wieder bei seiner Tochter zu landen. »Du bist verheiratet, du hast eine Aufgabe in der Werft!« Er redete sich in Rage, mit einem Mal wurde er so laut, dass seine Stimme von den Wänden widerhallte. »Schlag dir das aus dem Kopf!«, schrie er.

Henrik betrachtete seine Frau mit verengten Augen. Gunilla dachte offensichtlich nicht daran, klein beizugeben.

»Ich verstehe, dass du sauer bist, Papa. Und du kannst mir glauben, dass es mir nicht leicht fällt, diesen Schritt zu tun.«

Lennart hieb krachend seine Faust auf den Tisch. »Dann lass es einfach!«

Gunilla fuhr zusammen, hob aber gleich darauf in einer aggressiven Geste das Kinn und schaute ihrem Vater kühl in die Augen. »Ich kann nicht anders. Ich liebe John. Und ich *werde* mit ihm leben. Es tut mir Leid!«

Sie stand so hastig auf, dass ihr Stuhl gegen das Vertiko hinter ihr knallte. Ein paar Augenblicke später war sie mit großen Schritten aus dem Zimmer gestürmt.

Henrik stand langsam auf, nach außen hin die Ruhe in Person. Er stellte sein Glas ab und nickte Greta und Lennart zu. »Ihr entschuldigt mich«, sagte er mit formvollendeter Höflichkeit, bevor er ebenfalls den Raum verließ.

Er fand sie oben in ihrem gemeinsamen Schlafzimmer, wo sie reglos mitten im Raum stand und ein altes Foto anstarrte, das sie zusammen mit ihren Eltern und Linda zeigte. Es war kurz vor dem Tod ihrer Mutter aufgenommen worden.

Als sie ihn hereinkommen hörte, stellte sie das Bild weg und wandte sich mit kämpferischer Miene zu ihm um. »Es tut mir Leid, Henrik. Wenn ich gewusst hätte, was Papa für eine Bombe platzen lässt, hätte ich natürlich vorher mit dir geredet. Ich wollte wirklich nicht, dass du es so erfährst.«

Er blieb in der offenen Tür stehen, in sicherer Entfernung zu ihr, die Hände tief in den Hosentaschen vergraben.

»Wie lange geht das schon?«

Sie senkte den Kopf, bis ihr helles Haar wie ein seidiger Vorhang über ihr Gesicht fiel. »Ein halbes Jahr.«

Sie hatte eine Spur zu lange gezögert mit der Antwort. Henrik wusste sofort, dass sie log. Ein Jahr kam eher hin. Wenn nicht noch länger. Aber das änderte auch nichts an der Situation.

Sie schaute ihn an. »Henrik, ich wollte das nicht, glaub mir! Ich habe mich wirklich gewehrt!«

Er unterdrückte ein bitteres Auflachen. »Und wann hättest du es mir gesagt? Zwei Minuten vor deiner Abreise?« Er merkte, dass Wut in ihm hochkochte, langsam, aber dafür umso heftiger. »Gunilla, verdammt noch mal! Wir sind bald seit fünf Jahren zusammen, und du willst dich einfach so davonschleichen!«

In ihren Augen zeigte sich ein Hauch von schlechtem Gewissen, doch dann schob sie trotzig das Kinn vor. »Erinnerst du dich, wann wir das letzte Mal richtig Spaß miteinander hatten?«

Henrik musterte sie mit zusammengekniffenen Augen. Komisch, wieso sagte sie das jetzt? Wie kam sie darauf? Es war genau dieselbe Frage, die ihm vorhin im Speisesaal durch den Kopf gegangen war!

Gunilla breitete die Hände aus. »Ich meine … wann waren wir zuletzt richtig ausgelassen und fröhlich?« Sie schüttelte den Kopf. »Wir hatten doch immer weniger gemeinsam. Du hast dich in die Arbeit vergraben, und ich …«

»Du hast dir einen Liebhaber gesucht«, fiel er ihr zynisch ins Wort. »Tolle Arbeitsteilung.«

Sie verzog genervt den Mund. »Vielleicht sind wir einfach nicht die Richtigen füreinander.«

»Oder vielleicht haben wir einfach nicht genug für unsere Ehe getan.« Er merkte, wie angriffslustig seine Worte klangen, und Gunillas alarmierter Gesichtsausdruck zeigte ihm augenblicklich, dass sie genau wusste, worauf er hinauswollte. Sie hasste es, wenn er davon anfing, und er hasste es, dass sie jedes Mal mit dieser kalten Ablehnung darauf reagierte. Doch er konnte nicht anders, als es erneut anzuschneiden, es war wie ein innerer Zwang. »Wir hätten ein Kind haben sollen.«

Sie fuhr auf wie unter einem Schlag. »Henrik, bitte!« Frustriert und verärgert schaute sie ihn an. »Ich weiß, dass du enttäuscht bist, dass wir keine Kinder haben, aber ...«

»Ja, das bin ich«, unterbrach er sie. »Für mich hätten Kinder unbedingt dazugehört! Ich wollte eine Familie! Ich wollte ein Heim schaffen, in dem sich unsere Kinder sicher und geborgen fühlen können! Aber du ...«

Sie schnitt ihm das Wort ab. »Ich habe andere Träume. Meinst du, es wäre richtig gewesen, ein Kind zu bekommen, nur um unsere Ehe zu kitten? So etwas kann doch niemals gut gehen!« Sie hielt inne, dann ging sie widerstrebend auf ihn zu und legte ihm die Hand auf die Schulter. »Ich wollte dir nicht wehtun.«

Er wich ihrer Berührung aus und wandte sich abrupt ab, um aus dem Zimmer zu gehen.

*

Linda fühlte die Erschöpfung bis in die Knochen, als sie die Wohnungstür aufschloss. Am liebsten hätte sie sich sofort ins Bett verkrochen und die Decke über den Kopf gezogen. Sie wollte allein sein, nachdenken, schlafen – einfach nur sie selbst sein, ohne trübe Erinnerungen und ohne die erschreckenden Gedanken, die sie während der ganzen Rückfahrt geplagt hatten. Sie wollte alles vergessen. Ihren Vater, Gunilla – und Henrik. Vor allem Henrik.

Nils kam ihr entgegen, ein ungewohnter Anblick in seinem Freizeitlook. Tagsüber lief er meist in feinem Zwirn herum, und es kam in letzter Zeit immer seltener vor, dass er einmal Rolli und Jeans trug statt Armani oder Boss.

»*Hej*, du bist ja wieder da!« Lächelnd küsste er sie auf die Wange und zog sie in die Arme.

Linda schmiegte sich an ihn und genoss für einen Moment seine Körperwärme und seine Zuneigung. Ohne nachzudenken, fragte sie: »Nils, liebst du mich eigentlich?«

Er schob sie ein Stück von sich weg und betrachtete sie irritiert. »Was ist das denn für eine Frage? Würden wir etwa sonst heiraten?«

»Sag es«, verlangte sie.

»Was?«

»Sag mir einmal, dass du mich liebst.«

»Selbstverständlich liebe ich dich, Linda.« Er musterte sie mit zusammengezogenen Brauen. »Sag mal, ist alles in Ordnung mit dir?«

Linda zuckte die Achseln. »War ein bisschen schwierig mit meinem Vater«, antwortete sie vage, während sie über das nachdachte, was er gerade zu ihr gesagt hatte. Dafür, dass sie soeben erstmalig eine ausdrückliche Liebeserklärung aus seinem Mund gehört hatte, fühlte die Welt unter ihren Füßen sich erstaunlich solide an. Kein Herzflimmern, keine Schmetterlinge im Bauch.

»Willst du darüber reden?«, fragte er.

Linda schaute ihn verständnislos an und begriff erst einen Sekundenbruchteil später, dass er ihren Vater meinte.

»Später. Ich muss erst mal alles verdauen.«

Er ließ sie los und ging hinter die Küchentheke, wo er

den Kühlschrank öffnete und die Vorräte inspizierte. Linda ließ sich auf das Sofa fallen und hoffte, dass er nicht von ihr erwartete, heute noch zu kochen. Sie war definitiv zu erledigt für derlei Aktivitäten. Nils war ein fähiger Anwalt, aber als Koch die reinste Niete. Folglich musste sie sich selbst darum kümmern, es sei denn, sie wollte verhungern oder täglich essen gehen. Nach Ersterem stand ihr nicht der Sinn, und Letzteres gab ihr Budget nicht her. Noch hatte sie in ihrem neuen Job nicht angefangen, und auch danach würde sie nicht gleich auf großem Fuß leben können, denn so üppig war das Salär auch nicht. Während des Studiums hatte sie durch Stadt- und Museumsführungen genug dazuverdient, um einigermaßen über die Runden zu kommen, aber ohne Nils' gelegentliches Sponsoring bei den Urlauben und den Haushaltungskosten hätte sie sich etwas mehr einschränken müssen. Linda hatte sich revanchiert, indem sie sich um sein leibliches Wohl kümmerte. Wäsche, Küche, Einkaufen, Haushalt – es war ganz einfach eine Selbstverständlichkeit für sie, und sie hatte es auch nie infrage gestellt in den sechs Monaten, die sie nun schon zusammen wohnten. Sogar während des Examens hatte sie sich immer Zeit zum Kochen und Saubermachen genommen. Stirnrunzelnd fragte sie sich, ob es in Zukunft anders werden würde. Wenn sie beide einen Fulltime-Job hatten – wer würde sich dann um den Kram zu Hause kümmern? Linda hatte die schwache Befürchtung, dass Nils sich vielleicht allzu sehr an das bisherige Arrangement gewöhnt haben könnte.

Nun, das würde die Zeit erweisen. Entschlossen verdrängte Linda alle Gedanken an Alltagsprobleme. Lächelnd blickte sie zu Nils auf.

»Hör mal, können wir nicht einfach morgen schon heiraten? Und dann drei Monate auf Hochzeitsreise gehen!« Verträumt fügte sie hinzu: »Malediven oder Bali ...«

Nils fasste es so auf, wie sie es gemeint hatte, als nette Spinnerei. Er lachte. »Wie wär's mit Neuseeland? Weiter weg geht's wirklich nicht!«

»Mal im Ernst«, drängte sie. »Ich habe Lust, einfach abzuhauen!«

»Lust hätte ich auch. Aber was würden wir unseren Gästen sagen?« Er machte eine bedeutungsvolle Pause. »Und dem Pfarrer?«

Eine Spur von Argwohn keimte in ihr auf. »Welcher Pfarrer? Den wollten wir doch gemeinsam aussuchen!«

Nils grinste stolz. »Ist schon geschehen. Ein Mandant von mir ist mit dem Bischof von Stockholm befreundet. Er wird uns trauen.«

»Aber ich wollte doch, dass Pfarrer Hansson uns traut! Er hat mich auch schon getauft ...«

Nils warf die Kühlschranktür zu und drehte sich zu ihr um. »Nicht böse sein. Sieh mal, so ein Bischof macht doch was her! Freu dich doch einfach, Linda!«

Sie konnte es nicht ausstehen, wenn er mit ihr sprach wie mit einem kleinen Kind. Manchmal benahm er sich, als wäre er sechzig statt dreißig. Und natürlich musste es auch gleich ein Bischof sein. Wenn schon gute Beziehungen, dann unbedingt auf höchster Ebene.

Linda glitt vom Sofa und kniete sich vor den niedrigen Couchtisch. »Sag mal, musst du eigentlich immer alles planen?« Sie stützte die Ellbogen auf und schaute nachdenklich zu Nils auf. »Hast du denn nie Lust, mal ganz spontan zu sein und was Verrücktes zu tun?«

»Wir können es ja folgendermaßen machen«, begann Nils, während er sich ihr gegenüber vor den Couchtisch hockte, bis sie dieselbe Augenhöhe hatten. »Du bist für die ausgefallenen Ideen zuständig, und ich dafür, dass sie nicht ausgeführt werden. Wir wären ein super Team.«

Mit leiser Frustration überlegte Linda, dass er in diesem Punkt vielleicht gar nicht mal so Unrecht hatte.

*

Vor dem Waldrand ließ Henrik den Wallach in einen verhaltenen Trab fallen und schließlich im Schritt gehen, als er die Baumgrenze erreichte. Er hatte gedacht, dass er den Kopf frei kriegen würde, wenn er Fjäril ordentlich bewegte, doch er hatte sich geirrt. Das Ende einer Ehe, und sei sie noch so unerfreulich, ließ sich nicht mal eben mit einem ausgedehnten Ausritt abarbeiten. Gunilla hatte das Haus verlassen, und die Sorgen rissen seitdem nicht ab. Die meisten Gedanken machte Henrik sich um Lennart. Der Alte aß kaum noch etwas und saß die meiste Zeit des Tages stumm in seinem Büro. Er ließ das Telefon klingeln und hatte alle Kundentermine abgesagt. Zu Hause hockte er zusammengesunken und mit teigig bleichem Gesicht im Lehnstuhl vor dem Fenster und starrte hinaus aufs Meer, oder er lief wie ein Getriebener mit den Hunden durch den Wald, nur um anschließend völlig erschöpft und mit blutunterlaufenen Augen zurückzukommen.

Frida lag Henrik ein ums andere Mal in den Ohren, dass der gnädige Herr bald vor Kummer sterben werde, wenn nicht etwas geschah, und wie glücklich sie sei, dass die gnädige Frau all das nicht mehr erleben müsse.

Henrik hatte in bitterem Sarkasmus gedacht, dass er selbst ebenfalls einiges darum gegeben hätte, diesen ganzen Mist nicht erleben zu müssen, und er war mehr als einmal drauf und dran gewesen, einfach alles hinzuschmeißen und woanders sein Glück zu versuchen. Er war ein international renommierter Designer und hatte alle wichtigen Preise abgeräumt, die im Schiffsbau zu holen waren. Allein im vergangenen Jahr hatte er ohne sein Zutun drei verschiedene Angebote bekommen, eins aus Rotterdam, eins aus Hamburg und eins aus Sydney. Wenn er wollte, könnte er morgen irgendwo weit weg von hier das Doppelte verdienen.

Doch das konnte er Lennart nicht antun. Die meisten Probleme des Alten waren vermutlich hausgemacht und gingen mehr oder weniger auf sein eigenes Konto, man musste sich ja nur mal ansehen, wie er mit seinen Töchtern umging. Aber wenn Henrik ihn jetzt auch noch im Stich ließ, wäre das Lennarts Todesurteil. Greta hatte gestern erst durchblicken lassen, wie ernst es war, auch wenn sie aufgrund ihrer Schweigepflicht nichts Konkretes hatte sagen können.

Aus dem Wald war Hundegebell zu hören, und gleich darauf Lennarts Stimme. »Ah, ihr zwei Schönen, wenn ich euch nicht hätte!«

Henrik hörte die Liebe, die aus diesen Worten klang. Von jähem Mitleid erfüllt, lenkte er Fjäril in Lennarts Richtung. Er hoffte, selbst nie diesen Grad von Einsamkeit zu erreichen, dass nur noch Tiere ihn mochten.

Gleich darauf unterdrückte er ein ironisches Grinsen. Genau genommen unterschied er sich nicht allzu sehr von Lennart. Es gab niemanden, der ihm wirklich treu ergeben war. Außer einem Wallach mit einem ziemlich merkwürdig gescheckten Fell.

Lennart tauchte zwischen den Bäumen auf, ein Fernglas vor der Brust und das Gewehr über der Schulter. Abermals verkniff Henrik sich ein Grinsen. Lennart gab sich gern martialisch und fuchtelte ständig mit seiner Büchse herum, aber wenn es ans Schießen ging, drückte er sich. Soweit Henrik informiert war, stammten sämtliche Jagdtrophäen im Thorwaldsson'schen Anwesen noch aus den Waidmannszeiten von Lennarts Vater.

Henrik saß ab und führte Fjäril am Zügel. »*Hej*, Lennart! Wie geht es dir?«

»Dasselbe müsste ich dich fragen.« Lennart starrte düster über Henriks Schulter hinweg. »Gunilla hat uns beide sitzen lassen.«

Henrik zuckte die Achseln. Für Lennart bedeutete es eine Art Weltuntergang, für ihn selbst war es indessen definitiv weniger schlimm, als er zunächst befürchtet hatte. Er hatte nicht nur begonnen, sich mit dem Scheitern seiner Ehe abzufinden, sondern merkte inzwischen, dass er sogar anfing, das Alleinsein zu genießen. Es war ein zaghaftes, stündlich wachsendes Gefühl von Freiheit.

»Eigentlich hätte ich längst merken müssen, dass es nicht mehr ging«, sagte er zu Lennart. »Wir sind uns schon seit einer Weile fremd geworden. Aber ich wollte es wohl nicht wahrhaben. Vielleicht habe ich auch gehofft, dass alles von allein wieder ins Lot kommt.« Er wechselte bewusst das Thema. »Was ist mit dir, was willst du jetzt tun?«

»Ich weiß es nicht.« Lennarts Blick ging in die Ferne. »Ich stehe vor den Trümmern meiner Arbeit. Für wen habe ich denn all die Jahre geschuftet? Doch nur für meine Mädchen! Sie sollten einen gesunden Betrieb übernehmen.« Verbittert schaute er zu Boden. »Jetzt bin ich fast siebzig, und sie lassen mich im Stich.«

Sie stapften nebeneinander her durch den Wald. Ihre Stiefel versanken in dem feuchten, mit Moos und Flechten überwucherten Boden.

Lennart ließ die Hunde laufen, dann wandte er sich zu Henrik um. »Willst du nicht mein Nachfolger werden?«

Henrik lachte, er wusste, dass Lennart das lediglich aus einer Laune heraus gefragt hatte. »Vielen Dank für das Angebot. Aber ich bin Designer, als Geschäftsführer tauge ich nichts.«

Lennart ging nicht weiter auf das Thema ein, womit Henriks Einschätzung sich bestätigte.

»Es geht einfach nicht in meinen Kopf!« Lennart breitete aufgebracht die Hände aus. »Meine Töchter haben für ihr Leben andere Prioritäten gesetzt!« Er spie den letzten Satz förmlich hervor.

Henrik dachte bei sich, dass besagte Töchter vielleicht weniger Probleme mit ihrem Vater gehabt hätten, wenn dieser sich hin und wieder etwas liebenswürdiger gezeigt hätte. Natürlich wusste jeder, der Lennart kannte, wie gutherzig der Alte im Grunde seines Wesens war. Weicher Kern unter harter Schale, wie es so schön hieß. Aber das konnte mitunter auch ziemlich anstrengend sein für die Menschen, die tagtäglich mit ihm auskommen mussten. Vor allem für jemanden, der so sensibel war wie Linda.

Linda ... Ja, sie war über alle Maßen sensibel. Und nicht nur das. Sie war klug, gefühlvoll, liebenswert. Sie hatte den reizvollsten Mund und die herrlichsten seegrünen Augen, die Henrik je gesehen hatte ...

Er merkte erst, in welche Richtung seine Gedanken abschweiften, als Lennart knurrig weitersprach. »Ich versuche, das Undenkbare zu denken: den Verkauf der Werft.«

Das traf Henrik völlig unvorbereitet. »Aber das kannst du nicht machen!«, rief er aus. »Die Werft ist seit Generationen in Familienbesitz!«

»Henrik, was soll ich denn machen?«, versetzte Lennart mit scharfer Stimme. »Ich hätte mir vorher nicht einmal im Traum vorstellen können, das zu tun! Aber ich kann Gunilla ja schlecht zwingen, hier zu bleiben!«

»Und Linda?« Henrik hatte es ausgesprochen, bevor er großartig darüber nachdenken konnte, und für den Bruchteil einer Sekunde glaubte er, in den Augen des Alten etwas aufblitzen zu sehen, was seit dem desaströsen Dinner letzte Woche nicht mehr da gewesen war: Hoffnung.

Doch Lennarts nächste Worte schienen diesen Eindruck ad absurdum zu führen. »Linda?« Es klang abfällig, beinahe verächtlich. »Die hat sich schon lange für einen anderen Weg entschieden.«

»Aber was willst du denn dann tun? Du wirst mir doch nicht erzählen, dass du dich in den Lehnstuhl setzen und Schach spielen willst!«

Lennart blieb stehen. »Ich habe schon lange einen Traum.« Er lächelte zögernd und ein wenig verlegen. »Ich will die Geschichte Norrlands studieren. Vor Ort. Die Wurzeln meiner Familie liegen hoch im Norden, noch hinter Kiruna am Tornetræsk-See.« Er hielt inne und suchte nach Worten, um es besser erklären zu können. »Es hat mich immer schon interessiert, woher ich komme«, fuhr er schließlich fort. »Ich finde, das ist genauso wichtig wie das Wissen, wohin man geht.«

Er wandte sich ab und pfiff seinen Hunden, bevor er mit gesenktem Kopf davonging. Henrik schaute seinem Schwiegervater nach, bis dieser in der Tiefe des Waldes verschwunden war.

Dann schwang er sich mit einer gleitenden Bewegung in den Sattel und trieb Fjäril an den Bäumen vorbei wieder zurück auf das offene Feld.

*

Linda schritt die Reihe der Ausstellungsstücke ab und verglich ihr Aktenmaterial mit den einzelnen Exponaten in den Schaukästen, liebevoll gestaltete Schiffsmodelle aus vergangenen Jahrhunderten. Die meisten Stücke kannte sie natürlich schon von den Führungen her und konnte auch beinahe zu jedem einzelnen etwas erzählen. Doch die historischen Details der hier dokumentierten Seefahrtskultur waren für ihre Arbeit momentan weniger interessant als beispielsweise solche Aspekte wie die richtige Luftfeuchtigkeit, effizienter Schutz vor Parasitenbefall, penible Überwachung der Reinigungsintervalle. Ganz zu schweigen von der Auswahl und Kontrolle der Restauratoren, Presse- und Öffentlichkeitsarbeit, Ankauf neuer Exponate, Akquisition von Fördergeldern. Als Assistentin der Museumsleitung musste sie sich mit Themenkreisen befassen, die um einiges komplexer waren, als sie erwartet hatte. Was allerdings keineswegs hieß, dass es ihr keinen Spaß machte, ganz im Gegenteil. Die Arbeit war anstrengend, aber auch interessant, und wenn sie abends nach Hause kam, war sie zwar müde, aber auch zufrieden mit dem, was sie geleistet hatte.

Sie blickte von einer Zahlenkolonne in ihren Unterlagen auf und fuhr erschrocken zusammen, als sie hinter dem Schaukasten einer prächtigen Brigg jemanden auftauchen sah, den sie hier am allerwenigsten erwartet hatte. Sein Gesicht wirkte durch die Glasscheibe leicht verschwommen, doch sie hätte ihn jederzeit unter einer Million Männern wiedererkannt.

»Henrik«, sagte sie atemlos. »Du hast mich erschreckt! Was machst du hier?«

Er kam hinter dem Kasten hervor und blieb vor ihr stehen. Sein Gesicht war ernst. »Du musst nach Hause kommen, Linda.«

»Wieso? Was ist passiert?«

»Dein Vater will die Werft verkaufen.«

Linda schaute ihn schockiert an. »Was? Aber das kann er doch nicht machen!«

»Er ist kein junger Mann mehr. Und er ist nicht gesund.«

»Und wieso kommst du damit zu mir? Ihr habt doch Gunilla!«

»Gunilla … steht nicht zur Verfügung.«

Linda blickte bei dieser merkwürdigen Äußerung überrascht auf. Mit seinem nächsten Satz wurde Henrik auch nicht gerade deutlicher. »Sie verlässt Schweden.«

Linda begriff nicht, was das Ganze sollte. Anscheinend hatte sie etwas sehr Wichtiges verpasst, und Henrik schien ziemliche Schwierigkeiten zu haben, damit herauszurücken.

»Was soll das heißen?«, fragte sie leicht gereizt. »Ich verstehe dich nicht!«

Henrik schaute zur Seite. »Wir sind dabei, uns zu trennen. Sie hat einen anderen Mann kennen gelernt. Mit dem wird sie in London leben.«

Linda war völlig perplex. Sie schluckte, dann atmete sie ruckartig aus.

»Das ist nicht wahr!«, stieß sie hervor.

Als Henrik nichts erwiderte, fuhr sie erregt fort: »Aber das kann doch nicht sein! Wieso tut sie so etwas? Sie hat doch alles, was sie sich wünschen kann! Die Werft, Papa …« Sie stockte. »Und dich.« Sie schüttelte den Kopf. »Ich kann nicht glauben, dass sie das alles wegwirft.«

Eine Schar Touristen hatte den Ausstellungsraum betreten. Henrik drehte sich zu Linda um. »Lass uns rausgehen, irgendwo spazieren.«

Natürlich konnte sie nicht einfach während der Arbeit verschwinden, also verabredete sie sich mit ihm für die Zeit ihrer Mittagspause.

Sie trafen sich um eins vor dem *Slottskogen*, um ein Stück zu laufen.

Schweigend gingen sie durch den Park. Die meisten Bäume waren noch grün, doch hier und da begannen sich die Blätter bereits herbstlich zu verfärben.

»Wie kann sie nur so dumm sein«, begann Linda nach einigen Augenblicken die Unterhaltung. »Und das alles wegen einer Verliebtheit!« Sie wandte sich zu Henrik um. »Mehr kann es doch nicht sein, oder?«

Er schien nicht gewillt zu sein, darauf einzugehen, denn anstelle einer Antwort schaute er stur geradeaus auf den Weg.

»In Wahrheit liebt ihr euch doch, oder?« Linda merkte, dass sich ein leicht hysterischer Unterton in ihre Stimme einschlich, und trotz des Durcheinanders in ihren Gedanken zwang sie sich, ruhiger zu sprechen. »Es kann einfach nicht sein, dass ihr euch so getäuscht habt. Als ihr geheiratet habt, wart ihr das glücklichste Paar der Welt. Nichts schien euch jemals trennen zu können!«

»Es sieht so aus, als hätten wir uns geirrt«, sagte Henrik sachlich.

Aus unerfindlichen Gründen brachte diese Bemerkung sie in Wut. »Man irrt sich doch nicht, wenn es um Liebe geht! Das gibt es doch gar nicht! So blöd ist kein Mensch!«

»Ich wusste gar nicht, dass du so romantisch veranlagt bist.« Ein spöttisches kleines Funkeln glomm in seinen Bernsteinaugen auf. »Wie schön, dass du so vehement an die große Liebe glaubst!«

»Ich weiß nur eins«, sagte sie leise. »Wenn ich das Glück hätte, mit dem Mann leben zu dürfen, den ich liebe ... wirklich und wahrhaftig liebe ... Ich würde um ihn kämpfen.« Entschlossen hob sie ihr Kinn. »Niemals würde ich dieses Glück einfach so aufgeben!«

»Komm nach Hause, Linda.« Es klang drängend, und als er ohne Vorwarnung im nächsten Moment ihre Hand nahm, durchfuhr es sie wie bei einem Stromschlag. Hastig machte sie sich los. »Ich bin hier zu Hause. In Göteborg. Bei Nils. Alles andere wäre falsch!«

»Aber du gehörst nicht hierher! Komm zurück! In die Werft, zu deinem Vater!«

Sie schaute ihm in die Augen, stolz und gleichzeitig innerlich so zerrissen, dass sie fürchtete, es keine Sekunde länger in seiner Nähe auszuhalten. »Ich muss gehen, Nils wartet.« Sie nannte den Namen ihres Verlobten in wohlberechneter Grausamkeit, wollte sehen, wie Henrik zusammenzuckte. Doch als er genau das tat, fühlte sie sich keinen Deut besser. Erschöpft senkte sie den Kopf. Bloß weg von ihm, war ihr einziger Gedanke. Nur schnell verschwinden, damit er sie nicht länger ansehen oder sie berühren konnte.

»Mach's gut, Henrik. Es tut mir Leid, aber es geht nicht anders.« Sie zwirbelte das fransige Ende ihres Schals zwischen den Fingern, dann trat sie aus einem unkontrollierbaren Impuls heraus auf ihn zu und küsste ihn rasch auf den Mund. Er hob die Hände, um sie festzuhalten, doch sie wich eilig zurück, zuerst nur einen Schritt, dann einen zweiten. Und schließlich mehrere Meter, damit er sie nicht mehr erreichen konnte.

»Linda, warte!«

Sie schüttelte den Kopf und verfluchte sich, weil sie kaum noch etwas sehen konnte vor lauter Tränen. Auf keinen Fall würde sie sich die Blöße geben, vor ihm zu heulen. »Es ist leider alles viel zu spät«, flüsterte sie. Dann drehte sie sich auf dem Absatz um und rannte davon.

*

Auf der Rückfahrt brach Henrik alle Geschwindigkeitsbegrenzungen. Der hochmotorisierte Mercedes-Jeep reagierte auf die leiseste Berührung des Gaspedals wie ein Rennwagen und blieb auch bei hohem Tempo in allen Kurven zuverlässig auf der Fahrbahn, obwohl Henrik den Wagen bis an die Grenze seines eigenen Könnens fuhr.

Er war nicht gerade der geborene Raser, normalerweise bewegte er sich im Straßenverkehr sehr besonnen. Doch heute war nichts mehr normal. Alles war anders geworden. Hatte er schon vorher geahnt, dass sich zwischen ihm und Linda etwas Besonderes anbahnte, so gab es nach dieser erneuten Begegnung keinen Zweifel mehr daran, was tatsächlich passiert war: Er hatte sich bis über beide Ohren in seine eigene Schwägerin verknallt. Allein sie in diesem Museum herumlaufen zu sehen, in ihrem weit ausgeschnittenen weißen Pulli und dem Rock, der eine Handbreit über ihren Knien endete … Er hatte gewusst, dass sie gut gebaut war, aber dass sich unter den formlosen T-Shirts und langen Hosen, in denen er sie bisher immer gesehen hatte, derartige Kurven verbargen …

Henrik biss die Zähne zusammen. Lass es sein, befahl er sich. Schlag sie dir aus dem Kopf!

Sie war die kleine Schwester seiner Frau, und sie war nicht nur zwölf Jahre jünger als er, sondern auch verlobt. In ein paar Wochen würde sie heiraten. Der Termin war bereits festgelegt, und sie war sogar schon dabei, die Einladungen zu verteilen.

Trotz alledem war ihm natürlich nicht entgangen, dass sie ähnlich auf ihn reagierte wie er selbst auf sie. Henrik war erfahren genug, um alle Anzeichen sexueller und emotionaler Erregung zu erkennen, wenn sie bei einer Frau auftraten. Und Linda hatte genau diese Anzeichen gezeigt, so viel stand fest.

Umgekehrt hätte ihm vielleicht eher auffallen sollen, dass seine Frau nicht mehr sonderlich begeistert bei der Sache war, wenn es, was in den letzten Monaten selten genug der Fall gewesen war, zwischen ihnen zu körperlichen Intimitäten gekommen war.

Henrik überlegte in selbstquälerischem Sarkasmus, ob dieser John Borman es besser machte. Er hatte den Kerl einmal flüchtig auf irgendeiner geschäftlichen Veranstaltung in der Werft kennen gelernt, rein äußerlich machte der Bursche weiß Gott nicht viel her. Er war bestenfalls mittelgroß, trug Brille und hatte ziemlich große Geheimratsecken. Vermutlich war es der Erfolg, von dem Gunilla sich so unwiderstehlich angezogen fühlte. Borman war einer der gefragtesten Handelsagenten in ganz Europa, und bei seinen Geschäften verdiente er eine Menge Geld. Sicherlich würde er ihr genau das Leben bieten können, nach dem sie strebte. Luxus war ihr nicht fremd, sie gab gerne viel Geld aus und freute sich an teurem Schmuck und kostspieliger Kleidung.

Henrik parkte den Jeep in dem Fischerdorf unweit der Werft und ging den Steg entlang, der an dem felsigen Hang vorbei und hinauf zu dem Sommerhäuschen führte. Das Wasser platschte in kleinen Wellen gegen die hölzernen Pfeiler, und der Wind, der vom Wasser herkam, war bereits empfindlich kühl.

Der Schlüssel lag an der gewohnten Stelle oben auf dem Sims über dem Fenster. Henrik betrat das kleine Holzhaus und fühlte sich augenblicklich ruhiger. Er zog die Jacke aus und warf sie nachlässig über die Sitzbank. Als er zur Stereoanlage hinübergehen wollte, um eine CD einzulegen, sah er die Muschel. Sie lag nicht wie sonst auf der Fensterbank, sondern auf dem Tisch. Henrik erinnerte sich plötzlich, dass Linda sie in der Hand hielt, als er sie letzte Woche so unerwartet hier angetroffen hatte.

Er betastete sie vorsichtig und fühlte die seidige, kühle Glätte unter seinen Fingern. Gedankenverloren schaute er aus dem Fenster. Das weite Rund der Bucht breitete sich unterhalb der Hütte zu einem farbenprächtigen Panorama aus. Strahlend blaues Wasser, umrahmt von rostfarbenen Herbstwäldern und steingrauen Felshängen. Es war traumhaft schön, ein vollkommenes Bild, wie von einem begnadeten Landschaftsmaler geschaffen. Doch Henrik merkte, dass er im Begriff war, den Blick für diese herrliche Kulisse zu verlieren. Mit einem Mal fühlte er sich sehr allein.

*

Linda hatte über eine Stunde lang in den Unterlagen geblättert, die sie aus dem Museum mit nach Hause genommen hatte, doch als sie schließlich die Akte mit den Bestandslisten zuklappte, hatte sie den deutlichen Eindruck, dass so gut wie nichts davon bei ihr hängen geblieben war. Sie hätte sich gern eingeredet, dass es an der ungewohnten Materie lag oder daran, dass sie in der letzten Nacht kaum geschlafen hatte, doch da sie noch nie richtig gut darin gewesen war, sich etwas vorzumachen, gab sie es ziemlich schnell auf und akzeptierte stattdessen den wirklichen Grund für ihre mangelnde Konzentration.

Entschlossen stand sie auf und ging hinüber zur Essecke, wo das tragbare Telefon auf dem Tisch lag. Sie tippte eine Nummer ein und wanderte anschließend unruhig durch das Zimmer, das Freizeichen im Ohr. Aus Gründen, über die sie im Augenblick nicht näher nachdenken wollte, machte das futuristische Ambiente des großzügig gestalteten Wohnraums mit dem offen angrenzenden Koch-

und Essbereich sie nervös. Vielleicht lag es daran, dass es Nils' Wohnung war. Er hatte sie nach seinen Idealen eingerichtet, alles war so, wie er es mochte. Modern, teuer, ein wenig steril. Linda atmete tief durch, als sich der Teilnehmer am anderen Ende meldete.

»Ich bin's«, sagte sie lauter als nötig. »Wo bist du? Können wir reden? Gut, um halb eins im Hafenrestaurant.«

Sie hatte kaum die Verbindung getrennt, als Nils aus dem Bad kam. Sein Haar war feucht vom Duschen, er trug einen Bademantel und hatte ein großes Handtuch um die Schultern liegen.

Linda holte eine Reisetasche aus dem Schrank und begann, wahllos ein paar Sachen hineinzuwerfen.

Nils betrachtete sie erstaunt, während er sein Haar frottierte. »Du hast mir gar nicht gesagt, dass du verreist!«

»Ich muss noch mal nach Hause. Da gibt es einiges zu klären.« Sie räusperte sich, dann ergänzte sie leichthin: »Mit meiner Familie.«

»Wann kommst du wieder?«

»Ich weiß nicht. Mehr als ein, zwei Tage werde ich sicher nicht brauchen.«

»Aber du denkst an die Oper am Samstag, ja?« Nils machte keinen Hehl aus seiner Besorgnis. »Ich habe die Karten vor einem halben Jahr bestellt!«

Linda zog ein Gesicht. Hin und wieder ging sie ganz gern in die Oper, aber Wagner war nun nicht gerade ihre Sache. Außerdem war Nils weniger auf die Musik erpicht als darauf, ein paar wichtige Kunden zu sehen und ihnen seine Präsenz beziehungsweise seinen Kunstverstand zu demonstrieren.

»Du kannst den Wagen nehmen«, sagte er großmütig. »Aber fahr vorsichtig.«

Sie legte ihm die Hand auf den Arm und rieb leicht darüber, weil sie ein vages Bedürfnis spürte, lieb zu ihm zu sein. Mit einer leisen Empfindung von Zärtlichkeit sah sie den kleinen kahlen Fleck an seinem Hinterkopf, den er beim Frottieren freigelegt hatte. Er glaubte immer noch, dass niemand davon wusste, und er verbrachte jeden Tag mindestens zehn Minuten damit, die blanke Stelle durch akkurates Kämmen zu kaschieren. Tagsüber betastete er immer wieder unbewusst seinen Kopf, um zu prüfen, ob noch alles in Ordnung war.

Lieber, eitler, überarbeiteter Nils! In einer Aufwallung von Zuneigung drückte Linda sich an ihn und küsste ihn sacht auf die Lippen. »Bis zur Oper bin ich auf jeden Fall zurück«, versprach sie, während sie ihre Jacke vom Garderobenhaken nahm. »Bis dann, Nils. Ich muss los.«

Als sie wenige Augenblicke später eilig die Wohnung verließ, fragte sie sich, woher auf einmal dieses komische, bedrohliche Gefühl kam, das sie nicht recht einordnen konnte. Erst auf der Treppe wurde es deutlicher. Es war die Vorahnung, dass sie unausweichlich auf eine Katastrophe zusteuerte.

*

Greta genoss die Herbstsonne, während sie den Strand entlangschlenderte. Sie liebte diese Jahreszeit beinahe noch mehr als den Frühling. Es hatte etwas Schicksalhaftes, wenn die Wälder begannen, sich zu verfärben, es war wie eine Anwandlung von Trotz, als wollten sie sich in ein besonders leuchtendes und farbenfrohes Gewand kleiden, um so dem nahenden Winter Paroli zu bieten. Greta mochte zudem die Symbolik, die hinter diesem Gedanken stand. Verlust, Verfall und schwindende Schönheit lagen im System der Natur, niemand konnte sich ihnen auf

Dauer widersetzen. Aber hin und wieder kleine Fluchten, die vom vorgegebenen Weg wegführten, wenn auch nur ein Stückchen weit und auch höchstens vorübergehend – wer konnte das verbieten?

Und so tönte sie Jahr für Jahr ihr Haar in jenem kupfrigen Farbton, in den sich auch die Wälder hüllten, und sie wehrte sich weiterhin gegen die zunehmenden Anzeichen des Alters, auch wenn es sie jetzt, da sie im Begriff war, die Sechzig zu überschreiten, oft selbst mit leiser Belustigung erfüllte.

Ein Schwan glitt in der Nähe des Bootsstegs am Ufer entlang, den Hals stolz erhoben und das Gefieder makellos weiß im hellen Tageslicht – ein Bild perfekter Schönheit, scheinbar unvergänglich. Greta lächelte versonnen, dann bog sie ab und nahm den Weg hinauf zum Haus, wo Lennart soeben mit dem Interessenten hinaus auf die Terrasse trat. Sie hörte den Wortwechsel und verlangsamte ihre Schritte, damit Lennart die Verhandlungen in Ruhe beenden konnte.

»Es ist ein wunderbarer Besitz«, sagte der Besucher. Er hieß Ecklund und kam aus Göteborg, und er war nicht nur sehr reich, sondern suchte auch ständig nach Möglichkeiten, seinen Besitz Gewinn bringend zu vergrößern. »Sind Sie sicher, dass Sie sich wirklich davon trennen wollen, Herr Thorwaldsson?«

Lennarts Gesicht war unbewegt. »Ich will einen sauberen Schnitt.«

Was in diesem Fall bedeutete, dass er nicht nur die Werft, sondern auch das Haus loswerden wollte. Das war die Bedingung, wie Greta wusste. Wer die Werft kaufte, musste auch das Haus übernehmen. Beide Posten standen natürlich in keinem Verhältnis zueinander, das Unternehmen war ein Vielfaches wert, obwohl das schöne alte Herrenhaus mit dem herrlichen Meerblick und dem ansehnlichen Waldstück auch nicht gerade ein Pappenstiel war. Doch im Vergleich zur Werft war es nur eine Art Dreingabe, für Ekelund kein Problem. Er würde es kaufen und weiterveräußern wie so viele andere seiner Besitztümer, oder er würde es einfach leer stehen lassen, wenn sich niemand fand, der es haben wollte. Er wollte die Werft, das Haus war ihm egal.

Greta seufzte innerlich, als Lennart sich von seinem potenziellen Nachfolger verabschiedete. Während Ekelund in seine Limousine stieg und davonbrauste, legte sie langsam den restlichen Weg zur Terrasse zurück.

»Dieser Ekelund scheint wirklich interessiert zu sein«, empfing Lennart sie.

Sie blieb neben ihm stehen und konstatierte, dass er schlechter aussah als am Vortag. In seinen Augen waren erneut Äderchen geplatzt, und seine Lippen zeigten einen ungesund bläulichen Ton. Wahrscheinlich hatte er keine einzige von den Tabletten eingenommen, die sie ihm gestern mitgebracht hatte. Er war ein unverbesserlicher, unbelehrbarer alter Sturkopf.

»Bist du sicher, dass du das Richtige tust?«, fragte sie. »Die Firma, das Haus – muss es denn gleich alles auf einmal sein? Warum lässt du dir nicht ein wenig Zeit?« Sie nahm seine Hand und schaute ihn eindringlich an. »Das sind große Entscheidungen, Lennart!«

»Glaubst du, es wird sich noch irgendetwas ändern?« Bitter schüttelte er den Kopf. »Es ist vorbei, Greta. Ich muss mich damit abfinden, dass mein Lebenstraum geplatzt ist!«

»Du könntest dir einen kompetenten Geschäftspartner suchen, der die Arbeit erledigt, und du könntest trotzdem ...«

Aufbrausend fiel er ihr ins Wort. »Die Werft in andere Hände geben und zusehen, was passiert?« Er presste die Lippen zu einer schmalen Linie zusammen. »Das kann ich nicht.«

Sie fühlte sich plötzlich sehr hilflos. »Ich wünschte, ich könnte irgendetwas tun.«

Ein zögerndes Lächeln erhellte sein verkniffenes Gesicht. »Du bist hier, bei mir. Das ist schon eine Menge.«

»Du weißt, dass ich alles für dich tun würde, Lennart.«

»Dann begleite mich an den Tornetræsk-See«, entfuhr es ihm.

Als sie ihn erstaunt anblickte, grinste er plötzlich wie ein ungezogener Junge. »Ich bin ein kranker Mann, du kannst mich unmöglich allein lassen!«

Greta lachte auf, ein wenig atemlos, weil er so unerwartet charmant aussah, wenn er auf diese Weise lächelte. »Ich kann dich unmöglich so eine anstrengende Reise unternehmen lassen. Jedenfalls nicht, bevor nicht klar ist, was mit dir los ist. *So* sieht es aus.«

»Du wirst mich nicht hindern.«

»Ich verstehe dich nicht«, sagte Greta leicht verärgert. »Wieso sind deine Wurzeln so viel wichtiger als deine Nachkommen?«

»An meine Wurzeln habe ich keine Erwartungen«, sagte er schlicht. »Sie können mich nicht enttäuschen.«

Greta gab es fürs Erste auf. Ihr Blick wanderte hinunter zum Ufer. Lichtreflexe huschten über die gekräuselte Wasseroberfläche, sonst war dort unten nichts zu sehen. Der Schwan, der vorhin noch beim Steg seine Bahnen gezogen hatte, war in der Zwischenzeit verschwunden.

*

Linda parkte den Wagen unweit der Hafeneinfahrt neben einem der typischen roten Häuschen, die sich beiderseits der Straße aneinander reihten. Der Ort lebte nicht nur vom aufstrebenden Tourismus und von der Thorwaldsson'schen Werft, sondern auch immer noch vom traditionellen Fischfang. Zwei Bewohner standen vor dem Haus und entwirrten in mühevoller Kleinarbeit ein Netz, ein anderer schleppte schweres Bootszubehör die Straße entlang.

Linda eilte in Richtung Hafen, wo Gunilla bereits vor dem Café auf sie wartete. Obwohl die kalte Jahreszeit vor der Tür stand, konnte man noch draußen auf der Terrasse sitzen und dabei die letzten angenehmen Sonnenstrahlen genießen.

»Ich bin froh, dass du angerufen hast!« Gunilla kam ihr freudestrahlend entgegen und drückte sie kurz, aber herzlich an sich. Linda versteifte sich unter der Umarmung.

»Sag mal, bist du eigentlich verrückt geworden?«

Gunilla hob die Brauen. »Wie bitte?« Sie ließ sich an einem Tisch dicht beim Wasser nieder und schaute Linda pikiert an. »Ich glaube, ich höre nicht richtig!«

Linda setzte sich ihr gegenüber auf einen Stuhl. »Du wirfst alles hin! Deinen Job, die Familie, deine Ehe! Wie kannst du so was machen!«

»Interessant, das gerade von dir zu hören!« Halb beleidigt, halb sarkastisch lehnte Gunilla sich zurück und schlug die Beine übereinander. »An wen hast du eigentlich damals gedacht, als du einfach so abgehauen bist? Dir war es doch völlig egal, was aus Papa wird! Oder aus mir und der Werft! Bloß weil du auf diesen Selbstverwirklichungstrip gehen musstest!«

Linda versuchte, das aufsteigende Schuldgefühl zu unterdrücken. Gunilla hatte Unrecht! Anders als sie hatte Linda vor vier Jahren gute Gründe gehabt, wegzugehen. Damals war es um sehr viel mehr gegangen. Sie hatte vor der Wahl gestanden, seelisch vor die Hunde zu gehen – oder woanders von vorne anzufangen.

Noch während sie das dachte, meldete sich eine boshafte Stimme in ihrem Inneren. Wieso sollte es bei Gunilla denn anders sein als damals bei ihr? Woher wollte sie das eigentlich so genau wissen? Wer erlaubte ihr, den Stab über ihre Schwester zu brechen? So etwas nannte man doppelte Moral!

Linda seufzte. »Gunilla, du hast doch alles, was man sich wünschen kann! Wie kann es irgend so ein Engländer wert sein, dass du dein Leben wegwirfst?«

Gunilla wurde wütend. »Was weißt du schon von meinem Leben? Von morgens bis abends hänge ich auf der Werft herum und plage mich mit exzentrischen Kunden, und während der übrigen Zeit muss ich mich damit abfinden, dass Henrik und ich uns nichts mehr zu sagen haben! Glaubst du, das ist der Wunschtraum für den Rest meines Lebens?«

»Aber die Werft!« Linda spreizte die Hände. »Sie ist mit unserer Familie doch untrennbar verbunden! Du kannst nicht zulassen, dass Papa sie verkauft! Gunilla!« Linda beugte sich vor und blickte ihre Schwester beschwörend an. »Sie gehört doch zu deinem Leben!«

»Soll ich dir mal was sagen? Ich bin Industriekauffrau. Mir ist es im Prinzip völlig egal, was ich verkaufe. Yachten, Tiefkühltruhen, Autos. Es ist nur ein Job, Linda. Das Leben findet woanders statt.«

Linda saß für ein paar Sekunden wie erschlagen da. Sie empfand die Situation als surreal, sie kam sich vor wie im falschen Film. Gunilla hatte all das, was sie sich immer verzweifelt für sich selbst gewünscht hatte. Und es war ihr nichts wert. Für sie war Henrik jemand, den man mal eben en passant hinter sich ließ, und die Werft war nur ein beliebiger Job.

»Ich wusste nicht, dass du das so siehst«, meinte sie schließlich mühsam. »Ich dachte immer, du hängst genauso an der Werft wie ...« Sie brach ab und verschränkte stumm ihre Finger.

»Da hast du falsch gedacht«, sagte Gunilla kühl. »Ich habe den Job nur gemacht, weil es nötig war.« Sie hielt inne, dann fügte sie mit einer Spur von Gehässigkeit hinzu: »Weil *du* plötzlich nicht mehr da warst.« Sie stand auf und machte Anstalten, einfach grußlos zu verschwinden. Linda erhob sich ebenfalls und folgte ihrer Schwester den Kai entlang. Die Holzplanken hallten unter ihren Schritten, als sie sich beeilte, um mit Gunilla Schritt zu halten.

»Was ist mit Henrik? Wie kannst du ihn verlassen? Ist es denn wirklich so schlimm?«

Gunilla hob die Schultern. »Keine Ahnung. Wir sind schon lange nur noch Freunde, die sich mögen. Aber mehr auch nicht.«

»Ich hätte nie gedacht, dass ihr mal aufhören könntet, euch zu lieben.«

Gunilla bedachte sie mit ironischen Blicken. »Ich fürchte, so etwas wie ewige Liebe gibt es nur im Märchen.«

»Nein«, widersprach Linda vehement. »Das glaube ich nicht!«

Gunilla drehte sich zu ihr um, Betroffenheit im Blick. »Entschuldige, Linda. Du wirst ja bald heiraten! Das war nicht nett von mir.« Sie legte ihre Hand auf Lindas Wange. »Dein Nils ist bestimmt der Richtige. Sicher werdet ihr beide niemals aufhören, euch zu lieben!«

Linda nickte mechanisch, doch sie hatte die Augen gesenkt, weil sie nicht wagte, ihre Schwester in diesem Moment anzusehen.

*

Der Weg zu den Stallungen war ihr so vertraut wie eh und je, es war beinahe, als wäre sie erst gestern das letzte Mal hier gewesen. Eine bunte Pferdedecke lag über der Bank vor dem Tor, und über dem Holzbock hing der Sattel zum Auslüften.

Der Geruch nach frischem Heu und Pferdedung lag in der Luft, als Linda die Stalltür öffnete und die Boxen entlangging. Fjäril schnaubte leise, als sie näher kam.

»*Hej*, mein Schöner!« Sie rieb sanft die Nüstern des Wallachs und hielt ihm dann auf der flachen Hand ein paar Zuckerstückchen hin, die sie vorhin rasch bei Frida in der Küche stibitzt hatte. »Tut mir Leid, dass ich so lange weg war«, murmelte sie, die Stirn gegen den Kopf des Pferdes gelegt. »Wie wär's mit einem kleinen Ausritt, hm?«

Keine zehn Minuten später galoppierte sie den Strand entlang. Es ging ein frischer Wind, und eigentlich war ihre Jacke nicht warm genug, doch das war ihr egal. Um nichts in der Welt hätte sie auf dieses herrlich befreiende Gefühl verzichten mögen, endlich wieder im Sattel zu sitzen! Die Welt flog an ihr vorbei, es gab nichts außer den Wolken über ihr und das Trommeln von Fjärils Hufen im Sand.

Ohne nachzudenken, lenkte sie den Wallach hinüber zu der kleinen Bucht. Im Wald und den Hang hinauf zog sie die Zügel an und ließ ihn Schritt gehen, bis sie weiter vorn zwischen den Bäumen das Häuschen auftauchen sah. Unterhalb der Terrasse saß sie ab und schlang die Zügel um den Ast einer Kiefer, bevor sie die letzten Schritte zum Haus hinaufstieg.

Sie hatte gehofft, er möge da sein, auch wenn sie sich die ganze Zeit über gesagt hatte, dass es keine Rolle spielte. War sie wirklich so naiv gewesen, zu glauben, dass sie hier einfach nur mal wieder nach dem Rechten sehen könnte – und das, obwohl sie doch ganz genau wusste, dass dies seit Jahren sein bevorzugter Aufenthaltsort war und dass er alles auch ohne sie hervorragend in Ordnung hielt?

Als sie sah, wie sich die Tür öffnete und er ins Freie trat, stockte ihr der Atem. Er stand auf der Terrasse und schaute ihr erwartungsvoll lächelnd entgegen, und während sie seine Blicke erwiderte, schienen sich die Sekunden zu einer Ewigkeit zu dehnen, bis sie jedes Gefühl für Zeit und Raum verloren hatte.

*

Henrik hatte ursprünglich nicht vorgehabt, zum Arbeiten hierher zu kommen, doch zu Hause war ihm die Decke auf den Kopf gefallen. Er war sich wie ein Tier im Käfig vorgekommen, und das Gefühl der Enge wurde auch nicht gerade besser durch den Umstand, dass Gunilla allem Anschein nach immer noch in der Gegend war. Er hatte ganz selbstverständlich angenommen, dass sie sofort nach London reisen würde, doch heute Morgen hatte ihm seine Sekretärin mit argloser Unbefangenheit erzählt, dass sie Gunilla im Ort getroffen hatte.

Mittlerweile war ihm klar, dass sie sicherlich nur noch deshalb hier war, weil sie Nägel mit Köpfen machen wollte, sprich, sie wollte alle Zelte hinter sich abbrechen und brauchte dafür noch ein paar Tage, um alle nötigen Formalitäten und Behördengänge zu erledigen. Natürlich hätte sie es ebenso gut von zu Hause aus erledigen können, doch nach dem Eklat vergangene Woche zog sie es vermutlich vor, einen sicheren Abstand zu ihm und ihrem Vater einzuhalten.

Henrik war es nur recht. Wahrscheinlich hätte es endlose Debatten gegeben, wenn sie im Haus geblieben wäre.

Davon abgesehen hatte er genug Arbeit, um sich abzulenken, wobei er sich allerdings keinen Illusionen darüber hingab, dass all seine Beschäftigungsstrategien weniger den Zweck verfolgten, seine Ehe zu vergessen, als vielmehr, sich Linda aus dem Kopf zu schlagen. Er konnte einfach nicht aufhören, an sie zu denken, und vorhin, als er am Tisch vor dem Fenster gesessen und auf seinen Laptop eingehämmert hatte, war ihr Auftauchen für ihn ein ganz besonderer Moment gewesen, voller Magie und schicksalhafter Verzauberung.

Er wusste selbst nicht, was ihn dazu gebracht hatte, plötzlich mitten in der Arbeit aufzuschauen. Doch er hatte es getan, und im selben Augenblick hatte er sie gesehen. Ihr wehendes blondes Haar, ihre stolz aufgerichtete Gestalt auf dem Pferderücken ... Sie und der Wallach schienen eine Einheit zu bilden, als wären sie füreinander geschaffen. Es war so, als hätte sie nie damit aufgehört, Fjäril zu reiten.

Henrik hatte nur bewegungslos dagesessen und sie betört angeschaut, und erst, als sie geschmeidig aus dem Sattel glitt, war er aus seiner Erstarrung erwacht und augenblicklich hinausgerannt, um sie in Empfang zu nehmen.

Sein Herz tat einen heftigen Satz, als sie ihn anstrahlte. Er schluckte hart. »Ich ... ich habe frischen Kaffee«, brachte er stammelnd hervor.

Ihr Gesicht verzog sich zu einem spitzbübischen Lächeln, und plötzlich sah sie keinen Tag älter aus als fünfzehn. »Hast du auch Kekse?«

Er hatte welche, doch er fürchtete, dass sie ziemlich altbacken waren. Linda hatte auch nur kurz in einen davon gebissen, bevor sie ihn mit dem Anflug eines höflichen Lächelns wieder zur Seite legte und sich stattdessen an ihrer Kaffeetasse festhielt.

Sie tranken im Stehen, zwischen dem Regal mit den Büchern und den Musik-CDs und dem durchgesessenen alten Sofa, das noch zur ursprünglichen Einrichtung gehörte, die er damals hier vorgefunden hatte.

Henrik schaute aus dem Fenster, wo der Wallach mit gesenktem Kopf unter den Bäumen stand und an dem Moos knabberte.

»Du und Fjäril«, sagte er nachdenklich. »Wenn man euch zusammen sieht, kann man sich gar nicht vorstellen, dass du ihn einfach zurückgelassen hast!«

Sie schaute zu ihm auf, einen kummervollen Ausdruck in den Augen. »Es hat mir beinahe das Herz gebrochen. Aber ich konnte ihn nicht mitnehmen! Zuerst war ich in Stockholm und danach zwei Semester in Florenz.«

Henrik hatte inzwischen erfahren, dass sie Kunstgeschichte studiert hatte. Ob die Arbeit im Museum wirklich ihr Traumjob war? Olav hatte ihm dieser Tage erzählt, wie verrückt sie immer auf Schiffe gewesen war. Nun, von daher war eine Tätigkeit in einem Schifffahrtsmuseum vielleicht nicht unbedingt das Schlechteste für sie, überlegte Henrik.

Mit einem Mal hatte er das Bedürfnis, etwas über ihre geheimen Wünsche und Gedanken zu erfahren. Zum Beispiel über den eigentlichen Grund ihres raschen Verschwindens vor vier Jahren. Niemand hatte das so recht begriffen. Angestrengt überlegte er, wie er das Thema anschneiden konnte, ohne in irgendeiner Weise aufdringlich zu wirken. Leider wollte ihm keine unverfängliche

Formulierung einfallen. Elegante Konversation zu betreiben gehörte nicht gerade zu seinen Stärken.

»Ich fand es schade, dass du damals so plötzlich abgehauen bist«, platzte er schließlich wenig diplomatisch heraus, während er sich an der Stereoanlage zu schaffen machte.

»Ich habe es nicht mehr ausgehalten.« Sie warf ihm einen schrägen Blick zu, und er sah erst jetzt, was für unglaublich lange Wimpern sie hatte. Sie waren eher blond als braun, sodass ihre Länge nicht bei jedem Lichteinfall zu erkennen war.

Endlich hatte er es geschafft, die CD einzulegen, und Linda hob erstaunt den Kopf, als die Musik erklang.

»Swing? Das ist ja komisch!«

»Was ist daran komisch?« Er lächelte ein wenig unsicher. »Ich liebe diese Musik!«

Sie lachte. »Ich auch! Seit ich vor ein paar Jahren das erste Mal Nat King Cole gehört habe, komme ich nicht mehr davon los!«

»Gunilla findet es kitschig. Deswegen höre ich es auch immer nur hier.« Er nahm ihr die Tasse aus der Hand und stellte sie weg. Als er sie in seine Arme zog und sie im Takt der Musik zu wiegen begann, schaute sie ernst und ein bisschen erschrocken zu ihm auf.

Henrik hoffte inständig, sie möge nicht merken, dass er auf einmal zu zittern begonnen hatte wie ein halbwüchsiger Junge. Sein Herz raste, es hämmerte bis hinauf in seine Kehle, während Nat King Coles lyrischer Tenor die unvergesslichen Worte sang, genau wie damals vor vier Jahren, als er sie das erste Mal in den Armen gehalten und nicht begriffen hatte, was sie füreinander hätten sein können.

Heute wusste er es besser. Es war der schwerste Fehler seines Lebens gewesen, sie damals gehen zu lassen. Und, was viel schlimmer war, sie war ganz allein seinetwegen gegangen, das war ihm vorhin schlagartig klar geworden.

Let's fall in love ... why shouldn't we fall in love, our hearts are made of it, let's take a chance. Why be afraid of it ... let's close our eyes and make our own paradise ...

Sein Mund war an ihrer Schläfe, glitt ihre Wange hinab, bis er mit den Lippen ihren Atem spüren konnte. Sie zuckte leicht zurück, als sein Kinn ihren Mundwinkel streifte, doch dann wandte sie ihm ihr Gesicht zu. Aus der Nähe war ihre Haut rosig und wie mit Goldstaub überhaucht. Fasziniert sah er, dass sich auf ihren Nasenflügeln eine Ansammlung zahlloser winziger Sommersprossen befand. Ihre Augen waren klar und so grün wie die einer Waldnymphe.

Er atmete mühsam ein, dann ein weiteres Mal, und dann presste er ohne Vorwarnung seinen Mund auf den ihren. Er verschlang ihre Lippen in einem Kuss von beinahe gewaltsamer Leidenschaft, und der Hunger, der ihn dabei erfüllte, reichte bis in die Grundfesten seiner Seele. Sie zerrte am Kragen seiner Wolljacke und zog ihn näher, während sie seinem Vorstoß mit fieberhafter Bereitschaft entgegenkam. Doch nur ein paar Herzschläge später widersetzte sie sich seiner Umarmung. Sie stemmte sich gegen seine Brust und riss sich los.

»Linda!«, stieß er hervor. »Bitte bleib hier!«

»Das ist nicht fair«, flüsterte sie. Ihr Gesicht war schneeweiß. »Nils liebt mich!« Sie ging ein paar Schritte rückwärts, dann drehte sie sich abrupt von ihm weg, nahm ihre Jacke vom Stuhl und riss die Tür auf. Durch die Fensterscheibe sah Henrik, wie sie im Laufen die Jacke überstreifte und zu der Kiefer rannte, wo sie das Pferd angebunden hatte. Im nächsten Moment hatte sie sich in den Sattel geschwungen und hieb dem Wallach die Fersen in die Flanken, in dem Bemühen, so schnell wie möglich wegzukommen. Gleich darauf preschte sie los, als ob der Teufel hinter ihr her wäre.

Little we know of it, still we can try, to make a go of it ...

Henrik gab einen gotteslästerlichen Fluch von sich, während er zur Stereoanlage ging und Nat King Cole zum Schweigen brachte.

*

Gretas Haus hatte etwas von einer gepflegten Puppenstube, mit gelb blühenden Rosenstöcken im Vorgarten, einem weißen Lattenzaun, einem hölzernen Vordach und einer knallblau gestrichenen Haustür. Linda zögerte kurz, bevor sie anklopfte. Was ihr vorhin noch wie eine gute Idee vorgekommen war, schien ihr mit einem Mal überflüssig und dumm.

Dann erledigten sich ihre Überlegungen von allein, denn sie hörte, wie sich von drinnen über den Flur Schritte näherten. Im nächsten Moment öffnete die Ärztin die Haustür.

»Linda!« Überrascht und erfreut lächelte sie den unerwarteten Besuch an.

»Ich würde gern mit dir sprechen«, sagte Linda ein wenig steif.

»Gern! Komm rein!«

»Können wir ein paar Schritte gehen?«, bat Linda.

Greta hatte nichts dagegen. Rasch holte sie ihre Jacke und schlenderte anschließend mit Linda durch den Hafen.

»Ich weiß überhaupt nicht, was mit mir los ist!« Geistesabwesend schaute Linda an einem hölzernen Schiffsrumpf hinauf und überlegte dabei flüchtig, dass der Eigner die falsche Farbe genommen hatte. Sie zog Wasser und blätterte ab, und wenn man nicht aufpasste, würde das Holz anfangen zu faulen.

»Dafür weiß ich es«, sagte Greta. »Es ist ganz einfach: Du liebst ihn noch.«

»Ich werde heiraten!« Linda sagte es in einem Ton, als müsse sie sich selbst diesen erstaunlichen Umstand wieder ins Gedächtnis rufen. »Nils liebt mich, und ich liebe ihn. Ich *kann* Henrik gar nicht lieben!«

»Aber dir wackeln die Knie«, sagte Greta trocken.

Linda starrte auf die Planken unter ihren Füßen. »Ich hatte alles aufgegeben, nur, weil ich es nicht ausgehalten habe, Henrik mit Gunilla zu sehen.«

Als Greta nichts erwiderte, fuhr sie zögernd fort: »Ich glaube, ich habe ihn schon vom ersten Augenblick an geliebt. Er kam in die Werft, und ich war an dem Tag völlig aufgelöst, weil wir eine Yacht übergeben sollten und die Sitzpolster nicht pünktlich geliefert wurden. Er stand vor mir ... und ich habe in seine Augen gesehen, das war's dann ...« Sie lächelte bitter. »Und dann hat ihn sich meine Schwester gegriffen.«

Greta schwieg weiterhin, jedoch auf eine freundschaftliche, aufmunternde Art. Auch Linda schwieg, um sich zu sammeln und ihre Gedanken zu ordnen.

»Ich musste es tun, weil ich es nicht ertragen konnte«, sagte sie schließlich langsam. »Das, was mir am liebsten war, nämlich meine Arbeit in der Werft, habe ich einfach aus meinem Leben geschnitten. Wegen Henrik. Aber das Schlimmste ist, dass ich Papa so schrecklich enttäuscht habe!«

»Ja. Das war sehr schwer für ihn.«

Zu ihrer eigenen Bestürzung merkte Linda, dass ihr die Tränen kamen. »Ich war so sicher, dass ich es überwunden habe! Ich dachte, ich kann es aushalten, Henrik und Gunilla zusammen zu sehen! Ich glaubte, es würde mir nichts mehr ausmachen! Wenn ich nicht davon überzeugt gewesen wäre – ich wäre doch niemals nach Hause gekommen, um mich mit Papa auszusöhnen!«

»Und jetzt?« Greta hielt sie am Arm fest und zog sie auf eine Bank.

»Jetzt ist es schlimmer als vorher.« Linda starrte auf das dunkle Wasser unterhalb der Mole. »Ich liebe ihn.«

»Er ist frei«, erwiderte Greta gelassen.

»Aber ich nicht! Ich werde Nils heiraten! Der Hochzeitstermin ist festgelegt, die Gästeliste steht. Der Bischof von Stockholm wird uns trauen! Ich kann doch nicht plötzlich alles über den Haufen werfen – meine ganzen Lebenspläne!«

»Wieso nicht? Du hast es doch schon einmal getan!«

Linda schüttelte den Kopf. Dann kam ihr ein Gedanke, den sie bis jetzt die ganze Zeit von sich weggeschoben hatte. »Wie krank ist Papa wirklich?«

»Frag ihn selbst. Geh hin zu ihm.« Greta hatte es mit großer Bestimmtheit gesagt, und Linda nahm instinktiv die Besorgnis hinter ihren Worten wahr. Aufmerksam schaute sie der Älteren in die Augen, dann nickte sie langsam. Er war ihr Vater, und sie schuldete es ihm. Sie würde es noch einmal versuchen.

*

Linda bremste ruckartig, als sie Olav an Deck des Bootes erkannte, das in einer Reihe mit den anderen Schiffen am Kai der Werft lag. Eilig stieg sie aus und lief um den Wagen herum. »Olav!«

Der Schiffszimmermann schaute auf, und als er Linda

sah, breitete sich ein Strahlen auf seinem Gesicht aus. Ausgehend von seinen Augenwinkeln, bildeten sich unzählige Knitterfalten auf seinen Wangen, als er sie breit anlächelte. »Linda, bist du das wirklich?«

Er löste die Leinen, mit denen er sich für die Arbeiten in der Takelage und am Mast gesichert hatte, und nachdem er das Geschirr abgestreift hatte, stieg er eilig von Bord.

»Wie geht es dir?«, wollte Linda wissen.

Olavs Gesicht verdüsterte sich. »Nicht so gut, seit ich weiß, dass dein Vater die Werft verkaufen will.« Er schüttelte den Kopf. »Das ist doch nicht richtig, einfach alles in fremde Hände zu geben!« Er runzelte die Stirn, dann beäugte er Linda mit hoffnungsvollen Blicken. »Aber jetzt bist du ja wieder da! Du wirst es ihm schon ausreden!«

Linda lächelte ein wenig unbehaglich. »Ich weiß nicht. Ich kann nur hoffen, dass er mir zuhört.«

Olav fasste sie beim Arm, und gemeinsam gingen sie den Kai entlang in Richtung Halleneingang. »Du gehörst hierher, Mädchen. Ich weiß noch genau, wie du früher immer zwischen den Booten herumgekrochen bist, als kleine Göre.« Er hielt die Hand in Hüfthöhe. »So groß warst du damals erst, und ständig hast du mir Löcher in den Bauch gefragt!«

Linda lachte zustimmend. »Deine Boote waren immer die schönsten. Das Holz hat viel besser gerochen als der Kunststoff!« Neugierig ließ sie ihre Blicke an der Reihe der neuen Yachten entlangschweifen, die an der Mole vertäut lagen. »Was baust du denn im Moment?«

»Eine neue Dreiundvierziger«, sagte er stolz. »Henriks bester Entwurf, und meine beste Arbeit.« Er griente, als hätte er etwas Komisches gesagt. »Sie ist fast fertig. Komm doch vorbei und schau sie dir an! In ein paar Tagen ist Stapellauf.«

»Ja, das würde ich gerne.« Linda atmete tief ein. Allein hier draußen zu stehen und die Schiffe zu sehen, die in der Werft entstanden waren ... Das hier war so viele Jahre lang ihr Zuhause gewesen, doch sie merkte erst in diesem Augenblick, wie sehr sie es vermisst hatte.

»Ich gehe jetzt zu Papa«, verabschiedete sie sich von Olav.

»Ja, mach das«, rief er ihr hinterher. »Und sag ihm, dass er einen großen Fehler macht! Es wird ihm das Herz brechen, wenn er die Werft verkauft!«

Düster sagte Linda sich, dass der Alte mit dieser Einschätzung sicher nicht allzu falsch lag. Wenn ihr selbst der Gedanke an einen möglichen Verkauf schon so zusetzte – was musste es dann erst bei ihrem Vater anrichten? Er war verrückt, wenn er glaubte, danach freier weiterleben zu können! Sein ganzes Herzblut steckte in dem Unternehmen, das seit drei Generationen in Familienbesitz war. Auch wenn er es vielleicht nicht wahrhaben wollte – es würde ihn umbringen, die Werft wegzugeben.

Sie ging durch die Halle und grüßte die Arbeiter, denen sie begegnete. Die meisten kannte sie, aber es waren auch neue Leute dazugekommen. Die Thorwaldsson-Werft war ein Garant für viele Arbeitsplätze hier in der Gegend, und vermutlich hatte die Nachricht über den bevorstehenden Eignerwechsel für einige Unruhe unter der Belegschaft gesorgt. Verkauf war für viele Beschäftigte gleichbedeutend mit Rationalisierung, was häufig nichts anderes besagte, als dass mit zahlreichen Entlassungen gerechnet werden musste.

Linda hatte die Tür zum Büro ihres Vaters erreicht und blieb nervös einige Sekunden davor stehen, bevor sie den Mut aufbrachte, anzuklopfen.

Sein *Herein* klang nicht so gebieterisch wie früher, sondern unendlich müde. Entschlossen drückte Linda die Klinke nieder und betrat mit festen Schritten den Raum.

»*Hej*, Papa.« Sie versuchte ein Lächeln, war aber kaum in der Lage, ihr Entsetzen zu verbergen. Sein Gesundheitszustand musste sich im Laufe der letzten Woche rapide verschlechtert haben. Er hatte in der kurzen Zeit nicht nur um einiges abgenommen, sondern seine Züge waren auch stark eingesunken, und sein Gesicht war so bleich, dass er wie ein Fremder auf Linda wirkte.

»Henrik sagte, dass du krank bist«, sagte sie betont sachlich.

Er reagierte unwirsch. »Das geht ihn nichts an. Ich sorge schon dafür, dass er seine Stelle behält.«

»Es geht ihm nicht um sich. So gut müsstest du ihn kennen.«

Lennart wandte sich ab und starrte auf seinen leer geräumten Schreibtisch. Das ganze Büro wirkte seltsam nackt mit den kahlen Regalen und den abgedeckten Schaustücken. Hier war alles für den endgültigen Ausstieg ihres Vaters vorbereitet. Nur die alte Standuhr neben der Tür tickte weiterhin unermüdlich vor sich hin, zerteilte die Augenblicke mit unerbittlicher Regelmäßigkeit, wie zum Beweis dafür, dass seine Zeit bald abgelaufen wäre.

»Bitte, Papa, lass uns reden! Wieso musst du unbedingt die Werft verkaufen?«

»Wieso interessiert dich das?«

»Vielleicht deswegen, weil ich mir Sorgen mache!«, sagte sie heftig. »Oder vielleicht, weil mir unsere Werft am Herzen liegt!« Mit leiser Stimme setzte sie hinzu: »Vielleicht auch, weil ich deine Tochter bin.«

»Jetzt auf einmal? Was ist denn so anders als vor vier Jahren?«

»Papa, bitte, das macht keinen Sinn!«, begehrte Linda

verzweifelt auf. »Ich will dir wirklich helfen! Lass mich zurückkommen! Lass uns zusammenarbeiten!«

Er richtete sich auf. »Du hast doch einen Job im Schifffahrtsmuseum.« Seine Miene war völlig unbewegt. »Oder wirfst du den auch einfach so weg wie damals deinen Job hier?«

Linda holte Luft. »Mein Platz ist hier. Bitte, gib mir eine Chance.«

Er starrte sie an. Sein Gesicht war grau, und mit einem Mal sah er uralt aus. »Es hat keinen Sinn, Linda.« Seine Schultern sanken nach vorn, und Linda glaubte zu sehen, dass er das linke Bein ein wenig nachzog, als er zur Tür ging. Er öffnete sie behutsam, verließ den Raum und machte sie dann leise hinter sich zu.

»Papa«, flüsterte Linda in das leere Zimmer hinein. »Ich bin doch hier ...«

Laut aufweinend lehnte Linda die Stirn gegen das Fenster. Nichts war je in ihrem Leben so schmerzhaft und bitter gewesen wie das gerade erlebte Scheitern. Aber in ihre Trauer und ihre Bestürzung mischten sich auch erste Regungen von Wut. Was war so schlimm an dem, was sie getan hatte? Sie war von zu Hause weggegangen, ja! Aber hatte sie es verdient, dass ihr Vater sie zuerst demütig zu Kreuze kriechen ließ und sie dann dennoch wie eine Schwerverbrecherin behandelte? Welche Art Genugtuung zog er daraus, sie mit solcher Entschiedenheit aus seinem Leben zu streichen?

Die Glasscheibe fühlte sich kalt an auf ihrer Haut, und sie schmeckte die salzige Nässe ihrer Tränen in ihren Mundwinkeln.

Als die Tür hinter ihr wieder aufging, fuhr sie zusammen. »Tut mir Leid, dass ich noch da bin, Papa. Ich bin gleich weg.«

Mit gesenktem Kopf drehte sie sich um, doch nicht ihr Vater hatte den Raum betreten, sondern Henrik. Er hielt ein Bündel Papiere in der Hand und wirkte erstaunt, sie hier zu sehen.

Als er sah, dass sie weinte, eilte er bestürzt auf sie zu und blieb vor ihr stehen. »Was ist passiert?«

Sie schüttelte nur den Kopf, und als hätte er ihr Bedürfnis nach Trost und Nähe gespürt, nahm er sie sofort in seine Arme. Sie klammerte sich an ihm fest und presste ihr Gesicht gegen seine Brust, als könne sie so alles ausblenden, was ihr wehtat.

*

Während der Fahrt zur Hütte redeten sie nicht viel. Henrik warf ihr ab und zu einen Seitenblick zu und fragte sich, was genau Lennart gesagt hatte. Sie schien völlig außer sich zu sein, niedergeschmettert und gleichzeitig zornig.

Auf seinen Vorschlag, im Sommerhaus in Ruhe über alles zu reden, war sie bereitwillig eingegangen, und als sie den Steg entlanggingen und dann zur Terrasse hinaufstiegen, hatte sie sich bereits so weit beruhigt, dass sie wieder lächeln konnte. Besonders glücklich sah sie allerdings nicht dabei aus. Ein Ausdruck von Wehmut und Bitterkeit stand in ihren Augen, als sie über die Bucht blickte und dann langsam den Kopf schüttelte. »Ich hätte nicht herkommen sollen.«

Er drehte sich zu ihr um und schaute sie lange an. Der Wind wehte ihr ein paar Haarsträhnen in die Stirn, und ihre Augen waren dunkel umschattet vor Traurigkeit. Ihr Gesicht war ernst und schön, und in ihrem Blick schien eine stumme Frage zu stehen. Henrik sagte das, was ihm als Erstes in den Sinn kam. »Ich bin froh, dass du da bist.«

Er hob die Hand und fuhr ihr sacht über die Wange. Ihre Haut fühlte sich unter seinen Fingerspitzen an wie warme, glatte Seide. Er wollte noch etwas sagen, etwas Tröstliches, Beruhigendes, irgendetwas, das sie aus ihrer Niedergeschlagenheit riss. Doch dann spürte er die Spannung, die sich schlagartig zwischen ihnen aufbaute. Während seine Finger federleicht auf ihrer Wange lagen, fing sein Puls an zu rasen. In seinem Kopf herrschte mit einem Mal nur noch ein wirres Durcheinander. Sein Herz vollführte einen machtvollen Trommelwirbel, und als seine Blicke die ihren suchten, öffneten sich ihre Lippen leicht, als wolle sie etwa sagen. Doch sie befeuchtete sie stattdessen mit der Zunge, ein Anblick, der Henrik innerhalb eines Sekundenbruchteils auch noch den Rest seines Denkvermögens raubte. Aufstöhnend zog er sie in seine Arme und suchte ihren Mund, um sie ungestüm und mit rasch wachsender Begierde zu küssen. Er fühlte ihre Leidenschaft und ihre Bereitschaft und war selbst so erfüllt von Gefühlen, dass er nicht wusste, was er zuerst tun sollte. Ein urtümlicher Eroberungstrieb zwang ihn, sie hochzuheben und auf seinen Armen in die Hütte zu tragen. Sie lachte verlegen und behauptete, sie sei zu schwer, doch anstelle einer Antwort presste er abermals seinen Mund auf ihre Lippen. Das brachte sie nachhaltig zum Verstummen, und als sie einander nur Sekunden später in fieberhafter Wildheit die Kleidung abstreiften, war die Zeit für Worte ohnehin vorbei. Nur einmal sagte er noch etwas, weil er nicht anders konnte. In ihren Augen stand so viel Verlangen und Liebe, doch dahinter erkannte er auch die Verletzung und die Angst, und er wusste, dass dies die Schatten der Vergangenheit waren. Stammelnd hob er an, es ihr zu erklären, wollte ihr auseinander setzen, warum sie damals keine Chance gehabt hatten, doch das, was er letztlich sagte, konnte nicht richtig zum Ausdruck bringen, was er fühlte.

»Ich verstehe es nicht … Wieso habe ich dich damals nicht aufgehalten?« Er vergrub sein Gesicht zwischen ihren Brüsten und atmete tief ihren Duft ein. »Du bist so wunderbar, Linda … Ich hätte dich niemals gehen lassen dürfen …«

Diesmal war sie es, die ihn mit ihren Lippen zum Schweigen brachte, und dann gab es in der Dämmerung des heraufziehenden Abends für lange Zeit nur noch sie beide.

*

Lennart stand vor dem geschlossenen Fenster und starrte hinaus in die Nacht, grübelnd und in Erinnerungen versunken. Der weiträumige Salon hinter ihm lag im Dunkeln, bis auf das matt erhellte Rund in der Mitte des Zimmers, wo die Sitzgruppe stand. Hin und wieder knackte es in den Balken der niedrigen Decke, doch davon abgesehen war es vollkommen still um ihn herum. Keines der üblichen Geräusche von oben war zu hören, weder Gunillas Herumstolzieren noch Henriks unmögliche altmodische Musik. Erst das absolute Fehlen der gewohnten abendlichen Geräuschkulisse machte Lennart bewusst, wie bedeutsam es immer für ihn gewesen war, jemanden im Haus zu haben. Es hatte etwas Tröstliches, mit anderen Menschen unter einem Dach zu leben, ein Umstand, den er bisher in dieser Form nicht wirklich zur Kenntnis genommen hatte.

Er rieb sich die Stirn, um den rasenden Schmerz zu vertreiben, der sich seit dem frühen Abend dort eingenistet hatte, und er versuchte auch zu ignorieren, dass er seit Stunden nur noch verschwommen sah. Er sagte sich, dass sein Entschluss, die Werft zu verkaufen, das einzig Richtige gewesen war. Es wäre verantwortungslos, Linda die Leitung zu übergeben. Was würde mit dem Betrieb passieren, wenn es ihr einfiel, wieder alles hinzuschmeißen? Nein, dieses Risiko konnte er unmöglich eingehen, davon hingen zu viele Schicksale ab. Er war für seine Arbeiter verantwortlich und dementsprechend auch dafür, dass der Laden reibungslos weiterlief. Ekelund würde sich um alles kümmern, vielleicht nicht ganz so gut wie er selbst, aber doch gut genug, um den sicheren Fortbestand der Firma zu gewährleisten. Eine junge Frau, die sprunghaft immer gerade das tat, was ihr in den Sinn kam, würde womöglich alles aufs Spiel setzen, wofür sich vor ihr Generationen den Buckel krumm geschuftet hatten.

Und doch ... Es war so bitter gewesen, sie weinen zu sehen, er hatte seitdem das Gefühl, wie ein Tier in der Falle zu sitzen. Schwerfällig wandte er sich vom Fenster ab und ließ sich in einen Stuhl fallen. Wenn er nur nicht so entsetzlich müde und schwach wäre!

Unbewusst fuhr er sich abermals über die Stirn, doch es wurde nur schlimmer statt besser. Wo, zum Teufel blieb Greta? Sie hatte versprochen, noch vorbeizuschauen, er hatte eigens die Haustür für sie offen gelassen.

Er hatte kaum an sie gedacht, als er auch schon ihre leichten Schritte hörte. »*Hej.*« Sie kam zu ihm und nahm seine Hand. »Wie geht es dir?«

»Ist dir schwindlig? Hast du irgendwo Schmerzen?«

»Nein«, log er. Er zögerte, dann setzte er stockend hinzu: »Das Haus ... Es war plötzlich so groß ... und so leer. Vielleicht wollte ich einfach nur nicht allein sein.«

Greta fühlte seinen Puls, dann schob sie den Ärmel seines Hemdes zurück und desinfizierte mit einem alkoholgetränkten Tupfer seine Ellbogenbeuge. »Warum nimmst du nicht einfach Lindas Hilfe an?« Ihre Stimme war sanft, aber Lennart glaubte, einen unnachgiebigen Unterton darin zu hören. Sie streifte ihm den Stauschlauch über und zog eine Spritze auf. »Ich verspreche dir, dass es dir besser gehen wird, wenn du dich endlich mit ihr versöhnst«, schloss sie, während sie mit dem Finger über die Armvene tastete.

»Und wenn sie dann aus einer Laune heraus wieder wegläuft?« Lennart zuckte leicht zusammen, als er den Einstich der Nadel spürte. »Es würde mich umbringen. Sie hat mich damit schon einmal fast ins Grab gebracht.«

Greta legte das Spritzbesteck weg und schüttelte ungeduldig den Kopf. »Es war nicht ihre Schuld, dass du damals krank wurdest!«

»Sie lief weg, und ich bekam einen Schlaganfall«, widersprach er eigensinnig. »Wieso sollte es nicht ihre Schuld gewesen sein?« Er rollte mit einer brüsken Bewegung den Ärmel herunter. »Ich kann ihr nicht mehr vertrauen. Das Risiko ist einfach zu hoch.«

Greta wirkte ein wenig verärgert, und Lennart hatte das Bedürfnis, auf irgendeine Weise einzulenken. Der Gedanke, sie könne böse auf ihn werden, war ihm plötzlich unerträglich. Er machte sich nicht viel daraus, was die Leute über ihn dachten, aber was Greta anging, so war das ganz anders. Überrascht erkannte er mit einem Mal, wie wichtig es ihm war, dass sie eine gute Meinung von ihm hatte.

Er schluckte angestrengt, um die plötzliche Trockenheit in seinem Hals loszuwerden. »Weißt du eigentlich, wie hübsch du immer noch bist?«, fragte er mit belegter Stimme. »Du siehst genauso aus wie damals, als Per dich zum ersten Mal mitbrachte. Erinnerst du dich noch, was wir damals gemacht haben?«

Sie nickte lächelnd. »Es war jener Sommer, als ihr euch immer diese Seeschlachten mit den Ruderbooten geliefert habt ...« Ihr Blick wurde weich. »Wenn ihr gewusst hättet, wie lächerlich ihr ausgesehen habt in diesen wackligen Booten und in euren komischen Badehosen ... Aber ihr wart auch sehr süß in eurem Eifer, euch gegenseitig zu übertrumpfen.«

»Ich habe Per immer besiegt. Aber du hattest ein Herz für den Verlierer.« Lennart starrte ins Leere. Das alles war so viele Jahre her, aber manches davon schien auch in der Erinnerung niemals zu verblassen. »Manchmal würde ich die Zeit gern zurückdrehen«, flüsterte er.

»Wieso denn?« Greta schloss ihre Arzttasche. »Die Gegenwart kann doch auch sehr schön sein. Du musst es nur wollen.«

Lennart lauschte für einen Augenblick ihren Worten nach, und plötzlich wünschte er mit allen Fasern seines Wesens, dass sie wahr wären.

*

Linda wusste nicht, welches Geräusch sie zuerst geweckt hatte, das Brummen des näher kommenden Motorbootes oder das Klingeln ihres Handys. Verschlafen tastete sie herum, und dann, als ihr klar wurde, wo sie sich befand und was in der letzten Nacht geschehen war, setzte sie sich ruckartig auf. Vom Sofa herabhangelnd, suchte sie auf dem Fußboden nach ihrer Handtasche und kramte so lange darin herum, bis sie das Handy gefunden hatte. Zwischenzeitlich hatte das Klingeln aufgehört, aber die Rufliste zeigte einen entgangenen Anruf von Nils an. Rasch hörte Linda die Mailbox ab.

»Hallo, hier ist die Mailbox von Linda Thorwaldsson«,

sagte ihre eigene Stimme in aufgeräumten Tonfall. »Sie können nach dem Signal eine Nachricht hinterlassen.«

Dann Nils, leicht verärgert und deutlich ungeduldig. »Linda? Ich bin's, Nils. Ich vermute, dir geht es gut, sonst hättest du sich bestimmt gemeldet. Hoffentlich vergisst du nicht die Oper am Samstag. Bis dann.«

Linda lauschte dem Klicken und schloss die Augen, als könnte sie so die jäh einsetzenden Gewissensbisse ausblenden. Sämtliche Erinnerungen der letzten Nacht brachen mit Macht über sie herein, und Linda merkte, dass Hitze in ihre Wangen stieg. Doch dann wallte Trotz in ihr auf. Das, was sie getan hatte, war richtig. Es *musste* richtig sein! Wie konnte etwas, das sie so unglaublich glücklich machte, verkehrt sein? Sie hatte es mit solcher Dringlichkeit gewollt wie noch nie etwas anderes zuvor. Ihre bisherige Welt war mit einem Schlag in tausend Stücke zersprungen, und Henrik hatte sie völlig neu zusammengesetzt. Es war, als hätte sie plötzlich aufgehört zu existieren, um dann in einer einzigen Nacht neu geboren zu werden.

Linda blickte sich beunruhigt um. Wo, um alles in der Welt, steckte er überhaupt? Er war nach dieser unglaublichen Nacht bestimmt nicht einfach so verschwunden, oder doch? Von leiser Panik erfüllt, schob Linda das Handy zurück in die Tasche und schwang die Beine aus dem Bett. Es war morgendlich kühl in der Hütte, sie sollte nachschauen, ob Holz zum Feuermachen neben dem Kaminofen lag.

Dann erst nahm sie bewusst das Geräusch des Außenborders wahr und stand eilig auf, um nachzusehen, wer dort kam. Sie legte sich die rote Decke wie einen Umhang über die Schultern und lief zum Fenster. Befreit lachte sie auf, als sie Henrik erkannte. Er vertäute das Boot am Landungssteg und sprang leichtfüßig von Bord. Linda hielt es nicht länger in der Hütte. So, wie sie war, rannte sie hinaus auf die Terrasse und winkte ihm von dort aus zu. »Guten Morgen!«, schrie sie.

Er winkte zurück, ein breites Grinsen im Gesicht – und eine große Papiertüte in der Hand.

»Frühstück!«, rief er, während er mit großen Sätzen den Hang hinaufsprang. Oben auf der Terrasse angekommen, eilte er auf sie zu und lachte sie mit funkelnden Augen an. »Wenn ich mich recht erinnere, warst du schon immer ein Frühstückstyp. Deine Familie war schon längst fertig, und du hast erst richtig losgelegt.«

Angesichts der wenigen Male, die sie bis jetzt im Kreise der Familie miteinander gefrühstückt hatten, fand Linda es bemerkenswert, dass er sich überhaupt daran erinnerte.

»Frühstücke wie ein König, hat meine Großmutter immer gesagt«, grinste sie. »Und wie ist es bei dir?«

Er nahm sie in die Arme. »Gunilla und ich haben immer im Stehen einen Kaffee getrunken«, sagte er in ihr Haar hinein. Seine Stimme ließ erkennen, dass ihm das Thema nicht behagte. Im nächsten Moment beugte er sich über sie, um sie zu küssen. Linda schmolz unter seiner Berührung, und ihr Herz klopfte so fest, dass sie sicher war, er könne es hören. Der Wind streifte über ihre nackten Beine und wehte unter der Decke kalt an ihrem Körper hoch, doch sie war von solch einer inneren Hitze erfüllt, dass es keine Rolle spielte.

»Das wird sich jetzt ändern«, flüsterte sie, während sie ihn abermals küsste. »Vieles wird sich ändern!«

Er erwiderte den Kuss, zuerst zärtlich, dann mit ungehemmter Leidenschaft. Nur einen Augenblick später war das Frühstück vergessen.

Als sie später im Laufe des Morgens doch noch zusammen Kaffee tranken und sich über die mitgebrachten Brötchen und Gebäckstücke hermachten, hatte Linda nicht die geringste Ahnung, wie spät es war. Sie hatten es sich auf der Eckbank vor dem Fenster bequem gemacht, die Kaffeetassen in der Hand. Linda hockte mit angezogenen Beinen auf der Bank, den Kopf in seine Armbeuge gekuschelt und ihren Rücken gegen seine Brust geschmiegt. In dem kleinen Kaminofen prasselte ein Feuer, und gemütliche Wärme erfüllte die Hütte. Draußen pfiff der Wind durch die Föhren und peitschte die Büsche gegen den Hang, und Linda empfand es als eigentümlichen Gegensatz zu der beinahe friedvollen Ruhe, die in ihrem Inneren herrschte. Sie spürte sein Herz unter ihrer Wange schlagen und wünschte sich, ihm für den Rest ihres Leben so nah zu sein wie an diesem magischen Morgen.

»In dieser Nacht damals«, begann Henrik leise. »Dort auf der Terrasse ... Ich weiß nicht, warum ich dich nicht einfach festgehalten habe ...«

Sie spürte, wie sehr ihm diese Frage zusetzte. Er hatte schon letzte Nacht darüber sprechen wollen, doch dann war es in der Hitze ihrer Leidenschaft untergegangen.

»Du hast Gunilla geliebt«, sagte sie ebenso leise. »Am nächsten Tag war eure Hochzeit.«

»Es war so schön, dich im Arm zu halten.« Er küsste sie auf den Scheitel. »Irgendwie so ... selbstverständlich.«

»Vielleicht *zu* selbstverständlich.«

»Du hättest nicht weglaufen sollen.«

»Was hätte ich denn sonst tun sollen?« Sie konnte nicht verhindern, dass Bitterkeit aus ihrer Stimme klang. »Meiner Schwester den Mann wegnehmen?«

Er räusperte sich. »Wie geht es jetzt weiter mit uns?«

Seine Frage zerriss das träumerische Gespinst zärtlicher Zweisamkeit, und Linda fühlte sich mit einem Ruck in die Wirklichkeit zurückversetzt. Unbehaglich löste sie sich aus seiner Umarmung und setzte sich langsam auf. »Ich weiß nicht«, sagte sie zögernd. »Du bist noch nicht geschieden. Und ich ... Ich habe einen Hochzeitstermin ...«

»Du wirst ihn nicht heiraten«, sagte Henrik kategorisch.

Das brachte sie aus unerklärlichen Gründen auf. »Was erwartest du? Dass ich wieder emotional handle? Alles hinwerfe? Weglaufe? Und wieder deinetwegen?«

»Ja!« Er umfasste mit beiden Händen ihr Gesicht und hielt es fest, sodass sie seinen Blicken nicht ausweichen konnte. »Weil nämlich diesmal die Richtung stimmt!«

Seine letzten Worte fielen mit dem Klingeln ihres Handys zusammen.

Er wollte sie nicht loslassen. »Geh nicht ran!«, befahl er.

Doch sie entzog sich ihm und stand von der Bank auf, um ans Telefon zu gehen, plötzlich von unguter Vorahnung erfüllt.

»Linda?« Es war Greta. »Du musst kommen. Dein Vater hatte einen Schlaganfall.«

*

Henrik parkte den Jeep direkt vor dem Eingang der Klinik. Später konnte er immer noch einen Parkplatz suchen, wenn sie erst wussten, wie es Lennart ging. Linda war vor Angst und Panik völlig durcheinander, und egal, was er während der Fahrt zu ihr gesagt hatte, um sie zu beruhigen – sie war davon überzeugt, dass ihr Vater sterben würde und dass sie schuld war, weil sie ihn aufgeregt hatte.

Als sie ausstiegen, klingelte sein Handy, und als Henrik abhob, tat er es in der Befürchtung, eine weitaus schlimmere Nachricht zu hören als die, die Linda vorhin erhalten hatte. Doch es war weder Greta noch sonst jemand aus dem Krankenhaus, sondern seine Frau.

»Henrik, Überraschung!«, flötete ihre Stimme aus dem Hörer. »Ich bin gerade frisch aus London in Göteborg gelandet!«

»Ja, schon gut«, sagte er ungeduldig. »Wir sind gerade dabei, ins Krankenhaus zu gehen.«

»W-was?«, stotterte sie. »Wovon redest du überhaupt?«

»Von Lennart«, sagte er überrascht. »Weißt du nichts davon? Er hatte einen Schlaganfall!«

Er hörte ihr scharfes Luftholen. »Wie geht es ihm?«

»Wir wissen noch nichts Genaues. Am besten kommst du auf dem schnellsten Wege erst mal nach Hause.«

Er trennte die Verbindung. »Gunilla ist da«, sagte er geistesabwesend zu Linda, die mit verschränkten Armen ungeduldig an der Pforte des Krankenhauses auf ihn wartete.

In ihrer Besorgnis nahm sie es gar nicht zur Kenntnis. »Lass uns endlich reingehen!«

Auf dem Weg in die Eingangshalle überlegte Henrik vage, warum Gunilla zurückgekehrt war. Lennarts Schlaganfall konnte jedenfalls nicht der Grund sein, sie hatte ganz offensichtlich nichts davon gewusst. Ihr Aufenthalt in England musste extrem kurz gewesen sein, länger als einen oder höchstens zwei Tage konnte sie nicht dort gewesen sein. Fragte sich nur, wer oder was ihr den Start in ihr neues Leben derart vermiest hatte, dass sie so schnell wieder hier war.

Im Gang zur Intensivstation kam ihnen Greta entgegen. Linda stürzte auf sie zu. »Wie geht es ihm?«

»Ein leichter Schlaganfall«, sagte Greta knapp. »Zum Glück war ich gerade bei ihm und konnte ihn sofort versorgen.« Sie fasste nach Lindas Hand. »Es war übrigens sein zweiter.«

Henrik sah, dass Lindas ohnehin schon blasses Gesicht sämtliche Farbe verlor. Ihre Wangen waren mit einem Mal so kalkweiß wie die Wand hinter ihr. »Er hatte schon einmal einen Schlaganfall?«

Greta nickte. »Vor vier Jahren. Er wollte nicht, dass es jemand erfährt.«

Henrik erkannte, dass die Ärztin sich bewusst über das berufliche Schweigegebot hinwegsetzte, und im selben Moment glaubte er auch, den Grund zu kennen. Lennart Thorwaldsson war mehr als nur ein Patient für sie. Sie kämpfte nicht nur um seine Gesundheit, sondern auch darum, dass er in dieser Situation nicht etwas verlor, was vielleicht den Unterschied zwischen Leben und Sterben für ihn bedeutete: die Liebe und die Anteilnahme seiner Kinder.

Gleichzeitig machte sie Linda begreiflich, wie sehr ihr Vater sie ungeachtet seines schroffen, abweisenden Verhaltens brauchte – gerade jetzt. Henrik erkannte in ihren Worten die unausgesprochene Bitte, Lennart nicht aufzugeben.

»Er wird es doch überleben, oder?« Lindas Stimme klang wie die eines ängstlichen kleinen Mädchens, und Henrik verfluchte sich, weil die Situation es ihm nicht gestattete, sie hier und jetzt in die Arme zu nehmen. Bald, schwor er sich. Bald würden sie beide klare Verhältnisse schaffen, dann durfte jeder sehen, dass sie zu ihm gehörte.

»Ja, das wird er«, sagte Greta zuversichtlich. »Komm, wir gehen zu ihm.«

Henrik erschrak, als er Lennart sah, bewusstlos oder schlafend, einen Atemschlauch in der Nase und mehrere Kabel und Infusionsschläuche, die von seinem Körper zu verschiedenen Geräten führten. Weit schlimmer aber war es für ihn, wie Linda auf den Anblick reagierte. Es brachte ihn fast um den Verstand, hilflos mit ansehen zu müssen, wie sie vor dem Krankenbett ihres Vaters in haltloses

Schluchzen ausbrach. Sie hob die Hand und strich Lennart vorsichtig das Haar aus der Stirn. »Papa«, weinte sie.

Henrik konnte es nicht länger ertragen. Es war ihm völlig egal, dass Greta im Hintergrund stand und zusah, und es scherte ihn auch nicht, ob Lennart vielleicht im nächsten Moment aufwachte. Er ging zu Linda und legte beide Arme um sie, nicht nur, um sie zu trösten, sondern auch, um ihr klar zu machen, dass sie nun nicht länger allein war.

*

Sie konnten nicht lange bei ihm bleiben, weil Greta darauf bestand, dass er absolute Ruhe brauche. Davon abgesehen sei er mit Medikamenten ruhig gestellt und würde in den nächsten Stunden sowieso nicht aufwachen. Greta drängte darauf, dass sie alle gemeinsam nach Hause zurückkehrten. In einer vertrauten Umgebung zu warten sei für alle Beteiligten besser und könne eher zur Entspannung der Gemüter beitragen, als hier herumzusitzen und sich verrückt zu machen.

Sie saßen zu dritt in der Bibliothek und tranken den Kaffee, den Frida in aller Eile für sie zubereitet hatte, als Gunilla hereinplatzte, ein Bild perfekter Schönheit und auffälliger Eleganz in ihrem feuerroten, figurbetonten Mantel und den hochhackigen schwarzen Stiefeln.

Ohne ein Wort zu sagen, stürmte sie auf Linda zu und nahm sie in die Arme. Überrascht fühlte Linda, wie ihre Schwester zitterte. Das Ganze musste Gunilla wesentlich stärker mitgenommen haben, als sie erwartet hatte.

Als sie Linda losließ, war ihr Gesicht bleich und erschüttert. »Ich hätte ihm das nicht antun dürfen«, flüsterte sie erstickt. »Es ist alles meine Schuld!« Mit Tränen in den Augen eilte sie zu Henrik und schmiegte sich Trost suchend an ihn. Er warf Linda einen ratlosen Blick zu, während er beruhigend über Gunillas Rücken strich.

Was soll ich tun, sie einfach wegstoßen?, schienen seine Augen zu fragen. Linda wandte sich ab und bemühte sich, die chaotischen Gefühle zu unterdrücken, die sich ihrer bemächtigt hatten, eine gefährliche Mischung aus Scham, Wut und Hilflosigkeit. Doch sie schaffte es. Hastig ging sie hinüber in den angrenzenden Salon. Höchste Zeit, Nils endlich anzurufen, bevor er anfing, sich ernstlich um sie zu sorgen. Außerdem hatte er ein Recht, zu erfahren, was hier los war.

Seine Stimme klang müde und leicht gereizt, als er sich meldete. Wahrscheinlich hatte er wieder zu viel gearbeitet. In knappen Worten erzählte Linda ihm, was passiert war, und sein Tonfall wurde besorgt. »Ist er in guten Händen? Soll ich mich eventuell mit Professor Hansson in Verbindung setzen? Du weißt ja, ich kenne ihn vom Golfclub.«

»Nein, nicht nötig. Die Ärzte hier sind gut. Trotzdem danke.«

»Wenn du willst, kann ich am Samstag kommen.« Er hielt inne, dann setzte er zögernd hinzu: »Die Opernkarten könnte ich verkaufen.«

Linda unterdrückte ein Seufzen. Oper war das Letzte, wonach ihr im Augenblick der Sinn stand, doch für Nils wäre es vermutlich eine mittlere Katastrophe, darauf verzichten zu müssen. »Nein, tu das nicht«, sagte sie. »Du hast dich so darauf gefreut. Außerdem – hier könntest du sowieso nichts tun. Ich wollte nur, dass du Bescheid weißt.«

Nils erhob keine Einwände, offenbar war es ihm nur zu recht, nicht in eine aufreibende Familienkrise hineingezogen zu werden.

Linda trennte die Verbindung und klappte ihr Handy

zu. Im nächsten Moment merkte sie, dass Henrik den Raum betrat. Obwohl sie mit dem Rücken zur Tür stand, spürte sie seine Gegenwart so stark, als würde er dicht bei ihr stehen und sie berühren.

»Hier hast du dich versteckt!« Er war mit wenigen Schritten bei ihr und nahm ihre Hände.

»Ich habe nur Nils wegen Papa Bescheid gesagt«, erwiderte sie ein wenig steif.

Sie spürte, wie er sich bei dieser Äußerung versteifte, und sie glaubte, in seinem Blick stumme Vorwürfe zu lesen.

Das verstärkte ihren Ärger noch. Was erwartete er denn? Dass sie Nils am Telefon abservierte? Dass sie mal eben so mir nichts, dir nichts drei Wochen vor dem Termin die Hochzeit platzen ließ? Während er zuließ, dass Gunilla sich schluchzend in seine Arme warf und an ihm klebte wie eine Napfschnecke?

Einen Sekundenbruchteil später war die Stimme ihrer Schwester zu hören. »Henrik?« Und dann gleich noch einmal. »Henrik!«

Seine Hände drückten zu, umfingen die ihren mit solcher Heftigkeit, dass es ihr wehtat. Linda entzog sich ihm und trat einen Schritt zurück, während sie ihn stumm anfunkelte. Geh doch zu ihr, dachte sie wütend. Geh zu deiner Frau, wenn sie nach dir ruft!

Henrik ließ die Hände fallen, einen undeutbaren Ausdruck im Gesicht. Im nächsten Moment hatte er sich umgedreht und den Raum verlassen.

Linda blieb stehen, schaute ihm hinterher und lauschte den sich entfernenden Schritten. Dann setzte sie sich in Bewegung, wie von einer unsichtbaren Schnur gezogen. Sie hasste sich dafür, doch sie konnte nicht anders. Sie musste einfach wissen, was er tat, was er zu ihr sagte. In der offenen Tür blieb sie stehen und wich rasch einen Schritt zurück, damit ihre Schwester sie nicht bemerkte.

Gunilla stand am Fuß der Treppe, die Arme um den Oberkörper geschlungen und die Augen geweitet vor Kummer. Linda wappnete sich gegen das Mitgefühl, das sich in ihr auszubreiten begann. Doch die unwillkommene Regung verschwand im nächsten Augenblick von allein, als Gunilla ihre Arme um Henrik legte. »Ich wollte dir nur sagen, wie froh ich bin, dass du für mich da bist.«

»Sicher.« Er tätschelte ihren Rücken. »Mach dir nicht so viele Sorgen um deinen Vater. Er ist zäh.«

Sie nahm seinen Kopf in beide Hände und streichelte mit den Fingern sein Haar. »Henrik, ich bin so froh, dass es dich gibt.«

Linda fühlte die Kälte in ihrem Inneren wie Millionen winzige Eissplitter, die sich durch ihre Haut bis tief in die Knochen bohrten. Sah so das neue Liebesglück ihrer Schwester aus? Linda glaubte keine Sekunde mehr daran, dass Gunilla ernsthaft vorhatte, in London zu leben, schon gar nicht mit einem anderen Mann. Ihre Schwester war wieder hier, und in Wahrheit dachte sie überhaupt nicht daran, wegzugehen.

*

Henrik hatte im ganzen Haus nach ihr gesucht, bevor er auf die glorreiche Idee gekommen war, in der Einfahrt nachzuschauen, ob ihr Wagen noch dort stand. Als er gesehen hatte, dass der Mercedes verschwunden war, hatte er ein paar saftige Flüche unterdrückt und versucht, sie auf ihrem Handy zu erreichen, doch es meldete sich immer nur die Mailbox. Irgendwann im Laufe des Tages war sie ohne ein Wort verschwunden, und er wusste nicht, wohin.

Der Gedanke, dass sie womöglich einfach kommentarlos nach Göteborg zurückgefahren war, versetzte ihm einen heftigen Stich.

Natürlich leuchtete ihm ein, dass die ganze Situation für sie unmöglich sein musste, aber was glaubte sie denn, wie *ihm* zumute war? Er konnte Gunilla schließlich nicht wie Abfall behandeln, nur weil sie beschlossen hatte, sich von ihm zu trennen! Jeder, auch Linda, musste doch erkennen, dass Gunilla mit den Nerven restlos am Ende war! Wenn sie auch sonst nichts mehr von ihm erwarten konnte – sein Mitgefühl hatte sie allemal verdient, schließlich ging es um ihren Vater, und er wusste genau, wie sehr sie an diesem alten Brummbären hing. Selbstverständlich würde er bald über seine Beziehung zu ihrer Schwester mit ihr reden müssen, das war ein Gebot des Anstands, und er wollte auf keinen Fall, dass es ihr von dritter Seite zugetragen wurde. Vermutlich wusste es sowieso schon alle Welt, zumindest Greta und Frida ahnten, was im Gange war. Bald würde es ohnehin offiziell sein, er war kein Mensch für Heimlichkeiten. Sobald sie mit diesem Nils alles geklärt hatte, stand ihnen beiden nichts mehr im Wege.

Henrik hätte das alles nur zu gern beschleunigt, doch er sagte sich, dass er ihr die Ruhe und die Zeit einräumen musste, ihre Angelegenheiten in Göteborg in Ordnung zu bringen, so wie er selbst es sich ebenfalls zugestand, erst dann mit Gunilla über die geänderten Verhältnisse zu reden, wenn ihr Schock über Lennarts Schlaganfall ein wenig abgeklungen war.

Henrik tigerte im Salon auf und ab, plötzlich bis ins Mark getroffen von der erschreckenden Vorstellung, dass Linda womöglich gar nicht vorhatte, ihre Verlobung zu lösen. Seit Gunillas Auftauchen hatte sie extrem abweisend auf ihn reagiert, und auch das Ende ihrer Unterhaltung in der Hütte heute Morgen war nicht gerade dazu angetan, seine Zuversicht zu fördern.

Er hielt es nicht mehr aus. Das Beste war, er lenkte sich mit Arbeit ab. Das hatte bisher noch jedes Mal funktioniert. Immer zwei Stufen auf einmal nehmend, rannte er nach oben, um seine Jacke zu holen.

Einen Augenblick blieb er in seinem und Gunillas Wohnzimmer stehen und betrachtete die Einrichtung, als sähe er sie zum ersten Mal. Die hellen Wände, der weiße, deckenhohe Email-Ofen, das elegante Mobiliar. Vorher hatte er sich nie Gedanken darüber gemacht, warum diese Räume nie wirklich wohnlich auf ihn gewirkt hatten. Dabei war das Ambiente, was Komfort und Geschmack betraf, kaum zu überbieten. Alles war sorgsam ausgewählt und aufeinander abgestimmt, in Farbe, Form und Funktion. Dennoch erschien es ihm wenig anheimelnd, beinahe sogar ein wenig kalt.

Vielleicht lag es daran, dass Gunilla alles ausgesucht hatte. Er hatte damals genug damit zu tun gehabt, sich in seinen Job in der Werft einzuarbeiten, und sie hatte sich um die Möbel und das ganze andere Drum und Dran gekümmert.

Es war an der Zeit, alles hinter sich zu lassen. Die Aussicht auf einen Neuanfang erfüllte ihn mit einer gewissen nervösen Vorfreude, doch weit größer war im Augenblick die Anspannung wegen Lindas plötzlichem Verschwinden und seine Unsicherheit über ihre Zukunftspläne. Am besten verzog er sich so rasch wie möglich mit seinem Laptop in die Werft und sah zu, dass er mit seinem neuen Entwurf weiterkam, das würde ihn auf andere Gedanken bringen.

Er klemmte sich die Jacke unter den Arm und eilte aus dem Zimmer – und lief vor der Tür beinahe in Gunilla hinein. Sie hatte sich bereits zum Schlafengehen fertig gemacht. Das Haar fiel ihr offen auf die Schultern, und sie trug ein hauchzartes Nichts von Negligé unter ihrem seidenen Morgenmantel.

»Ich kann heute Nacht nicht allein sein, Henrik.« Sie war blass, ihr Gesicht versteinert vor Verzweiflung. »Nicht im Gästezimmer.«

»Du kannst hier schlafen.« Er wies hinter sich.

»Und du?«

»Ich kann sowieso nicht schlafen. Ich fahre noch in die Werft.«

Er wollte an ihr vorbeigehen, doch sie hielt ihn am Arm fest. »Lass mich nicht allein, Henrik!«

Befremdet blickte er auf ihre Hand, die sich in seinem Ärmel verkrallt hatte. »Ich bitte dich, Gunilla. Was soll denn das?«

Sie ließ ihn nicht los, sondern rückte näher an ihn heran und fuhr mit der freien Hand über seine Brust. Die Wolle seines Pullovers knisterte unter ihren Fingerspitzen. »Vielleicht ist es ein Wink des Schicksals«, raunte sie mit gesenkten Blicken.

»Was?«

»Dass Papas Krankheit mich zurückgeholt hat.«

Er wusste nicht, was er davon halten sollte. Der Schlaganfall ihres Vaters war ebenso wenig der Grund für ihre Rückkehr wie diese allzu plötzlich neu erwachte Sympathie für ihren Ehemann. Natürlich interessierte ihn ihr wirkliches Motiv, doch im Moment war ihm nicht danach, mit ihr darüber zu reden, zumal sich dadurch an der zwischen ihnen beiden bestehenden Situation sowieso nichts ändern würde. Was immer sie ihm zu erzählen wünschte, es hatte Zeit bis morgen. Im Augenblick wollte er seine Ruhe, sonst nichts.

»Es ist spät, Gunilla. Geh schlafen. Wir sehen uns morgen.« Bei seinen letzten Worten war er bereits auf der Treppe. Als er weiter unten noch einen Blick zurückwarf, sah er, dass sie oben stehen geblieben war und ihm grübelnd hinterherstarrte.

*

Der Vollmond stand wie die große gelbe Scheibe am Himmel und tauchte die Umgebung der Hütte in ein unwirklich bleiches Licht. Henrik hatte in seinem Büro eine Weile über dem neuen Entwurf gebrütet, doch seine Gedanken hatten sich alle paar Minuten verselbstständigt, bis er schließlich kurz entschlossen hier rausgefahren war. Wenn er schon nicht arbeiten konnte, würde er wenigstens versuchen, zu schlafen.

Der Schlüssel war nicht an der gewohnten Stelle, und zu seiner Verwunderung ließ sich die Tür öffnen, obwohl er sicher war, dass er heute Morgen abgeschlossen und den Schlüssel wie immer auf dem Sims über dem Fenster deponiert hatte.

Dann knipste er das Licht an und sah Linda vom Sofa hochfahren, das Haar vom Schlafen zerzaust, die Augen erschrocken gegen die plötzliche Helligkeit zusammengekniffen.

»Tut mir Leid«, sagte er, obwohl er kein bisschen Reue fühlte. Stattdessen war er von maßloser, schon beinahe lächerlicher Erleichterung und unbändiger Freude erfüllt. Sie war gar nicht weg! Mit zwei Schritten war er beim Sofa und ging neben ihr in die Hocke, bis er ihr direkt in die Augen sehen konnte. »Ich dachte nicht, dass du hier bist«, sagte er leise.

»Ich konnte nicht in dem Haus bleiben, wo du und Gunilla …«

»Ich auch nicht«, unterbrach er sie.

Mit dem nächsten Atemzug presste er seinen Mund auf ihre Lippen und legte die Arme um ihren Körper, um sie näher an sich heranzuziehen. Ihre Hände glitten sanft über seine Wangen, während sie sich begierig seinem Kuss entgegenwölbte.

Nach einer Weile hob er schwer atmend den Kopf. »Lass uns weggehen. Nur wir beide. Wir lassen alles einfach hinter uns!«

»Auf keinen Fall«, sagte sie sofort. »Das mache ich nicht noch einmal. Manche Dinge muss man klären. Und wenn nötig, muss man kämpfen.«

Er runzelte die Stirn. »Und was ist mit Nils?«

Ein entschlossener Ausdruck trat auf ihr Gesicht. »Ich werde es ihm sagen. Sobald es Papa besser geht, fahre ich nach Göteborg und rede mit ihm.«

Er suchte ihren Blick und fand in ihren Augen endlich das, was er die ganze Zeit so herbeigesehnt hatte: das Versprechen einer gemeinsamen Zukunft. Als er sie diesmal in die Arme nahm, gab es keine Unsicherheiten, keine Fragen, kein Zögern. Nur das unumstößliche Wissen, dass alles gut werden würde.

*

Diesmal war es kein Geräusch, von dem sie wach wurde, sondern das Sonnenlicht, das in strahlenden Bahnen in den Raum flutete und sie um ein Haar zum Niesen gebracht hätte. Verschlafen kämpfte sie sich zwischen den Kissen hervor und schaute direkt in sein Gesicht. Sein Mund stand leicht offen, und seine Wimpern flatterten, als hätte er die Bewegung neben sich unbewusst wahrgenommen. Sein Atem veränderte sich ein wenig und wurde schneller, um sich kurz darauf zu beruhigen, bis er wieder in langsamen, tiefen Zügen kam.

Linda betrachte die klaren Linien seines Gesichts, das viel jünger wirkte, wenn es, so wie jetzt, im Schlaf entspannt war. Sie hätte eine Ewigkeit einfach so da liegen und ihn anschauen mögen, in dem Bewusstsein, dass es von nun an jeden Tag so sein würde, für den Rest ihres Lebens.

Doch zuerst musste sie etwas anderes tun. Der Entschluss war noch in der Nacht kurz vorm Einschlafen in ihr gereift. Sie hatte mit Henrik darüber sprechen wollen, doch er war praktisch von einer Sekunde auf die nächste in einen totenähnlichen Schlaf gesunken. Linda lächelte bei dem Gedanken. Sie hatte einmal irgendwo gelesen, dass alle Männer dazu neigten, nach der Liebe sofort einzuschlafen, während Frauen sich gern noch unterhielten. In diesem speziellen Fall hatte Linda ihm diese genetisch vorprogrammierte Unzulänglichkeit jedoch nur zu gern nachgesehen, denn davor hatte er ihr mit einer schier unerschöpflichen Energie bewiesen, dass seine Fähigkeiten auf anderem Gebiet ganz gewiss nichts zu wünschen übrig ließen.

Immer noch lächelnd schlüpfte sie von dem ausgeklappten, aber immer noch recht engen Sofa und suchte leise ihre Kleidungsstücke zusammen. Nachdem sie sich eilig angezogen hatte, hielt sie kurz inne, um ihn erneut zu betrachten. Die rote Decke hatte sich mit seinen langen, muskulösen Gliedmaßen verheddert und hob sich leuchtend von seiner behaarten Brust ab. Linda küsste ihn sacht auf die Stirn, und als sie gleich darauf leise die Hütte verließ, war sie davon überzeugt, dass ein Tag, der mit so einem Erwachen begonnen hatte, einfach nur wundervoll werden konnte.

Ihre Euphorie hielt an und ließ auch nicht nach, als sie das Krankenhaus betrat. Man hatte ihren Vater von der Intensivstation in ein normales Zimmer verlegt, was unbedingt als gutes Zeichen zu werten war, wie ihr der Dienst habende Arzt versicherte. Allerdings, so fügte er hinzu, sei der Patient immer noch sediert, was in dem Fall besagte, dass er schlief und möglichst auch nicht geweckt werden sollte, damit die Tabletten ihre volle Wirkung entfalten konnten.

Linda schlich auf Zehenspitzen an sein Bett und streichelte vorsichtig das Gesicht ihres Vaters. Er sah wesentlich besser aus als am Vortag. In seine Wangen war ein Hauch Farbe zurückgekehrt, und seine Züge waren deutlich entspannt. Der Schlauch, mit dem man gestern noch seine Lungenfunktion unterstützt hatte, war zwischenzeitlich entfernt worden. Der Rhythmus seines Atems war ruhig und gleichmäßig, und Linda war mit einem Mal völlig sicher, dass er bald wieder ganz der Alte sein würde. Allerdings mit einem kleinen Unterschied: Künftig würde er ihre volle Unterstützung haben, ob es ihm nun behagte oder nicht. Auf keinen Fall würde sie noch einmal zulassen, dass er sich kaputtmachte.

»Keine Sorge, Papa«, wisperte sie ihm zu. »Ich kümmere mich um alles.«

Vom Krankenhaus fuhr sie direkt weiter zur Werft. Ihr Vater hatte geschlafen und vermutlich nicht gehört, was sie gesagt hatte, doch soweit es sie betraf, hatte sie ihm ein Versprechen gegeben und war entschlossen, es zu halten.

Olav nahm sie begeistert in Empfang, als sie in die große Arbeitshalle kam. Er schleppte sie auf der Stelle hinauf ins Trockendock, um ihr alles zu zeigen, was sich seit damals verändert hatte. Der beißende Geruch von Schiffslack vereinte sich mit dem Duft frischen Holzes zu einer unvergleichlichen Mischung, die Lindas Wahrnehmungen sofort auf Hochtouren laufen ließen. Mit Kennermiene betrachtete sie die gerade erst montierten Decksaufbauten einer fast fertigen Ketsch und bewunderte die perfekte Linienführung bei den Bullaugen und am Kajütenaufgang. Sie stellte ein paar Fragen zum Einsatz computergesteuerter Maschinen, die bei ihrem Weggang damals probeweise zur Anwendung gekommen und offenbar zwischenzeitlich beim Produktionsprozess nicht mehr wegzudenken waren. Sie hatte sich durch Lektüre entsprechender Artikel in der Fachpresse darüber informiert und war davon überzeugt, dass diese Neuerungen erst der Anfang weiterer Automatisierungen war.

»Du weißt genauso gut Bescheid wie damals«, sagte Olav strahlend. »Ich habe nie verstanden, wieso du überhaupt weggegangen bist, Mädchen!«

Im Augenblick verstand sie es selbst nicht so ganz, doch über die genauen Hintergründe konnte sie natürlich nicht mit Olav debattieren. Folglich behalf sie sich mit Ausflüchten.

»Du weißt doch, wie das ist«, behauptete sie. »Man muss einfach mal raus, was anderes sehen.«

Unter hoch gezogenen Brauen warf er ihr einen skeptischen Blick zu. »Und jetzt hast du genug gesehen und festgestellt, wo dein Platz wirklich ist, ja?«

Sie zuckte die Achseln. »Meinst du nicht, dass es viele Plätze gibt, wo man leben kann?«

»Mag sein. Aber es gibt nur einen, der auch der richtige ist.«

»Vielleicht hast du Recht«, sagte sie leise.

Olav nickte zufrieden. » Du bist die Tochter deines Vaters und gehörst hierher. Es wäre ein Jammer gewesen, wenn du nicht zurückgekommen wärst. Du hättest dir das nie verziehen.« Er nahm ihre Hand und drückte sie aufmunternd. »Und jetzt komm mit, ich zeige dir mein Meisterstück.«

*

Als Henrik an diesem Morgen das Sommerhaus verließ, war er voller Zukunftspläne. Er konnte sich nicht erinnern, wann er sich zuletzt so energiegeladen gefühlt hatte. Es musste Jahre her sein.

Auch die Natur schien heute mehr als sonst zu strahlen, die Welt um ihn herum war herrlich bunt. Die Sonne ließ die Büsche auf dem Hang unterhalb der Terrasse in flammenden Herbstfarben leuchten, und das Wasser in der Bucht war so flirrend blau wie geschmolzene Saphire.

Pfeifend ging er über die Terrasse und deponierte den Schlüssel an der gewohnten Stelle. Eine Sekunde später war es indessen schlagartig um seine blendende Laune geschehen, denn als er sich umdrehte, fand er sich plötzlich Auge in Auge mit Gunilla wieder.

»*Hej*«, sagte sie. »Ich habe in der Werft angerufen, aber da warst du nicht. Da dachte ich mir, dass du hier bist.« Sie trug einen eleganten, halblangen schwarzen Mantel und dazu einen edlen weißen Seidenschal. Das Haar hatte sie aufgesteckt und ein leichtes Make-up aufgelegt. Wie immer war sie makellos schön.

Das alles nahm Henrik seltsam unbewegt zur Kenntnis. Früher einmal hatte ihn ihr perfektes Äußeres begeistert, doch heute konnten ihn nur noch große, seegrüne Augen und ein breiter, lachender Mund aus der Ruhe bringen.

»Ich bin gerade auf dem Weg zur Werft«, sagte er höflich. »Was ist los, es ist doch nichts mit deinem Vater?«

»Nein, ich habe dort angerufen, er hatte eine ruhige Nacht.«

Er nickte und machte Anstalten, an ihr vorbeizugehen und den Hang hinabzusteigen, als sie ihm in den Weg trat und bittend zu ihm aufschaute. »Warte, Henrik. Ich muss dir etwas sagen.«

Leicht entnervt blieb er stehen und schaute sie abwartend an. Er war nicht in der Stimmung für längere Unterhaltungen.

»Ich glaube, es war ein Fehler, dich zu verlassen«, begann sie zögernd. »Und was Papa betrifft, gilt das natürlich auch. Vielleicht habe ich einfach nicht genug nachgedacht.«

Henrik schob die Hände in die Hosentaschen. Ein ungutes Gefühl beschlich ihn. »Was willst du damit sagen?«

Sie trat näher und blieb dicht vor ihm stehen. Ihre Hand stahl sich zwischen die Aufschläge seiner Jacke und glitt über seine Brust. »Ich komme zurück, Henrik.«

Völlig perplex starrte er sie an, während sie sich an ihn drängte und ihn umarmte. »Bitte verzeih mir«, flehte sie. »Ich habe mich idiotisch benommen!«

Henrik hielt ihre Hände fest und schob sie brüsk von sich. »Wie stellst du dir das vor?«, fuhr er sie an. »Dass ich das alles einfach so mitmache?« Eindringlich sah er sie an. »Gunilla, wir haben uns nicht nur aus einer Laune heraus getrennt!«

Er war bereits im Begriff, zu gehen, als ihre Stimme ihn erneut zurückhielt. »Aber wenn ich gewusst hätte, was ich jetzt weiß …« Es klang seidenweich und lockend.

Heftige Abneigung stieg in ihm auf, als er sich zu ihr umwandte. »Kannst du vielleicht ein bisschen deutlicher werden?«, sagte er barsch.

»Ich bin schwanger.«

Es war wie ein Fausthieb ins Gesicht. Er prallte unmerklich zurück und versuchte vergeblich, der Übelkeit Herr zu werden, die ihm plötzlich den Atem abschnürte.

»Du bekommst ein Kind?«, stieß er hervor. Benommen schüttelte er den Kopf. »Und ich soll der Vater sein?«

Sie lächelte ihn strahlend an. »Natürlich bist du der Vater!« Mit zwei Schritten war sie abermals bei ihm und schaute mit glänzenden Augen zu ihm auf. »Mein Gott, freu dich doch, Henrik! Du hast dir doch genau das schon so lange gewünscht!«

Misstrauen keimte in ihm auf und ließ den Schock über die unvermutete Neuigkeit in den Hintergrund treten. »Woher willst du wissen, dass nicht John Borman der Vater ist?«

Sie wirkte erstaunt. »Ich kann rechnen, Henrik. Es kommt nur einer als Vater infrage. Du.«

*

Als er wenig später sein Büro betrat, herrschte in seinem Verstand immer noch das blanke Chaos, er war nicht in der Lage, einen klaren Gedanken zu fassen.

Er hatte kaum die Tür hinter sich ins Schloss gezogen, als ihm der nächste Schreck in die Glieder fuhr. Der Arbeitssessel hinter seinem Schreibtisch schwang herum, und darin saß ausgerechnet Linda.

»*Hej!*« Glücklich lachend sprang sie auf und kam ihm mit großen Schritten entgegen. Er versuchte, sich seine Panik nicht anmerken zu lassen, während er auf sie zuging. Sie hatte neben dem großen Schiffsmodell auf seinem Arbeitstisch eine der neueren Zeichnungen ausgerollt und deutete auf ein technisches Detail. »Das sieht toll aus! Ich habe nur ein paar Fragen dazu. Ist der Führerstand nicht ein wenig zu eng?« Eifrig trat sie zurück und deutete auf eine weitere Zeichnung, die auf dem Reißbrett neben dem Fenster befestigt war. »Und welche Materialien hast du für die Böden unter Deck vorgesehen?«

Rabenschwarze Verzweiflung stieg in ihm auf, als er ihr fröhliches, argloses Gesicht sah. »Linda, ich muss mit dir reden!«

»Nicht nötig.« Lächelnd umfing sie ihn mit beiden Armen und drückte ihn an sich. Ihre Lippen fanden seinen Mund zu einem kurzen, aber intensiven Kuss. »Ich werde diesmal Nägel mit Köpfen machen«, verkündete sie. »Ich habe mich entschieden, in die Werft zurückzukommen. Ich lasse mir von Papa die Geschäftsleitung übertragen. Und dann rede ich mit Nils.«

Henrik hatte geglaubt, dass die ganze Situation schon verfahren genug sei, aber als im nächsten Moment die Tür aufging und Gunilla hereinspaziert kam, wurde ihm klar, dass es noch schlimmer werden würde.

»*Hej*, Linda. Was machst du denn hier?«

»Und du?«, fragte Linda.

»Ich komme wieder zurück. Ich werde Papa in so einer Situation nicht im Stich lassen.«

»Nein, das ist nicht nötig«, widersprach Linda hastig. »Mach dir keine Sorgen, fahr nach London! Ich kümmere mich hier um alles.«

»Das ist nett von dir, Linda, doch völlig überflüssig.«

Henrik hätte gern irgendetwas unternommen, um diesen grotesken Zustand zu beenden, doch er hatte nicht die geringste Ahnung, wie er den Lauf des Schicksals aufhalten sollte. In Lindas Augen erkannte er Erstaunen, Widerwillen und eine Spur von Furcht, und sie rang sichtlich um Fassung, als Gunilla sich bei ihm einhängte und in vergnügtem Tonfall hinzufügte: »Gott sei Dank habe ich begriffen, was wirklich wichtig ist. Meine Familie, mein Mann …« Sie blickte lächelnd zu Henrik auf, bevor sie sich auf die Zehenspitzen stellte und ihn auf die Wange küsste. »Und unser Baby.«

Erschüttert sah Henrik, wie Linda zusammenfuhr und sich mit zitternden Lippen wegdrehte. Dann wandte sie sich wieder zu ihm um und starrte ihn mit weit aufgerissenen Augen an. Henrik wollte etwas sagen, doch er brachte keinen Ton heraus. Gunilla hatte dieses Problem nicht. »Du kannst uns gratulieren, Linda, wir bekommen tatsächlich ein Kind«, sagte sie in aufgeräumtem Plauderton, während sie den Raum durchquerte und vor Linda stehen blieb. »Und Papa sein erstes Enkelkind! Glaub mir, eine bessere Medizin gibt es nicht für ihn.« Lässig ging sie um den Schreibtisch herum und ließ sich in Henriks Arbeitssessel fallen. »Ich werde Papas Nachfolge in der Werft antreten. Du kannst in aller Ruhe in dein Leben zurückkehren.« Beschwingt drehte sie den Sessel von einer Seite zur anderen. »Und in ein paar Wochen sehen wir uns alle bei deiner Hochzeit.«

Linda hatte beide Hände auf ihren Magen gepresst. Ihr Gesicht war völlig blutleer. »Ich muss hier raus«, murmelte sie kaum hörbar.

Halb stolpernd, halb rennend flüchtete sie zur Tür, die eine Sekunde später krachend hinter ihr ins Schloss fiel.

Gunilla hob die Brauen. »Sag mal, was ist denn bloß mit ihr los?«

Heiße Wut brandete in ihm auf. »Das fragst du noch? Kannst du dir das nicht denken?« Mit riesigen Schritten eilte er zu seinem Schreibtisch, packte den Stuhl bei den Lehnen und schwenkte ihn mit einem Ruck zu sich herum. »Du kommst und gehst, wie es dir gefällt«, presste er zwischen zusammengebissenen Zähnen hervor. »Du wirfst ihr

Leben durcheinander und unser aller Leben gleich dazu – aber das scheint dich überhaupt nicht zu interessieren!«

Ihr Gesicht verschloss sich, während sie sich unter seinem Arm wegduckte und aufstand. »Was hat Lindas Leben mit meinen Entscheidungen zu tun?«

»Sie hat gerade eben beschlossen, in die Firma zurückzukommen!«

»Das glaubst du doch selbst nicht. Sie behauptet es vielleicht jetzt, aber wenn es ernst wird, ist sie genauso schnell wieder weg wie damals.«

»Du kennst deine Schwester sehr schlecht«, entfuhr es ihm.

Sie warf ihm einen schnippischen Blick zu, und voller Entsetzen wurde Henrik gewahr, dass seine Hände zitterten, so sehr verlangte es ihn plötzlich danach, sie zu ohrfeigen. Hastig verschränkte er die Arme vor der Brust, während er mit düsteren Blicken verfolgte, wie sie zur Tür ging.

*

Tränenblind stürmte Linda aus der großen Halle, nur noch von dem Wunsch beseelt, so schnell wie möglich von hier zu verschwinden.

Hass stieg in ihr auf, als sie Gunillas Stimme hinter sich hörte.

»Linda, warte!«

Sie blieb nicht stehen, sondern beschleunigte ihre Schritte. Alles, was sie jetzt noch zu ihrem Unglück brauchte, war eine Unterhaltung mit Gunilla. Hastig wich sie ein paar Arbeitern aus, die gerade einen Großmast auf einen Hänger hievten. Im selben Moment schloss Gunilla zu ihr auf. »Linda, tut mir Leid, ich wusste doch nicht, was du vorhast!«

Linda lief weiter und starrte stur geradeaus. »Was ist eigentlich los mit dir?« Ihre Stimme war wutverzerrt. »Gestern wolltest du in London leben, mit deiner großen Liebe! Heute gründest du eine Familie und willst wieder in der Firma arbeiten!«

Gunilla blieb beharrlich an ihrer Seite. Ihre hohen Absätze hallten auf dem Asphalt des Hallenvorplatzes, während sie versuchte, mit Linda Schritt zu halten. »Ich verstehe dich nicht! *Du* hast mir vorgeworfen, dass ich alles stehen und liegen lasse! Und jetzt sehe ich ein, dass es ein Fehler war, und komme zurück – aber das passt dir auch nicht!«

Linda warf die Hände in die Luft. »Ich weiß nicht, was das alles soll! Du hast mir erklärt, dass du den Job in der Werft nicht mehr willst. Du hast mir erklärt, dass du Henrik nicht mehr liebst. Du wolltest *weggehen*!«

»Sag mal, wieso regst du dich eigentlich so auf?«, wollte Gunilla erbost wissen. »Im Prinzip geht dich das Ganze überhaupt nichts an!«

Linda blieb stehen und fuhr ruckartig zu ihrer Schwester herum. »Du trampelst im Leben anderer Menschen herum!«, schrie sie mit schwankender Stimme. »Du hast keine Ahnung, welchen Schaden du damit anrichtest!« Mühsam holte sie Luft und setzte etwas leiser hinzu: »Hast du eigentlich Henrik mal gefragt, was er von deinem plötzlichen Meinungsumschwung hält?«

»Henrik?«, wiederholte Gunilla sichtlich irritiert. »Was kümmert dich denn Henrik?«

»Was er mich kümmert?« Linda lachte hohl. Ihr war entsetzlich übel, und sie hätte sich gern hingesetzt und den Kopf zwischen die Knie gelegt, bis es aufhörte. Doch das musste bis später warten. Zuerst musste sie dies hier zu Ende bringen. Sie holte tief Luft.

»Mein Gott, Gunilla. Ich liebe Henrik!« Jetzt war es draußen. Warum auch nicht. Heute war anscheinend der Tag der großen Wahrheiten. Zu dumm nur, dass sie selbst diejenige war, die damit herausrücken musste, nachdem Henrik es offenbar nicht über sich gebracht hatte, seine schwangere Frau damit zu schocken.

Linda schaute ihrer Schwester in die Augen, bevor sie bitter fortfuhr: »Ich habe ihn immer geliebt. Deswegen bin ich auch damals weggegangen. Ich konnte es einfach nicht ertragen, ihn mit dir zusammen zu sehen.«

Gunillas Gesicht war mit einem Mal kalt und starr wie Marmor. »So ist das«, sagte sie in seltsam unbeteiligtem Tonfall. »Du dachtest also, wenn ich nach London gehe, hast du endlich freie Bahn bei ihm, ja?«

Sie wandte sich ab und ging ein paar Schritte weg. »Tut mir Leid für dich, Linda. Henrik und ich, wir gehören zusammen. Durch das Baby mehr denn je. Wir hatten nur ... eine kleine Krise. Aber jetzt werden wir eine glückliche Familie sein.«

Linda konnte den Anblick ihrer Schwester keine Sekunde länger ertragen. »Ich wünsche euch viel Glück«, sagte sie. Anschließend ging sie so schnell sie konnte davon.

*

Linda legte die Strecke nach Göteborg im Rekordtempo zurück, teilweise ein riskantes Unterfangen, weil sie vor lauter Tränen während der Fahrt manchmal die Straße nicht richtig sehen konnte. Sie stellte den Wagen vor dem Apartmenthaus ab und prüfte kurz im Innenspiegel, ob sie sich in dieser Verfassung überhaupt unter Menschen trauen konnte. Ihre Augen waren rot und geschwollen, doch wenn man nicht zu genau hinschaute, würde es gehen. Nils war sowieso nicht zu Hause, sie hatte ihn während der Fahrt noch angerufen und ihm mitgeteilt, dass sie auf dem Heimweg war. Er hatte versprochen, früher von der Arbeit heimzukommen, wann immer das sein mochte. Die nächsten ein, zwei Stunden würde sie sicherlich noch ihre Ruhe haben, Zeit genug, sich ein wenig abzuregen und sich mit kalten Augenkompressen oder Make-up optisch wieder auf Vordermann zu bringen.

Dumpf überlegte sie, dass sie eigentlich froh sein könnte, ihren Job im Museum noch zu haben. Um ein Haar hätte sie heute Früh dort angerufen und gekündigt, und sie hatte es nur deswegen nicht getan, weil die ersten Schritte in ihr neues Leben so aufregend gewesen waren.

Fast hätte sie laut aufgelacht, als sie daran dachte, wie unglaublich naiv sie doch gewesen war. Die große Liebe gab es nicht, egal wie sehr sie daran hatte glauben wollen. Letztlich tat ja doch jeder das, was gerade am besten passte, Gefühle hin oder her.

Erschöpft schloss sie die Wohnungstür auf und betrat die kleine Diele. Einen Moment blickte sie sich um, merkwürdig desorientiert und mit dem sicheren Gefühl, überhaupt nicht hierher zu gehören.

Seltsam berührt stellte sie ihre Tasche ab und ging hinter die Küchentheke, um sich ein Glas Wasser einzuschenken.

Dann sah sie das Paket auf dem Tisch liegen, groß, weiß und mit einer dekorativen roten Schleife verziert.

Zögernd stellte sie das Glas ab und ging zur Sitzgruppe, wo sie sich langsam auf das Sofa sinken ließ und den Deckel der Pappschachtel öffnete.

Cremefarbener, perlenverzierter Tüll blitzte zwischen mehreren Lagen Seidenpapier hervor und erinnerte sie an etwas, das sie vollkommen vergessen hatte. Ihre eigene Hochzeit, die in weniger als drei Wochen stattfinden sollte.

*

Lennart blickte überrascht von seinem Buch auf, als seine älteste Tochter das Krankenhauszimmer betrat.

Gunilla eilte auf ihn zu, beugte sich über ihn und küsste ihn auf die Stirn. »*Hej*, Papa! Wie geht es dir?« Rasch schlüpfte sie aus ihrem Mantel und legte ihn zur Seite, während Lennart sie perplex musterte.

»Was machst du denn hier? Ich dachte, du bist schon in London!«

Sie zog sich einen Stuhl ans Bett und setzte sich. »Ich muss dir was sagen, Papa.« Sie verschränkte die Hände im Schoß und blickte ihn ernst an. »Ich bleibe hier.«

Lennart verstand die Welt nicht mehr. »Und was ist mit John Borman?«

Gunilla senkte den Kopf. »Ich habe nachgedacht. Ich denke, ich werde hier mehr gebraucht als in London.«

Seine Augen hatten sich misstrauisch verengt. »Was ist denn das plötzlich? Familiengefühl? Verantwortungsbewusstsein?«

Sie schob das Kinn vor. »Sei nicht so knurrig«, meinte sie tadelnd. »Ja, wahrscheinlich ist es Familiengefühl. Du brauchst mich in der Werft. Das ist das eine.« Sie hielt inne, während sich ein Lächeln in ihre Mundwinkel stahl. »Aber vor allem möchte ich, dass mein Kind in deiner Nähe aufwächst.«

Er glaubte zuerst, sie nicht richtig verstanden zu haben, aber als im nächsten Augenblick ein strahlendes Grinsen über ihr Gesicht ging, wusste er, dass sein Gehör nichts zu wünschen übrig ließ.

»Soll … soll das heißen, du bist …« Er stockte, weil ihm die Stimme versagte. Gunilla beendete den Satz für ihn. »Ja, das soll es heißen. Du wirst einen Enkel bekommen!«

Lennart merkte, dass ihm Tränen in die Augen schossen. Plötzlich fühlte er sich von einer machtvollen, herrlichen Energie durchflutet. Ein Kind! Er würde Großvater werden! Und Gunilla würde hier bleiben! Impulsiv ergriff er ihre Hand und drückte sie gegen seine Lippen. »Das ist ja wunderbar!«, brachte er stammelnd hervor. »Ich freue mich!« Halb lachend, halb weinend fügte er hinzu: »Ich werde einen Enkel haben, was für eine wunderbare Aussicht!«

Gunilla lachte befreit auf und küsste ihn auf die Wange, während er ihre Hand fest in seiner behielt, die überschäumende Freude und den Frieden genießend, der ihn mit einem Mal erfüllte.

Einen Augenblick hatte er den merkwürdigen Eindruck, so etwas wie Verlegenheit oder einen Hauch von schlechtem Gewissen über ihr Gesicht huschen zu sehen, doch das war natürlich eine Täuschung. Bewegt schaute er sie an. »Du hättest mir keine schönere Nachricht bringen können!«

*

Henrik stand an der Mole und starrte ins Wasser, die Ellbogen auf das Geländer gestützt und ohne die Absicht, allzu bald wieder nach Hause zurückzukehren. Innerlich zerrissen von Gefühlen, die er nicht richtig einordnen konnte, fragte er sich, ob es überhaupt einen Weg aus diesem Dilemma gab. Falls ja, hatte er keine Ahnung, wie er ihn finden sollte.

Er blickte auf, als er jemanden näher kommen hörte. Es

war Greta, die mit dem Fahrrad unterwegs war. Sie kam über die Mole gefahren und lächelte, als sie ihn erkannte. Henrik hätte sich am liebsten in Luft aufgelöst. Die Vorstellung, jetzt auch noch freundliche Konversation betreiben zu müssen, schreckte ihn zutiefst. Wenn ihm überhaupt noch irgendetwas half, dann war es das Alleinsein.

Doch Greta schien es auf ein Schwätzchen abgesehen zu haben. Sie bremste und stieg vom Rad. »Na, wie ein glücklicher werdender Vater siehst du aber nicht gerade aus!«

Na toll, dachte er griesgrämig. Sie wusste es also auch schon.

»Ich komme gerade aus dem Krankenhaus«, fügte sie erklärend hinzu. »Lennart ist völlig aus dem Häuschen wegen eures Kindes. Herzlichen Glückwunsch übrigens.«

Er nickte flüchtig. »Danke.«

Forschend schaute sie ihn an. »Dann ist also jetzt alles in Ordnung?« Als er nicht antwortete, fuhr sie fort: »Lennart hat eine Nachfolgerin, und du wirst dein Kind bekommen. Wie du es dir immer gewünscht hast.«

Verdammt noch mal, ja!, dachte er wutentbrannt. Er hatte es sich gewünscht! Aber nicht so und vor allem nicht mehr in dieser Situation!

Greta schien es sich zum Anliegen gemacht zu haben, Salz in seine Wunden zu streuen. »Es ist doch das, was du willst, oder?«

Gereizt zuckte er die Schultern. »Ich habe mir immer ein Kind gewünscht, das ist wahr.« Entschlossen setzte er hinzu: »Und ich freue mich darauf.«

»Aber?«

»Nichts aber«, behauptete er. »Unser Kind wird in einer glücklichen Familie aufwachsen.« Er merkte selbst, wie falsch seine Worte klangen. Lügen war noch nie seine Stärke gewesen.

»Und wie soll das gehen?« Greta musterte ihn interessiert. »Wie soll aus lauter unglücklichen Leuten eine glückliche Familie werden?« Als er nichts erwiderte, fuhr sie drängend fort: »Glaubst du denn, ein Kind spürt so etwas nicht?«

»Was willst du von mir?«, fuhr er auf. »Soll ich etwa meine schwangere Frau verlassen?«

»Wenn es so das Beste ist – ja«, sagte sie ruhig.

»Woher willst du wissen, was das Beste ist?«

Er schaute sie ärgerlich an, doch sie hielt seinem Blick gelassen stand. »Auf jeden Fall weiß ich, was das Schlechteste ist: sich gegen das Herz zu entscheiden.« Sie blickte hinaus auf die gekräuselte Wasseroberfläche. »Soweit ich das sehe, seid ihr im Moment alle dabei, euch gegen euer Herz zu entscheiden. So etwas kann nicht gut gehen.«

Henrik starrte sie an, während er stumm ihren Worten nachlauschte. Plötzlich merkte er, wie etwas in ihm aufbrach und machtvoll an die Oberfläche seines Bewusstseins drängte. Und dann begriff er es plötzlich. Mit einem Mal war alles ganz klar und einfach. Der Weg, nach dem er so verzweifelt gesucht hatte, lag offen und überschaubar vor ihm.

Er legte der Ärztin seine Hand auf die Schulter. »Danke!«, sagte er leise. Dann eilte er mit großen Schritten über die Mole zu seinem Wagen.

*

Es war schon ein Fehler gewesen, überhaupt die Schachtel zu öffnen, aber eine noch viel größere Dummheit war es, das Kleid überzustreifen und sich damit vor den Spiegel zu stellen. Linda brach in Tränen aus, als sie sich sah. War es nicht das, was sie sich immer gewünscht hatte? Ein wunderschöner Traum aus Seide, Spitze und Tüll? Niedergeschmettert sank sie auf den Boden, beide Hände vor das Gesicht geschlagen. Falsch!, schrie es in ihr. Es war alles so entsetzlich falsch! Nicht nur, was sie schon getan hatte, sondern vor allem, was sie noch tun wollte!

Erschrocken fuhr sie hoch, als sie hörte, wie die Wohnungstür sich öffnete. Nur ein paar Augenblicke später stand Nils mitten im Raum, kaum genug Zeit für Linda, sich hastig über die Augen zu wischen, damit er ihre Tränen nicht sah.

Natürlich merkte er trotzdem, dass sie geweint hatte, ein rascher Blick in den Spiegel überzeugte sie davon, dass ihr Gesicht immer noch – oder schon wieder – völlig verschwollen war. Statt sich eine Kompresse aufzulegen, hatte sie ja unbedingt eine Brautmodenschau machen müssen! Davon abgesehen war er wesentlich früher aus dem Büro zurück, als sie erwartet hatte.

»Linda, was ist denn?« Er kam zögernd näher, überrascht, sie in dieser Aufmachung anzutreffen, und ganz offensichtlich bestürzt wegen ihrer Tränen.

Linda zwang sich zu einem Lächeln. »Nichts, ist schon gut.« Hastig fügte sie hinzu: »Es bringt Unglück, wenn der Bräutigam die Braut vor der Hochzeit sieht.«

»Nicht, wenn die Braut so süß aussieht«, widersprach Nils galant. Besorgt ging er neben ihr die Hocke. »Warum weinst du? Ist was mit deinem Vater?«

»Ach wo.« Sie ließ sich von ihm hochziehen und versuchte, die Situation mit Selbstironie zu entschärfen. »Ich war bloß gerührt, als ich mich im Spiegel gesehen habe. Linda, die Braut ....« Geziert drehte sie sich unter seinem erhobenen Arm durch wie eine Ballerina, doch er hatte sie bereits losgelassen, um sein Jackett abzustreifen.

»Ich muss mich noch umziehen, eigentlich bin ich nur auf einen Sprung hier, weil ich noch zu einer Besprechung mit dem Staatsanwalt muss.« Er legte sein Sakko über den Stuhl vor seinem Schreibtisch, dann löste er seine Krawatte. »Ich habe übrigens noch einmal über unsere Hochzeitsreise nachgedacht. Willst du immer noch auf die Malediven? Ich könnte mich drei Wochen freimachen!« Er lächelte Linda Beifall heischend an.

Sie blieb stehen, wo sie war. Von einem plötzlichen Frösteln erfüllt, schlang sie beide Arme um sich. »Ich weiß nicht ...« Sie stockte, und ihre Stimme verhaspelte sich. »Ich weiß auf einmal überhaupt nicht mehr, ob das alles richtig ist!«

Er war ins Schlafzimmer gegangen, um sein Hemd auszuziehen. Die Hände an der Knopfleiste, drehte er sich zu ihr um und schaute sie halb verwundert, halb belustigt durch die offene Tür an. »Hallo! Was ist das denn? Bekommst du etwa Torschlusspanik?«

Linda schluckte. »Ich frage mich nur, ob das nicht alles viel zu schnell geht. Wir kennen uns doch noch gar nicht so lange. Vielleicht sollten wir noch ein bisschen warten.«

»Worauf sollen wir denn warten?« Er wirkte verärgert. »Unsere Hochzeit ist die logische Konsequenz unserer Gefühle füreinander.« Er nahm einen Pulli aus dem Schrank und zog ihn über.

»Logische Konsequenz«, wiederholte Linda beklommen. »Wie das klingt!« Als er aus dem Schlafzimmer zurück in den Wohnraum kam, folgte sie ihm, die Arme immer noch um den Körper geschlungen. »Ich weiß nicht, ob das reicht.«

»Natürlich reicht es«, sagte er selbstbewusst. Er ging hinter die Küchentheke und goss sich ein Glas Wasser ein. »Jetzt hör endlich auf zu grübeln und freu dich lieber!«

Sie straffte sich. Was tat sie eigentlich hier? Wem wollte sie denn noch länger etwas vormachen? Sich selbst vielleicht? Nein, sie musste endlich damit aufhören, schon um Nils' willen. Er hatte das nicht verdient. Wie konnte sie nur auf die Idee kommen, ihm das zuzumuten? Eine Frau zu heiraten, die sich Tag und Nacht nach einem anderen Mann verzehrte! Sie würden alle beide daran kaputtgehen, so einfach war das.

»Es geht nicht«, sagte sie leise. »Ich kann dich nicht heiraten, Nils.«

Er drehte sich zu ihr um, Erstaunen im Blick. »Ach, hör doch auf, Linda! Das ist nicht dein Ernst!«

»Doch«, sagte sie bestimmt. »Es ist mir sehr ernst. Ich würde dich nur unglücklich machen. Und mich auch.«

Er stellte mit einem Ruck sein Wasserglas auf der Anrichte ab. »Bist du verrückt geworden?«, fuhr er sie an. »Linda, es ist alles bis ins Kleinste geplant! Wir können die Hochzeit nicht mehr absagen!«

Sie hob den Kopf, entschlossen, es zu Ende zu bringen. »Ich liebe dich nicht.«

Nils zuckte wie unter einem Schlag zusammen. Er schluckte krampfhaft und suchte nach Worten, und schließlich stellte er stockend die Frage, die Linda erwartet und befürchtet hatte.

»Es … es gibt einen anderen, oder?«

»Ja«, sagte sie tonlos. Dann schüttelte sie den Kopf. »Nein, nicht wirklich. Das heißt, nicht für mich. Es ist nur so …« Sie stockte und versuchte, ihre Fassung wiederzugewinnen, um es ihm erklären zu können. »Ich würde dich nur heiraten, weil ich *ihn* nicht bekommen kann. Und das kann ich nicht machen.« Sie wandte sich ihm voll zu und schaute ihn geradeheraus an. Es zerriss ihr das Herz, sein schockiertes, verletztes Gesicht zu sehen, doch dem wollte und konnte sie nicht ausweichen. Sie erlebte hier die Konsequenzen ihres eigenen Fehlverhaltens, und wenn sie überhaupt irgendetwas tun konnte, um es zu büßen, dann nur durch ihre Bereitschaft, sich der Reaktion des Menschen, dem sie dies antat, kompromisslos zu stellen.

»Ich verstehe dich nicht«, sagte er hilflos. »Es ist doch alles in Ordnung zwischen uns. Wir lieben uns ... Wir sind gern zusammen. Wir haben tolle Zukunftspläne ...« Er brach ab.

»Nein, Nils.« Linda holte zitternd Luft. Tränen strömten über ihr Gesicht, und sie hätte gern weggeschaut, doch sie tat es nicht. »Ich würde immer nur an Henrik denken. Ich werde dich nicht heiraten.«

Er senkte den Kopf und blieb mit hängenden Schultern vor ihr stehen. Nach einigen Augenblicken wandte er sich ab und verließ schweigend die Wohnung.

*

Sie packte nur ein paar Sachen, den Rest würde sie später abholen. Der Makler hatte gesagt, dass sie die Wohnung morgen schon beziehen könne, wenn sie es eilig habe. Sie hatte es eilig, und sie war noch nie so entschlossen gewesen, endlich Ordnung in ihrem Leben zu schaffen. Sie hatte einen guten Job, und sie war gesund. Das war schon sehr viel, mehr, als manche andere Leute hatten. Vor allem aber war es ein Anfang.

Sie fühlte sich innerlich ausgehöhlt und litt wie ein Tier, doch sie wusste bei allem Schmerz, dass es weitergehen würde. Sie hatte sich schon einmal aus so einem Tal wieder nach oben gestrampelt, und das würde sie abermals schaffen. Immerhin etwas, das sie vor vier Jahren gelernt hatte.

Niederlagen waren dazu da, um sie zu überwinden und gestärkt daraus hervorzugehen.

Eins blieb noch zu tun, und sie wollte es heute erledigen, solange sie noch die Kraft dazu spürte. Sie würde dafür ein letztes Mal Nils' Wagen brauchen, obwohl es ihr widerstrebte, noch einmal damit zu fahren. Doch in spätestens zwei Stunden wäre sie wieder da und würde dann endgültig aus seinem Leben verschwinden. Dann konnten sie beide ganz von vorn anfangen und unabhängig voneinander versuchen, emotional auf die Beine zu kommen.

Unten vor dem Haus rannte sie beinahe in jemanden hinein, und als sie sah, wer es war, blieb ihr fast vor Schreck das Herz stehen.

»Henrik«, stieß sie hervor.

»Gott sei Dank! Ich hatte schon Angst, du bist auf dem Weg zum Standesamt!«

Sein kläglicher Versuch, sie mit einem Scherz zu begrüßen, kam nicht gut bei ihr an. Um einen möglichst sachlichen Gesichtsausdruck bemüht, trat sie eilig einen Schritt zurück, obwohl ihr die Knie zitterten und ihr Herz einen rasenden Trommelwirbel nach dem anderen schlug. »Was willst du hier?«

»Dich am Weglaufen hindern. Oder besser: dir sagen, dass es nur eine Richtung gibt, in die du laufen darfst. In meine.«

Sie setzte sich in Bewegung und ging an ihm vorbei, hinüber zur gegenüberliegenden Seite des Platzes, wo sie den Wagen geparkt hatte. Henrik folgte ihr auf dem Fuß, doch sie hatte nicht vor, die Unterhaltung länger als nötig auszudehnen.

»Glaubst du wirklich, ich könnte mit dir glücklich sein, wenn ich immer nur daran denken könnte, dass ich meiner Schwester den Mann wegnehme und eurem Kind den Vater?«

Sie schloss den Wagen auf und warf ihre Tasche auf den Rücksitz.

»Aber du kannst auf keinen Fall Nils heiraten!«, rief er aus. »Du liebst ihn nicht!«

»Es geht nicht um Nils«, sagte sie erschöpft. »Es geht um Gunilla. Und um euer Kind. Ich werde ihr Leben nicht zerstören. Ich kann das einfach nicht!«

»Hast du nicht gesagt, dass du nie wieder weglaufen willst?«

»Da ging es nur um uns beide«, flüsterte sie. »Jetzt geht es um euer Kind.«

Sie wandte sich ihm ein letztes Mal zu. In seinem Gesicht stand dieselbe Sehnsucht, die auch sie fühlte, und in seinen Augen las sie seine Liebe und sein Verlangen. Der Schmerz, ihn so dicht neben sich zu haben und ihn nicht berühren zu dürfen, war mehr, als sie ertragen konnte. Rasch ließ sie sich auf den Fahrersitz gleiten und schlug die Tür zu. Ein paar Sekunden später drückte sie das Gaspedal durch. Bevor sie um die Ecke bog, sah sie im Rückspiegel, dass er immer noch reglos an derselben Stelle stand und ihr mit seinen Blicken folgte.

*

Ihr Vater saß auf der Terrasse in seinem Lieblingslehnstuhl, eine Decke über den Knien. Sein Kopf war leicht vornübergeneigt, sodass sie zuerst glaubte, er schliefe. Doch als sie von hinten an den Stuhl herantrat und über seine Schulter hinweg vorsichtig das alte Buch in seinen Schoß legte, packte er es mit beiden Händen und starrte es erstaunt an.

»Der Rasmussen!«, rief er begeistert. »Greta, wo hast du es gefunden?«

»In Göteborg«, versetzte Linda trocken.

Ihr Vater fuhr zu ihr herum. »Du bist das!« Er strahlte sie an, dann betrachtete er andächtig das Buch. »Woher wusstest du, dass ich danach gesucht habe?«

»Du suchst danach, seit ich denken kann. Ich habe einem Antiquar jahrelang damit in den Ohren gelegen. Und jetzt hat er das Buch plötzlich gefunden.«

Er strich vorsichtig mit den Fingern über den ledernen Einband. Als er wieder zu ihr aufblickte, waren seine Augen feucht. »Und ich dachte immer, ich sei dir gleichgültig.«

Linda versuchte, ihre Betroffenheit nicht zu zeigen. Mit abgewandtem Gesicht zog sie einen der Stühle von der benachbarten Sitzgruppe heran und setzte sich neben ihren Vater. »Es tut mir Leid, dass ich dich enttäuscht habe, Papa. Aber ich wusste einfach keinen anderen Ausweg. Ich bin damals weggegangen, weil ...« Sie stockte, dann blickte sie auf und schaute ihrem Vater in die Augen. »Ich habe Henrik geliebt. Wenn ich hier geblieben wäre ... Ich wäre ihm von morgens bis abends begegnet. Hier im Haus, in der Werft ... Es hätte mir das Herz zerrissen.«

Lennart drehte unruhig das Buch in seinen Händen hin und her. »Glaubst du, das habe ich nicht geahnt?«, fragte er leise.

Als Linda ihn erstaunt anblickte, fuhr er mit müder Stimme fort: »Dass du dein Leben wegen einer Liebesgeschichte wegwerfen musstest ... Die Familie aufgeben, die Werft ... Das konnte ich dir nicht vergeben.«

Linda beugte sich vor und nahm seine Hände. Mit einem Mal fühlte sie sich ihm so nah wie noch nie zuvor. Ihr Entschluss, noch einmal herzukommen und reinen

Tisch mit ihm zu machen, war richtig gewesen. Sie hatte einen sauberen Neuanfang gewollt, und wie es aussah, würde sie ihn bekommen. Er war noch traurig, das ja. Aber nicht mehr verbittert. In seinen Augen konnte sie sehen, wie sehr er sie liebte. Er hatte sie niemals vergessen.

»Vielleicht kannst du mich jetzt wenigstens verstehen«, sagte sie. »Kannst du dir vorstellen, wie verzweifelt ich damals war?«

Er schaute sie an, dann irrten seine Blicke plötzlich ab. »Ja.« Seine Stimme bekam einen anderen Klang, und in seinen Augen stand eine unbestimmte Sehnsucht. »Ich habe auch einmal jemanden bis zum Wahnsinn geliebt.« Er hielt inne, in Erinnerungen versunken. Schließlich fuhr er kopfschüttelnd fort: »Ich hatte keine Wahl. Ich hätte alles zerstört. Die Familie, die Firma … Alles.« Er senkte die Blicke und schwieg. Als er nach einer Weile wieder aufschaute, sah Linda die Tränen in seinen Augen. »Also sind wir gute Freunde geworden. Und das sind wir immer noch.«

»Greta«, sagte sie.

Lennart nickte stumm.

»Du hast sie geliebt«, sagte Linda langsam und wie zu sich selbst. »Aber warum hast du dich nicht zu ihr bekannt?«

»Ich hätte deine Mutter unglücklich gemacht, und dich und Gunilla auch. Und vergiss nicht, Per war mein Geschäftspartner. Was denkst du, wäre passiert, wenn ich ihm einfach die Frau weggenommen hätte? Das wäre das Ende unserer Firma gewesen!« Lennart hielt inne, schwermütig die Blicke auf das Buch gesenkt. »Und als er vor zehn Jahren starb, war es zu spät.«

»Liebst du sie nicht mehr?«

Anstelle einer Antwort wandte er stumm das Gesicht ab.

Linda begriff sofort, wie es in ihm aussah. Mitleid erfasste sie bei dem Gedanken, was er durchgestanden haben musste.

»Du hast deine Liebe für die Familie und die Firma geopfert«, sagte sie weich.

»Ich dachte, das wäre es wert«, erwiderte er schlicht.

»Hast du deine Entscheidung je bereut?«, fragte sie impulsiv.

Er schüttelte langsam den Kopf, aber der Ausdruck in seinen Augen war nicht zu deuten. Langsam wandte er sich ihr zu und schaute sie an. »Was hast du jetzt vor?«

»Ich hatte gedacht, ich bekäme noch einmal eine Chance. Mit Henrik und dir.« Sie hielt inne und schaute auf ihre verschränkten Hände. »Es sah so aus, als würde endlich alles gut werden.«

»Aber?«

»Sie bekommen ein Kind«, antwortete sie achselzuckend. »Und ich werde das tun, was gut für mich ist.« Sie lachte auf, kurz und ironisch. »Vielleicht machen sie mich ja zur Patentante.«

Und dann kamen ihr doch noch die Tränen, obwohl sie sich geschworen hatte, heute nicht mehr zu weinen. »Ich bin froh, dass wir wieder miteinander reden können, Papa. Danke.« Sie stand auf.

Er wirkte bestürzt. »Du willst schon wieder gehen?«

»Ich komme wieder.« Sie beugte sich über ihn und küsste ihn innig auf die Wange. »Aber im Moment braucht mich hier niemand. Mach dir keine Sorgen, es ist alles gut.« Sie küsste ihn abermals und drückte fest seine Hand. Dann ging sie rasch zurück zum Wagen.

*

Sie hatte nicht vorgehabt, an der Pferdekoppel anzuhalten, doch als sie Fjäril dicht beim Gatter stehen sah, brachte sie es nicht fertig, einfach vorbeizufahren. Sie stieg aus und ging zu ihm, um ihm Lebewohl zu sagen. So bald würde sie nicht wieder hier sein, zumindest nicht in den nächsten Monaten. Ihr Vater würde sich über mangelnden Kontakt zu ihr sicher nicht beklagen können, sie hatte vor, ihn künftig bei jeder Gelegenheit anzurufen. Vielleicht konnten sie es auch so einrichten, dass sie ihn besuchte, wenn vorher feststand, dass weder Gunilla noch Henrik im Haus waren. Oder sie trafen sich bei Greta. Wie auch immer, ihr Vater würde sie nicht vermissen, dafür würde sie schon sorgen. Doch bis sie den nächsten offiziellen Familienbesuch wagen konnte, brauchte sie Zeit. Bestimmt ein halbes Jahr. Sie musste Abstand gewinnen.

Fjäril kam zum Gatter getrottet, und Linda strich ihm sanft über die Nüstern.

Dann hörte sie Schritte hinter sich und fuhr herum. Als sie Henrik sah, wurde sie von Panik erfasst. Ein Blick in sein Gesicht reichte für die verspätete Einsicht, dass sie besser doch nicht angehalten hätte. Es war schlimmer, als sie gedacht hatte, und in schonungsloser Selbsterkenntnis begriff sie, dass ein halbes Jahr bei weitem nicht genug wäre.

Henrik deutete auf den Wallach. »Er wird es dir nie verzeihen, wenn du ihn nochmals allein lässt.«

»Er hat ja dich.« Sie rang sich ein Lächeln ab und blieb stehen, obwohl sie am liebsten weggerannt wäre. Mit gesenktem Kopf fuhr sie fort: »Als du zum ersten Mal zu uns gekommen bist, hattest du Angst vor Pferden. Ich erinnere mich genau.«

»Höllische Angst«, pflichtete er ihr bei. »Ihr habt mich alle ausgelacht.«

»Aber dann hast du dich um Fjäril gekümmert.«

Er breitete die Hände aus. »Was blieb mir übrig? Du warst nicht da. Und dein Vater war so sauer auf dich, er wollte Fjäril nur loswerden. Gunilla konnte ihn nicht ausstehen. Und mir hat er Leid getan. Ich konnte einfach nicht zulassen, dass er verkauft wird.« Er lachte leise. »Außerdem – was hättest du gesagt, wenn du zurückgekommen wärst und Fjäril wäre nicht mehr hier gewesen!« Winzige Fältchen sprangen in seinen Augenwinkeln auf, als er sie anlächelte.

Ohne nachzudenken, beugte sie sich vor, um ihn sanft auf die Lippen zu küssen. »Danke«, hauchte sie, während sie rasch zurückwich.

Als sie sich abwenden wollte, hielt er sie an beiden Armen fest und zog sie beinahe grob an sich. Verzweiflung stand in seinen Augen. »Geh nicht weg, Linda!«

Sie riss sich los und lief zum Wagen. Diesmal schaute sie nicht in den Rückspiegel, es tat auch so weh genug.

Sie fuhr schneller als erlaubt und schaute dabei konzentriert auf die Straße, nur von dem einzigen Gedanken besessen, endlich zur Ruhe zu kommen und alle Verletzungen hinter sich zu lassen.

Doch vor der Abzweigung nach Göteborg fiel ihr ein, dass es noch jemanden gab, der sehr enttäuscht wäre, wenn sie ohne ein Wort verschwinden würde. Die Werft lag beinahe am Weg, es würde keine großen Umstände machen, wenn sie rasch dort anhielt und sich von Olav verabschiedete. Als sie am Kai vorfuhr, sah sie, dass seine Lieblingsyacht bereits zu Wasser gelassen worden war. Linda spürte ein leises Bedauern, weil sie den Stapellauf verpasst hatte. Olav hatte sich darauf gefreut wie ein kleines Kind, und sie wäre nur zu gern selbst dabei gewesen, um den spannenden Augenblick mitzuerleben.

Er war an Bord, sie erkannte seine bärenhafte Gestalt

und das weiße Haar unter der abgeschabten Wollmütze. Er winkte, als er sie über den Kai näher kommen sah. »Linda! Ich will den Motor testen, kommst du mit?«

»Tut mir Leid, Olav. Eigentlich bin ich nur hier, um mich zu verabschieden. Ich fahre zurück nach Göteborg.«

»Ach was!«, tat er ihren Einwand ab. »Für so ein schönes Boot muss man immer Zeit haben!« Einladend deutete er auf das Schiff. »Komm, Mädchen, fahr einfach mit!«

Zaudernd betrachtete sie die funkelnagelneue Yacht, dann schaute sie Olav an und las die stumme Bitte in seinen Augen. Unfähig zu widerstehen, kletterte sie an Deck.

Olav startete den Motor, der mit einem satten Geräusch ansprang. Einer der Arbeiter löste das Haltetau, und die Yacht glitt langsam von der Kaimauer weg. Olav steuerte das Schiff auf die Mitte der Hafenausfahrt zu, und sie nahmen rasch Fahrt auf. Das Schiff lag perfekt im Wasser, und Linda lief voller Begeisterung vom Bug zum Heck und wieder zurück und konnte nicht aufhören, alles genau zu begutachten. Am liebsten hätte sie laut gejubelt über dieses makellose Meisterwerk. Olav nahm ihre Bewunderung wohlwollend zur Kenntnis.

»Linda«, bat er nach einer Weile, »übernimmst du bitte mal das Ruder?«

Sie gehorchte nur zu gern. Die Yacht flog geradezu übers Wasser, und die roten Fischerhäuschen am Ufer glitten vorbei wie Perlen auf einer endlosen Schnur. »Es ist wirklich ein tolles Boot!«, rief sie, während der Wind ihr das Haar vors Gesicht wirbelte.

Olav nickte, als hätte sie gerade etwas völlig Selbstverständliches erwähnt. Er setzte sich neben sie auf die Ruderbank und verschränkte die Hände im Schoß. »Linda«, begann er zögernd. »Ich wollte dich mal was fragen. Liegt mir schon lange auf der Seele ...«

Fragend wandte sie sich zu ihm um. Er druckste herum, und seine Miene war ungewöhnlich ernst. »Willst du das alles wirklich Gunilla überlassen?«, platzte er heraus.

Sie zog die Brauen zusammen. »Wieso denn nicht? Sie wird schon das Richtige machen. Für die Werft. Für …« Sie hielt inne und krampfte beide Hände um das Ruder, bis ihr die Finger wehtaten.

»Bist du sicher?« Olav beugte sich vor. Sein Blick war eindringlich. »Gunilla liebt die Werft nicht! Sie ist nicht mit dem Herzen bei der Sache! Hast du mal in ihre Augen gesehen?« Er hob die Stimme, um das Geräusch des Motors zu übertönen. »Da ist keine Leidenschaft! Nur eine große Sehnsucht. Die Sehnsucht, wegzugehen.«

»Aber sie ist zurückgekommen.«

»Sie wird wieder weggehen«, sagte Olav im Brustton der Überzeugung. »Ihr Platz ist nicht hier.«

»Aber meiner schon.« Linda hatte es nur so dahingesagt, eher sarkastisch als auch nur ansatzweise ernsthaft, doch ihre eigenen Worte lösten eine Empfindung in ihr aus, die auf merkwürdige Art in ihr nachzuhallen schien.

»Wo denn sonst«, sagte Olav, und *er* meinte es völlig ernst, wie sie sofort begriff.

Linda starrte über den Bugspriet hinweg auf die wirbelnde Wasseroberfläche. Plötzlich kam ihr all das in den Sinn, was ihr Vater und Henrik ihr über das Weglaufen gesagt hatten, und zum ersten Mal fragte sie sich, ob sie sich jemals ernsthaft für ihre eigenen Interessen eingesetzt hatte. Ob sie überhaupt in der Lage war, sich mit aller Kraft für ihren Platz im Leben einzusetzen, ganz einfach deshalb, weil sie davon überzeugt war, dass er ihr zustand und dass sie ihn verdiente. Ob sie es je fertig bringen würde, um einen Menschen zu kämpfen, den sie wollte und brauchte und nicht aufgeben wollte. Weil er alles Glück der Welt für sie bedeutete und weil ohne ihn alles grau und leer und sinnlos war.

Ihre Hände am Ruder zitterten, doch in ihrem Inneren fühlte sie plötzlich eine ruhige Entschlossenheit.

»Lass uns nach Hause fahren, Olav. Ich habe noch etwas zu erledigen.«

*

Am äußeren Ende des Landungsstegs stand eine Bank, auf der sie sich vor einer Weile schweigend niedergelassen hatten. Henrik hatte merkwürdigerweise noch nie hier draußen gesessen, obwohl er seit vier Jahren hier wohnte. Er hatte den Steg immer nur dem eigentlichen Zweck entsprechend genutzt, zum Vertäuen des Bootes und um über die Planken trockenen Fußes an Land zu gelangen.

Es war ein eigentümliches Gefühl, hier draußen zu sitzen, beinahe so, als würde man über dem Wasser schweben, ein Eindruck, der die Unwirklichkeit der ganzen Situation noch verstärkte. Gunilla schwieg immer noch beharrlich, obwohl ihr schon die ganze Zeit unablässig die Tränen über das Gesicht strömten. Ihr Verhalten sagte mehr als alle nur erdenklichen Worte, folglich hatte Henrik es nicht eilig, die Unterhaltung in Gang zu bringen. Es würde besser klappen, wenn er ihr noch ein bisschen Zeit gab, sich zu sammeln.

Die Wahrheit stand ohnehin greifbar zwischen ihnen, unerbittlich und unabweisbar, so sicher, wie auf den Sommer der Herbst folgte. Vermutlich hatte er es bereits die ganze Zeit gewusst, zumindest aber hatte die Erkenntnis nur einen Hauch weit weg in seinem Unterbewusstsein gewartet. Er hatte gerechnet und in seinen Erinnerungen gekramt, hatte die wenigen infrage kommenden Zusammenkünfte abgeglichen mit ihren monatlichen Unpässlichkeiten und war zu dem Schluss gekommen, dass sie log. Ihre Reaktion vorhin, als er sie um ein weiteres Gespräch gebeten hatte, war nur ein zusätzlicher Beweis, dessen er nicht mehr bedurfte.

Doch nun saßen sie hier, und irgendwann würden sie reden müssen, wenn sie es mit Anstand hinter sich bringen wollten.

Henrik seufzte und eröffnete widerwillig das Gespräch. »Weiß John, dass du schwanger bist?«

»John mag keine Kinder.« Ihre Stimme klang dumpf, doch immerhin hatte sie inzwischen aufgehört zu weinen.

»Aber er ist der Vater.« Es war eine Feststellung, keine Frage, und sie machte sich nicht die Mühe, es abzustreiten.

»Warum bist du zurückgekommen?«, fragte er ruhig. »Du liebst ihn doch. Außerdem bist du keine Frau, die solche Entscheidungen trifft, ohne ganz sicher zu sein.«

»Er wollte nie Kinder«, brach es aus ihr heraus. »Er hat mir von Anfang an gesagt, dass sie in seinem Lebensplan nicht vorkommen. Ich kann es ihm doch nicht aufdrängen, nicht gegen seinen Willen …«

»Wir müssen endlich aufhören, uns was vorzumachen. Wir würden alle nur unglücklich werden. Am meisten das Kind.«

»Und wenn er es nicht will?«

»Gib ihm doch eine Chance! Wenn er dich wirklich liebt, wird er auch das Kind lieben!«

Zaghafte Hoffnung keimte in ihren Augen auf. Sie schluckte heftig, und zum ersten Mal hatte Henrik an diesem Tag das Gefühl, es könne sich vielleicht doch noch einiges zum Guten wenden.

Sie rieb sich die Tränen von den Wangen. »Und Papa? Und die Werft?«

»Das wird sich alles finden«, versicherte er. »Davon bin ich überzeugt.«

Sie schaute ihn lange an, dann wandte sie den Blick hinaus auf Meer. Stumm nahm sie seine Hand und hielt sie für ein paar Augenblicke fest, und Henrik spürte, dass dies zwischen ihnen der endgültige Abschied war.

*

Lennart wusste nicht recht, was er zu der ganzen Geschichte sagen sollte. Nicht, dass er es nicht schon die ganze Zeit geahnt hätte. Henrik war viel zu ernst gewesen für jemand, der Vaterfreuden entgegensah, und Gunilla hatte schon den ganzen Tag ausgesehen wie das heulende Elend.

Immerhin hatte sie die Courage besessen, zu ihm zu kommen und es ihm zu sagen. Dass dieser verdammte John Borman der Vater war und dass sie wahrscheinlich doch in London mit ihm leben würde, vorausgesetzt, er wollte sie und das Kind, wovon sie allerdings unter den gegebenen Umständen nicht unbedingt ausgehen könne. Lennart hatte einen markigen Fluch unterdrückt, und dann hatte er sie auf der Stelle gezwungen, den Kerl anzurufen und für klare Verhältnisse zu sorgen. Zuerst hatte sie ihn verblüfft angeschaut und nach Gegenargumenten gesucht, doch er hatte ihr nur wortlos den Telefonhörer hingehalten. Sie hatte eine Nummer gewählt, ein paar leise Worte gesagt und war ein paar Augenblicke später in Tränen ausgebrochen. In Freudentränen, wie er zu seiner Erleichterung sofort erkannte. Verheult, aber überglücklich war sie ihm in die Arme gefallen und hatte ihm schluchzend erklärt, wie lieb sie ihn hätte und dass John tatsächlich gesagt hätte, das mit dem Kind wäre für ihn okay.

Dieser flapsige Ausdruck war Lennarts Meinung nach zwar völlig unpassend für die gegenwärtige Lage, aber es gab Schlimmeres. Die Richtung war es, die zählte, und die jedenfalls schien bei den beiden zu stimmen.

Wie es aussah, würde damit zumindest bei Gunilla alles in Ordnung kommen, wenn auch ein paar andere wichtige Familienangelegenheiten noch weit davon entfernt waren, geklärt zu sein.

Dieser Gedanke war ihm kaum in den Sinn gekommen, als plötzlich die Tür aufflog und seine jüngere Tochter hereingestürmt kam. Mit Riesenschritten marschierte sie auf das Sofa zu, auf dem er zusammen mit Gunilla saß. Allerdings nahm sie ihn überhaupt nicht zur Kenntnis. Ihr ganzes Augenmerk galt ihrer Schwester. Hoch aufgerichtet und die Hände an den Seiten zu Fäusten geballt, blieb sie vor Gunilla stehen.

»Ich kann das nicht«, stieß sie hervor. »Ich kann so einen Fehler nicht noch einmal machen! Ich liebe Henrik!«

»Ja«, sagte Gunilla bereitwillig.

»Du liebst ihn nicht!«, rief Linda erregt. »Schon lange nicht mehr! Lass ihn gehen! Henrik und ich, wir gehören zusammen!«

»Ich weiß«, sagte Gunilla leichthin. Lennart sah den Schalk in ihren Augen blitzen, aber Linda war so in ihre eigene kleine Ansprache vertieft, dass sie nichts davon bemerkte.

»Ich werde um ihn kämpfen!«, teilte sie Gunilla mit. »Zumindest versuchen muss ich es!« Dann stutzte sie. »*Was* hast du gerade gesagt?«

»Ich weiß, dass du ihn liebst, und ich weiß, dass er dich liebt.« Gunilla grinste breit. »Und ich weiß, dass ich nach London gehen werde.«

Lindas Miene spiegelte fassungslose Erleichterung, die jedoch augenblicklich reinem Argwohn wich. »Bist du sicher, dass du nicht in vier Wochen wieder vor der Tür stehst?«

Gunilla stand auf und ging auf Linda zu. »Ich weiß, wo mein Platz ist«, sagte sie. »Beim Vater meines Kindes.«

Lennart sah das Begreifen in Lindas Augen. Stumm starrte sie ihre Schwester an, die ihren Blick ein wenig reumütig erwiderte. Doch dann ergab sie sich widerspruchslos Gunillas herzlicher Umarmung.

»Ich wünsche dir, dass du mit Henrik glücklich wirst«, sagte Gunilla. »Ich soll dir übrigens sagen, dass er auf dich wartet. Er meinte, du wüsstest schon, wo du ihn finden kannst …«

Linda gab einen kleinen Seufzer von sich, der Lennart durch und durch ging. Lächelnd schaute er zu, wie sie in ihrem Eifer, ins Freie zu rennen, beinahe über ihre eigenen Füße stolperte. Damit war auch diese Sache in Ordnung gebracht. Es tat ihm gut, seine Töchter glücklich zu sehen, und er fand es allmählich an der Zeit, diesen Zustand auch einmal für sich selbst in Anspruch zu nehmen.

Gunilla kam zu ihm zurück und setzte sich wieder neben ihn aufs Sofa. »Und du?«, fragte sie, während sie seine Hand nahm. »Was wirst du jetzt machen?«

»Ich werde endlich in den Norden fahren.« Er drückte ihre Hand und lächelte sie voller Zuneigung an. »Aber vorher muss ich unbedingt mit Greta reden. Wenn ihr das alle schafft mit der Liebe, müsste ich es doch auch hinkriegen, oder?«

Im selben Moment stellte er zufrieden fest, dass er offenbar eine bisher unerkannte Begabung besaß, den Menschen in seiner Nähe das passende Stichwort zum Auftauchen zu liefern, denn nur eine Sekunde später erschien

Greta im Salon, ein erfreutes Lächeln im Gesicht. Lennart schaute sie fasziniert an, davon überzeugt, noch nie eine schönere Frau gesehen zu haben. Er hatte viel zu lange gewartet, aber zu spät war es auf keinen Fall. Nicht für sie beide.

Greta kam näher. »Was ist denn mit Linda los? Sie hat ja so gestrahlt! Ist nun endlich alles in Ordnung?«

Lennart stand auf und ging zu ihr. »Fast, Greta.« Dicht vor ihr blieb er stehen und schaute sie an. »Den Rest kriegen wir beide aber auch noch hin.« Und dann, vor den Augen seiner Tochter, tat er endlich das, wonach ihn schon seit Jahrzehnten verlangte: Er nahm die Frau seiner Träume in die Arme, um sie zu küssen.

*

Sie flog förmlich den Strand entlang, bis sie glaubte, die Lungen müssten ihr bersten. Der Wind wehte ihr die Haare vor die Augen, und sie wusste nicht, ob der salzige Geschmack auf ihren Lippen vom Meer oder von ihren Tränen stammte. Keuchend erklomm sie den Hang, bis sie die Hütte erreicht hatte. Doch er war nicht da. Sie kämpfte entschlossen die Unsicherheit nieder, die in ihr aufsteigen wollte, und schwer atmend rannte sie wieder nach draußen, um von der Terrasse aus Ausschau nach ihm zu halten.

Sie legte die Hand über die Augen, weil das Sonnenlicht auf dem Wasser sie blendete. Und dann sah sie ihn. Er stand unten auf dem Steg und vertäute die neue Yacht, und als Linda einen Freudenschrei ausstieß, schaute er zu ihr hoch und winkte ihr strahlend zu.

Sie rutschte ein paar Mal aus auf dem Weg nach unten, doch dann hatte sie ihn endlich erreicht und stürzte in seine Arme. Sie lachte und schluchzte gleichzeitig und sagte ihm, wie sehr sie ihn liebte. Zum ersten Mal sprach sie es aus und fühlte sich dabei wunderbar leicht und frei. Sie hatte es geschafft. Sie hatte gekämpft und gewonnen. Ihn, ihr Glück, eine gemeinsame Zukunft.

Er riss sie in seine Arme, zog sie hoch an seine Brust, bis ihre Füße frei in der Luft baumelten. Sie küssten einander, endlos, hungrig, voll gegenseitiger Verheißung auf die Zeit, die noch vor ihnen lag. Eine kleine Ewigkeit später wirbelte er sie herum und setzte sie ab. Seine Augen leuchteten, als er sie anlachte und über die Schulter auf das Schiff wies. »Ich dachte, du hast vielleicht Lust, mit auf Jungfernfahrt zu gehen!«

Sie lächelte atemlos. »Zeit hätte ich.«

»Wie lange?«

Zwinkernd legte sie den Kopf schräg. »Für immer …?«

Er nahm wortlos ihre Hand, zog sie ans Ende des Stegs und half ihr an Bord. Sein Blick war ernst und fragend, offenbar war ihm ihr Urteil wichtig. Sie legte die Arme um ihn und flüsterte ihm ins Ohr, wie wunderbar sie ihn und sein neues Boot fand. Linda sah ihm an, wie stolz er auf das Schiff war, genau wie Olav. Die beiden hatten sich tatsächlich selbst übertroffen.

Alles war bereits für das Auftakeln vorbereitet, sie arbeiteten schweigend Hand in Hand nur wenige Minuten, dann war es so weit. Die Segel blähten sich knatternd im Wind, und die Yacht gewann rasch an Fahrt. Vor dem Bug teilten sich schäumend die Wellen, und weiter vor ihnen erstreckte sich die Wasseroberfläche wie funkelndes Silber. Linda schlang die Arme um Henrik und dachte bei sich, dass es mit einem Schiff im Grunde genau so war wie mit dem Leben. Man musste nur den richtigen Kurs einhalten, dann konnten auch die schlimmsten Stürme nicht verhindern, dass man im sicheren Hafen ankam.

Rezepte

Äpplegelé
APFELGELEE

ZUTATEN:

1 kg säuerliche Äpfel
3 dl Wasser*
1 kg Einmachzucker je einem Liter Saft
2 dl Sherry

ZUBEREITUNG:

Äpfel schälen und Gehäuse entfernen. In Stücke schneiden. Äpfel zusammen mit dem Wasser in einem geschlossenen Topf 15 Minuten kochen.
Apfelmasse in ein Sieb geben und 30 Minuten abtropfen lassen. Den Saft mit dem Einmachzucker 5 Minuten kochen und von der Herdplatte ziehen, Sherry hineinrühren und abkühlen lassen.
In die angewärmten Geleegläser füllen und gut verschließen. Am besten kühl aufbewahren.

* Das Dezilitermaß ist in Schweden üblich. Messbecher gibt es in jedem schwedischen Möbelhaus zu kaufen …

Gravad Lax
KALT GEBEIZTER LACHS

ZUTATEN:

1 Lachs
60 g Salz
40 g Zucker
schwarzer und weißer Pfeffer, ganz
Wacholderbeeren
5 g Piment
5 g Koriander
1/2 Bund Dill
etwas Zitronenmelisse
etwas Pfefferminze
2 Glas Cognac

ZUBEREITUNG:

Zuerst den Lachs so filetieren, dass zwei Lachsseiten zur Verfügung stehen. (Aus Resten kann man wunderbar Fischfond erstellen.) Pfeffer, Wachholder, Piment und Koriander im Mörser zerkleinern. Dill, Zitronenmelisse und Pfefferminze fein hacken. Alle Zutaten vermischen, Lachs mit 1 Glas Cognac einreiben. Eine Lachshälfte in eine Form legen und die zweite Fischseite mit der Gewürzmischung bedecken. Die zweite Lachshälfte darauf legen. Zugedeckt stehen lassen. Nach 24 Stunden wenden und weitere 24 Stunden liegen lassen. Gelegentlich den entstandenen Sud über den Fisch gießen. Zum Anrichten Lachs auf ein Brett legen und nahezu horizontal in feine Scheiben schneiden.

Janssons Frestelse
JANSSONS VERSUCHUNG – SCHWEDISCHER FISCHAUFLAUF

ZUTATEN:

7 mittelgroße Kartoffeln
5 EL Butter
2 EL Pflanzenöl
2–3 große Zwiebeln
16 Anchovisfilets
weißer Pfeffer
2 EL Paniermehl
1/8 l Milch
1/4 l süße Sahne

ZUBEREITUNG:

Die geschälten Kartoffeln in dünne Streifen schneiden, Zwiebel schälen und fein schneiden. Anchovisfilets abtropfen lassen. 2 EL Butter und das Pflanzenöl in einer Pfanne erhitzen, bis sie goldgelb, aber nicht braun sind. Eine Auflaufform mit dieser Mischung einstreichen und Kartoffeln, Zwiebeln und Anchovis schichtweise hineingeben. Pfeffern und mit Paniermehl bestreuen. Den Rest Butter in kleinen Flöckchen darauf verteilen. Sahne und Milch erhitzen und über die Kartoffeln gießen. 45 Minuten im Ofen bei 200° backen. Warm servieren.

Jordjubbsmarmelad
SCHWEDISCHE ERDBEERMARMELADE

ZUTATEN:

5 dl Erdbeeren
1/2 Vanillestange
2 3/4 dl Einmachzucker

ZUBEREITUNG:

Erdbeeren waschen und in kleine Stücke schneiden. In einen großen Topf geben.
Zusammen mit Vanille aus der 1/2 Vanillestange und dem Einmachzucker unter ständigem Rühren erhitzen.
Ca. 2 Minuten aufkochen lassen, danach von der Herdplatte ziehen und abkühlen lassen.
Nach 15 Minuten in die angewärmten Marmeladengläser füllen und gut verschließen.

Kanelbullar
SCHWEDISCHE ZIMTSCHNECKEN

ZUTATEN:

150 g Butter oder Margarine
5 dl Milch
50 g Hefe
1 dl Zucker
1/2 TL Salz
2 TL gemahlener Kardamom
850 g Weizenmehl
Füllung:
100 g Butter oder Margarine
1 dl Zucker
3–4 TL gemahlener Zimt
Zum Bestreichen:
1 Ei

ZUBEREITUNG:

Butter oder Margarine in einem großen Topf schmelzen. Milch hinzugeben und bis ca. 37° aufwärmen. Hefe darin auflösen und Zucker, Salz und Kardamom dazugeben. Mit Großteil des Mehls zu einem geschmeidigen Teig verarbeiten. Teig kräftig kneten.
Unter einem Handtuch ca. 30–40 Minuten an einem warmen Ort gehen lassen.
Den Teig auf einer mehligen Arbeitsfläche nochmals durchkneten und in vier Teile teilen. Jeweils eine dünne, rechteckige Fläche (ungefähr 1 cm dick) ausrollen und mit flüssiger Butter oder Margarine bestreichen. Zucker

und Zimt mischen und darüber streuen. Teig zusammen rollen und in ca. 4 cm dicke Scheiben schneiden. Auf ein mit Backpapier ausgelegtes Blech legen. Ca. 40 Minuten unter einem Küchentuch gehen lassen. *Bullar* mit dem Ei bestreichen und mit Hagelzucker oder gehackten Mandeln bestreuen. 5–8 Minuten auf der mittleren Schiene im Ofen auf 250°C backen. Zum Auskühlen Bullar auf ein Küchengitter legen. Fertig zum Probieren!

Klassisk Dillsill
SCHWEDISCHE DILLHÄPPCHEN

ZUTATEN:

2 Gläser eingelegter Hering
1 TL gemahlener Gewürzpfeffer
1 TL schwarze Pfefferkörner
2 TL weiße Pfefferkörner
2–3 Lorbeerblätter
10 Nelken
3–4 Zwiebeln
1–2 Mohrrüben
4 EL fein gehackter, frischer Dill

Marinade:
4 1/2 dl Zucker
3 dl Wasser
1 dl Essigessenz 12 %

ZUBEREITUNG:

Zucker, Wasser und Essigessenz unter ständigem Rühren aufkochen lassen, solange bis der Zucker sich aufgelöst hat. Abkühlen lassen. Hering gut unter fließendem Wasser abwaschen, mit Haushaltspapier trocken reiben und in zentimetergroße Stücke schneiden. Zwiebeln schälen, jeweils in 4 Stücke teilen und in dünne Streifen schneiden. Mohrrüben schälen und in lange dünne Streifen schneiden. Gewürze im Mörser zerstoßen. Alle Zutaten in einer großen Schüssel vermischen. Marinade darüber geben und gut abgedeckt mindestens 24 Stunden ziehen lassen.

Köttbullar
GEBRATENE HACKFLEISCHBÄLLCHEN

ZUTATEN:

400 g Hackfleisch
70 g Paniermehl
1/4 l Milch
Salz
Weißer Pfeffer
1 EL geriebene Zwiebel
1 Eigelb
4 EL Pflanzenöl

ZUBEREITUNG:

Das Paniermehl mit Milch mischen und 10 Minuten quellen lassen. Inzwischen das Hackfleisch mit Gewürzen und der geriebenen Zwiebel mischen. Das Eigelb hinzugeben. Mit der Milchmischung gut durchkneten und kleine Bällchen formen und rundherum braten. Die Hackfleischbällchen kalt servieren.

Kräftsallad
KREBSSALAT

ZUTATEN:

1 kg Krebse
1/2 geschälter Apfel
1 Schalotte
1 EL Zitronensaft
200 g Crème fraîche
1 EL fein gehackter Dill

ZUBEREITUNG:

Krebse von Schale und Scheren befreien, Apfel in kleine Würfel (ungefähr 1/2 cm) schneiden. Zitronensaft mit der Crème fraîche verrühren, die fein gehackte Schalotte und den Dill zugeben. Krebsfleisch und Apfelstückchen unterheben.

Kräftsoppa
KREBSSUPPE

ZUTATEN:

1 1/2 l Fleischbrühe
1 Dutzend Suppenkrebse
3–4 EL Butter
5–7 EL Mehl
4 EL Süßrahm
Salz
Paprika
Spargelspitzen
Schwemmklößchen

ZUBEREITUNG:

Die Krebse in kaltem Wasser sauber bürsten. In sprudelnd kochendes Wasser geben und 8–10 Minuten kochen. Herausnehmen und erkalten lassen. Schwänze und Scheren herausbrechen, aufschneiden und das Fleisch herausnehmen. Die Schalen der Körper im Mörser fein zerstoßen und 15 Minuten in der Butter dämpfen, mit dem Mehl bestreuen und gut vermengen. Schalen und Mehl nicht zu braun werden lassen, da die Suppe sonst ihre rote Farbe verliert. Mit der Fleischbrühe ablöschen und 1 Stunde kochen lassen. Die Suppe durch ein Haarsieb gießen und mit dem Rahm und den Gewürzen vermengen. Beim Anrichten das Krebsfleisch und nach Belieben Spargelspitzen und Schwemmklößchen einlegen.

Kryddsill
SCHWEDISCHER GEWÜRZHERING

ZUTATEN:

4 Salzheringe
1/2 Tasse Zucker
2 TL Salz
1 TL Piment
10 Nelken
1 EL Sandelgewürz
5 Lorbeerblätter
1/2 Tasse Kräuteressig
1/2 Tasse Wasser

ZUBEREITUNG:

Heringe putzen. Kopf und Flossen entfernen. Der Schwanz muss dranbleiben. Unter fließendem Wasser klarspülen. Kräuteressig und Wasser zusammengeben und die Heringe darin 24 Stunden stehen lassen.
Mit Salz, Zucker, gestoßenem Piment, gestoßenen Nelken, Sandel und Lorbeerblättern vermischen. Die abgetropften Heringe in einen Steintopf geben und reichlich mit Gewürzen beschichten. Alle Heringe müssen von der Gewürzmischung bedeckt sein. Mindestens eine Woche an einem kühlen Ort stehen lassen. Beim Anrichten in 2 cm große Stücke schneiden und mit etwas Marinade vom Topf übergießen.

Lagerbergs Äppletårta
LAGERBERGS APFELKUCHEN

ZUTATEN:

150 g Butter
1/2 dl Zucker
1 Eigelb
2 1/2 dl Weizenmehl
5 mittelgroße Äpfel
2 dl Wasser
1 dl Zucker
geriebene Schale einer 1/2 Zitrone

ZUBEREITUNG:

Butter, Zucker und Eigelb schaumig rühren.
Das Mehl hinzugeben und alles zu einem geschmeidigen Teig verarbeiten.
2/3 des Teiges in eine gefettete Springform als Boden ausrollen und bei 200° auf der mittleren Schiene hellbraun backen. Aus dem Ofen nehmen und abkühlen lassen.
Äpfel schälen, Gehäuse entfernen und in schmale Streifen schneiden. In einem Kochtopf mit ein wenig Zucker kurz erhitzen und vorsichtig auf den vorgebackenen Teig legen.
Den restlichen Zucker in dem Kochtopf zu dickem Sirup verkochen. Den Sirup auf den abgekühlten Äpfeln verteilen.
2 Esslöffel Mehl unter den restlichen Teig kneten, ausrollen und in dünne Streifen schneiden, die als Gitter über die mit Sirup glasierten Äpfel gelegt werden.
Den Kuchen bei Oberwärme in den auf 200° vorgeheizten

Ofen stellen bis das »Teiggitter« goldbraun ist. Aus dem Ofen nehmen und mit kalter Vanillesoße oder Sahne servieren.

Lagerbergs Fisksoppa
LAGERBERGS FISCHSUPPE

ZUTATEN:

300 g Lauch in Scheiben geschnitten
2 Knoblauchzehen
1 EL Margarine
1 TL Curry
1 Dose Tomaten
10 dl Wasser
3 kl. Würfel Fischbouillon
500 g Kartoffeln
200 g Karotten
½ dl Crème fraîche
400 g Dorsch in große Stücke zerteilt
½ dl fein gehackter Dill
50 g Rucolasalat
Frisches Oregano
Blattpetersilie
4 Baguettes

ZUBEREITUNG:

Lauch und den Knoblauch in der Margarine kurz anbraten. Curry dazugeben und eine kurze Zeit mitbraten. Mit Wasser und Tomaten auffüllen, Fischbouillonwürfel darin auflösen. Kartoffel und Karotten dazugeben. Die Suppe ca. 20 Minuten kochen, bis die Karotten weich sind. Créme fraîche, Fisch und Dill dazugeben. Suppe ca. 5 Minuten köcheln lassen, bis der Fisch gar ist.

Lenas Älsklingssallad
LENAS LIEBLINGSSALAT

ZUTATEN:

500 g gekochte Kartoffeln
500 g gekochte Rote Beete
1 gegrilltes Hähnchen
1 große Salatgurke
3 EL gehackte Petersilie
2 große Salatzwiebeln
250 g Frischkäse
1/2 Zitrone
Salz Pfeffer

ZUBEREITUNG:

Petersilie und die gehackten Zwiebeln mit dem Frischkäse vermischen. Mit Zitrone, Salz und Pfeffer abschmecken. Kleingeschnittene Kartoffeln, Salatgurke, Rote Beete und Hähnchenstücke unterheben.

LINGONCRÄM
SCHWEDISCHE QUARKCREME MIT PREISELBEEREN

ZUTATEN:

500 g Magerquark
3 Eigelb
6 EL Zucker
3 EL Rum
3 EL Orangenlikör
geriebene Orangenschale
6 EL Preiselbeermarmelade
6 Löffelbiskuits
3 Eiweiß

ZUBEREITUNG:

Eigelb und Zucker schaumig rühren, Orangenschale, Rum, Orangenlikör und Quark unterrühren. Eiweiß schaumig rühren und vorsichtig unterziehen. Die Creme kaltstellen und vor dem Servieren mit geriebenen Löffelbiskuits und Preiselbeermarmelade garnieren.